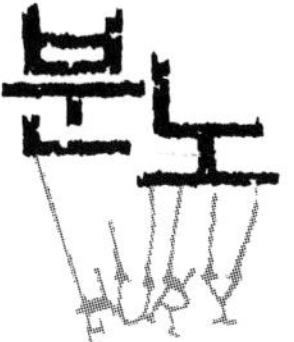

FURY
by Salman Rushdie

Copyright © Salman Rushdie, 2001
Korean Translation Copyright © MUNHAKDONGNE Publishing Corp., 2007

This Korean edition is published by arrangement with
The Wylie Agency Ltd. through Eric Yang Agency.
All Rights Reserved.

이 책의 한국어판 저작권은 에릭양 에이전시를 통해
The Wylie Agency Ltd.와 독점 계약한 (주)문학동네에 있습니다.
저작권법에 의해 한국 내에서 보호를 받는 저작물이므로
무단 전재 및 무단 복제를 금합니다.

이 도서의 국립중앙도서관 출판시도서목록(CIP)은
e-CIP 홈페이지(http://www.nl.go.kr/cip.php)에서 이용하실 수 있습니다.
(CIP제어번호: CIP2007000299)

분노

살만 루슈디 장편소설 :: 김진준 옮김

문학동네

파드마에게 바친다

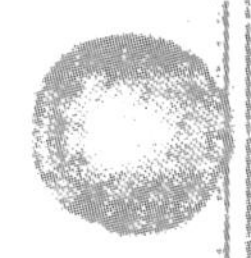

차례

제 1 부

인생은 분노야. 분노가 우리를 가장 숭고한 경지로 밀어올리기도 하고 가장 비참한 구렁텅이로 떨어뜨리기도 한다.

창조, 영감, 독창성, 열정도 푸리아로부터 나오고, 폭력, 공포, 두려움을 모르는 순수한 파괴력,

그리고 우리가 영영 회복할 수 없는 타격을 주고받는 것도 모두 푸리아 때문이다.

1

　말릭 솔랑카 교수, 그는 은퇴한 사상사(思想史) 학자였고, 성미 급한 인형 제작자였고, 최근 맞이한 쉰다섯번째 생일부터는 자신의 (몹시 비난받는) 선택에 의한 독신자이며 은둔자였다. 그러나 그는 은발이 성성한 나이에 이르러 비로소 황금기를 누리고 있었다. 지금 그의 창밖은 길고 눅눅한 여름, 제3밀레니엄으로 접어든 후 처음으로 맞는 뜨거운 계절이 온 세상을 지글지글 굽고 찌는 중이었다. 그리고 이 도시에는 돈이 들끓었다. 임대료와 부동산 가격은 전례 없는 고공행진을 계속했고, 의류업계에서는 패션이 지금처럼 패셔너블했던 적은 일찍이 없었다고 입을 모았다. 매 시간 새로운 식당들이 문을 열었다. 상점, 대리점, 경매장 등은 더욱더 엄선된 상품을 요구하며 하늘 높이 치솟는 수요를 감당하지 못해 쩔쩔맸다. 한정판 올리브오일, 삼백 달러짜리 코르크 마개뽑이, 주문형 험비*, 최신 안티바이러스 소프트웨어, 곡예사나 쌍둥이까지 보내주는 매춘 서비스, 비디오 설비, 아웃사이더 아트**, 멸종된 산양의 턱수염으로 만들어 깃털처럼 가벼운 숄 등등. 아파트를 새로 단장하는 사람들이 너무 많아서 고급 자재와 시설물에는 웃돈이 붙었다. 특히 욕조, 문손잡이, 단단한 수입 목재, 고풍스러운 벽난로, 비데, 대리석 판 따위를 구하려면 대기자 명단에 등록해야 했다. 최근 나스닥 지수와 아마존 주가가 하락했지만 신기술은 아직도 이 도시를 단단히 틀어쥐고 있었다. 신생 기업, 주식 공개, 대화형 기능, 이제막 시작되기 시작한 기상천외한 미래 따위가 여전히 화제였다. 미래는 카지노였고, 누구나 도박에 몰두했고, 누구나 일확천금을 꿈꾸었다.

솔랑카 교수가 사는 거리에는 머지않아 실현될 억만장자의 삶을 기다리는 유복한 백인 젊은이들이 헐렁한 옷을 입고 장밋빛 현관 계단에서 빈둥거리며 멋으로 가난을 흉내 내고 있었다. 그중에는 비록 금욕 생활을 하고 있지만 여전히 두리번거리고 있는 그의 시선을 유난히 사로잡는 한 젊은이가 있었다. 키가 늘

----

* 군용으로 많이 사용되는 지프형 다목적 차량.
** 주류를 벗어난 미술 경향의 통칭.

씬하고 눈은 녹색이며 중유럽 사람들처럼 광대뼈가 도드라진 아가씨였다. 그녀는 딸깃빛 도는 금발을 삐죽삐죽 세우고 디안젤로 부두* 야구 모자를 썼는데, 모자 아래의 머리카락이 꼿꼿이 곤두서서 어릿광대 같은 모습이었고 도톰한 입술은 왠지 빈정거리는 것처럼 보였다. 오후 산책길에 나선 구세계의 멋쟁이 솔리 솔랑카가 크림색 리넨 양복을 입고 밀짚 파나마모자를 쓰고 지팡이를 휘휘 돌리며 지나갈 때, 그 아가씨가 형식적으로 입을 가리는 시늉만 하면서 무례하게 킥킥 웃었다. 솔리는 대학 시절의 별명이었는데, 처음부터 마음에 들지 않았던 이 별명을 그는 아직도 완전히 떼어버리지 못하고 있었다.

"여보세요, 아저씨? 아저씨, 잠깐만요."

그 금발 아가씨가 대답을 강요하는 오만한 어조로 그를 부르고 있었다. 그녀의 충복들은 친위대처럼 경계하기 시작했다. 그녀는 지금 대도시 생활의 규칙 하나를 위반하고 있다. 자기 능력을 확신하고, 자기 영역과 패거리를 믿고, 그래서 아무것도 두려워하지 않고 태연히 규칙을 위반하고 있는 것이다. 그것은 예쁜 여자 특유의 자신감일 뿐, 그리 유별난 일도 아니었다. 솔랑카 교수는 걸음을 멈추고 돌아서서 이 빈둥거리는 현관 계단의 여

---

* 디안젤로는 미국 R&B 가수이고 부두(Voodoo)는 그의 앨범 제목.

신을 바라보았고, 그녀는 곧 당혹스러운 인터뷰를 시작했다.

"아저씨는 참 많이도 돌아다니시네요. 하루에도 대여섯 번씩 어딘가로 가시는 걸 봤어요. 저는 여기 앉아서 아저씨가 이리 갔다 저리 갔다 하시는 걸 지켜봤는데, 개도 안 보이고, 그렇다고 애인을 데려오거나 식료품을 사오시는 것도 아니더군요. 시간도 종잡을 수가 없으니 직장에 다니시는 것 같지도 않구요. 그래서 이런 의문을 품게 됐죠. 저 아저씨는 왜 항상 혼자 돌아다닐까? 요즘 시내 곳곳에서 콘크리트 덩어리로 여자들 머리를 후려갈기는 놈이 하나 있는데요, 혹시 들어보셨는지 모르겠지만, 물론 아저씨를 그런 정신병자로 생각했다면 이렇게 말을 걸지도 않았을 거예요. 그리고 발음이 영국식이던데, 그것도 아저씨를 흥미롭게 만드는 요소거든요. 우린 몇 번쯤 아저씨를 미행하기도 했지만 특별히 어딜 가시는 것도 아니고, 그냥 어슬렁어슬렁 돌아다니기만 하시더군요. 뭔가를 찾고 계신다는 느낌이 들었는데 도대체 그게 뭔지 여쭤보고 싶다는 생각이 들었어요. 그냥 좋은 뜻으로, 우호적인 마음으로 말씀드리는 거예요. 아저씨는 수수께끼 같은 분이에요. 적어도 제겐 그래요."

솔랑카는 갑자기 화가 치밀어 이렇게 소리쳤다.

"내가 원하는 건 나를 그냥 평화롭게 내버려두라는 거야!"

그녀의 무례함에 비해 터무니없이 거대한 분노 때문에 목소리가 부들부들 떨려나왔다. 이런 분노가 신경계를 타고 홍수처럼 흘러넘칠 때마다 솔랑카 자신도 깜짝깜짝 놀랐다. 그의 격렬한 반응에 젊은 아가씨는 움찔하여 입을 다물었다.

그러자 친위대 중에서 몸집도 제일 크고 여자를 보호하려는 의욕도 제일 강한, 따라서 그녀의 애인이 분명한, 과산화수소로 표백한 금발 머리의 백부장(百夫長)*이 이렇게 말했다.

"거 참, 평화의 사도치고는 전의가 너무 왕성하신 것 같습니다."

솔랑카 교수는 여자를 보면서 누군가를 떠올렸지만 그게 누구인지는 생각나지 않았다. 이 사소한 기억 단절 현상, 즉 '치매 증상'은 울화통이 터질 만큼 그를 괴롭히고 있었다. 이윽고 그가 카리브 해 카니발을 구경한 후 예기치 못한 돌풍과 함께 세찬 소나기가 쏟아지는 바람에 모자도 옷도 흥건히 젖어서 돌아왔을 때는, 다행히 그 여자도 없었고 다른 누구도 없었다. 센트럴 파크 웨스트에 있는 시어리스 이스라엘 회당 앞을 지날 때였다(네 개, 자그마치 네 개의 육중한 코린트 식 기둥이 삼각형 박공벽을 떠받치고 있는 희고 거대한 건물이었다). 폭우를 뚫고 허둥지둥 달려가던 솔랑카 교수는 문득 그 회당의 옆문을 통해 얼핏 보았

---

* 고대 로마군에서 백 명으로 조직된 단위 부대의 장.

던 한 소녀를 다시 떠올렸다. 방금 바트 미츠바*를 치른 열세 살 짜리 소녀였는데, '축복의 빵' 의식을 위해 한 손에 칼을 쥐고 기다리는 중이었다. 솔랑카 교수는 즐거웠던 일들을 회상하는 의식을 가진 종교는 어디에도 없다는 생각을 했다. 적어도 영국 국교도들이라면 그런 의식을 만들어냈을 법도 한데 말이다. 소녀의 어리고 포동포동한 얼굴은 저녁 어스름 속에서도 환하게 빛을 발했고, 사람들의 기대를 뛰어넘고 말겠다는 확고한 자신감에 차 있었다. 그렇다, 축복의 시간이다. '축복' 같은 낱말을 거침없이 쓸 수 있는 사람이라면 그렇게 말했을 것이다. 그러나 무신론자 솔랑카는 달랐다.

그곳에서 그리 멀지 않은 암스테르담 애비뉴에서는 여름맞이 동네 축제의 일환으로 거리 장터가 열렸는데, 소나기가 쏟아지는데도 장사가 잘 되고 있었다. 솔랑카 교수는 손수레마다 그득그득 쌓여 있는 그 싸구려 상품들도 지구상의 다른 대부분의 지역에서는 가장 값비싼 소형 부티크와 고급 백화점의 선반이나 진열장에 놓였을 거라고 생각했다. 인도 전역, 중국, 아프리카, 그리고 남미 대륙의 대부분 지역에서는 패션에 신경 쓸 정도의—더 빈곤한 지역의 경우에는 생필품을 구입할 정도의—시

---

* 유대교 소녀들의 성인식. 소년들의 성인식은 '바르 미츠바' 라고 한다.

간적, 경제적 여유가 있는 사람들조차도 맨해튼의 길거리에서 파는 저런 물건들을 얻기 위해 살인도 마다하지 않았을 것이다. 풍요로운 중고품 할인점에서 볼 수 있는 버림받은 의류나 직물류, 도심지의 할인매장에서 볼 수 있는 반품된 도자기류나 유명 상표의 떨이 물건 따위도 마찬가지였다. 부당하리만큼 부유한 자들이 흔히 그렇듯, 미국은 이렇게 엄청난 풍요를 누리면서도 모든 게 당연하다는 듯 무심히 넘겨버렸다. 말릭 솔랑카의 케케묵은 사고방식에 의하면 그것은 지구상의 다른 나라들을 모욕하는 태도였다. 그러나 풍요의 시대를 맞이한 뉴욕은 이미 전 세계의 욕망과 탐욕의 대상이며 목표가 되어 있었고, 그 '모욕' 때문에 세계 각국은 더욱더 열망에 몸부림칠 뿐이었다. 센트럴 파크 웨스트에는 마차들이 왔다갔다하고 있었다. 마구에 달린 종들이 흔들리는 소리가 마치 손바닥에서 짤랑거리는 동전 소리처럼 들렸다.

이번 시즌의 히트 영화는 황제 호아킨 피닉스가 다스리는 제정 로마의 타락상을 그린 작품*이었는데, 이 영화 속에서 (삶과 죽음이 교차하는 액션과 볼거리는 말할 것도 없거니와) 명예와 존엄성을 찾아볼 수 있는 곳은 컴퓨터로 되살려낸 환상 속의 거

---

* 2000년 여름에 개봉된 영화 〈글래디에이터〉를 가리킨다.

대한 투기장, 즉 플라비아누스 원형 경기장이라고 부르기도 하는 콜로세움뿐이었다. 뉴욕에는 돈만이 아니라 구경거리도 꽤 많았다. 귀여운 사자들이 나오는 뮤지컬, 5번가의 자전거 경주, 매디슨 스퀘어 가든 무대에 서서 죄 없는 아마두 디알로*를 사살한 경찰의 총탄 마흔한 발에 대한 노래를 부르는 스프링스틴, '보스'**의 콘서트를 보이콧하겠다는 경찰 노조의 위협, 힐러리 클린턴 대 루디 줄리아니, 어느 추기경의 장례식, 귀여운 공룡들이 나오는 영화, 대체로 둘 다 비슷비슷한 인물이지만 분명 귀엽다고는 말할 수 없는 대통령 후보들—거시(Gush), 보어(Bore)***—의 카퍼레이드, 힐러리 대 릭****, 천둥번개를 동반한 폭풍우가 스프링스틴 콘서트와 시스타디움을 덮친 사건, 어느 추기경의 취임식, 영국의 귀여운 닭들이 나오는 만화영화*****, 심지어는 문학 축제, 그리고 이 도시에 존재하는 수많은 인종적, 민족적, 성적 하위문화들을 찬양하다가 결국 (때로는) 칼부림이

---

* 뉴욕 경찰의 총격으로 사망한 기니인.
** 브루스 스프링스틴의 별명.
*** 미국 2000년 대선후보 조지 부시와 앨 고어의 성에서 첫 글자를 맞바꾼 말장난. 영어 단어로는 각각 '허풍쟁이'와 '따분한 놈'이라는 의미를 내포한다.
**** 2000년 뉴욕 주 연방상원의원 선거에서 줄리아니가 중도하차한 후 힐러리와 경합하여 근소한 차이로 패배한 릭 라지오 공화당 후보.
***** 〈치킨 런〉을 가리킨다.

나 폭행, 그것도 (대개는) 여자들에 대한 폭행으로 끝나버리기 일쑤인 '신명나는' 퍼레이드까지. 자신이 인류평등주의자로 태어났으며 시골은 가축들이나 사는 곳이라는 신념을 가진 도시인으로 자라났다고 생각하는 솔랑카 교수는, 퍼레이드가 있는 날마다 다른 시민들과 사이좋게 땀을 흘리며 걸었다. 어느 일요일에는 게이 프라이드를 부르짖으면서 빈약한 엉덩이를 흔들어대며 의기양양하게 걷는 동성애자들과 친해졌고, 그 다음 주에는 조국의 국기를 브라 대용으로 사용하는 푸짐한 엉덩이의 푸에르토리코 여자와 나란히 걸으며 즐거워하기도 했다. 이런 군중 속에서는 침해당한다는 기분이 들지 않았다. 오히려 그 반대였다. 대중 속에는 흡족한 익명성만 있을 뿐, 타인을 침해하는 일은 없었다. 그곳에는 그의 수수께끼에 관심을 갖는 사람도 없었다. 그곳에 모인 사람들은 모두 자신에게서 벗어나려는 사람들이었다. 아무도 입 밖에 내지 않았지만 그것이야말로 집단이 갖는 마법의 힘이었다. 요즘 솔랑카 교수의 유일한 인생 목표는 자신에게서 벗어나는 것이었다. 비가 내리는 이 특별한 주말, 대기 속에는 칼립소 리듬이 감돌고 있었다. 솔랑카가 약간의 죄의식을 느끼면서도 즐겨 회상하는 해리 벨라폰테의 〈자메이카 페어웰〉이나 〈당나귀 노래〉("내가 분명히 말해두는데 / 내 당나귀 거기다 묶어놓지 마 / 내 당나귀 펄펄 뛰며 울어댈 테니 / 내 당나귀 거기다 묶어놓지 마!") 따위가 아니었다. 자메이카의 음유시인이며 논객들인 바나나 버드, 쿨 러닝스, 옐로벨리 등의 진정한 풍자 음악이 브라이언트 파크에서 라이브로 연주되거나 사람들이 어깨 위에 얹고 다니는 대형 카세트 라디오에 실려 브로드웨이를 누비고 있었다.

그러나 행진을 마치고 집으로 돌아오면서 솔랑카 교수는 곧 우울증에 사로잡혔다. 이젠 일상이 되어버린 그 은밀한 슬픔을 그는 인류 전체의 문제로까지 확대시켰다. 이 세상은 어딘가 잘못되어 있었다. 젊은 시절 갖고 있던 낙관적인 사랑과 평화의 사상을 잃어버린 지금, 점점 더 심해져가는 가짜 (그는 '가상假想'도 멋진 말이라고 생각했지만 이런 맥락에서는 싫어했다) 현실에 도저히 적응할 수가 없었다. 권력의 문제들이 그를 괴롭혔다. 몹시 흥분한 시민들은 그렇게 각양각색의 망우수(忘憂樹) 열매들을 먹고 있지만 이 도시의 지배자들이— 저녁 뉴스에 사건을 찍은 아마추어 비디오가 방송되기 전에는 학대받는 여자들의 고통에도 경멸적인 반응만 보여주기 일쑤인 줄리아나 사피르* 같은 자들이 아니라, 그렇게 형편없는 꼭두각시들이 아니라 언제나 변함없이 버티고 있는 더 높은 자들, 늘 새로움을 찾고

---

* 뉴욕 경찰국장 하워드 사피르.

아름다움을 먹어치우며 끝없이 욕망을 채워가는, 그리고 끊임없이 끊임없이 더 많은 것을 원하는 그들이―무슨 짓을 자행하고 있는지 그 누가 알 수 있으랴? 한 번도 만날 수는 없지만 엄연히 존재하는―무신론자 말릭 솔랑카는 이같은 유령 인간들에게 신과 같은 편재의 권능까지 인정해주고 싶지는 않았다―세상의 제왕들, 그의 친구 라인하트의 표현을 빌리자면 까다롭고 포악한 황제들, 차디찬 영혼을 가진 볼링브룩*들, 시장과 경찰국장의 코리올라누스**들에게까지 손을 뻗는 호민관들…… 솔랑카 교수는 마지막 이미지를 떠올리며 희미하게 전율했다.*** 그는 자신을 잘 알고 있었으므로 자신에게 천박하고 음란한 일면이 있다는 사실도 물론 의식하고 있었다. 그러나 낱말 하나 때문에 이렇게 노골적인 상상을 하게 될 때는 스스로 놀라지 않을 수 없었다.

말릭 솔랑카는 탄식했다. 인형 조종자들이 우리를 움직여 저마다 펄펄 뛰며 울어대게 한다. 꼭두각시인 우리들이 우쭐우쭐 춤을 출 때 그 줄을 잡아당기는 자들은 누구인가?

---

* 영국 정치가, 선동가. 1678~1751.

** 기원전 5세기경 로마의 장군. 전설적 영웅이었으나 민중보다 지배 계급에 동조했다.

*** 코리올라누스(Coriolanus)의 마지막 음절 아누스(anus)는 항문을 뜻하는 라틴어이기도 하다.

여전히 빗물이 뚝뚝 떨어지는 모자를 쓰고 앞문을 들어서자 전화벨이 울리고 있었다. 그는 아파트 현관홀에 놓인 무선 전화기의 받침대에서 휴대장치를 낚아채 퉁명스럽게 말했다.

"예, 뭐요?"

아내의 음성이 그의 귀로 전해졌다. 대서양 바닥에 깔린 해저 케이블을 타고 오는지, 혹은 요즘처럼 모든 것이 변하는 시대에는 바다 위에 높이 떠 있는 인공위성을 통해 들려오는 것인지도 모른다. 요즘은 펄스 방식도 톤 방식으로 바뀌었다. 아날로그(analogue) 시대―그것은 언어의 풍요로움, 즉 비유(analogy)의 시대이기도 했다―는 가고 디지털 시대가 왔다. 마침내 숫자가 문자를 누르고 최후의 승리를 거머쥔 것이다. 그는 옛날부터 그녀의 목소리를 사랑했다. 십오 년 전 런던에서 그가 출판업에 종사하는 친구 모건 프랜즈에게 전화를 걸었는데, 때마침 모건이 자리를 비워 지나가던 엘리너 매스터스가 그 시끄러운 물건을 집어들었던 것이다. 두 사람은 그 전에 한 번도 만난 적이 없었지만 어쩌다 보니 한 시간 동안이나 통화를 하게 되었다. 그리고 일주일 후, 그들은 그녀의 집에서 저녁식사를 함께 했다. 그렇게 은밀한 장소에서 첫 데이트를 하는 것이 부적절하다는 말 따위는 둘 다 입 밖에 내지 않았다. 그리하여 십오 년 동안의 동반자 관계가 시작되었다. 결국 그는 그녀의 다른 부분보다 그녀의 목소리를 먼저 사랑했던 것이다. 그때부터 그들은 서로에 대해 말할 때마다 그 일을 즐겨 이야기하곤 했다. 물론 지금은, 사랑이 지나가고 잔인한 후유증만 남게 된 지금, 추억이 고통으로 바뀌어버린 지금, 두 사람 사이에 남아 있는 것이라고는 수화기 속의 목소리뿐인 지금은 오히려 가장 슬픈 이야기 중의 하나가 되어버렸다. 엘리너의 음성을 들으면서 숄랑카 교수는 그 소리가 조각조각 분해되어 디지털 정보로 변해가는 장면을 상상하고 약간의 혐오감을 느꼈다. 하이데라바드-데칸쯤에 있는 어느 메인 컴퓨터가 그녀의 나직나직하고 아름다운 목소리를 꿀걱 삼켰다가 도로 게워내는 것이다. 디지털 세계에서 아름다움의 등가물은 무엇일까? 아름다움을 기호화하는 디지트*들, 아름다움을 밀봉하고 변환하고 전송하고 해독하는, 그리고 그런 과정을 거치면서도 아름다움의 정수를 가둬버리거나 질식시켜버리지 않는 그 숫자-손가락들은 도대체 어떤 것들일까? 아무튼 과학기술 덕분이 아니라 과학기술에도 불구하고, 아름다움은, 그 허깨비는, 그 보물은 이렇게 새로운 기계들을 통과하면서도 전혀 감소되지 않는다.

　"말릭. 숄리."

---

* 0부터 9까지의 숫자. 손가락이나 발가락을 뜻하기도 한다.

(이 말은 그를 약 올리기 위한 것이었다.)

"내 말을 안 듣는군요. 당신은 지금 정신이 딴 곳에 가 있어서 자기 아들이 아프다는 간단한 사실 하나도 알아듣지 못하고 있어요. 내가 아침에 눈을 뜰 때마다 개한테서 아빠는 왜 집에 안 오느냐는 질문을, 그 참을 수 없는 질문을 들어야 한다는 이 간단한 사실조차도 알아듣지 못한 거예요. 그중에서도 가장 간단한 사실, 즉 당신은 아무런 이유도 없이, 그리고 그럴싸한 변명 하나도 없이 우리를 버리고 떠나버렸다는 사실, 당신을 가장 사랑하고 또 가장 필요로 하는 사람들을 모두 배반하고 바다 건너로 가버렸다는 그 사실은 굳이 말할 나위도 없구요. 이 나쁜 인간아, 그런 일을 당하고도 우린 여전히 당신을 사랑한단 말예요."

아이의 생명이 위태로운 것도 아니고 가벼운 기침 감기에 불과했지만 그녀의 말은 분명한 사실이었다. 솔랑카 교수는 자신의 내면에 틀어박혀버린 상태였다. 이 사소한 통화 문제에서도 그랬지만 더 큰 문제에서도 마찬가지였다. 즉, 한때는 함께였으나 지금은 헤어져버린 그들의 삶, 한때는 절대로 떨어질 수 없을 것만 같았던 그들의 결혼생활, 친구들이 주저 없이 최고의 한 쌍으로 꼽았던 부부 관계, 그리고 아스만 솔랑카의 부모로서의 삶. 이제 터무니없을 정도로 아름답고 성격도 온화한 세 살배기 아이로 자란 아스만은 검은 머리의 부모에게서 태어났지만 신기하게도 금발이었다. 두 사람이 그에게 그토록 거룩한 이름을(아스만Asmaan, 본뜻은 '하늘'이지만 비유적으로 '천국'을 의미하기도 한다) 지어준 까닭은 그들이 둘 다 거리낌없이 진심으로 믿을 수 있는 유일한 하늘이 바로 그 아이였기 때문이었다.

솔랑카 교수는 아내에게 딴 생각을 해서 미안하다고 사과했다. 그러자 그녀는 울음을 터뜨렸고, 허엉 하는 그 요란한 소리에 그는 가슴이 미어지는 것 같았다. 결코 무정한 사람은 아니었기 때문이다. 그는 그녀가 울음을 그칠 때까지 말없이 기다려주었다. 이윽고 그녀가 잠잠해지자 그는 자신에게, 그리고 그녀에게 티끌만 한 감정도 드러내지 않고 지극히 거만한 태도로 이렇게 말했다.

"당신이 내 행동을 납득하지 못하는 건 나도 이해해. 그렇지만 당신 자신이 나한테 가르쳐줬듯이, 설명할 수 없는 요소들의 중요성이랄까……"

이때 그녀가 전화를 끊어버렸지만 그는 하던 말을 계속했다.

"그, 아, 셰익스피어의 작품에서처럼 말이야."

그녀가 듣지 못한 이 마지막 말에서 그는 아내의 나신을 떠올렸다. 십오 년 전의 엘리너 매스터스, 긴 머리의 그녀는 스물다섯 살의 눈부신 알몸으로 그의 무릎을 베고 누워 있었는데, 거웃

위에 낡아빠진 파란 가죽 장정의 『전집』을 엎어놓고 있었다. 그 첫번째 저녁식사는 곧 예의범절을 무시하고 신속하게 발전하여 그렇게 달콤한 결말을 보게 되었던 것이다. 그날 그는 포도주를 가져갔는데, 그것도 값비싼 티냐넬로 안티노리 세 병이었고(세 병씩이나! 이는 유혹하는 자들의 낭비 성향을 보여주는 한 증거가 아닐 수 없다), 그녀는 그를 위해 어린 양의 정강이살 한 덩어리를 구웠고, 진한 커민향을 풍기는 이 고기에 싱싱한 꽃잎 샐러드를 곁들여 내놓았다. 블룸즈버리 그룹*의 디자인과 공예품으로부터 많은 영향을 받은 그 아파트에서 그녀는 짧은 검정색 드레스를 입고 맨발로 사뿐사뿐 걸어다녔고, 그녀의 웃음소리, 그렇게 가냘픈 여자치고는 자못 호탕한 그 웃음소리를 흉내 내는 새장 속의 앵무새 한 마리를 자랑스럽게 보여주기도 했다. 그에게는 처음이자 마지막이었던 이 블라인드 데이트를 통하여 그녀가 모든 면에서 그 목소리의 주인공으로 조금도 손색이 없는 여자였음이 밝혀졌다. 그녀는 아름다울 뿐만 아니라 똑똑했고, 자신만만한 동시에 연약했으며, 게다가 요리 솜씨까지 훌륭했

---

* 1907에서 1930년 사이에 런던 블룸즈버리 구(區)에서 자주 모였던 영국의 작가, 철학자, 예술가 집단. 소설가 E. M. 포스터와 버지니아 울프, 경제학자 존 메이너드 케인스, 철학자 A. N. 화이트헤드, 미술평론가 로저 프라이 등 당대의 지성인들이 많이 참여했다.

다. 수많은 한련들을 먹어치우고 그가 가져온 토스카나 산 적포
도주를 마음껏 퍼마신 후, 그녀는 자신의 박사 논문에 대해 설명
하기 시작했지만(이때쯤 두 사람은 그녀의 거실 바닥에 깔린 크
레시다 벨*의 수공품 양탄자에 앉아 느긋하게 빈둥거리고 있었
다) 곧 입맞춤 때문에 방해를 받게 되었다. 솔랑카 교수는 어린
양처럼 온순하게 사랑에 빠져들고 말았던 것이다. 그때 이후로
오랫동안 행복한 시절을 보내면서 두 사람은 그 당시에 누가 먼
저 접근했느냐를 놓고 즐거운 논쟁을 벌이곤 했다. 그때마다 그
녀는 자기가 그렇게 뻔뻔스러웠을 리가 없다고 격렬하게 (그러
나 눈을 빛내면서) 항의했고, 그는—사실이 아님을 알면서도—
그녀가 '몸을 던지다시피 했다'고 한사코 우겨댔다.

"내 얘기를 들을 거예요, 말 거예요?"

그는 듣겠다고 고개를 끄덕였지만 그의 손은 아담하고 예쁘
장한 한 쪽 젖가슴을 어루만지고 있었다. 그녀는 그의 손을 붙잡
고 다시 이야기를 시작했다. 그녀의 주장은 그 위대한 비극들의
핵심을 들여다보면 그 속에는 각각 사랑에 관련된 답변할 수 없
는 의문들이 담겨 있다는 것, 그러므로 각각의 작품을 이해하기
위해서는 그 설명할 수 없는 요소들을 설명하려는 시도가 필요

---

* 정교하고 장식적인 디자인으로 명성을 얻은 영국의 섬유 및 인테리어 디자이너.

하다는 것이었다. 가령 햄릿은 어째서 죽은 아버지를 사랑하면서도 복수를 한없이 미루기만 했고, 오히려 자기를 사랑하는 오필리아를 죽게 만들었을까? 리어 왕은 딸들 중에서 코델리아를 제일 사랑하면서도 왜 첫 장면에서 그녀의 정직한 말 속에 담긴 사랑을 알아차리지 못하고 그 언니들의 거짓 사랑에 속아버렸을까? 그리고 국왕과 나라를 사랑했던 남자다운 남자 맥베스가 어째서 사랑이 뭔지도 모르는 색녀 맥베스 부인의 꾐에 빠져 피에 물든 사악한 왕위를 노리게 되었을까? 지금 뉴욕에서 아직도 멍하니 무선 전화기를 들고 있는 솔랑카 교수는 그날 자신의 움직이는 손가락에 와 닿았던 벌거벗은 엘리너의 곤두선 젖꼭지를, 그리고 오셀로 문제에 대한 그녀의 탁월한 견해를 떠올리며 경외심을 느꼈다. 엘리너는 그 문제가 이아고의 '이유 없는 악의' 때문이 아니라 무어인 오셀로의 감성적 이해력 부족 때문이라고 말했다.

"오셀로는 사랑에 대해서는 터무니없이 우둔하면서도 무식하게 질투심만 강했기 때문에 그렇게 얄팍하기 짝이 없는 증거만 믿고 그토록 사랑한다던 아내를 살해하고 만 거예요."

엘리너의 결론은 이러했다.

"오셀로는 데스데모나를 사랑하지 않았어요. 이건 어느 날 갑자기 떠오른 생각이에요. 나로서는 정말 전구가 반짝 켜지는 순간이었죠. 그는 사랑한다고 말했지만 정말 그랬을 리가 없어요. 그녀를 정말 사랑하면서도 죽였다는 건 앞뒤가 맞지 않으니까요. 내가 보기에 데스데모나는 오셀로의 전리품, 즉 자신의 지위를 말해주는 가장 귀중한 소유물, 다시 말하자면 백인들의 세상에서 우뚝 일어선 자신의 높은 신분을 보여주는 물증이었을 뿐이에요. 아시겠어요? 그는 그녀의 이런 의미를 사랑했을 뿐, 그녀를 사랑했던 건 아니라구요. 물론 오셀로는 흑인이 아니라 '무어인'이었죠. 아랍인, 이슬람교도, 아마 오셀로(Othello)라는 이름도 아랍어의 아탈라(Attallah)나 아타울라(Ataullah)의 라틴어 식 표기일 거예요. 그러니까 그는 죄악과 구원이 존재하는 기독교 세계가 아니라 이슬람 세계의 윤리관, 즉 명예와 치욕이라는 이분법을 가진 윤리관의 산물이라는 거죠. 데스데모나의 죽음은 '명예 살인'*이었어요. 그녀에게 죄가 없더라도 상관없어요. 비난받았다는 사실만으로도 충분한 거죠. 그녀의 정조가 의문시되었다는 것은 오셀로의 명예와 결코 양립할 수 없는 문제였어요. 그래서 그는 그녀의 말에 귀를 기울이지 않았고, 미심쩍은 부분이 있는데도 판단을 보류하지 않았고, 그녀를 용서하지도 않았고, 아무튼 한 여자를 사랑하는 남자가 했음직한 일은 아

---

* 가문의 명예를 더럽혔다는 이유로 가족 구성원을 살해하는 관습.

무엇도 하지 않았어요. 오셀로는 자기 자신만을 사랑했어요. 연인이며 지휘관으로서의 자신을, 좀더 과장하길 좋아하는 라신 같은 작가였다면 정열과 영광이라고 했을 만한 그 부분을 말예요. 오셀로에게 데스데모나는 사람도 아니었어요. 구체화된 관념에 지나지 않았죠. 그에게 그녀는 '오스카 바비 상(像)'이었던 거예요. 인형이었다구요. 어쨌든 그게 내 주장이었고, 그걸로 박사 학위를 받았어요. 어쩌면 내 뻔뻔스러움이랄까, 그 대책 없는 똥배짱 때문에 주는 상(賞)이었는지도 모르죠."

그녀는 티냐넬로를 한 모금 꿀꺽 마신 후, 마치 활을 당기듯이 등을 젖히고 두 팔로 그의 목을 껴안아 자기 쪽으로 끌어당겼다. 그리고 두 사람은 비극에 대한 생각 따위는 깨끗이 잊어버렸다.

그로부터 오랜 세월이 흐른 지금, 흠뻑 젖은 채 칼립소 술꾼들과 함께 돌아다녔던 솔랑카 교수는 몸을 데우려고 따끈한 물로 샤워를 하면서 방금 자기가 몹시 주제넘고 어리석은 짓을 했다고 생각했다. 엘리너에게 그녀의 논문을 들먹인 것은 정말 쓸데없는 짓이었다. 도대체 무슨 생각으로 자신과 자신의 한심한 행동을 셰익스피어에 견주어가며 혼자 고상한 체했던 것일까? 진심으로 자기가 베니스의 무어인이나 리어 왕과 어깨를 나란히 할 만하다고, 자신의 비밀이 그들의 그것과 비교할 만하다고 생각했던 것일까? 그런 허영심을 가졌다면 이혼 사유로도 손색이 없을 것이다. 그녀에게 사과하는 뜻에서라도 당장 전화를 걸어 그렇게 말해줘야 할 것 같았다. 그러나 그 말에도 오해의 소지가 있었다. 엘리너는 이혼을 원하지 않았다. 지금 이 순간까지도 그녀는 그가 돌아와주기를 바랐다. 엘리너는 벌써 몇 번이나 이런 말을 했었다.

"당신도 잘 알고 있겠지만, 당신이 이번 일만, 이 바보 같은 짓만 그만둔다면 다 괜찮아질 거예요. 정말 괜찮아질 거라구요. 그런데도 이렇게 고집을 부리다니 도저히 참을 수가 없어요."

그는 이런 아내를 버리고 떠나왔던 것이다! 그녀에게 결점이 있다면 펠라티오를 안 해준다는 것이었다(한편 그는 성교 도중 상대가 그의 정수리를 만지는 것을 싫어한다는 점이 특이했다). 그녀에게 결점이 있다면 후각이 너무 예민하다는 것, 그래서 그가 자신의 몸에서 악취가 풀풀 나는 것 같다고 생각하게 된다는 점이었다(그러나 그 덕분에 좀더 자주 씻게 되었다). 그녀에게 결점이 있다면 물건을 살 때 가격을 물어보지도 않는다는 점이었는데, 영국인들의 표현처럼 돈방석 출신이 아닌 여자치고는 특이한 버릇이었다. 그녀에게 결점이 있다면 돈을 받아서 쓰는 데 익숙해져 크리스마스만 되면 전체 국민의 절반가량이 일 년 동안 벌어들이는 돈보다 더 많은 액수를 한꺼번에 써버리기도 한다는 점이었다. 그녀에게 결점이 있다면 모성애 때문에 다른 이들의 욕구에 대해서는 눈이 멀어버렸다는 점인데, 단도직입적으로 말하자면 솔랑카 교수의 욕구도 예외가 아니었다. 그녀에게 결점이 있다면 더 많은 아이들을 원한다는 점, 그녀가 원하는 것은 오로지 그것뿐이라는 점이었다. 아라비아의 황금을 모두 준다고 해도 마다할 정도로.

아니, 그녀에게는 결점이 없었다. 그녀는 한없이 다정하고 세심한 연인이었고, 카리스마가 있으면서도 상상력이 풍부한, 정말 비범한 엄마였고, 대화를 나눌 때는 대단히 편안하고 보람을 주는 말동무였고, 말수가 많지는 않았지만 말솜씨가 좋았고(그 첫번째 전화 통화를 보라), 먹을 것과 마실 것만이 아니라 사람의 됨됨이에 대해서도 탁월한 식견을 가진 감식가였다. 엘리너 매스터스가 미소를 지을 때마다 솔랑카는 은근하고 기분 좋은 찬사를 받은 듯한 기분을 느꼈다. 그녀의 우정은 용기를 북돋워주었다. 씀씀이가 좀 헤프긴 하지만 그게 대수냐? 솔랑카 가족은 뜻하지 않게 부자가 되었는데, 그것은 씩 웃는 건방진 미소와 오만해 보일 정도로 무심한 태도를 가진, 그 당시에 막 사용되기 시작했던 표현을 빌리자면 사뭇 '도도한' 여자 인형 하나가 세계적으로 폭발적인 인기를 끈 덕분이었다. 그로부터 팔 년 뒤에 태어난 아스만 솔랑카는 놀라울 정도로 그 인형을 빼닮아서 마치 그녀가 금발과 검은 눈, 그리고 좀더 상냥한 성격을 지니고 피와 살을 받아 이 세상에 태어난 듯싶었다. 물론 영락없는 사내 아이라서 대형 굴착기나 증기 롤러, 우주선, 기관차 따위에 열중했고, 디즈니 만화영화 〈덤보〉에서 "난할수있어, 난할수있어, 할수있었어, 할수있었어" 하며 곡마단을 끌고 가는 작은 기관차 케이시 존스의 강인한 의지에 매료되었다. 아스만은 항상 계집 애로 오인되어 짜증스러울 정도였는데, 그것은 그의 긴 속눈썹 과 아름다운 외모 때문이었겠지만 사람들이 아스만을 볼 때마다 그의 아버지가 먼저 만들었던 작품을 떠올리는 것도 또하나의 이유였을 것이다. 그 인형의 이름은 리틀 브레인이었다.

2

1980년대 말에 솔랑카 교수는 학문적인 삶에 염증을 느꼈다. 답답한 생활, 그 속의 치열한 경쟁, 그리고 지독한 폐쇄성이 싫었다. 그는 엘리너에게 이렇게 선언했다.

"무덤이 입을 벌리고 기다리는 건 누구에게나 똑같지만 대학 꼰대들의 경우엔 무덤도 따분해서 하품을 하는 거라구."

그리고 이런 말도 덧붙였는데, 그 뒤의 상황을 돌이켜보면 불필요한 소리였다.

"가난해질 각오를 해둬."

그는 곧 동료들을 놀라게 하면서, 그러나 아내로부터는 무조건적인 지지를 받으면서 케임브리지 대학교 킹스칼리지의 종신 재직권을 포기하고—그곳에서 그는 국민에 대한, 그리고 국민을 위한 국가의 책임이라는 개념, 그리고 그것에 대응하되 때로는 대립하기도 하는 주권자라는 개념의 발전 과정을 연구했다 —런던으로 이사했다(그 집은 하이베리힐에 있었는데, 아스널 스타디움에서 엎어지면 코 닿을 거리였다). 그리고 머지않아 그는, 그렇다, 텔레비전의 세계로 뛰어들었다. 충분히 예상할 수 있는 일이지만 그는 그 결과로 부러움 섞인 경멸의 대상이 되었다. BBC에서 그에게 대중적인 심야 철학사 시리즈의 기획을 맡겼을 때는 특히 더 심했다. 그 프로그램의 주역이 바로 숄랑카 교수가 손수 제작한 악명 높은 인형들, 커다란 머리를 가진 지식인 인형들이었다.

도저히 참을 수 없는 일이었다. 그 전까지만 하더라도 명망 있는 동료의 엉뚱한 기행쯤으로 여겨 용납할 만했던 일이 이제는 비겁한 도망자의 용납할 수 없는 우행(愚行)이 되었고, 방영되기 전부터 크고 작은 '먹물들'이 만장일치로 〈리틀 브레인의 모험〉을 비웃었다. 그러다가 드디어 방송이 시작되었는데, 미처 한 시즌이 끝나기도 전에 이 프로그램은 만인을 놀라게 했고 독설가들에게는 절망을 안겨주었다. 소수의 고급 시청자들이 남몰래 즐기는 프로그램이 아니라 수많은 젊은이들을 포함하여 애호가들이 점점 늘어나기만 하는 당대의 컬트 클래식으로 자리 잡았고, 마침내 방송인이라면 누구나 원하는 시간대, 즉 저녁 뉴스 바로 다음으로 방송 시간이 옮겨지는 영예를 차지했던 것이다. 그때부터 이 프로그램은 황금시간대의 당당한 히트작으로 발돋움했다.

킹스칼리지에서는 널리 알려진 사실이지만 말릭 솔랑카는 이십 대 중반이었을 때 암스테르담에 간 적이 있었는데—이 도시에서 그는 파베르제*가 자금을 지원하는 한 좌익계 단체에서 종교와 정치에 대한 강연을 했다—그때 레이크스뮈세윔**을 구경하다가 그 엄청난 보물 창고에 전시된 인형의 집을 보고 단숨에 매료되었다. 정교한 고가구로 치장된 이 집들은 네덜란드의 가정생활을 시대별로 묘사해놓은 진기한 작품이었다. 마치 폭격으로 벽이 날아가버린 듯 집의 앞면이 트여 있어 작은 극장처럼 보이기도 했다. 그 자리에 그가 있었기에 극장은 비로소 완전해졌다. 그가 건물의 네번째 벽이 되었던 것이다. 그는 암스테르담의 모든 것을 축소 모형으로 생각하기 시작했다. 그가 묵고 있던 헤렌흐라흐트의 호텔도, 안네 프랑크의 집도, 그리고 터무니없이 아름다운 수리남 여인들도. 생각을 뒤집어 인간의 삶을 인형만 한 크기로 축소시켜 바라보게 된 것이었다. 젊은 솔랑카는 그런 효과를 만족스럽게 여겼다. 인간이 이룩한 업적의 규모에 대하

---

* 러시아 파베르제 일가의 보석 세공 회사.
** 암스테르담에 있는 네덜란드 국립박물관.

여 약간의 겸손함을 갖는 것은 바람직한 일이었다. 그렇게 머릿속의 스위치가 젖혀진 뒤에는 오히려 예전과 같은 눈으로 사물을 바라보기가 더 힘들었다. 당시 슈마허*가 역설하기 시작했듯이 작은 것이 아름다웠다.

말릭은 날마다 레이크스뮈세움에 있는 인형의 집들을 보러 갔다. 그때까지 그는 자기 손으로 뭔가를 만들어보겠다는 생각을 단 한 번도 해본 적이 없었다. 그런데 지금은 끌과 아교, 헝겊과 바늘, 가위와 풀 따위에 대한 생각이 머릿속에 가득했다. 그는 각종 벽지와 직물류를 구상했고, 침대 시트에 대한 꿈을 꾸었고, 화장실 설비들을 도안했다. 그러나 박물관을 몇 번 찾아간 후 그는 단순히 집을 만드는 것만으로는 만족할 수 없다는 것을 분명히 깨달았다. 그가 상상하는 환경 속에는 반드시 사람들이 필요했다. 사람들이 없으면 아무 의미도 없었다. 네덜란드에 있는 인형의 집들이 매우 정교하고 아름답기는 했지만, 그리고 그의 상상력에 가구류와 실내장식을 보태주기도 했지만, 그것들은 세상의 종말을 떠올리게 할 뿐이었다. 즉 살아 숨 쉬는 생명체는 모조리 소멸해버리고 물건들만 고스란히 남겨진 기이한 대재앙의 현장이었다. (생물에 대한 무생물의 궁극적 보복이라 할 수

---

* 독일 태생의 영국 경제학자. 주요 저서로 『작은 것이 아름답다』가 있다.

있는 중성자탄이 발명된 것은 그로부터 몇 년 뒤였다.) 그런 생각이 떠오른 다음부터 그곳은 그에게 혐오감을 줄 따름이었다. 그는 박물관의 골방 속에 작은 시체들이 잔뜩 쌓여 있다고 상상하기 시작했다. 새들, 짐승들, 아이들, 하인들, 배우들, 여자들, 귀족들. 그리고 어느 날, 이 거대한 박물관에서 걸어나온 그는 두 번 다시 암스테르담에 가지 않았다.

케임브리지로 돌아오자마자 그는 자신의 소우주들을 창조하기 시작했다. 그가 만든 인형의 집들은 첫 출발부터 독특한 개인적 상상력의 산물이었다. 처음에는 기발하다 못해 황당무계할 정도였다. 네덜란드의 세공 장인들이 이미 더이상 발전시킬 수 없을 만큼 훌륭히 붙잡아놓은 과거 대신에 그는 과학소설 같은 미래 속으로 뛰어들었던 것이다. 그러나 이같은 SF 심취기는 그리 길지 않았다. 위대한 투우사처럼 솔랑카도 황소에게 더 가까이 다가가는 것이 중요하다는 것을 곧 알게 되었다. 다시 말해서 자기 자신의 삶과 주변 환경으로부터 소재를 구하되 예술이라는 연금술로 낯설게 만들어야 한다는 것이었다. 그는 탁월한 직관력의 도움으로—엘리너의 표현을 빌리자면 '전구가 반짝 켜지는 순간'을 경험한 후—결국 '위대한 지성인들'을 만들게 되었는데, 종종 이 인형들을 배열하여 극적인 사건을 연출하곤 했다. 버트런드 러셀이 전시(戰時)의 반전 집회장에서 경찰관들의 곤

봉에 얻어맞는 장면, 친구들이 자기가 너무 일만 한다고 생각하지 않도록 하려고 키르케고르가 막간의 휴식 시간을 택하여 오페라 극장에 들르는 장면, 마키아벨리가 몹시 고통스러운 스트라파도*라는 고문을 당하는 장면, 그리고 소크라테스가 운명의 독배를 마시는 장면 등이었다. 그러나 솔랑카가 제일 좋아하는 인형은 두 개의 얼굴과 네 개의 팔을 가진 갈릴레오였다. 한 얼굴은 중얼거리는 작은 소리로 진실을 말했고, 한 쌍의 팔은 지구가 태양 주위를 도는 모습을 보여주는 작은 모형을 옷자락 속에 감추고 있었다. 그렇지만 다른 얼굴은 붉은 성직자복을 입은 자들의 준엄한 시선 앞에서 두 눈을 내리깔고 참회하는 표정을 지으며 자기가 알고 있는 사실을 공개적으로 철회했고, 다른 한 쌍의 팔은 경건하게 성서 한 권을 부둥켜안고 있었다. 그로부터 여러 해가 지나 솔랑카가 학계를 등진 다음부터 그 인형들이 그를 도와주기 시작했다. 그리고 그가 텔레비전을 위해 창조한 호기심 많은 지식 탐구자가 하나 더 있었다. 질문자인 동시에 시청자들의 대리인으로서 시간 여행을 하는 이 여자 인형 리틀 브레인은 머지않아 대스타가 되어 전 세계로 불티나게 팔려나갔다. 리틀 브레인은 세련되고 유행에 민감하면서도 이상주의적인 캉디

---

* 피의자의 양손을 등 뒤로 묶고 그 줄을 끌어올려 높이 매다는 고문 방식. 그 상태에서 갑자기 떨어뜨리거나 몸에 무거운 추를 달기도 했다.

드*였고, 도시의 게릴라 같은 '진리의 용사'**였고, 삐죽삐죽한 헤어스타일에 바리때 하나 달랑 들고 일본 북부의 오지를 여행하는 여자 바쇼***였다.

리틀 브레인은 똑똑하고 건방지고 겁이 없었으며 심오한 지식이나 양질의 지혜에 대해서는 정말 왕성한 호기심을 갖고 있었다. 그러나 학생이라기보다 밀정에 더 가까웠던 그녀는 타임머신을 타고 다니면서 위대한 지성인들을 들쑤셔 놀라운 비밀을 털어놓게 만들었다. 예를 들자면 17세기의 이단자 바루흐 스피노자가 제일 좋아하는 소설가는 19세기 영국 소설가 P. G. 우드하우스라는 사실이 밝혀졌다. 이것은 놀랄 만한 우연이었는데, 그 이유는 물론 후들거리며 돌아다니는 저 불멸의 집사 레지널드 지브스****가 제일 좋아하는 철학자도 바로 스피노자였기 때문이다. (우리의 끈을 끊어준 스피노자, 신을 거룩한 꼭두각시 조종자의 자리에서 물러나 편히 쉬게 해드렸으며 계시는 인류

---

* 프랑스 계몽주의 철학자 볼테르가 쓴 동명 소설의 주인공. 라이프니츠의 철학적 낙관주의를 신봉하는 팡글로스의 젊은 제자 캉디드는 온갖 불운을 겪은 후 비로소 극단적인 이상주의와 막연한 형이상학을 배제한 실제적인 철학이야말로 행복의 비결임을 깨닫는다.
** 영국 작가 존 버니언의 종교 우화소설 『천로역정』에 등장하는 순례자. 진리를 위해서라면 투쟁도 마다하지 않는 인물이다.
*** 마쓰오 바쇼. 일본 에도 시대 시인으로 하이쿠의 대가이다.
**** 우드하우스의 여러 작품에 나오는 유명한 등장인물.

역사를 초월한 사건이 아니라 그 일부였다고 믿었던 스피노자, 어울리지 않는 넥타이나 셔츠는 절대로 입지 않았던 스피노자.) 〈리틀 브레인의 모험〉에 등장하는 ‘위대한 지성인들’도 시간 여행자들이었다. 이베리아 반도의 아랍인 사상가 아베로에스와 그에 필적하는 유대인 마이모니데스는 둘 다 뉴욕 양키스의 열성 팬이었다.

리틀 브레인이 선을 넘은 적이 딱 한 번 있었다. 갈릴레오 갈릴레이를 인터뷰할 때였는데, 맥주를 벌컥벌컥 마셔대고 말버릇도 고약한 요즘의 말괄량이답게 그녀는 이 위대한 인물이 겪은 고난에 대해 ‘누구든지 나를 건드리면 국물도 없다’는 식의 견해를 피력했던 것이다. 그녀는 갈릴레오를 향해 몸을 기울이며 격렬하게 말했다.

“염병할, 나 같으면 절대로 참지 않았을 거예요. 무슨 교황 따위가 나한테 거짓말을 요구했다면, 쓰펄, 당장 혁명이라도 일으켰을 거라구요. 나 같으면 그 인간이 사는 집에 불을 질렀을 거예요. 아니, 아예 그 인간이 사는 도시 전체를 태워버렸겠죠.”

물론 욕설 부분은 프로그램 제작 초기 단계부터 순화되어 ‘젠장’ 따위로 바뀌었지만 문제는 그게 아니었다. 바티칸에 불을 지른다는 발상은 방송계의 거물들이 도저히 용인할 수 없는 것이었고, 결국 리틀 브레인은 처음으로 검열이라는 지독한 모욕을 경험해야 했다. 그런데도 아무것도 할 수 없었다. 어쩌면 갈릴레이처럼 혼자 진실을 중얼거렸는지도 모른다. 그래도 지구는 움직인다. 그래도 홀랑 태워버렸을 것이다……

케임브리지 시절로 돌아가보자. '솔리' 솔랑카의 초기 작품들도—달 표면에 설치하는 누에고치 모양의 조립식 주거 시설이나 우주 정류장 따위였다—나름대로 독창성과 상상력을 보여주었는데, 당시 볼테르를 연구하던 어느 프랑스 문학 전공자가 식사중에 큰 소리로 떠들어댄 의견에 의하면 솔랑카의 학문적 작품에는 그런 장점이 '속 시원하게 부족했다'는 것이었다. 그때 이 기발한 표현을 들은 사람들은 모두 폭소를 터뜨렸다.

'속 시원하게 부족했다.' 그것은 옥스브리지* 특유의 화법이었다. 농담하듯 가볍게 모욕을 주는 것인데, 전혀 심각하지 않으면서도 또한 지독하게 진지한 의미가 담겨 있었다. 솔랑카 교수는 이렇게 날카로운 비판에 익숙해지지 못해 종종 깊은 상처를 받았다. 그런 표현을 들을 때마다 자신도 그 속에 담긴 익살스러운 부분을 이해하는 척했지만 사실은 한 번도 제대로 이해할 수 없었다. 그런데 신기한 것은 그를 공격했던 볼테르 연구자, 즉 더브더브라는 별명으로 알려진 그 이름도 무시무시한 크리스토

프 워터퍼드 바이다도 마찬가지였다는 점이다. 사실 두 사람은 대단히 어울리지 않는 우정 관계를 유지하고 있었는데, 솔랑카처럼 워터퍼드 바이다도 동류 집단의 가차 없는 압력에 굴복하여 남들이 기대하는 대화방식에 그럭저럭 맞춰주는 요령을 터득했지만 여전히 불편함을 느끼고 있었다. 솔랑카도 그 사실을 알았고, 그래서 그 '속 시원하게 부족했다'를 가지고 그를 원망하지는 않았다. 그러나 그 말을 들은 사람들의 웃음소리는 결코 잊을 수 없었다.

더브더브는 이튼교 출신이었고, 유쾌했고, 돈이 많았고, 절반은 헐링엄 클럽*의 사교적인 젊은이, 절반은 언짢은 얼굴의 폴란드인이었고, 자수성가한 남자의 아들이었다. 아버지는 말투도 술버릇도 뒷골목 주먹패 같은 땅딸막한 유리공이었는데, 이중유리로 떼돈을 벌어 터무니없이 좋은 집안과 혼인을 맺으면서 시골 유지들을 경악시켰다("소피 워터퍼드가 폴란드인과 결혼했대!"). 더브더브는 머리가 흐트러진 루퍼트 브룩**처럼 잘생긴 얼굴이었지만 주걱턱이 흠이었고, 화려한 트위드 재킷이 가득한 옷장과 드럼 세트와 빠른 자동차를 갖고 있었지만 애인은 없었다. 첫 학기의 신입생 무도회 때, 60년대의 자유분방한 아

---

* 1869년 창설된 런던의 회원제 남성 전용 클럽.
** 영국의 시인. 1887~1915.

가씨들에게 함께 춤을 추자고 했다가 거절당하자 그는 이렇게 탄식했다.

"케임브리지 여자들은 왜 다들 이렇게 무례한 거지?"

그러자 어느 잔인한 앤드리인지 샤론인지가 이렇게 대답했다.

"대부분의 남자들이 너 같으니까."

그리고 식사를 하려고 줄을 섰을 때였다. 그는 짐짓 상류층 젊은이의 뻔뻔스럽고 쾌활한 태도로 어느 미녀에게 소시지를 권했다. 그러자 이 무표정한 아가씨, 사브리나인지 니키인지, 아무튼 귀찮은 남자들을 쫓아버리는 데 이골이 난 이 아가씨는 얼굴색도 안 변하고 싹싹하게 대꾸했다.

"아, 그런데 난 어떤 짐승들은 절대로 안 먹거든."

솔랑카 자신도 더브더브를 한두 번 놀린 게 아니라는 사실을 인정하지 않을 수 없었다. 두 사람이 함께 자유의 몸이 되었던 1966년 여름의 졸업식 날, 그들은 대학 잔디밭에서 가운을 입고 부모들에게 둘러싸여 우쭐거리며 미래를 꿈꾸고 있었다. 그때 순진한 더브더브가 소설가가 되겠다는 놀라운 포부를 밝혔다.

"이를테면 카프카 같은."

감개무량한 어조로 그렇게 말하면서 그는 상류층 특유의 함박웃음을 지었다. 자기 어머니처럼 고통이나 가난이나 의혹의 그늘이라고는 조금도 찾아볼 수 없는 그 하키팀 주장 같은 미소는 그가 아버지 쪽에서 물려받은 툭 불거진 검은 눈썹, 그의 조상들이 화려함과는 거리가 먼 폴란드의 우치라는 도시에서 이루 말할 수 없는 고초를 겪었음을 말해주는 그 눈썹과는 전혀 어울리지 않는 것이었다.

"『쥐구멍 속에서』『목적 없는 기계를 만드는 방법』『분노』. 뭐 그런 거 말이야."

솔랑카는 웃음을 참으면서 좀더 너그러운 마음을 가지라고 자신을 타일렀다. 저 미소와 저 눈썹의 불일치, 은수저 같은 영국과 주석컵 같은 폴란드의 불일치, 그리고 6피트의 키에 최신 유행으로 차려입은 크루엘라 드빌* 같은 저 화려한 어머니와 짜리몽땅하고 얼굴도 밋밋한 저 탱크 같은 아버지의 불일치, 그 속에서 정말 한 작가의 씨앗이 싹터 큰 나무로 성장할 수도 있을 것이다. 누가 알겠는가? 어쩌면 그 어처구니없는 잡종, 영국의 카프카를 탄생시키기에 적당한 조건이 바로 그런 것인지도 모른다.

더브더브는 생각에 잠겨 이렇게 말을 이었다.

"아니면 말이지, 좀더 상업적인 방향으로 나가는 것도 괜찮을 거야. 『인형 아가씨들의 계곡』**. 아니면 중용을 선택해서 고급

---

* 영화 〈101마리의 달마시안〉에 등장하는 부유한 여자 악당. 그녀의 이름은 '잔인한 악마(cruel devil)'를 뜻한다.

문학과 쓰레기 문학의 중간쯤으로 해보거나. 대부분의 사람들은 아무래도 적당한 수준을 좋아하니까, 솔리, 여러 소리 말라구. 사람들은 약간의 자극을 원하지만 그것도 너무 심하면 안 되겠지. 그리고 너무 긴 것도 안 돼. 문짝을 고정시키는 데 쓸 만큼 두꺼운 책은 곤란하다구. 톨스토이나 프루스트 같은 책 말이야. 골치 아프지 않을 만큼 짧은 책, 위대한 고전을 개작해서 짤막한 통속 소설을 쓰는 거야. 예를 들면 『오셀로』를 『무어인 살인 사건』으로. 네 생각은 어때?"

거기까지가 한계였다. 워터퍼드 바이다 부부의 최고급 샴페인에 알딸딸하게 취해버린 솔랑카는—그의 부모는 아들의 졸업식에 참석하기 위해 봄베이에서 여기까지 오는 것을 마땅찮게 생각했고, 더브더브는 그런 그에게 아낌없이 술을 따라주고 몇 번이나 다시 채워주었다—크리스토프의 우스꽝스러운 계획에 대해 격렬한 반론을 쏟아내면서 부디 작가 워터퍼드 바이다의 문학적 배설물로 세상을 더럽히지 말아달라고 간곡히 호소했다.

"제발 부탁인데, 어정쩡하게 공포스러운 시골 저택의 대하소

** 영국의 대중 소설가 재클린 수잔의 『인형의 계곡』을 빗댄 제목. 실존 유명인들의 사생활을 그려 초대형 베스트셀러가 된 이 소설은 현재까지 삼천만 부 이상 판매되었다.

설 나부랭이는 좀 참아줘. 『성』과 비슷한 분위기로 쓴 『브라이즈 헤드』* 같은 거 말이야. 『블랜딩스의 변신』** 같은 거. 오, 나 좀 살려주라. 더군다나 섹스 행각에 대한 거라면 좀 참으라구. 넌 재클린 수잔보다 알렉스 포트노이***에 더 가까운데, 재키 수잔 은 로스 씨의 재능에 경탄하긴 하지만 악수를 나누긴 싫다고 말 했다는 걸 잊지 말란 말이야. 그리고 무엇보다 베스트셀러 고전 이라면 정말 포기해. 『코델리아의 수수께끼』? 『엘시노어****의 알쏭달쏭』? 오, 오, 오."

그렇게 몇 분 동안 호의와 악의가 뒤섞인 조롱을 퍼부었지만 더브더브는 온화함을 잃지 않으면서 한 걸음 물러섰다.

"그럼 그거 말고 영화감독이 돼볼까. 우린 곧 남프랑스로 떠 나잖아. 거기 가면 영화감독이 필요할지도 모르지."

말릭 솔랑카는 옛날부터 이 얼빠진 더브더브에게 좀 약한 면 이 있었다. 그것은 더브더브가 이런 말을 서슴없이 입 밖에 내기 때문이기도 했지만, 또한 그 멋부린 웃음 속에 상냥하고 너그러

---

* 영국의 풍자 소설가 이블린 워의 작품으로 『다시 찾은 브라이즈헤드』가 있다.
** '블랜딩스'는 P. G. 우드하우스의 여러 소설에 등장하는 가공의 성(城) 이름, '변신'은 카프카의 소설 제목.
*** 미국 소설가 필립 로스의 소설 『포트노이의 불만』에 등장하는, 성적 불만을 가진 주인공.
**** 『햄릿』의 무대.

운 마음씨가 감춰져 있기 때문이었다. 그리고 고마운 일도 있었다. 1963년의 어느 쌀쌀한 가을밤, 킹스칼리지 마켓힐의 기숙사에 있던 열여덟 살의 솔랑카는 도움이 필요한 처지였다. 그는 대학 첫날부터 걷잡을 수 없이 극심한 두려움에 빠져 하루 종일 침대를 벗어나지 못한 채 마귀들에게 시달리고 있었던 것이다. 마치 자식들을 잡아먹은 크로노스처럼 미래가 그를 삼켜버리려고 입을 딱 벌리고 있는 듯했고, 가족과의 관계가 몹시 악화된 상태였으므로 과거는 깨진 항아리였다. 남은 것이라고는 이 견딜 수 없는 현재뿐이었는데, 여기서도 그가 할 수 있는 일은 아무것도 없었다. 차라리 이불을 뒤집어쓰고 침대에 머물러 있는 쪽이 훨씬 더 쉬웠다. 철제 창문이 있고 노르웨이 산 목재로 지어졌을 뿐 아무런 특징도 없는 현대식 방에서 그는 그렇게 자기 주변에 장벽을 쌓은 채 앞일을 외면하고 있었다. 문밖에서 몇 사람의 목소리가 들렸지만 대꾸도 하지 않았다. 발소리가 오락가락했다. 그런데 저녁 일곱시가 되었을 때 다른 목소리와는 전혀 다른, 더 크고 더 낭랑한 그리고 틀림없이 응답이 있을 거라고 완전히 확신하고 있는 한 목소리가 우렁차게 외치는 것이었다.

"이 방에 있는 사람, 혹시 괴상한 외국 이름이 적혀 있는 무식하게 큰 트렁크 하나 잃어버리지 않았어?"

그러자 솔랑카는 대답을 했고, 그러면서 자신도 놀랐다. 그것으로 공포의 날, 가사(假死) 상태의 날은 끝나고 비로소 대학 시절이 시작되었다. 마치 왕자의 입맞춤처럼 더브더브의 그악스러운 목소리가 사악한 마법을 풀어주었던 것이다.

솔랑카의 전 재산이 피즈힐에 있는 기숙사로 잘못 배달된 것이었다. 크리스는—아직 더브더브로 불리기 전이었으니까—손수레 하나를 찾아왔고, 솔랑카가 트렁크를 그 위에 싣고 올바른 목적지로 옮길 때까지 거들었고, 그 다음에는 비운의 트렁크 주인을 끌고 교내 식당으로 가서 맥주와 저녁을 먹였다. 나중에 두 사람은 그 식당에 나란히 앉아 눈부시게 빛나는 킹스칼리지 기숙사 사감의 말을 들었다. 사감은 그들이 케임브리지에 온 이유는 '오직 세 가지, 즉 지성! 지성! 지성!'이라고 했다. 그리고 앞으로 몇 년 동안 그들이 누구의 감독을 받으면서, 혹은 강의실 안에서 배우는 것보다 '서로의 방에서 서로의 정신을 살찌우며' 배우는 것이 더 많을 거라고 했다. 그 말을 들은 학생들은 모두 어리둥절해하며 조용히 앉아 있었다. 바로 그때였다. 도저히 못 들은 체할 수 없는 워터퍼드 바이다의 떠들썩한 웃음소리가—"하, 하, 하, 하"—식당 안의 적막을 산산이 깨뜨렸고, 솔랑카는 그 불경스러운 너털웃음 때문에 그에게 반해버리고 말았다.

더브더브는 소설가가 되지도 않았고 영화감독이 되지도 않았다. 공부를 계속해 박사 학위를 받고 결국 교수직을 제안받았는데, 그는 남은 한평생에 대한 숙제가 완전히 해결되어 고맙기 그지없다는 얼굴로 그 제안을 얼른 받아들였다. 그 표정을 보고 솔랑카는 귀공자의 가면 뒤에 숨어 있던 더브더브의 참모습, 즉 자기가 태어난 특권층의 세계로부터 탈출하려고 안달하는 한 젊은 이의 모습을 발견했다. 이 문제를 이해하기 위해 솔랑카는 사교계에만 열중하는 골빈 어머니와 상스럽고 비정한 아버지 때문일 거라고 믿어보려 했지만 도무지 상상이 되질 않았다. 그가 실제로 만나본 더브더브의 부모는 흠잡을 데 없이 싹싹했고 아들을 깊이 사랑하는 것 같았다. 그러나 워터퍼드 바이다가 필사적이었던 것은 틀림없는 사실이었다. 술에 취했을 때는 킹스칼리지의 교수직에 대해 "이거야말로 나에게 주어진 유일한 생명줄"이라고 말하기까지 했다. 일반적인 기준으로 본다면 그는 가진 것이 너무 많았는데도 말이다. 빠른 자동차, 드럼 세트, 로햄프턴 일대에 흩어져 사는 가족들, 신탁 재산, 『태틀러』*에 보도될 만한 연줄 등등. 나중에 크게 후회할 일이었지만 솔랑카는 더브더브의 마음을 헤아리지 못하고 그에게 너무 그렇게 자기 연민에 빠져 허우적거리지 말라고 말해버렸다. 그러자 더브더브는 굳어진 표정으로 고개를 끄덕이더니 곧 억지웃음을 터뜨렸고—"하,

---

* 런던에서 발간된 정기간행물(1709~11). 주로 상류층을 대상으로 매주 3회 발행했다.

하, 하, 하"―그후 여러 해 동안 일신상의 문제에 대해서는 일언 반구도 하지 않았다.

더브더브의 지능에 대해서는 동료들 중에서도 이렇다 저렇다 판단하지 못하는 사람이 많았다. 그것이 '더브더브 수수께끼'였다. 그는 아주 멍청해 보일 때가 아주 많았지만―케임브리지 사람들의 기준으로도 너무 몰인정한 별명이라서 그리 오래가지는 않았으나 리틀 브레인이 데리고 있는 불멸의 곰 이름을 따서 푸우라고 불리기도 했다―그의 학문적 성과는 그에게 적잖은 성공을 가져다주었다. 그는 볼테르에 대한 논문으로 박사 학위를 받았다. 나중에 그 논문은 명성을 얻는 발판으로도 작용했는데, 마치 팡글로스*를 변호하는 것처럼 보였다. 이 가공의 명사가 처음에 믿었던 라이프니츠 식의 과도한 낙천주의에 대해서도, 그리고 그가 나중에 옹호했던 폐쇄적 정적주의**에 대해서도. 그것은 더브더브가 이 논문을 쓰던 시기의 디스토피아적이고 집단주의적이며 정치적 참여를 부르짖는 사회 분위기에 정면으로 도전하는 것이었으므로, 다른 사람들처럼 솔랑카도 적잖이 놀랄

---

* 『캉디드』에서 주인공 캉디드의 스승.
** 17세기에 있었던 신비주의적 종교 운동. 주로 영혼의 소극적 상태(정적), 즉 인간의 노력을 억제하여 신의 활동이 온전하게 펼쳐질 수 있는 상태에서 완전함에 이를 수 있다고 주장했다.

수밖에 없었다. 더브더브는 해마다 '자신의 정원을 가꾸라(Cultiver Son Jardin)'는 제목으로 일련의 강의를 했다. 케임브리지에서 그렇게 많은 청중을 불러모으는 강의는 별로 없었는데, 페프스너*와 리비스**를 제외하면 그 누구도 그만 한 인기를 누리지 못했다. 젊은이들은(엄밀히 말하면 더브더브보다 더 젊은 이들이라고 해야 할 텐데, 왜냐하면 비록 고리타분한 옷차림을 하고 다녔지만 더브더브는 아직 청춘이었기 때문이다) 조롱과 야유를 퍼부으려고 찾아왔지만 떠날 때는 생각에 잠겨 조용해졌다. 학생들은 상냥하기 짝이 없는 그의 성격에 매료되었고, 그 푸른 눈에 깃들어 있는 순수함에 매료되었고, 또한 말릭 솔랑카를 첫날의 두려움으로부터 일으켜세웠던 자신감, 즉 상대방이 자기 말을 들어줄 것이라는 그 확신에 매료되었던 것이다.

세월이 흘러갔다. 70년대 중반의 어느 날 아침, 솔랑카는 친구의 강의실 뒷자리에 몰래 들어가 앉았다. 이때 그에게 깊은 인상을 준 것은 더브더브의 강의 내용이 꽤 강경하다는 것, 그리고 그 강경함과는 대조적으로 더브더브가 거의 우스꽝스러울 만큼 멍청한 말로 긴장감을 완화시킨다는 것이었다. 더브더브의 모습

---

* 독일 태생의 영국 미술사학자. 유대인이었던 그는 1934년 나치의 박해를 피해 영국으로 이주한 후 옥스퍼드, 케임브리지 등에서 교수로 활동했다.
** 영국의 문학비평가. 케임브리지의 다우닝칼리지에서 거의 한평생을 보냈다.

을 보면 그저 트위드 옷을 즐겨 입는 멋쟁이일 뿐, 당시까지도 '시대정신'이라고 불리던 그것에 대해서는 완전히 깜깜절벽인 듯싶었다. 그러나 그의 말을 들어보면 또 전혀 달랐다. 모든 것을 포괄하는 베케트적인 황폐함이 느껴졌다. 더브더브는 좌익 과격론자들과 구슬을 주렁주렁 달고 있는 장발족들 앞에서 너덜너덜한 『캉디드』를 휘두르며 이렇게 말했다.

"아직도 모르겠나? 아무것도 기대하지 말란 말이야. 이 책이 말하고 있는 건 바로 그거라구. 인생은 조금도 나아지지 않아. 무시무시한 소리라는 건 나도 알지만 어쩔 수 없는 일이지. 지금보다 더 좋아질 건 없어. 인간이 완전해질 수 있다는 얘기는 시쳇말로 신의 재미없는 농담에 불과한 거야."

그로부터 십 년 전이었다면, 마르크스주의자들의 유토피아, 히피 식 유토피아 등등 갖가지 유토피아가 코앞까지 다가온 듯이 느껴지던 시절이었다면, 경제적 번영과 완전 고용 덕분에 똑똑한 젊은이들이 대학 중퇴나 혁명적 에레훤* 등 저마다 슬기로운 혹은 어리석은 환상에 빠져들 수 있었던 그 시절이었다면 더브더브는 린치를 당했거나 적어도 야유에 못 이겨 입을 다물 수밖에 없었을 것이다. 그러나 이때의 영국은 광부들의 파업과 주

---

* 영국 작가 새뮤얼 버틀러의 풍자소설 『에레훤』에 묘사된 가상 국가. 거꾸로 읽으면 '존재하지 않는 곳(nohwere/nowhere)'이라는 뜻이다.

당 삼 일 근무의 여파로 떠들썩한 영국, 『고도』[*]에 나오는 러키의 그 엄청난 독백 속의 이미지처럼 인간이 점점 오그라들고 작아지듯이 그렇게 몰락해버린 영국이었다. 낙천주의가 지배했던 황금기, 그 어느 때보다 살기 좋은 세상이 금방 올 것만 같았던 그 시대는 빠르게 멀어져갔다. 그리고 더브더브가 꿋꿋하게 팡글로스를 편들었던 것이—세상을 즐겨라, 좋은 부분이든 나쁜 부분이든, 왜냐하면 우리에게 주어진 세상은 하나뿐이고, 결국 즐거움과 절망도 서로 다른 것이 아니니까—올바른 판단으로 느껴지는 시대가 신속히 다가오고 있었다.

솔랑카 자신도 그 영향을 받았다. 국가 권력과 개인의 관계라는 해묵은 난제에 대해 생각을 정리하려고 고심할 때 그는 이따금 자신을 격려해주는 더브더브의 목소리를 듣곤 했다. 이때는 국가통제주의 시대였는데, 그가 군중 속에 휩쓸리지 않은 것은 어느 정도 워터퍼드 바이다 덕분이기도 했다. 더브더브는 솔랑카의 머릿속에서 이렇게 속삭였다. 국가가 너를 행복하게 해주는 건 아니야. 너를 착하게 만들거나 상처받은 마음을 치유해줄 수도 없어. 학교는 국가에서 관리하고 있지만 과연 그 국가가 아이들에게 책 읽기를 좋아하도록 가르칠 수 있을까? 그건 부모의

---

[*] 사뮈엘 베케트의 대표작 『고도를 기다리며』.

일이 아닐까? 의료보장제도는 있지만, 꼭 필요하지도 않은데 병원을 찾는 사람들의 비율이 높다는 현실에 대해 그 제도가 할 수 있는 일이 무엇일까? 국민주택제도도 엄연히 존재하지만 이웃들의 품성은 정부가 해결할 수 있는 문제가 아니야. 솔랑카의 첫 번째 저서는 『우리에게 필요한 것들』이라는 제목의 얇은 책이었는데, 유럽 역사에서 국가 대 개인이라는 문제를 보는 시각이 변화해온 과정을 설명한 것이었다. 그런데 이 책은 정치적인 양극단으로부터 비판을 받았고, 나중에는 이른바 대처리즘의 구실이 된 책 가운데 하나라는 말까지 들었다. 솔랑카 교수는 마거릿 대처를 싫어했지만 비난처럼 들리는 그 말 속에서도 조금이나마 진실이 담겨 있음을 인정할 수밖에 없어 내심 꺼림칙했다. 대처식 보수주의는 빗나간 반체제 문화였다. 그것은 솔랑카의 세대처럼 권력 기관을 불신했고, 기존의 권력 집단을 타파하기 위해 대립 논리를 내세웠다. 그러나 그 목적은 권력을 국민에게 돌려주려는 것이 아니라—그 말이 무슨 뜻인지는 알 수 없지만—일부 특권층에게 넘기려는 것이었다. 경제 사정은 빈익빈 부익부로 치달았고, 그 원인은 60년대에 있었다. 이런 생각은 솔랑카 교수가 사상계를 떠나기로 결심하게 되는 중요한 계기로 작용했다.

1970년대 말에 크리스토프 워터퍼드 바이다는 조금이나마 스타가 되었다. 그 당시 학자들은 카리스마적인 존재였다. 과학의 승리는, 즉 물리학이 새로운 형이상학으로 부상하는 시대, 인간이란 무엇인가라는 중대한 문제를 놓고 철학자들이 아니라 미생물학자들이 고심하는 시대가 오기까지는 아직 조금 더 기다려야 했다. 당시에는 문학비평이 인기 절정이었고, 이 분야의 거인들은 마술장화를 신고 이 대륙에서 저 대륙으로 성큼성큼 건너다니며 점점 더 넓어지는 국제무대에서 여봐란듯이 활보했다. 더 브더브도 세계 각지를 여행했는데, 그때마다 바람효과*를 달고 다니는 듯했다. 나이에 비해 일찍 세어버린 헝클어진 은발이 실내에서도 살랑살랑 나부껴 마치 〈매직 크리스천〉**의 피터 셀러즈를 보는 듯했다. 간혹 열성적인 참석자들이 그를 저 위대한 프랑스인 자크 데리다로 착각하기도 했는데, 그때마다 그는 영국인 특유의 겸손한 미소를 지으며 분에 넘치는 영광이라는 듯 손사래를 쳤지만 폴란드 혈통의 눈썹은 모욕감을 못 이겨 잔뜩 찡그리고 있었다.

때는 바야흐로 미래의 두 가지 거대 산업이 태동하는 시기였다. 그로부터 몇십 년 사이에 문화산업이 이데올로기 산업을 대신하여 예전에 경제가 차지하고 있던 '최우선'의 자리를 빼앗을

---

* 영상 촬영시의 효과 중 하나로, 선풍기 등을 이용하여 인공적으로 바람을 일으키는 것.
** 미국 작가 테리 서던의 동명 소설을 원작으로 영국에서 만든 코미디 영화.

터였고, 그리하여 고위급 문화 간부들로 구성된 새로운 특권 계급, 정의(定義)와 배척과 검열과 박해라는 위대한 업무에 종사하는 새로운 기관원들, 그리고 공격과 방어라는 새로운 이원론에 입각한 변증법 등이 탄생할 터였다. 문화가 이 세계의 새로운 도덕이라면 새로운 종교는 명성일 것이며, 유명인들의 산업은—아니, 교단이라고 부르는 편이 낫겠다—곧 새로운 신도들에게 뜻 깊은 사명을 부여할 것이다. 그것은 이 새로운 미개척지를 정복하기 위한 선교사업인데, 이를 위해서는 현란한 필름 자동차들과 브라운관 로켓들을 만들어내고, 무성한 뜬소문 속에서 새로운 연료를 뽑아내고, 신의 선민들을 별나라로 날려보내야 할 것이다. 그런데 이 새로운 신앙의 음험한 요건들을 충족시키기 위해서는 이따금 인간 제물이 필요했다. 그들은 날개에 불이 붙은 채 쏜살같이 추락하고 말 터였다.

더브더브는 그렇게 이카로스처럼 떨어져버린 최초의 희생자 가운데 하나였다. 더브더브의 황금기에 솔랑카는 그를 자주 만나지 못했다. 인생은 우연처럼 보이는 사건들을 통해 우리를 갈라놓는데, 어느 날 백일몽에서 깨어나듯 고개를 흔들어보면 친구들은 어느새 낯선 사람이 되어 다시는 돌이킬 수 없는 곳에 가 있다. 우리는 '여기 혹시 가엾은 립 밴 윙클*을 아시는 분은 안 계십니까?' 하고 애처롭게 묻지만 이제 아무도 우리를 기억하지 못한다. 이들 두 명의 대학 친구도 그런 경우였다. 프린스턴 대학에서 그를 위해 일부러 자리 하나를 만들어주었기 때문에 더브더브는 주로 미국에서 지내고 있었다. 처음에는 전화라도 주고받았지만 그것도 뜸해지면서 크리스마스와 생일에 카드를 보내는 정도가 되었고, 그 다음은 감감무소식이었다. 그러다가 1984년 케임브리지의 어느 향기로운 여름날 저녁, 이 유서 깊은 대학이 그 어느 때보다도 동화책 같은 모습을 보여주고 있을 때, 학생 주점 위층의 'A' 계단 옆에 있는 솔랑카 교수 연구실—예전에 E. M. 포스터가 쓰던 방이었다—의 참나무 문을 똑똑 두드리는 미국 여자가 있었다. 이름은 페리 핑커스였는데, 체구는 작았고, 피부는 가무잡잡했고, 가슴은 컸고, 섹시했다. 젊은 나이였지만 다행히 학생으로 생각될 만큼 젊지는 않았다. 이 모든 특징들은 솔랑카의 우울한 마음에 좋은 인상을 심어주었다. 당시 그는 아이도 없이 파경으로 끝나버린 첫 결혼의 충격으로부터 회복하는 중이었고, 엘리너 매스터스를 만나기까지는 아직 좀더 기다려야 했다. 그날 페리 핑커스는 이렇게 말했다.

"크리스토프와 저는 어제 케임브리지에 도착했어요. 우린 가든하우스 호텔에 묵고 있어요. 아니, 저만 가든하우스에 묵고 있

---

* 미국 소설가 워싱턴 어빙이 1819년 발표한 동명 단편소설의 주인공. 어느 날 산속에서 잠이 들었는데, 깨어나서 마을로 돌아와보니 이십 년이 흐른 뒤였다.

죠. 그이는 아덴브룩 병원에 있어요. 간밤에 양쪽 손목을 그어버렸거든요. 요즘 몹시 우울해했어요. 그이가 당신을 찾더군요. 혹시 술 한잔 얻어 마실 수 있을까요?"

그녀는 집 안으로 들어와 주위를 감상하듯 둘러보았다. 크고 작은 집들, 그리고 곳곳에 앉아 있는 인간의 모습을 한 인형들. 물론 그 집들 속에도 작은 인형들이 있었고 바깥에도 있었다. 솔랑카 교수의 가구 위에도, 또한 방구석마다 역시 크거나 작은, 말랑말랑하거나 딱딱한, 남자 또는 여자 인형들이 놓여 있었다. 페리 핑커스는 정성껏—좀 짙게—화장을 하고 있었는데, 마스카라로 속눈썹을 길게 늘여 눈꺼풀이 무거워 보일 정도였다. 육체파 여성의 전투복에 해당하는 짧고 꼭 끼는 드레스에 스틸레토 힐을 신고 있었다. 사회적 통념상 방금 연인의 자살 기도를 목격한 여자의 옷차림으로 보기는 어려웠지만 그녀는 굳이 변명하려고 하지 않았다. 페리 핑커스는 젊은 영문학 애호가였고, 차츰 은둔 생활에서 벗어나고 있는 이 분야의 스타들과 동침하기를 좋아했다. 가벼운 만남을 선호했으므로 그 만남의 결과는 (가령 아내라든지, 자살이라든지) 관심 밖이었다. 그러나 똑똑하고 발랄한 여자였고, 누구나 그렇듯이 자신이 꽤 괜찮은 사람이라고 믿고 있었다. 어쩌면 좋은 사람이라고까지 생각하는지도 모를 일이었다. 이윽고 보드카 한 잔을 마신 후—솔랑카 교수는 냉동실에 항상 보드카 한 병을 넣어두었다—그녀는 사무적인 어조로 입을 열었다.

"병적 우울증이래요. 저로서는 어떻게 해야 좋을지 모르겠어요. 그이는 다정한 사람이지만 저는 문제가 있는 남자들 곁에 붙어 있는 데는 별로 소질이 없거든요. 간호사 타입이 아니라서요. 저는 주도적인 남자를 좋아해요."

두 잔을 마신 뒤에는 이렇게 말했다.

"나를 만났을 때 그이는 숫총각이었던 것 같아요. 도대체 그게 가능한 일이에요? 물론 그이는 인정하려고 하지 않았죠. 자기 나라에서는 제법 인기가 좋았다고 하더라구요. 알고 보니 경제적인 면에서는 그 말이 사실이었지만 저는 돈에 환장하는 타입도 아니거든요."

세 잔을 마신 뒤에는 이렇게 말했다.

"그이가 원하는 건 오럴섹스 아니면 항문섹스였어요. 사실 그건 괜찮아요. 뭐 아무래도 상관없죠. 저는 그런 경험이 많거든요. 생김새 때문이죠. 젖가슴 달린 소년 같은. 그래서 성적인 면에서 정체성의 혼란을 느끼는 남자들이 주로 꾀어드는 거예요. 이건 틀림없는 사실이에요. 제가 알아요."

네 잔을 마신 뒤에는 이랬다.

"성적인 혼란에 대한 얘기가 나와서 말인데요. 교수님, 인형들이 아주 멋지네요."

솔랑카는 자기가 비록 굶주리긴 했지만 그 정도로 굶주리진 않았다고 판단했다. 그래서 그녀를 살살 달래며 아래층으로 내려가 킹스 퍼레이드*에서 택시를 태워주었다. 그녀는 어리둥절한 표정을 지으며 화장이 번진 눈으로 차창 너머의 솔랑카를 빤히 쳐다보더니 곧 눈을 감고 의자에 등을 기대면서 희미하게 어깨를 으쓱거렸다. 뭐 아무러면 어때. 나중에 알게 된 일이지만 그녀 자신도 '좁은똥꼬'** 페리라는 별명으로 전 세계 문학판에서 제법 유명한 존재였다. 요즘은 아무것으로나 유명해질 수 있는 시대인데 그녀의 경우도 그중 하나였다.

이튿날 아침 솔랑카는 더브더브를 찾아갔다. 그가 있는 곳은 병원 본관이 아니라 트럼핑턴 로드를 따라 조금 떨어져 있는 어느 오래되고 보기 좋은 벽돌 건물이었고 주위에는 녹음이 울창했다. 절망적인 환자들을 위한 시골 별장 같은 곳이었다. 더브더브는 폭넓은 줄무늬가 있는 빳빳한 파자마를 걸치고 창가에 서서 담배를 피우고 있었다. 파자마 속에는 옛 모교의 실내복 같은 것을 입고 있었는데, 그 낡고 얼룩진 옷에서 안도감을 얻는 모양이었다. 양쪽 손목에는 붕대를 감고 있었다. 예전에 비해 늙고

---

* 킹스칼리지 앞을 지나는 도로.
** Pinch-ass. 그녀의 성 핑커스(Pincus)와 비슷한 발음을 이용한 말장난.

육중해 보였지만 그 사교적인 미소는 여전했다. 여전히 가식적인 미소였다. 솔랑카 교수는 만약 자신도 유전자의 판결에 따라 그렇게 한평생 끊임없이 가면을 쓰고 살아야 했다면 벌써 오래전에 손목에 붕대를 감고 이곳으로 오게 되었을 것이라고 생각했다.

"네덜란드느릅나무병이야."

더브더브가 나무 그루터기들을 가리키며 말했다.

"무서운 병이지. 영국산 느릅나무들도 시들시들 죽어가."

쉬들쉬들 죾어가. 솔랑카 교수는 아무 말도 하지 않았다. 그는 나무 애기를 하려고 찾아온 것이 아니었다. 더브더브는 솔랑카를 돌아보고 곧 알아차렸다. 그리고 소년처럼 부끄러워하며 중얼거렸다.

"아무것도 기대하지 않으면 실망하는 일도 없다고 했었지, 응? 나도 내 강의를 귀담아 들었어야 하는 건데 말이야."

그래도 솔랑카는 대답하지 않았다. 그러자 더브더브는 몇십 년 만에 처음으로 이튼교 졸업생 흉내를 그만두고 단도직입적으로 말했다.

"괴로움 때문이었어. 우리는 왜 다들 이렇게 괴로워해야 하는 걸까. 왜 이렇게 괴로움이 많은 걸까. 왜 이런 괴로움을 끝낼 수 없는 걸까. 물론 둑을 쌓을 수는 있겠지만 그 둑은 끊임없이 물이 새고, 언젠가는 터져버리고 말지. 그건 나뿐만이 아니야. 나도 그렇지만 남들도 다 마찬가지라구. 너도 그렇고. 왜 이렇게 괴로움이 계속되는 거지? 우린 그것 때문에 죽어가는 거야. 아니, 나 말이야. 내가 그렇게 죽어간다구."

"얘기가 좀 추상적이군."

솔랑카 교수는 상냥한 어조로 조심스럽게 말했다.

"그래, 아무튼."

이때 다시 순간적인 변화가 일어난 것이 분명했다. 보호막이 제자리로 돌아왔다.

"꿋꿋하게 버티지 못해서 미안하네. 리틀 브레인의 곰이라서 그래."

"제발 쉽게 좀 말해봐."

솔랑카 교수는 그에게 부탁했다.

"그게 제일 곤란한 점이야. 말할 게 아무것도 없다는 거. 직접적인 원인도 없고 간접적인 원인도 없거든. 그냥 어느 날 문득 잠에서 깨어나보니 내 삶이 나와는 무관하더라 이거야. 그걸 깨달은 거지. 내 삶이 내 것이 아니라는 걸. 어떻게 설명해야 이 충격을 자네도 실감할 수 있을지 모르겠지만, 내 몸도 내 것이 아니야. 그저 삶, 생활 그 자체가 있을 뿐이지. 그 삶의 주인은 내가 아니야. 나 자신과는 아무 상관도 없는 삶이니까. 그뿐이야. 대단찮은 얘기처럼 들리겠지만 엄연한 사실이야. 이를테면 어떤 사람한테 최면을 걸어 창밖에 매트리스가 쌓여 있다고 믿게 한 것과 비슷하지. 뛰어내리지 못할 이유가 없어진 거라구."

"그런 거라면 나도 생각나는 게 있어." 솔랑카는 오래전에 경험했던 마켓힐에서의 그날 밤을 떠올리며 동감을 표시했다.

"그때 내가 정신을 차리게 해준 사람이 바로 너였지. 이젠 내가 너한테 똑같은 일을 해줄 차례야."

그러나 상대방은 고개를 가로저었다. "미안하지만 이건 정신만 차린다고 간단히 해결될 문제가 아니야."

더브더브에게 집중되었던 그 모든 관심, 유명인이라는 신분, 그것이 그의 실존적 위기를 크게 악화시킨 것이었다. 점점 유명해질수록 자기가 한 인간임을 느끼기는 점점 더 힘들어졌다. 그러다가 마침내 전통적인 학자의 삶으로 돌아가기 위해 은둔 생활을 결심했다. 세계를 떠도는 〈매직 크리스천〉 같은 데리다다[*]는 이제 그만! 공연도 이젠 그만. 이 새로운 결심으로부터 힘을 얻은 그는 문단의 그루피[**]이며 부끄러움도 모르는 허튼계집인 페리 핑커스를 데리고 케임브리지로 돌아왔다. 그녀와 살림을

---

[*] Derridada. 프랑스 철학자 '데리다'의 이름과 20세기 초반의 허무주의적 예술 운동 다다이즘의 '다다'를 합친 말장난.
[**] 열성 팬. 주로 유명 록그룹이나 연예인들을 열광적으로 따라다니는 여성 팬을 가리킨다.

차리고 그 관계를 바탕으로 안정된 생활을 할 수 있을 거라고 진심으로 믿었던 것이다. 그가 얼마나 심각한 상태였는지 짐작할 만했다.

크리스토프 워터퍼드 바이다는 그 뒤에도 세 차례에 걸쳐 자살을 기도했지만 번번이 죽지 않고 살아났다. 그러다가 솔랑카 교수가 비유적인 자살을 감행하기 불과 한 달 전에—즉 사람이든 사물이든 지금껏 소중히 여기던 모든 것과 작별하고 삐죽삐죽한 헤어스타일의 인형 하나(특별한 의미가 있는 리틀 브레인이었는데, 초기에 한정판으로 생산된 이 인형은 옷도 찢어지고 몸도 망가지는 등 상태가 매우 좋지 않았다)를 품에 안은 채 미국으로 떠나버리기 전에—더브더브는 갑자기 푹 쓰러져 죽고 말았다. 세 군데의 동맥이 심하게 막혀 있었다. 간단한 우회로 수술만 받으면 목숨을 건질 수 있었지만 그것을 거부하고 영국산 느릅나무처럼 쓰러졌던 것이다. 어쩌면 그 일이—굳이 이런 설명이 필요하다면 말이지만—솔랑카 교수의 변신을 촉발시킨 한 원인이었는지도 모른다. 아무튼 지금 뉴욕에 있는 솔랑카 교수는 죽은 친구를 회상하다가 문득 자기가 여러 가지 측면에서 더브더브의 발자취를 따르고 있다는 사실을 깨달았다. 생각의 흐름도 비슷했지만 미디어의 세계에 발을 들여놓은 것도, 미국으로 건너온 것도, 위기에 처하게 된 것도 모두 비슷했다.

페리 핑커스는 두 친구의 관계를 직관적으로 알아차린 최초의 몇 사람 가운데 하나였다. 그녀는 고향 샌디에이고로 돌아가서 그곳에 있는 한 대학에서 학생들에게 자신과 육체적 관계를 가졌던 비평가나 작가들의 작품을 가르치고 있었다. 해마다 어김없이 솔랑카 교수에게 보내오는 명절 축하 메시지 중 하나에서 그녀는 늘 그렇듯이 천연덕스럽게 이 강좌를 '핑커스 101'이라고 불렀다. 그리고 조금 비꼬는 어조로 이렇게 덧붙였다.

"이건 나만의 히트작 컬렉션이랄까, 나만의 명곡 20선 같은 거예요. 교수님은 그 안에 안 들어가요. 그 사람이 좋아하는 구멍이 어느 쪽인지 모르는 상태에서는 그 사람의 작품도 제대로 이해할 수가 없거든요."

납득하기 어려운 일이지만 그녀의 명절 인사에 빠지지 않고 따라오는 것은 오리너구리, 해마, 북극곰 따위의 말랑말랑한 장난감들이었다. 엘리너는 매년 캘리포니아로부터 이런 소포가 도착할 때마다 대단히 즐거워했다. 솔랑카 교수는 아내로부터 이런 말을 들었다.

"당신이 그 여자와 자려고 하지 않았기 때문에 그 여자는 당신을 애인으로 생각할 수가 없는 거예요. 그래서 애인 대신 당신의 엄마가 되려고 하는 거죠. 좁은똥꼬 페리의 어린 아들이 된 기분이 어때요?"

3

　어퍼 웨스트 사이드의 안락한 임대 아파트에서—이 위풍당당한 집은 일층과 이층을 함께 쓰는 복층식이라 천장이 아주 높았고, 주인의 품위를 말해주는 서재와 장엄한 참나무 판벽널이 자랑거리였다—말릭 솔랑카 교수는 가이저빌 산 진판델 적포도주 한 잔을 오래오래 마시며 비탄에 잠겼다. 이곳으로 떠나온 것은 순전히 그의 결정이었다. 그런데도 그는 예전의 삶이 그리워 슬픔을 가눌 수 없었다. 엘리너가 통화중에 뭐라고 말했든 간에 그들의 이별은 영영 돌이킬 수 없을 것이 거의 확실했다. 솔랑카는 자신이 잘 도망치거나 쉽게 포기하는 사람이라고 생각해본 적이 한 번도 없었지만 지금까지 뱀처럼 허물을 벗어던지며 살아온 것은 분명한 사실이었다. 조국, 가족, 그리고 한 명도 아니고 두 명의 아내를 그렇게 버렸다. 게다가 이젠 아이까지 팽개쳤다. 어쩌면 이번에 떠나온 것이 이상한 행동이었다고 생각하는 것 자체가 착각인지도 모른다. 너무 가혹한 현실이지만 어쩌면 그의 행동은 자신의 천성을 거역한 것이 아니라 오히려 그 명령에 따른 것이었는지도 모른다. 있는 그대로 비춰주는 진실의 거울 앞에 알몸으로 섰을 때 그의 참모습은 그렇게 보였다.

그러나 페리 핑커스처럼 솔랑카도 자신이 좋은 사람이라고 믿었다. 여자들도 그렇게 믿었다. 여자들은 그가 요즘 남자들에게서는 좀처럼 찾아보기 어려운 확고한 책임감을 가졌다는 것을 직감적으로 알아차리고 종종 사랑에 빠져버렸는데, 이때 그들은 ―그토록 똑똑하고 조심성 많은 여자들이!―자기 자신도 놀랄 만큼 짧은 시간 동안에 정말 깊디깊은 감정의 늪 속으로 빠져들고 마는 것이었다. 그리고 그 역시 여자들을 실망시키지 않았다. 그는 친절하고 사려 깊고 너그럽고 현명하고 익살스럽고 어른다웠다. 게다가 섹스도 훌륭했다. 언제나 훌륭했다. 여자들은 이 만남이 영원할 거라고 생각했는데, 그 역시 그렇게 생각한다는 것을 직감할 수 있었기 때문이었다. 그들은 그가 자신을 아끼고 사랑하고 보호해주고 있다는 것을 느꼈다. 그는 그 여자들에게 ―모든 여자에게 차례로―가족의 구속보다는 우정을, 그리고 우정보다는 사랑을 더 원한다고 말했다. 그 말도 제법 그럴싸하게 들렸다. 그래서 여자들은 기꺼이 벽을 허물고 그 좋은 것들을 마음껏 만끽했다. 그들은 그의 비뚤어진 내면과 지독한 회의를 꿰뚫어보지 못했다. 그러다가 그가 돌변하는 날, 그의 뱃속에서는 에일리언이 툭 튀어나와 여러 줄의 이빨을 드러내는 것이었다. 그렇게 최후의 순간이 올 때까지 여자들은 아무것도 예상하지 못했다. 생생한 표현력을 갖고 있던 첫번째 아내 사라는 이렇게 말했다.

"도끼 살인마한테 당하는 기분이었어."

두 사람의 마지막 말다툼이 끝나갈 무렵 사라가 울분을 토하며 말했다.

"당신의 문제점은 그 망할 놈의 인형들 말고는 아무도 사랑하지 못한다는 사실이야. 당신이 감당할 수 있는 세계는 생명도 없는 그 작은 인형들의 세계가 전부라구. 당신이 창조하고 파괴하고 제멋대로 주무를 수 있는 세계, 말대꾸도 안 하고 굳이 섹스를 해주지 않아도 되는 여자들만 존재하는 그 세계 말이야. 아니, 혹시 요즘은 그 인형들한테 성기까지 달아주는 거 아니야? 나무 성기, 고무 성기. 젠장, 공기를 넣어 부풀리면 당신이 들락날락할 때마다 풍선처럼 삑삑거리는 성기? 혹시 어디 창고 같은 곳에다 남몰래 하렘을 차려놓고 실물 크기의 섹스 인형들을 모아둔 거 아니야? 그래서 나중에 당신이 여덟 살 먹은 금발

계집애를 강간하고 난도질한 죄로 체포된 다음에 사람들이 거길 발견하게 되는 거 아니냐구. 젠장, 당신은 그렇게 살아 있는 불쌍한 인형을 갖고 놀다가 팽개쳐버릴 테고, 사람들은 어느 산울타리 속에서 그 계집애의 신발을 찾아내겠지. 텔레비전에서는 어떤 미니밴에 대한 설명이 나올 테고, 난 그걸 보고 있을 테고, 당신은 집에 없을 테고, 그때 난 이렇게 생각하겠지. 맙소사, 저거 내가 아는 차인데, 내 남편이 '네가 네 인형을 보여주면 나도 내 인형 보여줄게' 하면서 노는 성도착자들의 친목회에 갈 때마다 그 빌어먹을 인형들을 싣고 다니는 바로 그 차인데, 하고 말이야. 그때 난 아무것도 몰랐던 마누라가 되겠지. 그리고 암소처럼 멍청한 얼굴로 텔레비전에 나가서 당신을 변호하겠지. 나 자신을 변호하기 위해서, 그리고 터무니없이 어리석었던 내 행동을 변명하기 위해서. 어쨌든 내가 당신을 선택했으니까 말이야."

그는 그때 이런 생각을 했다. 인생은 분노야. 분노가—성적인, 오이디푸스적인, 정치적인, 마술적인, 잔인한 분노가—우리를 가장 숭고한 경지로 밀어올리기도 하고 가장 비참한 구렁텅이로 떨어뜨리기도 한다. 창조, 영감, 독창성, 열정도 **푸리아**[*]로

---

[*] furia. 분노, 광기를 뜻하는 라틴어.

부터 나오고, 폭력, 고통, 두려움을 모르는 순수한 파괴력, 그리고 우리가 영영 회복할 수 없는 타격을 주고받는 것도 모두 **푸리아** 때문이다. 분노의 여신들은 우리를 따라다니고, 시바는 분노의 춤을 추면서 창조하고 또한 파괴한다. 그러나 굳이 신들을 들먹일 필요가 있을까! 그에게 폭언을 퍼붓는 사라의 모습은 인간의 영혼이 지니고 있는 가장 순수한 일면, 사회화의 영향을 가장 덜 받은 일면을 보여준다. 그것이야말로 우리가 예의범절을 통하여 감추려 하는 우리의 참모습이다. 우리의 내부에 도사리고 있는 인간 짐승, 그 거룩하고 초월적이며 자기 파괴적인, 그리고 속박당하지 않는 조물주의 모습이다. 우리는 서로를 기쁨의 절정으로 밀어올린다. 우리는 서로를 조각조각 찢어발긴다.

그녀의 이름은 리어, 사라 제인 리어였다. 그 작가 겸 수채화가*의 먼 친척이었지만 괴짜 에드워드가 보여주었던 불멸의 난센스는 흔적조차 찾아볼 수 없었다. 사라 리어를 안다는 것은 얼마나 유쾌한 일인가, 그녀는 많은 일들을 기억하고 있으니! 어떤 이들은 괴팍한 여자라고 생각하지만 내가 보기엔 아주 유쾌한 사람이어라.** 이렇게 개작한 시구로도 그녀에게서는 희미한 미소조차

---

* '무의미 시'로 유명한 영국의 화가 겸 문필가 에드워드 리어를 가리키는 말.

** 에드워드 리어의 유명한 시 「리어 씨를 안다는 것은 얼마나 유쾌한 일인가」의 첫 연을 고쳐 쓴 것. 원문은 다음과 같다. "리어 씨를 안다는 것은 얼마나 유쾌한

얻어낼 수 없었다.

"사람들이 나한테 그 시를 몇 번이나 똑같이 읊어줬을까 한번 상상해봐. 내가 감동하지 않는 것도 이해할 수 있을 거야."

그녀는 솔랑카보다 한 살가량 연상이었는데, 당시 조이스와 프랑스 누보로망에 대한 논문을 쓰는 중이었다. 체스터튼 로드의 아파트 건물 이층에 있던 그녀의 집에서 그는 '사랑' 때문에 ―돌이켜보면 그것은 차라리 두려움에 더 가까웠는데, 말하자면 이십 대의 고독에 빠져 허우적거리다가 구명대를 붙잡듯이 서로에게 매달린 것이었다―『피네건의 경야』***를 어렵사리 두 번이나 읽어내야 했다. 사로트, 로브그리예, 뷔토르 등의 우울한 작품들도 마찬가지였다. 어느 날 산더미처럼 쌓여 있는 그들의 느릿느릿하고 모호한 문장들을 읽다가 괴로운 심정으로 문득 고개를 들었을 때, 그는 그녀가 안락의자에 앉아 자신을 지켜보고 있는 것을 발견했다. 악마의 가면을 닮은 각진 얼굴, 아름답지만 교활한 그 얼굴이 그를 향하고 있었다. 교활한 눈을 가진 펜랜드****의 여인. 그는 그녀의 표정을 읽을 수가 없었다. 어찌

일인가! / 그는 온갖 일들을 기록했으니! / 어떤 이들은 까다롭고 괴팍한 사람으로 보지만 / 몇몇은 아주 유쾌한 사람으로 생각하나니."
*** 제임스 조이스의 장편소설.
**** 잉글랜드 케임브리지셔 주의 한 지방.

면 그것은 경멸이었는지도 모른다.

그들은 생각할 겨를도 없이 너무 성급하게 결혼했는데, 결혼하자마자 실수였음을 깨닫고 덫에 걸린 듯한 기분을 느꼈다. 그러나 두 사람은 몇 년 동안이나 함께 살면서 비참한 시간을 보냈다. 나중에 엘리너 매스터스에게 자신의 인생 역정을 이야기할 때 솔랑카는 첫 아내에 대해 설명하면서 그녀를 탈출 작전에 능한 여자, 게임을 하다가 쉽게 포기해버리는 여자로 묘사했다.

"사라는 자기가 간절히 원했던 모든 것을 일찌감치 단념해버렸어. 자신에게 그런 재능이 없다는 사실을 미처 깨닫기도 전에 말이야."

사라는 당대 대학가의 탁월한 여배우였지만, 아쉽다는 말 한마디도 없이 분장용 화장품과 관객들에게 영원한 작별을 고하고 그 자리를 떠났다. 나중에는 논문도 팽개치고 광고 쪽 일을 시작하더니 비로소 문학 애호가의 번데기를 벗어던지고 나비가 되어 화려한 날개를 펼쳤다.

그것은 그들의 결혼생활이 파경으로 끝난 직후였다. 그 사실을 알게 되었을 때 솔랑카는 잠시나마 격분했다. 그토록 고생스럽게 책을 읽었는데 그게 다 헛일이었다니! 더구나 독서만이 아니었다. 그는 노발대발하면서 엘리너에게 말했다.

"사라 때문에 〈지난해 마리앵바드에서〉*를 하루 동안 세 번이나 봤다구. 우린 성냥개비로 하는 그 망할 놈의 게임을 하면서 주말 내내 끙끙거리기도 했어. '알고 있겠지만 당신은 절대로 못 이겨.' '당신이 질 수 없다면 그건 게임이 아니지.' '아, 물론 지려고 하면 질 수도 있겠지만 절대로 안 진다는 거지.' 그런 게임 말이야. 그 여자 때문에 아직도 그 게임이 머릿속에서 뱅뱅 도는데 정작 그 여자는 '가진 게 있다면 자랑하라'고 부르짖는 그 세계로 떠나버린 거야. 나는 그 지긋지긋한 골짜기 같은 프랑스 소설 속에 콱 처박혀 있는데, 그 여자는 지금쯤 아마 질 샌더의 파워슈트**를 입고 6번가에 있는 어느 빌딩 사십구층의 전망 좋은 사무실에서 돈을 왕창왕창 긁어모으고 있을 거라구."

그러자 엘리너는 이렇게 말했다.

"그래요. 하지만 따지고 보면 당신이 사라를 버린 거였잖아요. 다음 여자를 만나 갈아타면서 미련 없이 내팽개쳤죠. 물론 당신은 애당초 그 여자와 결혼하지 말았어야 했고, 그게 당신의 유일한 핑계예요. 그리고 바로 그것이 당신의 리어 여왕께서 고민하신 중대한 의문, 즉 사랑에 관한 답변할 수 없는 의문이라구요. '도대체 너는 그때 무슨 생각을 한 거냐' 이거죠. 당신에게

---

* 로브그리예가 시나리오를 쓴 알랭 레네 감독의 프랑스 영화.
** 어깨를 강조하여 강인한 인상을 주는 비즈니스 정장 스타일.

도 그런 의문이 생긴 건 그 다음 여자, 할리*를 타던 바그너의 발키리** 같은 그 여자가 딴 남자 때문에 당신을 차버렸을 때였죠. 그런데 그때 그 작곡가가 누구였죠?"

이 질문의 답은 그녀도 잘 알고 있었지만 그 사건은 두 사람 모두 즐겨 이야기하는 화제였다.

"루메니게라는 놈이었지."

솔랑카는 씩 웃으며 흥분을 가라앉혔다.

"그 여자는 그 작자가 세 개의 관현악단과 셔먼 탱크 한 대를 가지고 연주회를 준비할 때 비서로 일했는데, 나중에 그놈이 전보를 친 거야. 우리 사이에 분명히 존재하는 이 깊은 유대감을 확인할 수 있을 때까지 부디 모든 성관계를 삼가주기 바라오. 그리고 이튿날 뮌헨으로 가는 편도 비행기표가 도착했고, 그 여자는 블랙포리스트***로 사라져 몇 년 동안 나타나지 않았지."

그리고 이렇게 덧붙였다.

"그렇지만 그 무렵에도 행복한 건 아니었어. 좋은 시절이 있었는데도 그때는 미처 몰랐던 거지."

---

* 모터사이클 상표인 할리데이비슨을 말한다.

** 북유럽 신화에서, 오딘 신을 모시는 신녀들. 전사한 영웅들의 영혼을 발할라로 안내하여 시중든다고 한다. 바그너의 연작 오페라 〈니벨룽의 반지〉에도 〈발퀴레〉가 포함되었다.

*** 독일 남서부 바덴뷔르템베르크 주의 삼림지대 슈바르츠발트를 가리킨다.

솔랑카가 엘리너의 곁을 떠날 즈음 그녀는 그 일에 대해 비판적인 의견을 제기했다. 전화로 몹시 괴로운 대화를 나눌 때였다.

"사실 나는 그 여자들 쪽의 얘기도 들어보고 싶어요. 어쩌면 당신은 처음부터 이렇게 냉정한 인간이었는지도 모르니까."

*　　*　　*

키에슬로프스키의 영화 두 편을 동시 상영하는 링컨 플라자의 심야 극장을 향해 혼자 걸어가면서 말릭 솔랑카는 자신의 삶을 〈십계〉*에 빗대어 생각해보았다. 처자유기(妻子遺棄)에 관한 짧은 필름. 그의 사연은 어느 계율을 예증한다고 말할 수 있을까? 아니, 한 키에슬로프스키 연구자가 지난주에 상영된 에피소드들을 소개하면서 즐겨 썼던 표현을 빌리자면, 어느 계율에 대해 의문을 던진 것일까? 부도덕한 행위에 대한 죄를 꾸짖는 계율은 많다. 탐욕, 간음, 음욕, 그런 것들은 저주의 대상이다. 그런데 어째서 부도덕한 무위(無爲)의 죄를 꾸짖는 율법은 없는 것일까? 처자식을 내팽개치는 아비가 되지 말라. 그리고 말이 나왔

---

* 성서의 십계명을 주제로 삼은 키에슬로프스키 감독의 텔레비전용 십부작 영화. 그중 두 편은 재편집되어 〈살인에 관한 짧은 필름〉〈사랑에 관한 짧은 필름〉이라는 제목으로 극장에서 상영되었다.

으니 말인데, 기똥차게 정당한 이유가 있다면 또 모르지만, 이 녀석아, 자신의 인생을 팽개치고 떠나지 말지어다. 네가 지금까지 내세운 이유만 가지고는 어림 반 푼어치도 없느니라. 도대체 무슨 생각으로 그랬느냐? 젠장, 네가 원하는 일이라면 뭐든지 해도 된다고 생각했느냐? 이런 염병할 놈, 너는 도대체 자신이 누구라고 믿는 거냐? 휴 헤프너*? 달라이 라마? 도널드 트럼프? 빌어먹을 놈, 도대체 어쩌자는 수작이냐? 응, 임마? 응???

문득 이런 생각이 들었다. 어쩌면 지금 이 순간 사라 리어도 이 도시에 와 있는지 모른다고. 지금쯤 그녀는 오십 대 후반일 테고, 엄청난 재산을 가진 거물이 되어 파스티스와 노부**의 특별 고객 명단에 오르내릴 테고, 아마도, 아, 아마갠셋***쯤에 주말 별장을 갖고 있을 것이다. 그렇다고 굳이 그녀를 찾아내어 그녀의 인생에 대해 축하해줄 필요는 없으니 천만다행이 아닐 수 없다. 만약 그래야 한다면 그녀가 얼마나 우쭐거렸을까! 사실 두 사람은 광고업의 절대적인 승리를 직접 목격할 수 있었다. 오래 살다 보니 별일이었다. 사라가 경박한 삶을 위해 진지한 삶을 포기했던 70년대까지만 하더라도 광고계에서 일하는 것은 조금

---

* 미국 성인잡지 『플레이보이』 창간자.
** 둘 다 뉴욕의 유명한 식당.
*** 뉴욕 주 롱아일랜드의 작은 마을.

부끄러운 일이었다. 친구들에게 고백할 때도 목소리를 낮추고 시선을 내리깔아야 했다. 광고는 곧 믿음을 이용하는 책략이었고, 속임수였고, 약속을 저버리는 짓으로 악명이 높았다. 광고는 노골적으로 자본주의적인 분야인데, 그 시대에는 그런 일을 생각하는 것조차 혐오스럽게 여겼다. 물건을 판다는 것은 천박한 일이었다. 지금은 모든 사람이—저명한 작가, 위대한 화가, 건축가, 정치가 등등—그 일에 동참하고 싶어한다. 개심한 알코올 중독자들이 술을 선전한다. 물건만이 아니라 사람도 모두 돈에 팔려간다. 광고는 거대한 괴물이 되어 킹콩처럼 빌딩 벽을 기어오른다. 그리고 더 나아가 사랑받기까지 한다. 솔랑카는 아직도 텔레비전을 보다가 프로그램 중간에 광고가 나오면 소리를 줄여버리지만, 다른 사람들은 오히려 소리를 더 키울 거라고 그는 확신했다. 광고에 등장하는 여자들은—에스터, 브리짓, 엘리자베스, 할리, 지젤, 타이라, 아이시스, 애프러다이티, 케이트 등등—광고 사이사이의 영화에 등장하는 여배우들보다 더 매력적이다. 아니, 광고에 등장하는 사내놈들조차—마크 밴덜루, 마커스 셍켄버그, 마르쿠스 아우렐리우스, 마크 안토니, 마키 마크 등등—영화 속 여배우들보다 매력적이다. 광고는 모든 여자가 미인이며 모든 남자가 마크인 미국, 그렇게 아름답고 이상적인 미국의 꿈을 보여주는 것으로 그치지 않고, 피자와 SUV와 '이게 버터가 아니라니 믿을 수가 없구나'* 따위를 판매하는 기본적인 일을 끝마친 다음에는 미국의 아픔까지 달래준다. 미국의 두통을, 미국의 헛배부름을, 미국의 슬픔을, 미국의 고독을, 유년과 노년의 괴로움을, 부모 노릇의 괴로움과 자식 노릇의 괴로움을, 남자들의 괴로움과 여자들의 괴로움을, 성공의 고통과 실패의 고통을, 운동하는 자들의 바람직한 고통과 죄지은 자들의 유감스러운 고통을, 외로움이나 무지에서 비롯된 번민을, 도시에서는 바늘로 찌르는 듯 날카로운 통증을, 텅 빈 들판에서는 무지근한 분노의 통증을, 필요한 것이 무엇인지도 모르면서 그저 갈망하는 순간의 고통을, 그리고 무의식에 가까운 상태로 광고를 지켜보는 모든 이들의 자아 속에서 소리 높여 울부짖는 공허감의 번뇌를 골고루 어루만져주는 것이다. 그러니 광고가 인기를 끄는 것도 무리가 아니다. 광고는 모든 것을 개선시킨다. 광고는 우리에게 길을 가르쳐준다. 광고는 문제의 일부가 아니다. 광고는 문제를 해결해준다.

사실 솔랑카 교수가 사는 건물에도 카피라이터 한 명이 살고 있었다. 그 남자는 빨간 멜빵이 달린 바지와 해서웨이** 셔츠를 입고 파이프 담배까지 피웠다. 그는 바로 그날 오후에 현관 우

---

* I Can't Believe It's Not Butter. 마가린 상품명.
** 드레스 셔츠로 유명한 미국 의류회사.

편함 옆에서 광고 기획안 몇 장을 둘둘 말아 쥐고 자신을 소개
했다. 솔랑카 교수는 마음속으로 자신에게 물었다. 도대체 나의
고독은 무엇이 잘못되었기에 이웃들이 자꾸만 귀찮게 구는 것
일까?

"마크 스카이워커라고 합니다. 태투인* 행성 출신이죠."

페리 핑커스였다면 '뭐 아무러면 어때' 하고 대꾸했을 것이
다. 나비넥타이를 매고 안경을 쓴, 그래서 제다이 기사와는 아주
거리가 멀어 보이는 이 젊은이에게 솔랑카는 조금도 관심이 없
었다. 더구나 그는 한때 과학소설에 열광한 적도 있어서 〈스타
워즈〉 시리즈 같은 스페이스오페라**는 경멸했다. 그러나 뉴욕
에서 사람들이 지어내는 신분에 대해서 왈가왈부하지 말아야 한
다는 것을 깨달은 지 이미 오래였다. 그는 자신의 이름을 밝힐
때 '교수'라는 말을 생략해야 한다는 것도 알고 있었다. 학식은
사람들에게 부담감을 주었고, 격식을 차리는 것은 지위를 내세
우려는 의도로 오해받을 뿐이었다. 이곳은 애칭의 나라였다. 상
점이나 식당조차도 금방 친구처럼 살갑게 굴었다. 길모퉁이만
돌아가도 앤디네, 베니네, 조지네, 가브리엘라네, 비니네, 프레
디와 페퍼네 등을 쉽게 찾아볼 수 있었다. 그는 과묵한 나라, 말

---

* 조지 루카스 감독의 〈스타워즈〉 시리즈에 등장하는 스카이워커 일가의 고향.
** 우주여행이나 우주인과의 싸움 등을 소재로 한 SF소설이나 영화.

을 삼가거나 아예 입을 다물어버리는 나라를 떠나왔는데, 그것
은 대체로 좋은 일이기도 했다. 하나네 집에 들어가면(의료기
전문점이었다) 유방을 절제한 여자들을 위한 브라를 구입할 수
있었다. 차마 입에 담을 수 없는 단어들이 1피트 크기의 빨간 글
자로 진열창 안에 버젓이 적혀 있었다. 아무튼 그래서 그는 너무
튀지 않도록 이렇게 대답했다.

"솔리 솔랑카요."

그리고 그토록 싫어하던 별명을 입 밖에 낸 자신에게 스스로
놀랐다. 그 말을 들은 스카이워커가 얼굴을 찡그렸다.

"란츠먼*이십니까?"

솔랑카에게는 낯선 용어였고, 그래서 미안해하며 그렇게 말
해주었다.

"아, 그럼 아니신 모양이네요."

스카이워커는 고개를 끄덕였다.

"솔리**라는 이름 때문에 혹시나 했습니다. 죄송한 말씀이지
만 그 코 때문이기도 했구요."

---

* 영어에서는 '랜즈먼'으로 발음하며 '뱃사람'에 상대되는 '뭍사람'이라는 뜻이
지만, 여기서는 '동향인'을 뜻하는 독일어 '란츠만(Landsmann)'에서 나온 말이
다. 주로 유대인들끼리 동포, 동족을 일컫는 말로 사용한다.
** 원래는 말릭의 성 솔랑카의 애칭이지만, 스카이워커는 유대인들 사이에 흔한
성 '솔로몬'의 애칭으로 오해한 것이다.

몰랐던 낱말의 의미가 문맥을 통해 금방 뚜렷해지면서 곧 흥미로운 의문 하나가 떠올랐지만 솔랑카는 궁금증을 억눌렀다. 태투인 행성에도 유대인들이 살고 있었나?

스카이워커가 말을 이었다.

"영국인이시죠?"

솔랑카는 굳이 식민지 시대 이후의 이민사에 얽힌 자질구레한 이야기를 늘어놓으려고 하지 않았다.

"밀라가 말해주더군요. 한 가지 부탁 좀 드리겠습니다. 이것 좀 봐주세요."

길거리의 그 젊은 여왕이 밀라였던 모양이다. 솔랑카는 두 사람의 이름이 비슷하다는 것을 깨달았지만 그리 달갑지 않은 일이었다. 밀라와 말릭. 그 아가씨가 이 사실을 알게 된다면 틀림없이 그에게 말해주고 싶어 못 배길 터였다. 그렇게 되면 그는 또 자명한 사실을 지적하는 수밖에 없었다. 즉 이름의 발음과 의미는 별개의 것이고, 더구나 이 경우에는 서로 다른 두 언어권의 이름이 우연히 닮았을 뿐이므로 두 사람 사이에서 뭔가 일어나거나 어떤 인간적 관계를 맺게 되기를 기대해서는 안 된다고 말이다. 한편 젊은 광고인은 둘둘 말린 기획안들을 풀어 현관 테이블에 펼쳐놓고 있었다. 스카이워커가 설명했다.

"솔직한 의견을 듣고 싶어서요. 이건 기업 이미지 광고입니다."

두 페이지 분량의 사진을 반으로 접어놓은 이 기획안에는 해질녘에 볼 수 있는 여러 도시의 유명한 스카이라인들이 담겨 있었다. 솔랑카는 어떤 반응을 보여야 좋을지 몰라 애매한 몸짓을 해보았다. 그러자 스카이워커가 재촉하듯이 말했다.

"광고 문구 말입니다. 이거 괜찮은가요?"

사진마다 똑같은 말이 적혀 있었다. 아메리칸 익스프레스 인터내셔널은 해가 지지 않는 은행입니다.

"좋군요. 아주 좋아요."

대답은 그렇게 했지만 사실 솔랑카로서는 그 문구가 정말 좋은 건지, 보통인지, 아니면 아예 형편없는 수준인지 판가름할 수가 없었다. 물론 언제 어느 때건 세계 어딘가에는 영업중인 아메리칸 익스프레스 은행이 하나쯤은 있을 것이다. 그러니까 그 문구는 아마 사실일 터였다. 하지만 지금 런던에 있는 어떤 사람이 로스앤젤레스에는 아직도 문을 연 은행이 있다는 사실을 안들 그에게 무슨 소용이 있을까? 그러나 그는 이런 생각을 마음속에만 간직했고, 겉으로는 그저 현명해 보이고 자못 만족스러워하는 듯한 표정을 지으려고 노력했다. 그런데 스카이워커는 그 이상의 반응을 원하는 것이 분명했다. 그는 이렇게 따져 물었다.

"영국인으로서 영국 국민이 모욕감을 느끼지는 않을 거라고 보신다는 겁니까?"

그거야말로 정말 알쏭달쏭한 소리였다.

"대영제국 때문에 말입니다. 해가 지지 않는다는. 누구한테 불쾌감을 줄 의도는 없었거든요. 그래서 그걸 확인하고 싶은 겁니다. 과연 이 문구가 선생님 나라의 영광스러웠던 과거를 모독하는 말로 보이지는 않는지 말입니다."

솔랑카 교수는 가슴속에서 치밀어오르는 엄청난 노여움을 느꼈다. 그리고 멍청하기 짝이 없는 가명을 가진 이 한심한 녀석에게 고함을 지르고 욕설을 퍼붓고 더 나아가 손바닥으로 귀싸대기를 갈겨버리고 싶은 강렬한 욕구를 경험했다. 그런 충동을 억누르고 차분한 목소리로 데이비드 오길비[*] 같은 재능을 지닌 이 젊고 성실한 마크를 안심시키기까지는 적잖은 노력이 필요했다. 솔랑카는 영국에서 가장 성미가 급한 노인들이라도 그렇게 대수롭지 않은 표현 때문에 화를 낼 가능성은 별로 없다고 말해주었다. 그러고는 황급히 집으로 들어갔고, 두근거리는 가슴을 안고 문을 닫았고, 벽에 등을 기댔고, 눈을 감았고, 숨을 몰아쉬며 부들부들 떨었다. 그렇다, 바로 그것이 그가 새로 둥지를 튼 이곳, 아무나 '안녕하세요' 하고 인사를 건네오는, 허심탄회하고 솔직담백한, 그리고 유방 절제 환자용 브라가 있는 이곳이 지니고 있

---

[*] 영국 광고인. 세계적인 광고회사 '오길비 앤 매서'를 설립했고, 광고의 아버지로 불린다.

는 동전의 뒷면이었다. 이 생소한 과민성 문화, 타인에게 불쾌감을 주는 것을 거의 병적으로 두려워하는 이 문화 말이다. 물론 그것은 누구나 알고 있는 사실이었다. 솔랑카도 알고 있었지만 중요한 것은 그게 아니었다. 중요한 것은 이런 분노가 도대체 어디서 오느냐 하는 문제였다. 어째서 이렇게 걸핏하면 그의 의지를 거의 압도할 만큼 세찬 분노가 느닷없이 치밀어오르는 것일까?

그는 찬물로 샤워를 했다. 그리고 더위와 습기를 물리치기 위해 에어컨과 천장 선풍기를 모두 최대 출력으로 틀어놓고 어두운 침실에 두 시간 동안 누워 있었다. 호흡 조절도 조금은 효과가 있었다. 긴장을 풀어주는 심상 요법도 써보았다. 그는 그 분노가 눈에 보이는 물체라고 상상하면서 검고 말랑말랑하고 벌떡벌떡 요동치는 어떤 덩어리를 떠올렸고, 마음속으로 그 둘레에 붉은 삼각형을 그렸다. 그리고 삼각형을 천천히 축소시켜 그 덩어리가 사라지게 했다. 이 방법은 효력을 발휘했다. 심장 박동이 정상으로 돌아왔다. 그는 침실 텔레비전을 켜고—이미 지나가버린 시대의 기술로 만들어져 웅웅거리고 쨍쨍거리는 크고 낡아빠진 물건이었다—마운드에 선 엘두케*와 그의 크고 놀라운 몸

---

* 쿠바 출신의 투수 오를란도 에르난데스의 별명.

동작을 지켜보았다. 이 투수는 무릎이 코에 닿을 정도로 몸을 말았다가 채찍을 휘두르듯 한꺼번에 풀어버렸다. 이번 시즌은 브롱크스*를 거의 공황 상태로 몰아갈 만큼 예측을 불허하는 상황이었지만 에르난데스는 사람들을 진정시키는 힘을 갖고 있었다.

솔랑카 교수는 잠시 CNN으로 채널을 돌리는 실수를 저질렀다. 거기서는 하루 종일 엘리안**에 대한 이야기뿐이었다. 솔랑카 교수는 끊임없이 토템을 필요로 하는 사람들의 심리에 염증을 느꼈다. 바다에서 고무 튜브에 타고 있던 어린 소년이 구조되었는데, 그의 어머니는 이미 익사한 뒤였다. 그 즉시 종교적인 집단 히스테리가 발생했다. 죽은 어머니는 거의 성모 마리아 같은 존재로 떠올랐고, '엘리안, 우리를 구해주오'라고 적힌 포스터까지 나붙었다. 마이애미의 그 피할 수 없는 악마관에서 탄생한 이 종파는—그들은 악마 카스트로가, 식인종 한니발*** 카스트로가 그 소년을 산 채로 뜯어먹고 그의 영혼마저 끄집어내

---

* 뉴욕 양키스의 홈구장 양키 스타디움이 있는 곳.

** 2000년 미국과 쿠바에서 큰 화제를 모았던 쿠바 소년. 불법이민과 양육권 문제를 둘러싸고 당시 마이애미에 거주하던 친척들과 양국 정부, 국민 등이 논쟁을 벌였다.

*** 한니발 렉터 박사의 별명. 『레드 드래곤』 『양들의 침묵』 『한니발』 등 토머스 해리스의 여러 소설과 그 소설을 바탕으로 만든 영화의 주인공으로, 명석한 정신과 의사이며 인육을 먹는 연쇄살인범이다.

서 누에콩 몇 알과 적포도주 한 잔을 곁들여 삼켜버릴 거라고 주장했다―즉석에서 성직자들까지 배출했다. 매스컴에 병적으로 집착하는 그 지독한 종조부는 엘리안교의 교황으로 취임했다. 게다가 그의 딸, 즉 '신경쇠약'에 시달리는 가엾은 마리슬레이시스는 금방이라도 그 일곱 살짜리의 첫번째 기적을 증언할 만한 타입이었다. 심지어는 어부까지 가세했다. 그리고 물론 말씀을 전파하는 사도들도 있었다. 엘리안의 방에서 살다시피 하는 사진가, 각종 계약서를 흔들어대는 텔레비전 영화 제작진, 그들과 똑같은 행동을 하는 출판사 사람들, 상향 회선* 접시 안테나와 폭신폭신한 마이크를 휘두르는 CNN을 비롯한 여러 방송사의 뉴스 취재진 등등이었다. 한편 쿠바에서는 그 어린 소년이 전혀 다른 또하나의 토템으로 탈바꿈하고 있다. 다 죽어가던 혁명, 수염이 텁수룩한 늙은이**의 혁명은 자기들이 다시 젊어졌다는 증거로 그 아이를 내세웠다. 그들의 주장에 따르자면 물속에서 솟아오른 엘리안이야말로 혁명의 불멸성을 상징하는 존재였다. 그것은 속임수였다. 피델(Fidel), 그 늙어빠진 이단자(infidel)가 엘리안의 가면을 쓰고 일장 연설을 늘어놓고 있었다.

엘리안의 아버지 후안 미겔 곤살레스는 오랫동안 고향 카르

---

* 지상에서 위성으로 정보를 전송하는 통신 회선.
** 피델 카스트로를 가리킨다.

데나스를 떠나지 않고 한사코 말을 아꼈다. 그는 아들을 되찾고 싶다는 말만 했는데, 아마 그 엄숙한 말 한마디로 충분했던 모양이다. 만약 자신의 숙부나 사촌들이 아스만을 자신에게서 떼어놓으려고 한다면 어떻게 해야 할까 곰곰이 생각해보다가 솔랑카 교수는 그만 연필을 두 동강 내고 말았다. 그리고 다시 야구 경기로 채널을 되돌렸지만 이미 때를 놓친 뒤였다. 엘두케도 쿠바 망명자였고, 따라서 이 문제에 대한 의견도 솔랑카와는 다를 터였다. 솔랑카 교수의 머릿속에서 아스만 솔랑카와 엘리안 곤살레스의 모습이 흐릿해지면서 하나로 포개졌다. 그의 머리는 다시 과열되었고, 자신과 아들의 경우는 애당초 친척들이 개입할 여지가 없었다는 사실을 꼬집어 지적했다. 외부의 도움 없이 스스로 관계를 끊어버렸기 때문이다. 걷잡을 수 없는 분노가 치밀어오르기 시작하자 그는 다시 숙달된 감정 순화법을 이용하여 분노를 외부로 유도했다. 이데올로기에 미쳐버린 마이애미 패거리, 그 동안의 경험 때문에 자기들이 가장 증오하는 모습으로 탈바꿈해버린 그 사람들을 분노의 대상으로 삼았다. 그들은 위선으로부터 도피하는 과정에서 위선자들이 되어버렸다. 기자들에게 고함을 질렀고, 자기들과 다른 의견을 가진 정치가들을 매도했고, 지나가는 자동차들을 향해 주먹을 흔들었다. 그들은 세뇌의 해악에 대해 떠들고 있었지만 그들 자신의 머리도 그리 깨끗하지 않다는 것은 누가 보더라도 확실했다. 솔랑카는 자신도 모르게 텔레비전 속의 쿠바 투수를 향해 큰 소리로 외치고 있었다.

"세뇌가 아니라 오뇌(汚腦)란 말이야! 그 동안의 삶이 당신들의 머리를 오염시킨 거라구. 그리고 주둥이를 들이대는 백 대도 넘는 카메라 앞에서 그네를 타며 당황해서 어쩔 줄 모르는 그 어린애한테 당신들은 그 아버지에 대해 도대체 무슨 말을 한 거야?"

그는 결국 그 모든 과정을 다시 되풀이해야 했다. 부들부들, 두근두근, 헐떡헐떡, 샤워, 어둠, 호흡법, 심상 요법. 약은 안 된다. 그는 약품에 의존하는 것은 반칙이라고 생각했고, 정신과 의사를 만나보려고도 하지 않았다. 조직폭력배 토니 소프라노*라면 정신과 의사를 찾아갈 수도 있겠지만, 빌어먹을, 그는 가공인물일 뿐이다. 솔랑카 교수는 혼자 힘으로 자신의 마귀와 맞서 싸우기로 결심한 터였다. 정신분석이나 약물요법 따위는 부정행위처럼 느껴졌다. 이 대결에서 진정한 승리를 거두기 위해서는, 지금 그를 사로잡고 있는 마귀를 매트 위에 때려눕혀 지옥으로 돌려보내기 위해서는, 오직 그 마귀와 단둘이, 서로 홀랑 벗고, 아무런 제한도 없이, 맨주먹으로 맞붙어 최후까지 정정당당히 싸

---

* 미국 텔레비전 시리즈 〈소프라노스〉에 등장하는 마피아 두목.

우는 수밖에 없었다.

　말릭 솔랑카가 이제 집을 나서도 될 만하다고 판단했을 때는 이미 날이 어두워진 뒤였다. 아직도 좀 동요된 상태였지만 겉으로는 짐짓 유쾌한 척하면서 키에슬로프스키의 동시 상영 영화를 보러 갔다. 만약 그가 베트남전 참전용사였거나 하다못해 너무 많은 것을 보아버린 기자였다면 그의 이같은 행동도 충분히 이해할 만한 일이었을 것이다. 그가 벌써 이십 년째 친분을 유지하고 있는 잭 라인하트는 미국인이었고 시인이었고 종군기자였는데, 요즘도 전화벨 소리에 잠이 깨기만 하면 전화기를 때려 부수기 일쑤였다. 잭은 자신의 행동을 억제하지 못했고, 아직 잠이 덜 깬 상태에서 그런 일을 저지르는 것이었다. 전화기를 수없이 바꿔야 했지만 그는 그것을 운명이라고 생각하며 받아들였다. 비록 정신적 손상을 입긴 했지만 상태가 더 심하지 않은 것을 다행으로 여겼다. 반면에 솔랑카 교수가 몸소 겪은 유일한 전쟁은 삶이라는 전쟁이었고, 그 삶은 그에게 호의적이었다. 그에게는 돈도 있었고, 대부분의 사람들이 이상적인 가족이라고 생각하는 가족도 있었다. 아내와 아이도 흠잡을 곳이 하나도 없었다. 그런데도 그날 한밤중에 자기 집 부엌에 앉아 있었던 그의 머릿속에는 살의가 가득했다. 상징적인 살인이 아니라 진짜 살인을 저지르려는 충동이었다. 심지어 식칼을 들고 위층으로 올라가, 잠들어 있는 아내의 몸을 한동안—끔찍한 순간이었다—멍하니 내려다보기까지 했다. 그는 곧 돌아섰고, 손님용 침실에서 잠을 청했고, 아침이 되자 일언반구 설명도 없이 가방을 꾸려 뉴욕행 첫 비행기에 몸을 실었다. 그는 자기 자신과 자신이 저지를 뻔했던 그 일 사이에 바다를, 적어도 바다 하나를 끼워놓아야 했다. 그러므로 웨스트 70번가의 여왕 밀라 양은 그녀 자신이 생각하는 것보다 진실에 훨씬 더 가까이 접근했던 것이다. 그것은 절대로 그녀가 알아서는 안 될 진실이었다.

그는 영화관에서 줄을 선 채 자신의 내면으로 침잠해 있었다. 그때 그의 오른쪽 귀 바로 뒤쪽에서 한 젊은 남자의 목소리가 들려오기 시작했다. 도대체 부끄러운 줄도 모르는지, 누가 듣든 말든 아랑곳없이, 상대방뿐만 아니라 줄을 서 있는 사람들 모두에게, 아니, 이 도시 전체에 들려주겠다는 듯이 큰 소리로 이야기를 늘어놓는 것이었다. 도대체 이 도시가 그의 이야기에 무슨 관심이 있단 말인가. 대도시에 살다 보면 온갖 기상천외한 일들이 다이어트 탄산음료만큼이나 흔해빠졌고 또 온갖 괴상망측한 일들이 팝콘만큼이나 일상적으로 터져나온다는 사실을 저절로 알게 되는데 말이다.

"그래서 결국 전화를 걸었는데, 내가 말이야, 안녕, 어머니, 별일 없죠, 그랬더니 어머니가, 너 지금 이 촌구석에 누가 와 있는지 아니, 누가 우리 집에 저녁 먹으러 왔는지, 누가 우리 식탁에 앉아서 이 엄마가 만든 미트로프를 맛있게 먹고 있는지, 그게 누구냐면 바로바로 산타클로스란다, 이러는 거야. 독사 스컹크 족제비 같은 너희 아빠가 그 빌어먹을 엉덩짝으로 냄새를 피우던 우리 식탁 상석에 지금 산타클로스가 떡하니 앉아 계신단다. 정말정말 진짜야. 아니, 그게 오후 세시였는데 벌써 그렇게 정신이 오락가락하더라구. 한 마디도 안 빼놓고 어머니가 한 얘기 그대로야. 산타클로스래, 글쎄. 그래서 내가, 알았어요, 어머니, 그런데 예수는 어디 있어요, 그랬더니 어머니가 대뜸 이러는 거야. 이 녀석아, 예수 그리스도 씨라고 해야지. 그리고 예수 H. 그리스도 씨는 지금 생선 요리를 가지러 가셨어. 그 이상은 도저히 못 들어주겠더라구. 그래서 그냥, 안녕, 어머니, 그 아저씨들한테 안부 좀 전해줘요, 즐겁게 지내시고, 그랬지 뭐."

그러자 그 남자의 목소리 옆에서 한 여자의 경악한 듯한 억지웃음이 들려왔다. 하, 하, 하, 하.

이것이 우디 앨런의 영화였다면(실제로 〈부부 일기〉는 솔랑카가 사는 임대 아파트에서 일부를 촬영하기도 했다) 이쯤에서 영화 관객들이 대화에 끼어들어 찬반양론을 펼쳤을 것이다. 저마다 방금 들은 이야기와 맞먹거나 그것을 능가하는 개인적 비화들을 들먹이고, 더 나아가 잉마르 베리만, 오즈 야스지로, 더글러스 서크 등의 영화에서 그 성난 미치광이 어머니의 대사와 비슷한 선례들을 찾아내면서 말이다. 이것이 우디 앨런의 영화였다면 놈 촘스키나 마셜 매클루언, 혹은 요즘 같은 경우에는 구루마이*나 디팩 초프라** 등이 종려나무 화분 뒤에서 걸어 나와 자못 번지르르하고 세련미가 넘치는 논평을 덧붙였을 것이다. 그리고 그 어머니가 처한 상황은 잠시나마 우디 특유의 번뇌어린 명상의 주제가 되었을 것이다. 그녀는 하루 종일 망상에 사로잡혀 있을까, 아니면 식사시간에만 그럴까? 혹시 무슨 약을 먹는 건 아닐까, 그 약병에는 각종 부작용이 제대로 표시되어 있기나 한 걸까? 그녀는 그 신성한 거물들을 유혹해보려는 모양인데, 상대가 한 명도 아니고 두 명이라는 사실은 무엇을 의미하는 것일까? 프로이트라면 이 진기한 삼인조 섹스에 대해 뭐라고 얘기할까? 예쁘게 포장된 선물과 영혼의 구원을 동시에 원하는 이 여자의 욕심이 우리에게 말해주는 것은 무엇일까? 그리고 미국에 대해서는 무엇을 말해주고 있을까?

만약 그 방에 정말 남자들이 있는 거라면 그들은 대체 누구일

---

* 힌두교 구루. 인도와 미국 뉴욕 주를 중심으로 활동하는 '시다 요가'라는 힌두교 단체의 여성 지도자.

** 인도 태생의 미국 의사. 심신의 조화를 통해 건강한 삶을 추구하는 대체의학의 선구자. 동양 철학에 바탕을 두고 정신과 육체의 관계를 강조하는 강연 및 저술 활동으로 많은 추종자를 얻고 있다.

까? 버번 위스키에 취해 해롱거리는 그 불쌍한 여인의 부엌에 혹시 도망중인 살인자들이 숨어 있는 건 아닐까? 사실은 그녀가 위험에 처한 것이 아닐까? 그러나 또 한편으로 생각해보면, 우리처럼 열린 마음을 가진 사람들은 그렇게 이중의 기적이 실제로 일어날 가능성도 있다는 것을 적어도 이론적으로나마 인정해줘야 하지 않을까? 그렇다면 예수는 산타에게 크리스마스 선물로 무엇을 요구할까? 그리고 하느님의 아들은 참치 요리를 가지러 갔다는데, 그렇다면 과연 미트로프는 세 사람이 먹기에 충분한 분량일까?

매리얼 헤밍웨이*라면 그 모든 상황을 주의 깊게, 그러나 따분한 듯이 지켜보았을 것이다. 그러다가 금방 깨끗이 잊어버렸겠지. 우디 앨런의 영화였다면 이 장면은 흑백으로 찍었을 것이다. 흑백은 가장 비현실적인 촬영기법인데도 어느새 사실주의와 진실성과 예술의 상징이 되어버렸다. 그러나 세상은 총천연색으로 되어 있고, 영화처럼 논리정연한 각본이 있는 것도 아니다. 말릭 솔랑카는 반론을 제기하려고 휙 돌아서면서 입을 열었다. 그런데 뒤에 서 있는 남녀는 바로 밀라와 그녀의 애인, 그 쿼터백 같은 백부장이었다. 솔랑카가 그녀에 대해 생각했기 때문에

---

* 미국 영화배우. 소설가 어니스트 헤밍웨이의 손녀로 우디 앨런의 영화 〈맨해튼〉에도 출연했다.

그들이 이곳에 나타난 것이었다. 그들 뒤에는 그 게을러빠진 계단 패거리의 나머지 멤버들이—삐딱하게, 구부정하게, 엉거주춤하게, 맵시나게—서 있었다.

그들이 꽤 멋있어 보인다는 사실을 솔랑카도 인정할 수밖에 없었다. 낮 동안 제복처럼 입고 있던 타미 힐피거 풍 의상들은 벗어버리고 흰색과 황갈색을 기본으로 한 캘빈 클라인의 단정한 여름옷으로 갈아입어 좀더 부잣집 도련님다운 모습들이었다. 그리고 밤인데도 모두 선글라스를 끼고 있었다. 멀티플렉스 영화관에서 틀어주는 한 광고에도 레이밴 선글라스를 낀 멋쟁이 흡혈귀들이—텔레비전에 나오는 버피* 때문에 흡혈귀들이 인기 절정이었다—모래 언덕에 앉아 새벽을 기다리는 장면이 있었다. 그중 한 명은 선글라스를 잊고 나왔다가 햇빛이 닿자마자 화르르 타올랐고, 그러다가 펑 터져버렸다. 그러자 그의 친구들은 날카로운 송곳니를 드러내며 깔깔 웃었다. 하, 하, 하, 하. 솔랑카 교수는 이런 생각을 했다. 어쩌면 밀라 패거리는 흡혈귀들이고 자신은 방어 수단을 준비하지 못한 그 바보일지도 모른다고 말이다. 물론 그렇다면 솔랑카 자신도 흡혈귀라는 뜻이 된다. 죽음을 따돌리는 도망자, 시간의 법칙을 거스르는…… 그때 밀

---

* 미국 텔레비전 시리즈 〈버피와 뱀파이어〉의 주인공.

라가 선글라스를 벗고 도발적인 시선으로 그의 눈을 똑바로 들여다보았다. 그 순간 그는 불현듯 그녀가 누구를 닮았는지 깨달았다.

"아니, 이게 누구신가? 혼저 있고 쉬포하는 가르보 씨* 아니셔?"

과산화수소로 머리털을 표백한 백부장이 심술궂게 내뱉었다. 늙어 비실거리는 솔랑카 교수가 혹시 성가신 일을 벌이더라도 얼마든지 받아주겠다는 말투였다. 그러나 말릭은 이미 밀라의 시선에 사로잡힌 상태였다.

"오, 이런, 오, 이런. 이거 실례지만 아가씨는 리틀 브레인이야. 실례지만 내 인형이라구."

거인 백부장은 그 말을 듣고 너무 알쏭달쏭한, 그래서 못마땅한 발언이라고 판단했다. 아닌 게 아니라 솔랑카의 태도는 놀라움 이상의 그 무엇을 표출하고 있었다. 어떤 불쾌감 같은, 거의 적개심에 가까운, 어쩌면 혐오감 같기도 한 그 무엇이 느껴졌던 것이다.

---

* 스웨덴 태생의 여배우 그레타 가르보에 빗대어 조롱하는 말. 그녀는 1920년대와 30년대 할리우드를 뒤흔든 최고의 스타였으나 인터뷰마저 거부할 만큼 사람들의 시선을 꺼린 일로 유명하다. 에디의 말은 영화 〈그랜드 호텔〉에 출연한 그녀의 유명한 대사와 스웨덴 식 발음을 흉내 낸 것이다.

"진정하시죠, 그레타 아저씨."

덩치 큰 젊은이는 거대한 한쪽 손바닥을 솔랑카의 가슴에 대고 무시무시한 힘으로 밀어붙였다. 솔랑카는 비틀거리며 뒷걸음질을 치다가 곧 벽에 부딪혔다.

그러나 이때 젊은 아가씨가 싸움개를 도로 불러들였다.

"별일 아니야, 에드. 에디, 정말 괜찮다니까."

바로 그때 고맙게도 줄이 빠르게 줄어들기 시작했다. 말릭 솔랑카는 부리나케 관람석으로 향했고, 흡혈귀 무리로부터 멀찌감치 떨어져 앉았다. 그러나 불이 꺼지는 순간 그는 예술 영화관에 모인 관객들 너머로 자신을 뚫어지게 바라보고 있는 그 예리한 초록색 눈동자를 발견할 수 있었다.

그는 밤새도록 돌아다녔지만 어디서도 평화를 찾을 수 없었다. 깊디깊은 밤 홀로 거닐어도 허사였으니 동트기가 무섭게 북적거리는 이 시간에는 더 말할 나위도 없었다. 쥐 죽은 듯 고요한 밤이라는 것은 아예 존재하지 않았다. 그는 자기가 움직인 경로를 정확히 기억하지 못했다. 다만 도시를 가로질러 걷다가 브로드웨이나 그 부근에서 발길을 돌린 듯싶다는 막연한 인상이 남아 있을 뿐이었다. 그러나 엄청나게 시끄러웠던 백색소음*과 유색소음**은 뚜렷하게 생각났다. 가장자리가 붉게 물들어 동그

---

* 모든 가청 주파수가 포함된 잡음을 가리키는 물리학 용어. 백색광이 모든 주파수의 가시광선을 포함하고 있는 것과 비슷하다는 뜻으로 붙인 이름이다.
** 백색소음과 반대되는 개념으로, 특정 주파수에서만 발생하는 소음.

라미가 그려진 그의 눈앞에서 그 잡음이 기하학적인 도형들을 그리며 춤을 추던 것도 생각났다. 리넨으로 된 양복 상의가 축축해져 양어깨를 무겁게 짓눌렀지만, 그래도 품위를 지키고 올바르게 처신하기 위해 그 옷을 그대로 입고 있었다. 밀짚 파나마모자도 마찬가지였다. 도시의 소음은 하루가 다르게 점점 더 시끄러워졌다. 아니, 어쩌면 그가 그 소음에 점점 더 예민해져 마침내 비명을 지르고 싶은 지경에 이른 것인지도 모른다. 거대한 바퀴벌레 같은 쓰레기차들이 이 도시를 비집고 돌아다니며 으르렁거렸다. 사이렌, 경보기, 대형차량이 후진하며 삑삑거리는 소리, 차마 들어줄 수 없는 음악의 쿵쿵거리는 장단 따위가 귓가에서 한순간도 떠나지 않았다.

몇 시간이 지나갔다. 그러나 키에슬로프스키의 등장인물들은 여전히 솔랑카의 곁을 떠나지 않았다. 우리가 하는 행동의 근원은 무엇인가? 서로에게서 멀어지고 죽은 아버지에게서도 멀어졌던 두 형제가 아버지의 귀중한 우표 컬렉션의 마력 앞에서 거의 미쳐 날뛴다.* 한 남자는 발기부전이라는 진단을 받고, 사랑하는 아내가 자신을 버리고 성생활을 즐길 거라는 고민에 빠져 몸부림친다.** 불가사의한 일들이 우리 모두를 조종하고 있다.

---

* 〈십계〉 중 마지막 열번째 작품의 내용. 성서에 나오는 '네 이웃의 소유를 탐내지 말라'는 계명을 주제로 삼았다.

우리는 베일에 가려진 그것들의 얼굴을 얼핏얼핏 보게 될 뿐이지만 그것들의 힘은 우리를 어둠 속으로 몰고 간다. 아니면 빛 속으로.

그의 집이 있는 거리로 접어들자 그곳의 건물들마저도 세계의 지배자들인 양 지극히 자신만만하고 위풍당당한 태도로 그에게 말을 걸어오기 시작했다. 가령 가톨릭 초등학교의 경우에는 돌에 새긴 라틴어로 입학을 권유했다. **가톨릭 신자인 부모들은 사랑하는 자녀가 기독교 및 가톨릭 방식의 교육을 받도록 해야 합니다.** 이 내용은 솔랑카에게 별다른 감흥을 주지 못했다. 그 다음 건물로 넘어가면 육중한 드밀 식 아시리아 풍*** 출입구에 금색 글자로 적혀 있는 중국 음식점의 점괘과자 같은 문장이 종소리처럼 울려퍼졌다. 우정과 사랑으로 인류가 단결한다면 이 세상이 얼마나 아름다울까.**** 지금으로부터 칠십여 년 전에 지어진 이 건물은 이 도시에서도 가장 호화로워 좀 야단스러웠지만 그런대로 보기 좋은 편이었는데, 주춧돌에는 '피티아니즘을 위하여' 봉납한다

** 〈십계〉 중 아홉번째 작품의 내용. '네 이웃의 아내를 탐내지 말라'.
*** 미국 영화감독 세실 드밀은 〈왕중왕〉〈삼손과 데릴라〉〈십계〉 등 성서시대를 소재로 한 종교적인 역사극으로 유명하다.
**** 피티아스 기사단을 창설한 저스터스 래스본의 말이다. 피티아스 기사단은 1864년 워싱턴 DC에서 창설된 우애단체로 그리스 신화에 등장하는 다몬과 피티아스의 우정에 얽힌 이야기가 창설 동기이다. 충의, 명예, 우정을 중요시한다.

고 새겨져 있었다. 그리스적인 상징과 메소포타미아적인 상징의 부조화에 대해 난처해하는 기색도 없었다. 옛 제국들이 이룩한 보물창고를 노략질하여 이렇게 마구 뒤섞어놓는 행태, 과거의 권위를 훔쳐오는 이런 용광로 또는 이종교배, 그것이야말로 현재의 실세를 말해주는 진정한 지표였다.

피토는 델포이의 옛 이름으로, 아폴론 신과 싸웠던 피톤*의 고향이다. 그보다 더 유명한 것은 델포이의 신탁인데, 그곳에서 광란과 황홀경에 빠져 예언을 들려주던 여사제를 일컫는 말이 피티아였다. 솔랑카로서는 이 건물을 세운 사람들이 '피티아니즘'이라는 말을 그런 뜻으로 썼을 거라고는 도저히 상상할 수가 없었다.** 경련발작과 지랄병을 숭상하는 건물? 더구나 초라한 —장엄하고 거창하리만큼 초라한—시 따위를 위해 이토록 웅장한 집을 지었을 리도 없다(피티아 시격詩格이라고 하면 강약약 육보격으로 된 시를 뜻한다). 아마도 막연하게나마 아폴론을 염두에 두고 쓴 말일 것이다. 아폴론은 음악과 체육의 신이기도 하기 때문이다. 기원전 6세기에 시작된 피티아 경기는 범(汎)그

---

* 그리스 신화에 등장하는 지룡(地龍). 고대의 조각이나 그림 등에는 거대한 뱀의 모습으로 묘사되었다.
** 작가는 짐짓 모르는 척 시치미를 떼고 있지만 사실 1927년에 세워진 이 건물은 원래 피티아스 기사단의 지부였던 곳으로, 지금은 아파트로 이용되고 있다.

리스적인 4대 제전 가운데 하나였는데, 올림픽 개최 주기로 삼
년째 되는 해에 열렸다. 이때 운동 경기뿐만 아니라 음악 경연도
있었고, 신과 뱀의 엄청난 싸움이 재현되기도 했다. 어쩌면 이
건물을 지은 사람들도 어디선가 그 사실을 일부나마 전해듣고
이렇게 반쪽짜리 지식의 전당, 돈만 있으면 무지가 지혜로 둔갑
할 수도 있다는 믿음을 선포하는 신전을 건설했는지도 모른다.
부버스 아폴론*의 신전이라고나 할까.

고리타분한 생각은 집어치워라! 솔랑카 교수는 마음속으로
그렇게 외쳤다. 왜냐하면 지금 아폴론보다 더 위대한 신이 그를
완전히 둘러싸고 있기 때문이다. 바로 아메리카, 잡종이며 잡식
성인 아메리카, 지금 그 힘이 절정에 달해 있는 아메리카였다.
아메리카, 그가 자신을 지워버리기 위해 찾아온 곳. 모든 구속으
로부터, 그리고 분노와 두려움과 고통으로부터 벗어나기 위해
찾아온 곳. 나를 먹어라! 솔랑카 교수는 소리 없이 기도했다. 나
를 먹어라, 아메리카여. 그리하여 나에게 평화를 다오.

피티아의 사이비 아시리아 궁전에서 길을 건너자 이 도시에
서 오스트리아 빈의 '카페하우스'를 가장 그럴듯하게 모방한 모

---

* Boobus. 얼간이라는 뜻의 부비(Booby)와 태양신을 뜻하는 포이보스(Phoi-
bos)의 라틴 식 표기 피버스(Phoebus)를 합친 말장난. 아폴론은 그리스인들의
지성과 문화를 대표하는 신이기도 해서 더욱 얄궂다.

조품이 이제 막 문을 여는 참이었다. 그 집의 신문판매대에는 『타임스』와 『헤럴드 트리뷴』이 꽂혀 있었다. 솔랑카는 안으로 들어가 진한 커피를 마시면서 이 세상에서 가장 덧없는 이 도시의 끝없는 흉내 내기 놀이에 동참했다. 엉망이 되어버린 리넨 양복에 밀짚 파나마모자까지 쓰고 있으니 이제는 도로테어가세* 의 카페 하벨카를 드나드는 영락한 아비튀에**처럼 보일 만도 했다. 그러나 어차피 뉴욕에서는 누구도 무엇이든 너무 자세히 살펴보지 않는다. 유럽 식의 섬세한 미적 감각을 알아보는 눈을 가진 사람도 별로 없다. 땀에 젖은 흰색 바나나 리퍼블릭 셔츠의 풀 먹이지 않은 목깃도, 먼지투성이인 갈색 샌들도, 제멋대로 뻗친 (정성껏 다듬지도 않고 섬세하게 기름을 바르지도 않은) 오소리 수염도 여기서는 전혀 이상해 보이지 않는다. 하다못해 그의 이름조차도—남에게 꼭 본명을 밝혀야 하는 일은 한 번도 없었지만—그저 막연히 미텔오이로페이세***하게 들리는 정도였을 것이다. 이 얼마나 놀라운 곳이냐. 반쪽짜리 진실과 모방의 도시가 어떤 면에서는 지구 전체를 지배하고 있다. 그리고 그것의 눈, 그 에메랄드 같은 녹색의 눈은 우리의 마음속을 훤히 꿰뚫어

---

* 오스트리아의 수도 빈의 한 거리 이름.
** 단골손님을 뜻하는 프랑스어.
*** '중유럽 풍' 이라는 뜻의 독일어.

본다.

그는 근사한 오스트리아 식 케이크들을 냉장 진열한 계산대 쪽으로 다가가다가 굉장히 맛있어 보이는 자허 가토*를 그냥 지나쳤고, 그 대신에 린처토르테** 한 조각을 달라고 했다. 그러나 그에게 돌아온 대답은 무슨 말인지 모르겠다는 표정뿐이었다. 흠잡을 데 없이 완벽한 그 라틴아메리카 식 표정 때문에 분통이 터졌지만 결국 손가락으로 가리키는 수밖에 없었다. 그런 다음에야 비로소 그는 커피를 홀짝거리며 신문을 읽을 수 있었다.

조간신문들마다 인간 게놈에 대한 보고서가 발표되었다는 소식으로 온통 떠들썩했다. 신문에서는 그 보고서가 지금까지 나온 '찬란한 생명의 서(書)' 중에서 최고라고 떠들어댔는데, 이것은 성경은 물론이고 소설에 대해서까지 다양하게 쓰이는 표현이었다. 새로 등장한 이 찬란한 빛은 책이 아니라 인터넷에 올라온 전자 메시지였고 그나마 네 가지 아미노산으로 작성된 유전 암호였는데도 말이다. 더욱이 솔랑카 교수는 암호 따위에는 전혀 소질이 없어 기초적인 피그라틴어***조차도 배우지 못했었

---

* 프란츠 자허는 1832년 초콜릿 케이크 '자허 토르테'를 만들어낸 제과제빵사로 명성이 높고, 그의 아들이 빈에 세운 호텔 자허와 카페 자허도 세계적으로 유명하다. '가토'는 과자 또는 케이크를 뜻하는 프랑스어.
** 오스트리아 린츠 지방의 명과. 견과류, 과일잼, 버터 등이 주재료이며 타르트와 모양이 비슷하다.

다. 딧딧딧, 다다다, 딧딧딧.**** 살려주세요(Help). 이글라틴페이(Iglatinpay)로 하면 엘프헤이(elphay). 사람들마다 게놈의 성공 뒤에 이어질 온갖 기적들을 예측하느라 여념이 없었다. 예를 들자면 뷔페 식 만찬에 참석하여 접시와 포도주잔을 손에 든 채로 음식을 먹어야 할 때는 팔 하나를 더 만들어 간단히 문제를 해결할 수 있다는 식이었다. 그러나 말릭이 보기에 확실한 것은 오직 두 가지뿐이었다. 첫째, 앞으로 얼마나 획기적인 발전이 이루어질는지 모르겠지만 그에게 도움이 되기에는 너무 늦으리라는 것, 그리고 둘째, 그는 이 책을—인간이라는 존재의 철학적 의미를 완전히 바꿔놓은 이 책, 우리 자신에 대한 인식에 엄청난 양적 변화를 가져오는 내용을 담고 있어 질적 변화까지 일으킬 수 있는 이 책을—절대로 읽어낼 수 없으리라는 것이었다.

인간들이 이 정도의 지식을 갖지 못했던 시절, 사람들은 누구나 똑같이 그런 무지의 늪에 빠져 있다는 사실로 자신을 위로할 수 있었다. 그러나 지금 솔랑카는 이 순간에도 어딘가의 누군가는 솔랑카 자신이 영원히 알지 못할 일들을 알고 있다는 사실을

*** 어린이들이 놀이에 쓰는 일종의 은어. 단어의 첫 자음을 맨 뒤로 옮기고 '-ay'를 붙인다. 이를테면 'pig'는 'igpay'가 된다. 우리나라 어린이들이 '가을하늘'을 '가사으슬하사느슬'로 바꿔 말하며 노는 것과 비슷하다.
**** 모르스부호의 구조신호 'SOS'를 의성어로 표현한 것.

알고 있었고, 더구나 그렇게 이미 알려진 그 일들은 지극히 중
요해서 반드시 알아둬야 할 것들이라는 사실도 잘 알고 있었고,
그래서 그는 바보들이 흔히 느끼는 그 무지근한 노여움, 그 느릿
느릿한 분노를 느낄 수밖에 없었다. 마치 수벌이나 일개미가 된
듯한 기분이었다. 마치 채플린과 프리츠 랑의 오래된 영화에서
비실비실 돌아다니는 수천 명 중의 하나, 높은 곳에 올라앉은 지
식이 권력을 휘두르며 군림할 때, 그 밑에서 힘없이 살다가 언젠
가는 사회의 톱니바퀴에 휘말려 으스러지고 말 운명을 가진 그
얼굴 없는 사람들 중의 하나가 된 듯한 기분이었다. 새로운 시대
에는 새로운 황제들이 있었고, 그는 그들의 노예가 될 수밖에 없
었다.

"손님. 손님!"

젊은 여자 하나가 거북할 정도로 가까이 다가서서 그를 내려
다보고 있었다. 무릎까지 내려오는 날씬한 짙은 감색 스커트에
산뜻한 흰색 블라우스를 입었고, 금발을 뒤로 넘겨 아프도록 질
끈 동여매고 있었다.

"나가주셨으면 좋겠습니다, 손님."

계산대의 라틴 계 종업원들이 잔뜩 긴장한 채 여차하면 끼어
들 태세로 대기하고 있었다. 솔랑카 교수는 정말 어리둥절했다.

"혹시 무슨 문제라도 있소, 아가씨?"

"문제는 말입니다, 손님, 이건 '혹시'가 아니고 분명한 사실인데요, 손님께서 지금 아주 안 좋은, 몹시 역겨운 말씀을 너무 큰 소리로 떠드셨다는 겁니다. 입 밖에 내서는 안 될 말을 입 밖에 내셨다고 말씀드릴 수 있겠네요. 그것도 아주 고함을 질러가면서 말입니다. 그런데 이제 와서 무슨 문제라도 있느냐고 물으시다니 어처구니가 없군요. 문제는 바로 손님이십니다. 지금 좀 나가주세요."

그렇게 말로 전달되는 추방 조치를 당하는 그 순간에도 그는 드디어 진품이 하나 나타났다는 생각을 하고 있었다. 이곳에도 진짜 오스트리아인이 적어도 한 명은 있었던 것이다. 그는 자리에서 일어나 후줄근한 상의를 걸치고, 모자에 손을 대고 목례를 하며 문을 나섰다. 여자를 위해 팁을 남겨두지는 않았다. 그녀의 그 터무니없는 발언에 대해서는 설명이 불가능했다. 엘리너와 잠자리를 함께하던 시절, 그녀는 종종 그가 코를 곤다고 나무랐다. 잠이 들락 말락 할 때 툭툭 건드리며 이렇게 말하는 것이었다. 옆으로 돌아누워요. 그러나 그는 아직 의식이 남아 있는 상태였고, 그녀에게도 그렇게 말해주고 싶었다. 그래서 그녀의 말을 들을 수 있고, 그러므로 혹시 자기가 어떤 소리를 내고 있었다면 그 소리도 들었을 거라고 말이다. 얼마 후 그녀는 더이상 그를 성가시게 하지 않았고, 그는 비로소 숙면을 취할 수 있었다. 그러다가 언젠가부터 다시 잠을 설치기 시작했다. 아니, 그 생각은 그만두자. 지금은 때가 아니었다. 지금 이 순간에도 그는 의식이 있었고, 온갖 소음들이 귓가에 쟁쟁했다.

이윽고 아파트 근처에 이르렀을 때 솔랑카는 바로 자기 방 창밖에 매달린 작업대에서 일하고 있는 인부 한 명을 보게 되었다. 그는 건물 외벽을 수리하는 중이었는데, 저 아래 인도에서 비디*를 피우고 있는 동료에게 우렁우렁 요란한 펀자브어로 뭐라고 지시하면서 추잡한 농담을 목청껏 떠들어대는 것이었다. 말릭 솔랑카는 당장 집주인 제이 씨 부부에게 전화를 걸었고, 여름철마다 뉴욕 주 북부에서 유기농법으로 과일과 야채를 키우는 이 부유한 농부에게 단호하게 불만을 표했다. 이렇게 야만적인 소란은 도저히 용납할 수 없다. 임대차 계약서에도 명시되어 있듯이 바깥에서 작업을 할 때는 반드시 조용히 진행해야 한다. 더군다나 변기까지 말썽을 부린다. 물을 내릴 때마다 자잘한 대변 찌꺼기들이 도로 올라와서 둥둥 떠다닌다. 그렇지 않아도 기분이 언짢았던 참이라 문제의 심각성에 비해 터무니없이 크나큰 짜증이 치밀었고, 그래서 사이먼 제이 씨에게도 격렬한 어조로 자신의 감정을 피력했다. 그러자 점잖은 집주인은 어리둥절해서

---

* 필터가 없고 매우 독한 인도산 담배.

어쩔 줄 몰라했다. 자기도 아내 에이다와 함께 그 아파트에서 삼십 년이나 살았는데, 바로 그 집에서 아이들을 길렀고 바로 그 변기에서 배변 훈련을 시켰지만, 그곳에 사는 동안 하루하루가 비록 소박하지만 더 바랄 나위 없는 즐거움을 가져다줄 뿐이었다고 말했다. 그러나 솔랑카는 그런 말에는 전혀 관심이 없었다. 물론 물을 다시 내리기만 하면 그 문제는 틀림없이 해결될 것이다. 하지만 그 정도로는 만족할 수 없었다. 빨리 배관공을 불러야 한다.

그러나 그 배관공도 펀자브 출신의 건설공사 인부들처럼 말이 많은 사람이었다. 요제프 슐링크라는 팔십 대 노인이었는데, 자세가 아주 꼿꼿했고, 다부진 체격에 알베르트 아인슈타인 같은 백발, 그리고 벅스 버니 같은 앞니를 갖고 있었다. 요제프는 문에 들어서자마자 미리 입막음을 하려는 듯 일종의 방어적인 자존심부터 드러냈다.

"말씀을 안 허셔도 알겠는데, 아마 내가 너무 늙었다구 생각허실 테구, 나야 머 독심술을 배운 거두 아니니깐 혹시 틀렸을지두 모르겠지만서두, 하여튼 간에 여기 세 개 주를 통틀어 뒤져봐두 나보다 나은 배관공은 없을 테구, 더군다나 몸뚱이 하나 튼튼허지 않다믄 내가 슐링크두 아니지."

고향땅을 떠나온 독일 유대인의 지독한 발음, 도무지 나아진

구석이 없는 발음이었다.

"내 이름이 우습소? 그럼 웃어버리쇼. 그 신사분, 그 사이먼 씨는 나를 부엌 슐링크라구 부르구, 에이다 부인은 나를 화장실 슐링크라구 부르니깐, 설사 비스마르크 슐링크라구 부른대두 여기는 자유국가니까 난 아무렇지두 않구, 단지 내 직업에 대해서만큼은 우스갯소리를 듣구 싶지 않다 이 말이오. 라틴어로 하자믄 '후모르(humor)'는 눈깔에서 나오는 물기란 뜻이니깐. 이거는 1972년 노벨상 수상자 하인리히 뵐의 말을 인용한 거요. 그양반 말씀이 자기 분야에선 고것두 쓸모가 있다구 허지만서두, 내 분야에선 공연시리 실수만 허게 된다 이 말이오. 그니까 내눈깔엔 눈물 따위는 없구, 내 연장 자루에두 농담 따위는 없다이거요. 나야 그냥 빨랑빨랑 일이나 허구 빨랑빨랑 돈이나 받으믄 되니깐. 내 말 알아들으시겠소? 영화에서 그 밀수꾼 늠이 말했다시피 돈부터 보여달라 이 말이오. 이래봬두 내가 전쟁통에 나치 유보트에서 물 새는 거 막으믄서 살었는데 여기서 고따위 고장 하나 못 고칠 거 같소?"

기나긴 사연을 가진 유식한 배관공이라니! 그 사실을 깨닫는 순간 가슴이 철렁 내려앉았다(실은 '슐링크' 내려앉았다는 말이 먼저 떠올랐다). 더군다나 똑바로 앉아 있기도 힘들 만큼 피곤한 상황에서 이런 일을 당하게 된 것이다. 이 도시가 그에게 가르침을 내리려는 모양이었다. 온갖 침해와 소음으로부터 벗어날 방법은 없다고. 그는 자신의 삶으로부터 삶을 갈라놓기 위해 바다를 건넜다. 그는 고요를 찾으러 온 것인데 이곳에서 발견한 것은 오히려 그가 버리고 떠난 그것보다 더욱더 소란스러운 시끄러움이었다. 소음은 이제 그의 내부에도 깃들어 있었다. 그는 인형들이 있는 방에 들어가기가 두려웠다. 그들마저 곧 말을 걸어올 것만 같아서였다. 금방이라도 살아 움직이며 재잘거리고 수군거리고 킥킥거리기 시작할 것만 같았고, 그렇게 되면 영원히 침묵시키는 수밖에 없었다. 도처에 존재하는 삶 때문에, 뒤로 물러나기를 한사코 거부하는 그 심술궂은 삶 때문에, 머리가 터져버릴 만큼 시끄러워 도저히 견딜 수 없는 제3밀레니엄의 음량 때문에, 결국 그 빌어먹을 인형들의 모가지를 뽑아버리는 수밖에 없을 터였다.

숨을 쉬자. 그는 느릿느릿한 순환 호흡법을 사용하기 시작했다. 그래, 좋다. 고행을 한다고 생각하면서 배관공의 수다를 묵묵히 감수하자. 그것을 참아내는 일은 곧 겸허함과 자제력을 기르는 연습이 될 것이다. 이 유대인 배관공은 물속으로 내려감으로써 죽음의 수용소를 모면한 사람이었다. 그의 배관 기술은 곧 승조원들이 그를 보호해주었다는 것, 그리고 항복의 그날까지 그를 데리고 있었다는 것을 의미했다. 그날부터 그는 자유롭게 돌아다닐 수 있었고, 마침내 유령들을 뒤에 남겨두고, 달리 표현하자면 그들을 거느리고, 미국으로 건너왔던 것이다.

아마도 슐링크는 그 이야기를 벌써 천 번쯤, 아니 천 번씩 천 번쯤 되풀이했을 것이다. 그래서 이미 굳어진 표현들이 이미 굳어진 가락에 실려 저절로 술술 흘러나오고 있었다.

"한번 상상을 해보쇼. 배관공이 잠수함을 탄다는 것부터가 벌써 좀 웃기는 노릇이지만서두, 거기다가 참말루 얄궂은 것이 심리적으루다가 아주 복잡하드라 이거요. 고것을 일일이 설명할 필요까지야 없겠지. 우쨌든 내가 지금 선생 앞에 이렇게 서 있으니깐. 나는 내 인생을 살았다 이거야. 천수를 다 누렸다 이거야. 안 그렇소?"

소설 같은 인생이구나. 솔랑카도 인정할 수밖에 없었다. 영화 같은 인생이기도 했다. 중간 정도의 예산을 들여 장편영화로 만들어도 꽤 성공을 거둘 만한 인생이었다. 배관공 역은 더스틴 호프만이 좋겠군. 유보트의 함장 역으로는 누가 좋을까? 클라우스 마리아 브란다우어나 룻거 하우어? 그러나 두 배역 모두 말릭이 이름도 알지 못하는 좀더 젊은 배우들에게 돌아갈 가능성이 많았다. 이 분야마저도 세월의 흐름에 따라 점점 희미해지고 있었다. 영화에 대한 지식이라면 옛날부터 크나큰 자부심을 갖고 있었건만. 그는 슐링크에게 이렇게 말했다.

"그 얘기를 기록해서 한번 보내보시죠."

목소리가 너무 크게 나왔다.

"그쪽에서 말하는 대박감인데 말입니다. 〈U-571〉과 〈쉰들러 리스트〉의 만남이랄까. 아무튼 베니니*의 영화처럼 양면성을 가진 코미디로 만들어도 좋겠죠. 아니, 베니니 영화보다는 좀더 심각해야겠네요. 제목은 〈쥬보트〉**로 하구요."

그러자 슐링크의 몸이 딱 굳어졌다. 그는 쓸쓸하고 분개한 시선으로 솔랑카를 바라보며 이렇게 말했다.

"웃음거리가 아니오. 아까두 말씀드렸다시피 말이오. 이제 보니깐 아주 무례한 양반이구마는."

그러더니 상처받은 표정을 하고 모든 관심을 변기 쪽으로 돌려버렸다.

아래층 부엌에는 폴란드인 가정부 비스와바가 와 있었다. 이 아파트를 임대할 때 함께 묻어온 여자였는데, 다림질도 해주지 않았고, 방구석에 생긴 거미줄도 치우지 않았고, 그녀가 떠난 뒤 벽로 선반을 만져보면 먼지 때문에 손자국이 그대로 남았다. 명랑한 성격과 잇몸을 다 보여주는 시원한 미소는 장점이라고 할 수 있었다. 그러나 약간의 기회만 주면—아니, 기회를 주지 않

---

* 이탈리아 영화배우 겸 감독인 로베르토 베니니.

** Jewboat. '유대인(jew)'과 '유보트(U-boat)'를 합친 말장난.

더라도—그녀 역시 주절주절 이야기를 늘어놓는 것이 문제였다. 이야기, 그 위험하고 억제할 수 없는 힘. 비스와바는 독실한 가톨릭 신자였는데, 이른바 실화라고 하는 어떤 이야기를 들은 후 신앙심이 크게 흔들리고 있었다. 그녀의 남편이 들려준 이야기였는데, 그는 자기 숙부에게서 그 이야기를 들었고, 그 숙부는 믿을 만한 친구에게서 들었고, 그 친구는 이야기 속에 등장하는 리샤르트라는 사람을 잘 안다고 했다. 리샤르트는 오랫동안 교황 성하의 전속 운전사였는데, 물론 그때는 아직 교황으로 선출되기 전이었다. 운전사 리샤르트는 미래의 교황 성하를 차에 태우고 유럽 전역을 횡단했다. 당시 유럽은 역사의 갈림길에서 엄청난 변화의 물결에 직면해 있었다. 아, 그들 두 사람의 우정, 그렇게 기나긴 여행에 수반되는 소박한 인간적 쾌락이나 말썽들! 그러다가 그들이 성도(聖都)에 도착하자 성직자는 곧 물샐틈없이 동료들에게 둘러싸였고 운전사는 기다려야 했다. 이윽고 하얀 연기*가 목격되었고, '하베무스 파팜'** 하고 외치는 소리가 터져나왔고, 온통 붉은색 일색으로 차려입은 한 추기경이 넓고

---

* 교황 선출에 성공했음을 알리는 연기. 차기 교황 선출을 위한 콘클라베 기간 중 시스티나 성당의 굴뚝으로 연기를 피워 올리는데, 교황 선출에 실패한 경우에는 검은 연기를 피운다.

** habemus papam. '우리는 교황을 얻었다'는 뜻의 라틴어.

거대한 노란색 돌계단을 천천히, 게걸음으로, 마치 페데리코 펠리니의 영화 속에 등장하는 인물처럼 내려왔고, 그 계단의 맨 밑에는 작고 거무칙칙한 자동차와 함께 잔뜩 흥분한 운전사가 기다리고 있었다. 추기경은 연신 숨을 몰아쉬고 이마의 땀을 닦아가며 운전석 차창 앞으로 다가왔다. 리샤르트는 조금이라도 빨리 소식을 듣고 싶어 미리 차창을 열어놓았고, 그래서 추기경은 새로 탄생한 폴란드인 교황의 사적인 전갈을 전해줄 수 있었다.

"자넨 해고야."

솔랑카는 가톨릭 신자도 아니고 신앙인도 아니었으므로 설령 그 이야기가 사실이더라도 별로 관심이 없었다. 더군다나 그것이 사실이라고는 조금도 믿기지 않았고, 따라서 가정부가 의혹이라는 도깨비와 레슬링 시합을 벌이든 말든, 지금 그 도깨비가 그녀의 영혼을 상대로 목조르기 기술을 구사하든 말든, 중간에서 심판을 봐주겠다는 생각도 없었다. 다만 비스와바와 대화를 나누는 일이 전혀 없었으면 좋겠다는 생각을 했고, 그저 그녀가 아파트 안을 구석구석 청소하여 얼룩이 하나도 없는 사람이 살 만한 집으로 만들어주기를, 세탁물도 다 빨고 다리고 개켜놓기를 바랄 뿐이었다. 이 아파트는 가정부 월급을 포함하여 임대료가 매달 팔천 달러도 넘었다. 그러나 운명이 그에게 보내준 상대는 도저히 어찌할 수 없는 강적이었다. 비스와바의 천국행 예약

석이 위태로워진 일에 대해서는 일절 언급하고 싶지 않은 것이
그의 솔직한 심정이었다. 그러나 그녀는 끊임없이 그 문제로 되
돌아갔다.

"글케 못돼먹은 교황 성하의 반지에 어뜨케 입맞춤을 할 수
있을지. 더군다나 우리나라 사람인데, 그렇지만 맙소사, 글케 추
기경을 보내서 간단히 잘라버리다니 말에요. 교황 성하가 고런
식이라면 그 밑의 사제들은 또 어떻겠어요. 사제들이 고런 식이
라면 고해성사랑 용서는 또 어떻게 되는 건지, 그래서 지금 제
발밑에서 지옥의 철문이 열리는 중이라고요."

솔랑카 교수는 날이 갈수록 참을성의 한계를 느꼈고, 다짜고
짜 독설을 퍼붓고 싶은 충동은 점점 더 강해졌다. 그는 비스와바
에게 천국으로 들어가는 비밀번호를 가진 사람들은 뉴욕에서도
가장 고귀하고 근사한 사람들뿐이라고 말해주고 싶었다. 물론
민주주의 정신을 과시하기 위해 몇몇 평범한 인간들을 받아주는
경우도 아주 없는 것은 아니다. 일단 천국에 도착하면 그들은 예
의바르게 자못 경건한 표정을 짓는다. 이번에야말로 모처럼 크
게 땡잡았다는 사실을 잘 알고 있는 사람의 표정 말이다. 이렇게
감격하여 눈이 휘둥그레진 다리와 터널* 패거리의 모습은 내부

---

* bridge-and-tunnel. 주로 맨해튼 거주자들이 '다리와 터널을 지나 맨해튼으로
출근하거나 놀러 오는 사람들'을 얕잡아 부르는 말. 'B&T'라는 약자를 쓰기도

인들에게 권태로운 만족감을 주기 마련인데, 물론 천국의 경영자도 마찬가지다. 그러나 수요와 공급의 법칙은 그곳에도 엄연히 존재하고, 따라서 그렇게 영생의 일반석, 그 양지바른 외야석을 차지하는 소수의 행운아들 틈에 비스와바가 끼지 못할 확률은 대단히 높다고 볼 수 있다.

그밖에도 해주고 싶은 말이 많았지만 솔랑카는 꾹 참았다. 그 대신 거미줄과 먼지를 가리켰는데, 그녀에게서 돌아온 대답은 잇몸을 다 드러낸 미소와 무슨 뜻인지 모르겠다는 크라쿠프**식 몸짓뿐이었다.

"나 제이 부인 밑에서 오래 일했어요."

비스와바는 그 말 한 마디로 모든 불만을 해결할 수 있다고 생각했다. 두번째 주가 지난 뒤에는 솔랑카도 더이상 요구하지 않고 자기가 직접 나서서 벽로 선반을 깨끗이 닦았고, 거미줄을 걷어냈고, 길모퉁이만 돌면 나오는 콜럼버스 애비뉴의 솜씨 좋은 중국인 세탁소에 셔츠들을 갖다 맡겼다. 그러나 그녀는—도대체 영혼이 있는지조차 의심스러운 그녀는—여전히 시시때때로 그의 평화를 무자비하게 깨뜨리며 그의 관심 없는 관심을 요구했다.

한다. 미국 내의 다른 지역에서도 간혹 '외지인' 의 의미로 사용하는 경우가 있다.
** 폴란드의 옛 수도.

머리가 빙빙 돌기 시작했다. 잠은 부족하고, 생각은 너무 많고, 그런 상태에서 그는 침실로 향했다. 침실 안의 답답하고 눅눅한 공기를 뚫고 등 뒤에서 인형들의 목소리가 들려왔다. 지금 그들은 문을 닫아놓은 그들의 방에서 살아 움직이며 제가끔 큰 소리로 자신의 '배경 스토리', 즉 자기가 지금까지 겪어온 과거사를 설명하고 있었다. 바로 솔랑카 자신이 그들 각자에게 지어주었던 상상의 이야기들이었다. 배경 스토리가 없는 인형은 시장 가치가 낮았다. 인간의 경우도 마찬가지였다. 우리 역시 인생이라는 여정에서 바다를 건너고 미개척지를 지나면서도 줄곧 그것을 지니고 다닌다. 수많은 일화들, '그 다음에는 이런 일이 있었다', 개인적인 '옛날 옛적에' 따위가 쌓여 있는 작은 창고 하나를 짊어지고 다니는 것이다. 우리는 곧 우리의 이야기이기도 하다. 그리고 죽은 뒤에는 (혹시 운이 매우 좋다면) 우리 자신도 그런 이야기 속에서 영생을 얻게 된다.

그런데 말릭 솔랑카는 그 위대한 진리를 정면으로 거역하려 했다. 바로 그 배경 스토리를 파기해버리고 싶어했던 것이다. 그가 어디서 태어났는지, 어린 말릭이 간신히 걸음마를 떼어놓을 무렵 그 누가 그의 어머니를 버리고 떠났는지, 그리하여 오랜 세월이 흐른 지금 그 역시 똑같은 짓을 저지를 수 있는 빌미를 제공했는지, 그 모든 사연들을 잊고 싶었다. 의붓아버지들, 어린 소년의 정수리를 찍어누르는 손길들, 예쁜 옷들, 나약한 어머니들, 죄 많은 데스데모나들, 그리고 혈통이니 가문이니 하는 쓸모없는 것들, 모두 다 멀리멀리 꺼져버려라. 앞서 갔던 수많은 사람들처럼 그가 미국으로 건너온 것도 엘리스 섬*을 밟아보는 축복, 그 새 출발의 축복을 받기 위해서였다. 나에게 이름을 다오. 아메리카여, 나를 버즈 또는 칩 또는 스파이크라고 불러다오. 망각으로 나를 씻겨주고 너의 그 막강한 익명성을 나에게 입혀다오. 나를 제이크루**에 끼워주고 생쥐의 귀***를 달아다오! 나를 더이상 역사학자가 아니라 역사가 없는 인간이 되게 해다오. 나는 거짓말만 일삼는 모국어를 목구멍에서 *끄집어내고* 너의 영어로 더듬더듬 말해보련다. 나를 스캔하고, 나를 디지털화하고, 나를 안으로 옮겨다오.**** 나의 과거가 늙고 병든 지구와 같은 것이라면, 아메리카여, 나의 비행접시가 되어다오. 나를 태우고 우주 끝까지 날아가다오. 달은 너무 가까워서 싫구나.

---

* 뉴욕 항의 작은 섬. 옛 이민국이 있던 곳이다.

** 미국 의류회사의 상표.

*** 미키마우스를 암시하는 말. 미키마우스와 디즈니랜드는 미국의 상징이기도 하다.

**** 미국 텔레비전의 SF 시리즈 〈스타 트렉〉이나 〈스타게이트〉 등에서 자주 나오는 대사. 어떤 행성에서 임무를 마친 대원이 우주 공간의 모선과 교신하는 내용으로, 공간이동 장치를 이용하여 자신을 모선 내부로 이동시켜달라는 뜻이다.

그러나 헐거운 침실 창문을 통해 아직도 수많은 이야기들이 쏟아져 들어오고 있었다. 솔과 게이프리드는—"그 여자는 트로피 와이프*가 포르셰만큼이나 흔하던 시절에 트로피 와이프 중에서도 스탠리컵**이었지"—이제 사천만 달러나 오천만 달러밖에 안 남았을 텐데 앞으로 어떻게 살지?…… 만세, 머피 포터 애시턴이 드디어 임신했대!…… 그런데 사가포낵***에 있는 깁슨네 해변에서 S. J. '이츠하크' 페럴먼과 친하게 지내던 사람이 혹시 팔로마 허핑턴 드 우디 아니었어?…… 그리고 그리핀의 그 크고 아름다운 달(Dahl)에 대한 애기 너도 들었어? 뭐, 니나가 '향수'를 출시할 예정이라구? 그렇지만 그 여자는 벌써 한물가서 시체 냄새를 풍기기 시작했잖아…… 그리고 멕 라이언과 데니스 퀘이드가 요즘 이혼 수순을 밟기 시작했는데, CD 컬렉션뿐만 아니라 구루까지 누가 차지하느냐를 놓고 싸우는 중이래…… 유명한 할리우드 여배우 중에서 말이야, 어떤 신인 여배우가 그렇게 스타로 떠오른 건 어느 대형 촬영소 사장과의 동성애 때문이라고 수군거리는 여자가 있는데, 그게 누군지 알

---

* 부유한 중장년 남성의 젊고 아름다운 아내. 그 남성이 자신의 성공을 과시하기 위해 새로 얻은 아내라는 의미가 담겨 있다.
** 캐나다와 미국의 프로 아이스하키 리그인 NHL의 우승 트로피.
*** 뉴욕 주 롱아일랜드 동쪽의 작은 마을로 유명한 부촌이다.

아?…… 그리고 카렌 버크가 쓴 최신작 『한평생 날씬한 다리』라는 책 읽어봤어?…… 나이트클럽 중에서 제일 근사한 로터스 클럽이 O. J. 심슨의 생일파티를 거절했대! 미국이니까 그런 일도 있는 거지, 애들아, 미국이니까!

솔랑카 교수는 양손으로 귀를 막았고, 엉망이 된 리넨 양복을 입은 채로 잠들어버렸다.

5

그는 정오 무렵 전화벨 소리에 잠이 깼다. 전화기 파괴자 잭 라인하트가 솔랑카 교수에게 페이퍼뷰* 채널에서 방송하는 네덜란드 대 유고슬라비아의 '유로 2000' 8강전을 함께 보자고 청했다. 말릭은 초대를 받아들였고, 둘 다 그것을 놀라워했다.

"모처럼 그 두더지굴에서 나오시겠다니 기쁜 일이군. 그런데 혹시 세르비아놈들을 응원할 생각이라면 그냥 집에 있으셔."

솔랑카는 오늘 기분이 상쾌했다. 마음도 한결 가벼워졌고, 그렇다, 친구가 필요하기도 했다. 요즘 비록 은둔자처럼 살고는 있지만 아직도 그렇게 필요한 것들이 있었다. 히말라야 산의 성자

____

* 미국 케이블 텔레비전 시청 방식의 하나. 가입자들이 시청한 프로그램에 대해서만 요금을 지불하는 방식이다.

라면 텔레비전으로 축구 시합을 보지 않고도 얼마든지 살 수 있다. 그러나 솔랑카는 그 정도로 마음이 순수하지 못했다. 그는 입은 채로 잠들었던 양복을 훌훌 벗어던지고 샤워를 마친 후 재빨리 옷을 입고 중심가로 향했다. 그가 라인하트의 건물 앞에 도착하여 막 택시에서 내릴 때 선글라스를 쓴 여자 하나가 그를 밀어제치며 황급히 택시 안으로 뛰어들었고, 이틀 사이 벌써 두 번째로 그는 낯선 사람인데도 왠지 자기가 아는 사람인 것 같다는 그 꺼림칙한 느낌을 다시 받았다. 그러다가 엘리베이터 안에서 비로소 그녀의 정체를 알아차렸다. 누르면 말하는 인형 같은 여자, 요즘 그 이름이 저속한 불륜의 대명사가 되어버린 여자, '우리의 헐벗은 여신'*. 라인하트는 이렇게 대꾸했다.

"맙소사, 모니카**. 나도 요즘 자주 마주쳤어. 이 근방에서는 나오미 캠벨이나 코트니 러브 아니면 안젤리나 졸리를 주로 만났었는데 이번엔 미니마우스***란 말이야. 집값 떨어지게 생겼지?"

---

* Our Lady of The thong. 영국 시인 크리스토퍼 로그가 호메로스의 『일리아스』를 현대적으로 개작한 작품에서 아프로디테 여신을 일컫는 말. 여기서 'Thong'은 유두와 성기만 겨우 가릴 수 있는 야한 수영복이나 속옷을 가리키는 'top and thong'의 그것, 즉 흔히 말하는 G 스트링 또는 T팬티이다. 로그는 이 여신을 '탑과 송을 입은 신'이라고도 부르며 성적 매력을 강조했다.
** 클린턴 전 대통령과의 섹스 스캔들로 화제를 모았던 모니카 르윈스키.
*** Minnie Mouth. 미키마우스의 여자 친구 미니마우스(Minnie Mouse)의 철자를 바꿔 클린턴 대통령에게 오럴섹스를 해준 모니카의 '입'을 강조한 우스갯소리.

라인하트는 벌써 몇 년째 이혼하려고 애썼지만 그의 아내가
필사적으로 거부하고 있었다. 그들은 무척이나 아름다운 부부,
그야말로 완벽하게 대조적인 흑단과 상아* 같은 부부였다. 여자
쪽은 늘씬하고 연약하며 창백했고, 남자 쪽도 역시 늘씬했지만
숯 덩어리처럼 새까만 아프리카 계 미국인이었고, 게다가 지극
히 활동적인 성격이라 사냥도 했고, 낚시도 즐겼고, 주말에는 아
주 빠른 차를 몰고 다녔고, 마라톤도 뛰었고, 헬스클럽에서 살다
시피 했고, 테니스도 쳤고, 최근에는 타이거 우즈가 승승장구하
는 바람에 골프에도 미쳐 있었다. 그들이 결혼한 직후부터 솔랑
카는 그렇게 활력이 넘치는 남자가 도무지 활력이라고는 찾아볼
수 없는 여자를 어떻게 다루는지 궁금하기만 했다. 그들 부부는
런던에서 화려한 결혼식을 올렸는데—전쟁터를 전전하던 시절
에 라인하트가 생활 근거지를 미국 이외의 나라에 두고 싶어했
기 때문이다—결혼식장으로 빌린 곳은 어느 자선단체가 정신장
애자들의 사회복귀시설로 사용하는 타일과 모자이크의 전당이
었다. 그곳에서 말릭은 신랑 들러리로 축하의 말을 하게 되었다.
이때 어처구니가 없을 정도로 방향을 잘못 잡았지만—당시 그

---

* ebony-and-ivory. 백인 폴 매카트니와 흑인 스티비 원더가 함께 부른 1982년
히트곡 제목. 피아노의 희고 검은 건반들이 모여 아름다운 화음을 이루듯이 인
류도 인종을 초월하여 조화로운 세상을 만들자는 내용이다.

는 W. C. 필즈의 성대모사로 인기를 끌었는데, 그날도 필즈를 흉내 내면서 그들의 결혼이 2만 피트 상공의 비행기에서 뛰어내린 사람이 작은 건초더미 위에 떨어질 확률만큼이나 아슬아슬하다고 말했던 것이다─나중에 알고 보니 그거야말로 딱 들어맞는 예언이었다. 그러나 그 집단에 속한 대부분의 사람들이 그랬듯이 말릭 솔랑카도 한 가지 중요한 부분에서 브로니스와바를 과소평가하고 있었다. 그녀는 찰거머리만큼이나 강력한 흡착력을 가진 여자였던 것이다.

(그들의 결혼에 대한 자신과 기타 모든 이들의 우려가 옳았다는 사실이 밝혀졌을 때, 솔랑카는 두 사람 사이에 아이들이 없는 것이 그나마 다행이라고 생각했었다. 그는 아스만과의 전화 통화를 떠올렸다. "어디 간 거야, 아빠, 여기 왔어?" 그리고 오래전의 자신을 떠올렸다. 적어도 라인하트는 그런 문제로 고민할 필요가 없었다. 자식이 주는 그 깊고 느릿느릿한 고통에 대해서는.)

라인하트가 그녀에게 잘못했다는 것은 부인할 수 없는 사실이었다. 결혼생활에 대한 그의 반응은 바람을 피우기 시작한 것이었고, 그렇게 은밀한 관계를 유지하는 데 따르는 어려움에 대한 반응은 또다른 관계를 시작하는 것이었다. 그 두 애인이 그에게 생활을 좀 정리하라고 요구했을 때, 마치 그의 인생을 자동차

경주로 생각하는 듯 서로 자기가 더 유리한 위치를 차지하고 싶어했을 때, 그는 곧바로 자신의 그 시끄럽고 혼잡한 침대 위에 또 한 명의 여자를 끌어들였다. 그러므로 미니마우스가 그 일대의 상징적인 존재였다고 해도 아주 틀린 말은 아닐 것이다. 그런 식으로 몇 년이 지난 후, 그리고 홀랜드 파크*에서 웨스트 빌리지**로 이사한 후, 브로니스와바는—이렇게 여기저기서 다양한 신분의 폴란드인들이 자꾸 나타나는 이유는 무엇일까?—허드슨 스트리트의 아파트에서 나가버렸다. 그러더니 법의 힘을 빌려 라인하트에게 강제력을 행사했고, 결국 그의 돈으로 어퍼 이스트 사이드에 있는 고상한 호텔의 아담한 스위트룸을 빌려 화려한 생활을 하면서 각종 신용카드로 왕성한 소비력을 과시했다. 그녀는 라인하트에게 사뭇 다정한 목소리로, 그와 이혼하기보다 차라리 그의 남은 인생을 비참하게 만들어주겠다, 천천히 피를 말려주겠다고 말했다. 그러면서 이렇게 충고했다.

"여보, 혹시라도 돈이 떨어지는 일이 없도록 조심해. 그때는 당신이 정말 좋아하는 걸 빼앗을 수밖에 없을 테니까."

라인하트가 정말 좋아하는 것이란 바로 음식과 술이었다. 그

---

* 영국 런던 중심부의 공원, 또는 그것을 포함한 구역. 고급 아파트와 상점들이 밀집된 곳이다.
** 미국 뉴욕의 맨해튼에 있는 그리니치빌리지의 일부.

는 스프링스에 목조건물로 된 작은 별장 한 채를 갖고 있었는데, 그 정원 뒤쪽의 헛간에는 그가 만들어놓은 포도주 저장 시설이 있었다. 별장 건물보다 오히려 그 헛간이 훨씬 더 큰 액수의 보험에 들어 있었고, 그중에서도 가장 귀중한 물건은 버너 여섯 개짜리 바이킹* 가스레인지였다. 요즘 라인하트는 터보엔진을 장착한 식도락가였다. 냉동실 안에는 한낱 육즙으로 전락할―승화라니까!―날만 기다리는 죽은 새들의 시체가 가득했다. 그리고 냉장실 안에서는 지구상의 온갖 산해진미가 자리다툼을 벌이고 있었다. 종달새의 혀, 에뮤의 불알, 공룡 알 등등. 솔랑카는 라인하트의 결혼식장에서 그의 어머니와 누이에게 잭의 식탁에서 함께 식사할 때의 그 기막힌 즐거움에 대해 이야기한 적이 있었다. 그들은 둘 다 어리둥절해하면서 놀라움을 표했다.

"잭이 요리를 한다구? 여기 있는 이 잭이?"

잭의 어머니는 터무니없다는 듯 아들을 가리켰다.

"내가 아는 잭은 깡통따개를 쥐는 방법까지 가르쳐주기 전에는 깡통 하나도 제대로 딸 줄 모르는 녀석이라우."

잭의 누이도 거들었다.

"제가 아는 잭은 물을 끓인답시고 냄비까지 홀랑 태워먹기 일

---

* 미국 주방기구 전문회사.

쑤죠."

그러자 잭의 어머니가 결정타를 날렸다.

"내가 아는 잭은 말이지, 맹도견이 이끌어주지 않으면 부엌이 어디 있는지 찾아가지도 못한다우."

바로 그 잭이 지금은 세계적인 요리사들에게도 뒤지지 않을 만한 솜씨를 지녔다. 솔랑카는 다시금 인간의 자기변신 능력, 즉 자신을 완전히 탈바꿈시키는 능력에 경탄하지 않을 수 없었다. 미국인들은 그런 능력이 자기들만의 고유한 특징이라고 주장하지만 사실은 그렇지 않다. 미국인들은 모든 것에 미국이라는 상표를 붙인다. 아메리칸 드림, 아메리칸 버펄로, 아메리칸 그래피티*, 아메리칸 사이코**, 아메리칸 튠***. 이런 것들은 다른 나라에도 얼마든지 있는데, 미국 이외의 국가에서는 그렇게 낱말 앞에 자국명을 덧붙이는 데 특별한 의미를 부여하지 않는 듯하다. 영국 사이코, 인도 낙서, 오스트레일리아 들소, 이집트의 꿈, 칠레의 노래. 솔랑카는 모든 것을 미국적인 것으로 만들고 소유권을 주장해야만 직성이 풀리는 미국인들의 성격이야말로 묘한 불안감을 나타내는 징표라고 생각했다. 그리고 좀 따분한 소리지

---

* 조지 루카스 감독의 코미디 영화.
** 브레트 이스턴 엘리스의 범죄소설. 메리 해런 감독에 의해 영화화되기도 했다.
*** 미국 가수 폴 사이먼의 노래.

만 물론 자본주의의 징표이기도 했다.

라인하트의 술창고에 대한 브로니스와바의 협박은 즉효를 보았다. 그는 전쟁터만 찾아다니는 짓을 그만두었고, 그 대신에 돈벌이가 되는 일, 즉 몇몇 최고급 주간지나 월간지를 위해서 가장 유력하고 가장 유명하고 가장 부유한 사람들에 대해 인물평을 쓰는 일을 시작했다. 그들의 사랑, 그들의 거래, 그들의 방탕한 자식들, 그들의 개인적 비극, 모든 것을 말해주는 그들의 가정부들, 그들이 저지른 살인, 그들이 받은 수술, 그들의 선행, 그들의 더러운 비밀, 그들의 유희, 그들의 다툼, 그들의 성적 습관, 그들의 비열함, 그들의 너그러움, 그들의 말 조련사들, 그들의 개를 산책시키는 사람들, 그들의 자동차들. 그러더니 시쓰기를 아예 포기해버리고 바로 그 세계, 즉 현실 세계를 지배하는 그 비현실적인 세계를 무대로 소설을 쓰기 시작했다. 그는 종종 자신의 작품 소재를 로마인 수에토니우스*의 그것에 비유했다. 말릭 솔랑카에게, 그리고 그의 말을 들어주는 모든 사람들에게 이렇게 말하는 것이었다.

"이건 궁전에서 살고 있는 현대판 황제들의 생활이라구. 그

---

* 로마의 역사가이자 전기작가. 작품으로는 로마 문인들의 간략한 전기를 모은 『유명인들에 관하여』『황제들의 생애』 등이 있다. 특히 후자는 초기 황제 열한 명의 생애와 관련된 소문과 추문들을 흥미롭게 엮은 책이다.

인간들도 자기 누이를 데리고 자거나, 자기 어머니를 죽여버리거나, 자기 말(馬)을 원로원 의원으로 임명해버리지. 거기, 그런 궁전에 들어가보면 그 속은 아주 난장판이야. 그런데 이거 알아? 바깥에 있는 사람들, 길거리의 어중이떠중이들, 다시 말해서 우리 같은 사람들한테 그런 궁전은 문자 그대로 궁전이고, 돈과 권력이 모조리 모여 있는 곳이고, 그 인간들이 손가락으루다가 딱 소리만 냈다 헐짝시면 당장에 이 지구 전체가 폴짝폴짝 뛰기 시작할 것처럼 느껴진다, 요런 이야기여."

라인하트는 이따금 내용을 강조하거나 사람들을 웃기고 싶을 때마다 에디 머피와 브러 래빗*을 합친 듯한 말투를 사용하는 버릇이 있었다.

"내가 요즘 혼수상태에 빠진 여자 억만장자 얘기나 부잣집 아이들이 부모를 해치워버린 얘기 따위를 쓰다 보니까, 그렇게 이 방면에서 좀 활동해보니까 말이야, 그 빌어먹을 사막의 폭풍 작전에 따라가거나 사라예보 저격수 거리**의 어느 문간에 숨어 있을 때보다 세상사에 대해 더 많은 진실을 알게 되더라구. 그리고 솔직히 말해서, 여차하면 지뢰를 밟고 산산조각이 나버릴 가

---

* 미국 남부 흑인들의 민담에 나오는 영리한 토끼. 월트디즈니 사의 만화영화에도 등장한다.
** 보스니아 전쟁(1992~1995) 당시 사라예보 중심가의 별명.

능성도 그때만큼, 아니, 오히려 그때보다 더 많고."

요즘 솔랑카 교수는 자신의 친구가 그리 드물지 않게 털어놓는 이런 이야기를 들을 때마다 별로 진심이 아닌 것 같은 느낌이 점점 더 강해지는 것을 감지하고 있었다. 전쟁터로 떠날 때만 하더라도 잭은—미국 내의 인종차별에 대한 취재 분야에서 출중한 기록을 보유한 젊고 급진적인 흑인 기자로 명성을 날렸고, 그 결과로 막강한 적들을 줄줄이 만들게 되었으므로—한 세대 전에 젊은 캐시어스 클레이가 말했던 것과 똑같은 두려움을 품고 있었다. 다시 말해서 등 뒤에서 날아올 총알, 즉 당시에는 그런 용어조차 없었지만 이른바 '아군 사격'에 의한 죽음을 가장 두려워했던 것이다. 그러나 그후 몇 년 동안 잭은 인류가 민족 단결이라는 관념을 싹 무시하는 비극적 재능을 가졌다는 증거를 무수히 목격할 수 있었다. 흑인들이 흑인들에게, 아랍인들이 아랍인들에게, 세르비아인들이 보스니아인과 크로아티아인들에게 저지르는 만행들. 전(前) 유고연방, 이란과 이라크, 르완다, 에리트레아, 아프가니스탄. 티모르의 민족 말살, 메루트와 아삼의 대량학살, 지구상에서 끝도 없이 이어지는 이 색맹형 격변의 현장들. 그 시절 언젠가부터 잭은 미국에서 온 백인 동료들과 더불어 친밀한 우정을 나눌 수 있게 되었다. 그의 정체성도 달라졌다. 그는 자신에게서 꼬리표 하나를 떼어버리고 그냥 미국인이 되었다.

이같은 정체성 변화의 저변에 깔린 감정에 대해 남달리 민감한 솔랑카는 그것만으로도 충분히 알아차릴 수 있었다. 잭에게 이런 변화를 일으킨 것은 백인 인종차별주의자들이 흔히 '너 같은 족속들'이라고 부르는 사람들에 대한 크나큰 실망, 심지어는 그들을 향한 엄청난 분노였는데, 그런 분노는 화를 내는 사람에게 불리한 쪽으로 작용하기 십상이었다. 잭은 미국 땅에서 떠나 살았고, 백인 여자와 결혼했고, 인종 문제를 '문제시하지 않는' 건전한 집단에 합류했다. 즉 거의 전부가 백인으로 구성된 집단이었다. 뉴욕으로 돌아와 브로니스와바와 별거한 뒤에도 잭은 그가 '흰둥이네 딸들'이라고 부르는 여자들과 데이트를 계속했다. 그러나 그런 우스갯소리로 진실을 덮을 수는 없었다. 요즘 잭이 알고 지내는 흑인은 거의 잭 자신뿐이었고, 갈색 인종이라고는 솔랑카 한 명이 거의 전부였다. 라인하트는 이미 선을 넘어버린 것이었다.

그런데 이제 또하나의 선을 넘으려는 모양이었다. 새로 시작한 활동 분야 때문에 잭은 부자들의 궁전에 무제한으로 출입할 수 있게 되었다. 그는 그것이 좋아서 어쩔 줄 몰랐다. 잭은 이 금빛 찬란한 주거 환경에 대해 말벌처럼 독기어린 글들을 쏘아댔고, 그곳의 어리석음과 무지와 무분별과 천박한 피상성을 지적하며 무자비하게 난도질했다. 그런데도 워런 레드스톤 일가와 로스 버핏 일가로부터, 스카일러와 마이브리지와 밴 뷰런과 클라인 일가로부터, 그리고 이바나 오팰버그스피드보걸과 말랄리 부큰 컨넬로부터 초대가 끊이지 않았다. 잭은 이미 덫에 걸렸고 그들도 그 사실을 알고 있었기 때문이다. 그는 그들의 노예였고, 솔랑카는 그들이 잭을 일종의 애완동물로 여겨 가까이 두고 싶어하는 거라고 짐작했다. '잭 라인하트'는 특별히 흑인들만 사용하는 이름이 아니라는 점에서 편리했다. 그 이름은 투팍이나 본디, 앤퍼니, 라시드처럼 빈민가를 연상시키지는 않았다(요즘 아프리카 계 미국인 사회에서는 그렇게 혁신적인 이름 짓기와 창의적인 철자법이 유행이다). 궁전에서는 사람의 이름을 그런 식으로 붙이지 않았다. 남자들을 비기나 해머나 샤킬이나 스누프나 드레 따위로 부르지도 않았고, 여자들에게 페파나 레프트 아이나 드니스 따위의 이름을 지어주지도 않았다. 미국에 있는 황금의 전당에는 쿤타 킨테*나 샤즈네이 같은 이름을 가진 사람은 아무도 없었다. 물론 거기서도 성적 능력에 대한 칭찬의 뜻으로 남자에게 '대물'이나 '몽둥이' 같은 별명을 붙이기도 하고, 여자에게 블레인이나 브룩이나 혼 같은 애칭을 지어주기도 한

---

* 미국 작가 알렉스 헤일리의 소설 『뿌리』의 주인공으로, 서아프리카에서 미국으로 끌려온 흑인 노예.

다. 그밖에도 저쪽에 있는 저 침실, 아주 살짝 열려 있는 저 방문 너머, 저 공단 시트 속에서는 지금쯤 온갖 감미로운 호칭들이 난무하고 있을 것이다.

그렇다. 당연히 여자들도 있었다. 여자들은 라인하트의 마약이며 아킬레스건이었고, 그곳은 그야말로 인형 아가씨들의 계곡이었다. 아니, 산, 인형 아가씨들의 에베레스트였고, 신화 속의 뿔, 즉 인형 아가씨들이 쏟아져나오는 풍요의 뿔*이었다. 그 여자들, 크리스티(Christie)와 크리스티(Christy)와 크리스틴(Kristen)과 크리스텔(Chrystèle), 지구 위에 사는 대부분의 남자들이 꿈에도 그리는 황홀한 여인들, 카스트로와 만델라조차도 기꺼이 함께 포즈를 취해주는 그 여자들이 자기 앞에 나타나기만 하면 라인하트는 발라당 누워 (혹은 똑바로 앉아) 애걸복걸했다. 헤아릴 수 없을 만큼 겹겹이 쌓인 라인하트의 태연함 속에는 그렇게 부끄러운 진실이 숨어 있었다. 그는 유혹을 받았다. 이 백인 전용 클럽에 들어가고 싶다는 그의 욕망은 아무에게도, 어쩌면 자신에게조차도 고백할 수 없는 어두운 비밀이었다. 이런 비밀은 곧 분노를 일으키기 마련이다. 그 어두운 침대 속에서

---

* 그리스 신화에서, 어린 제우스에게 젖을 먹였다는 염소의 뿔. 원하는 것을 모두 얻을 수 있는 풍요의 상징으로, 흔히 뿔 속에 과일과 곡물이 가득 담긴 모습으로 표현된다.

분노의 씨앗들이 자라난다. 비록 잭의 언행은 항상 철갑을 두른 듯했지만, 그리고 가면이 벗겨지는 일도 없었지만, 솔랑카는 친구의 이글거리는 눈동자 속에서 분노와 자기혐오의 불꽃을 보았다고 확신했다. 그러나 잭이 억누르고 있는 그 분노가 솔랑카 자신의 분노를 비춰주는 거울이라는 사실을 인정하기까지는 오랜 시간이 필요했다.

라인하트는 현재 연수입이 여섯 자릿수의 중위권과 상위권 사이를 왔다갔다하는데도 반은 농담으로 돈에 쪼들린다는 말을 자주 했다. 브로니스와바는 벌써 세 명의 판사와 네 명의 변호사를 지쳐 나가떨어지게 만들었고, 그 과정에서 합법적인 방해공작과 지연작전에 대해서라면 잔다이스* 같은 재능을—솔랑카는 인도인 같은 천재성이라고 불러도 좋겠다고 생각했다—가졌다는 사실을 알게 되었다. 그녀는 이 재능을 미치도록 자랑스러워했다(어쩌면 정말 미쳤는지도 모른다). 브로니스와바는 음모를 꾸미고 점점 더 정교하게 발전시키는 요령을 몸에 익혔다. 처음부터 그녀는, 라인하트가 비록 인간의 탈을 쓴 악마이기는 하지만 자신은 신앙을 실천하는 가톨릭교인이므로 이혼소송을 제

---

* 찰스 디킨스의 소설 『황폐한 집』에 등장하는 일가족의 성. 이 작품은 몇 대에 걸쳐 소송이 진행되는 '잔다이스 대 잔다이스 사건'을 중심으로 영국 사법제도의 결점을 비판했다.

기하지는 않겠다고 선언했다. 그리고 변호사들에게 악마의 참모습을 이렇게 설명했다. 키는 작고, 피부는 희고, 녹색 프록코트를 입었고, 머리는 한 줄로 길게 땋았고, 굽 높은 슬리퍼를 신었고, 철학자 이마누엘 칸트를 많이 닮았다. 그러나 그는 어떤 모습으로도 둔갑할 수 있다. 이를테면 연기 기둥이나 거울 속의 영상, 혹은 키가 크고 미치광이처럼 원기 왕성한 흑인 남편으로 변할 수도 있다는 것이었다. 그리고 얼떨떨한 표정의 변호사들에게 그녀는 이렇게 말했다.

"내가 복수하는 방법은 그 사탄을 내 결혼반지 속에 가둬두는 거예요."

뉴욕 주에는 합법적으로 이혼할 수 있는 사유가 몇 개밖에 없거니와 그 기준도 매우 엄격했는데, 하물며 무과실 이혼* 따위가 존재할 리 없었다. 따라서 아내에 비해 라인하트의 입장은 설득력이 부족했다. 그는 설득, 뇌물, 협박 등 온갖 수단을 다 써보았다. 그러나 그녀는 조금도 흔들리지 않았고 소송을 제기하지도 않았다. 마침내 그가 스스로 법적 절차를 밟았지만 그녀는 당당하고 단호하게 응수했다. 불가사의에 가까울 만큼 엄청난 무반응으로 일관했던 것이다. 그녀의 이 지독한 소극적 저항을 보

---

* 남편 또는 아내의 과실을 입증하지 않고도 이혼할 수 있는 제도.

았다면 아마 간디 자신도 감탄해 마지않았을 것이다. 그녀는 싸구려 연속극에서조차도 지나치다고 할 만큼 꼬박 십 년에 걸쳐 심리적 또는 신체적 '쇠약 상태'를 번갈아가며 핑계로 내세웠는데, 무려 마흔일곱 번이나 법정 모독죄를 범했지만 감옥에 들어간 적은 한 번도 없었다. 라인하트가 법적 처벌을 원하지 않았기 때문이다. 그리하여 사십 대의 나이에 그는 아직도 삼십 대에 저지른 잘못의 대가를 치르는 중이었다. 그런 와중에도 그는 문란한 생활을 계속하면서 이 도시의 관대함을 찬양했다.

"은행에 돈도 좀 있고 파티도 좋아하는 독신 남자에게는 마나하타 족*한테서 빼앗은 이 작은 땅덩어리야말로 즐거운 사냥터란 말씀이야."

그러나 그는 독신이 아니었다. 그리고 십일 년의 세월이 흐르는 사이에 그가 가령 주 경계선을 넘어 무과실 이혼 제도가 존재하는 코네티컷으로 이사했다면, 혹은 네바다에서 주거 사실을 법적으로 인정받는 데 필요한 육 주 정도의 시간만 투자했다면 이 고르디우스의 매듭**을 얼마든지 끊어버릴 수 있었을 것이

---

* 17세기 초 뉴욕과 델라웨어 일대에 살았던 아메리칸 인디언 부족에게 유럽인들이 붙인 이름으로, 맨해튼이라는 지명의 유래가 되었다.
** 프리기아의 왕 고르디우스가 수레에 묶어놓았다는 복잡한 매듭. 이것을 푸는 자는 아시아를 정복한다는 예언이 전해졌으나 아무도 풀지 못했는데, 알렉산드로스 대왕이 원정 도중에 이 매듭을 보고 단칼에 끊어버렸다고 한다.

다. 그런데 그는 그렇게 하지 않았다. 언젠가 한번은 그가 술에 취해 솔랑카에게 이런 말을 한 적이 있다. 이 도시가 남자들에게 수많은 데이트 상대를 제공하는 것은 사실이고 그 관대함에 대해서는 마땅히 감사해야 할 일이지만 딱 한 가지 걸림돌이 있어서 문제라고 투덜거렸던 것이다.

"여자들은 모두 한결같이 거창한 단어를 원한다구. 영원히, 진심으로, 진지하게, 오랫동안, 뭐 그런 것들을 기대하거든. 굉장한 열정이 아니면 아무것도 아니라는 거지. 그래서 다들 그렇게 외로운 거라구. 남자들이 남아도는 것도 아닌데, 자기가 살 수 없는 물건이라면 구경도 안 하려고 한단 말이야. 도대체 임대 방식이나 공동소유 같은 개념은 인정하질 않는다구. 여자들은 정말 불쌍해. 지금 터무니없이 값비싼 시장에서 부동산을 찾고 있는데, 머지않아 가격이 더 오른다는 것도 잘 알고 있으니 말이야."

그 말이 사실이라면 라인하트는 불완전한 이혼 덕분에 오히려 숨 돌릴 여유, 즉 생활공간을 얻고 있는 셈이었다. 그는 아름답고 매력적인 남자였으므로 여자들이 한번쯤 사귀어보고 싶어했고, 끝없는 기다림에 지쳐 넌더리가 날 때까지는 기꺼이 기다려주었기 때문이다.

그러나 이같은 상황은 또다른 각도로 해석해볼 수도 있다. 지

금 그가 대부분의 시간을 보내는 곳, 그 '큰 얼음사탕 산'* '리츠
만큼 커다란 다이아몬드'**, 그곳에서 그는 문자 그대로 계급이
낮아 한참 꿀리는 처지였고, 혹시라도 그 올림포스 산에 널려 있
는 것들을 갖고 싶어하는 날에는 감당할 수 없는 궁지에 빠지기
십상이었다. 그는 그들의 장난감에 불과했다. 여자들이 장난감
을 가지고 놀 수는 있겠지만 장난감과 결혼하는 일은 없다. 그러
므로 이렇게 반쪽짜리 유부남으로 살아가면서 끝없는 이혼 대기
상태에 시달리고 있는 것은 어쩌면 라인하트가 자신을 속이려는
수작일 수도 있다. 현실에서는 아마도 그를 기다리는 여자들이
그렇게 길게 줄을 서 있지는 않을 터였다. 혼자 살고, 나이는 점
점 먹어가고―벌써 마흔 살로 접어들었다―그래서 시간이 별
로 없었다. 신랑감으로서는 거의―야심만만한 호색한에게는 죽
음과 다름없는 말이지만―부적격자였다.

잭보다 열다섯 살이 많고 몇십 배 내성적인 말릭 솔랑카는 라
인하트가 그렇게 뻔뻔스러울 만큼 남성적인 태도로 살아가는 과
정을 보고 들으며 종종 부러움 섞인 경탄을 금할 수 없었다. 전

---

* Big Rock Candy Mountain. 부랑자들이 꿈꾸는 지상낙원을 묘사한 작자 미상
의 노래 제목. '얼음사탕'은 미국 속어로 다이아몬드를 의미하기도 한다.
** 미국 작가 F. 스콧 피츠제럴드의 단편소설. 여기서 '리츠'는 리츠칼튼 호텔을
가리킨다.

쟁터, 여자들, 위험한 스포츠, 행동하는 사나이의 삶. 지금은 포기해버렸지만 시조차도 테드 휴스의 시처럼 남성적이었다. 나이는 자기가 더 많은데도 솔랑카는 오히려 라인하트가 선생이고 자신은 학생인 듯한 기분을 자주 느꼈다. 윈드서핑, 스카이다이빙, 번지점프, 암벽등반, 그리고 일주일에 두 번씩 헌터칼리지에 가서 마흔 줄이나 되는 계단을 뛰어 오르내리는 것을 재미로 생각하는 사내 앞에서 한낱 인형 제작자는 머리를 조아리지 않을 수 없었다. 더구나 말릭 솔랑카는 어렸을 때―그러나 이 문제는 그가 지금껏 감춰왔던 금단의 배경 스토리에 너무 가까이 접근하고 있다―남자다운 행동을 제대로 배울 기회가 없었다.

네덜란드의 파트릭 클루이베르트가 한 골을 넣었고, 솔랑카와 라인하트는 둘 다 벌떡 일어나서 멕시코 산 맥주병을 흔들어대며 고함을 질렀다. 바로 그때 초인종이 울렸고, 라인하트가 거두절미하고 이렇게 말했다.

"아, 그런데 말이야, 내가 사랑에 빠진 것 같아. 그 여자도 오라고 했는데 괜찮겠지?"

별로 신기한 말도 아니었다. 지금까지 이 대사는 라인하트가 극비리에 새로운 시녀라고 부르는 여자가 나타났다는 신호였다. 그러나 그 다음에 나온 말은 좀 색달랐다. 문을 열어주려고 일어나면서 라인하트가 어깨 너머로 이렇게 말했던 것이다.

"자네 동족이야. 인도계 이민자이라구. 백 년 동안의 노역(奴
役)*. 1890년대에 그 여자의 선조들이 이주 노동자로 일하러 갔
다던데, 그게 어디였더라. 릴리푸트블레푸스쿠**. 그런데 지금
은 그 사람들이 사탕수수 산업을 지배하고, 그 사람들이 없으면
경제가 무너질 정도래. 인도인들이 가는 곳마다 어떤 일들이 벌
어지는지 잘 알잖아. 딴 사람들이 인도인들을 싫어하는 거지. 그
인간들은 느무 열심히 일만 허구, 즈이들끼리만 어울려 다니구,
거기다가 잘난 척은 우라지게두 해대니까. 아무나 붙잡구 물어
보라구. 이디 아민***한테두 물어봐."

텔레비전에서는 네덜란드팀이 절묘한 축구를 선보이고 있었
지만 갑자기 그 시합의 의미가 완전히 사라져버렸다. 말릭 솔랑
카는 방금 라인하트의 거실에 들어선 그 여자야말로 단연코 지
금까지 자기가 본 중에서 가장 아름다운 인도 여자라는—아니,
가장 아름다운 여자라는—생각을 하고 있었다. 사람을 취하게
만드는 그녀의 매력에 비하면 지금 그가 왼손에 들고 있는 도스
에키스****는 무알코올 음료와 다름없었다. 물론 세상에는 저렇

---

* 가브리엘 가르시아 마르케스의 『백년 동안의 고독』에 빗댄 말.
** 릴리푸트와 블레푸스쿠는 조너선 스위프트의 『걸리버 여행기』에 나오는 가상
국가들.
*** 우간다 대통령(1971~1979). 무수한 인명을 학살한 독재자로 유명하다.
**** 1897년부터 생산된 멕시코 산 맥주.

게 6피트가 조금 못 되는 키에 허리까지 내려오는 흑발을 가진 여자들이 얼마든지 있을 수 있다. 그리고 저렇게 안개 낀 듯한 눈동자라면 다른 곳에서도 찾을 수 있을 것이다. 저렇게 도톰한 입술도, 저렇게 가녀린 목도, 저렇게 한없이 길어 보이는 다리도 마찬가지다. 다른 여자들에게도 저렇게 생긴 젖가슴이 있을 수 있다. 그래서 어쨌다는 거냐? 문득 50년대의 멍청한 노래 하나가 생각났다. 솔랑카의 어머니가 좋아했던 가수, 기독교인이며 보수주의자였던 팻 분이 비교적 외설적으로 부른 〈버너딘〉이라는 노래였다. "그대의 부분부분은 낯설지도 않지만/그것들이 모인 모습 그대만의 것이어라." 그래, 맞아. 솔랑카 교수는 아득히 가라앉으며 생각했다. 바로 그거야.

여자의 오른팔 윗부분에는 헤링본 무늬를 닮은 8인치 길이의 흉터가 있었다. 솔랑카가 그것을 바라보자 그녀는 얼른 팔짱을 끼면서 왼손으로 흉터를 가렸다. 그것 때문에 그녀가 더욱더 아름다워 보이는데, 그렇게 불가결한 결함 하나가 있었기에 비로소 그녀의 아름다움이 완벽해진 것인데 정작 그녀 자신은 그 사실을 모르는 모양이었다. 그녀도 다칠 수 있다는 것, 그토록 경이로운 아름다움도 한순간에 깨져버릴 수 있다는 것을 보여줌으로써 그 흉터는 오히려 지금의 아름다움을 더욱 강조하고 또한 보는 이로 하여금 그것을 더 소중히 여기도록—맙소사, 처음 만난 여자에 대해 이런 생각을 하다니! —만들 뿐이었다.

　극단적인 육체적 아름다움은 모든 빛을 끌어 모아 이 캄캄한 세상을 밝혀주는 찬란한 등대가 된다. 저렇게 자비로운 불꽃을 바라볼 수 있거늘 그 누가 주변의 어둠 속을 들여다보랴? 저렇게 눈부신 광채가 나타났거늘 굳이 말하고 먹고 자고 일할 이유가 또 무엇이랴? 자신의 하찮은 인생이 끝나는 그날까지 그저 그 빛만 바라보고 있어도 좋지 않으랴? 루멘 데 루미네*. 불타는 은하계처럼 방 안을 휩쓸고 있는 그녀, 머나먼 별처럼 비현실적인 그 미모를 멍하니 바라보며 그는 이런 생각을 했다. 만약 소원을 비는 것만으로 이상형의 여자를 얻을 수 있었다면, 가령 마술램프를 문지를 기회가 주어졌다면, 자신은 바로 저 여자를 원했을 거라고. 그리고 라인하트가 드디어 수많은 흰둥이네 딸들에게서 벗어나게 된 것을 축하해주는 마음도 있었지만 또 한편으로는 이 가무잡잡한 비너스가 자신의 연인이라고 상상하면서 지금껏 닫아놓았던 가슴을 활짝 열었고, 그 바람에 기나긴 세월 동안 잊으려고 노력했던 것이 다시 생각났다. 그것은 그의 내부에 도사리고 있는 거대한 분화구, 즉 가까운 과거 또는 먼 과거와 결별할 때 생긴 구멍이었다. 그러나 이런 여자의 사랑을 받

---

* Lumen de lumine. ‘빛에서 나신 빛이여.’ 라틴어로 된 니케아 신경의 한 구절로, 예수 그리스도를 뜻한다.

는다면 그 깊은 구덩이가 메워질 수도 있을 듯싶었다. 오래되고 은밀한 고통이 치밀어오르며 어서 낫게 해달라고 애원하고 있었다.

"그래, 미안해, 말릭."

재미있다는 듯 중얼거리는 라인하트의 느릿느릿한 목소리가 마치 우주 저 멀리에서 들려오는 듯했다.

"대부분의 사람들이 그런 반응을 보이지. 어쩔 수 없는 일이야. 본인도 마음대로 껐다 켰다 할 수 있는 게 아니거든. 닐라, 이쪽은 내 친구, 자칭 독신주의자 말릭이야. 여자들을 영원히 포기한 사람이라구. 물론 저 표정만 봐도 알겠지만 말이야."

솔랑카는 잭이 대단히 즐거워하고 있다는 것을 알아차렸다. 그는 억지로 어정쩡한 미소를 지으며 간신히 입을 열었다.

"그래, 우리 모두를 위해 다행스러운 일이지. 안 그랬다면 이 분을 사이에 두고 자네와 싸워야 했을 테니까."

그러면서 생각했다. 또 비슷한 이름이다. 닐라, 밀라. 욕망이 나를 뒤쫓으며 압운법으로 경고하는구나.

그녀는 꽤 괜찮은 독립 프로덕션에서 프로듀서로 일했는데, 전문 분야는 텔레비전용 다큐멘터리 프로그램이었다. 현재 계획 중인 프로젝트는 그녀의 뿌리를 더듬어볼 수 있는 기회였다. 그녀는 고국 릴리푸트블레푸스쿠의 상황이 별로 좋지 않다고 설명했다. 서구인들은 신혼여행이나 밀회 따위를 즐기기에 딱 좋은 남태평양의 낙원쯤으로 생각하고 있지만 실제로는 분쟁이 싹트고 있는 곳이었다. 인도계 릴리푸트인들과 원주민 '엘비 족' 집단—여전히 엘비 족이 전체 인구의 과반수였지만 그 차이는 미미했다—사이의 관계가 빠르게 악화되고 있는 중이었다. 그 문제에 얽힌 쟁점들을 부각시키기 위해서 이들 두 대립 집단의 뉴욕 주재 대표들이 같은 날, 즉 다가오는 일요일에 각각 시위행진을 벌일 예정이었다. 시위 규모는 크지 않더라도 분위기는 매우 열렬할 터였다. 두 집단의 행진 경로는 먼 거리를 두고 떨어져 있었지만 몇 번쯤 격렬한 충돌이 일어날 가능성도 충분히 예상할 수 있었다. 닐라도 그 행진에 참가하겠다는 결심이었다. 그녀가 지구 반대편에 있는 자신의 작은 나라에서 점점 험악해져만 가는 정치적 소요사태에 대해 이야기할 때 솔랑카 교수는 그녀의 피가 뜨겁게 끓어오르는 것을 느낄 수 있었다. 아름다운 닐라에게 이 갈등은 결코 사소한 문제가 아니었다. 그녀는 여전히 자신의 근원지와 연결된 상태였고, 솔랑카로서는 그런 그녀가 거의 부러울 정도였다. 그런데 그때 잭 라인하트가 어린애처럼 말했다.

"좋았어! 다 함께 가는 거야! 우리 모두! 말릭도 동족을 위해 함께 행진할 거야, 그렇지? 적어도 닐라를 위해서라면 기꺼이 동참할 거라구."

라인하트의 말투는 명랑했다. 계산 착오였다. 솔랑카는 닐라가 굳은 표정으로 눈살을 찌푸리는 것을 보았다. 이 행진은 장난처럼 가볍게 여길 일이 아니었다. 솔랑카는 그녀의 눈을 똑바로 들여다보며 이렇게 말했다.

"그래요, 나도 동참하겠소."

그들은 다시 축구 경기를 보기 시작했다. 몇 번 더 골이 터졌다. 네덜란드가 도합 여섯 골을 넣었고, 유고슬라비아는 뒤늦게 별로 의미도 없는 득점으로 그나마 약간의 위안을 얻었다. 닐라도 네덜란드가 선전하는 것을 보면서 기뻐했다. 그녀는 네덜란드팀 흑인 선수들의 미모를 자신과 동급으로 평가했는데, 경쟁심을 드러내지도 않았지만 괜히 겸손한 척하지도 않았다. 그리고 본인은 몰랐지만 그녀의 말은 젊은 시절의 말릭 솔랑카가 오래전 암스테르담에서 했던 생각과도 일치했다.

"수리남 사람들은 인종의 혼혈이 바람직하다는 걸 보여주는 산 증거예요. 저 사람들을 보세요. 에드가 다비즈, 클루이베르트, 더그아웃의 프랑크 레이카르트, 그리고 한창 때의 루트도 있죠. 위대한 굴리트 말이에요. 전부 메테크*같아요. 모든 인종을

---

* 거류민.

섞어놓으면 지상에서 가장 아름다운 사람들이 태어날 거예요."

그녀는 누구에게 하는 말인지 모르게 한마디를 덧붙였다.

"하루빨리 수리남에 가보고 싶어요."

그러더니 소파 위에 드러누워 가죽옷을 입은 긴 다리를 팔걸이 너머로 쭉 뻗다가 그날 나온 『포스트』를 툭 건드렸다. 신문은 솔랑카의 발 앞에 떨어졌고, 거기 실린 헤드라인이 그의 시선을 사로잡았다. 콘크리트 살인마 다시 범행. 그 밑에는 좀더 작은 활자로 이렇게 적혀 있었다. 파나마모자를 쓴 남자는 누구인가? 그 순간 모든 것이 달라졌다. 열린 창으로 어둠이 밀려들어 갑자기 눈앞이 캄캄해졌다. 용솟음치는 설렘과 유쾌함 그리고 욕정이 썰물처럼 빠져나갔다. 그는 온몸이 와들와들 떨리는 것을 느끼며 벌떡 일어났다.

"가봐야겠네."

"아니, 시합이 끝나자마자 가겠다는 거야? 말릭, 아무래도 그건 예의가 아니지."

그러나 솔랑카는 라인하트를 향해 고개를 가로저으며 재빨리 그 자리를 떠났다. 등 뒤에서 닐라가 『포스트』 헤드라인에 대해 말하는 소리가 들렸다.

"이 나쁜 자식! 이 사건은 다 끝났다고, 이젠 안전하다고 했잖아요. 그런데 젠장, 역시 끝난 게 아니었어요. 또 시작이네요."

6

"하늘 무서운 줄 몰르는 이 못돼먹은 놈들아, 언젠가는 이슬람 사람들이 너희처럼 운전을 개판으로 허는 놈들을 모조리 이 거리서 쫓아내고 말 거다!"

택시 운전사가 경쟁 관계의 운전자들에게 고래고래 고함을 지르고 있었다.

"아니, 이 도시 전체에서 너희 유대인 뚱쟁이놈들은 물론이고 차선이나 가로막는 너희 마누라, 그 유대인 갈보년들꺼정 싸그리 몰아낼 테니 두고 봐라아!"

10번가를 따라 달리는 동안 그런 욕설이 끊임없이 계속되었다.

"어린 여동생도 따먹는 이교도놈아, 알라의 지옥불이 네놈이랑 그 부정한 똥차를 기달리고 있다아!"

"똥 먹는 돼지가 싸질른 이 드러븐 새끼야, 너 한 번만 더 그러믄 승리의 지하드*가 네놈 불알을 무자비하게 쥐어 터뜨릴 줄 알어라!"

시골 사투리로 터져나오는 이 무시무시한 우르두어** 욕지거리를 들으면서 말릭 솔랑카는 운전수의 독설에 놀라 잠시나마 자기 내면의 혼란을 잊을 수 있었다. 신분증에 적힌 이름은 '알리 마즈누'였다. 마즈누는 연인이라는 뜻이다. 이 연인은 스물다섯 살 이하로 보이는 잘생긴 청년이었는데, 훤칠한 키에 깡마른 체격이었고, 존 트라볼타처럼 섹시한 고수머리였고, 뉴욕에 살면서 이렇게 안정된 직업도 갖고 있었다. 그런데 도대체 무엇 때문에 이렇게 잔뜩 화가 났을까?

솔랑카는 마음속으로 자신의 의문에 스스로 답했다. 아직 어리기 때문에 자신의 체험을 통해 수많은 상처를 받아본 적이 없는 젊은이들은 마치 옷을 입는 것처럼 세상의 고통을 제 몸에 걸치고 다니기도 한다. 중동의 평화협상이 갈팡질팡하고 사교성 좋은 미국 대통령은 구겨진 체면을 만회하는 데 급급한 나머지 바라크***와 아라파트에게 캠프 데이비드에서 정상회담을 하자

---

* 성전(聖戰).
** 파키스탄의 공용어이며 인도 북부에 사는 이슬람교도의 제1언어.
*** 이스라엘 총리(1999~2001).

고 독촉하는 상황에서, 알리 마즈누는 팔레스타인이 당하고 있는 오랜 고통의 책임을 애꿎은 10번가에 덮어씌우고 있는 듯했다. 연인 알리는 인도인이거나 파키스탄인이었지만 편집증에 가까운 범이슬람적 단결이라는 빗나간 집단주의 정신에 사로잡힌 것이 분명했고, 그래서 지금 뉴욕의 도로를 이용하는 모든 사람들을 상대로 무슬림 세계의 시련에 대한 분풀이를 하고 있는 모양이었다. 그는 그렇게 욕설을 펴부으면서도 중간중간에 무전기로 외삼촌과 이야기를 나누었고―"그래요, 외삼촌. 네, 당연히 조심하죠. 네, 차를 사려면 돈이 드니까요. 아뇨. 네, 언제나 친절하게, 걱정 마세요. 네, 그게 최고죠. 알고 있어요."―수줍은 태도로 솔랑카에게 길을 묻기도 했다. 오늘은 이 젊은이가 이 비정한 거리에서 일을 시작한 첫날이었고, 그래서 겁에 질려 제정신이 아니었다. 자신도 몹시 심란한 상태였던 솔랑카는 그를 상냥한 태도로 대했지만 베르디 광장에서 차를 내리며 결국 한마디 해주었다.

"너무 심한 말들은 좀 줄였으면 좋겠는데. 알겠나, 알리 마즈누? 조금만 수위를 낮추라고. 손님들이 불쾌해할 수도 있으니까. 무슨 말인지 못 알아듣더라도 말이야."

그러자 젊은이는 어리둥절한 표정으로 쳐다보았다.

"제가 말입니까, 손님? 욕을 했다구요? 언제요?"

희한한 일이었다. 솔랑카는 찬찬히 설명했다.

"오는 동안에 계속 그랬잖아. 아무한테나 다짜고짜. 더러운 새끼, 유대인놈, 그런 욕지거리 말일세."

그리고 말귀를 알아듣도록 우르두어로 이렇게 덧붙였다.

"우르두 메리 마드리 자반 하이."

우르두어는 내 모국어다. 그러자 연인 알리는 얼굴뿐만 아니라 목깃이 닿은 곳까지 아주 새빨개지더니, 당황한 기색이 역력하지만 아주 순진해 보이는 검은 눈으로 솔랑카를 마주 보았다.

"사히브*께서 그렇게 들으셨다면 사실이겠죠. 그렇지만 손님, 저는 전혀 몰랐습니다."

솔랑카는 인내심을 잃고 돌아섰다.

"상관없어. 길에서 화를 내는 건 흔한 일이니까. 잠깐 정신이 나갔던 거지. 대수롭지 않은 일이야."

그리고 브로드웨이를 따라 걸어갈 때 뒤에서 연인 알리가 제발 이해해달라는 듯 절박하게 소리쳤다.

"아무 뜻도 없었어요, 사히브. 저요, 사실은 모스크**에도 안 나갑니다. 미국 만세! 아셨죠? 그냥 하는 말일 뿐이에요."

그래, 말은 행위가 아니다. 솔랑카는 초조하게 걸음을 옮기며

---

* 남자에게 쓰는 경칭. '나으리' 라는 뜻.
** 이슬람교 사원.

그렇게 인정했다. 그러나 또한 말은 곧 행위가 될 수도 있다. 적절한 시간에 적절한 장소에서 내뱉은 말은 산을 움직이거나 세상을 바꿔놓을 수도 있는 것이다. 그리고, 옳거니, 자기가 무슨 짓을 했는지 모르는 것—즉 어떤 행동과 그것을 정의하는 말을 분리시키는 것—요즘은 그것만으로도 충분한 변명이 되는 듯싶다. '진심이 아니었다'고 말함으로써 자기가 저지른 악행의 의미를 지워버릴 수 있다. 적어도 이 세상의 '연인' 알리들은 그렇게 생각하고 있다. 그러나 정말 그럴까? 물론 아니다. 당연히 그럴 수 없다. 진심으로 잘못을 뉘우친들 이미 저지른 죄악은 씻을 수 없다고 말하는 사람도 많을 텐데, 하물며 해명되지 않은 이 건망증은 두말할 나위도 없다. 한없이 보잘것없는 변명, 그저 자기도 모르는 사이에 그랬다고 잡아떼는 것, 그것은 아무리 좋게 봐주려 해도 결코 회개하는 태도가 아니다. 솔랑카는 어리석은 청년 알리 마즈누에게서 문득 자신의 모습을 발견하고 충격에 휩싸였다. 격렬한 분노도 닮았고 기억의 공백도 닮았다. 그러나 그는 변명조차 할 수 없었다. 아까 잭 라인하트의 아파트에서, 갑자기 닐라 마헨드라가 들이닥치는 바람에 마치 도끼로 잘라낸 듯 화제가 바뀌어버리기 전에, 그는—물론 마음속의 동요가 얼마나 심각한 상태인지는 밝힐 수 없었지만—테러리스트처럼 자신을 인질로 붙잡고 있는 그 분노에 대한 두려움을 조금이나마

라인하트에게 고백하려고 했었다. 그러나 잭은 축구 경기에 정신이 팔려 멍하니 고개를 끄덕였다.

"자네는 원래 걸핏하면 흥분하는 성격이잖아. 그건 본인도 잘 알고 있지? 술에 취해 노발대발해서 길길이 날뛸 때는 언제고, 다음 날이면 사과한답시고 아침부터 전화질로 사람들을 깨운 적이 얼마나 많은지, 아니, 나를 그렇게 깨운 적이 얼마나 많았는지 말이야. 말릭 솔랑카 사과문 전집. 그런 책을 내면 잘 팔리겠다는 생각을 자주 했지. 반복이 좀 많아서 탈이지만 익살스럽고 흥미진진한 부분도 꽤 많거든."

여러 해 전 솔랑카 부부는 스프링스의 그 별장에서 휴가를 보낸 적이 있었다. 라인하트와 당시 그의 '시녀' 였던 여자도 함께였는데, 이 조그마한 남부 미녀는 남북전쟁 때 '구름 위의 전투'* 의 현장이었던 테네시 주 룩아웃 산 출신이었고, 만화영화에 등장하는 섹시한 여자 베티 붑을 쏙 빼닮았었다. 라인하트는 룩아웃 산 출신의 유일한 유명인사, 즉 강서브를 휘두르는 테니스 선수 로스코 태너의 이름을 따서 그녀에게 로스코라는 애칭을 붙여주었고, 그녀가 싫어하는 내색을 해도 아랑곳하지 않았다. 그 별장은 너무 좁아서 되도록 많은 시간을 바깥에서 보낼 필요가

---

* 1863년 테네시 주에서 남군의 포위공격을 종결시켜 북군이 전쟁에서 승리하는 데 결정적 역할을 한 전투의 하나.

있었다. 남자들끼리 이스트햄프턴의 나이트클럽에 가서 오랫동안 술을 퍼마신 어느 날 밤, 비가 억수로 쏟아지는데도 솔랑카는 차를 몰고 돌아가겠다고 고집을 부렸다. 그때부터 무시무시한 공포가 시작되었다. 이윽고 라인하트는 한껏 상냥하게 말했다.

"말릭, 미국에선 자동차가 우측통행이라구."

그러자 솔랑카는 자신의 운전 실력을 무시한다면서 벌컥 화를 냈고, 곧바로 차를 세우더니 완력으로 라인하트를 밀어내서 결국 그 장대비를 맞으며 집까지 걸어오게 만들었다. 잭은 솔랑카에게 그날의 일을 상기시켰다.

"그때 했던 변명이 최고였어. 이튿날 아침엔 자기가 어떤 잘못을 했는지 전혀 기억하지 못해서 더 재미있었지."

솔랑카는 이렇게 중얼거렸다.

"그랬지. 그런데 요즘은 술을 안 마셔도 필름이 끊어진단 말이야. 그리고 화가 났을 때 저지르는 일도 완전히 차원이 달라졌어."

그러나 그 말을 하고 있을 때 텔레비전 속의 관중들이 함성을 질렀고, 라인하트는 그쪽에 정신이 팔려 솔랑카의 고백을 듣지 못했다. 잠시 후 라인하트가 말을 이었다.

"아, 그리고 말이야, 자네가 함께 있을 때 친구들이 몇 가지 화제를 피하려고 얼마나 애썼는지도 잘 알고 있지? 예를 들자면 미국의 중앙아메리카 정책. 그리고 미국의 동남아시아 정책. 아니, 사실상 미국에 대한 거의 모든 문제가 금지항목이었다구. 그랬던 자네가 하필이믄 이 드러븐 사탄의 품에 앵겨 살겠다고 왔으니 내가 웃을 수밖에 더 있남."

솔랑카는 곧바로 라인하트의 수작에 말려들고 말았다. 그렇지만 잘못된 일은 잘못된 일 아니냐, 미국의 그 막강한 **힘** 때문에, 미국의 그 막강한 **유혹** 때문에, 지랄염병할 놈들, 미국을 이끌고 있는 그 못된 놈들이 그런 짓을 저지르고도…… 그러자 라인하트가 낄낄 웃으며 말했다.

"그것 봐, 또 시작이지. 금방이라도 터져버릴 것처럼 열을 올리잖아. 얼굴이 시뻘게졌다가, 불그죽죽해졌다가, 그 다음엔 거의 시꺼메지지. 심장발작이라도 일으킬까봐 걱정된다구. 자네가 그럴 때마다 우리가 뭐라고 했는지 알아? 솔랑카 현상. 말릭의 원자로 폭발. 그야말로 원자폭탄이 따로 없었지. 어이, 친구, 따지고 보자믄 고런 나라에 실제로 **가보구설랑** 그 슬픈 소식들을 전해줬던 사람이 바루 나였어. 그런 나한테 다짜고짜 야단을 치질 않나, 눈깔이 홱 뒤집혀갖구서, 미국이 저지르는 온갖 못돼먹은 짓거리덜을 몽창 다 내 **탓으로** 몰아붙였으니까 말이야."

바보 중에서도 늙은 바보는 아무도 못 말린다더니. 솔랑카는 자신도 '연인' 알리와 다를 바 없다는 사실을 겸손하게 인정했

다. 그저 교육 정도와 어휘력 따위의 사소하고 피상적인 차이가
있을 뿐이었다. 아니, 오히려 솔랑카 자신이 더 나빴다. 왜냐하
면 알리는 새파란 젊은이였고 게다가 오늘이 일을 시작한 첫날
이었지만, 솔랑카는 훨씬 더 흉악한 인간, 어쩌면 통제가 불가능
한 인간으로 변해가는 중인지도 모르기 때문이다. 그리고 더욱
얄궂은 것은 그가 옛날부터 그렇게 투쟁적이었고 우스꽝스러울
정도로 난폭했기 때문에 친구들조차 지금 그에게 일어나고 있는
본질적인 변화와 그 끔찍한 타락상을 알아차리지 못한다는 사실
이었다. 이번에는 진짜 늑대가 나타났는데도 다른 친구들은 물
론이고 잭마저 그의 고함 소리에 귀를 기울이지 않았다. 라인하
트는 명랑하게 지껄이고 있었다.

"그리고 말이야, 아, 그게 누구였더라. 아무튼 필립 라킨*의
말을 잘못 인용했다고 집에서 쫓아냈던 거 생각나? 맙소사! 그
랬던 사람이 동네 사람들한테 좀 딱딱거린 게 대수야? 하이고,
그래, 신문에 날 일이네."

이렇게 유쾌한 친구에게 내가 나 자신을 버렸다는 사실을 어
떻게 말할 수 있단 말인가? 미국은 엄청난 대식가라는 것, 그래
서 내가 그 아가리 속으로 들어가려고 미국에 왔다는 것을 어떻

---

* 1950년대를 대표하는 영국 시인.

게 말할 수 있을까? 나는 어둠 속의 한 자루 칼이라는 것, 그래서 내가 사랑하는 사람들에게 위험한 존재라는 것을 어떻게 말할 수 있을까?

솔랑카의 두 손이 근질거렸다. 피부마저도 그를 배신하고 있었다. 예전에는 아기 엉덩이 같은 피부 때문에 여자들마다 감탄하면서 한평생 편하게 살아 그렇다고 놀려댔는데, 요즘은 머리선을 따라 두드러기가 돋아나 몹시 얼얼하고 거북스러웠다. 가장 불편한 곳은 손이었다. 피부가 빨갛게 부어올랐다가 툭툭 터져버렸다. 그런데도 지금껏 피부과에 가지 않았다. 엘리너를 버리고 떠나오기 전에 그는 한평생 습진으로 고생하고 있는 엘리너의 약통을 뒤져 두툼한 튜브에 들어 있는 하이드로코르티존*연고 두 개를 꺼냈다. 그리고 이 부근의 듀에인 리드**에서 특대 사이즈의 강력 보습제 한 병을 사서 날마다 몇 번씩 발라주는 것으로 치료를 대신했다. 솔랑카는 의사들을 별로 높이 평가하지 않았다. 그래서 그렇게 자가치료를 하면서 가려움증을 참아냈다.

때는 바야흐로 과학의 시대였지만 의학만은 여전히 원시인들

---

* 부신피질 호르몬제의 일종으로, 항염제 및 류머티즘성 관절염 치료제.
** 약국 체인. 사실상 편의점에 더 가깝다. 가맹점은 주로 뉴욕 시와 그 인근 지역에 집중되어 있다.

과 백치들의 손에서 놀아나고 있었다. 의사들로부터 알 수 있는 것이라고는 그들이 아는 것이 거의 없다는 사실 정도가 고작이었다. 어제 신문에는 실수로 한 여자의 건강한 유방을 도려낸 의사에 대한 기사가 실렸다. 그는 '징계'를 받았다고 한다. 워낙 흔해빠진 일이라서 이 기사는 여러 장을 넘겨야 나오는 지면 귀퉁이에 간신히 게재되었다. 의사라는 인간들이 이런 짓을 하고 있다. 엉뚱한 신장, 엉뚱한 눈, 엉뚱한 아기. 의사들이 잘못을 저질렀다? 그 정도로는 사건이라고 말하기도 어렵다.

진짜 사건은 따로 있었다. 그것은 지금 그의 손에 쥐어져 있다. 연인 알리의 택시에서 내린 후 그는 『뉴스』와 『포스트』를 한 부씩 사들고 집으로 향했다. 마치 뭔가를 피해 도망치는 사람처럼 이리저리 길을 바꾸며 빠른 걸음으로 걸었고…… 엘런 드제너러스*가 곧 비컨 극장에 온다는 포스터가 여기저기 나붙어 있었다. 솔랑카는 얼굴을 찡그렸다. 물론 그녀는 자신의 주제곡을 부를 것이다. 「호르몬 때문에 나는 괴로워」**. 그리고 극장 안을 가득 메운 여자들은 '엘런, 사랑해요' 하고 외쳐대고, 대단히 그저 그런 내용으로 구성된 무대 한복판에서 그 여자 코미디언은

---

* 미국 코미디언, 토크쇼 사회자. 영화배우 앤 헤이시와의 동성애 관계로 화제를 모았다.
** 영국 작가 올더스 헉슬리의 시 제목.

158

잠시 동작을 멈췄다가 고개를 숙이고 가슴에 손을 얹으면서, 그 여자들이 지니고 있는 고통의 상징이 되었다는 것이 얼마나 감동적인지 모른다고 말할 것이다. 나를 찬양하세요, 감사합니다, 감사합니다, 좀더 찬양하세요, 어이, 이것 봐, 앤, 우린 이제 우상이 됐다구! 와우! 정말 **황송하군요**…… 솔랑카 교수는 이런 생각을 했다. 과학은 속속 놀라운 발견을 이뤄내고 있다. 런던의 과학자들은 두뇌 중에서 이른바 '직감'을 담당하는 부분이라는 중간섬, 그리고 행복감을 담당하는 전측대상의 일부가 바로 사랑이 시작되는 곳이라는 사실을 확인했다고 믿는다. 그리고 지금 영국과 독일의 과학자들은 전두엽 피질이 지능을 담당한다고 주장하고 있다. 지원자들에게 복잡한 퍼즐을 풀게 했더니 그 부분의 혈류가 증가했다는 것이다. 사랑은 어디서 생겨나는가? 가슴이더냐 머리더냐?[*] 그리고 어리석음이 생겨나는 곳은 두뇌의 어느 부분이더냐? 솔랑카는 미칠 듯한 심정으로 그런 질문을 던졌다. 절반은 수사의문문이었지만 절반은 진심이었다. 말해봐라, 세계의 과학자들아. 난생처음 보는 사람에게 '사랑합니다' 하고 외칠 때 혈류가 증가하는 곳은 어느 섬 또는 피질이더냐? 자, 그럼 흥미진진한 이야기를 시작해볼까……

---

* 셰익스피어의 『베니스의 상인』 3막 2장 중 한 구절.

그는 머리를 흔들었다. 당신은 지금 문제를 회피하고 있어, 교수 양반. 문제를 직시하고 대처해야 할 때인데도 괜히 딴청을 부리는 거라구. 자, 분노에 대해 생각해보는 거야. 알았지? 말 그대로 사람 잡는 그 빌어먹을 놈의 분노에 대해 생각해보잔 말이야. 어디 한번 말해봐. 살인은 어디서 생겨나지? 말릭 솔랑카는 신문을 와락 움켜쥐고 72번가를 따라 동쪽으로 허겁지겁 달려갔다. 행인들이 이리저리 몸을 피했다. 이윽고 콜럼버스 애비뉴에 이르러 왼쪽으로 방향을 틀었고, 그때부터는 걷는 듯 뛰는 듯 하면서 그 정신없는 거리를 여남은 블록쯤 더 가서야 비로소 발을 멈추었다. 그런데 이 동네는 상점에까지 인도식 이름이 붙어 있었다. 봄베이, 퐁디셰리. 그가 잊기 위해 애쓰고 있는 것들을—즉 고향을, 일반적인 의미의 고향집을, 특히 그가 살았던 그 집에서의 삶을—굳이 상기시키려고 온 세상이 작당이라도 한 듯싶었다. 퐁디셰리에서 산 적은 없었지만, 그렇다, 봄베이에 살았던 것만은 부인할 수 없는 사실이었다. 그는 높은 자가트 평점*을 받은 한 멕시코 풍 술집에 들어가 테킬라 한 잔을 마셨고, 한 잔 더 마셨고, 마침내 죽은 자들을 만날 때가 되었다.

이번 희생자, 즉 간밤에 발견된 시체, 그리고 그 이전의 두 명.

---

* 서비스업 평가 전문 컨설팅 업체 자가트 서베이의 평가 점수.

그들의 이름은 이러했다. 오늘의 주인공은 '스카이'라는 애칭을 가진 사스키아 스카일러였고, 먼저 당했던 두 여자는 로렌 '렌' 마이브리지 클라인과 벨린다 '빈디' 부큰 컨델이었다. 그들의 나이는 이러했다. 열아홉, 스물, 열아홉. 사진도 있었다. 그들의 미소를 보라. 그것은 권력을 상징하는 미소였다. 그런데 한낱 콘크리트 덩어리 하나가 그 빛들을 영원히 꺼버렸다. 그들은 결코 가난하지 않았지만 지금은 모두 무일푼이다.

대단한 여자였다. 스카이는 정말 그랬다. 5피트 9인치의 키에 육감적인 몸매, 게다가 여섯 개 국어에 능통한 그녀는 업타운 걸* 시절의 크리스티 브링클리를 연상시켰다. 그녀는 큼직한 모자와 최신 패션을 좋아했고, 패션모델로서도 전혀 손색이 없었다. 실제로 장 폴, 도나텔라, 드리스는 그녀에게 싹싹 빌었고 톰 포드는 무릎까지 꿇었지만 그녀는 '태어날 때부터 수줍음이 많고'—이 말은 태어날 때부터 상류층이었다는, 즉 대대로 부자인 집안의 속물근성을 타고나 디자이너를 재봉사 정도로 여기고 패션모델은 창녀보다 나을 게 없다고 생각한다는 뜻이었다—줄리어드 장학생으로 공부도 해야 한다는 이유로 사양했다. 바로 지난주에 그녀는 급히 사우샘프턴에 갈 일이 생겨 옷이 필요하게

---

* 빌리 조엘의 히트곡(1983). 당시 그의 아내였던 슈퍼모델 크리스티 브링클리가 뮤직비디오에 출연했다.

되었는데 일일이 고를 시간이 없었다. 그래서 절친한 사이였던 일류 디자이너 이멜다 푸신에게 전화를 걸어 지금 만들어놓은 옷들을 몽땅 보내달라고 했고, 그 옷값으로 사십만, 자그마치 사십만 달러짜리 개인수표를 배달원에게 건네주었다.

이멜다는 '러시 앤 몰로이'*에서 이렇게 말했다. 네, 그 수표는 이틀 뒤에 제대로 결제됐어요. 스카이는 인형처럼 예쁘고 착한 아이였지만 사업은 사업이니까요. 다들 **몹시** 보고 싶어할 거예요. 네, 장지는 가족 묘지예요. 그중에서도 제일 좋은 자리, 지미 스튜어트**와 마주 보는 곳이죠. 모두 참석할 거예요. 보안이 아주 철저하겠죠. 수의는 웨딩드레스를 입혀줄 거라고 들었어요. 저로서는 영광이죠. 정말 아름다울 거예요. 그렇지만 그 아이는 누더기를 걸쳐도 아름다웠을 거예요. 네, 제가 입혀주기로 했어요. 그게 무슨 말씀이세요? 저한테는 **큰 명예라구요.** 관 뚜껑은 열어놓고 진행한대요. 전부 일류급으로 예약이 돼 있어요. 머리는 샐리 H., 화장(化粧)은 라파엘, 사진은 허브. 장례비가 하늘(sky)을 찌를 정도죠. 말장난을 하자는 건 아니에요. 스카이(Sky)의 엄마가 모든 일을 처리하고 있어요. 정말 철의 여인

---

* 『뉴욕 데일리 뉴스』의 가십 칼럼.
** 미국 영화배우. 〈스미스 씨 워싱턴에 가다〉 〈이창〉 등의 영화에 출연했으며, 〈필라델피아 이야기〉로 아카데미 남우주연상을 수상했다.

이에요. 눈물 한 방울도 안 흘리죠. 최근에 쉰 살이 됐지만 역시 죽여주게 아름답, 아니, 그 말은 좀 빼주세요. 말장난을 하자는 건 아니었어요.

상속권을 잃어버린 상속인들, 희생자가 되어버린 후계자들. 그것이 기사의 초점이었다. 그 모든 훈련 과정이 허사가 돼버리다니! 사스키아는 열아홉 살의 나이에 여러 외국어에 능통했고 피아노도 잘 쳤고 패션에도 열광했지만 그뿐만이 아니었다. 그녀는 벌써 노련한 기수(騎手)였고, 시드니 올림픽 국가대표팀에 선발될지도 모르는 양궁선수였고, 장거리 수영선수였고, 탁월한 춤꾼이었고, 대단한 요리사였고, 즐거운 주말엔 화가였고, 벨칸토 창법을 익힌 성악가였고, 어머니의 기품 있는 매너를 이어받아 연회석의 여주인 노릇도 거뜬히 해냈고, 또한 신문에 실린 그 노골적이고 세속적이고 관능적인 미소로 미루어 판단하자면, 황색 언론이 굉장히 좋아하는 주제인데도 상황이 상황인지라 감히 함부로 말하지 못하는 그 방면의 솜씨도 꽤 훌륭할 것 같았다. 신문들은 사스키아의 잘생긴 애인 사진을 함께 싣는 것으로 만족할 수밖에 없었다. 폴로 선수 브래들리 마살리스 3세. 정기구독자라면 그에 대하여 적어도 한 가지만은 분명히 알고 있었다. 거대한 성기 때문에 동료 선수들이 그를 종마라고 부른다는 사실이었다.

어느 '집 없는 아이'가 새총으로 쏜 돌멩이 하나가 아름다운 '웬디 새'를 떨어뜨렸다.* 아니, 새들이라고 해야겠다. 스카이 스카일러에게 해당되는 말은 빈디 컨델과 렌 클라인에게도 똑같이 적용될 수 있기 때문이다. 셋 다 아름다웠고, 셋 다 늘씬했고 금발이었고 만만찮은 실력을 갖고 있었다. 이 쟁쟁한 세 가문의 경제적 미래는 지극히 자신만만한 남자 형제들의 손에 달려 있었지만, 이들 세 아가씨는 각자 자기 집안을 대표하는 존재였다. 그들이야말로 가문의 품격과 가풍을 상징하는 존재, 즉 가문의 얼굴이었다. 지금 세 집안의 남자들은 모두 충격에서 헤어나지 못하고 있는데, 그 표정만 보아도 그들이 느끼고 있는 상실감의 크기를 쉽게 짐작할 수 있었다. 말없이 슬픔에 잠긴 가족들의 얼굴은 이렇게 말하고 있었다. 사업은 우리 남자들이 처리할 수 있지만, 우리가 우리일 수 있는 것은 그 아이들이 있기 때문이었어. 이젠 누가 우리에게 어떻게 살라고 말해줄까? 그리고 두려움도 있었다. 다음은 또 누구일까? 수많은 여자들, 해님의 금빛 사과**처럼 우리가 가지에서 따줄 날만 기다리고 있는 그 무르

---

* 소설 『피터팬』에서 네버랜드의 소년들은 팅커벨의 거짓말에 속아 웬디 일행을 공격한다.
** 예이츠의 시 「방랑자 앵거스의 노래」의 마지막 구절에서 따온 말. "그녀가 간 곳을 찾아내어 / 입 맞추고 손잡고 / 아롱다롱 길게 자란 풀밭을 거닐며 / 시간과 세월이 다할 때까지 나는 따리라 / 달님의 은빛 사과와 / 해님의 금빛 사과를."

익은 여자들 중에서 이번엔 또 누가 그 치명적인 벌레에게 당하게 될까?

인형처럼 예쁘고 착한 아이. 그 아가씨들은 태어날 때부터 트로피가 될 운명이었다. 엘리너 매스터스 솔랑카의 표현을 빌리자면 액세서리가 주렁주렁 달린 '오스카 바비 상'이었다. 그들 세 명의 죽음을 대하는 상류층 젊은이들의 반응은 마치 자기들의 클럽 회관에 보관되어 있던 귀중한 보물, 즉 금이나 은으로 만든 우승컵이나 메달을 도난당한 듯한 태도였다. 부잣집 젊은이들로 구성된 S&M —'독신 남성(Single & Male)'을 뜻한다고 한다—이라는 비밀단체는 그 회원들이 깊이 사랑했던 연인들의 죽음을 애도하기 위해 심야 모임을 계획중이라고 보도되기도 했다. '종마' 마살리스, '대물' 앤더스 앤드리슨—컨델 아가씨의 애인으로, 식당을 경영하는 유럽 청년이었다—그리고 로렌 클라인의 방탕한 애인 키스 메드퍼드('몽둥이')가 조객들을 선도할 예정이었다. 그러나 S&M은 비밀단체였으므로 회원들은 이 단체의 존재 자체를 딱 잘라 부인했고, 추도식의 절정에 대한 소문을 확인해주는 것도 거부했다. 그 소문에 의하면 그들은 비니어드 해변의 개인 소유지에서 알몸에 인디언들이 전쟁에 나갈 때 쓰던 물감을 바르고 춤도 추고 수영도 즐길 계획이었는데, 이때 세 젊은이의 침대에 생긴 공석을 채우기 위해 후보자들을 대상으로 성교를 통한 오디션을 진행한다는 것이었다.

죽은 세 여자와 그들의 살아 있는 자매들은 일찍이 엘리너가 정의했던 데스데모나의 의미에 딱 들어맞는 존재였다. 그들은 소유물이었던 것이다. 그리고 지금 저 바깥에는 흉악한 오셀로가 배회하고 있다. 다만, 이 오셀로의 목적은 자신이 소유할 수 없는 것을 파괴해버리는 일인지도 모른다. 그는 그 소유 불가능성 자체가 자신의 명예를 모독한다고 생각하는지도 모른다. 그렇다면 희곡『오셀로』의 이 Y2K판 리바이벌에서 그가 여자들을 죽이는 이유는 그들의 부정 때문이 아니라 무관심 때문이다. 그게 아니라면 단순히 그런 여자들도 얼마든지 망가뜨릴 수 있음을 증명하기 위해 그들을 망가뜨리고 있는 것인지도 모른다. 그들에게 인간다움이 없음을 폭로하기 위해서, 그들의 인형다움을 폭로하기 위해서 말이다. 왜냐하면 그 여자들은—그렇다!—인조인간이기 때문이다. 현대판 인형들, 기계화되어 컴퓨터로 움직이는 인형들. 과거에 아이들의 방을 장식했던 그 단순한 인형들과 달리 인간과 똑같이 생기기는 했지만 역시 인간의 분신에 불과한 인형들이기 때문이다.

원래 인형이라는 것은 그 자체만으로는 아무런 의미도 없는 한낱 모조품에 지나지 않았다. 최초의 봉제인형과 괴물인형이 탄생하기 훨씬 전부터 인간들은 특정한 어린이 또는 성인을 표현하는 인형을 만들었다. 그렇게 만들어진 자신의 인형을 남의 손에 맡기는 것은 예나 지금이나 중대한 실수일 수밖에 없다. 나의 인형을 가진 사람은 곧 나의 중요한 일부분을 갖고 있는 것이기 때문이다. 이런 발상을 극단적으로 보여주는 한 예가 부두교의 인형이다. 인형의 몸에 바늘을 꽂기만 하면 그것이 나타내는 사람에게 해를 입힐 수 있다는 그 인형, 인형의 목을 비틀기만 하면 마치 무슬림 요리사가 닭을 잡듯이 멀쩡한 사람 하나를 멀리서도 간단히 죽일 수 있다는 그 인형 말이다. 그후 대량생산이 시작되었고, 그때부터 인간과 인형의 연결고리가 끊어져버렸다. 인형은 인형이 되었고 인형의 복제품이 되었다. 인형은 조립라인의 산물이 되어 아무런 특징도 없이 모두 똑같은 모습으로 재생산되었다. 그러나 요즘은 그런 상황이 다시 달라지고 있다. 솔랑카의 은행 잔고만 보더라도 사람의 형상뿐만 아니라 개성까지 갖춘 인형을 갖고 싶어하는 현대인들의 욕구를 충분히 짐작할수 있다. 그가 만든 인형들은 저마다 사연을 지니고 있었기 때문이다.

그런데 지금은 오히려 살아 있는 여자들이 인형을 닮고 싶어한다. 경계선을 넘어가서 장난감처럼 보이고 싶어한다. 지금은 인형이 원본이고 여자가 모조품이다. 이 살아 있는 인형들, 이끈 없는 꼭두각시들은 단순히 겉모습만 '인형처럼 예쁘게' 꾸미고 있는 것이 아니다. 최신 패션으로 치장한 외모와 투명하게 빛나는 완벽한 피부는 말할 필요도 없거니와 그 내면에도 행동 방식을 규정하는 온갖 반도체 칩들이 가득했고, 모든 활동이 면밀히 프로그래밍되었고, 철저한 훈련을 거쳐 다듬어졌고, 그래서 너절한 인간성 따위가 깃들 공간은 조금도 남아 있지 않았다. 결국 스카이와 빈디와 렌은 인형들의 문화사에서 일어난 이 마지막 단계의 변화를 잘 보여주는 사례라고 말할 수 있다. 그들은 모두 비인간화를 꾀했고, 그 결과로 자기들이 속한 계층의 토템에 지나지 않는 존재가 되었는데, 그 계층은 미국을 좌지우지하고, 미국은 세계를 좌지우지하고, 결국 생각하기에 따라 그 여자들에 대한 공격은 곧 위대한 아메리카 제국에 대한 공격, 더 나아가 팍스 아메리카나에 대한 공격으로 간주할 수도 있을 터……말릭 솔랑카는 다시 현실로 돌아와서, 길바닥에 쓰러져 있는 시체는 꼭 망가진 인형처럼 보인다고 생각했다.

……아, 요즘 세상에 나 말고 또 누가 감히 이런 생각을 할까? 이 미국 땅에서 이렇게 추악하고 그릇된 생각을 하는 사람이 나 말고 또 있을까? 만약 그 아가씨들에게 물어보았다면, 그 늘씬하고 자신만만했던 미녀들에게, 언젠가는 최고 성적으로 학사 학위를 받고 주말마다 요트 위에서 황홀한 시간을 보내게 되었을 그들에게, 리무진 서비스를 받고 자선사업을 하며 분주한

삶을 영위했을 그 현대판 공주님들에게, 사랑에 빠져 순한 양이
된 슈퍼스타들이 저마다 환심을 사려고 노력했을 그들에게 물어
보았다면, 그들은 자기들이 자유롭다고, 그 어떤 나라의 그 어떤
시대의 그 어떤 여자보다 더 자유롭다고, 자기들은 아버지와 연
인과 상사를 막론하고 그 어떤 남자의 소유물도 아니라고 대답
했을 것이다. 자기들은 그 누구의 인형도 아니고 다만 자기 자신
일 뿐이라고, 자신의 외모와 자신의 성(性)과 자신의 이야기를
가지고 한바탕 놀고 있을 뿐이라고 대답했을 것이다. 그들은 진
정한 의미의 자주성을 확보한 최초의 젊은 여성들이었고, 따라
서 그들은 낡은 가부장제의 노예가 아니었고, 그렇다고 남자를
혐오하여 '푸른 수염'*의 대문을 때려 부수는 과격한 페미니즘
의 노예도 아니었다. 그들은 사업가가 되거나 탕녀가 될 수도 있
었고, 고상한 여자나 천박한 여자, 혹은 엄숙한 여자나 경망스러
운 여자가 될 수도 있었다. 그들은 자기 스스로 그런 결정을 내
릴 수 있었다. 그들은 모든 것을 가졌고—자유, 성적 매력, 돈
—그 모든 것을 사랑했다. 그런데 그때 누가 나타났고, 그들의
뒤통수를 호되게 내리쳐 그 모든 것을 빼앗아갔다. 첫 일격은 그
들을 기절시키기 위해서였고 나머지는 목숨을 끊어버리기 위해

---

* 샤를 페로의 동화 「푸른 수염」에 등장하는 잔혹한 남자. 여섯 명의 아내를 차
례로 살해하여 잔인하고 변태적인 남자의 대명사가 되었다.

서였다. 그런데 누가 그들을 죽였을까? 사실 비인간화의 문제를 따져본다면 원흉은 바로 그 살인자다. 그들의 인간성을 말살한 장본인은 그들 자신이 아니라 바로 그자, 콘크리트 살인마였기 때문이다. 말릭 솔랑카 교수는 테킬라 한 잔을 앞에 놓고 술집 의자에 웅크리고 앉아 눈물을 흘리며 두 손으로 머리를 감싸쥐었다.

사스키아 스카일러가 살던 아파트는 방은 많지만 천장이 너무 낮았고, 그녀의 말에 의하면 '매디슨 애비뉴에서 제일 못생긴 건물'이었다. 이 흉측한 파란색 벽돌 건물의 건너편에는 아르마니 매장이 하나 있었는데, 스카이는 가끔 그 매장에 전화를 걸어 각종 드레스를 진열창에 대어보게 하고 쌍안경으로 살펴볼 수 있다는 것이 이 아파트의 '유일한 장점'이라고 했다. 그녀는 자기 부모가 맨해튼의 임시 거처로 사용했던 이 아파트를 몹시 싫어했다. 스카일러 부부는 시내에 들어오는 일이 별로 없었다. 주로 뉴욕 주 차파쿠아 부근의 기복이 심한 땅에 자리 잡은 마당 넓은 집에서 지냈는데, 클린턴 부부가 그 마을에 있는 집 한 채를 구입한 일을 두고 걸핏하면 투덜거렸다. 브래들리 마살리스의 말에 의하면 스카이는 힐러리가 그 집에 오래 머물지는 않을 테니까 걱정 말라고 부모를 위로했다고 한다.

"힐러리가 상원의원에 당선되면 워싱턴 DC로 가버릴 테고,

낙선되면 더 일찍 떠날 테니까요.”

한편 스카이는 매디슨 애비뉴의 아파트를 팔아버리고 트라이베카로 이사하고 싶어했지만, 그 아파트의 협동조합 이사회는 그녀가 데려온 구매자들을 세 번이나 퇴짜놓았다. 스카이는 이 사회에 대해 불만이 많았다.

“거긴 빤질빤질한 할머니들만 모여 있는데, 다들 너무 작고 반짝거리는 옷들을 입고 있어서 꼭 불룩불룩한 소파 같다구. 그래서 입주할 사람도 가구처럼 생겨야 받아주는 모양이지.”

하지만 적어도 이 건물은 관리인이 이십사 시간 지켜주는 곳이었다. 야간 근무자였던 늙은 에이브 그린은 문제의 그날 미스 스카일러가 ‘굉장히 화려한 차림새로’ 무슨 음악상 시상식장에 참석했다가(‘종마’가 그 방면에도 연줄이 좀 있었다) 한시 삼십 분경에 귀가했다고 증언했다. 문 앞에서 그녀는 떠나기 싫어하는 기색이 역력한 미스터 마살리스와 헤어져—그린은 “그 친구, 굉장히 약 오른 얼굴이더군요” 하고 말했다—울적한 표정으로 엘리베이터 쪽으로 걸어갔다. 그린도 그녀와 함께 올라갔다.

“한번 웃게 해주려고 내가 이렇게 말했죠. 아가씨가 겨우 오층에 살아서 아쉽네요. 좀더 오래 볼 수 있으면 좋을 텐데.”

그로부터 십오 분 후 그녀가 다시 엘리베이터를 불렀다. 에이브가 물었다.

"별일 없습니까, 아가씨?"

"아, 그런 것 같아요. 네, 그래요, 에이브. 별일 없어요."

그러더니 여전히 화려한 파티 복장을 한 채 혼자서 밖으로 나갔고 다시는 돌아오지 않았다. 그녀의 시신은 아파트에서 멀리 떨어진 미드타운 터널 입구 근처에서 발견되었다. 로렌 클라인과 빈디 컨텔의 마지막 순간에 대해 조사한 결과, 그들도 밤늦게 귀가했고 애인을 집에 들여놓지 않았고 잠시 후 다시 나갔다는 사실이 밝혀졌다. 그들은 마치 삶을 쫓아내고 죽음과 만나기 위해 집을 나선 것처럼 보였다.

사스키아와 로렌과 벨린다는 소지품을 빼앗기지 않았다. 반지, 귀고리, 목걸이, 팔찌 등도 모두 그대로 있었다. 그리고 강간당한 흔적도 없었다. 살인 동기는 밝혀지지 않았다. 그러나 그들의 세 애인은 스토커의 소행일 가능성을 제기했다. 죽은 세 여자가 죽기 직전 며칠 동안 파나마모자를 쓴 낯선 사람이 '이상하게 따라다닌다' 고 말했다는 것이었다. 비니어드 헤이븐의 호텔 방에서 기자들의 사진촬영과 질의응답에 응한 브래드 마살리스는 우울한 표정으로 시가를 피우며 이렇게 말했다.

"스카이는 마치 처형당한 것 같습니다. 어떤 놈이 스카이에게 사형선고를 내려놓고 그 판결대로 냉혹하게 집행한 것처럼 보인다는 거죠."

7

솔랑카가 엘리너와 헤어졌다는 소식은 친구들에게 크나큰 충격을 안겨주었다. 파경을 맞이한 부부는 멀쩡하게 잘 살고 있는 다른 부부들에게도 의문을 던지기 마련이다. 말릭 솔랑카는 자기 때문에 시내 곳곳의 아침 식탁이나 침실에서, 그리고 다른 도시에서 유언 또는 무언의 의문들이 연쇄반응을 일으키고 있다는 것을 의식하고 있었다. 우리는 아직 괜찮은 걸까? 괜찮다면 얼마나 괜찮은 걸까? 당신 혹시 나한테 감추는 거 없어? 어느 날 눈을 뜨는 순간, 당신의 어떤 말을 듣고 내가 지금껏 낯선 사람과 한 침대를 썼다는 사실을 깨닫게 되는 건 아닐까? 내일은 오늘을 어떻게 수정할까? 다음주에는 지난 오 년, 십 년, 십오 년의 세월을 송두리째 무위로 돌리는 어떤 일이 일어나지 않을까?

당신 혹시 인생이 따분해? 나 때문이야? 당신 혹시 내가 생각했던 것보다 나약한 사람 아니야? 그 남자야? 그 여자야? 섹스 때문이야? 애들 때문이야? 바로잡고 싶어? 바로잡아야 할 일이 있나? 당신 나 사랑해? 아직도 나를 사랑해? 오, 맙소사, 내가 아직도 당신을 사랑하는 걸까?

이런 온갖 번민들이 메아리처럼 그에게로 되돌아왔다. 저마다 정도의 차이는 있겠지만, 그런 번민 때문에 친구들이 그를 원망하는 것도 불가피한 일이었다. 그러지 말라고 분명히 말했는데도 엘리너는 그의 연락처를 알고 싶어하는 모든 이들에게 맨해튼 전화번호를 가르쳐주고 있었다. 그에게 전화를 걸어 비난을 퍼붓는 사람들 중에는 여자보다 남자가 더 많은 것 같았다. 왕년에는 히피였고 지금은 불교도이며 출판업자이기도 한 모건 프랜즈가 제일 먼저 연락했다. 오래전에 엘리너가 전화를 대신 받아주었던 바로 그 친구였다. 모건은 캘리포니아 출신이었는데, 그 사실에서 벗어나려고 블룸즈버리로 이주했지만 그 느릿느릿한 헤이트애시버리* 식 말투는 버리지 못했다. 그는 자신의 근심을 강조하기 위해 모음을 평소보다 더 길게 늘이면서 말릭에게 말했다.

---

* 샌프란시스코의 한 구. 1960년대에 히피가 많이 살았다.

"이번 일은 영 마음에 안 들어. 사실 자네가 잘했다고 생각하는 사람은 아무도 없다구. 왜 그런 짓을 했는지 모르겠지만, 자네야 얼간이도 아니고 정신병자도 아니니까 나름대로 이유가 있었을 텐데, 틀림없이 그럴 거라고 믿고, 또 나름대로 타당한 이유일 거라는 점도 믿어 의심치 않네만, 뭐랄까, 자네도 알다시피 난 자네를 사랑하니까, 자네들 부부를 둘 다 사랑하니까, 그렇지만 지금 자네한테 무지무지 화가 났다는 사실만은 꼭 말해두고 싶었네."

솔랑카는 친구의 상기된 얼굴과 짤막한 수염, 그리고 말을 강조하느라 맹렬히 껌벅거리는 그 작고 깊은 눈을 생생히 떠올릴 수 있었다. 프랜즈는 성격이 느긋하기로 유명했으므로─'모그*처럼 냉정하다'는 말이 항상 따라다닐 정도였다─마지막에 그렇게 흥분한 것은 꽤 놀라운 일이었다. 그러나 솔랑카는 냉정을 잃지 않았고, 돌이킬 수 없을 만큼 정직하게 자신의 속마음을 표현했다.

"육 년, 칠 년, 팔 년쯤 전에 린이 걸핏하면 울면서 엘리너에게 전화를 걸었지. 자네가 아이를 안 가지려 한다고 그러던데, 사실 자네에게도 그럴 만한 이유가 있었지. 날마다 인류에 대한

---

* 모건의 애칭. 마블 엔터테인먼트 사의 만화에 등장하는 잔인무도한 악당의 이름.

깊은 환멸에 시달렸으니 아이 문제에 대해서도 소극적일 수밖에. 그런데 모건, 그 시절엔 나도 '자네한테 무지무지' 화가 났었네. 난 린이 아기 대신에 고양이로 만족하는 꼴을 보면서 못마땅하게 생각했지만, 그때 내가 어떻게 했지? 자네한테 전화로 잔소리를 하지도 않았고, 그 문제에 대해 불교 쪽에서는 뭐라고 가르치느냐고 묻지도 않았어. 왜냐하면 자네와 부인 사이의 일은 내가 상관할 일이 아니라고 판단했으니까. 그건 자네 부부의 사생활이니까, 적어도 자네가 부인을 두들겨 패지만 않는다면, 부인의 몸이 아니라 마음에만 상처를 주는 거라면 말이야. 그러니까 부탁인데 제발 나서지 말라구. 이 이야기는 자네 것이 아니야. 내 이야기라구."

그것으로 끝이었다. 두 사람의 오랜 우정도, 번갈아가며 서로의 집에서 함께 보냈던 여덟 번이나 아홉 번쯤 되는 크리스마스도, 트리비얼 퍼수트*도, 셔레이드**도, 그리고 사랑도. 이튿날 아침, 이번에는 린 프랜즈가 전화를 걸어, 솔랑카가 한 말은 절대로 용서할 수 없다고 말했다. 그리고 지나치게 격식을 차리는 베트남 계 미국인 특유의 영어로 속삭이듯 조용히 덧붙였다.

"당신이 엘리너를 버렸기 때문에 모건과 나는 오히려 더 가까

---

* 보드게임의 일종.
** 수수께끼를 풀거나 상대방의 몸짓을 보고 답을 맞히는 게임.

워졌다는 사실을 알려드리고 싶네요. 엘리너는 강한 여자니까 슬퍼할 만큼 슬퍼한 뒤엔 금방 정상적인 생활을 되찾을 거예요. 말릭, 당신이 없어도 우린 다들 멀쩡히 살아갈 테고, 우리를 저버린 당신만 더 초라해질 뿐이에요. 당신이 불쌍하군요."

잠든 아내와 자식을 겨누고 있던 한 자루의 칼에 대해서는 그 누구에게도 해명은커녕 언급조차 할 수 없었다. 그런 칼은 징징거리는 아기 대신 털이 긴 고양이를 선택하는 것보다 훨씬 더 큰 잘못을 의미했다. 솔랑카로서는 이 섬뜩하고 불가사의한 사건의 자초지종을 설명할 길이 없었다. 자루를 내 쪽으로 향하고 내 앞에 떠 있는 저것, 저것이 정녕 단검이더냐?* 죄 많은 맥베스처럼 솔랑카는 분명히 그 자리에 있었고, 그 흉기도 분명히 그 자리에 있었다. 나중에 그 사실을 아무리 부정하고 싶어도 그때의 잔상은 결코 지워지지 않았다. 잠들어 있는 두 사람의 심장에 그 칼을 꽂지 않았다고 해서 그가 무죄인 것도 아니었다. 그렇게 칼을 들고 그렇게 서 있었다는 사실만으로도 충분했다. 유죄다, 유죄! 오랜 친구에게 우정을 깨뜨리는 모진 말들을 내뱉는 순간에도 말릭 솔랑카는 그들의 위선을 똑똑히 알고 있었으며, 그 다음에 이어진 린의 비난을 들을 때는 아예 대꾸도 하지 않았다. 어둠속

---

* 『맥베스』 2막 1장에서 맥베스가 단검의 환상을 보면서 중얼거리는 말.

에서 엄지손가락으로 사바티에*의 칼날을 어루만져 그 예리함을 확인해보았을 때 그는 항변할 수 있는 권리마저 포기해버린 셈이었다. 그 식칼은 이제 그의 이야기였고, 그가 미국으로 건너온 이유는 그 이야기를 쓰기 위해서였다.

아니다! 절망에 빠져 그 이야기를 지워버리기 위해서였다. 살기 위해서가 아니라 '안 살기' 위해서였다. 그가 날아온 이곳은 자아 창조의 나라, 빨간 멜빵을 한 제다이 카피라이터 마크 스카이워커의 나라, 자신을―자신의 과거, 자신의 현재, 자신의 셔츠, 심지어는 자신의 이름까지―리메이크한 사람에 대한 이야기가 현대문학의 본보기가 되는 나라였다. 그리고 이곳에서, 모든 이야기가 자신과는 거의 무관하게 진행되는 이 땅에서, 그는 바야흐로 그러한 개조 작업, 즉―그는 죽은 여자들에 대해 그렇게 몰인정한 생각을 했듯이 자신에 대해서도 고의적으로 기계를 연상시키는 표현을 사용하고 있었다―낡은 프로그램의 완전한 삭제, 다시 말해서 '마스터파일'들을 삭제하는 일에 착수할 계획이었다. 현재의 소프트웨어는 어딘가에 버그, 즉 잠재적으로 치명적인 결함이 있다. 자아 자체를 소거해버리기 전에는 어떤 방법도 소용이 없다. 아예 기계 전체를 깨끗이 밀어버릴 수만 있

---

* 도검류 제조업으로 유명한 프랑스 티에르 지방에서 만들어진 칼.

다면 그 버그도 휴지통 속으로 사라져버릴 것이다. 그 다음에는 새로운 인간을 조립하는 일을 시작할 수 있을 것이다. 그의 이런 생각은 비유적 의미가 아니라 문자 그대로였고 진심이었지만, 그것이 비현실적인 공상에 불과하다는 사실은 그 자신도 물론 잘 알고 있었다. 그러나 제아무리 터무니없는 생각이라고 해도 그것이 그의 에누리 없는 진심이었다. 달리 무슨 방법이 있을까? 고백, 공포, 별거, 경찰, 정신과 의사, 브로드무어*, 치욕, 이혼, 교도소? 그렇게 지옥으로 내려가는 길이 무서우리만큼 뚜렷하게 보였다. 그러나 더 무서운 것은 그가 뒤에 남겨두게 될 지옥이었고, 그것은 바로 한창 자라나는 아들의 마음속에서 영원히 맴돌며 활활 타오를 칼날이었다.

그날 그 순간부터 그는 도주의 효력에 대해 거의 종교적인 믿음을 갖게 되었다. 그가 도망치기만 한다면 자신으로부터 다른 사람들을 구할 수 있고, 또 자신으로부터 자신을 구할 수 있을 터였다. 그를 아는 사람이 아무도 없는 곳으로 가서 그 '모름' 으로 자신을 씻어야 했다. 금단의 도시 봄베이의 기억 하나가 집요하게 그의 관심을 요구하고 있었다. 벵카트 씨가—거물급 은행가였고 당시 열 살이었던 말릭의 단짝 친구 찬드라의 아버지이

---

* 영국의 정신병원. 성격장애를 가진 범죄자들을 많이 수용하고 있어 경비가 철통같다.

기도 했다—예순번째 생일을 맞이한 1955년 어느 날의 기억이었다. 그날부터 그는 가족들을 영원히 버리고 사냐시*가 되었고, 간디처럼 요포(腰布) 하나만 달랑 걸치고 한 손에는 긴 나무 지팡이를, 다른 손에는 바리때를 들었다. 말릭은 예전부터 벵카트 씨를 좋아했다. 벵카트 씨는 길고 복잡한 자신의 남인도식 이름 전체를 아주 빠르게 발음해보라면서 말릭을 놀리곤 했다. 발라수브라마냠 벵카타라라가반.

"아냐, 더 빨리 해봐."

어린 말릭이 혀가 꼬여 더듬거릴 때마다 그렇게 부추기는 것이었다.

"너도 이렇게 굉장한 이름을 갖고 싶지 않니?"

말릭 솔랑카는 워든 로드에서 조금 떨어진 메스월드 단지의 누어 빌이라는 아파트 이층에 살고 있었다. 벵카트 일가도 같은 층에 살았는데, 어느 모로 보나 행복한 가족이었다. 사실 말릭은 날이면 날마다 그들을 부러워했었다. 그런데 그날은 두 집의 대문이 모두 활짝 열려 있었고, 휘둥그런 눈으로 몰려들어 덩달아 심각한 표정을 짓는 아이들과 망연자실한 어른들이 지켜보는 가운데 벵카트 씨는 지금까지의 인생을 영원히 버리고 떠나가려는

---

* 힌두교의 탁발승. 영적 깨달음을 위해 세속을 포기한 구도자를 의미한다.

참이었다. 벵카트 씨 댁 안쪽에서 78회전 레코드 소리가 지직거리며 흘러나오고 있었다. 벵카트 씨가 좋아하는 그룹 잉크 스파츠의 노래였다. 벵카트 부인은 말릭 어머니의 어깨에 매달려 펑펑 울었고, 그 모습을 본 말릭은 마음이 몹시 아팠다. 이윽고 은행가가 떠나려고 돌아섰을 때 말릭이 소리쳤다.

"발라수브라마냠 벵카타라가반!"

그리고 점점 더 크고 빠르게, 나중에는 잘 알아듣지도 못할 만큼 빠른 속도로 목청껏 고함을 질렀다.

"발라수브라마냠벵카타라가반발라수브라마냠벵카타라가반발라수브라마냠벵카타라가반발라수브라마냠벵카타라가반!"

그러자 은행가가 엄숙하게 걸음을 멈추었다. 앙상하고 왜소한 체격이지만 온화한 얼굴에 눈빛이 초롱초롱한 사람이었다. 그는 이렇게 말했다.

"정말 잘했다. 속도도 대단하구나. 실수 없이 다섯 번 반복했으니까 혹시 나한테 물어볼 것이 있다면 다섯 가지만 대답해주마."

어디로 가세요?

"지혜를 찾으러, 그리고 가능하다면 마음의 평화도 찾으러 간단다."

오늘은 왜 양복을 안 입었어요?

"직장을 그만뒀기 때문이지."

아줌마는 왜 울고 있어요?

"그건 아줌마한테 여쭤봐야지."

언제 돌아올 거예요?

"말릭, 이 길은 한번 떠나면 그걸로 끝이란다."

찬드라는 어떻게 하구요?

"언젠가는 찬드라도 이해할 거다."

이젠 우리가 싫어진 거예요?

"그건 여섯번째 질문이구나. 제한을 넘겼다. 자, 착하지. 네 친구한테 잘해줘라."

말릭 솔랑카는 벵카트 씨가 언덕길을 내려간 후 자신의 어머니가 사냐시들의 사상에 대해 설명해주었던 일을 기억했다. 한 남자가 모든 소유물과 속세의 관계를 포기하고 스스로 인생으로부터 단절되는 이유, 그것은 죽을 때가 되기 전에 신에게 더 가까이 다가가기 위해서라고 했다. 벵카트 씨는 이미 모든 일을 잘 정리해두었다. 그의 가족은 부족함 없이 살아갈 수 있을 것이다. 그러나 그는 영영 돌아오지 않을 것이다. 당시 말릭은 어머니의 설명을 거의 알아듣지 못했지만 그날 찬드라가 아버지의 오래된 잉크 스파츠 레코드를 깨뜨리며 외쳤던 말은 똑똑히 이해할 수 있었다.

"난 지혜가 싫어! 평화도 마찬가지야. 난 평화가 정말 싫어."

신앙도 없는 사람이 신앙인의 방식을 흉내 낼 때, 그 결과는 어정쩡하고 통속적일 수밖에 없다. 말릭 솔랑카 교수는 요포를 두르지도 않았고 바리때를 들지도 않았다. 길거리의 운명에 몸을 맡기고 낯선 이들의 보시에 의지하여 살아가는 대신에 그는 일등석에 몸을 싣고 JFK 공항으로 날아갔고, 로웰*에 잠시 묵으며 부동산 중개업자에게 연락했고, 운 좋게도 웨스트사이드의 이 널찍한 아파트를 금방 구할 수 있었다. 마나우스**나 앨리스 스프링스***나 블라디보스토크 등으로 가지 않고 뉴욕으로 온 것도 마찬가지였다. 이 도시에는 그를 아는 사람이 없지도 않았고, 그는 여기서 통하는 언어를 알고 있었고, 여기서도 얼마든지 길을 찾을 수 있었고, 이곳 사람들의 관습도 어느 정도는 이해하고 있었다. 그는 생각 없이 행동했다. 이것저것 따져보지도 않고 냉큼 비행기에 올라타 안전벨트부터 채워버렸던 것이다. 그리고 반사적으로 골라잡은 이 불완전한 선택을 그대로 받아들였고, 바람직한 길이 아님을 알면서도 발길 닿는 대로 움직였다. 뉴욕의 사나시, 복층식 아파트와 신용카드를 가진 사나시라니, 이거야말로 모순어법이 아닐 수 없었다. 그러나 아무래도 좋다. 모순

---

* 뉴욕 매디슨 애비뉴의 최고급 호텔.
** 브라질 아마조나스 주의 주도(州都). 리우네그루 강을 낀 무역항이다.
*** 오스트레일리아 노던 주의 도시. 겨울 휴양지로 유명하다.

이든 아니든 상관없다. 나 자신의 모순적인 성격 따위도 무시하고 나는 내 목적만 추구하면 그뿐이다. 솔랑카도 평화와 안식을 찾고 있었다. 그렇다면 예전의 자신은 어떻게든 소멸시키거나 영원히 격리시켜야 했다. 나중에라도 그것이 무덤 속에서 유령처럼 일어나 과거의 묘지 속으로 그를 끌고 들어가는 일은 절대로 없어야 했다. 그리고 혹시 실패한다면 실패하겠지만, 아직 성공을 위해 노력중인 사람이 실패 뒤의 일들을 미리 걱정할 필요는 없었다. 가장 높이 뛰었던 제이 개츠비*도 결국 실패하고 말았지만, 그렇게 몰락하기 전까지는 어쨌든 황금 모자를 쓰고 그 화려하지만 덧없는 인생, 전형적인 미국식 인생을 살았으니까.

자신의 침대에서 눈을 떴을 때—이번에도 옷을 다 입은 채 잠들었고 입에서는 술 냄새가 지독했다—그는 자기가 언제 어떻게 거기까지 왔는지 기억하지 못했다. 정신이 들자마자 자신이

---

* 1920년대의 뉴욕 시와 롱아일랜드를 배경으로 상류층의 생활과 아메리칸 드림의 이면을 묘사한 F. 스콧 피츠제럴드의 소설 『위대한 개츠비』의 주인공. 이 책의 첫머리에 다음과 같은 시가 적혀 있다. "황금 모자를 써라, 그녀의 마음을 움직일 수 있다면 / 높이 뛸 수 있다면 그녀를 위해 높이 뛰어라 / 이윽고 그녀가 '내 사랑, 황금 모자를 쓰고 높이 뛰는 내 사랑, / 당신을 가져야겠어!' 하고 외칠 때까지."

무서워졌다. 또다시 설명할 수 없는 하룻밤이 지나갔다. 또다시 비디오테이프 속에는 텅 빈 눈보라만 남았다. 그러나 전에도 그랬듯이 손이나 옷에 피가 묻어 있지도 않았고 몸에 흉기를 지니고 있지도 않았다. 하다못해 콘크리트 한 조각도 발견되지 않았다. 그는 벌떡 일어나 리모컨을 집어들었고, 간신히 텔레비전 뉴스의 끝자락을 볼 수 있었다. 콘크리트 살인마나 밀짚모자 사나이나 살해당한 특권층 미녀들에 대한 소식은 없었다. 살아 있는 인형을 망가뜨렸다는 소식은 없었다. 그는 다시 침대 위로 쓰러져 가쁜 숨을 몰아쉬었다. 그리고 곧 외출용 신발을 차 던지고 이불을 잡아당겨 지끈거리는 머리에 뒤집어썼다.

이 두려움은 낯선 것이 아니었다. 오래전 케임브리지의 기숙사에서도 그는 몸을 일으켜 대학생으로서 새로운 삶을 시작할 엄두를 내지 못했다. 그때처럼 지금도 공포와 마귀들이 사방에서 몰려왔다. 그는 마귀들에게 무력한 존재였다. 그는 그들의 박쥐 날개가 퍼덕이는 소리를 들었고, 그들의 도깨비 손이 발목에 휘감기는 것을 느꼈다. 마귀들은 그가 믿지도 않는, 그러나 그의 언어 속에서, 그의 정서 속에서, 그리고 자신도 어찌할 수 없는 그의 일부분 속에서 자꾸 나타나는 그 지옥으로 그를 끌어내리려 했다. 그 일부분은 점점 커지면서 그의 힘없는 손을 벗어나려고 미쳐 날뛰는 중이고…… 그런데 정작 이렇게 필요할 때 크리스토프 워터퍼드 바이다는 어디 있을까? 자, 더브더브, 어서 문을 두드리고 내가 저 캄캄한 구덩이에 빠져버리지 않도록 잡아당겨줘. 그러나 더브더브는 천국의 문 너머에서 돌아와 문을 두드려주지 않았다.

이런 게 아니었어! 솔랑카는 자신에게 미친 듯이 소리쳤다. 이런 일을 당하려고 내가 여기까지 온 게 아니라구! 이렇게 통속적인 지킬과 하이드 이야기, 저속하기 짝이 없는 모험소설 같은 이야기라니. 그의 인생에는 괴기한 요소가 전혀 없었다. 미치광이 과학자의 연구실도, 부글거리는 증류기도, 악귀로 변신하는 약도 없었다. 그런데도 이 두려움은, 이 공포는 사라지려고 하지 않았다. 그는 머리에 뒤집어쓴 이불을 더 힘껏 잡아당겼다. 옷에서 거리의 냄새가 풍겼다. 물론 그가 범죄를 저질렀다는 증거는 아무것도 없었다. 어떤 일로든 조사를 받고 있는 것도 아니었다. 맨해튼의 평범한 여름날, 파나마모자를 쓰고 다니는 남자가 도대체 몇 명이나 될까? 적어도 수백 명? 그렇다면 그는 왜 이렇게 자신을 괴롭히고 있는 것일까? 그 칼이 가능했다면 이런 일도 충분히 가능하기 때문이다. 그리고 정황도 일치한다. 밤 동안의 기억을 잃어버린 일이 세 번, 죽은 여자가 세 명. 이같은 정황의 일치는 어둠 속의 그 칼처럼 반드시 지켜야 할 비밀이지만 자신에게까지 감출 수는 없었다. 그리고 카페 모차르트에서 자기도 모르게 욕지거리를 내뱉은 일도 있다. 물론 법정에서 유죄 선고를 받을 만한 사건은 아니지만 판사는 자기 자신이고 배심원들은 아무도 없다.

그는 흐리멍덩한 눈으로 전화번호를 눌렀고, 기계화된 목소리로 지루하게 이어지는 확인 절차를 거쳐 자동 응답기의 메시지를 확인할 수 있었다. 수신된 메시지는―한 개!―입니다.―1번!―메시지입니다. 그리고 비로소 엘리너의 목소리가 들려왔다. 그가 오래전에 사랑에 빠졌던 바로 그 목소리였다.

"말릭, 당신은 자신을 잊고 싶다고 했죠? 내 생각에 당신은 벌써 자신을 잊어버린 것 같아요. 당신은 분노에 지배당하기 싫다고 했죠? 내 생각에 당신은 지금 그 어느 때보다도 분노에 지배당하고 있어요. 당신은 나를 잊어버렸지만 나는 당신을 기억해요. 그 인형이 우리 인생을 망쳐놓기 전, 그때의 당신을 기억해요. 당신은 모든 일에 관심이 참 많았죠. 당신의 그런 모습을 사랑했어요. 당신의 명랑함, 그 끔찍한 노래 솜씨, 그리고 그 익살맞은 목소리 흉내도 기억하고 있어요. 당신 덕분에 나도 크리켓을 좋아하게 됐죠. 지금은 아스만도 좋아하게 되기를 바랄 정도로. 당신이 인류에 대해, 우리가 이룩할 수 있는 최선의 모습에 대해 알고 싶어했던 것, 그렇지만 환상을 버리고 우리의 최악의 모습까지 직시하고 싶어했던 것도 기억해요. 당신이 인생을 얼

마나 사랑했는지, 우리 아들을, 그리고 나를 얼마나 사랑했는지
도 기억해요. 당신은 우리를 버렸지만 우린 당신을 버리지 않았
어요. 돌아와요, 여보. 제발 집으로 돌아와요.”

꾸밈없는, 용기 있는, 그리고 가슴이 미어지는 사연이었다. 그
러나 여기 또하나의 공백이 있었다. 도대체 언제 엘리너에게 분
노와 망각에 대해 말해주었던 것일까? 어쩌면 술에 취한 채 돌아
왔을 때 문득 자신의 행동을 설명하고 싶었는지도 모른다. 그래
서 그녀에게 메시지를 남겼고, 이것이 그녀의 답변인지도 모른
다. 그리고 언제나 그랬듯이 그녀는 그가 말한 내용보다 더 많은
것을 알아차렸을 것이다. 즉 그의 두려움을 알아차렸을 것이다.

그는 억지로 일어나 옷을 벗고 샤워를 했다. 그리고 부엌에서
커피를 끓이다가 문득 집안에 자기밖에 없다는 사실을 깨달았
다. 오늘은 비스와바가 오는 날이었다. 그런데 왜 오지 않았을
까? 솔랑카는 그녀에게 전화를 걸었다.

“네?”

틀림없는 그녀의 목소리였다.

“비스와바? 솔랑카 교수요. 오늘은 일하는 날 아니었소?”

긴 침묵이 흘렀다. 이윽고 비스와바가 겁먹은 듯 기어들어가
는 목소리로 말했다.

“교수님? 생각 안 나요?”

그는 갑자기 체온이 뚝 떨어지는 것을 느꼈다.

"뭐가? 뭐가 생각 안 나느냐는 거요?"

그러자 비스와바는 울먹이는 목소리로 대답했다.

"교수님이 나 해고했어요. 뭔 일로 해고한 거래요? 잘못한 거두 없는데. 생각 안 날 리가 없어요. 그리구 그 말뽄새. 배울 만큼 배웠다는 양반이 고딴 소리를 해대다니, 살다살다 첨 봐요. 그런 일까지 당했으니 난 이제 일없어요. 교수님이 아무리 부탁해도 다시는 안 갈랍니다."

그때 그녀의 뒤쪽에서 어떤 여자가 뭐라고 말했고, 비스와바는 상당히 단호한 어조로 이렇게 덧붙였다.

"어쨌든 내 품삯은 계약에 다 포함돼 있어요. 부당하게 짤렸으니깐 품삯은 계속 받아야겠네요. 집주인 내외하구두 얘기해봤는데 내 말이 맞다네요. 교수님한테두 연락이 갈 거예요. 아시다시피 나 제이 부인 밑에서 오래 일했다구요."

말릭 솔랑카는 말없이 수화기를 내려놓았다.

자넨 해고야. 마치 영화에서처럼. 붉은 스커트를 두른 추기경이 교황의 작별 인사를 전하기 위해 황금빛 계단을 내려온다. 작은 자동차 안에는 여자 운전사가 기다리고 있는데, 그녀의 차창 쪽으로 고개를 숙이는 냉혹한 심부름꾼은 솔랑카의 얼굴을 하고 있다.

도시에는 앤빌이라는 살충제가 살포되고 있었다. 새 몇 마리가 웨스트 나일 바이러스로 죽었을 뿐이고 그것도 주로 스테이튼 섬의 습지대에서였지만, 시장(市長)은 행운을 기대하며 머뭇거리지 않았다. 모든 이들이 모기를 극도로 경계하고 있었다. 해가 진 뒤에는 외출하지 마십시오! 소매가 긴 옷을 입으십시오! 새 천년이 시작된 이후 인간이 이 병에 걸린 일은 한 번도 없었다. 그런데 이렇게 과격한 수단을 사용하다니. (나중에 몇몇 환자들이 보고되기는 했지만 사망자는 아무도 없었다.) 미지의 것에 대한 미국인들의 소심증과 과도한 대응을 목격할 때마다 유럽인들은 웃음을 참지 못했다. 엘리너 솔랑카조차도—짓궂은 구석이라고는 전혀 찾아볼 수 없는 엘리너조차도—이런 말을 할 정도였다.

"파리에서 자동차 한 대가 방귀라도 뿌웅 뀌었다 하면 이튿날 수백만 명의 미국인이 휴가 계획을 취소할 거예요."

솔랑카는 살충제 살포에 대해 까맣게 잊어버리고 그 보이지 않는 독약이 쏟아져내리는 도시를 몇 시간 동안이나 휘젓고 다녔다. 그는 잠시나마 자신의 기억상실증이 살충제 때문일 거라는 생각도 해보았다. 천식 환자들이 경련을 일으켰고, 바닷가재들이 수천 마리씩 죽어간다는 말도 있었고, 환경론자들은 시끄럽게 떠들어대고 있었다. 솔랑카 자신도 피해자가 아닐까? 그러나 공정한 성격을 타고난 그로서는 그런 쪽으로만 생각할 수도 없었다. 그가 가진 문제들의 원인은 화학적인 것이라기보다 실존적인 것일 터였다.

비스와바, 당신이 그렇게 들었다면 틀림없는 사실이겠지. 그렇지만 난 전혀 의식하지 못했는데…… 여러 가지 행동이 그의 통제를 벗어나고 있었다. 전문가의 도움을 청한다면 일종의 신경쇠약이라는 진단이 내려질 것이 분명했다. (브로니스와바 라인하트였다면 오히려 기뻐하며 진단서를 가지고 돌아와서 고소할 상대를 찾기 시작했을 것이다.) 그때 문득 자신이 지금껏 일종의 신경쇠약을 불러들이고 있었다는 생각이 그의 뒤통수를 호되게 내리쳤다. 자신을 없애버렸으면 좋겠다고 그토록 아우성을 쳐댔으니! 그래서 이제 자신의 시간 중에서 몇 조각이 떨어져나갔을 뿐인데—문자 그대로 몇 시간을 잃어버렸을 뿐인데—어째서 이렇게 놀라는 것이냐? 소원을 빌 때는 조심해, 말릭. 윌리엄 W. 제이콥스를 잊지 말아야지. 원숭이의 발*에 대한 이야기를.

그는 마치 성을 찾아가는 토지 측량사**처럼 뉴욕으로 건너

---

* 제이콥스의 대표작. 어느 노부부가 소원을 들어준다는 원숭이의 발에게 장난삼아 이백 파운드를 달라고 빈다. 이튿날 출근한 아들이 직장에서 사고로 사망하고, 노부부는 그 보상금으로 이백 파운드를 받게 된다.
** 프란츠 카프카의 소설 『성』의 주인공 ‘K’를 가리킨다.

왔다. 극단적인 상황에서, 혼란스러워하면서, 그러나 비현실적인 희망을 품고. 그리고 숙소를 정했는데, 가난한 측량사에 비하면 훨씬 더 안락한 거처였고, 그때부터 그는 줄곧 길거리를 배회하며 안으로 통하는 길을 찾고 있었다. 그러면서 이 거대한 세계 도시의 마술 같은, 보이지 않는, 혼혈의 심장으로 들어가는 관문을 발견할 수만 있다면 이 도시가 그를, 도시의 아들인 그를 치유해줄 거라고 혼자 중얼거렸다. 그 신비로운 주문은 그의 주변에 어떤 변화를 일으킨 것이 분명했다. 세상만사는 논리에 의해, 그리고 대도시 생활의 심오한 내적 일관성과 심리적 개연성의 법칙에 따라 진행되는 것처럼 보이지만 실제로는 모든 것이 신비에 싸여 있다. 그러나 정체성의 파탄을 경험하고 있는 사람이 솔랑카 한 사람만은 아닐 것이다. 이 황금의 시대, 이 풍요의 시대의 이면에서는 서구의 인간 개개인, 아니, 미국에 살고 있는 이들의 자아가 겪는 모순과 빈곤이 점점 더 심화되고 확장되는 중이다. 외적 쾌락주의와 내적 공포가 공존하는 이 시대, 보석이 달린 번쩍거리는 옷과 은밀히 감춰진 유골이 공존하는 이 도시에서도 그렇게 폭넓은 붕괴 현상이 곧 눈에 띄게 되는지도 모른다.

방향 전환이 필요했다. 우리가 끝마친 이야기는 어쩌면 우리가 시작했던 이야기와는 전혀 별개의 것인지도 모른다. 그렇다!

그는 이제 자신의 삶을 단단히 다잡고 분열되었던 자아들을 하나로 합쳐야 했다. 자신의 내면에서 일어나기를 바랐던 여러 가지 변화도 그가 스스로 주도하여 이룩해가야 했다. 멍하니 끌려가는 이 위험한 상태는 이제 끝내야만 했다. 돈에 환장한 이 도시가 나를 구해줄 거라고 믿다니, 어떻게 그럴 수가 있었을까? 악당들의 음모를 막아줄 배트맨은 없고 (하다못해 로빈도 없고) 조커와 펭귄들만 제멋대로 날뛰는 이 고덤이, 크립토나이트로 건설되어 슈퍼맨도 발을 들여놓을 수 없는 이 메트로폴리스가, 부를 풍요로 착각하고 소유의 기쁨을 행복으로 착각하는 이곳, 사람들이 워낙 고상한 삶을 살고 있어 생존을 위한 몸부림과 처절한 진실들은 말끔히 지워져버린 이곳, 사람들이 너무 오랫동안 외톨이로 방황했기 때문에 이젠 남들과 접촉하는 방법조차 거의 기억하지 못하는 이곳, 사람과 사람 그리고 남자와 여자 사이에 존재하는 전기 울타리에도 전기를 공급한다는 이 도시가? 로마가 멸망한 것은 로마군이 약해졌기 때문이 아니라 로마인들이 로마인으로 산다는 것의 의미를 망각했기 때문이다. 여기 이 새로운 로마도 이젠 촌동네보다 더 촌스러워진 것이 아닐까? 이 새로운 로마인들도 무엇을 어떻게 소중히 여겨야 하는지를 잊어버렸거나 아예 처음부터 몰랐던 것이 아닐까? 모든 제국이 이렇게 존재할 가치조차 없는 것일까, 아니면 이 제국만 유난히 어리석은 것일까? 이 번잡한 투쟁과 물질적 풍요로움 속에서 정신과 마음의 심오한 진리를 탐구하는 자는 더이상 아무도 없는 것일까? 오, 꿈의 미국이여, 문명의 탐색이 결국 이렇게 끝을 맺고 마는가? 비만과 시시껄렁한 정보들 속에서, 로이 로저스*와 플래닛 할리우드**에서, 『USA 투데이』와 'E!'***에서, 혹은 백만 달러가 걸린 게임쇼의 탐욕이나 남을 엿보는 관음증 속에서, 혹은 프로그램이 끝난 후 초대 손님들이 서로 죽고 죽이는 리키와 오프라와 제리의 연중무휴 고해실에서, 혹은 어둠 속에 앉아 은막을 바라보며 목청껏 소리쳐 무지몽매함을 드러내는 젊은이들과 그들을 위해 만들어진 그 역겨울 정도로 '멍청하고 더 멍청한'**** 코미디의 홍수 속에서, 혹은 자리 구하기가 하늘의 별따기라는 장 조르주 봉에르슈텐과 알랭 뒤카스*****의 테이블에서 이렇게 끝나버리는가? 구원의 문을 열기 위해 비밀의 열쇠를 찾는 일은 어떻게 되었는가? 누가 '언덕 위의 도시'******를 파괴

---

* 미국 패밀리 레스토랑 체인.

** 할리우드 스타들이 공동 투자한 레스토랑 체인.

*** 미국 오락 방송사.

**** 짐 캐리가 주연한 코미디 영화 〈덤 앤 더머〉를 염두에 둔 표현.

***** 둘 다 유명한 프랑스 요리사.

****** 청교도의 사회개혁적 이상향을 의미한다. 이 비유는 예수의 산상수훈에서 빌려온 것이기도 하다. "너희는 세상의 빛이라, 산 위에 있는 동네가 숨기우지 못할 것이요"(마태복음 5:14).

194

하고 그 자리에 전기의자를 줄줄이 늘어놓았는가? 의자들은 죽음의 민주주의를 판매하고, 죄 없는 자들, 정신박약자들, 죄 있는 자들이 모두 이곳으로 몰려들어 나란히 죽어간다. 누가 낙원을 밀어버리고 주차장을 만들었나?* 누가 조지 W. 거시(Gush)의 따분함(boredom)과 앨 보어(Bore)의 허풍(gush)을 선택했나? 찰턴 헤스턴**을 감옥에서 꺼내주고 왜 자꾸 아이들이 총에 맞아 죽느냐고 묻는 자는 또 누구인가? 미국이여, 성배는 어디로 갔는가? 오, 그대들, 양키 갤러해드***들이여, 시골뜨기 랜슬럿들이여, 오, 방목장의 파르지팔****들이여, 원탁은 어디로 갔는가? 그는 이렇게 홍수처럼 많은 생각이 한꺼번에 터져나오는 것을 느꼈지만 굳이 억제하려고 하지 않았다. 그렇다, 미국이 그를 유혹했다. 그렇다, 미국의 그 찬란한 빛과 엄청난 잠재력이 그를 흥분시켰고, 그는 그 유혹에 빠져들고 말았다. 미국에 대하여 그가 반대하는 부분들이 있다면 우선 자신의 내면에 깃들어

---

* 캐나다 가수 조니 미첼의 노래 〈크고 노란 택시〉의 도입부 가사를 의문형으로 바꾼 문장. 환경보존을 역설하는 노랫말이다.

** 미국의 영화배우로 미국총기협회 회장을 역임했다.

*** 아서 왕 이야기에 나오는 고결한 기사. 랜슬럿의 아들로, 성배를 통해 신을 체험한다.

**** 리하르트 바그너의 오페라 〈파르지팔〉의 주인공. 아서 왕의 기사였던 그는 십자가 처형 당시 예수를 찔렀던 창을 발견한다.

있는 그것들부터 공격해야 했다. 그 역시 미국이 약속하는 모든 것, 그러나 영원히 허락하지 않는 그 모든 것을 원하게 되었기 때문이다. 지금은 모든 사람이 미국인이거나 적어도 미국화된 사람들이다. 인도인, 이란인, 우즈베크인, 일본인, 릴리푸트인, 모두 마찬가지다. 미국은 전 세계의 경기장인 동시에 규칙서이며 심판이며 또한 공이기도 하다. 심지어는 반미주의조차도 변장한 친미주의일 뿐, 미국이야말로 현재 진행중인 유일한 경기이며 미국에 관한 일이야말로 유일한 현안이라는 사실을 누구나 인정하고 있다. 그리하여 다른 모든 이들처럼 미국의 잔치에 탄원자로 참석한 말릭 솔랑카도 지금 모자를 벗어든 채 미국의 이 화려한 복도를 걷고 있는 것이다. 그렇다고 그가 미국의 참모습을 직시하지 못한다는 뜻은 아니다. 아서 왕은 쓰러졌고, 명검 엑스칼리버는 사라졌고, 사악한 모드레드*가 왕이 되었다. 카멜롯의 옥좌에 앉은 그의 곁에는 그의 누이이며 왕비인 요녀 모건 르 페이도 함께 있다.

말릭 솔랑카 교수는 자기가 실용적인 일에 능하다는 사실을 자랑스러워했다. 손재주가 좋아서 바늘에 실을 꿰어 옷을 꿰맬 수도 있었고, 드레스 셔츠를 다릴 줄도 알았다. 철학자 인형들을

---

* 아서 왕 이야기에 등장하는 반역자.

196

처음 만들기 시작했을 때는 그 작은 사상가들에게 입힐 옷을 만들기 위해 한동안 케임브리지에 사는 어느 재봉사의 제자가 되어 재단일을 배우기도 했다. 리틀 브레인을 위한 거리 패션 짝퉁들도 그렇게 만들어졌다. 비스와바가 있든 없든 간에 그는 자신의 거처를 깨끗하게 유지하는 요령을 알고 있었다. 그렇게 집안 살림에 이용했던 그 원칙들을 지금부터는 자신의 내면생활에도 똑같이 적용해볼 계획이었다.

그는 중국인 세탁소의 자주색 빨래 자루를 오른쪽 어깨에 걸머지고 70번가를 따라 걷기 시작했다. 그러다가 콜럼버스 애비뉴로 접어들었을 때 다음과 같은 혼잣말을 듣게 되었다.

"내 전처 에린 알지? 테스 엄마 말이야. 그래, 그 영화배우. 요즘은 주로 광고를 찍고 있지만. 아무튼 어떤 일이 있었는지 알아? 우리가 다시 만나게 됐어. 정말 희한한 일이지, 응? 장장 이 년 동안이나 그 여자를 원수처럼 여겼는데, 그 다음 오 년은 좀 나아졌지만 여전히 아슬아슬한 사이였는데 말이야! 처음엔 에린한테 테스가 우리집에 올 때 가끔씩 함께 오라고 했어. 사실 테스가 제 엄마 곁에 있는 걸 좋아하기도 하고. 그러던 어느 날 밤이었어. 그래, 흔히 말하는 '그러던 어느 날 밤'의 일이었지. 그때 어쩌다 보니 내가 에린 옆으로 가서 소파 위에 나란히 앉게 됐어. 평소엔 맞은편에 있는 내 의자에 앉았는데 말이야. 사실

에린을 향한 욕망이 사라진 건 아니었고, 그냥 다른 감정들 속에, 특히 산더미 같은 증오심 속에 묻혀 있었을 뿐인데, 그게 그때 한꺼번에 터져나온 거야. 콰앙! 폭포수가 쏟아지듯이. 사실은 그 칠 년 동안 그게, 그러니까 그 욕망이 고스란히 쌓여 있었던 건데, 분노 때문에 더욱더 증폭된 건지, 옛날보다 훨씬 더 강렬해서 겁이 날 정도였다구. 아무튼 일이 그렇게 된 거야. 난 그 소파 쪽으로 걸어갔고, 벌어질 일이 벌어졌고, 나중에 에린이 이러더라구. '있잖아, 아까 당신이 내 쪽으로 걸어올 때는 도대체 나를 때리려는 건지 입을 맞추려는 건지 모르겠더라.' 그 소파 앞에까지 가기 전에는 나 자신도 잘 몰랐던 것 같아. 솔직히 말하자면."

허공을 향해 큰 소리로 이런 이야기를 지껄이고 있는 사람은 호리호리한 체격과 곱슬곱슬한 머리가 아트 가펑클을 빼닮은 사십 대 남자였다. 그는 얼룩 개 한 마리를 산책시키는 중이었다. 솔랑카가 그 후광 같은 적갈색 머리카락 속에서 휴대폰 헤드셋을 발견하기까지는 약간의 시간이 걸렸다. 솔랑카는 이런 생각을 했다. 요즘은 우리 모두가 저렇게 주정뱅이나 정신병자처럼 보이겠구나. 우리는 길을 걸으면서도 바람에게 온갖 비밀을 고백하고 있다. 지금 저 남자는 오늘날 허물어진 현실에 정신을 빼앗겨버린 한 인간의 모습을 적나라하게 보여주고 있다. 개를 산책시키는 아트, 지금 이 순간 그는 오로지 전화기의 세계 속에만 존재할 뿐―침묵의 소리* 속에 머물러 있을 뿐―또하나의 세계, 즉 70번가의 세계에서 자기가 낯선 사람들에게 가장 은밀한 비밀들을 다 털어놓고 있다는 사실은 까맣게 모르고 있다. 솔랑카 교수는 뉴욕의 이런 면이 마음에 쏙 들었다. 마치 사람들의 이야기 속에 파묻혀버리는 듯한 이 느낌, 자신이 등장인물이 될 필요가 없는 어떤 이야기 속의 도시에서 유령처럼 걷고 있는 이 느낌. 그리고 자기 아내에 대한 저 남자의 모호한 감정. 아내를 위한다면 미국을 읽어보라. 어쩌면 나는 아직도 그 소파를 향해 걸어가는 중인지도 모른다.

그날의 신문은 뜻밖의 안도감을 가져다주었다. 텔레비전을 너무 늦게 켰는지, 스카이-렌-빈디 살인 사건의 수사 과정에서 그날의 주요 내용을 정리해주는 시간을 놓친 모양이었다. 그는 신문을 읽어내려가면서 마음이 점점 가벼워지는 것을 느꼈다. 형사들이―이 사건을 위해 세 개 경찰서가 합동수사반을 구성했다―세 애인을 연행하여 심문했다. 그들은 곧 풀려났고 당장은 기소되지도 않았다. 그러나 형사들의 태도는 매우 엄숙했고, 젊은이들은 뜬금없이 리비에라로 요트를 타러 가거나 동남아시

---

* the sound of silence. 사이먼 앤 가펑클의 히트곡.

아 해변으로 떠나버리는 일이 없도록 하라는 경고를 받았다. 수사반과 밀접한 관계가 있는 익명의 제보자는 형사들 사이에서 '미스터 파나마모자'에 대한 주장의 신빙성이 크게 떨어졌다고 밝혔다. 그것은 곧 용의자인 그 애인들이 공모하여 신원불명의 스토커에 대한 이야기를 지어낸 것으로 의심한다는 뜻이 분명했다. 사진 속의 '대물'과 '종마'와 '몽둥이'는 한결같이 겁에 질린 표정이었다. 언론들은 지체 없이 논평을 통해 아직 해결되지 않은 이 삼중살인 사건을 니콜 브라운 심슨*이나 존베넷 램지**의 죽음과 결부시켰다. 한 사설은 다음과 같은 결론을 내렸다. "이런 사건은 피해자 주변부터 조사하는 것이 바람직하다."

* * *

"얘기 좀 할 수 있을까요?"

그가 안도감에 들떠 아파트로 돌아왔을 때 밀라가 현관 계단에서 기다리고 있었다. 수행원들은 없었고, 다만 사람 크기의 절반쯤 되는 리틀 브레인 인형 하나를 품에 안고 있었다. 몸가짐도 예전과는 전혀 딴판이라서 놀라울 정도였다. 거리의 여신처럼

---

* O. J. 심슨의 전처.
** 1996년 크리스마스 다음날 성추행 후 살해당한 여자 아이.

으스대는 태도, 세상을 다 가진 여왕처럼 거만했던 모습은 온데 간데없었다. 그녀는 그저 녹색 눈동자가 별처럼 초롱초롱한 아가씨, 수줍음 많고 내성적인 아가씨일 뿐이었다.

"영화관에서 하신 말씀 때문인데요. 아저씨가 혹시, 아니, 틀림없이 그럴 거예요. 맞죠? 아저씨가 바로 그 솔랑카 교수님이죠? '말릭 솔랑카 교수가 창조한 리틀 브레인.' 아저씨가 리틀 브레인을 만들어내고 생명을 주신 거예요. 오, 와우. 저는 〈모험〉 비디오테이프도 전부 다 모았고, 제가 스물한 살 되던 생일에는 아빠가 갈릴레오 에피소드의 대본 초안까지 구해다주셨는데, 그거 아시죠, 불경스러운 말들을 쏙 빼버리기 전의 그 초안 말이에요. 제가 제일 아끼는 보물이 바로 그거예요. 자, 그러니까 제발 맞다고 말해주세요. 제가 틀린 거라면 지금 정말 멍청한 짓을 하고 있는 건데, 그렇다면 창피해서 도저히 못 견뎌요. 하긴 뭐, 안 그래도 창피하긴 마찬가지지만요. 맙소사, 제가 **인형을** 가지고 나타났을 때 에디나 다른 애들이 저를 어떻게 생각했는지 아저씨는 절대 모르실 거예요."

솔랑카는 때마침 마음이 가벼워져 평소의 경계심을 한결 늦추고 있던 참인데, 이렇게 열광적인 모습을 대하게 되자 심장이 눈 녹듯 녹아버렸다. 그래서 선선히 시인했다.

"그렇소. 맞아요, 바로 나요."

그러자 그녀는 목이 터져라 비명을 지르더니 그의 얼굴로부터 겨우 3인치 거리에 얼굴을 들이대고 하늘 높이 팔짝팔짝 뛰어올랐다. 그리고 다시 환호성을 질렀다.

"이럴 수가!"

그러면서도 뛰는 동작을 멈추지 못하고 있었다.

"아, 정말 굉장해요. 이건 꼭 말씀드려야겠는데, 교수님은 정말 최고예요. 저는 L. B.한테, 여기 이 꼬마 아가씨한테 거의 십년째 푸욱 빠져 있다구요. L. B.의 동작 하나하나까지 유심히 관찰했죠. 그리고 보시다시피 지금의 제 스타일도 처음부터 끝까지 L. B.를 그대로 본떴구요."

그녀는 한 손을 내밀었다.

"밀라예요. 밀라 마일로. 웃지 마세요. 원래는 밀로세비치였는데 우리 아빠가 누구든지 제대로 발음할 수 있는 성을 원하셨거든요. 어차피 여긴 미국이잖아요? 쉽게 바꿔야죠. 밀-라 마-일-로."

그녀는 탐탁지 않은 얼굴로 음절 하나하나를 길게 늘이다가 곧 빙그레 웃었다.

"이거 아무래도, 뭐랄까, 무슨 비료 이름 같죠? 아니면 시리얼이나."

그녀가 말하고 있는 동안 솔랑카는 해묵은 분노가 다시 치밀어오르는 것을 느꼈다. 여러 해가 지난 지금까지도 표출되지 않은, 표출할 수 없는, 그래서 누그러지지 않은 분노였다. 그 식칼 사건의 직접적인 원인도 바로 그 분노였는데…… 그는 엄청난 노력으로 그것을 억눌렀다. 오늘은 내가 새로운 국면을 맞이하는 첫날이다. 오늘은 붉은 안개도, 상스러운 욕설도, 분노로 인한 기억상실증도 없을 것이다. 오늘은 마귀와 맞서 싸워 기필코 바닥에 눕히고 말리라. 자, 숨을 쉬어라. 숨을 쉬어.

밀라가 걱정스러운 표정을 짓고 있었다.

"교수님? 괜찮으세요?"

솔랑카는 빠르게 고개를 끄덕였다. 괜찮아, 괜찮고말고. 그리고 간단히 말했다.

"자, 들어오시오. 해주고 싶은 얘기가 있으니까."

제 2 부

신들이 인간들을 파멸시키려 할 때, 우선 그들을 미쳐버리게 만든다. 말릭 솔랑카의 머리 위에서,

그리고 뉴욕과 미국의 상공에서 분노의 여신들이 이리저리 날아다니며 울부짖고 있었다. 그리고 저 아래 길거리에서

인간과 비인간이 한곳에 뒤엉켜 분노의 괴성을 지르며 찬성을 표하고 있었다.

8

최초의 인형들, 즉 그가 지금보다 젊었을 때 자신이 설계한 집에 살게 하려고 창조했던 그 작은 캐릭터들은 희고 연한 나무를 공들여 깎아서 만든 것들이었다. 이때는 아예 옷을 입은 모습으로 조각하고 나중에 색칠을 했는데, 옷가지에는 선명한 색상을 사용했고 얼굴에는 아주 작지만 의미심장한 특징들을 부여했다. 어떤 여자의 뺨은 볼록하게 만들어 치통을 앓고 있음을 암시하기도 했고, 또 어떤 쾌활한 남자의 눈꼬리에는 잔주름을 그어놓기도 했다. 그렇게 지금과는 전혀 다른 인형들을 만들기 시작한 후 그는 곧 집을 만드는 일에 흥미를 잃어버렸다. 반면에 인형들은 점점 키가 커지면서 정신적 측면도 복잡해졌다. 요즘은 먼저 흙으로 인형을 빚는다. 존재하지도 않는 신이 존재하는 인간을 만들었다는 그 흙으로. 바로 그것이 인류의 패러독스다. 인류의 창조자는 허구인데 인류는 실재라는 것.

솔랑카는 그 인형들을 사람처럼 여겼다. 인형을 만들고 있을 때 그에게는 그 인형이 실존 인물과 다름없었다. 그러나 일단 인형들이 완성되면, 그래서 그들의 사연을 알고 나면, 그는 기꺼이 그들을 제 갈 길로 놓아보냈다. 원본을 바탕으로 복제품을 만드는 것도 다른 공예가들이 할 일이었고, 텔레비전 카메라 앞에서 그들을 조종하는 것도 다른 사람들의 손이었다. 그는 캐릭터 자체와 그것의 사연에만 관심을 가졌다. 그밖의 일들은 장난감 놀이에 지나지 않았다.

그의 피조물 중에서 그가 사랑했던 유일한 피조물이—그래서 남들이 손대게 하고 싶지 않았던 유일한 피조물이—그에게 슬픔을 주었다. 물론 리틀 브레인이었다. 그녀는 처음엔 인형이었고, 나중엔 꼭두각시였고, 그 다음엔 만화영화였고, 그 다음엔 여배우였고, 그밖에도 리틀 브레인 의상을 입은 토크쇼 진행자, 체조선수, 발레리나, 슈퍼모델 등으로 때에 따라 다양하게 변신했다. 그녀가 처음 출연했던 심야 시리즈는—비록 아무도 큰 기대를 걸지 않았지만—대체로 말릭 솔랑카가 바랐던 형태로 제작되었다. 시간 여행을 하는 이 탐구 프로그램에서 'L. B.'는 가르침을 구하는 학생에 지나지 않았고, 진짜 주인공은 그녀가 만나는 철학자들이었다. 그러나 황금시간대로 옮겨진 후 오래지 않아 그 채널의 경영자들이 간섭을 하기 시작했다. 원래의 구성은 수준이 너무 높다는 것이었다. 이 프로그램의 스타는 리틀 브레인이고, 따라서 그녀를 중심으로 프로그램을 새로 짜라는 명령이 떨어졌다. 리틀 브레인은 끊임없이 돌아다니기만 할 것이 아니라 일정한 장소에 있어야 하고, 그녀가 놀려먹을 고정 출연진도 필요하다. 그리고 애정 관계도 필요한데, 그녀를 원하는 남자들이 차례로 나타난다면 더욱더 바람직하다. 그렇게 하면 그때그때 인기 절정의 젊은 남자 배우들을 게스트로 출연시킬 수 있고, 그들이 그녀를 구속하는 일도 없을 것이다. 그러나 무엇보다 절실한 것은 희극적 요소였다. 물론 재치 있는 코미디, 유식한 코미디가 되어야겠지만, 아무튼 웃음거리가 많아야 한다는 것만은 확실하다. 녹음된 웃음소리를 집어넣는 것도 좋겠다. 다른 작가들을 섭외하여 솔랑카와 공동 작업을 하게 하는 방법도 있고, 그럴 의향도 있다. 이제 훨씬 더 많은 시청자들이 이 프로그램을 접하게 될 텐데, 그들에게 맞춰 솔랑카의 히트 아이디어를 발전시킬 필요가 있기 때문이다. 그가 원하는 것도 바로 그것—주류에 동참하는 것—이 아닌가? 발전하지 못하는 아이디어는 죽어갈 뿐이다. 그것이 텔레비전 세계의 현실이다.

그리하여 리틀 브레인은 브레인빌의 브레인 스트리트로 이사했고, 그곳에는 가족과 이웃 등 여러 브레인들이 함께 살게 되었다. 그녀에게는 리틀 빅 브레인이라는 오빠가 있었고, 이 거리에는 브레인 드레인*이라는 연구소가 있었고, 심지어는 존 브레인**이라는 이름의 과묵한 카우보이 영화배우도 살고 있었다. 가슴 아픈 일이지만 코미디가 저속해질수록 시청률은 더 높이 치솟았다. 〈브레인 스트리트〉는 〈리틀 브레인의 모험〉에 대한 기억을 순식간에 지워버리고 돈을 벌어들이는 장수 프로그램으로 자리 잡았다. 말릭 솔랑카는 적당한 시점에서 필연적 운명을 받아들이고 프로그램 제작에서 손을 뗐다. 그러나 창작자로서의 크레디트는 그대로 유지하여 자신의 창작물에 대한 '도의적 권리'를 보호받을 수 있도록 했고, 협상을 통하여 판매 수익의 상당 비율을 차지하게 되었다. 그는 이제 그 프로그램을 차마 볼 수가 없었다. 그러나 리틀 브레인은 그가 떨어져나가서 기쁘다는 것을 여러 모로 역력히 드러냈다.

그녀는 자신의 창조자에게서 벗어날 만큼 성장하여—실제로도 사람 크기로 자라서 키가 솔랑카보다 몇 인치는 더 컸다—당당히 세상을 헤쳐나가고 있었다. 호크아이***나 셜록 홈스나 지

브스처럼 그녀도 자신을 창조한 작품을 초월하여 허구 세계의 자유에 해당하는 것을 손에 넣었다. 그녀는 이제 텔레비전에서 각종 상품을 선전했고, 여러 곳에 슈퍼마켓을 개업했고, 공식 만찬에 참석하여 식후 연설을 했고, 쇼 프로그램의 사회를 맡기도 했다. 그리하여 〈브레인 스트리트〉가 막을 내릴 무렵에는 이미 어엿한 텔레비전 유명인이 되어 있었다. 그녀는 자신의 토크쇼를 갖게 되었고, 새로운 히트 코미디에 게스트로 출연했고, 비비안 웨스트우드의 패션쇼 무대에 오르기도 했고, 안드레아 드워킨****으로부터 여자들의 품위를 떨어뜨린다는 비난을 받았고 —"똑똑한 여자들은 인형이 될 필요가 없습니다"—카를 라거펠트로부터 남자들을 무기력하게 만든다는 비난을 받았다("진정한 남자라면, 뭐랄까, 자기보다 말버릇이 사나운 여자를 좋아하겠습니까?"). 그러나 이 비판자들은 곧 고액의 상담료를 대가로 'L. B.'의 배후에서 활동하는 콘셉트 그룹에 합류해달라는 요청을 받았고 둘 다 지체 없이 수락했다. BBC 내부에서는 이 팀을 '리틀 브레인 고문단'이라고 불렀다. 리틀 브레인은 어린이 취향의 〈브레인웨이브〉로 영화계에도 데뷔했는데, 어이없는 실책이었고 결국 참담한 실패로 끝나버렸다. 그러나 그녀의 첫

포의 별명. 가장 유명한 작품은 『모히칸 족의 최후』.

**** 미국 작가, 페미니스트. 포르노 비판으로 유명하다.

번째 자서전(!)은 출판 계획이 발표되자마자 곧바로 아마존 베스트셀러 목록의 정상을 차지했다. 실제로 책이 출간되기까지는 아직 몇 달이나 기다려야 했지만 남보다 먼저 읽어보려는 열성 팬들 때문에 선주문만으로 이십오만 부도 넘게 팔렸던 것이다. 그리고 출간된 다음에는 모든 기록을 갈아치웠다. 그후 2권, 3권, 4권이 매년 한 권꼴로 발행되었는데, 전 세계에서 판매된 숫자는 아무리 줄여잡아도 오천만 부 이상이었다.

리틀 브레인은 인형계의 마야 앤젤루*가 되었다. 그녀는 그 '새장에 갇힌 새' 만큼이나 엄정한 자서전 작가였고, 그녀의 생애는 수백만 젊은이들의 귀감이 되었는데—초라했던 탄생, 고난의 시절, 그리고 영광의 승리…… 오, 가난과 학대를 이겨낸 불굴의 의지여! 오, 운명의 여신이 그녀를 선택했을 때의 그 기쁨이여!—그중의 하나가 바로 웨스트 70번가의 멋쟁이 여왕 밀라 마일로였고 그녀 자신도 그 사실을 자랑스러워했다. (마치 자신의 생애처럼 느껴졌겠지! 솔랑카는 그렇게 생각했다. 그녀가 상상했던 생애, '던전 드래곤' 류의 동화 같은 이야기이면서 또한 찢어지게 가난한 빈민굴의 전설 같은 이야기, 이것이야말로 환상의 재능을 가진 익명의 작가들이 대필해준 그녀의 자서전이

---

* 미국 시인, 소설가, 극작가, 영화배우, 여성운동가, 흑인 인권운동가. 특히 『새장에 갇힌 새가 왜 노래하는지 나는 아네』 등의 자서전으로 유명하다.

아닌가! 그러나 그것은 솔랑카가 상상했던 리틀 브레인의 생애가 아니었다. 그가 구상하면서 스스로 자부심과 기쁨을 느꼈던 리틀 브레인의 배경 스토리와는 아무 상관도 없는 내용이었다. 이 L. B.는 엉뚱한 개인사와 엉뚱한 대사와 엉뚱한 인격과 엉뚱한 의상과 엉뚱한 **두뇌**를 가진 사이비에 지나지 않았다. 매스컴의 세계 어딘가에 샤토 디프*가 있고, 그곳에 진짜 리틀 브레인이 갇혀 있다. 그렇게 어딘가에 철가면을 쓴 인형 하나가 있다.)

특이한 것은 그녀의 팬들이 매우 다양하다는 점이었다. 남자애들도 여자애들 못지않게 그녀를 좋아했고, 어른들도 아이들 못지않게 그녀를 좋아했다. 리틀 브레인은 언어와 인종과 계급의 벽을 모두 뛰어넘었다. 그녀를 사랑하는 사람들에게 그녀는 이상적인 연인이었고, 비밀을 나눌 수 있는 친구였고, 목표였다. 아마존 측은 처음부터 그녀의 첫번째 자서전을 **논픽션** 목록에 포함시켰다. 그후 이 책과 후속 작품들을 공상의 세계로 옮겨놓자는 결정이 내려졌지만 독자들과 임직원들이 모두 반대하고 나섰다. 그들은 리틀 브레인이 더이상 허상이 아니라 엄연한 실상이라고 주장했다. 요정이 마술봉으로 그녀를 건드려 실존 인물

---

* 1524~31년 프랑스 마르세유 앞바다의 이프 섬에 건설된 요새. 처음에는 방어용이었으나 이후 감옥으로 이용되었다. 프랑스 소설가 알렉상드르 뒤마의 소설 『몽테크리스토 백작』의 무대로 유명하다.

로 만들었다는 것이었다.

이 모든 일들을 멀리서 바라보며 말릭 솔랑카는 점점 더 경악을 금할 수 없었다. 자신의 상상력이 빚어낸 산물, 자신의 가장 훌륭한 부분과 가장 순수한 노력을 담아 탄생시켰던 그녀가 그렇게 자신의 눈앞에서 그가 가장 혐오하는 괴물 같은 유명인사로 변해가고 있었다. 지금은 행방조차 묘연했지만 원래의 리틀 브레인은 정말 똑똑해서 에라스무스나 쇼펜하우어와도 당당히 논쟁할 수 있었다. 그녀는 아름다웠고 독설가였지만, 사상의 바다에서 헤엄치며 지성적인 삶을 살아갈 줄 아는 여자였다. 그런데 솔랑카가 이미 오래전에 창작의 통제권을 잃어버린 이 수정판 리틀 브레인의 지능은 침팬지보다 약간 나은 정도에 불과했다. 그녀는 날이 갈수록 연예계라는 소우주의 노예로 변해갔고, 그녀의 뮤직비디오는—그렇다, 그녀는 이제 가수이기도 했다!—마돈나의 그것보다 더 외설적이었고, 시사회장에 나타나는 그녀의 모습은 아슬아슬한 드레스 차림으로 붉은 카펫을 밟는 그 어느 신인 여배우보다도 헐리*스러웠다. 그녀는 비디오 게임이었고 또한 표지모델이기도 했는데, 특히 후자의 경우 적어도 직접 모습을 드러낼 필요가 있을 때는 어떤 여자가 그 우상화된 인형의 머리로 자

---

* 엘리자베스 헐리. 영국 패션모델이자 영화배우.

신의 머리를 완전히 감춰야 했다는 사실을 기억해둘 필요가 있다. 그런데도 스타가 되고 싶어하는 많은 여자들이 그 역할을 따내려고 치열한 경쟁을 벌였고, 리틀 브레인 고문단—이 모임은 BBC가 붙잡고 있기에는 규모가 너무 커졌으므로 따로 떨어져나와 독자적인 기업으로 급성장했고 머지않아 십억 달러의 벽을 깰 전망이었다—이 철저한 비밀유지를 요구하는데도 아랑곳하지 않았다. 리틀 브레인을 살아 움직이게 한 여자들의 이름은 한 번도 밝혀지지 않았다. 온갖 소문만 무성할 뿐이었다. 유럽과 미국의 파파라치들은 자기들의 전문 지식을 총동원하여 리틀 브레인이 자랑스럽게 내보이는 다른 부분들, 즉 얼굴 이외의 특징들을 근거로 이런저런 여배우나 모델이 틀림없다고 주장했다.

그런데 놀라운 것은 라텍스 머리를 가진 리틀 브레인이 이렇게 요염한 여자로 변해버렸는데도 팬들이 줄어들기는커녕 오히려 수많은 성인 남성 팬이 생겼다는 사실이다. 그녀는 이제 아무도 막을 수 없는 존재였다. 기자회견을 통하여 자신의 영화사를 차리겠다, 혹은 미용 상식이나 생활양식에 대한 조언이나 최첨단 현대 문화 따위를 리틀 브레인만의 특별한 방식으로 다뤄주는 새 잡지를 창간하겠다, 심지어는 케이블 텔레비전을 이용하여 방송망을 미국 전역으로 확대하겠다고 발표했다. 브로드웨이 뮤지컬도 만들 예정이었고—그녀는 뮤지컬 분야의 모든 주요 인물들과 논의중이었는데, 사랑하는 팀, 사랑하는 엘튼, 사랑하는 카메론, 그리고 물론 누구보다 사랑하는 앤드루*도 빼놓을 수 없었다—또한 막대한 예산의 새 영화도 계획하고 있었다. 이번에는 진부하고 유치했던 첫번째 영화의 실수를 되풀이하지 않기 위해서 엄청나게 팔려나간 자서전을 바탕으로 '치밀하게' 제작할 생각이었다. 그녀는 전 세계를 향해 이렇게 말했다.

"리틀 브레인은 플라스틱 판타스틱 바비 스파이스가 아니에요."

언젠가부터 그녀는 자신에 대해 삼인칭으로 말하고 있었다.

"새 영화는 대단히 인간적이고 처음부터 끝까지 최고급일 거예요. 마티, 바비, 브래드, 기니, 멕, 줄리아, 톰, 닉 등이 모두 관심을 갖고 있어요. 제니, 퍼피, 매디, 로비, 믹도 그렇구요. 요즘은 모든 사람이 리틀 브레인을 원하는 것 같네요."

리틀 브레인의 폭발적인 성공은 수많은 논평과 분석을 야기시킬 수밖에 없었다. 그녀의 팬들은 고작 인형 하나에 유치하게 집착한다는 조롱을 받았다. 그러자 당장 저명한 연극인 한 명이 나서서 고대의 가면극 전통에 대해 이야기하면서 그리스와 일본의 경우를 예로 들었다.

---

* 영국의 유명한 뮤지컬 작곡가 앤드루 로이드 웨버를 가리킨다.

"가면을 쓴 배우는 자신의 평범하고 일상적인 모습으로부터 해방됩니다. 그녀의 몸은 놀라운 자유를 얻게 되는 겁니다. 그것이 가면의 기능입니다. 가면이 연기를 하는 거죠."

솔랑카 교수는 자신의 통제를 벗어난 피조물에 대한 토론에 참여해달라는 모든 요청을 거부하고 초연한 태도를 유지했다. 그러나 돈은 거절할 수 없었다. 그의 은행계좌로 로열티가 쉴새 없이 쏟아져 들어오고 있었다. 그는 탐욕과 타협했고, 그 타협은 그의 입을 봉해버렸다. 황금알을 낳는 거위를 비난해서는 안 된다는 계약 때문에 그는 진심을 감출 수밖에 없었고, 그렇게 비밀을 지키다보니 점점 불만이 쌓일 수밖에 없었다. 예전에 그토록 즐거워하며 정성을 다해 만들었던 캐릭터가 앞장서서 매스컴을 탈 때마다 그의 무력한 분노는 점점 커져갈 뿐이었다.

보도에 의하면 리틀 브레인은 일곱 자릿수의 사례금을 받고 『헬로!』*의 독자들에게 자신의 아름다운 시골 저택을 속속들이 공개했는데, 앤 여왕 시대의 것으로 보이는 이 유서 깊은 건축물은 글로스터셔 주에 있는 영국 왕세자의 저택에서도 그리 멀지 않은 곳이었다. 애당초 레이크스뮈세윔에 있는 인형의 집들을 보고 영감을 얻었던 말릭 솔랑카는 이 파렴치한 하극상을 목격

---

* 유명인들의 가십을 주로 다루는 영국 주간지.

하고 깜짝 놀랐다. 대부분의 인간들이 아직도 비좁은 집에서 복닥거리며 살고 있는데 저 건방진 인형들은 저런 대저택을 차지한단 말이냐? 이처럼 부당한 현상을 보고—이것은 윤리의 파산이라고 생각하면서—그는 큰 충격을 받았다. 그러나 파산과는 거리가 멀었던 그는 여전히 입을 다물고 더러운 돈을 받아 챙겼다. 그 '아트 가펑클'이 마우스피스에 대고 말했듯이 솔랑카도 장장 십 년 동안이나 산더미 같은 자기혐오와 분노를 고스란히 쌓아두기만 했던 것이다. 그 분노는 호쿠사이*의 파도처럼 하늘 높이 솟구쳐 그를 내려다보고 있었다. 리틀 브레인은 그의 패륜아였다. 이제 난폭한 거인으로 성장해버린 그녀는 그가 경멸하는 모든 것을 상징하는 존재였고, 그가 그녀를 탄생시킴으로써 찬미하고자 했던 고결한 신념들을 그 거대한 발로 짓밟고 있었다. 물론 솔랑카 자신의 신념들도 예외가 아니었다.

L. B. 현상은 1990년대를 거뜬히 넘기고 새 천년으로 접어든 뒤에도 그 힘을 잃지 않았다. 말릭 솔랑카는 결국 소름끼치는 진실을 인정하지 않을 수 없었다. 그는 리틀 브레인을 증오하고 있었다.

---

* 일본 우키요에 화파에 속하는 화가이자 판화가 가쓰시카 호쿠사이. 특히 1826~33년 발표한 연작 판화 〈후가쿠 36경〉이 유명한데 그중 하나가 세 척의 배와 그것들을 집어삼킬 듯한 파도를 그린 작품이다.

한편, 그는 새로 손대는 일마다 그리 좋은 성과를 거두지 못하고 있었다. 요즘 번창하기 시작한 영국 클레이애니메이션 회사들과 계속 접촉하면서 각종 캐릭터와 줄거리를 선보였지만, 그때마다 그들은 그의 아이디어가 시대 상황에 맞지 않는다면서 상냥하지만 몰인정한 반응을 보일 뿐이었다. 새파란 젊은이들이 판치는 이쪽 업계에서 그는 이미 늙은이였을 뿐만 아니라 훨씬 더 한심한 존재, 즉 '낡은이'가 되어 있었다. 니콜로 마키아벨리의 생애를 소재로 장편 클레이애니메이션을 만들어보자는 그의 계획에 대해 논의하는 자리에서 그는 요즘 새로 등장한 용어들을 사용하려고 최선을 다했다. 물론 이 영화에는 실존 인물 대신에 의인화된 동물들을 등장시켜야 했다. 그는 이렇게 어색한 열변을 토했다.

"이건 정말 모든 요소를 두루 갖추고 있습니다. 피렌체의 황금시대! 절정기를 맞은 메디치 가문, 그 화려한 클레이 귀족 고양이들! 시모네타 베스푸시*는 세계 최고의 미녀 고양이인데 젊은 사냥개 바키첼리** 덕분에 불후의 명성을 얻게 됩니다. 비너

---

* 피렌체의 유명한 미녀 시모네타 베스푸치(Simonetta Vespucci)와 고양이를 뜻하는 '푸시(pussy)'를 합친 이름.

** 피렌체의 르네상스 화가 보티첼리(Botticelli)와 개가 짖는 소리(bark)를 합친 이름. 시모네타 베스푸치를 사모했던 보티첼리는 대표작 〈비너스의 탄생〉〈프리마베라(봄)〉 등을 통해 그녀를 불멸의 여인으로 승화시켰다.

스 고양이의 탄생! 봄의 고양이 제전! 한편 그녀의 인척이기도
한 늙은 바다사자 아메리고 베스푸시*는 아메리카 대륙을 찾으
러 항해를 떠납니다! 시궁쥐 수도사 사보나롤랜드**는 '허영의
모닥불'***에 불을 붙입니다! 그리고 이 모든 일의 중심에 생쥐
한 마리가 있습니다. 물론 평범한 미키마우스 나부랭이가 아닙
니다. 이 생쥐야말로 현실 정치를 창안한 생쥐, 재기발랄한 극작
가 생쥐, 유명하고 출중한 설치류였고, 잔인무도한 고양이 군주
의 모진 고문을 이겨냈고, 추방당한 몸이면서도 명예로운 귀환
의 날을 꿈꾸는 공화주의자 생쥐였는데……"

바로 그때 돈줄을 쥔 사람들 중에서 한 중역이 솔랑카의 말을
무례하게 끊어버렸다. 나이가 많아봤자 스물세 살 정도로 보이
는 통통한 젊은이였다.

"물론 피렌체는 좋습니다. 그건 두말할 나위도 없죠. 저도 마
음에 들어요. 그리고 니콜로, 뭐라고 하셨죠, 마우시아벨리? 그
생쥐도 뭐랄까…… 가능성은 있습니다. 그런데 오늘 가져오신

---

* 피렌체의 탐험가 아메리고 베스푸치를 가리킨다.

** 이탈리아의 종교개혁가 사보나롤라와 영국 텔레비전의 시궁쥐 캐릭터 롤랜
드 랫(Roland Rat)을 합친 이름.

*** 1497년 2월 7일 피렌체의 시뇨리아 광장에서 사보나롤라와 추종자들이 거
울과 화장품, 화려한 옷, 악기, 음란한 그림이나 책 등 부도덕과 관련된 물건들을
불태운 사건을 가리킨다.

이건, 이 대본은, 이렇게 말씀드리죠. 이 정도로는 피렌체에 어울리는 수준이라고 보기 어렵습니다. 글쎄요, 아무튼 지금은 르네상스 시대를 플라스티신으로 재현하기에 적당한 때가 아닌 것 같습니다."

솔랑카는 책을 쓰는 일을 다시 시작할 수도 있다고 생각했지만 곧 그 일에 별로 흥미가 없다는 사실을 깨달았다. 잔인한 우발성, 즉 사람의 운명을 바꿔놓는 일련의 사건들이 그를 타락시켜 아무짝에도 쓸모없는 인간으로 만들어버렸다. 예전의 삶은 영영 떠나가버렸고, 그가 창조했던 신세계마저 이미 손가락 사이로 빠져나간 뒤였다. 그는 추락하는 별, 술만 퍼마시다가 패배감에 빠져 익사하고 마는 제임스 메이슨*이었고, 그 빌어먹을 인형은 떠오르는 별 주디 갈런드**였다. 피노키오의 경우에는 그 개망나니 인형이 살아 숨 쉬는 진짜 소년으로 변했을 때 제페토 노인의 근심걱정도 끝나버렸다. 그러나 리틀 브레인의 경우에는 갈라테이아***의 경우처럼 오히려 그때부터가 근심걱정의 시작이었다. 솔랑카 교수는 술에 취해 분노에 휩싸일 때마다 자

---

* 영국 영화배우. 아내가 스타로 발돋움하는 동안 몰락해가는 한 배우의 최후를 그린 뮤지컬 영화 〈스타 탄생〉으로 유명하다.
** 할리우드의 뮤지컬 황금시대를 대표하는 여배우로 〈스타 탄생〉에서 제임스 메이슨과 공연했다.
*** 그리스 신화에서, 피그말리온이 상아를 깎아 만든 여인상의 이름.

신의 배은망덕한 프랑켄달*에게 저주를 퍼부었다. 내 눈앞에서 사라져버려라! 썩 꺼지거라, 이 패륜아야. 오호라, 나는 너를 알지 못하느니라. 너는 내 이름을 쓰지 말라. 다시는 나를 찾지도 말고 나의 축복을 바라지도 말라. 그리고 더이상 나를 아비라고 부르지 말라.

그리하여 그녀는 그의 집에서 쫓겨나게 되었다. 종이, 천, 나무, 플라스틱, 애니메이션 셀, 비디오테이프, 필름 등 무수히 많은 형태로 무수히 증식했던 그녀의 모습들, 각종 스케치, 모형, 그림들이 모조리 사라졌다. 한때 소중했던 솔랑카 자신의 한 모습도 그녀와 함께 사라져버린 것은 불가피한 일이었다. 그는 차마 그 추방 조치를 자기 손으로 시행할 수 없었다. 그래서 엘리너가 그 일을 해주기로 했다. 사랑하는 남자의 핏발선 눈, 알코올, 그리고 정처 없는 방황을 통하여 위험이 팽배했음을 알아차린 엘리너는 평소처럼 온화하면서도 능률적인 말솜씨를 보여주었다.

"나한테 맡겨놓고 하루만 좀 나가 있어요."

아스만을 돌보는 일만으로도 벅찼기 때문에 엘리너도 출판사 일을 중단한 상태였지만 워낙 유능한 인재라 인기가 많았다. 그

---

* 프랑켄슈타인(Frankenstein)과 인형(doll)을 합친 말.

녀는 이 사실을 솔랑카에게는 감추려고 했다. 그러나 그 역시 바보는 아니었고, 모건 프랜즈를 비롯한 여러 사람이 전화를 걸어 삼십 분 동안이나 그녀를 설득하려 애쓰는 것을 보고 상황을 짐작할 수 있었다. 그는 그녀를 원하는 곳이 있음을 알았다. 누구에게나 갈 곳이 있는데 솔랑카 자신만 예외였다. 그래도 이렇게 보잘것없는 분풀이라도 할 수 있으니 그나마 다행이었다. 그는 무엇을 원할 수도 없었다. 하다못해 그 두 얼굴의 괴물, 그 배신자, 그, 그 인형조차도.

그래서 그는 정해진 날에 집을 나와 햄스테드 히스에서 빠른 걸음으로 걸어다녔고—그들은 앞뒤에 출입구가 있는 널찍한 집에 살고 있었는데, 윌로 로드의 이 집에서 문을 나서기만 하면 곧바로 북부 런던의 허파 같은 소중한 히스가 있어서 두 사람 모두 좋아했다—그가 없는 동안에 엘리너는 모든 것을 깔끔하게 포장하여 장기 보관 창고로 가져갔다. 사실 솔랑카는 그것들을 모조리 쓰레기장에 내다버리고 싶었지만 이 문제에서도 결국 타협을 하고 말았다. 엘리너가 한사코 말렸기 때문이다. 그녀는 보존 욕구가 강한 여자였고, 이번 일을 그녀에게 일임해야 했던 솔랑카는 모기를 쫓듯이 손을 내저어 그녀의 잔소리를 물리치고 더이상 왈가왈부하지 않았다. 그는 몇 시간 동안 걸으면서 히스의 시원한 음악으로 쓸쓸한 마음을 달랬다. 편안한 산책로와 나무들의 조용한 심장 박동, 그리고 시간이 흐른 뒤에는 이비 비퀘스트*의 뜰에서 열리는 여름 연주회의 달콤한 현악기 소리. 이윽고 집으로 돌아갔을 때 리틀 브레인은 이미 사라진 뒤였다. 아니, 거의 다 사라졌다고 해야겠다. 엘리너는 모르고 있었지만 솔랑카가 서재 벽장 속에 인형 하나를 집어넣고 문을 잠가놓았기 때문이다. 그 인형만은 아직 남아 있었다.

돌아와보니 집안이 텅 빈 것 같았다. 마치 자식이 죽은 집처럼 공허한 느낌이었다. 솔랑카는 이십 년이나 삼십 년쯤 갑자기 늙어버린 기분이 들었다. 젊음의 열정을 다 바친 최고의 작품과 헤어진 후 마침내 무정한 시간과 정면으로 마주 보고 있는 듯했다. 오래전에 아덴브룩 병원에서 워터퍼드 바이다가 이런 말을 했었다.

"인생이 몹시, 뭐랄까, 유한해지는 거야. 내가 가진 것은 아무것도 없다는 것, 내가 어디에도 속하지 않고 그저 한동안 이것저것 빌려 쓰고 있다는 것을 깨닫는 거지. 무생물의 세계가 나를 비웃어. 나는 금방 사라지지만 그 세계는 계속되거든. 뭐 별로 심오한 얘기는 아니지. 나도 알아, 솔리, 곰돌이 푸우의 개똥철학이라는 거. 그렇지만 그것 때문에 견딜 수가 없어."

---

* 햄스테드 히스 가장자리에 있는 대저택. 1616년에 지어진 이 건물은 수많은 명화가 소장된 곳으로 유명하다. 켄우드 하우스라고도 한다.

솔랑카는 이번 일을 자식의 죽음에 비유하는 것은 정확하지 않다고 생각했다. 차라리 살인에 더 가까웠다. 딸을 잡아먹은 크로노스. 솔랑카는 상상의 자식을 살해한 살인자였다. 리틀 브레인은 그의 피와 살에서 태어난 혈육은 아니었지만 그의 꿈에서 태어난 꿈이었다. 그러나 아직 살아 있는 자식도 있었다. 아이는 낮 동안의 일로 흥분해서 잠을 이루지 못하다가 아빠를 보고 반가워했다.

"나두 거들었어, 아빠. 리틀 브레인 내보내는 거 거들었어."

그는 복자음이 서툴러 br를 b로 발음했다. 리틀 베인(B'ain). 솔랑카는 그것도 맞는 말이라고 생각했다. 나에게 리틀 브레인은 재앙(bane)이었으니까. 그는 멍하니 대답했다.

"그래, 잘했구나."

그러나 아스만은 할 말을 다 한 것이 아니었다.

"근데 왜 내보냈어, 아빠? 아빠가 내보내랬다구 엄마가 그러던데."

아하, 엄마가 그랬다 이거지. 고마워, 엄마. 그가 엘리너를 노려보자 그녀는 어깨를 으쓱거렸다.

"솔직히 애한테 뭐라고 해야 좋을지 모르겠더라구요. 이건 당신이 해결해요."

리틀 브레인의 변화무쌍한 캐릭터는 텔레비전의 어린이 프로그램, 만화책, 그리고 그 전설적인 자서전의 오디오 버전 등을 통하여 아스만 솔랑카보다 더 어린 아이들의 마음까지 사로잡았다. 아스만은 겨우 세 살이었지만 이 시대의 우상들 중에서 가장 보편적인 호소력을 가진 리틀 브레인을 사랑하기에는 이미 충분한 나이였다. 월로 로드의 집에서 'L. B.'를 추방할 수는 있겠지만 과연 그녀의 창조자가 낳은 자식의 상상력 속에서도 그녀를 몰아낼 수 있을까? 아스만이 단호하게 말했다.

"도로 데려오고 싶어."

도로는 돌로 발음했다.

"리틀 베인 갖구 싶어."

햄스테드 히스의 전원 교향곡이 끝나고 가정생활의 시끄러운 불협화음이 시작되었다. 솔랑카는 먹구름이 다시 몰려오는 것을 느꼈다.

"리틀 브레인은 이제 떠날 때가 됐을 뿐이야."

그렇게 말하면서 그는 아스만을 안아올렸고, 아스만은 버둥거리며 반항했다. 아이들이 흔히 그렇듯이 아빠의 언짢은 기분에 무의식적으로 반응한 것이었다.

"싫어! 내려놔! 내려놔!"

아스만은 피곤해서 신경이 곤두선 상태였고 솔랑카도 마찬가지였다. 아스만이 떼를 썼다.

"비디오 보구 싶어."

비두워.

"리틀 베인 비두워 보구 싶어."

말릭 솔랑카는 리틀 브레인 소장품들이 사라져버린 충격으로 제정신이 아니었다. 리틀 브레인은 인형들의 엘바* 혹은 오비디우스의 불모지 토미스**와 같은 흑해의 어느 도시, 쓸모없어 버려진 장난감들의 도시로 추방되었는데, 솔랑카는 뜻밖에도 깊은 애도의 마음과 비슷한 감정을 느꼈다. 그래서 하루를 마감하려는 아들의 투정을 용납할 수 없는 도발 행위로 간주하여 이렇게 윽박질렀다.

"너무 늦었잖아. 버릇없이 굴지 마."

그러자 아스만은 거실 양탄자에 주저앉아 최근에 배운 재주를 선보였다. 감탄할 만큼 실감나게 거짓 눈물을 쏟아내는 것이었다. 솔랑카는 다짜고짜 엘리너에게 화살을 돌렸다. 아들 못지않게 유치한 반응이었지만 그는 세 살배기가 아니므로 변명의 여지도 없었다.

"이런 식으로 분풀이를 하는군. 그것들을 없애기가 싫었으면

---

* 이탈리아 토스카나 지방의 섬. 나폴레옹의 유배지로 유명하다.
** 흑해 연안의 항구 도시 콘스탄차의 옛 이름. 아우구스투스 황제의 명령으로 오비디우스가 유배되어 사망한 곳으로 유명하다.

그냥 그렇게 말하지 그랬어? 왜 애를 이용하는 거야? 말썽이 생길 줄 몰랐던 내가 바보지. 당신이 이런 수작을 부릴 줄이야."

그러자 엘리너는 아스만을 안아올리며 말했다.

"제발 애 듣는 데서 나한테 그런 식으로 말하지 말아요. 말귀를 다 알아듣는단 말예요."

솔랑카는 아들이 엄마의 품에 안겨 침대로 가게 되었는데도 전혀 꿈틀거리지 않고 오히려 엘리너의 긴 목에 얼굴을 묻는 것을 보았다. 엘리너가 냉정하게 말을 이었다.

"사실 오늘 하루 종일 그 일을 하면서 우리에겐 이게 새로운 시작일지도 모른다고 생각했어요. 그런데 이제 보니 어리석은 생각이었군요. 냉동실에서 새끼 양 다릿살을 꺼내 커민을 발라놓고 꽃가게에 전화해서 한련도 배달시켰는데, 맙소사, 정말 멍청한 짓이었어요. 그리고 식탁에 가보면 티냐넬로 세 병이 있을 거예요. 첫째 병은 즐기기 위해, 둘째 병은 과음하기 위해, 셋째 병은 잠들기 위해. 기억이나 하고 있는지 모르겠네요. 당신이 했던 말이잖아요. 그렇지만 당신은 이제 나처럼 젊지도 않고 따분하기만 한 아내와 촛불을 켜놓고 낭만적인 저녁식사를 즐길 생각은 조금도 없는 것 같군요."

두 사람은 그 동안 점점 멀어지고 있었다. 그녀는 처음으로 엄마가 되어 자신에게 깊은 충족감을 주는, 그래서 다시 되풀이하게 되기를 간절히 원하는 그 분주한 과업에 몰입했고, 그는 술을 마실수록 점점 더 짙어지는 패배감과 자기혐오의 안개 속에 빠져들어 허우적거렸다. 그런데도 그들의 결혼이 파경에 이르지 않은 것은 주로 엘리너의 너그러운 마음씨 덕분이었다. 그리고 아스만 덕분이기도 했다. 책을 좋아해서 몇 시간을 읽어줘도 질리지 않는 아스만, 정원에 있는 그네에 올라앉아 말릭에게 자신을 빙글빙글 돌렸다가 세상이 흐릿해질 만큼 빠르게 시계 반대 방향으로 풀어달라고 조르는 아스만, 아빠의 목말을 타고 다니며 문간을 지날 때마다 얼른 고개를 숙이는 아스만("나 정말 조심하고 있어, 아빠!"), 이리저리 쫓고 쫓기는 아스만, 이불 밑이나 쿠션 더미 속에서 숨바꼭질을 하는 아스만, 〈록 어라운드 더 클락〉—롯 어라운 더 톳—을 노래하는 아스만, 그리고 무엇보다도 폴짝폴짝 뛰는 아스만 덕분이었을 것이다. 그는 폭신폭신한 장난감들의 응원을 받으며 부모의 침대 위에서 폴짝폴짝 뛰기를 좋아했다. 그러면서 이렇게 소리쳤다.

"나 좀 봐라!"

봐라는 바아라였다.

"나 아주 잘 뛴다아! 점점 더 높이 뛴다아!"

아스만은 사랑의 화신, 즉 한때 높이 뛰어올랐던 그들의 사랑이 아이의 모습으로 태어난 것이었다. 아이가 그들의 삶에 가슴

벅찬 기쁨을 가져다줄 때마다 엘리너와 말릭 솔랑카는 잠시나마 흠잡을 데 없이 행복한 가족이라는 환상 속으로 도피할 수 있었다. 그러나 그 이외의 시간에는 균열이 점점 더 심해져갔다. 그녀는 그의 자아도취적 번민, 그리고 자신을 업신여긴다고 억지를 부리며 끊임없이 퍼붓는 폭언에 점점 싫증을 느꼈고, 그 중압감을 견디지 못하여 그녀 자신도 점점 모질어졌다. 한편 그는 타락의 내리막길을 걸으면서 그녀가 자신과 자신의 관심사들을 무시한다고 비난했다. 잠자리에서 그녀는—침대 옆에 깔아놓은 매트리스에서 자고 있는 아스만을 깨우지 않도록 속삭이는 소리로—말릭이 먼저 나서서 섹스를 시작하는 일이 한 번도 없다고 불평했다. 그러면 그는 그녀가 가임 기간 이외의 섹스에는 전혀 관심이 없기 때문이라고 반박했다. 그리고 매달 그때만 되면 어김없이 싸움이 시작되었다. 해요, 싫어, 제발, 못해, 왜요, 하기 싫으니까, 난 하고 싶어 죽겠다구요, 글쎄, 난 전혀 하고 싶지 않은데, 요 귀여운 애가 나처럼 외톨이로 자라는 건 싫단 말예요, 이 나이에 또 아빠가 되긴 싫어, 아스만이 스무 살이 되면 난 벌써 일흔 살도 넘을 거라구. 그 다음은 눈물과 분노, 그리고 두 번에 한 번쯤은 솔랑카가 손님방에서 잠을 청했다. 그는 울분을 달래며 이런 생각을 했다. 세상의 남편들에게 충고 한마디. 모름지기 손님방은 쾌적하게 해놔야 한다네. 왜냐하면 친구, 언젠가는 그게 자네 방이 될 수도 있으니까.

엘리너는 평화와 사랑의 밤을 보내자는 제안에 대한 그의 응답을 기다리며 계단 옆에서 잔뜩 긴장해 있었다. 시간이 느린 박자로 흐르다가 마침내 결단의 순간이 왔다. 그에게 이성과 의지가 있다면 그녀의 초대를 받아들일 테고, 그렇게만 한다면 흐뭇한 밤을 보낼 수 있을 터였다. 맛좋은 음식을 먹을 수 있고, 혹시 나이 때문에 티나넬로 세 병을 마시고 그대로 곯아떨어지지만 않는다면 틀림없이 예전만큼 만족스러운 정사를 나눌 수 있을 터였다. 그러나 지금은 낙원에 벌레 한 마리가 있었고 그는 시험에 합격하지 못했다.

"당신, 배란기인 모양이군."

그러자 그녀는 마치 뺨이라도 얻어맞은 듯 얼굴을 홱 돌렸다.

"아니에요."

일단 거짓말부터 했지만 곧 피할 수 없는 현실을 순순히 받아들였다.

"아, 좋아요, 맞아요. 그렇지만 우리 그냥, 아, 내가 얼마나 필사적인지 당신이 좀, 아, 그만두죠, 다 소용없는 일인데."

그녀는 눈물을 가누지 못했고, 아스만을 안고 그 자리를 떠났다. 분노 섞인 울음을 터뜨리며 그녀가 말했다.

"애를 재워놓고 나도 그냥 잘 거예요. 됐죠? 당신은 당신 마음대로 해요. 그 대신에 그 빌어먹을 양고기를 오븐에 그냥 놔두지만 말아요. 갖고 나가서 쓰레기통에나 처넣으라구요.”

아스만이 엄마의 품에 안겨 위층으로 올라갈 때 솔랑카는 피곤에 지친 그 어린것의 목소리에서 근심을 발견할 수 있었다.

“아빠는 화내는 거 아니야.”

아스만은 불안한 마음을 지우기 위해 자신을 위로하고 있었다. ‘화내는’ 은 ‘하나는’ 이었다.

“아빠가 나까지 쫓아내려는 거 아니야.”

부엌에 홀로 남은 말릭 솔랑카 교수는 곧 술을 마시기 시작했다. 포도주는 맛도 그대로였고 효능도 그대로였지만 지금의 그는 즐기기 위해 마시는 것이 아니었다. 그는 착실하게 술병을 하나씩 비워나갔고, 그러는 사이 그의 몸에 난 몇 개의 구멍을 통해 미귀들이 슬금슬금 기어나오기 시작했다. 콧구멍에서 흘러나오고, 귓구멍에서 새어나오고, 아무튼 구멍이라는 구멍은 모조리 찾아내어 비비적거리며 빠져나오고 뚝뚝 떨어져내렸다. 첫번째 술병이 비어갈 무렵에는 마귀들이 그의 눈알이나 손톱 위에서 춤을 추었고, 까칠까칠한 혀를 낼름거리며 그의 목을 핥았고, 창끝으로 그의 성기를 쿡쿡 찔렀다. 그의 귀에 들리는 소리라고는 온통 그들의 날카롭고 시끄러운 노랫소리, 끔찍한 증오심만 가득한 그 노랫소리뿐이었다. 그는 이제 자기 연민의 단계를 지나서 남을 원망하는 무시무시한 분노의 단계로 접어들었고, 두 번째 술병이 비어가고 머리가 이리저리 기우뚱거릴 무렵에는 마귀들이 그 갈라진 혀로 입맞춤을 했고, 꼬리로 그의 음경을 휘감아 비비거나 꽉꽉 조였고, 그들의 추잡한 말들을 듣고 있는 사이에 어느덧 그가 이런 꼴이 된 책임, 그 용서할 수 없는 책임은 위층에 있는 그 여자가 져야 한다는 결론이 점점 뚜렷해지기 시작했다. 가장 가까이 있는 그 여자, 그의 적이며 원수인 인형을 파괴하기를 거부했던 배신자, 그의 아들의 머릿속에 리틀 브레인이라는 독약을 부어넣은 그녀, 자식이 아비를 거역하게 만든 그녀, 지금 엄연히 존재하는 남편보다 아직 잉태되지도 않은 아이를 더 선호함으로써 가정생활의 평화를 깨뜨린 그 여자, 그의 아내, 그의 배반자, 바로 그녀가 그의 대적(大敵)이었다. 이윽고 그녀가 자기 어머니로부터 물려받은 레이스 식탁보와 제일 좋은 식기와 붉고 다리가 긴 보헤미아 산 와인잔 한 쌍을 아낌없이 사용하여 사랑과 정성이 가득한 이인용 저녁식사를 차려놓은 그 식탁 위에 반쯤 비운 세번째 술병이 털썩 쓰러졌고, 그 붉은 액체가 오래된 레이스에 엎질러지는 순간 그는 그 망할 놈의 양고기를 까맣게 잊고 있었음을 깨달았고, 오븐 문을 열어젖히자 연기가 왈칵 뿜어져나와 천장의 화재경보기를 작동시켰고, 귀청이 찢어질 듯한 경보음은 마귀들의 웃음소리였고, 그 소리를 멈추려면 (그만 해!) 의자를 가져와야 했고, 술에 취해 휘청거리는 다리로 그 위에 올라가서 그 멍청한 물건의 건전지를 뽑아버려야 했고, 됐어, 됐어, 그러나 모가지가 똑 부러지지 않고 무사히 그 일을 해낸 뒤에도 마귀들은 계속 깔깔거리며 웃어댔고, 방 안은 아직도 연기가 가득했고, 빌어먹을 년, 도대체 그년은 왜 이렇게 하찮은 일 하나도 안 해주는 건지, 그리고 머릿속에 메아리치는 이 비명 소리를 멈추려면 어떻게 해야 하는지, 비명 소리가 마치 칼날 같은데, 그의 두뇌 그의 귀 그의 눈 그의 배 그의 심장 그의 영혼을 쿡쿡 쑤셔대는 칼날 같은데, 도대체 그 쌍년은 왜 진작에 고기를 꺼내놓지 않았는지, 칼갈이 옆에는 도마가 있고, 도마 위에는 긴 포크와 나이프, 그리고 그 식칼, 바로 그 칼이 있었다.

경보음이 울리기는 했지만 집이 워낙 넓어서 이미 그녀의 침대, 말릭의 침대에서 자고 있던 엘리너와 아스만은 둘 다 깨어나지 않았다. 이제 보니 경보 시스템이 있어봤자 아무짝에도 소용없잖아? 그리고 그는 지금 어둠 속에 우뚝 서서 그들을 내려다보고 있었고, 그의 손에는 식칼이 들려 있었고, 그들에게 그를 조심하라고 알려주는 경보 시스템은 존재하지 않았다. 엘리너는 똑바로 누워 입을 살짝 벌린 채 나지막이 코를 골았고, 아스만은 말릭의 자리에서 엄마의 몸에 바싹 붙어 웅크린 자세로 천진함과 신뢰에서 비롯된 깊고 순수한 잠에 빠져 있었다. 그때 아스만이 중얼중얼 잠꼬대를 했고, 그 희미한 목소리는 마귀들의 외침 소리를 뚫고 단숨에 아빠의 정신을 일깨워주었다. 그의 앞에는 하나뿐인 자식이 누워 있었다. 이 집에서 아직도 세상은 온갖 기적이 가득한 곳이라고 믿는 유일한 사람, 인생은 즐거운 것이며 지금 이 순간이 전부일 뿐, 미래는 무한하므로 굳이 생각할 필요도 없고 과거는 다행히 영영 가버렸으니 이젠 쓸데없다고 믿는 사람, 자신은 유년기의 폭신폭신한 마법 망토를 둘렀고 형언할 수 없는 사랑을 받고 있으며 또한 지극히 안전하다고 믿는 사람이었다. 말릭 솔랑카는 공포에 휩싸였다. 내가 왜 이런, 이런, 이런 칼을 쥐고 이렇게 잠들어 있는 두 사람을 내려다보고 있었을까, 나는 이런 짓을 할 사람이 아닌데, 그런 자들에 대한 이야기는 황색 언론에서 날마다 볼 수 있지만, 자기 자식을 살해하고 할머니를 잡아먹는 야비한 남자들과 교활한 여자들, 냉혹한 연쇄 살인마들과 미치광이 소아성애자들과 파렴치한 성폭행범들과 못된 의붓아버지들과 우둔하고 난폭한 네안데르탈 유인원들과 무식하고 미개한 야만인들이 들끓는 세상이라지만 그건 모두 남의 이야기일 뿐, 이 집에 그런 인간은 아무도 없고, 고로 내가, 케임브리지 대학교 킹스칼리지의 교수였던 나 말릭 솔랑카가, 하고많은 사람들 중에서 하필 내가 이렇게 술에 취한 채 죽음을 부르는 무서운 흉기를 움켜쥐고 있을 리가 없다. Q. E. D.* 그리고 난 어차피 고기 써는 일엔 서툴잖아, 엘리너. 고기는 언제나 당신이 썰었잖아.

그 인형! 솔랑카는 흠칫 놀라서 포도주 냄새가 섞인 트림을 토해냈다. 바로 그거야! 그 흉악한 인형 때문이었어. 그는 그 악녀의 모든 분신들을 집에서 쫓아냈지만 딱 하나가 아직도 남아 있었다. 그것이 실수였던 것이다. 벽장에서 빠져나온 그녀가 코를 통해 그의 몸속에 들어와 그에게 식칼을 쥐여주면서 자기를 대신하여 그들을 학살하라고 시킨 것이 분명했다. 그러나 그는 그녀가 숨은 곳을 알고 있다. 그녀는 절대로 그의 눈을 피할 수 없다. 솔랑카 교수는 칼을 든 채로 돌아서서 뭐라고 툴툴거리며 침실을 빠져나왔는데, 그가 떠난 뒤에 엘리너가 눈을 떴는지 안 떴는지는 그 역시 알지 못했다. 만약 그녀가 물러가는 그의 뒷모습에서 진실을 알아차리고 그에 대해 어떤 판단을 내렸다면 그것은 그녀가 직접 밝혀야 할 일이었다.

집 앞의 웨스트 70번가는 어느새 어두워져 있었다. 솔랑카가 이야기를 끝냈을 때 그의 무릎 위에는 리틀 브레인이 앉아 있었다. 인형의 옷은 난도질을 당한 듯 너덜너덜했고, 몸에도 깊은

---

* 증명 종료. '이와 같이 증명되었다' 라는 뜻의 라틴어 'quod erat demonstrandum' 의 약자로 원래는 수학에서 증명을 끝마칠 때 주로 사용했으나 요즘은 일상적으로, 특히 우스갯소리로 많이 사용한다.

칼자국이 남아 있는 것이 보였다.

"보다시피 이렇게 칼질을 한 뒤에도 차마 이 녀석을 버릴 수가 없었소. 결국 이 시체를 품에 안고 미국 땅까지 오고 말았지."

밀라가 가져온 인형이 상처 입은 쌍둥이에게 소리 없는 질문을 던지고 있었다.

"자, 이제 모든 사실을 이야기했소. 차라리 안 들었더라면 더 좋았을 부분도 많았겠지. 이젠 아가씨도 이 녀석이 내 인생을 어떻게 파멸시켰는지 알았을 거요."

밀라 마일로의 녹색 눈동자가 이글거리고 있었다. 그녀는 솔랑카에게 다가와 그의 두 손을 잡았다.

"저는 그거 안 믿어요. 교수님의 인생은 파멸하지 않았어요. 그리고 이것들은, 보세요, 교수님! 이건 그냥 인형일 뿐이잖아요."

9

"가끔 교수님이 어떤 표정을 지을 때마다 생전의 아빠 모습이 떠올라요."

밀라 마일로는 상대방이 그 말을 어떻게 받아들일는지 미처 생각하지 못하고 명랑하게 말했다.

"좀 희미하긴 한데요, 이를테면 손 떨림 때문에 살짝 흔들린 사진처럼? 아니면 그 영화에서 항상 초점이 흐릿하게 나오던 로빈 윌리엄스처럼요. 한번은 우리 아빠한테 그게 뭘 의미하느냐고 여쭤봤는데, 너무 오랫동안 다른 인간들과 부대끼며 살아온 자의 모습이라고 하시더라구요. 아빠는 인생이란 종신형이며 고통스러운 감옥이라면서 누구든지 가끔은 탈옥할 필요가 있다고 하셨어요. 아빠는 문인이셨거든요. 주로 시였지만 소설도 더러

쓰셨는데, 교수님은 못 들어보셨겠지만 세르보크로아트어* 문단에서는 꽤 괜찮은 문인으로 평가받았어요. 아니, 사실은 꽤 괜찮은 정도가 아니라 아주 대단했죠. 최고 중의 최고였어요. 프랑스 식으로 말하자면 노벨상 감(Nobelisablé)이었지만 결국 못 받았어요. 아마 장수하지 못한 탓이겠죠. 어쨌든 정말이에요. 우리 아빠는 대단했어요. 자연과의 깊은 유대감, 고대문명과 신화에 대한 감수성. 아주 특별한 분이었어요. 저는 꽃 속에서 꼬마 도깨비들이 뛰어나오는 얘기만 한다고 아빠를 놀려댔죠. 그랬더니 도깨비 뱃속에도 꽃이 핀다는 얘기라고 대답하셨어요. 사탄의 가슴속에도 맑게 빛나는 한 줄기 강물에 대한 기억이 남아 있다면서요. 우선 우리 아빠한테는 신앙이 아주 중요했다는 사실을 알아두셔야 해요. 주로 도시에서 사셨지만 마음은 늘 먼 산에 가 있었어요. 사람들이 늙은이 같다고 할 정도였죠. 그렇지만 마음만은 아주 젊었다는 거 아세요? 정말 그랬어요. 장난기가 가득했죠. 거의 언제나 변함없이. 어떻게 그럴 수 있었는지 모르겠어요. 세상이 가만히 놔두지 않았는데, 끊임없이 머리를 들쑤셨는데도 말예요. 아빠가 티토 치하를 떠나온 후 우리는 몇 년 동안 파리에서 살았어요. 저는 여덟 살, 거의 아홉 살이 될 때까지

---

* 슬로베니아어, 마케도니아어와 함께 유고슬라비아 공용어의 하나.

미국인 학교에 다녔고, 우리 엄마는 제가 세 살, 세 살 반쯤 됐을 때 불행하게 세상을 떠나셨어요. 유방암이었으니 어쩔 도리가 있나요. 정말 순식간에, 정말 고통스럽게 돌아가셨는데, 부디 편안히 쉬시기를. 아무튼 그래서 아빠는 가끔씩 고국에서 오는 편지를 받았고, 그때마다 제가 봉투를 뜯어드렸는데, 한번은 고모가 보냈는지 누가 보냈는지 모르겠지만 편지 첫 장에 큼직한 직인이 찍혀 있더라구요. 이 편지는 검열받지 않았음. 하! 80년대 중반에 저는 아빠를 따라 뉴욕에 와서 펜 대회에 참석하게 됐는데, 그 유명한 대회가 열리는 동안 날마다 파티가 벌어졌어요. 한 번은 메트로폴리탄의 덴두르 신전에서였고 한 번은 솔 스타인버그*와 게이프리드 스타인버그 부부의 아파트에서였는데, 어느 쪽이 더 성대했는지는 아무도 판단할 수 없었죠. 노먼 메일러가 공립도서관에서 연설을 해달라고 조지 슐츠를 초빙했는데, 슐츠가 아파르트헤이트에 찬동한다면서 남아공 작가들이 참석을 거부했고, 벨로**가 초대장을 잊고 오는 바람에 슐츠의 경호원들이 혹시 테러리스트인지도 모른다면서 들여보내지 않으려

---

* 미국 기업가, 백만장자. 2000년에 그는 맨해튼 파크 애비뉴의 복층식 아파트를 삼천칠백만 달러에 매각하여 화제를 모았다. 아파트 가격으로서는 뉴욕 역사상 최고 액수였다.
** 미국 소설가인 솔 벨로를 말한다.

했고, 결국 메일러가 보증을 서줘야 했으니 벨로가 퍽도 좋아했겠죠? 그러더니 그 다음엔 여류 작가들이 들고 일어나 발표자들이 주로 남자들이라면서 항의했고, 그때 수전 손택인지 나딘 고디머인지가 그 여자들을 야단쳤는데, 나딘인지 수전인지는 잊어버렸지만 아무튼 문학에서는 고용평등법이 안 통한다고 했어요. 그리고 아마 신시아 오직*이었던 것 같은데, 그 여자가 브루노 크라이스키를 반유대주의자로 몰아붙이며 비난했어요. 사실 크라이스키는 유대인이었고, 유럽 정치가들 중에서 러시아의 유대계 난민들을 제일 많이 받아준 사람인데도, 아라파트를 만났다는 이유로, 그것도 딱 한 번 만났다는 이유로 그 난리를 피웠으니, 그렇다면 에후드 바라크와 클린턴은 **그야말로** 골수 반유대주의자겠네요? 캠프 데이비드 회담은 국제 유대인 혐오자 대회가 될 테니 말예요. 그건 그렇고, 그날 우리 아빠도 한 말씀 하셨어요. 그해 대회의 주제는 '문인의 상상력과 국가의 상상력'이라는 거창한 거였는데, 누군지는 잊어버렸지만, 브레이튼바흐**였나 아모스 오즈였나, 뭐 그런 사람이 국가는 상상력이 없다고 말한 다음에 우리 아빠가, 그건 천만의 말씀이다, 국가는 상상력뿐

---

* 미국의 유대계 소설가, 수필가, 평론가.
** 남아프리카공화국의 백인 시인, 소설가. 인종차별 정책을 비판하다가 프랑스에 귀화했다.

만 아니라 유머 감각까지 가졌다, 국가도 농담을 한다는 증거를
보여주겠다, 그러면서 그 검열받지 않은 편지에 대한 얘기를 하
시는데, 저도 그 자리에 앉아서 얼마나 자랑스러웠는지 몰라요.
다들 폭소를 터뜨렸고, 게다가 그 편지를 뜯었던 사람이 바로 저
였으니까요. 회의 시간마다 저도 당연히 참석했죠, 무슨 섭섭한
말씀을, 저는 한평생 문인의 딸이었고 저에게는 무엇보다 책이
최고였는데요. 그리고 나 같은 꼬맹이를 매번 들여보내주는 것
도 기분 좋은 일이었거든요. 아빠가 모처럼 동료 문인들과 어울
리며 많은 존경을 받는 모습을 보게 된 것도 정말 기뻤고, 더구
나 그 자리엔 이름만 들어봤던 유명한 사람들이 수두룩했어요.
도널드 바셀미, 귄터 그라스, 체스와프 미워시, 그레이스 페일
리, 존 업다이크 등등. 그런데 막판에 아빠가 문득 교수님과 비
슷한 그런 표정을 짓더니 첼시*에서 온 키티 이모한테 저를 맡
겨놓고 가버렸는데, 진짜 이모는 아니었구요, 그냥 우리 아빠와
한 오 분쯤 무슨 일이 있었을 뿐이죠. 아빠가 여자들과 함께 있
을 때 교수님도 한번 보셨어야 하는데, 아빠는 몸집이 크고 섹시
했구요, 손도 큼직했고, 짙은 콧수염은 스탈린을 닮은 것 같은
데, 아무튼 아빠가 여자들의 눈을 들여다보면서 발정난 짐승들,

---

* 뉴욕 맨해튼의 한 지역.

이를테면 늑대들에 대해 얘기하기 시작하면 그걸로 끝, 다들 홀딱 반해버렸죠. 농담이 아니라 실제로 여자들이 줄을 설 정도였어요. 아빠가 호텔방으로 올라갔다 하면 문 앞에 여자들이 줄줄이 늘어섰는데, 정말 숨 막히게 아름다운 여자들이 욕망에 다리가 풀려 후들거리고 있었던 거예요. 다행히 저는 책읽기를 아주 좋아했구요, 모처럼 미국 텔레비전도 볼 수 있었으니 다른 방에 나 혼자 있어도 괜찮았지만, 아무렇지도 않았지만, 솔직히 문밖에서 차례를 기다리는 그 여자들한테는 한마디쯤 해주고 싶을 때가 많았는데요, 도대체 당신들은 할 일이 그렇게도 없느냐, 그까짓 성기 하나 가지고 왜 이렇게 난리들이냐, 정신 좀 차려라 하구요. 네, 저는 그렇게 사람들을 놀라게 할 때가 많았어요, 제가 좀 조숙했거든요. 이 넓은 세상에 우리 아빠와 나, 언제나 그렇게 둘뿐이라서 더 그랬겠죠. 아무튼 아빠는 키티 이모가 마음에 들었던 모양인데요, 오디션에 합격했다고나 할까, 왜냐하면 그 상으로 그 아줌마한테 나를 맡겨놓고 아빠는 두 교수님과 함께 애팔래치아 산맥쯤에서 두 주 동안이나 산행을 즐겼으니까요. 아빠가 사람 과용증을 해소할 필요가 있을 때 즐겨 쓰는 방법이 등산이었고, 그때마다 아주 딴 사람이 돼서 돌아오셨는데, 더 맑아졌다고나 할까요? 저는 그 표정을 '모세 얼굴'이라고 불렀어요. 십계를 가지고 산에서 내려오는 모세 말예요. 다만 우리

아빠의 경우엔 십계가 아니라 시였어요. 아무튼 긴 얘기를 짧게 줄이자면, 아빠가 그 교수님들과 함께 산에서 노닥거리다 돌아와서 겨우 오 분쯤 지났을 때 컬럼비아 대학에 자리 하나를 주겠다는 제안이 들어왔고, 결국 우린 뉴욕에 아주 눌러앉게 된 거예요. 저야 물론 좋아했지만, 말씀드렸다시피 시골 사람인데다 뼛속까지 유럽인이었던 아빠는 좀 힘들어하셨어요. 그렇지만 우리 아빠는 가진 것만으로 살아가는 데 이골이 난 분이었죠. 인생에서 주어진 것들을 그냥 감수하면서 말이에요. 물론 진짜 유고슬라비아인답게 술을 퍼마셨고, 담배도 매일 백 개비씩 피웠고, 심장도 안 좋았고, 그래서 노인이 될 때까지 살 수 없다는 것도 알고 계셨지만 아빠는 당신의 인생에 대해 이미 결정을 내렸던 거예요. 이를테면 『나시서스 호의 검둥이』*처럼요. 죽을 때까지는 살아야 한다**. 그래서 아빠는 그렇게 사셨어요. 엄청난 작품을 쓰고, 엄청난 섹스를 즐기고, 엄청나게 담배를 피우고, 엄청나게 술을 마시고, 그러다가 그 망할 놈의 전쟁이 터지자 아빠는 갑자기 낯선 사람처럼 변해버렸는데, 글쎄요, 세르비아인이 되었다고나 할까요? 아빠는 그 밀로셰비치를 경멸하셨는데요, 사실대로 말씀드리자면 아빠가 성을 바꿔버린 진짜 이유도 그 인간과

---

* 영국 작가 조지프 콘래드의 소설.
** 위 소설의 주인공 제임스 웨이트의 말.

똑같은 성을 가진 게 싫어서였어요. 시인 마일로와 그 독재자 깡패 돼지 밀로셰비치는 아무 상관도 없도록 하려구요. 그런데 다들 유고 연방을 탈퇴하느라고 그쪽에 온통 난리가 났을 때 아빠는 세르비아인들이 악마 집단으로 몰리는 상황을 보고 몹시 분개하셨어요. 물론 밀로셰비치가 크로아티아에서 하고 있던 짓이나 보스니아에서 하려는 짓에 대해서는 아빠도 일반적인 의견에 동의했지만 반(反)세르비아 감정에 대해서만은 울분을 참지 못하셨는데, 그러다가 잔뜩 흥분했을 때 뜬금없이 귀국해서 조국의 윤리적 양심이 되겠다고 결심해버린 거예요. 스티븐 디덜러스*처럼 내 영혼을 바쳐 조국의 초석이 어쩌구저쩌구, 말하자면 세르비아의 솔제니친이 되겠다 이거였죠. 제발 그만두세요, 따지고 보면 솔제니친은 미국 버몬트 주에 살면서도 조국 러시아의 예언자가 되겠다는 망상에 빠져 있던 미치광이 늙은이에 불과했고, 막상 귀국했을 때는 아무도 그 사람의 케케묵은 얘기를 귀담아 듣지 않았잖아요, 그건 절대로 아빠가 가실 길이 아니에요, 아빠에겐 술과 담배와 여자들과 산과 일 일 일이 있잖아요, 그렇게 살다가 죽겠다는 거였잖아요, 밀로셰비치와 그 밑의 살인자들, 그리고 폭탄 세례로부터 벗어나는 게 아빠의 계획이었

---

* 제임스 조이스의 소설 『젊은 예술가의 초상』과 『율리시즈』의 주인공.

잖아요. 그렇게 말렸지만 아빠는 제 말을 듣지 않으셨어요. 애초의 계획을 저버린 채 비행기를 잡아타고 그 난장판 속으로 돌아가버린 거죠. 이게 제가 하고 싶었던 얘기예요, 교수님, 그러니까 저한테 분노에 대해 얘기하지 마세요, 분노 때문에 어떤 일들이 벌어지는지 저도 잘 아니까요. 미국은 막강한 힘을 갖고 있기 때문에 오히려 두려움에 사로잡혀 있어요. 외부 세계의 분노를 두려워하면서 그 분노를 질투심으로 바꿔 부르죠. 우리 아빠가 자주 하시던 얘기예요. 독한 술만 몇 잔 들어가면 이렇게 말씀하셨죠. 이 나라 사람들은 우리가 자기들처럼 되고 싶어하는 줄 알지만 사실 우리는 몹시 화가 났을 뿐이고 이제 더이상은 못 참는다고. 자, 보세요, 우리 아빠도 분노에 대해 알고 계셨다구요. 그런데도 그렇게 뻔히 아는 사실을 무시하고 바보 같은 짓을 저질러버린 거예요. 왜냐하면 아빠가 베오그라드에 도착한 지 겨우 오 분쯤 지났을 때—어쩌면 다섯 시간, 오 일, 다섯 주였는지도 모르지만 그게 무슨 상관이겠어요?—그 분노가 아빠를 산산조각으로 날려버렸고, 시신을 전부 다 긁어모아도 상자 하나를 채울 수 없었으니까요. 자, 그런데 교수님은 그까짓 인형 하나 때문에 화가 나셨다는 거죠? 이것 참 황송하네요."

날씨가 변했다. 초여름의 열기가 가시면서 종잡을 수 없이 혼란스러운 시기가 왔다. 구름이 많이 끼었고, 비가 너무 많이 내렸고, 아침에는 무더웠다가 점심시간이 지나면 갑자기 서늘해져 여름옷을 입은 여자들이 오들오들 떨기 일쑤였다. 공원에서 웃통을 벗어젖히고 가슴 근육 바로 밑에는 마치 고행 도구 같은 수수께끼의 가죽 띠를 질끈 동여맨 채 롤러블레이드를 타는 남자들도 마찬가지였다. 솔랑카 교수는 다른 시민들의 얼굴에서 새로운 당혹감을 읽어낼 수 있었다. 그들이 지금까지 믿고 있던 것들, 가령 여름다운 여름, 값싼 휘발유, 투수 데이비드 콘의 팔, 심지어는 오를란도 에르난데스마저 그들을 실망시키기 시작했기 때문이다. 프랑스에서는 콩코드기가 추락했고, 사람들은 자신들의 미래를 보여주는 꿈의 일부를 보았다고 생각했다. 자신도 그렇게 막아서는 벽을 뚫고 날아올라야 할 텐데, 그 상상의 미래 속에서 자신도 그렇게 한계를 뛰어넘다가 끔찍한 불길에 휩싸일 것만 같았다.

솔랑카는 이런 생각을 했다. 인류 역사의 모든 시대가 그러했듯이 지금의 이 황금시대도 결국 끝날 수밖에 없다. 어쩌면 이제야 비로소 그 진리가 사람들의 의식 속에 침투하기 시작한 것인지도 모른다. 목깃을 세운 비옷 속으로 조금씩 흘러드는 가랑비처럼, 철갑을 두른 듯한 자신감의 틈새를 비집고 스르르 파고드는 단검처럼. 선거가 있는 해마다 미국의 자신감은 정치적 화폐와도 같은 것이었다. 그 자신감의 존재를 부정하는 것은 절대 금물이었다. 현직에 있는 자들은 그 자신감이 자기들의 공로라고 주장했고, 상대편은 그들의 공로를 부인하면서 지금의 호경기는 신의 섭리라고, 또는 연방준비제도 이사회 앨런 그린스펀 의장의 섭리라고 주장했다. 그러나 우리의 본성은 어쩔 수 없는 것, 의심은 인간성의 밑바탕에 도사리고 있다. 의심 그 자체, 돌에 새겨진 것은 아무것도 없고 모든 것이 결국 소멸하고 만다는 그 인식 자체가 우리의 본질이다. 지금 사상의 고물 하치장에 가 있는 마르크스, 지식의 세인트헬레나에 유배된 그 마르크스도 아마 이렇게 말하고 있을 것이다. 제아무리 견고한 것이라도 언젠가는 허공으로 사라진다고. 그런데도 이처럼 날마다 자신감을 역설하는 환경 속에서 우리의 두려움은 어디로 숨어야 하는가? 무엇을 먹으며 살아가야 하는가? 어쩌면 그것은 바로 우리 자신을 파먹으며 살아가는지도 모른다고 솔랑카는 생각했다. 달러화는 전능했고 미국은 세계를 좌지우지했다. 그러나 정작 미국 땅에는 온갖 심리장애와 정신착란이 판치고 있었다. 깨끗이 포장되어 위생적이라고 자기만족에 빠져 부르짖는 미국, 이천이백만 개의 새 일자리와 사상 최고의 주택 보급률을 자랑하는 미국, 균형 예산과 낮은 적자율과 주식 보유량을 과시하는 쇼핑몰 아메리카, 그러나 그 이면에는 스트레스에 짓눌려 기진맥진한 사람들, 그런 자신의 상태에 대해 하루 종일 얼간이처럼 뻔한 소리만 늘어놓는 사람들이 있었다. 풍요의 상속자들, 즉 젊은이들의 경우는 문제가 더욱 심각했다. 굉장히 조숙한 파리 식 교육을 받은 밀라도 자기 또래의 혼란에 대해 경멸조로 이야기할 때가 많았다. 다들 겁에 질렸어요, 내가 아는 애들 전부, 겉으로는 멀쩡해 보여도 속으로는 모두 떨고 있어요. 모두 돈은 많지만, 그렇다고 달라지는 건 아무것도 없어요. 그러나 무엇보다 심각한 것은 남녀 사이의 문제였다.

"남자들은 여자를 만날 때 언제 어떻게 어디를 만져야 할지 몰라서 쩔쩔매고, 여자들은 성욕과 성희롱, 장난과 폭력, 사랑과 강간을 구별하지 못해서 갈팡질팡하죠."

사람이든 사물이든 만지는 즉시 황금으로 변해버리는 상황에서는, '소원을 빌 때는 조심해야 한다'는 교훈을 주는 또하나의 고전적 우화에서 미다스 왕이 깨달았듯이, 결국 사람이든 사물이든 아무것도 만질 수 없게 되는 것이다.

사실 밀라도 최근에 좀 달라졌지만 그녀의 경우 그 변화는 오히려 엄청난 발전이라는 것이 솔랑카 교수의 생각이었다. 예전의 그녀는 이십 대의 나이에도 여전히 십 대처럼 여왕 놀이나 하는 철부지 계집애 흉내를 내고 있었기 때문이다. 아름다운 에디,

그 대학 스포츠 스타를 놓치지 않으려고—솔랑카에게 그녀는
에디가 '아주 밝은 전구는 아니지만 마음만은 착하다', 그런데
여자가 너무 똑똑하고 교양이 많으면 주눅이 들어 흥미를 잃을
것이 틀림없다고 설명했다—그녀 자신의 전구 밝기를 낮춰놓았
던 것이다. 물론 완전히 낮춰버린 것은 아니었다. 누가 뭐래도
그녀가 애인과 나머지 녀석들을 꼬드겨 키에슬로프스키의 동시
상영 영화를 보러 갈 수 있었던 것은 사실이고, 그것은 곧 그들
이 보기보다 그리 멍청하지 않다는 뜻이거나 아니면 그녀의 설
득력이 솔랑카가 이미 느끼고 있던 것보다 더 훌륭하다는 뜻이
기 때문이다.

밀라는 날이 갈수록 점점 더 뛰어난 재치와 능력을 가진 아가
씨로 변모하여 말릭을 놀라게 했다. 그녀는 아무 때나 불쑥불쑥
찾아왔다. 때로는 아침 일찍 쳐들어와 그에게 강제로 아침식사
를 먹였고—저녁때까지 아무것도 안 먹는 것이 그의 습관이었
지만 그녀는 '아주 야만적이고 건강에도 쥐약 같은' 버릇이라며
질타했고, 그는 결국 그녀의 지도를 받으며 오트밀과 시리얼의
수수께끼를 배우기 시작했고, 갓 끓인 커피와 함께 아침마다 적
어도 과일 한 조각씩은 꼭 먹게 되었다—또 때로는 관습적으로
금단의 정사에 애용되는 후덥지근한 오후 시간에 찾아오기도 했
다. 그러나 사랑을 염두에 둔 것 같지는 않았다. 그녀는 솔랑카

와 함께 좀더 순박한 즐거움을 나눌 뿐이었다. 꿀을 넣은 녹차, 공원에서의 산책, 쇼핑 나들이―"교수님, 이건 아주 심각한 상황이라구요, 즉각적이고 파격적인 조치를 취해서라도 좀 입을 만한 옷들을 장만하셔야겠어요"―그리고 천문과학관 관람 따위였다. 모자도 안 쓰고 캐주얼 차림에다 삼십 년 만에 처음으로 구입한 산뜻한 새 운동화를 신고 빅뱅이 벌어지는 한복판에 밀라와 나란히 서 있자니 마치 그녀 쪽이 부모인 것 같았고 솔랑카 자신은 아스만 또래의, 아니, 그보다는 조금 더 나이를 먹은 소년이 된 듯한 기분이었다. 그때 밀라가 그를 향해 돌아서서 상체를 조금 숙이더니(하이힐 때문에 그녀 쪽이 적어도 6인치는 더 컸기 때문이다) 두 손으로 그의 얼굴을 감싸쥐었다.

"자, 교수님은 지금 우주가 시작되는 순간을 보고 계신 거라구요. 그것도 이렇게 멋진 모습으로요. 제발 기운 좀 내시란 말이에요! 새로 시작한다는 건 좋은 일이잖아요."

그들의 주위에서는 시간의 순환이 시작되고 있었다. 우주 만물이 여기서 비롯되었던 것이다. 콰앙! 물체들이 사방팔방으로 날아갔다. 중심은 버티지 못했다. 그러나 우주의 탄생은 황홀한 은유였다. 그 이후의 일들은 예이츠가 말한 무질서[*]로 끝나지

---

[*] 예이츠의 시 「재림」에 다음과 같은 구절이 있다. "만물이 떨어져나가고 중심은 견뎌내지 못한다 / 완전한 무질서가 세상으로 풀려난다."

않았다. 보라, 물질이 다른 물질과 합쳐지고 태초의 진흙탕이 걸쭉해진다. 그러다가 항성들이 나타나고, 행성들, 단세포 생물들, 어류, 기자들, 공룡들, 변호사들, 포유류들이 나타난다. 삶이다, 삶. 말릭 솔랑카는 생각했다. 그래, 피네건, 다시 시작해라. 핀 맥쿨*이여, 거대한 엄지손가락을 빨면서 그렇게 잠만 자지 말아라. 피네건이여, 깨어나라**.

그리고 그녀는 이야기도 많이 했다. 마치 받은 만큼 돌려줘야만 직성이 풀린다고 생각하는 것 같았다. 이 시기에 그녀는 무시무시할 정도로, 마치 주먹질을 하듯이 직선적으로, 그리고 인정사정없이 빠른 속도로 말을 이어갔다. 그러나 이같은 독백의 목적은 싸움이 아니라 우정이었다. 그 이야기들을 그녀가 의도한 대로 받아들이면서 솔랑카는 크나큰 위안을 받았다. 그녀와의 대화를 통하여 중요한 것들을 배우게 될 때도 많았다. 말하자면 무심결에 지혜를 얻고 있는 것이었다. 그녀의 이야기 속에는 작

---

* 아일랜드 전설에 등장하는 거인 피온 맥 쿠마일의 영어식 표기. 그는 지금도 죽지 않고 어느 동굴 속에 잠들어 있으며 아일랜드에 큰 위기가 닥쳤을 때 깨어날 것이라고 한다.
** 제임스 조이스의 소설 『피네건의 경야』는 아일랜드 민요 〈피네건의 경야〉에서 소재를 얻은 작품이다. 이 노래는 사다리에서 떨어져 죽은 팀 피네건을 위해 밤샘을 하던 중 위스키가 쏟아지는 바람에 시체가 되살아난다는 내용으로, 핀 맥쿨의 전설과도 일맥상통한다.

은 금 덩어리 같은 기쁨들이 마치 버려진 장난감처럼 사방에 아무렇게나 떨어져 있었다. 예를 들면 그녀가 예전의 애인에게서 버림받은 이유를 설명할 때였다. 솔랑카가 그랬듯이 그녀 또한 자기가 남자에게 차였다는 사실을 믿을 수 없다는 표정이 역력했다.

"그 남자는 돈이 썩어날 만큼 부자였는데 저는 그렇지 않았거든요."

그러면서 어깨를 으쓱했다.

"그 남자한테는 그게 문제였던 거죠. 저도 벌써 스무 살이 넘었는데 아직도 한 재산을 갖지 못했다는 거."

한 재산? 솔랑카는 잭 라인하트로부터 그 말이 미국의 남권주의자들 사이에서 남성 성기를 의미한다고 들은 적이 있었지만, 밀라가 그것이 없다는 이유로 퇴짜를 맞았을 것 같지는 않았다. 그러자 밀라는 마치 머리는 좀 둔하지만 제법 귀여운 어린애를 대하듯이 그 용어의 의미를 설명해주었다. 바보를 가르치는 말투, 그녀가 에디와 얘기할 때 가끔 사용하던 바로 그 말투였다.

"한 재산이라는 건요, 교수님, 일억 달러를 말하는 거예요."

마치 계시와도 같은 이 절묘한 사실을 듣고 솔랑카는 순간적으로 멍해졌다. 백만 달러의 백 배, 그것이 이 시대의 미국에서 낙원으로 들어가는 입장료였다. 이렇게 비범한 미모와 지성을 겸비한 아가씨가 다른 이유도 아니고 돈 때문에 자격 미달로 간주된다는 것, 그것은 감정 문제에 관한 한, 아니, 적어도 남녀 문제에 관한 한 미국인들의 기대 수준이 부동산 가격보다도 폭등했다는 증거였다. 솔랑카가 심각한 표정으로 말하자 밀라는 이렇게 대꾸했다.

"명언이에요, 교수님."

그리고 두 사람은 동시에 폭소를 터뜨렸다. 솔랑카가 자신의 그런 웃음소리를 들어본 것은 정말 오랜만이었다. 아이들처럼 구김살 없는 웃음소리.

그는 그녀가 자기를 기획사업의 하나로 생각한다는 사실을 알고 있었다. 밀라의 각별한 취미는 망가진 사람들을 수집하여 고쳐놓는 일이었다. 솔랑카가 물어보았을 때 그녀는 허심탄회하게 대답했다.

"제가 잘하는 일이 그거예요. 사람들을 치료하는 거. 어떤 사람들은 집을 수리하잖아요. 저는 사람들을 수리하는 거죠."

결국 그녀에게 솔랑카는 낡은 집과 같은 존재, 그가 세 들어 사는 어퍼 웨스트 사이드의 이 오래된 복층식 아파트와 비슷한 존재였다. 이 위풍당당한 건물도 60년대 이후로는 한 번도 손을 안 댔는지 조금은 비참해 보이기 시작하고 있었다. 밀라는 건물 안팎을 다 뜯어고쳐 완전히 새로운 모습으로 바꿔놓을 시기라고 말했다. 솔랑카도 그 말에 동의했다.

"말버릇 고약한 펀자브 인부들이 내 창밖에 작업대를 매달고 비디를 피우면서 시끄럽게 떠들지만 않는다면."

다행히 그 일꾼들은 작업을 끝내고 돌아가버린 뒤였고, 이제 시가지 특유의 소음만 남아 있었다. 그러나 그 소리조차도 전보다 한결 조용해진 것 같았다.

밀라는 솔랑카에게 자기 친구들, 즉 현관 계단의 흡혈귀 패거리에 대해서도 숨김없이 털어놓았고, 그래서 지금은 그들이 단순히 버릇없는 녀석들로만 보이지는 않았다. 그녀는 그들에게도 솜씨를 발휘했고, 자신의—그들의—성과를 자랑스러워했다.

"시간이 좀 걸렸어요. 애들이나 쓰는 선글라스와 촌스러운 코르덴 나부랭이를 실제로 좋아했거든요. 그랬는데 지금은 제가 뉴욕에서도 으뜸가는 패션 감각을 가진 괴짜 패거리를 거느리게 된 거죠. 여기서 괴짜라는 말은요, 교수님, 천재라는 뜻이에요. 걔들은 정말 짱이에요. 여기서 짱이라는 건 최고라는 뜻이죠. 아이러브유 바이러스를 퍼뜨렸던 그 필리핀 애 아세요? 그 정도는 아무것도 아니에요. 그게 동네 야구였다면 이건 메이저리그라구요. 애들이 만약 빌 게이츠를 바이러스로 공격했다면 빌 게이츠는 **몇 년쯤** 골골거렸을 거예요. 교수님은 지금 그 악의 황제가 정말 무서워하는 정의의 사도들을 보고 계시는 거라구요. 다만 안전을 위해 X세대 게으름뱅이들로 위장하고 있는 거죠. 깜둥이 베이더나 뿔달린 빨갱이 몰 같은 제국의 다스들에게 발각되지 않으려구요. 아, 맞다, 교수님은 〈스타워즈〉를 싫어하시죠? 그럼 다크로드 사우론과 반지의 망령들에게 들키지 않도록 제가 잘 숨겨놓은 호빗들이라고 해도 좋겠네요. 프로도, 빌보, 샘 갬지, 한마디로 반지원정대죠. 때가 되면 우리가 사우론을 쓰러뜨리고 운명의 산에서 사우론의 힘을 태워버릴 거예요. 제 얘기를 농담으로 듣지 마세요. 빌 게이츠는 경쟁자들을 겁내지 않아요. 벌써 자기가 다 꺾어버렸으니까요. 이젠 빌 게이츠가 마음대로 주무르는 노예들일 뿐이죠. 그 인간이 악몽까지 꾸면서 두려워하는 것은 언젠가 온수도 안 나오고 엘리베이터도 없는 아파트에 사는 어떤 애가 차세대 프로그램을 들고 나타나는 거라구요. 빌 게이츠를 묶은 신문지 같은 폐품으로 만들어놓을 만한 작품 말예요. 그래서 그 인간이 우리 같은 사람들을 독점하려고 하는 거예요. 내일 몇십억 달러를 잃어버리지 않으려면 오늘 몇백만 달러쯤 투자해도 아깝지 않다는 거죠. 그래요, 저도 그 판결에 찬성해요. 빌 게이츠의 왕궁을 뜯어 반 토막을 내버리는 거, 빠르면 빠를수록 좋은 일이죠. 어쨌든 우린 우리대로 거창한 계획들을 갖고 있어요. 저요? '나를 불러라 요다*'라고. 나는 말한다 거꾸로. 나는 생각한다 뒤집어서. 완전히 바꿔놓을 수 있다 나는 너를. 너는 생각하느냐 너의 포스**가 강하다고? 더욱더 강하다 나의 포스는.' 장난은 그만 하죠."

그녀는 그 고무인형 같은 목소리를 버리고 이렇게 말을 이었다.

"사실 저는 경영자일 뿐이에요. 지금은 영업부와 홍보부 일까지 겸하고 있죠. 아무래도 소수정예가 좋으니까요. 저의 흡혈귀들을 어떻게 생각하세요? 걔들은 창작 예술가들이에요. 웹스파이더넷(webspyder.net). 지금 이 순간에도 우린 스티브 마틴, 알 파치노, 멜리사 에더리지, 워런 비티, 크리스티나 리치, 윌 스미스 등의 웹사이트를 설계해주고 있어요. 그렇다니까요. 데니스 로드맨도 있죠. 그리고 매리언 존스, 크리스티나 아길레라, 제니퍼 로페즈, 토드 솔론즈, 엔싱크까지. 대기업? 물론 그쪽에도 발을 뻗었죠. 콘 에드, 버라이즌, 브리티시 텔레콤, 노키아, 카날 플뤼 등등, 통신에 관계된 곳이라면 어디든지 우리와 관계가 있죠. 좀더 고상한 고객은 없냐구요? 로버트 윌슨, 함부르크의 탈리아 극장, 로베르 르파주 같은 고객들 때문에 전화통에 불이 날 지경이죠. 정말 고객은 얼마든지 있어요. 요즘 세상은 무

---

* 〈스타워즈〉의 늙은 난쟁이 외계인으로, 여러 제다이 기사들의 스승이다. 문장의 전후반을 바꿔 말하는 버릇이 있다.
** 〈스타워즈〉에서 일종의 자연력을 가리키는 용어. 제다이 기사들과 은하제국의 다스들은 그 힘을 이용하여 초인적 능력을 발휘한다.

법천지예요, 교수님. 애들은 홀인더월 갱단*이구요. 부치, 선댄스, 그야말로 와일드번치**라구요. 저야 뭐 사감선생이죠. 얼굴마담 노릇도 하구요. 이미지 관리도 하구요."

솔랑카가 그들을 잘못 본 모양이었다. 그들은 모두 신동이었고, 에디만 예외였다. 그들은 솔랑카가 뿌리 깊은 불안감을 품고 있는 미래 기술화 사회의 돌격대원들이었다. 여기서도 역시 에디는 예외였다. 그러나 에디 포드는 밀라의 가장 야심적인 기획 사업이었다.

"적어도 교수님이 나타나기 전엔 그랬어요. 그리고 교수님과 에디는 교수님이 생각하시는 것보다 공통점이 많아요."

에디는 타고난 팔 힘 덕분에 고향 촌구석에서 멀리 컬럼비아 대학까지 올 수 있었고, 결국 맨해튼에서 가장 인기 높은 부동산 중 하나인 밀라 마일로의 침대에 발을 들여놓는 데 성공했다. 그러나 마지막에 가서 중요한 것은 미식축구공을 얼마나 멀리 던질 수 있느냐 따위가 아니다. 어차피 과거는 던져버릴 수 없는 것이기 때문이다. 에디의 과거, 머나먼 고향 촌구석에서 보낸 에

* 1860년대부터 수십 년간 와이오밍 주 빅혼 산맥의 홀인더월을 근거지로 활동했던 여러 갱단의 통칭.
** 19세기 말 전후에 주로 활동했던 유명한 갱단. 홀인더월 갱단 출신의 부치 캐시디와 선댄스 키드가 특히 유명하다.

디의 어린 시절은 한마디로 비극의 연속이었다. 밀라는 솔랑카에게 그 시절의 등장인물들에 대해 간단히 설명해주었는데, 그녀의 진지한 태도 때문에 마치 그리스 비극의 한 토막처럼 느껴질 정도였다. 우선 에디의 삼촌 레이먼드가 있었다. 그는 베트남 참전용사였는데, 마을 뒤쪽 소나무산에 있는 유나바머*가 살 만한 오두막집에서 오랫동안 숨어 살았다. 자기처럼 상처받은 영혼을 가진 사람은 인간 세상에 어울리지 않는다고 믿었기 때문이다. 레이 포드는 걸핏하면 격렬한 분노에 휩싸였는데, 그렇게 높고 외진 곳에 살면서도 저 아래 골짜기를 지나가는 트럭의 소음이나 나무가 쓰러지는 소리, 혹은 새소리만 들려도 분노를 느낄 정도였다. 그리고 레이의 형이며 에디의 아버지인 토브가 있었다. '독사 스컹크 족제비' 같은 그는 자동차 수리공이었고, 별 볼 일 없는 카드 도박꾼이었고, 싸구려 술만 마시는 주정뱅이였고, 한없이 비열한 인간이었는데, 결국 그의 배신 때문에 모두의 인생이 비참해지고 말았다. 그리고 마지막으로 에디의 어머니 주디 카버가 있었다. 그 시절만 하더라도 산타클로스나 예수와 어울려 지내지는 않았는데, 마음씨가 워낙 착해서 70년대 초부

____

* 미국에서 1978~95년 사이에 열여섯 건의 우편물 폭발사건을 일으켜 세 명을 죽이고 스물세 명에게 부상을 입힌 폭탄 테러범 시어도어 카친스키의 별명. FBI에 체포될 당시 몬태나 주의 외딴집에서 혼자 은둔생활을 하고 있었다.

터 매주 산을 오르내렸고, 그로부터 십오 년이 지나 꼬마 에디가
열 살이 되었을 무렵에는 결국 그 산 사나이를 설득하여 마을로
내려오게 만들었다.

에디는 악취를 풀풀 풍기는 털북숭이 삼촌에게 주눅이 들어
적잖이 두려워하고 있었다. 그러나 어려서부터 그에게는 레이의
집에 다녀오는 시간이 인생에서 가장 즐거운 순간들이었고 또한
본인이 '영화보다 낫다'고 표현할 만큼 생생한 기억으로 남아
있었다. (주디는 에디가 다섯 살이 된 다음부터 그를 데리고 다
녔다. 레이에게 미래를 보여줌으로써 세상으로 돌아오게 하고
싶었고, 에디의 따뜻한 성격이 그 난폭한 사나이의 마음을 사로
잡을 수 있을 거라고 믿었기 때문이다.) 산을 오를 때 주디는 종
종 알로 거스리의 옛 노래를 불렀고 어린 에디도 따라 불렀다.
"며칠 전 어느 늦은 밤, 문득 가서 레이를 만나고 싶길래, 얼른 가서
레이를 만났는데, 레이는 고작 한다는 말이, 피클은 먹기 싫어, 모터
사이클 타고 싶어……" 그러나 이 레이는 그 레이가 아니었다. 이
레이는 할리 모터사이클을 갖고 있지 않았고, 레스토랑을 가진
앨리스도 없었고 안 가진 앨리스도 없었다*. 에디가 생각하기에
이 레이는 콩과 풀뿌리로 연명하는 사람이었고, 어쩌면 벌레와

---

* 알로 거스리의 대표작으로 손꼽히는 〈앨리스의 레스토랑〉에 대한 언급. 반전 메
시지를 담은 긴 곡으로, 단조로운 기타 반주에 맞춰 이야기 형식으로 진행된다.

세균, 그리고 맨손으로 잡은 뱀이나 하늘에서 낚아챈 독수리 따위를 먹고 사는 듯했다. 이 레이는 절름발이였고, 이빨은 썩은 나무토막 같았고, 입 냄새는 열 걸음 떨어져 있는 사람도 기절시킬 정도였다. 그러나 주디 카버 포드는 아직도 이 레이를 볼 때마다 먼 옛날 전쟁터로 떠나가던 그 싹싹한 소년의 모습을 떠올렸다. 그 소년은 담뱃갑 속의 은박지를 꼬아서 똑바로 세워둘 수 있는 인형을 만들거나 소나무를 깎아서 소녀들의 얼굴 모양을 만들어냈고, 입맞춤만 해주면 기꺼이 그것들을 넘겨주었다. (말릭 솔랑카는 참 기이한 일이라고 생각했다. 인형이라…… 그 케케묵은 주술에서 벗어날 길이 없구나. 여기서도 인형 제작자에 대한 이야기가 나온다. 게다가 그는 사냐시이기도 하다. 밀라가 하고 싶었던 말이 바로 이거였다. 그는 나와는 다른 진짜 사냐시였고, 그가 속세를 버리고 은둔한 방식도 진정한 구도자의 그것이었다. 그러나 그 역시 자신의 내면에 도사리고 있는 그것, 당장이라도 부글부글 끓어올라 이 무가치한 세상을 휩쓸어버릴지 모르는 그것이 두려워 어디론가 사라지려고 했다는 점에서는 나와 마찬가지였다.) 주디도 레이와 입맞춤을 한 적이 한 번 있었다. 물론 토브를 선택하는 한심한 실수를 저지르기 전의 일이었다. 토브는 허리가 좋지 않은 덕분에 징집을 피할 수 있었다. 그러나 주디가 그의 더러운 성격을 피할 수 있도록 도와줄 사람은 아무도 없었다. 혹시 있다면 레이뿐이라는 것이 그녀의 생각이었다. 레이가 자신의 요새를 버리고 내려와주기만 한다면 그것을 계기로 모든 것이 달라질 것 같았다. 형제가 함께 낚시나 볼링을 하러 다니고, 토브는 개과천선하고, 그러면 그녀도 약간의 평화를 얻게 될 듯싶었다. 그러다가 드디어 레이가 내려온 것이다. 때를 밀고 면도를 하고 깨끗한 셔츠로 갈아입은 그가 문을 열고 나타났을 때, 너무나 말쑥해진 그의 모습은 에디가 못 알아볼 정도였다. 주디는 자기만의 특기를 유감없이 발휘하여 축하 만찬을 준비했는데, 나중에 산타클로스 씨와 그리스도 씨에게도 선보이게 되는 바로 그 미트로프와 참치 요리였다. 한동안은 모든 것이 순조로웠다. 그리 많은 대화가 오가지는 않았지만 그것도 나쁘지 않았다. 아직은 그들 모두가 한집에 모여 있는 상황에 익숙해질 시간이 필요했기 때문이다.

이윽고 아이스크림을 먹을 때 레이 삼촌이 말문을 열었다. 숲 속으로 그를 찾아오는 여자는 주디만이 아니었다는 것이었다. 그는 어렵사리 이렇게 말했다.

"다른 여자가 있었지. 이름은 해티, 캐럴 해티인데, 그 여자는 나 말고도 몇 명이 그 숲 속에 흩어져 산다는 걸 알고 있었고, 워낙 착한 여자라서 우리한테 옷이니 파이니 그런 것들을 갖다 줬어. 그중엔 누구든지 열 걸음 이내로 접근하기만 하면 남자든 여자든 애들이든 미친개든 가리지 않고 다짜고짜 도끼를 휘둘러대는 미친놈들이 수두룩한데도 말이야."

그 여자에 대해 이야기하면서 레이 삼촌은 얼굴을 붉히며 점점 안절부절못했다. 주디가 물었다.

"레이먼드 도련님한테 중요한 분인가요? 그 여자분도 초대할까요?"

그러자 맞은편에 앉아 있던 독사 스컹크 족제비가 무릎을 치며 웃어대기 시작했다. 술에 취한 독사 스컹크 족제비의 요란한 웃음소리, 배신자의 웃음소리였다. 그러다가 나중에는 눈물까지 흘리더니 의자를 쓰러뜨리며 벌떡 일어나 이렇게 말했다.

"오오, 캐럴 해티. 호퍼 스트리트에 있는 빅디퍼 식당의 그 똥갈보 캐럴 말이지? 그 캐럴 해티? 우우. 맙소사, 그년이 남자에 환장한 줄은 알았지만 너한테까지 찾아갈 정도인 줄은 몰랐는걸. 야, 레이, 네가 소식이 깡통이라서 그래. 우린 말이야, 캐럴 그년이 열다섯 살이었을 때부터 아무 때나 마음대로 따먹었다구."

그러자 레이는 오싹할 만큼 허탈한 얼굴로 꼬마 에디를 바라보았다. 그때 에디는 겨우 열 살이었지만 그 표정의 의미를 이해할 수 있었고, 레이 삼촌의 등에 꽂힌 배신의 칼이 얼마나 깊이 박혔는지를 충분히 실감할 수 있었다. 왜냐하면 레이먼드 포드가 자기 나름의 방식으로 이미 밝혔듯이 그가 산꼭대기의 성채에서 내려온 까닭은 가족의 사랑을 얻기 위한 것이기도 했지만—그 표정은 특히 에디의 사랑을 얻고 싶었다고 말하고 있었다—또한 그가 착한 여자라고 믿고 있던 한 여자의 사랑을 얻기 위한 것이기도 했기 때문이다. 오랫동안 분노의 세월을 보냈던 그는 이같은 사랑으로 마음의 병을 고쳐보려는 희망을 품고 내려왔던 것인데, 토브 포드가 한 짓은 이 두 개의 풍선을 한꺼번에 터뜨린 것, 바꿔 말하자면 단 한 번의 공격으로 레이의 심장을 두 번이나 찔러버린 것이었다.

아무튼 토브의 말이 끝나자 그 덩치 큰 사나이도 자리에서 일어났고, 주디는 두 남자를 향해 고함을 지르는 동시에 허둥지둥 에디를 등 뒤에 감추려 했다. 왜냐하면 그 독사 스컹크 족제비 같은 남편이 작은 권총을 손에 쥐고 동생의 심장을 겨냥하고 있었기 때문이다. 토브가 빙그레 웃으며 말했다.

"자, 그럼 레이먼드, 형제간의 우애에 대해서 성경책에 뭐라고 적혀 있는지 되새겨보라구."

그러자 레이 포드는 집 밖으로 나가버렸고, 주디는 너무 무서워 "어젯밤 늦게 망사문 닫히는 소리를 들었네" 하고 노래를 부르기 시작했고, 그러자 토브도 집을 나서면서 이렇게 내뱉었다. 내가 이런 쓰레기 같은 음식을 먹어야 되냐, 너처럼 시건방진 년은 버르장머리를 고쳐놔야 하는데, 내 말 알아들어, 주드? 그리고 나를 심판하려고 들지 말란 말이야, 이 잡년아, 그래봤자 너는 내 마누라니까, 남편 말이 말 같지 않으면 저 미치광이 레이한테 가서 붙어먹든지. 그리고 토브는 그의 일터이기도 한 코리건 자동차 수리장으로 카드놀이를 하러 갔다. 이튿날 날이 밝기도 전에 어느 뒷골목에서 목이 부러진 캐럴 해티의 시체가 발견되었다. 레이먼드 포드는 녹슬어가는 자동차들이 즐비한 코리건 수리장 안쪽의 고물 하치장에서 심장에 총알구멍 하나가 뚫린 채 쓰러져 있었는데, 흉기는 어디에도 없었다. 독사 스컹크 족제비가 사라져버린 것도 바로 그날이었다. 카드놀이를 하러 나가서 다시는 돌아오지 않았던 것인데, 흉기를 소지한 위험인물 토바이어스 포드에 대한 수배령이 다섯 개 주에 내려졌지만 끝내 아무도 그의 흔적을 찾아내지 못했다. 에디의 어머니는 그 악당이 사실은 둔갑한 독사였다고 믿고 있었다. 그런 만행을 저지른 뒤에 그는 옷을 벗듯이 간단히 인간의 허물을 벗어던졌고, 그 허물은 그의 몸에서 떨어지자마자 산산이 부서져 먼지가 되어버렸다는 것이었다. 이 촌구석에서 뱀 한 마리 따위를 눈여겨보는 사람은 아무도 없다. 여기서는 교회 안에도 방울뱀과 살무사들이 수두룩한데, 그것들은 기껏해야 목사 나부랭이에 불과하다. 그러니까 그 악당은 잊어버리자. 내가 뱀과 결혼하는 줄 알았더라면 결혼 서약을 하느니 차라리 독약을 마셨을 것이다.

주디는 점점 늘어만 가는 1쿼트들이 잭과 짐*으로부터 위안을 얻었지만, 에디 포드는 그런 일을 겪은 후 말수가 줄어 하루에 스무 마디를 입 밖에 내는 날도 드물었다. 비록 마을을 떠나지는 않았지만 삼촌이 그랬던 것처럼 그 역시 세상을 향해 문을 닫아걸고 자신의 내면에 틀어박혀 은거하고 있었다. 그리고 좀 더 자란 뒤에는 그 힘센 육체의 막강한 에너지로 미식축구공을 던지는 일에만 총력을 기울였고, 결국 그 촌구석에서 유례를 찾아볼 수 없을 만큼 빠르고 강력한 공을 던질 수 있었다. 마치 공을 던져 대기권 바깥으로 내보낼 수만 있다면 자기 혈통의 저주를 모면할 수 있다는 듯이, 마치 자신의 패스로 터치다운을 성공시키기만 하면 자유를 얻을 수 있다는 듯이. 그리하여 그는 마침내 밀라에게까지 올 수 있었고, 그녀가 그를 마귀들로부터 구원해주었던 것이다. 그녀는 그를 구슬러 정신적 유배지를 벗어나게 했고, 지금까지 그의 감옥이었던 그 아름다운 육체로부터 자신의 쾌락을 얻는 대가로 그에게 애정과 친구들과 세상을 선물했다.

말릭 솔랑카 교수는 생각했다. 언제 어디서나 분노가 하늘을

266

찌르는구나. 언제 어디서나 어둠의 여신들의 날개 소리가 들리는구나. 티시포네, 알렉토, 메가이라. 고대 그리스인들은 신들 중에서도 가장 잔인한 이 여신들을 몹시 두려워하여 감히 그들의 진짜 이름을 입 밖에 내지도 못했다. 에리니에스, 분노의 여신들(Furies), 그 이름을 말한다는 것은 곧 그들의 치명적인 분노를 불러들이는 짓이었다. 그래서 그리스인들은 은밀히 빈정거리는 의미를 담아 이 성난 여신 삼총사에게 '마음씨 좋은 자들'이라는 뜻의 별명을 붙여주었다. 에우메니데스. 그러나 이같은 완곡어법조차도 언제나 우울한 이 여신들의 성격을 바꿔놓지는 못했다.

*　　*　　*

처음에 그는 밀라를 보면서 리틀 브레인이 살아났다는 생각을 억제하려고 노력했다. 여기서의 리틀 브레인은 매스컴이 재창조한 빈껍데기 리틀 브레인, 그 배신자 리틀 브레인, 즉 〈브레인 스트리트〉의 무뇌아 여자 인형이 아니라 지금은 잊혀져버린 원래의 리틀 브레인, 그가 처음에 상상했던 그 잃어버린 L. B., 즉 〈리틀 브레인의 모험〉의 주인공이었다. 처음에는 밀라를 인형으로 생각하는 것이 그녀에게 너무 부당한 일이라고 자기 자신을 타일렀다. 그러나 따지고 보면 그것은—그는 자신에게 이런 반론을 제기했다—그녀가 자초한 일이 아니던가? 스스로 인정했듯이 그녀는 초창기의 리틀 브레인을 모방하고 흉내 내지 않았던가? 지금도 그녀는 그가 잃어버린 그 원본의 역할을 자청하고 있는 것이 분명하지 않은가? 그는 이제 그녀가 실은 아주 똑똑한 아가씨라는 사실을 알고 있었다. 그렇다면 그녀는 자신의 연극에 대한 그의 반응도 미리 예상했을 것이다. 그렇다! 그를 구원해주기 위해서 그녀는 계획적으로 그의 가장 은밀한 욕구, 그러나 한 번도 입 밖에 내지 않았던 그 욕구를—그것을 어떻게 간파했는지는 모를 일이지만—만족시킬 수 있는 비법을 제시하고 있는 것이다. 그때부터 솔랑카는 머뭇거리며 조금씩 그녀를 자신의 피조물로 생각하기 시작했다. 기대하지도 않았던 기적이 일어나서 그녀가 생명을 얻은 것이라고, 그래서 지금 마치 친딸처럼 그를 보살피고 있는 것이라고 말이다. 그러다가 한 번의 말실수로 그의 속마음이 드러나버렸지만 밀라는 조금도 당황하지 않은 듯했다. 오히려 은밀히 미소를 지을 뿐이었고—솔랑카는 그 미소 속에 기이하고 색정적인 기쁨이 담겨 있음을 인정하지 않을 수 없었는데, 그것은 마침내 고기가 미끼를 물었을 때 참을성 많은 낚시꾼이 느끼는 만족감, 혹은 마침내 배우가 대사를 기억해냈을 때 무대 뒤에서 몇 번이나 가르쳐주던 사람이 남몰래 만끽하는 환희와도 비슷한 것이었다—그의 실수를 지적하기는커녕, 마치 그가 인형의 이름이 아니라 그녀 자신의 이름을 제대로 불렀다는 듯이 태연스레 대답했다. 말릭 솔랑카는 근친상간에 버금가는 부끄러움을 느끼며 뜨겁게 얼굴을 붉혔고, 곧 더듬거리며 사과의 말을 늘어놓기 시작했다. 그러자 그녀는 젖가슴이 그의 셔츠에 닿고 입김이 그의 입술을 스칠 만큼 가까이 다가와서 이렇게 속삭였다.

"교수님, 저를 뭐라고 부르시든 상관없어요. 그래서 교수님의 기분이 좋아진다면 저도 좋으니까요."

그리하여 그들은 날이 갈수록 환상 속으로 점점 더 깊이 빠져들었다. 그 망쳐버린 여름, 비가 내리는 오후마다 그들은 그의 아파트에서 단둘이 만나 '아빠와 딸' 놀이를 했다. 밀라 마일로는 아주 노골적으로 인형 흉내를 내기 시작했고, 옷차림도 인형이 처음에 입었던 옷들을 점점 닮아갔고, 잔뜩 흥분해 있는 솔랑카 앞에서 초창기 에피소드의 대본에 따라 연극까지 선보였다. 솔랑카는 마키아벨리, 마르크스, 그리고 제일 자주 하게 되는 갈릴레이 역할 등을 연기했고, 밀라는, 아, 그가 그녀에게 기대하는 바로 그 역할을 연기했다. 그가 세계의 위대한 현자들의 지혜에 대해 이야기하는 동안 그녀는 그의 의자 옆에 내려앉아 그의 발을 주물러주었고, 그렇게 잠시 그의 발치에 머문 뒤에는 그의

애타는 무릎 위에 올라앉았는데, 그때마다 그들은 묵시적 동의
에 따라 반드시 몸과 몸 사이에 불룩한 쿠션 하나를 끼워놓았고,
그래서 이미 어떤 여자와도 동침하지 않겠다고 맹세했던 그의
몸이 그녀의 몸을 접하고 혹시 다른 남자들과 똑같은 반응을 보
이더라도 그 쿠션 덕분에 그녀는 절대로 알아차릴 수 없었고, 서
로 그 문제에 대해 언급할 필요도 없었고, 이따금 그의 의지력
약한 몸에서 쏟아져나오는 것이 있더라도 굳이 그 사실을 인정
할 필요가 없었다. 그리하여 일찍이 브라마차리아*를 목표로 친
구들의 아내와 한 자리에 누워 과연 정신이 육체를 다스릴 수 있
는지 알아보는 '진리의 실험'**에 몰두했던 간디처럼 솔랑카도
겉으로는 점잖은 체면을 유지할 수 있었다. 그리고 그녀도 마찬
가지, 그녀도 마찬가지였다.

---

* '자기 정화'라는 뜻의 산스크리트어.
** 1925~28년 구자라트어 주간지에 처음 게재되었던 간디의 자서전 제목.

10

아스만이 칼날처럼 그의 가슴을 파헤쳤다. 아침에는 뻔뻔스러울 정도로 편견에 사로잡힌 두 관객의 박수갈채를 받으며 생리현상을 멋지게 해결하고 자랑스러워하는 아스만. 낮에는 모터바이크 라이더로, 천막 거주자로, 모래 놀이통의 황제로, 잘 먹는 아이로, 잘 안 먹는 아이로, 노래하는 스타로, 분통을 터뜨리는 스타로, 소방관으로, 우주 비행사로, 배트맨으로 시시각각 변신하는 아스만. 저녁식사 후에는 비디오를 볼 수 있는 한 시간을 이용하여 벌써 수없이 보았던 디즈니 만화영화들을 보고 또 보는 아스만. 인기 품목은 〈로빈후드〉였다. 어처구니없는 '노팅햄'*이 나왔고, 컨트리 웨스턴 풍으로 노래하는 수탉이 등장했고, 〈정글북〉의 발루와 카아를 유치하게 베껴놓은 캐릭터들도 있었다. 예전에는 별로 들어보지도 못했지만 여기서는 걸핏하면 디즈니 식 고어(古語)로 '우들랄리!' 라는 감탄사를 외쳐대곤 했다. 그러나 〈토이 스토리〉는 금지 영화였다.

"무떠운 애가 나온단 말야."

무떠운은 무서운이었는데, 그 아이가 무서운 이유는 장난감을 험하게 다루기 때문이었다. 아스만은 그렇게 사랑을 저버리는 행동을 두려워했다. 그는 장난감의 주인이 아니라 장난감과 자신을 동일시했다. 장난감은 아이의 자식과도 같은 것이었고, 그런 장난감을 학대한다는 것은 세 살배기 아스만의 윤리관에 의하면 도저히 생각할 수 없는 끔찍한 범죄행위였다. (죽음도 마찬가지였다. 아스만은 『피터팬』을 읽을 때마다 내용을 뜯어고쳐 후크 선장이 무사히 악어를 피할 수 있도록 해주었다.) 비디오를 시청하는 아스만 다음은 밤의 아스만, 화장실에서 엄마가 이를 닦아줄 때 꿋꿋이 참아내면서 "오늘은 머리 안 감을래" 하고 선수를 치는 아스만. 그리고 마지막으로, 아빠의 손을 잡고 자러 가는 아스만.

아이는 다섯 시간의 시차를 무시하고 아무 때나 솔랑카에게 전화를 거는 버릇이 생겼다. 엘리너가 월로 로드에 있는 부엌 전

---

*〈로빈후드〉의 무대인 영국 노팅엄을 잘못 발음한 것.

화기의 단축번호에 뉴욕 전화번호를 입력해두었기 때문에 아스만이 할 일은 버튼 하나를 누르는 것이 전부였다. 안녕, 아빠, 하고 대서양 건너편에서 아스만의 목소리가 들려왔다(처음 전화도 새벽 다섯시에 걸려왔었다). 나 오늘 공헌에서 재밌게 놀았어. 솔랑카는 잠에 취해 있으면서도 아이를 가르치려고 했다. 공원이라고 해야지, 아스만. 공원, 해봐. 공헌. 지금 어디야, 아빠, 집에 왔어? 안 올 거야? 내가 아빠 빵빵 태워줄 건데, 구네도 태워줄 건데. 그네. 해봐, 그네. 내가 그우네도 태워줄 건데, 아빠. 모건 아찌가 나 높이높이 밀어줬어. 아빠 나 솜물 갖고 줄 거야? 갖다줄 거야, 해봐, 아스만. 선물, 해봐. 잘 할 수 있잖아. 나 신물 갔다 올 거야, 아빠? 안에 뭐 들었어? 내가 많이 좋아하는 거? 아빠, 이제 다시는 못 나가. 내가 안 놔줄 거야. 나 공헌에서 아스킴 먹었어. 모건 아찌가 사줬어. 아주아주 맛있었어. 아이스크림이야, 아스만. 아이스크림, 해봐. 아이스팀.

엘리너가 전화를 바꿨다.

"미안해요. 애가 혼자 내려와서 버튼을 눌렀네요. 내가 늦잠을 잤거든요."

아, 괜찮아. 솔랑카가 그렇게 대답한 후 기나긴 침묵이 흘렀다. 이윽고 엘리너가 떨리는 목소리로 말했다.

"말릭, 정말이지 뭐가 뭔지 모르겠어요. 난 지금 엉망진창이라구요. 있잖아요, 당신이 정 런던으로 오기가 싫다면 내가 그리로, 아스만을 외할머니한테 맡겨놓고 가면 되는데, 우리 차분히 좀 앉아서 이 일에 대해 얘기해보면, 무슨 일이든 간에, 맙소사, 도대체 이게 어떤 상황인지도 모르고 있으니! 아무튼 차근차근 풀어가면 안 될까요? 그것도 안 된다면 혹시 내가 미워지기라도 한 거예요? 이유가 뭐든 간에 내가 싫어졌어요? 혹시 딴 여자라도 생겼어요? 그게 틀림없어요, 그렇죠? 누구예요? 제발 말 좀 해봐요. 내 말이 맞다면 적어도 납득은 할 수 있는 일이니까, 만약 그렇다면 내가 이렇게 천천히 미쳐가는 게 아니라 당신한테 속 시원히 화라도 낼 수 있을 테니까."

그러나 그녀는 아직도 정말 화가 난 목소리가 아니었다. 솔랑카는 이런 생각을 했다. 나는 한마디 설명도 없이 그녀를 버렸다. 그녀의 이 슬픔은 조만간 분노로 바뀔 것이 틀림없다. 어쩌면 변호사를 통해 그 분노를 표현하고 나에게 법의 준엄한 분노를 맛보게 할지도 모른다. 그러나 그녀가 제2의 브로니스와바 라인하트가 된다는 것은 상상할 수 없다. 그녀는 그렇게 앙심을 품는 성격이 아니다. 그런데 어떻게 저렇게 화를 안 낼 수가 있을까? 사람 같지 않아서 좀 무서워지기까지 한다. 아니, 어쩌면 그것이야말로 모든 이들이 속으로 생각하고 있는 것, 그리고 모건 프랜즈와 린 프랜즈의 경우에는 직접 말로 표현하기까지 했던 것을 뒷받침하는 한 증거인지도 모른다. 즉 나와 엘리너 중에서 그녀 쪽이 훨씬 더 나은 사람이고, 그녀는 나에게는 과분한 사람이고, 따라서 지금의 괴로움만 이겨낸다면 내가 없어졌기 때문에 오히려 더 잘 살아갈 수 있을지도 모른다. 그러나 지금의 그녀에게는 그런 것들이 아무런 위안도 줄 수 없다. 아스만에게도 마찬가지일 것이다. 어쨌든 아이의 안전을 위해서라도 나는 돌아갈 수 없다.

그는 자기가 아직도 분노의 여신들을 떨쳐버리지 못했다는 것을 알고 있었다. 그의 마음속 깊은 곳에는 여전히 종잡을 수 없는 분노가 도사리고 있었다. 그것은 나지막이 부글거리며 이리저리 흘러다녔고, 그러다가 언제 느닷없이 솟아올라 화산처럼 터져버릴는지 알 수 없는 일이었다. 마치 분노 쪽이 주인인 듯, 솔랑카 자신은 그것의 집이나 숙주에 지나지 않는 듯, 그리고 그 분노는 사고력과 지배력을 가진 생물인 듯했다. 과학은 마술 같은 발전을 거듭하고 있지만 이 시대는 모든 것을 이해하고 설명할 수 있다고 생각하는 무미건조한 시대였다. 그리고 솔랑카 교수도 한평생 그렇게 무미건조한 사람이었다. 최근에 자기 내면에서 설명할 수 없는 부분을 의식하게 되기 전까지는 본래의 가장 폭넓은 의미에서의 과학―스키엔티아(scientia), 즉 지식―과 이성을 믿는 사람이었던 것이다. 그러나 모든 것을 현미경으로 관찰하고 끊임없이 설명하려 하는 이 시대에도 그의 내면에서 끓어오르는 그것은 도저히 설명이 불가능했다. 그는 인간의 내면에 그렇게 불안정하고 말로 설명할 수 없는 요소가 존재한다는 것을 인정할 수밖에 없었다. 우리에게는 빛뿐만 아니라 어둠도 있고, 흙뿐만 아니라 온기도 있다. 자연주의는 가시적인 것에 대한 철학이고, 따라서 우리를 제대로 파악하지 못한다. 우리는 그 이상의 존재이기 때문이다. 우리는 우리 내면의 이 부분을 두려워한다. 모든 경계를 허물고 법칙을 위반하고 한계를 초월하며 형태마저 변화하는 어둠의 자아를, 우리의 육체 속에 깃들어 있는 진짜 유령을 두려워한다. 내세에서가 아니라, 있을 법하지도 않은 어느 영원의 공간에서가 아니라, 바로 이 지상에서 그 영혼은 우리가 알고 있는 우리 자신의 사슬을 끊어버리고 탈출한다. 그리고 그 동안 갇혀 있었다는 사실에 분노하여 이성의 세계를 파괴해버리기도 한다.

그는 또 이런 생각을 다시 떠올렸다. 나에게 해당하는 것이라면 남들의 경우에도 어느 정도는 사실일 것이다. 온 세상이 걸핏하면 화를 낸다. 가슴을 파헤치는 칼날도, 그리고 등짝을 후려갈기는 채찍도 누구나 하나씩은 가지고 있다. 모두가 잔뜩 흥분해 있다. 사방에서 폭발음이 들려온다. 이제 인간의 삶을 구성하고 있는 시간은 분노의 잠복기, 즉 노여움이 점점 자라나는 시기,

그리고 분노의 활성기, 즉 풀려난 야수가 제멋대로 날뛰는 시기, 그리고 분노의 회복기, 즉 엄청난 파괴의 물결이 휩쓸고 지나간 후 차츰 분노가 누그러지고 혼돈이 가라앉는 시기, 그렇게 세 가지뿐이고, 그것이 지나가면 처음부터 다시 되풀이된다. 도시에도, 사막에도, 국가에도, 그리고 마음속에도 폭발로 생긴 구덩이들이 수두룩하다. 그리고 사람들은 자기가 저지른 잘못의 돌무더기 속에서 몸을 움츠리며 으르렁거린다.

밀라 마일로의 봉사 활동에도 불구하고(아니, 오히려 그것 때문인 경우도 많았지만) 솔랑카 교수는 여전히 자주 불면증에 시달렸고, 그때마다 비가 내려도 아랑곳하지 않고 도시의 밤거리를 몇 시간 동안이나 돌아다니며 끓어오르는 생각들을 진정시켜야 했다. 불과 몇 블록 떨어진 암스테르담 애비뉴에서는 공사가 한창이었고 차도뿐만 아니라 인도까지 마구 파헤치는 중이었는데(요즘은 도시 전체를 파헤치는 것처럼 느껴질 때가 많았다), 어느 날 밤 그는 억수로 쏟아지는 비를 맞으며 울타리로 대충 막아놓은 구덩이 앞을 지나다가 뭔가 호되게 걷어차는 바람에 장장 삼 분에 걸쳐 쉴새없이 욕설을 퍼부었다. 그것이 끝나자 어느 문간의 천막 밑에서 감탄의 목소리가 들려왔다.

"거 참, 오늘밤은 새로운 낱말을 많이도 배우는군."

솔랑카가 무엇 때문에 발을 다쳤는지 확인하려고 아래를 내려다보았더니 인도 위에 깨진 콘크리트 보도블록 하나가 떨어져 있었다. 그는 그것을 보자마자 꼴사납게 절뚝거리며 달리기 시작했다. 마치 범죄 현장에서 도망치는 죄인처럼 그 콘크리트 덩어리를 피해 달아났던 것이다.

세 개의 사교계 살인 사건에 대한 수사망이 세 명의 부잣집 청년에게로 좁혀진 후 솔랑카는 마음이 한결 가벼워진 상태였지만 아직도 가슴속 깊은 곳에는 자신에 대한 의심이 남아 있었다. 그래서 수사 과정에 대한 보도 내용을 면밀히 지켜보았다. 아직은 체포된 사람도 없었고 자백한 사람도 없었다. 언론은 점점 이성을 잃어갔다. 상류층에 연쇄 살인범이 있을지도 모른다는 것은 대단히 매력적인 소재였다. 그런데 뉴욕 시경이 사건을 해결하지 못하고 있으니 더더욱 답답한 노릇이었다. 그 잘난 체하는 놈들을 철저히 심문하라! 하나쯤은 틀림없이 자백할 것이다! 추측만 가지고 그렇게 요구하는 논평들이 속속 게재되면서 당장이라도 린치를 가할 듯 분위기가 험악해졌다. 그 와중에 새로운 단서가 될 수도 있는 한 가지 사실이 솔랑카의 관심을 끌었다. 미스터 파나마모자를 대신하여 더욱더 기이한 자들이 이 미해결 수수께끼의 등장인물로 부상하고 있었다. 그 세 건의 살인 현장 부근에서 디즈니 무대의상을 입은 자들이 목격되었는데, 로렌 클라인의 시체 근처에는 구피가 있었고, 벨린다 부큰 컨델의 시체 근처에는 버즈 라이트이어*가 있었고, 사스키아 스카일러가 쓰러져 있던 곳에서는 행인 하나가 올리브색 무대의상을 걸친 붉은여우를 보았다고 했다. 바로 노팅햄의 못된 주 장관(Sheriff)을 괴롭히던 로빈후드가 이젠 맨해튼의 보안관(Sheriff)들까지 난처하게 만들고 있는 것이었다. 우들랄리! 물론 이 세 차례의 목격담 사이에 연관 관계가 있다는 것을 입증하기란 불가능했고, 그 점에 대해서는 형사들도 인정하고 있었다. 그러나 우연의 일치치고는 너무 공교로웠으므로—핼러윈까지는 아직도 여러 달이 남아 있었다—그들로서는 상당히 중요시할 수밖에 없었다.

솔랑카는 이런 생각을 했다. 아이들에게는 상상의 세계에 사는 생물들, 즉 책이나 비디오나 노래의 등장인물들이 부모를 제외한 대부분의 사람들보다 오히려 더 진짜처럼 느껴진다. 그러나 우리가 성장함에 따라 저울은 점점 반대쪽으로 기울어지고, 허구는 차츰 별개의 세계, 우리가 교육을 통하여 허구가 속한 곳이라고 배우는 또하나의 세계로 추방되고 만다. 그런데 통행 불가로만 여겨졌던 경계선이 더러 뚫리기도 한다는 것을 보여주는 섬뜩한 증거가 여기 나타났다. 아스만의 세계가—디즈니월드가

---

* 〈토이 스토리〉에 등장하는 우주 비행사 캐릭터.

—뉴욕에 난입하여 이 도시의 젊은 여자들을 살해하고 있는 것이다. 그리고 이 비디오 속에도 굉장히 무서운 아이들이 한두 명 이상은 숨어 있다.

적어도 콘크리트 살인마 사건은 한동안 일어나지 않고 있었다. 그리고 이것은 솔랑카가 밀라 덕분이라고 생각하는 부분인데, 그는 전보다 술을 훨씬 덜 마셨고, 따라서 인사불성이 되어 기억을 잃어버리는 일도 없었다. 외출복을 입은 채 깨어나 지끈거리는 머리를 안고 대답할 수 없는 의문에 시달리는 일도 없었다. 뿐만 아니라 밀라의 마력에 빠져들면서 몇 달 만에 처음으로 행복에 가까운 기분을 느끼는 순간도 몇 번이나 있었다. 그러나 어둠의 여신들은 여전히 그의 머리 위에서 떠다니며 그의 가슴 속에 악의를 한 방울씩 떨어뜨렸다. 밀라와 함께 있는 동안 솔랑카는 그녀의 매력이 미치는 마법의 원 속에 들어가 있었다. 나무 판벽널을 두른 공간에 단둘이 있을 때는 바깥에 폭풍우가 몰아쳐 하늘이 캄캄해지더라도 굳이 전깃불을 켜지 않았다. 그러나 그녀가 떠나자마자 그의 머릿속에서는 다시 소음이 시작되었다. 중얼거리는 목소리, 검은 날개가 퍼덕이는 소리. 그런데 아스만과 처음 통화하고 엘리너와 이야기를 나눴던 그날 새벽부터였다. 칼날이 그의 가슴을 파헤칠 때마다 중얼거리던 그 목소리가 처음으로 밀라를 욕하기 시작했다. 그의 자비로운 천사를, 그의 살아 있는 인형을.

　어스름 속에 그녀의 얼굴이 있었다. 단추를 반쯤 풀어내린 그의 셔츠 위로 깎은 듯 단정한 이마가 기분 좋게 미끄러지며 다가왔고, 짧게 곤두선 적금색 머리카락이 그의 턱밑을 간질였다. 이제 오래된 텔레비전 프로그램을 재연하는 일 따위는 없었다. 그건 애당초 핑계에 불과했고 목적은 이미 달성했기 때문이다. 서서히 어둠이 깔리는 오후, 요즘 들어 그들은 별로 말이 없었고, 간혹 말을 하더라도 철학에 대한 내용은 아니었다. 그녀는 이따금 그의 가슴을 혀로 살짝 핥아주었다. 그리고 이렇게 속삭였다. 누구든지 가지고 놀 인형 하나쯤은 있어야 해요. 우리 성난 교수님, 가엾은 교수님, 너무 오랜만이죠? 쉬이, 서두르지 말고 천천히, 저는 아무 데도 안 가니까, 아무도 방해하지 않으니까, 저는 여기 있으니까요. 자, 풀어버리세요. 그 모든 분노, 이젠 필요 없잖아요. 교수님은 놀이 방법만 기억하시면 돼요. 손톱을 새빨갛게 칠한 그녀의 긴 손가락들이 그의 셔츠 속으로 파고들었다. 날마다 조금 더 깊은 곳까지.

　그녀의 몸은 놀라운 기억력을 갖고 있었다. 그를 찾아와 쿠션이 놓인 그의 무릎에 올라앉을 때마다 그녀는 지난번에 마지막으로 도달했던 자세를 정확히 그대로 재현해냈다. 머리와 두 손의 위치, 몸을 웅크리는 정도, 그의 몸에 체중을 실을 때의 정확한 무게 등등. 그녀가 이렇게 여러 가지 변수들을 정밀하게 기억하고 섬세하게 조절하는 것은 그 자체가 대단히 자극적인 성행위였다. 이제 그들의 놀이는 차츰 베일을 벗어던지고 있었다. 밀라의 (날이 갈수록 노골적으로 변해가는) 손길이 그 사실을 말해주었다. 점점 강렬해지는 밀라의 애무를 받을 때마다 솔랑카 교수는 마치 감전된 듯한 전율을 느꼈다. 이 나이에, 그리고 지금의 이 상황에서 다시 이런 축복을 받게 될 줄은 꿈도 꾸지 못했었다. 그렇다, 그녀가 그의 머리를 돌게 만들었다. 그녀는 전혀 안 그러는 척하면서 이런 결과를 노렸고, 이제 그는 그녀의 그물에 걸려들어 꼼짝도 할 수 없었다. 웹스파이더 무리의 우두머리인 여왕 웹스파이더가 거미줄로 그를 사로잡은 것이다.

그리고 또다른 변화가 있었다. 지난번에 그가 실수로, 혹은 거의 무의식적인 욕망의 영향으로 무심코 인형의 이름을 입 밖에 냈듯이, 어느 날 오후 그녀 또한 금지된 낱말 하나를 발설했던 것이다. 그러자 덧문을 닫아걸어 어두컴컴했던 거실이 문득 마술처럼 눈부신 계시의 빛에 휩싸이며 확 밝아지는 듯했고, 그 순간 말릭 솔랑카 교수는 밀라 마일로의 배경 스토리를 알아차렸다. 이 넓은 세상에 우리 아빠와 나, 언제나 그렇게 둘뿐이라서 더 그랬겠죠. 바로 밀라가 했던 말이었다. 그것은 그녀 자신의 솔직한 고백이었다. 그녀는 그렇게 단도직입적으로 털어놓았건만 그때는 솔랑카가 눈이 멀어 (혹은 알고 싶지 않아서?) 그녀가 그토록 부끄러움 없이 노골적으로 내보인 비밀을 미처 발견하지 못했다. 그러나 그녀의 그 '말실수'가 있은 직후—그러나 그는 실수가 아닐 거라고 거의 확신했는데, 그토록 놀라운 자제력을 가진 그녀가 우발적인 실수를 할 가능성은 별로 없기 때문이다—솔랑카가 그녀를 바라보았을 때, 그 예리하면서도 어딘가 신비로운 얼굴 윤곽과 눈초리가 치켜올라간 두 눈, 그리고 가장 많이 열려 있는 것처럼 보이는 순간에 가장 많이 닫혀 있는 그 표정과 영리하고 은밀한 미소가 마침내 그녀의 속내를 드러냈던 것이다.

그녀가 한 말은 이것이었다. 아빠. 이 위험천만한 애칭, 죽은 자를 향한 사랑이 가득 담겨 있는 이 의미심장한 호칭이 곧 그녀의 어린 시절을, 그 캄캄한 동굴을 열어젖히는 '열려라 참깨'였던 것이다. 그 동굴 속에는 아내를 잃은 시인과 그의 조숙한 딸이 있었다. 그의 무릎 위에는 쿠션이 놓여 있었고, 그녀는 몇 년 동안이나 그에게 달라붙어 밀치락달치락 몸을 비비면서 그의 수치스러운 눈물을 입맞춤으로 닦아주었다. 그것은 그녀의 애정 표현이었고, 사랑하던 아내를 잃어버린 아버지의 슬픔을 씻어주려는 딸의 마음이었다. 물론 남아 있는 한 부모에게 집착함으로써 그녀 자신의 상실감을 완화시키려는 의도도 없지 않았겠지만, 죽은 그 여자를 대신하여 그 남자의 사랑을 차지하려는 마음, 그리고 더 나아가 지금은 비어 있는 어머니의 자리, 그 금단의 공간을 오히려 죽은 어머니보다 더 흡족하게 채워주고 싶은 마음도 분명히 있었을 것이다. 그에게는 그녀가 필요할 테니까, 일찍이 아내를 필요로 했던 것보다 더 절실하게, 이렇게 살아 숨 쉬는 밀라가 반드시 필요할 테니까. 그래서 그녀는 그에게 필요의 새로운 경지를 보여주려고 했다. 그가 그 어떤 여자의 손길에서도 일찍이 경험하지 못했을 만큼 간절히 그녀를 원하게 될 때까지. 그리하여 그 아버지는—이미 밀라의 능력을 경험한 솔랑카에게는 그때의 상황이 불을 보듯 분명했다—딸의 구애를 받으며 서서히 빠져들었을 것이다. 조금씩조금씩 미지의 땅으로, 영원히 발각되지 않을 죄악 속으로. 그는 위대한 작가, 가히 '노벨상을 받을 만한 작가'였고 또한 민족의 양심이었다. 그러나 그는 무서운 솜씨를 가진 작은 손들이 셔츠 단추를 풀어내리는 것을 막지 않았고, 어느 시점에 이르러서는 용납할 수 없는 일을 용납했고, 돌아올 수 없는 경계선을 넘어버렸고, 그때부터는 괴로워하면서도 적극적으로 동참하기 시작했다. 그리하여 신앙심 깊은 한 남자가 영원히 천벌을 받을 만한 죄를 짓게 되었고, 욕망에 못 이겨 신을 버리고 악마와 계약을 맺었던 것이다. 한편 하루하루가 다르게 자라는 그 소녀는, 마귀와 다름없는 그 딸은,

꽃 속에서 튀어나온 그 도깨비는 신앙심을 죽여버리는 어지러운 말들을 속삭이며 그를 점점 더 깊은 구렁텅이 속으로 밀어넣었다. 우리가 말하지만 않으면 아무 일도 없는 거예요. 우린 아무 말도 안 하잖아요, 아빠, 그러니까 아무 일도 없는 거예요. 그리고 아무 일도 없으니까 잘못한 것도 없는 거예요. 죽은 그 시인은 그렇게 환상의 세계에 발을 들여놓았다. 그것은 언제나 안전한 세계, 후크 선장이 악어에게 잡아먹히는 일은 절대로 없는 세계, 어린 소년이 장난감에 싫증나는 일도 절대로 없는 세계였다. 말릭 솔랑카는 그렇게 베일을 벗은 정부(情婦)의 참모습을 보고 이렇게 말했다.

"이건 메아리야. 그렇지, 밀라? 반복이라구. 너는 전에도 이 노래를 부른 적이 한 번 있었어."

그러나 그 즉시 마음속으로 그 말을 정정했다. 아니다, 나 자신을 속이지 말자. 한 번이 아니었을 것이다. 내가 처음일 리가 없다.

쉬이. 그녀가 그의 입술에 손가락을 갖다대며 말했다. 쉬이, 아빠, 그만 해요. 그때도 아무 일도 없었고 지금도 아무 일도 없는 거예요. 그녀가 두번째로 사용한 이 죄스러운 칭호 속에는 애원하는 듯한 음색이 깃들어 있었다. 그녀에게는 지금의 이 관계가 필요했고, 그래서 그의 승낙이 필요했다. 이 거미는 자기가

짜놓은 시간(屍姦)의 거미줄에 자기가 걸려들었던 것이다. 그래서 솔랑카 같은 남자가 나타나 그녀의 연인을 천천히, 아주 천천히 죽음의 세계에서 끌어올려주기를 기다리는 수밖에 없었다. 말릭 솔랑카는 이런 생각을 했다. 존재하지도 않는 신에게 감사드릴 일이로구나. 나에게 딸이 없다는 게 얼마나 다행이냐. 그러자 문득 비참한 생각이 들면서 숨이 콱 막혔다. 딸도 없는데 이젠 아들마저 잃었구나. 우상이었던 엘리안은 아빠가 있는 조국 쿠바의 카르데나스로 돌아갔지만 나는 아들이 있는 집으로 돌아갈 수도 없다. 이때 밀라의 입술이 그의 목에 와 닿았고, 입술이 목울대를 지나갈 때 가볍게 빠는 힘이 느껴졌다. 고통이 가라앉았다. 그리고 다른 것도 사라졌다. 그녀가 그에게서 말을 빼앗아가고 있었다. 그녀는 말을 빨아들여 삼켜버렸고, 이제 그는 두번 다시 그 말들을 사용할 수 없었다. 아무 일도 없는 거라는 그 일에 대한 말들, 암흑의 위엄을 지니고 있는 이 거미 마녀가 절대로 허락할 리 없는 말들이었다.

솔랑카는 불현듯 터무니없는 생각을 떠올렸다. 혹시 밀라는 지금 나의 분노를 빨아먹고 있는 것이 아닐까? 내가 가장 두려워하는 것을, 내 안의 악귀 같은 분노를 그녀는 오히려 그 무엇보다 갈망하고 있는 것이 아닐까? 그는 그녀 역시 분노에 사로잡혀 있음을 알고 있었다. 지금 그녀를 움직이고 있는 것은 감춰진 욕구에서 비롯된 난폭하고 강압적인 분노였다. 이 계시의 순간, 솔랑카는 얼마든지 믿을 수 있었다. 이 아름답고 불우한 아가씨야말로, 그의 무릎 위에서 음란하게 흐느적거리는, 여름날의 미풍처럼 희미한 손길로 그의 가슴 털을 어루만지는, 부드러운 입술로 그의 목을 쓰다듬고 있는 이 아가씨야말로 분노의 화신이라고, 그 무시무시한 세 자매, 인류에게 불행을 가져다주는 그 여신들 중 하나의 현신이라고. 분노는 그 여신들의 본성이었고 인간의 들끓는 노여움은 그들이 좋아하는 먹이었다. 밀라의 나지막한 속삭임 속에서, 조금도 흔들림이 없는 그 침착한 어조 속에서 문득 에리니에스의 울부짖음이 들려오는 듯했다.

그녀가 감추고 있던 과거사의 또 한 페이지가 그에게 모습을 드러냈다. 시인 마일로는 심장이 약했다. 그러나 벼랑 끝에 내몰린 이 재능 많은 남자는 의사들의 충고를 깨끗이 무시하고 어처구니가 없을 만큼 무절제한 생활을 계속했다. 술, 담배, 여자. 그의 딸은 아빠의 이런 행동을 콘래드 식의 대범한 태도로 설명하려 했었다. 인생이란 그저 죽을 때까지 살면 그뿐이라고. 그러나 이제야 눈을 뜬 솔랑카는 그 시인의 다른 모습을 볼 수 있었다. 쓰라린 죄를 잊기 위해 무절제한 생활 속으로 도망치는 한 예술가의 초상이었다. 그는 날마다 이런 생각에 시달렸을 것이다. 그 죄 때문에 자신의 영혼이 죽음에 이를 것이라고, 지옥 중에서도 가장 고통스러운 지옥에 떨어져 영원히 헤어나지 못할 것이라고. 그러다가 그 마지막 여행을 떠났을 것이다. 아빠 마일로는 마치 자살을 감행하듯이 자신과 같은 성을 가진 그 살인마를 향해 날아갔을 것이다. 말릭 솔랑카는 이제 그 일에 대해서도 밀라가 설명했던 것과는 다른 의미로 해석할 수 있었다. 마일로는 한 가지 악을 버리고 다른 악을 만나러 갔다. 둘 중에서 그나마 위험이 덜하다고 판단되는 쪽으로 도망쳤던 것이다. 무자비한 분노의 여신, 즉 자신의 딸에게서 벗어나기 위해 그는 생략되지 않은 자신의 온전한 성을 향해, 즉 자신을 향해 달아났다. 솔랑카는 생각했다. 밀라, 아마도 네가 실성하다시피 한 아버지를 끝내 죽음으로 몰아넣은 것 같구나. 그리고 지금은 나에게 또 무슨 짓을 하려는 것이냐?

그는 이 질문의 무시무시한 답을 알고 있었다. 두 사람 사이에는 아직도 베일 하나가 남아 있었다. 그것은 그녀의 이야기가 아니라 그의 이야기를 덮고 있는 베일이었다. 이 금단의 관계가 시작되었던 최초의 순간부터 그는 자기가 지금 불장난을 하고 있다는 사실을 알고 있었다. 그리고 마음속 깊은 곳에 묻어두었던 것들이 꿈틀거리고 있다는 것, 봉인들이 하나씩하나씩 떨어져나간다는 것, 그리하여 예전에 그를 거의 파멸로 몰아갔던 과거가 마침내 그 일을 끝맺을 수 있는 두번째 기회를 얻게 될지 모른다는 것도 알고 있었다. 예기치 못했던 이 새로운 이야기와 억눌러 놓았던 그 오래된 이야기, 그 두 가지 사이에서 어렴풋한 공명이 일었다. 인형처럼 꾸미는 일과 그때의 그런. 속절없이 몸을 맡길 수밖에 없는. 선택의 여지가 없으므로 그렇게. 어린 시절의 그 노예 같은. 그리고 욕망, 현재의 과거의 한없이 무자비한. 의사들의 힘에 대하여. 그런 상황에서 어린것의 무력함에 대하여. 그래도 아이들은 순진하기 때문에. 어린것의 후회, 죄의식, 그 끔찍한 죄의식에 대하여. 그리고 무엇보다 절대로 끝맺지 말아야 하는 문장들에 대하여, 왜냐하면 그 문장들을 끝맺으면 곧 분노가 터져나올 것이므로, 그 폭발로 생긴 구덩이는 그 근방의 모든 것을 삼켜버릴 것이므로.

아아, 약하도다, 약하도다! 그는 아직도 그녀를 거부할 수 없었다. 이제 그녀를 잘 알게 되었으면서도, 그녀의 진정한 능력을 알아차리고 자신의 위기를 직감하면서도 차마 그녀를 쫓아낼 수 없었다. 여신을 사랑하는 인간은 결국 파멸할 수밖에 없다. 그러나 일단 선택된 뒤에는 운명을 피할 길이 없다. 그녀는 계속해서 그를 찾아왔다. 그가 바라는 대로 인형 같은 차림새였고, 날마다 진전이 거듭되었다. 극지방의 만년빙이 녹아내리고 있었다. 머지않아 해수면이 너무 높아지면 둘 다 익사하고 말 터였다.

요즘은 아파트를 나설 때마다 마치 오랫동안 잠들었다가 깨어난 것 같았다. 아파트 밖의 미국 땅은 모든 것이 너무 찬란하고 너무 요란하고 너무 낯설었다. 이 도시에는 듣기 괴로울 정도로 말장난을 일삼는 암소 같은 여자들이 갑자기 많아진 모양이었다. 링컨 센터에서 솔랑카는 무차르트*와 무다마 버터플라이**를 만났다. 비컨 극장 앞에는 뿔과 젖통을 가진 여가수 트리오가 죽치고 있었다. 휘트니 무스턴***, 무라이어 카우리****, 그리고 베트 미들러, 즉 '암소 같은 미스 M'*****이었다. 솔랑카 교수는 이렇게 말장난을 되새김질하는 가축들의 느닷없는 출현에 어리둥절했고, 갑자기 릴리푸트블레푸스쿠 또는 달나라 또는 (단도직입적으로 말하자면) 런던에서 온 이방인이 된 듯한 기분이었다. 그에게 소외감을 주는 것은 그것만이 아니었다. 우표들도 그랬고, 분기마다 한 번이 아니라 다달이 내야 하는 가스 요금, 전기 요금, 전화 요금도 그랬고, 상점에서 보게 되는 생소한 캔디 이름도 그랬고—트윙키스, 호호스, 링팝스 등등— '상점'

---

* 모차르트(Mozart)와 암소의 울음소리 '음매(moo)' 를 합친 말장난.

** 푸치니의 오페라 〈나비부인*Madama Butterfly*〉과 역시 '음매' 를 합친 말장난.

*** 미국 가수 휘트니 휴스턴을 가리킨다.

**** 미국 가수 머라이어 캐리(Mariah Carey)와 '음매' , 그리고 '보기 싫은 여자' 를 뜻하는 '암소(cow)' 를 합친 말장난.

***** 베트 미들러의 데뷔 앨범 〈신이 내린 목소리 미스 M〉에 빗대어 조롱하는 말.

이니 '캔디'니 하는 말도 그랬고*, 길거리의 무장 경찰도 그랬고, 잡지에 실린 이름 모를 얼굴들, 그러나 미국인들은 모두 한 눈에 알아보는 그 얼굴들도 그랬고, 대중음악의 뜻 모를 노랫말들, 그러나 미국인들은 별다른 어려움 없이 알아듣는 그 노랫말들도 그랬고, 퍼라, 허렐, 컨델 같은 이름을 부를 때 뒷부분에 강세를 넣는 것도 그랬고, '에누리'를 '애누리'로, '네가 데려와'를 '내가 데려와'로 소리 내는 그 천박한 '애' 발음도 그랬다. 간단히 말하자면 미국의 일상생활에서 마주치게 되는 온갖 잡다한 일들 중에는 그가 모르는 것들이 너무 많아서 소외감을 느낄 수밖에 없었다. 리틀 브레인의 자서전들은 영국에서뿐만 아니라 이곳에서도 서점 진열창을 가득 채우고 있었지만 솔랑카에게는 반가운 일이 아니었다. 요즘 잘나가는 작가들도 그가 모르는 사람들이었다. 에거스**, 필처***. 베스트셀러 목록이 아니라 식당 메뉴판에 적혀 있어야 어울릴 만한 이름들이었다.

솔랑카 교수는 집으로 돌아가는 길에 종종 이웃집 현관 계단에 홀로 앉아 있는 에디 포드와 마주치곤 했는데—웹스파이더

---

* 영국인들은 '상점(store)'과 '캔디(candy)' 대신에 '가게(shop)'와 '과자(sweet)'라는 말을 주로 사용한다.
** 미국 소설가 데이브 에거스. 2000년 출간한 자서전『비틀거리는 천재의 가슴 아픈 작품』으로 큰 화제를 모았다.
*** 영국 소설가 로자문데 필처. 2000년 당시 베스트셀러가 된 작품은『동지』.

들은 인터넷 때문에 바쁜 것 같았다—그때마다 잿속에 묻어둔 불씨처럼 서서히 이글거리는 금발 백부장의 눈을 보면서 말릭 솔랑카는 그가 뒤늦게나마 의심하기 시작한 모양이라고 생각했다. 그러나 둘 다 아무 말도 하지 않았다. 그저 짤막한 목례를 나누는 것이 전부였다. 그리고 말릭은 판벽널을 두른 은신처로 들어가 여신이 나타나기를 기다렸다. 그는 자리가 편해서 둘 다 좋아하는 커다란 가죽 안락의자에 앉아 무릎 위에 빨간 벨벳 쿠션을 올려놓았다. 지금까지는 이 쿠션 덕분에 최소한의 체면이라도 유지할 수 있었지만 그것마저도 몹시 위태로운 처지였다. 그는 눈을 감고 벽로 선반에 놓인 고풍스러운 여행용 시계가 째깍거리는 소리에 귀를 기울였다. 그러다가 밀라가 소리 없이 들어오고—그녀에게도 집 열쇠 하나를 주었기 때문이다—그때부터 두 사람은 그들이 해야 할 일을 (그러나 그녀는 한사코 아무 일도 없는 거라고 주장하는 그 일을) 소리 없이 시작하는 것이었다.

밀라가 와 있는 동안 이 마법의 공간에서는 완전에 가까운 침묵을 지키는 것이 불문율이었다. 이따금 조용히 중얼거리거나 속삭이는 정도가 고작이었다. 그러나 그녀가 떠나기 직전의 마지막 십오 분쯤, 즉 그녀가 그의 무릎 위에서 활기차게 뛰어내리고 옷매무새를 고치고 두 사람이 마실 크랜베리 주스나 녹차를 가져온 후 그녀가 바깥세상으로 나가기 위해 마음을 가다듬는 동안, 솔랑카가 원한다면 그 시간을 이용하여 그가 암호를 풀어보려고 노력중인 이 나라에 대해 자기 나름의 가설들을 그녀에게 말해줄 수도 있었다.

예를 들자면 솔랑카 교수가 오럴섹스를 바라보는 미국과 영국의 시각 차이에 대한 미발표 이론을 내놓았을 때—이 일장 연설은 미국 대통령이 남들이 상관할 일이 아니라고 씩씩하게 말해버리면 간단한 문제를 가지고 또다시 터무니없는 변명을 늘어놓기 시작한 데서 비롯되었다—그의 무릎을 껴안고 있던 젊은 아가씨도 자못 공감하며 경청해주었다. 그는 대단히 점잖은 어조로 이렇게 설명했다.

"영국에서는 말이지, 이성간에 정식으로 삽입하는 성교를 하기 전에 오럴섹스부터 하는 일은 거의 없어. 심지어는 성교를 한 다음에도 거부하는 경우가 없지 않거든. 오럴섹스는 아주 친밀한 관계를 의미하지. 바람직한 행동에 대한 성적 보답이기도 하고. 다시 말하자면 좀 **드물다는** 거야. 그런 반면에 미국에서는 자동차 뒷좌석에서 끌어안고 애무하는 것이 십 대들의 오랜 전통으로 자리 잡았고, 그래서 전문용어로 '빨아주기'라고 부르는 행위가 정상 체위로 하는 '정식' 섹스보다 앞서 일어나는 경우가 더 많지. 여자애들이 자신의 순결을 지키면서 애인을 만족시킬 수 있는 가장 일반적인 방법이니까. 간단히 말해서 섹스의 대안이 되는 셈이야. 그러니까 클린턴이 그 여자, 무니카, 그 암소 같은 미스 L과 섹스를 한 적이 없다고 단언했을 때 영국인들은 모두 새빨간 거짓말이라고 생각했고, 반면에 미국의 십 대들은 (그리고 그들의 선배나 후배들 중에서도 많은 이들이) 그 말이 이 미국 땅에서 문화적으로 인정받을 수 있는 진실이라고 믿었던 거야. 엄밀히 말하자면 오럴섹스는 섹스가 아니거든. 그래서 여자애들이 집에 돌아왔을 때 가슴에 손을 얹고 부모들한테—아니, 멀리 갈 것도 없이 아마 너도 너희 아버지한테 그랬겠지만—자기는 절대로 '그 짓'을 안 했다고 떳떳하게 말할 수 있는 거지. 그러니까 그 빤질이 윌리도, 그 빌리 더 클린트*도 혈기왕성한 미국 십 대들의 말을 그대로 흉내 냈을 뿐이야. 발달장애? 그래, 그럴 수도 있겠지만 대통령 탄핵이 결국 실패로 끝난 건 바로 이것 때문이라구."

솔랑카의 말이 끝나자 밀라 마일로가 고개를 끄덕였다.

"무슨 말씀인지 알겠어요."

그리고 그의 곁으로 돌아오더니 평소 둘만의 오후 시간을 마무리할 때마다 지켜왔던 순서를 무시하고 뜻밖의 행동으로 그를

---

* 19세기 미국의 무법자 헨리 맥카티의 별명인 빌리 더 키드에 빗대어 빌 클린턴을 조롱하는 말.

놀라게 했다. 그의 무릎 위에서 그 빨간 벨벳 쿠션을 치워버린 것이다.

그날 저녁, 그는 밀라의 속삭임에 자극을 받아 새로운 열정으로 옛 솜씨를 되살리기 시작했다. 그녀가 한 말은 이런 것이었다. 교수님의 내면엔 아주 많은 것이 들어 있어요. 저는 느낄 수 있어요. 교수님은 그것 때문에 터져버리기 직전이죠. 자, 자. 그걸 작품에 담아보세요, 아빠. 그 **푸리아**를요. 아셨죠? 슬플 땐 슬픈 인형을, 화가 날 땐 화난 인형을 만드세요. 솔랑카 교수의 말썽꾸러기 인형들. 우리에겐 그런 인형도 필요하니까요. 뭔가를 말하는 인형 말예요. 교수님은 해내실 거예요. 제가 알아요. 리틀 브레인도 만드셨잖아요. 리틀 브레인의 고향에서 태어난 인형들을 만들어주세요. 바로 교수님의 가슴속에 있는 그 황량한 곳 말예요. 낡은 옷더미 아래 파묻힌 중년 남자가 아닌 그곳. 바로 여기. 제가 깃들어 있는 곳이죠. 제가 깜짝 놀라게 해주세요, 아빠. 리틀 브레인을 잊어버릴 수 있게요! 성인용 인형을 만드세요. R등급, NC-17등급 인형을요. 저도 이젠 어린애가 아니잖아요? 지금의 제가 갖고 놀 만한 인형을 만들어주세요.

그는 이제야 밀라가 그 웹스파이더들에게 그들의 안목을 뛰어넘는 멋진 옷을 입혀준 것 말고 또 해준 일이 무엇이었는지를 알게 되었다. 재능 있는 남자 곁에 아름다운 여자가 함께하는 경우, 십중팔구 그 여자에게는 조만간 '뮤즈'라는 말이 따라붙기 마련이다. 요즘 세상에 내로라하는 패션리더가 그런 여자 하나 쯤 거느리지 못한다면 자존심이 상해 못 견딜 일이다. 그러나 그 런 여자들은 대개 뮤즈(muse)라기보다 노리개(amusement)에 가깝다. 진짜 뮤즈는 가치를 따질 수 없는 보물이다. 솔랑카는 밀라에게 실제로 영감을 주는 능력이 있다는 것을 깨달았다. 그 녀가 그렇게 열심히 격려한 후 겨우 몇 분이 지났을 때였다. 그 토록 오랫동안 굳어지고 막혀 있던 솔랑카의 아이디어들이 갑자 기 뜨겁게 녹아 흐르기 시작했다. 그는 밖으로 나가서 크레용, 종이, 점토, 목재, 칼 따위를 사가지고 돌아왔다. 이제부터는 낮 에도 쉴새없이 일하고 밤에도 대부분의 시간을 그렇게 보낼 것 이다. 이제부터는 혹시 옷을 입은 채 깨어나더라도 옷자락에 길 거리의 냄새가 배어 있지는 않을 것이며 숨을 쉴 때마다 지독한 술 냄새를 풍기는 일도 없을 것이다. 작업대에서 연장을 손에 쥐 고 깨어나면 새로 만들어놓은 인형들이 장난기 가득한 반짝이는 눈으로 그를 지켜보고 있을 것이다. 그의 내면에서 새로운 세계 가 형성되고 있었다. 그리고 이 신성한 아플라투스, 이 생명의 숨결은 밀라가 불어넣어준 것이었다.

기쁨과 안도감이 밀려와 한참 동안 온몸이 걷잡을 수 없이 떨 렸다. 밀라가 마지막으로 다녀가던 날, 그의 무릎 위에서 쿠션이 치워졌을 때도 그런 전율을 경험했었다. 그가 중독자처럼 절박하게 기다리고 있던 결말을 그날 드디어 맛볼 수 있었기 때문이다. 그리고 영감은 그의 내면에서 점점 커지고 있던 또하나의 근심도 가라앉혀주었다. 그의 마음속에 싹트고 있던 밀라에 대한 두려움이었다. 그는 그녀가 크나큰, 그리고 위험천만한 이기심을 지녔을지도 모른다고 생각했다. 그녀 자신이 하늘 높이 오르려는 엄청난 야망을 품었고, 그래서 그를 포함한 모든 이들을 한낱 디딤돌로 여기는 것이 아닐까 싶었다. 솔랑카는 이런 의문을 갖게 되었다. 과연 그 똑똑한 남자애들에게 정말 그녀가 필요했던 것일까? (그 다음 의문이 떠오르는 것도 시간문제였다. **그렇다면 내 경우는?**) 그는 자신의 살아 있는 인형이 감추고 있는 또하나의 모습을 얼핏 보았던 것이다. 밀라는 키르케였고 그녀의 발치에는 꿀꿀거리는 돼지들이 앉아 있었다. 그러나 그는 이제 그 불길한 환상을 머릿속에서 지워버렸다. 그리고 그보다 더 무서운 환상, 밀라가 실은 아름다운 육체로 정체를 감추고 지상에 내려온 분노의 여신, 바로 티시포네 또는 알렉토 또는 메가이라라는 환상도 잊어버리기로 했다. 밀라는 용서받을 자격이 충분했다. 그를 부추겨 다시 일을 시작할 수 있게 해주었으니까.

그는 가죽 장정으로 된 공책의 표지에 '크로노스 교수의 놀라운 발명품, 끈 없는 퍼핏 킹*'이라고 썼다. 그리고 '혹은, 살아 있는 인형들의 반란'이라고 덧붙였다. 그리고 다시 '혹은, 꼭두각시 황제들의 생애'라고 덧붙였다. 그러나 곧 '퍼핏 킹'이라는 말만 남기고 모두 지워버렸다. 그리고 비로소 공책을 펼쳐놓고, 그가 반영웅으로 내세우려는 한 미치광이 천재의 배경 스토리를 맹렬한 속도로 써내려갔다. 그 이야기는 이렇게 시작되었다.

위대한 아카스 크로노스, 레이크의 부도덕한 인공두뇌학자였던 그는 레이크 문명이 직면한 멸망의 위기에 대처할 목적으로 퍼핏 킹들을 창조했다. 그러나 도저히 바로잡을 수 없을 만큼 심각한 성격상의 결함 때문에 모든 백성의 안녕까지는 생각하지 못했고, 오로지 자신의 생존과 번영을 확보하기 위해 그 인형들을 만든 것이었다.

이튿날 오후에 잭 라인하트가 들뜬 목소리로 전화를 했다.

"말릭, 잘 지냈소? 아직도 얼음 동굴에 틀어박힌 구루처럼 살고 있는 건가? 아니면 〈빅브라더는 당신을 지켜보지 않습니다〉에 나오는 추방자처럼? 아니면 아직도 가끔씩은 바깥소식을 듣고 있는 건지. 술집에 들어간 스님 얘기 들어봤어? 그 사람이 칵테일 셰이커를 들고 있는 톰 크루즈 닮은 바텐더한테 가서 이

---

* 꼭두각시 왕.

러더래. '전부 다 넣어서 한 잔 만들어주시오.' 그런데 말이야, 혹시 리어라는 여자 아시나? 말릭의 전처라고 하던데. 내가 보기엔 남자가 아무리 재수가 없어도 그런 여자와 결혼하긴 힘들 것 같지만 말이야. 나이는 백 살도 넘어 보이고, 성질머리는 독사보다 더하더라구. 아 참, 전처 얘기가 나왔으니 말인데, 나도 이혼했어. 알고 보니 꽤 간단하던 걸. 그냥 전부 다 줘버렸지 뭐."

그는 여기서 전부는 말 그대로 전부라고 설명했다. 스프링스의 별장, 그 유명한 포도주 창고, 그리고 현금 몇백만 달러까지. 솔랑카는 깜짝 놀라 물었다.

"그러고도 아무렇지도 않아?"

그러자 라인하트가 숨 가쁘게 지껄였다.

"그래, 그래. 브로니 표정이 가관이더라. 입이 쫙 찢어져서 귀에 걸리더구만. 내 제안을 듣자마자 허겁지겁 달려드는데, 그러다가 숨넘어갈 거 같더라구. 아무튼 그래서 드디어 그 여자를 떼어낸 거야. 이젠 끝났다구. 이게 다 닐라 때문이지. 어떻게 설명해야 좋을지 모르겠지만 닐라가 내 마음을 움직인 거야. 모든 걸 포기해도 아깝지 않게."

그러더니 개구쟁이 소년 같은 말투로 이렇게 말했다.

"교통을 마비시켜버리는 여자, 실제로 본 적 있어? 가만히 서 있기만 해도 백이면 백, 어김없이 차들을 우뚝 서게 만드는 여자?

닐라가 바로 그런 능력을 가졌다구. 그 여자가 택시에서 내리자 마자 승용차 다섯 대와 소방차 두 대가 끼익 급정거를 하더라니 까. 멀쩡히 걸어가던 사람이 가로등을 들이받기도 하지. 그런 일 은 맥 세넷*의 슬랩스틱 코미디에서만 일어나는 줄 알았는데 요 즘은 날마다 그런 놈들을 보게 된다구."

그리고 재미있어 죽겠다는 듯이 말을 이었다.

"식당에 가면 닐라한테 일부러 화장실에 다녀오라고 하지. 다 른 테이블에 앉은 남자놈들이 매 맞은 개처럼 풀이 죽는 꼴을 보 고 싶어서. 말릭, 우리 가엾은 독신자 친구, 이런 걸 상상이나 할 수 있겠어? 그런 여자와 함께 지낸다는 게 어떤 기분인지, 그것 도 밤이면 밤마다."

솔랑카는 그 말을 듣고 움찔했다.

"사람 참, 말버릇도 고약하네."

그리고 곧 화제를 바꿨다.

"그건 그렇고, 사라 얘기는 뭐야? 죽은 사람이 살아나기도 한 다더니, 그 여자를 어느 공동묘지에서 만난 거야?"

그러자 라인하트가 굳은 어조로 대답했다.

"아, 으레 그렇지 뭐. 사우샘프턴."

---

* 할리우드의 무성영화시대를 대표하는 미국 영화배우 겸 감독. '슬랩스틱 희극 의 아버지' '코미디의 제왕' 등으로 일컬어진다.

솔랑카는 자신의 전처가 오십 세였을 때 미국에서도 최고의 갑부 중 하나로 꼽히는 레스터 스코필드 3세와 결혼했다는 사실을 전해들을 수 있었다. 가축 사료로 떼돈을 번 그는 지금의 나이가 구십이 세였다. 그런데 최근 오십칠 세가 된 사라가 자신의 생일에 즈음하여 이혼 절차를 밟기 시작했다는 것이었다. 스코필드가 이십삼 세의 브라질 패션모델 운디네와 간통을 저질렀다는 것이 이유였다.

"스코필드는 포도 주스를 짜고 남은 찌꺼기로 소들의 먹이를 만드는 방법을 개발해서 억만장자가 된 사람이야."

라인하트는 평소보다 더욱 과장된 말투로 리머스 아저씨* 흉내를 내기 시작했다.

"아, 그런데 이제 그 아줌씨도 똑같은 방법을 써먹겠다구 마음을 묵어부렀다 이것이여. 포도가 아니라 그 노인네를 죽어라 쥐어짜기 시작한 거라. 결국엔 그 아줌씨만 암소처럼 두둑허니 배를 불리게 생겼지."

보아하니 젊은 여자들이 다 죽어가는 늙은이들의 무릎 위에 기어올라 마치 독약을 먹이듯 자신의 몸을 제공하며 온갖 말썽을 일으키는 일이 동부 연안 전역에 유행하고 있는 모양이었다.

---

* 미국 흑인들의 민담에 등장하는 늙은 흑인 노예.

이 젊은 화근덩어리들 때문에 이혼당하고 재산마저 빼앗기는 자들이 부지기수였다. 라인하트가 지나치게 명랑한 어조로 말했다.

"사라 아줌마가 기자회견을 했는데, 그 자리에서 자기 남편을 세 토막으로 잘라서 세 군데에 있는 땅에다 따로따로 묻겠다고 선언했다지 뭐야. 그렇게 해놓고 일 년을 삼등분해서 이집 저집 옮겨다니며 남편의 사랑을 되새기겠다나. 그러니까 말릭은 가난했던 시절에 그 아줌씨한테서 벗어난 걸 다행인 줄 알아야 한다 이 말이야. 월든스타인의 신부*? 퍼트리샤 더프** 아줌씨? 그 정도론 이혼 올림픽에 명함두 못 내밀지. 이 아줌씨야말로 두말할 것도 없이 금메달감이야. 아따, 교수님, 그 아줌씨가 셰익스피어 하나는 아주 열심히 읽은 모양이라니까."

그 모든 일이 속임수였다는 소문도 있었지만—간단히 말하자면 사라 리어 스코필드가 그 브라질 미녀에게 그런 짓을 사주했

---

* 저명한 미술품 수집가이며 억만장자였던 대니얼 월든스타인의 며느리 조슬린을 가리킨다. 공포영화 〈프랑켄슈타인의 신부〉에 빗대어 언론에서 붙인 별명이다. 그녀는 남편의 사랑을 잃지 않으려고 성형수술에 몇백만 달러를 쏟아부었지만 그 결과로 오히려 흉측한 얼굴을 갖게 되었고, 1998년 떠들썩한 이혼 소송으로 다시 화제를 뿌렸다.
** 전직 영화배우이자 사교계 명사. 미모를 무기로 부유층 인사들과 결혼과 이혼을 거듭하여 부자가 된 경력으로 유명하다.

다는 것이다—음모의 증거는 전혀 발견되지 않았다고 한다.

그런데 라인하트가 도대체 왜 이러는 것일까? 마침내 이혼을 하고 닐라와 사랑을 나누는 것이 자기 말처럼 그토록 흡족하다면 어째서 이렇게 섹스를 암시하는 천박한 농담과—사실 평소에는 그런 식으로 말하지 않는 친구인데—사라 리어에 대한 쓸데없는 헛소리 사이를 오락가락하면서 쉴새없이 지껄여대는 것일까? 솔랑카는 직접 물어보기로 했다.

"잭, 정말 괜찮은 거지? 혹시……"

그때 잭이 몹시 딱딱하고 차가운 목소리로 솔랑카의 말을 가로막았다.

"난 멀쩡해. 어이, 말릭? 이래봬두 이 몸이 브러 잭이여, 아가씨. '가시덤불서 나구 자란 몸이라니까.'* 걱정 붙들어매쇼."

그리고 한 시간 후 닐라 마헨드라가 전화를 걸었다.

"기억나세요? 그 축구 시합 때 만났었는데. 네덜란드가 세르비아를 박살내던 날."

솔랑카는 이렇게 대답했다.

"축구계에선 아직도 유고슬라비아라고 부르지. 몬테네그로 때문이오. 그건 그렇고, 물론 기억하고 있소. 아가씨는 그리 쉽

---

* 미국 흑인들의 민담과 디즈니 만화영화에 등장하는 토끼 브러 래빗의 대사.

게 잊어버릴 수 있는 사람이 아니니까.”

그러나 그녀는 이 찬사를 들은 체도 하지 않았다. 마땅히 들어야 할 최소한의 칭찬을 들었다는 듯 일언반구도 없이 곧장 용건으로 넘어갔다.

“우리 좀 만날 수 없을까요? 잭 때문에 그래요. 의논 상대가 필요해서요. 중요한 일이에요.”

그 말은 당장 만나자는 뜻이었다. 그녀는 자기가 부르기만 하면 어떤 남자라도 모든 계획을 취소하고 달려오는 데 익숙해진 여자였다.

“지금 공원 건너편에 와 있어요. 메트로폴리탄 박물관 앞에서, 어디 보자, 삼십 분 뒤에 만날까요?”

솔랑카는 그렇지 않아도 친구의 안위를 걱정하던 참이었고, 이 통화 때문에 더욱더 걱정이 깊어졌고, 게다가—그래, 인정할 건 인정하자!—눈부시게 아름다운 닐라의 부름을 도저히 거부할 수 없었고, 그래서 지금이 하루 중 가장 귀중한 시간, 즉 밀라가 올 시간인데도 외출 준비를 서둘렀다. 그는 가벼운 외투를 걸치고—건조하지만 흐린 날씨였고 계절에 어울리지 않게 서늘했기 때문이다—아파트 문을 열었다. 밀라가 열쇠를 손에 쥐고 문 앞에 서 있었다. 그녀는 그의 외투를 보고 이렇게 말했다.

“어. 아하. 알았어요.”

바로 그 순간, 뜻밖의 상황에 허를 찔린 그녀가 미처 마음을 가다듬지 못한 그 짧은 순간, 그는 (굳이 표현하자면) 그녀의 벌거벗은 얼굴을 언뜻 보았다. 그것은 굶주림을 채우지 못해 실망한 표정이 분명했다. 그 속에는 자신의—그는 이 말을 떠올리지 않으려고 했지만 제멋대로 비집고 나와버렸다—자신의 먹이를 빼앗긴 짐승의 교활한 갈망이 담겨 있었다.

"금방 돌아올 거야."

그가 어색하게 말했지만 그녀는 이미 평정을 되찾고 어깨를 으쓱했다.

"신경 쓰실 거 없어요."

그들은 함께 건물 출입구를 나섰고, 그는 빠른 걸음으로 그녀 곁을 떠나 콜럼버스 애비뉴 쪽으로 향했다. 뒤돌아보지는 않았지만 지금쯤 그녀는 이웃집 현관 계단에서 영문을 몰라 어리둥절해하면서도 기뻐하는 에디의 입속에 자신의 메마른 혀를 거칠게 들이밀고 있을 것이다. 제니퍼 로페즈가 출연한 새 영화 〈더 셸〉의 포스터가 사방에 붙어 있었다. 이 영화에서 로페즈는 연쇄 살인마의 무의식 세계에 침투하는 모양이다. 라켈 웰치 주연의 〈환상여행〉을 리메이크한 듯한 내용이지만 그게 무슨 상관인가? 어차피 원작을 기억하는 사람은 아무도 없는데. 솔랑카 교수는 모든 것이 복제품이고 과거의 메아리에 불과하다고 생각했

다. 제니퍼를 위한 노래. '우리가 사는 곳은 복고의 세계, 나는 야 퇴행하는 여자랍니다.'

11

　"미래엔 말이죵, 요따위 라디오 토크쇼는 아무도 안 들을 거예용. 내가 무슨 생각을 하는지 아시겠어용? 아마 라디오가 우리 말을 듣게 될 거라 이거예용. 말하자면 우리가 연예인이 된 것처럼, 기계들이 청취자가 된 것처럼, 그리고 방송국도 기계들이 가지고 있고, 우린 모두 그 밑에서 일하게 된다는 거죵."

　"아따, 내 말 좀 드러보셔. 지금 그 스피디 곤살레스* 가튼 양반이 무슨 허무맹낭한 공상과학 가튼 헛소리를 해대는지 도무지 못 아라듣겠네요. 아무래두 〈매트릭스〉를 너무 자주 빌려다본 거 같고만. 지금 내가 처배켜 있는 여기는 아직 미래가 안 와써

---

*　워너브러더스의 만화영화 캐럭터. 멕시코 억양의 영어를 사용한다.

요. 모든 거시 옛날 그대루니깐, 달라진 거시 하나두 없이 만날 똑가트니깐. 사람들 사는 모양두 똑같구, 교육 수준두 똑같구, 노는 꼬라지두 똑같구, 거 뭐시냐, 고용살이두 똑같다 이거지. 들어들보세요. 받는 돈두 똑같지, 만나는 기지배들두 똑같지, 잽혀드러가는 깜빵두 똑같지, 그러니깐 월급두 꽝, 여자두 꽝, 인생두 꽝이라니깐. 참말루 그 말이 정답이지. 그리구 라디오? 아저씨, 그까짓꺼 스위치가 붙어 있으니깐 아무 때나 내 맘대루 꺼버리믄 그만이지."

"어허, 거 말귀도 되게 못 알아듣는군용. 방금 그 친구, 뭘 몰라도 한참 몰르는 소리죵. 정신 좀 차리셔야 되겠네용. 요즘은 연료 대신에 음식을 먹는 기계가 있다는 소리도 못 들었나보네용? 휘발유가 필요 없다니까용. 댁이나 나 같은 사람이 먹는 음식을 처먹는다 이거죵. 피자, 칠리도그, 참치 샌드위치, 뭐든지 다 먹는다니까용. 조만간에 고노무 '미스터 기계'가 식당에 가서 떡하니 자리 잡고 앉을 테니까 두고 보세용. 여기서 제일로 좋은 자리 하나 주쇼, 하고 말이죵. 그런데도 지금 아무것도 달라진 게 없다는 건가용? 음식 먹는 놈은 살아 있는 놈이라 이 말이에용. 미래는 벌써 와버렸으니까 조심하는 게 좋을 거예용. 조만간에 그 '미스터 살아 있는 기계'가 나타나서는 댁이 말하는 그 고용살이도 뺏아버리고 이쁜이 애인까지 뺏아버리겠다고 나설지도 모르니까용."

"어이어이, 거기 겁나게 겁 많은 라틴계 친구, 리키 리카르도*랬나, 이름은 제대루 못 드렀는데, 하여가네 데시, 맘 좀 가라앉히슈. 여기는 댁이 자유의 땅에서 살겠다구 고무 뽀트 하나 타구 허겁지겁 도망쳐나온 공산주의 쿠바가 아니니깐."

"거 부탁인데 나한테 모욕은 주지 마세용. 내가 요롷게 부탁하는 것도 내가 예의범절 하나는 똑 부러지게 배웠으니까 그러는 줄이나 아세용. 방금 그 형제는, 이름이 뭐였더라, 세뇨르 클리프 헉스터블**인지 미스터 별 볼일 없는 놈인지 몰르겠지만, 아무튼 그 친구는 어머니한테서 가정교육도 제대로 못 받은 거 같은데용, 우린 지금 생방송으로 뉴욕 전역에 대고 얘기하는 중이니까 말 좀 좋게들 하자 이 말이에용."

"저도 말 좀 할 수 있을까요? 여보세요? 말씀하시는 내용들을 가만히 듣다가요, 이런 생각이 들었는데요, 요즘은 텔레비전 뉴스 진행자도 컴퓨터로 합성하는데요, 그리고 죽은 영화배우들이 자동차 광고까지 하는데요, 스티브 맥퀸도 그 차를 타고 나오

잖아요, 그러니까 저도 우리 쿠바 친구 의견에 찬성하는 쪽인데
요, 저도 과학기술이 좀 무섭거든요? 그리고 미래에는요, 말하
자면요, 우리한테 꼭 필요한 것들에 대해 한번쯤 생각해보는 사
람이 누가 있을까요? 제가요, 배우인데요, 주로 광고를 찍는데
요, 요즘 SAG*에서 대규모 파업을 하고 있거든요, 그래서 벌써
몇 달째 돈 한 푼 못 벌었는데요, 그래도 방송은 한시도 안 쉬고
계속되는데요, 왜냐하면 요즘은 라라 크로프트나 자자 빙크스**
를 출연시킬 수도 있고, 클라크 게이블이나 보기***나 마릴린이
나 맥스 헤드룸****이나 〈2001〉의 할*****을 데려다 쓸 수도 있
거든요?"

"말씀 도중에 죄송하지만, 부인, 지금 시간이 거의 다 됐고
이 문제에 대해서는 다른 의견을 가진 분들도 많습니다. 부인이
노조 때문에 어려움을 겪게 됐다고 최첨단 기술을 탓할 수야 없
겠죠. 부인은 사회주의 성향을 선택하셨고, 자기가 뿌린 씨는
결국 자기가 거둬야 하니까요. 미래에 대한 저의 개인적 입장을

---

* 미국 영화배우조합.
** 영화 〈스타워즈〉에 등장하는 외계인 캐릭터.
*** 미국 영화배우 험프리 보가트.
**** 미국 텔레비전 SF 시리즈 〈맥스 헤드룸〉의 아나운서 캐릭터.
***** 영국 소설가 아서 C. 클라크의 『2001 스페이스 오디세이』와 스탠리 큐브
릭 감독의 동명 영화에 등장하는 슈퍼컴퓨터. 정식 명칭은 'HAL 9000'.

말씀드릴까요? 어차피 시계를 거꾸로 돌릴 수는 없는 일이고, 그렇다면 그냥 흘러가는 대로 따라가야 한다는 거죠. 새로운 변화에 동참합시다. 오늘을 즐깁시다. 빛나는 이 바다에서 저 바다까지*."

거대한 박물관의 계단에 앉아 닐라를 기다리면서, 갑자기 구름을 뚫고 쏟아져내리는 오후의 황금빛 햇살 속에서, 『타임스』를 대충대충 훑어보면서, 말릭 솔랑카 교수는 마치 조각배를 타고 집채만 한 파도와 파도 사이에 떠 있는 피난민이 된 듯한 심정이었다. 이성과 광기의 파도, 전쟁과 평화의 파도, 미래와 과거의 파도. 혹은 고무 튜브에 몸을 맡긴 채 자신의 눈앞에서 시커먼 물속으로 가라앉는 어머니를 지켜볼 수밖에 없었던 어린 소년 같은 심정이기도 했다. 소년은 공포와 갈증과 햇빛으로 인한 화상을 겪어냈건만, 이젠 소음까지 그를 괴롭히고 있다. 택시 운전사의 라디오에서 끊임없이 말다툼을 벌이는 시끄러운 목소리들 때문에 자기 내면의 목소리가 들리지 않았고, 생각하는 것조차 불가능했다. 선택도 평화도 마찬가지였다. 이렇게 사방에서 미래의 마귀들이 아우성을 치는데 어떻게 과거의 마귀들을 물리칠 수 있으랴? 과거가 점점 솟아오르고 있었다. 그것은 부

인할 수 없는 일이었다. 여기 이 텔레비전 편성표를 보면 사라 리어가 그랬듯이 크리스토프 워터퍼드 바이다의 애인이었던 미즈 좁은똥꼬도 죽음의 세계에서 돌아온 모양이었다. 페리 핑커스는—지금쯤 아마, 글쎄, 한 마흔 살쯤 되었겠군—지식인들의 으뜸 그루피였던 시절에 대해 숨김없이 털어놓은 『글쟁이 사내들』이라는 책을 썼고, 바로 오늘밤 찰리 로즈*와 이야기를 나눌 예정이었다. 말릭 솔랑카는 이런 생각을 했다. 아, 불쌍한 더브 더브. 네가 평생을 함께하려고 했던 여자가 이제 네 무덤 위에서 춤을 추겠다는구나. 오늘은 찰리—"이 책을 쓰면서 우려한 점은 없었나요, 페리 자신도 지식인으로서 고민이 많았을 것 같은데요, 그런 망설임을 어떻게 이겨냈는지 말씀해주세요"—내일은 하워드 스턴**. "여자분들은 작가들을 좋아합니다. 그런데 이 경우엔 작가들도 이 여자분을 좋아했죠." 정말 올해는 핼러윈이, 혹은 발푸르기스의 밤이 일찍 찾아온 것 같았다. 마녀들이 연회를 위해 모여들고 있었다.

그런데 그의 등 뒤에서는 또다른 이야기가 한창이었다. 모르는 사람이 말해주는 이 도시의 동화 하나가 또다시 그의 무방비한 귓속으로 쏟아져 들어왔다.

---

* 미국 텔레비전 방송국의 기자, 토크쇼 진행자.
** 미국 토크쇼 진행자.

"그래, 아주 잘 끝났어, 여보. 아니, 문제는 없었고, 지금 이사회 모임에 가는 길이라 손전화로 건 거야. 줄곧 의식은 있었지만 약에 취한 상태였어. 그냥 **몽롱**했다구. 그래, 칼날이 눈알을 찌르긴 했지만 마취제 때문에 깃털이 닿은 것 같더라. 아냐, 상처도 없어. 지금 나한테 보이는 세상이 얼마나 놀라운지 몰라. 주의 은혜 놀라워, 맞아, 바로 그거야. 잃었던 생명을 찾았고 광명을 얻었네. 정말이야. 여기 이것들 좀 봐. 너무너무 보고 싶었어. 내 기분이 어떨지 상상해봐. 그 사람은 정말 레이저의 제왕이야. 알다시피 여기저기 많이 알아봤는데 그 사람 이름이 계속 나오더라구. 약간 건조할 뿐이고, 그것도 몇 주만 지나면 괜찮아진대. 알았어, 사랑해. 오늘 좀 늦을 거야. 어쩔 수 없지 뭐. 기다리지 말고 그냥 자."

물론 솔랑카는 뒤를 돌아보았고, 물론 그 젊은 여자는 혼자가 아니었다. 그녀가 '손전화'를 닫는 순간 벌써 남자가 바싹 다가붙고 있었다. 그녀도 기꺼이 몸을 맡기다가 솔랑카와 시선이 딱 마주쳤다. 그녀는 거짓말을 하다가 들켰다는 사실을 깨닫고 무안한 듯 씩 웃으며 어깨를 으쓱했다. 그녀가 통화중에 했던 말처럼 어쩔 수 없다는 뜻이리라. 마음은 제멋대로 움직이고 우리는 모두 사랑의 노예니까.

지금 런던 시각은 열시 이십 분 전이다. 아스만은 잠들었을 것이다. 인도는 런던보다 다섯 시간 반이 늦는다. 런던에서 시계를 거꾸로 뒤집어놓으면 말릭 솔랑카가 태어난 곳의 시각이 나온다. 아라비아 해 연안에 있는 금단의 도시. 그것 역시 돌아오고 있다. 그 생각이 떠오르자 그는 곧 두려움에 사로잡혔다. 오랫동안 봉인해두었던 분노가 터져나오면 자신이 어떻게 돌변하게 될지 두려웠다. 기나긴 세월이 흘렀지만 그 분노는 여전히 그를 규정하고 있는 특징이었고, 변함없는 힘으로 그를 지배하고 있었다. 그런데 만약 그 이야기하지 않은 이야기의 문장들을 마저 끝맺는다면? …… 그 문제는 나중에 생각할 일이다. 그는 머리를 흔들었다. 닐라가 약속 시간에 늦어지고 있었다. 솔랑카는 신문을 내려놓고 외투 호주머니에서 나무토막 하나와 스위스 칼을 꺼냈다. 그리고 나무 깎는 일에 완전히 몰두했다.

"그건 뭐죠?"

닐라 마헨드라의 그림자가 다가왔다. 그녀는 해를 등지고 서 있었고, 그렇게 실루엣만 보이니까 그가 기억하고 있는 것보다도 키가 더 커 보였다. 솔랑카는 질문에 대답했다.

"예술가요. 세상에서 가장 위험한 인간이지."

닐라는 박물관 계단의 한 부분을 쓸어내고 그의 곁에 나란히 앉았다.

"믿을 수 없어요. 위험한 인간이라면 저도 많이 알지만, 그중에서 예술품이라고 할 만한 것을 창조한 인간은 아무도 없어요. 물론 나무로 만들어진 인간도 없구요."

그들은 한동안 말없이 앉아 있었다. 그는 조각을 했고, 그녀는 그냥 조용히 있을 뿐이었지만 그녀가 이 세상에 있다는 것 자체가 세상에 주는 선물이었다. 나중에 말릭 솔랑카는 그녀와 단둘이 처음 만났던 그 순간을 회상하면서 특히 그 침묵과 고요에 대해, 그리고 그것이 얼마나 편안했는지에 대해 길게 설명하게 될 터였다.

"나는 당신이 한마디 말도 안 하고 있을 때 사랑에 빠져버렸지. 그러니 당신이 세계에서 제일 수다스러운 여자라는 걸 내가 어떻게 알았겠소? 수다스러운 여자라면 나도 많이 알지만, 당신에 비하면 모조리 나무로 만들어진 여자들이지."

몇 분 후 그는 반쯤 만들어진 인형을 집어넣고, 혼자 딴 짓을 해서 미안하다고 말했다.

"사과하실 필요는 없어요. 일은 일이니까요."

그들은 드넓은 계단을 내려가 공원 쪽으로 가려고 자리에서 일어났다. 그런데 그녀가 일어서자마자 한 남자가 바로 윗계단에서 발을 헛디뎌 넘어지더니 아슬아슬하게 닐라를 스쳐 지나서 여남은 개의 계단을 육중하고 고통스럽게 굴러 내려갔다. 그나마 그가 멈출 수 있었던 것은 그 방향에 모여 앉아 비명을 지르고 있던 여학생들 덕분이었다. 그는 아까 휴대전화로 거짓말을 하던 여자에게 대단히 정열적인 애정 표현을 했던 바로 그 남자였다. 솔랑카 교수는 미즈 손전화를 찾으려고 주위를 둘러보다가 잠시 후 씩씩거리며 북쪽으로 걸어가는 그녀를 발견했다. 여자가 성난 듯이 팔을 내저으며 택시를 불렀지만 근무시간이 끝난 운전사들은 본체만체할 뿐이었다.

닐라는 무릎까지 내려오는 겨자색 실크 스카프 드레스를 입고 있었다. 검은 머리는 틀어올려 단단히 쪽을 쪘고 긴 팔은 맨살이었다. 택시 한 대가 멈춰서더니 혹시라도 그녀에게 차가 필요할 경우에 대비하여 손님을 쫓아버렸다. 그리고 핫도그 장수가 뭐든지 원하는 것을 공짜로 주겠다고 나섰다.

"그냥 여기서 드시기만 하면 됩니다, 아가씨, 드시는 모습을 보고 싶어서요."

잭 라인하트가 천박하게 떠벌리던 그 효과를 처음 구경해보는 솔랑카는 마치 메트로폴리탄 박물관에서 가장 중요한 소장품 하나를 호위하며 경외감에 휩싸인 5번가를 지나가는 듯한 기분이었다. 아니, 지금 그가 생각하고 있는 것은 메트로폴리탄이 아니라 루브르에 있는 걸작품이었다. 가벼운 산들바람이 불 때마다 드레스가 닐라의 몸에 달라붙어 펄럭거렸고, 그 모습이 영락없이 사모트라키 섬에서 출토된 날개 달린 승리의 여신이었다.

316

다만 머리가 붙어 있다는 점이 다를 뿐이었다.

"나이키*."

그가 소리 내어 말하자 그녀가 어리둥절해했다. 그는 설명을
덧붙였다.

"당신을 보다가 나이키가 생각났소."

그러자 그녀가 얼굴을 찡그렸다.

"저를 보고 운동복을 생각하셨다는 거예요?"

어쨌든 운동복이 그녀를 생각하고 있는 것만은 분명했다. 그
들이 공원으로 접어들었을 때 조깅복을 입은 젊은이가 다가오다
가 닐라를 보더니 그 강렬한 아름다움에 기가 질려 쩔쩔매기 시
작했다. 그는 감히 그녀에게 직접 말을 걸지도 못하고 대신 솔랑
카에게 이렇게 말하는 것이었다.

"선생님, 제가 따님께 수작을 거는 걸로 오해하지 않으셨으면
좋겠습니다. 데이트 신청을 하려는 것도 아니고 그저 따님이야
말로 정말, 그래서 따님에게……"

그는 이때 비로소 닐라 쪽으로 돌아섰다.

"아가씨에게, 아가씨야말로 정말……"

말릭 솔랑카의 가슴속에서 엄청난 분노가 치밀어올랐다. 지

____

* 승리의 여신. 영어로는 나이키, 그리스어로는 니케라고 읽는다.

금 당장 저 젊은 놈의 더러운 아가리 속에서 저 혀를 쑥 뽑아버려야 속이 시원할 것 같았다. 잘 다듬어진 저 몸뚱이에서 저 근육질의 팔을 확 떼어버려야 속이 시원할 것 같았다. 칼로 자를까? 그냥 잡아뜯을까? 아니, 자르기도 하고 잡아뜯기도 하면서 저놈을 한 백만 조각으로 갈기갈기 찢어버리는 건 어떨까? 저 빌어먹을 놈의 심장을 질겅질겅 씹어 먹는 건 어떨까?

그 순간 그의 팔에 닐라 마헨드라의 손이 가볍게 와 닿았다. 그러자 분노가 치솟을 때만큼이나 빠르게 가라앉았다. 그렇게 예기치 못한 분노가 치솟았다가 가라앉는 현상이 너무 빨리 일어났기 때문에 말릭 솔랑카는 머리가 어질어질하고 얼떨떨했다. 그것이 정말 현실이었을까? 내가 정말 저 건강하기 이를 데 없는 젊은이의 사지를 찢어발기려고 했던 것일까? 만약 그렇다면 닐라는 어떻게 간단히 손을 대는 것만으로 그런 분노를—내가 어두운 방 안에서 호흡법을 사용하고 붉은 삼각형을 떠올려가며 때로는 몇 시간 동안이나 싸워야 했던 그 분노를—순식간에 사라지게 만들었을까? 여자의 손이 정말 그런 능력을 발휘할 수 있는 것일까? 만약 그렇다면 (이 생각은 저절로 떠올랐고, 부정하려고 해도 헛일이었다) 이 여자야말로 내가 이 괴로운 인생을 사는 동안 기필코 곁에 두고 소중히 여겨야 할 여자가 아닐까?

그는 이런 생각들을 떨쳐버리려고 머리를 흔들면서 다시 눈앞의 상황을 주시했다. 닐라가 그 젊은이에게 눈부신 미소를 던지고 있었다. 그런 미소를 받았으니 그의 남은 인생은 크나큰 실망에 지나지 않을 테고, 그렇다면 차라리 죽어버리는 편이 나을 것 같았다. 닐라는 미소에 눈이 멀어버린 운동복 차림의 젊은이에게 말했다.

"이 사람은 우리 아빠가 아니에요. 동거하는 애인이죠."

그 말은 젊은이에게 쇠망치로 내려친 듯한 충격을 주었다. 그러나 닐라 마헨드라는 자신의 말을 강조하려는 듯이, 아직도 정신을 못 차리고 있는 솔랑카의 준비되지 않은, 그러나 고마움을 모를 리 없는 입술에 길고 노골적인 입맞춤을 하는 것이었다. 이윽고 그녀가 숨이 차서 헐떡거리며 최후의 일격을 가했다.

"그거 알아요? 이 사람은 침대에서도 정말 끝내준다구요."

젊은이가 무딘 죽창으로 배를 가를 것 같은 표정으로 떠나간 후, 솔랑카 교수는 기쁨과 더불어 적잖은 감격을 느끼면서 멍하니 물었다.

"방금 뭐가 지나갔지?"

그러자 닐라가 웃음을 터뜨렸다. 깔깔거리는 그 짓궂은 웃음소리에 비하면 밀라의 시끄러운 웃음소리는 오히려 점잖은 편이었다.

"교수님이 이성을 잃기 직전이라는 걸 알아차렸거든요. 그런

데 지금 저에겐 교수님이 필요하고, 그것도 병원이나 감옥이 아
니라 바로 여기서 제 말을 귀담아 들어주셔야 하니까요."

차츰 어지럼증이 가라앉기 시작했다. 솔랑카는 그녀의 그 말
로 방금 있었던 일의 팔 할 정도는 설명할 수 있겠지만 그녀가
혀를 가지고 했던 짓들의 의미까지 해석하기에는 아무래도 부족
하다고 생각했다.

잭! 잭! 솔랑카는 자신을 꾸짖었다. 오늘 오후의 중심 주제는
그의 친구, 그것도 가장 소중한 친구인 잭 라인하트였다. 그 친
구의 애인이 제아무리 길고 능수능란한 혀를 가졌다고 하더라도
그런 일에 신경 쓸 계제가 아니었다. 그들은 연못 근처의 벤치에
앉았다. 그러자 사방에서 개를 산책시키던 남자들이 나무를 들
이받았고, 태극권을 수련하던 이들이 균형을 잃고 비틀거렸고,
롤러블레이드를 타던 이들이 자기들끼리 충돌했고, 산책을 하던
이들은 그곳에 연못이 있다는 사실을 잊어버린 듯 곧장 물속으
로 걸어 들어가는 것이었다. 그런데도 닐라 마헨드라는 그 모든
일을 전혀 의식하지 못하는 것 같았다. 아이스크림콘을 들고 지
나가던 한 남자는 손과 입의 공조 관계에 별안간 심각한 이상이
발생하는 바람에 아이스크림을 혀로 가져가지 못하고 귓속에 쑤
셔넣어 엉망진창이 되고 말았다. 그리고 조깅을 하며 지나가던
한 젊은이는 진심에서 우러난 것이 분명한 감정을 드러내며 펑

평 울고 있었다. 그런 와중에 닐라 인자(因子)에 영향을 받지 않는 사람은 옆 벤치에 앉아 있는 중년의 아프리카 계 미국인 여자 하나뿐인 것 같았는데(누가 누구더러 중년이래? 아마 저 여자가 나보다 젊을 텐데, 하고 생각하며 솔랑카는 마음이 씁쓸했다) 그녀는 지금 길쭉한 계란 샐러드 샌드위치를 먹으면서 한 입 한 입 물어뜯을 때마다 큰 소리로 으음 또는 아아 하고 기쁨을 광고하는 중이었다. 하지만 닐라는 오로지 말릭 솔랑카 교수만 보고 있었다.

"그건 그렇고, 놀랄 만큼 훌륭한 키스였어요. 정말이에요. 최고던데요."

그러더니 그의 얼굴에서 시선을 돌려 반짝거리는 수면 쪽을 바라보았다. 그리고 빠른 속도로 말했다.

"잭하고는 이제 끝났어요. 어쩌면 그 사람이 벌써 얘기했는지도 모르겠네요. 벌써 오래전에 끝났죠. 그이가 교수님의 좋은 친구라는 건 알지만, 그리고 지금은 교수님이 그이한테 좋은 친구가 되어주셔야겠지만, 저는 일단 남자에 대한 존경심을 잃어버리면 더이상 그 곁에 남아 있질 못하거든요."

그리고 침묵. 솔랑카는 아무 말도 하지 않았다. 그는 머릿속으로 라인하트와의 마지막 통화를 재생하면서 자기가 그때 무엇을 놓쳤는지를 확인하고 있었다. 그 음탕한 자랑의 말 속에 감춰져 있던 구슬픈 어조. 과거시제를 사용한 점. 상실감. 솔랑카는 닐라에게 이야기를 계속하라고 재촉하지 않았다. 어차피 때가 되면 나올 테니까, 그리 오래 걸리지 않을 테니까.

"이번 선거에 대해 어떻게 생각하세요?"

솔랑카도 머지않아 익숙해지겠지만 그녀의 대화 방식은 이렇게 뜬금없는 방향 전환이 특징이었다.

"제 생각부터 말해볼게요. 저는 미국 유권자들이 전 세계의 다른 국가들을 위해서라도 부시에게 표를 주지 말아야 한다고 생각해요. 그 거시와 보어 얘기도 너무 오래돼서 이젠 들을 때마다 벌컥 화가 날 정도예요."

솔랑카는 지금은 자신의 꺼림칙한 비밀을 고백할 때가 아니라고 생각했다. 그러나 실은 닐라도 대답을 기대한 것이 아니었다. 그녀가 외쳤다.

"차이가 없다구요? 예를 들면 지리학 실력은 어떻죠? 예를 들어 저의 가난한 조국이 세계지도에서 어디쯤에 있는지 아느냐 모르느냐 하는 문제는요?"

공화당 전당대회가 열리기 한 달 전쯤 외교정책에 대해 묻고 대답하는 자리에서 한 기자가 교묘한 질문으로 조지 W. 부시를 난처하게 했던 일은 솔랑카도 기억하고 있었다. "지금 릴리푸트 블레푸스쿠의 인종 분쟁이 점점 악화되고 있는데요, 그 나라가 어디쯤에 있는지 지도에서 짚어주실 수 있겠습니까? 그리고 그 나라의 수도 이름을 다시 말씀해주시겠습니까?" 두 개의 변화구, 투 스트라이크였다.

"이번 선거에 대해 잭이 어떻게 생각하는지 말씀드릴게요."

닐라는 다시 본래의 주제로 돌아갔다. 얼굴이 점점 상기되었고 목소리도 점점 커졌다.

"새로운 잭, 트루먼 카포티의 흑백 무도회*에 초대될 만한 일류명사 라인하트, 그 사람은 뭐든지 그 '궁전'에 사는 '황제들'이 바라는 대로 생각할 뿐이에요. 뛰어라, 잭, 그러면 하늘 높이 뛰어오르죠. 어디 춤 좀 춰봐, 잭, 너 춤도 잘 추잖아, 그러면 늙은 백인들이나 좋아하는 케케묵은 30년대식 춤들을 보여주죠. 스윔이나 히치하이크, 워크더도그, 펑키치킨, 로코모션 등등 밤새도록 신나게 춤을 추는 거예요. 우리 좀 웃겨봐, 잭, 그러면 왕실 어릿광대처럼 농담을 줄줄이 늘어놓죠. 그 사람이 잘하는 농담은 아마 교수님도 아실 거예요. 'FBI가 모니카의 드레스를 검사하고 나서 그 얼룩만 가지고는 신원을 확인할 수 없다고 발표했어요. 아칸소 주민들이 모두 똑같은 DNA를 가졌기 때문이

---

* 1966년 11월 28일 뉴욕 플라자 호텔에서 열린 가면무도회. 트루먼 카포티가 주최했고, 준비 단계부터 '세기의 파티'로 불리며 큰 화제를 불러모았다. 각계의 명사들을 엄선하여 초대한 파티로도 유명하다.

죠.' 그래요, 그 황제들도 이 농담을 좋아해요. 공화당에 투표해라, 잭. 임신 중절엔 반대해라, 잭. 성경에서 동성애에 대한 부분을 읽어봐라, 잭. 총이 사람을 죽이는 건 아니지, 안 그러냐, 잭. 그러면 그이는 그저, 예예, 맞습니다, 사람을 죽이는 건 사람이죠, 그렇게 대답하는 거예요. 잘했다, 잭, 우리 멍멍이. 굴러봐. 저거 물어와. 똑바로 앉아서 싹싹 빌어봐. 빌지 않으면 아무것도 주지 않을 테다. 우린 깜둥이 녀석이 무릎 꿇고 있는 꼴을 보고 싶거든. 잘했다, 잭, 이젠 그만 개집에 들어가서 잠이나 자려무나. 오, 여보, 우리 잭한테 뼈다귀 하나만 던져줘요, 네? 착하게 말도 잘 들었잖아요. 그래, 그 여자가 좋겠어요, 남부 출신이니까."

아하, 그러니까 라인하트가 못된 짓을 했다는 얘기로군. 솔랑카는 생각했다. 그리고 닐라가 바람피우는 남자를 몹시 싫어한다는 사실도 짐작할 수 있었다. 그녀는 피리 부는 사나이 같은 여자, 즉 남자들을 줄줄이 이끌고 어디든 자기 마음대로 데려가는 데 익숙해진 여자였다.

이윽고 그녀가 마음을 가라앉히고 벤치에 등을 기대며 잠깐 눈을 감았다. 그때 옆 벤치에 앉은 여자가 샌드위치를 마저 먹어치우더니 닐라 쪽으로 몸을 기울이며 이렇게 말했다.

"아, 그런 녀석은 포기해, 아가씨. 오늘 당장 차버리라구. 남의 애완견 노릇이나 하는 사내는 아예 상종을 말아야지."

그러자 닐라는 옛 친구를 만난 듯이 그 여자를 돌아보며 진지하게 말했다.

"아줌마, 우리 사이는 댁의 냉장고에 들어 있는 우유만큼도 오래가지 못했어요."

그리고 명령조로 말했다.

"우리 좀 걷죠."

솔랑카는 순순히 자리에서 일어났다. 이윽고 남의 귀에 들리지 않을 만큼 갔을 때 그녀가 말했다.

"저기요, 제가 잭한테 화가 나긴 했지만 사실 그 사람이 좀 걱정스럽기도 해요. 그이에겐 정말 진정한 친구가 필요해요, 말릭. 그 사람은 심각한 곤경에 빠졌다구요."

솔랑카가 전화 통화에서 짐작했듯이 라인하트는 몹시 울적한 상태였지만 그것은 상한 우유처럼 파탄나버린 애정 관계 때문만은 아니었다. 사라 리어와의 만남은 이 시대 특권층의 이혼에 대한 기사를 쓰기 위해서였는데, 그것이 잭에게 나쁜 결과를 가져온 것이었다. 사라는 그에게 반감을 갖게 되었고, 그녀의 증오심은 그에게 큰 타격을 입혔다. 스프링스의 별장을 브로니스와바에게 넘겨준 후 그는 몬타우크 포인트의 골프장 한복판에 있는 아주 작은 집 한 채를 찾아냈다. 닐라는 이렇게 말했다.

"그 사람이 타이거 우즈에게 반했다는 건 교수님도 잘 알고 계실 거예요. 잭은 경쟁심이 강하죠. 그이는 나이키가, 아니, 저 말고 다른 나이키 말인데요……"

그러면서 그녀는 숨김없이 기쁨을 드러내며 얼굴을 붉혔다.

"그 사람한테 아직 실망하지 않은 나이키, 그러니까 승리의 여신이 골프 시합까지 후원해주기 전에는 절대로 만족할 수 없 는 사람이에요. 모자도 나이키 상표가 달린 것만 쓰죠."

그 작은 집을 사겠다는 라인하트의 제안을 판매자가 수락한 직후 두 가지 일이 연달아 일어났다. 라인하트가 세번째로 그 집 을 찾아가던 날 그는 중개인이 건네준 열쇠를 갖고 있었는데, 그 가 도착한 지 십 분도 되지 않았을 때 경찰이 들이닥쳐 그에게 꼼짝 말라고 명령했다. 이웃들이 그 집에 침입자가 있다고 신고 하는 바람에 라인하트가 범인 취급을 받게 된 것이었다. 도둑이 아니라 이 집을 사려는 사람이라는 사실을 경찰에게 납득시키기 까지 거의 한 시간이 걸렸다. 그리고 일주일 후, 골프 클럽이 그 의 입회신청을 거절했다. 사라의 치맛자락은 길고도 넓었다. 라 인하트는 '흑인이라는 건 이제 문제가 안 돼'라고 말했지만 결 국 뼈아픈 경험을 통하여 그것이 아직도 문제가 된다는 사실을 깨달았던 것이다. 닐라는 경멸하는 표정으로 이렇게 말했다.

"유대인들이 골프를 치고 싶으면 골프 클럽을 새로 만들어야 해요. 와스프*들은 정말 독침을 갖고 있거든요. 잭이 뭘 몰랐던 게 잘못이죠. 타이거 우즈가 혼혈이긴 하지만 자기 불알이 까맣다는 것 정도는 알고 있는데 말예요.”

그리고 이렇게 덧붙였다.

“그렇지만 진짜 심각한 문제는 그게 아니에요.”

그들은 베데스다 분수대 앞에 와 있었다. 사방에서 각종 연극이나 익살극이 한창이었다. 두 사람은 계속 걸음을 옮겨 비탈진 풀밭에 이르렀다. 닐라가 말했다.

“앉으세요.”

솔랑카는 그 자리에 주저앉았다. 닐라가 음성을 낮추었다.

“그 사람은 어느 미친놈들과 어울려 다녀요, 말릭. 무슨 이유인지는 몰라도 진심으로 그 속에 끼고 싶어하는데, 그 백인 아이들은 한없이 멍청하고 난폭한 녀석들이라구요. 혹시 S&M이라는 비밀단체에 대해 들어보셨어요? 아예 존재하지도 않는 것으로 되어 있는 단체인데, 우선 그 명칭부터가 재미없는 농담이에요. ‘독신 남성’이라는 뜻이거든요.** 네, 맞아요. 정말 형편없이

---

* WASP. 앵글로색슨계 백인 신교도. 미국의 지배적인 특권 계급을 형성하고 있다. 여기서는 말벌(wasp)의 의미를 포괄하는 중의적 표현으로 사용되었다.
** S&M은 대개 ‘사디즘과 마조히즘(sadism and masochism)’의 약자로 사용된다.

비뚤어진 놈들이죠. 예일 대학에도 '해골과 십자뼈' 인가 하는 단체가 있다면서요? 히틀러의 콧수염이나 카사노바의 성기 같은 것들을 사들인다면서요? 이 단체도 그것과 비슷하지만 이건 학내 단체도 아니고 기념품을 수집하지도 않아요. 여자들을 수집하죠. 특별한 취미나 재주를 가진 젊은 여자들 말예요. 그 수가 얼마나 많은지 말씀드리면 아마 놀라실 거예요. 특히 그 여자들한테 어떤 짓을 시키는지 아시면 더더욱 놀라시겠죠. 시시한 스트립 포커 따위를 말하는 게 아니에요. 여기저기 찢고 뚫고 꿰매는 거죠. 안장에, 고삐에, 마구까지 주렁주렁. 아무튼 나중엔 결국 지붕에 술장식을 단 마차 같은 꼴로 변할 거예요. 아니면 왜 그런 거 있잖아요, 채찍으로 때려줘, 끈으로 묶어줘, 그게 내가 좋아하는 것들이란다.* 다들 부잣집 여자애들이죠. 정말이에요. 너희 집은 말 목장을 갖고 있으니까 너도 말처럼 다루어줘야 흥분하지? 물론 저야 잘 모르죠. 어쨌든 그 아이들은" ─솔랑카는 닐라 자신도 죽은 그 여자애들보다 다섯 살 이상 많은 건 아닐 거라고 생각했다─"원하는 것들을 너무 쉽게 가질 수 있으니까 어떤 것에도 관심이 없어요. 그래서 좀더 자극적인 것을 찾으려고 점점 더 멀리 가야 하는데, 집에서 멀어질수록 안전도 멀

---

* 브로드웨이 뮤지컬 〈사운드 오브 뮤직〉과 동명 영화에 나오는 노래 〈내가 좋아하는 것들〉의 가사.

어지는 거죠. 세상에서 제일 짜릿한 곳, 제일 짜릿한 마약, 제일 짜릿한 섹스. 이게 저의 오 센트 루시* 식 분석이에요. 따분해서 어쩔 줄 모르는 부잣집 여자애들이 멍청한 부잣집 남자애들한테 온갖 괴상한 짓들을 허락하는 거죠. 멍청한 부잣집 남자애들은 좋아서 어쩔 줄 모르구요."

솔랑카는 닐라가 자신과 같은 세대라고 할 수 있는 젊은이들을 '아이들'이라고 부르는 것에 대해 잠시 생각해보았다. 그녀가 그런 말을 쓰는 것은 별로 어색하게 들리지 않았다. 가령 밀라에 비하면, 솔랑카 자신의 꺼림칙한 비밀이기도 한 밀라에 비하면 닐라는 어엿한 어른이었다. 밀라에게도 나름대로 매력이 있지만 그것은 어린애 같은 음탕함에서 비롯된 매력이었고, 그녀의 탐욕스럽고 유별난 행동은 닐라의 말처럼 감각이 무뎌진 것이 원인이었다. 그녀가 흥분을 느끼기 위해서는 좀더 극단적인 자극, 아니, 극단 이상의 자극이 필요했던 것이다. 금단의 열매를 날마다 먹을 수 있다면 과연 무엇으로 전율을 맛볼 수 있겠는가? 그러나 솔랑카는 밀라가 운이 좋은 편이라고 생각했다. 그녀의 돈 많은 애인이 그녀를 데리고 어떤 짓들을 할 수 있는지 미처 깨닫기도 전에 그녀를 버렸기 때문이다. 만약 닐라가 말한

---

* 찰스 슐츠의 만화 『피너츠』에서 찰리 브라운을 괴롭히는 여자 아이. 종종 심리 상담소를 차려놓고 오 센트를 요구한다.

그 부잣집 남자애들이 그녀에 대해 알게 되었다면, 그녀가 어디까지 갈 수 있는지, 어디까지 금기를 깨뜨릴 수 있는지 알게 되었다면 아마도 그녀를 여신처럼 떠받들고 그 비밀 집단의 '소녀여인' 여왕으로 모셨을 것이다. 그리고 그녀는 결국 두개골이 박살난 채 미드타운 터널에 나뒹굴게 되었을 것이다. 솔랑카는 소리 내어 이렇게 중얼거렸다.

"무감동한 자들의 놀이. 과보호의 비극. 한 재산 가진 자들의 무분별한 생활."

마지막 말에 대해서는 설명이 필요했다. 그는 닐라의 웃음소리를 다시 듣게 되어 행복했다. 그녀가 말했다.

"그러니 그 호색꾼 고릴라들이―그 '대물' '몽둥이' '종마'들이―그 단체에 가입하고 싶어하는 것도 무리가 아니죠?"

그러더니 한숨을 푹 쉬었다.

"문제는 잭이 왜 그러느냐는 거죠."

말릭 솔랑카 교수는 갑자기 창자가 꼿꼿해지는 것을 느꼈다.

"잭도 그 S&M이라는 단체의 회원이라는 거요? 하지만 그자들은……"

이때 닐라가 무거운 짐을 한시라도 빨리 덜고 싶어 솔랑카의 말허리를 끊었다.

"아직 회원은 아니에요. 그렇지만 제발 들여보내달라고 애원하면서 문을 두드리는 중이죠. 바보 같은 인간. 신문에 그렇게 고약한 기사가 났는데도 말이에요. 그 사실을 알게 되자 더이상 그 사람 곁에 있을 수가 없었어요. 제가 어떤 신문에도 실리지 않은 내용을 말씀드리죠."

그녀의 목소리가 더욱더 낮아졌다.

"죽은 그 여자애들 말인데요, 강간당하지도 않았고 소지품을 빼앗기지도 않았어요. 맞죠? 그렇지만 그 아이들은 분명히 어떤 짓을 당했고, 바로 그것이 세 사건의 진짜 공통점이에요. 다만 모방 범죄가 일어날까봐 경찰이 신문에 실리지 않도록 한 거죠."

솔랑카는 더럭 겁이 나서 힘없이 물었다.

"도대체 무슨 짓을 당한 거요?"

닐라는 두 손으로 눈을 가리며 이렇게 속삭였다.

"머리 가죽이 벗겨졌어요."

그리고 울어버렸다.

머리 가죽이 벗겨진다는 것은 죽은 다음에도 여전히 트로피 신세라는 뜻이다. 그리고 희소성은 곧 가치를 낳기 마련이다. 죽은 여자의 머리 가죽을 호주머니 속에 지니고 있다는 것은 어쩌면—아, 이 얼마나 소름끼치는 미스터리인가!—그 여자가 멀쩡히 살아 숨 쉬는 상태로 어느 화려한 무도회장에서 그의 팔에 매달려 있는 것보다, 아니, 더 나아가서 그녀가 온갖 변태적 성행위에 기꺼이 응해주는 것보다 한층 더 값진 일인지도 모른다. 머리 가죽은 지배력을 나타내는 기표(記表)인데, 그것을 벗겨낸다는 것, 즉 그런 기념품을 갖고 싶어한다는 것은 기의(記意)보다 기표를 더 높이 평가한다는 뜻이 된다. 솔랑카는 혐오감과 공포감을 동시에 느끼면서, 어쩌면 그 살인자들은 살아 있는 여자들보다 죽은 여자들을 더 가치 있게 여겼을지도 모른다는 것을 어렴풋하게나마 알아차릴 수 있었다.

닐라는 세 명의 애인이 그 범죄를 저질렀다고 확신했다. 또한 잭이 아무에게도, 심지어는 그녀에게조차도 말하지 않았지만 실제로는 훨씬 더 많은 사실을 알고 있을 거라고 확신했다. 그녀는 눈물을 닦으며 이렇게 말했다.

"마치 헤로인 같은 거죠. 너무 깊이 빠졌기 때문에 이젠 벗어날 방법도 모르고 벗어나고 싶어하지도 않는 거예요. 이대로 가다가는 파멸하고 만다는 걸 뻔히 알면서도 말이에요. 제가 걱정하는 건 이거예요. 그 사람이 무슨 짓을 저지를까, 그리고 누구에게 저지를까? 혹시 내가 벌써 그 나쁜 놈들의 노리개로 점찍힌 건 아닐까? 그 여자들을 왜 죽였는지야 누가 알겠어요? 섹스 게임을 즐기다가 도를 넘었는지도 모르죠. 부잣집 남자애들이 가진 섹스와 지배력에 대한 망상 때문이었는지도 모르구요. 피로 맺은 형제니 사나이들이니 하는 헛소리 말예요. 저 여자를 따먹고 죽여버리자, 그리고 머리를 잘 굴려서 잡히지 말자. 글쎄요, 어쩌면 제가 지금 특권층에 대한 반감을 드러내고 있는 건지도 모르죠. 영화를 너무 많이 본 탓인지도 모르구요. 〈강박충동〉*. 〈로프〉**. 아시겠죠? '왜 그런 짓을 하지?' '우린 할 수 있으니까.' 그놈들은 자기들이 황제라는 걸 증명하고 싶은 거죠. 자기들이야말로 우월하고 위대한 존재, 거룩한 존재, 말하자면 신과 같은 존재라는 걸 말예요. 법도 자기들은 건드릴 수 없다 이거죠. 정말 어처구니없는 개수작인데도 애완견 라인하트 씨는 변함없이 충성을 다 바치는 거예요. '당신은 그애들을 개똥도 몰라서 그래, 닐라. 알고 보면 좋은 애들이야.' 헛소리. 그 사람은 아예 눈이 멀어서 그놈들이 추락하는 날에는 자기도 함께 끌려 내려간다는 걸 모르고 있어요. 아니, 어쩌면 그놈들이 그이를 함정에 빠뜨리려고 하는지도 모른다구요. 그 사람은 그놈들의 죄를 대신 뒤집어쓰고 전기의자로 끌려가면서도 그놈들을 찬양하는 노래를 부를 거예요. '개똥'. 그 약해빠진 인간한테 딱 어

---

* 리처드 플레이셔 감독의 범죄영화. 1924년 부유한 시카고 대학생 두 명이 재미 삼아 열네 살 소년을 잔인하게 살해한 실화를 바탕으로 만들어진 작품이다.
** 앨프리드 히치콕 감독의 범죄영화. 두 대학생이 완전범죄의 스릴을 맛보기 위해 친구를 밧줄로 살해한다는 내용이다.

울리는 별명이네요. 지금의 저에게는 그 사람이 개똥만큼의 의미도 없거든요."

솔랑카는 이렇게 물었다.

"어떻게 그런 걸 확신하는 거요? 미안하지만 당신 얘기가 좀 황당해서 말이오. 그 세 남자가 심문을 받긴 했지만 체포되지는 않았잖소. 그리고 내가 알기로는 셋 다 자기 애인이 죽던 날 확실한 알리바이가 있었는데. 증인들, 기타 등등. 한 명은 술집에서 목격됐고, 나머지는 잊어버렸지만 셋 다 그런 식이었소."

심장이 몹시 두근거렸다. 영겁처럼 느껴질 만큼 오랫동안 그는 그 범죄들을 자신의 소행으로 의심하고 있었다. 자신의 마음속에 도사리고 있는 혼돈, 앞뒤 없이 부글거리는 격정을 알고 있기에 그것을 이 도시의 혼돈과 결부시켜 생각했고, 그래서 자신에게 유죄 판결을 내리기 직전까지 갔었다. 그런데 이제 곧 혐의를 벗으려는 순간, 자신의 결백이 밝혀지는 대신에 소중한 친구가 유죄로 판명될지도 모르는 상황이었다. 속이 뒤집힐 듯 울렁거리고 욕지기가 치밀었다. 그는 간신히 질문을 던졌다.

"그리고 그 머리 가죽 말인데, 대체 어디서 그런 소리를 들은 거요?"

"오, 맙소사!"

그녀가 길게 탄식하더니 마침내 최악의 내용을 털어놓았다.

"저는 그 사람의 옷장을 정리하고 있었어요. 왜 그랬는지 저도 모르겠어요. 제가 **남자를 위해** 그런 걸 해주는 일은 **절대로** 없거든요. 필요하면 가정부를 구해라 이거죠. 내가 할 일은 따로 있으니까요. 저는 그 사람을 정말 좋아했고, 그래서 그날 한 오 분쯤은 혹시 내가…… 아무튼 그래서 옷장을 정돈하는 중이었는데, 그때, 그때 그걸 본 거예요."

다시 눈물. 솔랑카는 그녀의 팔에 손을 얹었다. 그러자 그녀가 그에게 몸을 기대더니 그를 힘껏 부둥켜안고 흐느끼는 것이었다.

"구피였어요. 셋 다 거기 있더라구요. 사람 크기의 무대의상 말예요. 구피, 로빈후드, 버즈."

그녀가 그것들에 대해 따져 묻자 라인하트는 몹시 호통을 쳤다고 한다. 그래, 마살리스와 앤드리슨과 메드퍼드가 장난 삼아 그 옷을 입고 애인들을 감시한 거야. 그래, 별로 고상한 장난은 아니었지만, 그렇다고 그애들을 살인자로 몰아붙일 수는 없는 거잖아. 그리고 셋 다 살인 사건이 나던 날 밤에는 그 옷을 입지도 않았어. 그 기사는 순 엉터리라구. 자기들 멋대로 내용을 조작한 거야. 그애들은 그래도 걱정이 돼서 나한테 도와달라고 부탁한 거야. 당신이라면 그런 상황에서 걱정이 안 되겠어?

"그 사람은 끝도 없이 그애들의 결백을 주장했고, 자기가 그렇게 애지중지하는 그 클럽이 실은 특권층 아이들이 음탕한 짓을 하려고 만들어놓은 위장 단체라는 걸 한사코 부인했어요."

그러나 닐라는 그 정도로 만족하고 넘어가려 하지 않았다.

"제가 확실히 아는 것들, 어렴풋이 아는 것들, 직감적으로 느끼고 짐작하는 것들, 그 모든 정보를 그 사람에게 들이댔어요. 그리고 그 사람이 모든 사실을 털어놓기 전에는 절대로 덮어둘 수 없다고 했죠."

그러자 라인하트는 마침내 당황해서 이렇게 소리쳤다.

"내가 한밤중에 기어나가 여자들 머리 가죽이나 벗길 놈으로 보여?"

그녀가 그건 또 무슨 소리냐고 다그치자 그는 죽도록 겁에 질린 얼굴로 그 얘기는 신문에서 봤을 뿐이라고 잡아뗐다. 휙 떨어지는 토마호크*. 승리한 전사가 차지하는 전리품. 그러나 닐라는 이미 인터넷에 접속하여 맨해튼 일대의 모든 신문을 샅샅이 검색해보았고, 그래서 알고 있었다.

"신문에 그런 말은 없었어요."

---

* 북미 인디언이 사용하는 전투용 도끼.

닐라의 옷차림은 보온보다 아름다움을 위한 것이었고, 오후의 태양은 어느새 그 빛을 잃어버린 뒤였다. 솔랑카는 외투를 벗어 그녀의 떨리는 어깨를 덮어주었다. 공원 곳곳의 풍경들이 시시각각 제 빛깔을 잃어갔다. 세상이 온통 검정색과 회색으로 변해버렸다. 여자들의 옷차림도—뉴욕에서는 드문 일이지만 이번 시즌은 화려한 색상이 유행했다—흑백으로 바뀌었다. 하늘도 암회색이었고, 그 아래 펼쳐진 나무들도 녹색을 빼앗겼다. 닐라는 갑자기 을씨년스러워진 이곳을 빨리 벗어나고 싶어했다.

"우리 한잔하죠."

그렇게 제안하며 일어나더니 곧바로 성큼성큼 걷기 시작했다.

"77번가에 괜찮은 호텔 바가 있어요."

솔랑카도 서둘러 그녀를 뒤쫓았다. 그녀가 지나가는 곳마다 태풍이 휩쓸고 간 흔적인 듯 충격과 재앙이 잇따랐지만 이젠 솔랑카도 제법 익숙해져 심드렁하게 보아넘길 수 있었다.

그녀는 '70년대 중반' 릴리푸트블레푸스쿠의 수도 밀덴도*에서 태어났다. 그녀의 가족은 아직도 그곳에 살고 있었다. 그들은

---

*『걸리버 여행기』에 나오는 릴리푸트의 대도시.

기르미티야였다. 다시 말해서 노예제가 폐지된 이듬해인 1834
년 당시 노역 계약서, 즉 기르미트에 서명했던 최초의 이주 노동
자 중 한 명—그녀의 증조할아버지—의 후예였던 것이다. 인도
의 작은 마을 티틀리푸르에 살던 비주 마헨드라는 형제들과 함
께 기나긴 여행을 계속한 끝에 마침내 머나먼 남태평양에 떠 있
는 한 쌍의 작은 점 같은 이 섬나라에 도착할 수 있었다. 마헨드
라 형제는 그 두 개의 섬 중에서 좀더 비옥한 편이며 설탕 산업
의 중심지였던 블레푸스쿠에서 일하기 시작했다. 닐라는 두번째
코스모폴리탄*을 마시며 이렇게 이야기했다.

"인도계 릴리인이었던 제가 어린 시절 무서워했던 도깨비는
쿨럼버였어요. 크고 하얀 괴물인데, 입을 열면 단어가 아니라 숫
자로만 얘기하고, 어린 여자애들이 숙제를 안 하거나 음부를 안
씻거나 하면 밤중에 찾아와서 잡아먹는다고 했어요. 그러다가
좀더 자라면서 그 '쿨럼버'라는 것이 사탕수수 노동자들의 감독
이라는 걸 알게 됐죠. 그중에서도 특히 우리 집안에서 주로 얘기
했던 사람은 미스터 휴지(Huge)라는 백인 남자였는데—사실
은 아마 휴스(Hughes)였겠죠—그 사람은 '태즈메이니아에서
온 악마'였어요. 그리고 그 악마에게 우리 증조할아버지와 종조

---

* 보드카를 기본으로 트리플섹, 라임 주스, 크랜베리 주스를 넣어 만든 칵테일.

부님들은 매일 아침 소리쳐 부르는 명단 속의 번호에 불과했어요. 저의 선조들은 숫자들, 숫자의 자식들이었던 셈이죠. 그 악마는 원주민 엘비 족들만 진짜 성으로 불러줬어요. 우리가 그런 숫자의 횡포를 이겨내고 가문의 성을 되찾기까지는 자그마치 삼 대가 걸렸어요. 뻔한 일이지만 그때쯤엔 엘비 족과 우리의 관계가 아주 나빠졌죠. 우리 할머니는 가끔 이런 말씀을 하셨어요. '우리는 푸성귀를 먹지만 그 엘비 족 뚱보놈들은 사람 고기를 먹는단다.' 아닌 게 아니라 옛날에는 릴리푸트블레푸스쿠에도 식인 풍습이 있었어요. 그 얘기를 꺼내면 그 사람들이 기분 나빠했지만 그건 엄연한 사실이었죠. 반면에 우리는 부엌에 고깃덩어리를 들여놓는 것조차도 불결하게 생각했어요. 그러니 길쭉한 돼지고기*는 그야말로 악마의 음식이었던 거죠."

그녀의 배경 스토리 속에서는 술을 가리키는 낱말들이 부담스러울 정도로 큰 비중을 차지하고 있었다. 인도계 릴리푸트인들과 엘비 족은 다른 일에서는 앙숙이었지만 적어도 그로그**와 야코나***와 카바****와 맥주 따위에 대해서만은 일심동체였다.

---

* 사람 고기의 완곡한 표현. 인육의 맛이 돼지고기와 비슷하다는 말에서 비롯되었다.
** 물탄 럼주.
*** 남태평양 원산의 후춧과 식물.
**** 야코나의 뿌리로 만든 전통 음료.

두 집단이 모두 알코올 중독이나 그것과 관련된 문제들로 고통을 겪고 있었다. 닐라의 아버지도 술고래였다. 그녀는 아버지 곁을 벗어나게 되었을 때 몹시 기뻐했다. 릴리푸트블레푸스쿠에는 미국 유학을 위한 장학금 제도가 거의 없었지만 그녀는 그중 하나를 받아낼 수 있었다. 고향을 떠나 새로운 고향이 필요하게 된 사람들, 그러다가 뉴욕에서 새로운 고향을 발견한 사람들이 모두 그렇듯이, 그녀도 자신과 같은 것을 원하는 다른 유랑자들이 있는 이곳 뉴욕을 보자마자 첫눈에 반해버렸다. 뉴욕은 그들이 마음껏 날개를 펼칠 수 있는 안식처였다. 그러나 그녀의 뿌리는 아직도 그녀의 발목을 놓아주지 않았고, 본인의 표현에 의하면 '안도감에 대한 죄의식'이 극심했다. 그녀는 주정뱅이 아버지에게서 벗어날 수 있었지만 어머니와 자매들은 그렇지 못했기 때문이다. 그리고 동포들의 복지 문제에 대해서도 열렬한 집착을 버릴 수 없었다. 세번째 코스모폴리탄을 주문하면서 그녀가 말했다.

"시위행진은 일요일이에요. 같이 가실래요?"

솔랑카로서는—오늘이 벌써 목요일이었다—당연히 승낙하는 수밖에 없었다.

"엘비 족은 우리가 너무 욕심이 많아서 모든 것을 차지하고 자기들을 자기네 땅에서 몰아내려 한다고 말하죠. 우리는 그들이 너무 게을러서 만약 우리가 없었다면 다들 아무 일도 안 하고 주저앉아 굶어죽었을 거라고 말하구요. 그 사람들은 반숙한 달걀을 먹을 때 반드시 작은 쪽 끄트머리를 깨뜨려야 한다고 말하죠. 그런데 우리는—적어도 우리 중에서 달걀을 먹는 사람들은—항상 큰 쪽을 깨뜨리는 빅엔드 파*거든요. 빅엔디아**에서 왔으니까요.”

그녀는 자신의 농담이 우스웠는지 다시 깔깔거리며 웃었다.

“머지않아 말썽이 생길 거예요.”

많은 일들이 그렇듯 이 경우에도 땅이 문제였다. 인도계 릴리푸트인들은 지금 블레푸스쿠의 농업을 전담하다시피 했고, 그 나라의 수출품도 대부분 그들이 생산한 것들이었고, 따라서 외화의 대부분을 벌어들이는 사람들도 그들이었다. 그들은 그렇게 성공을 거두었고, 그 돈으로 학교와 병원을 건설했다. 그러나 그 모든 것이 올라앉은 토지의 주인은 여전히 ‘토박이’ 엘비 족들이었다. 닐라는 이렇게 절규했다.

“그 ‘토박이’ 라는 말도 지긋지긋해요! 저는 인도계 릴리인 4세예요. 그러니까 저도 토박이라구요.”

---

* Big Endians. 큰 끄트머리파.
** Big Endia. ‘대국 엔디아’ 라는 뜻. 끄트머리(End)와 인도(India)를 합친 말 장난.

엘비 족은 쿠데타를 두려워하고 있었다. 그들의 헌법은 두 개의 섬 가운데 어느 쪽에 대해서도 인도계 릴리인들의 부동산 소유권을 인정하지 않았고, 그래서 인도계 릴리인들이 혁명을 일으켜 땅을 빼앗을까봐 전전긍긍했다. 빅엔디아 사람들도 똑같은 걱정을 하고 있었다. 다만 입장이 정반대일 뿐이었다. 그들이 두려워하는 것은 앞으로 십 년 후에 백 년의 임대 기간이 끝났을 때 엘비 족이 토지 반환을 요구하는 일이었다. 그렇게 되면 인도인들은 그 땅을 개간하여 값진 농토를 만들어놓고도 결국 빈손으로 쫓겨나게 되기 때문이다.

그러나 거기에는 좀더 복잡한 사정이 있었다. 닐라는 자기 민족에 대한 애정이 강한데다 코스모폴리탄 석 잔을 급하게 마신 뒤였지만 솔직하게 그 점을 인정했다.

"이건 단순히 민족적 반감이나 누가 뭘 가졌느냐 하는 문제로 끝나는 게 아니에요. 엘비 족 문화는 실제로 우리와는 아주 달라요. 그래서 그 사람들이 걱정하는 이유를 저도 이해해요. 그들은 집산주의자(集産主義者)들이에요. 토지를 개개인이 소유하는 게 아니라 엘비 족 전체를 대신해서 족장이 관리하는 거죠. 그런 곳에 우수한 사업 체계와 경영 감각, 자유 시장 경제, 그리고 이익을 추구하는 사고방식을 가진 우리 빅엔디아 사람들이 나타난 거예요. 게다가 전 세계가 사용하는 언어도 그들이 아니라 우리

쪽의 언어죠. 지금은 숫자의 시대잖아요? 그러니까 우리는 숫자고 엘비 족은 낱말인 셈이죠. 우리는 수학이고 그들은 시예요. 우리는 점점 유리해지고 그들은 점점 불리해져요. 그러니 우리를 두려워하는 것도 당연한 일이죠. 이건 인간성 자체에 내재된 갈등과도 비슷해요. 우리 내면의 이성적이고 실리적인 부분과 사랑하고 꿈꾸는 부분 사이의 갈등이죠. 우리는 인간의 본성이 가진 이 냉정한 기계 같은 부분 때문에 우리의 마술과 노래가 소멸될까봐 두려워하죠. 그러니까 인도계 릴리인들과 엘비 족의 싸움은 곧 인간 정신의 싸움이라고 할 수도 있겠는데, 젠장, 사실 제 마음은 오히려 저쪽 편인 것 같아요. 그렇지만 우리 민족은 우리 민족이고, 정의는 정의고, 사 대에 걸쳐 뼈 빠지게 일한 뒤에도 여전히 하등 시민 같은 대우를 받고 있다면 분명히 화낼 권리가 있는 거죠. 때가 되면 저도 돌아갈 거예요. 동포들과 어깨를 나란히 하고 함께 싸울 거예요. 농담이 아니고 정말 그럴 거라구요."

그는 그녀의 말을 믿었다. 그리고 생각했다. 나는 이 정열적인 여자를 잘 알지도 못하는데 그녀와 함께 있는 것이 이토록 편안한 것은 대체 무엇 때문일까?

그 흉터는 올버니 근처의 주간(州間) 고속도로에서 발생했던 심각한 자동차 사고의 흔적이었다. 그때 하마터면 팔 하나를 잃을 뻔했다고 한다. 닐라는 운전을 '마하라니*처럼' 했고, 그 점은 본인도 인정하는 사실이었다. 그녀가 법을 초월한 사람처럼 기세등등하게 차를 몰 때마다 다른 사람들은 재빨리 피해주는 수밖에 없었다. 그녀와 그녀의 차가 알려진 지역에서는—이를테면 블레푸스쿠에서도, 그리고 그녀가 다녔던 뉴잉글랜드의 멋진 대학교 부근에서도—닐라 마헨드라가 다가오기만 하면 운전자들이 아예 차를 버리고 도망치는 일이 비일비재했다. 가벼운 접촉 사고와 아슬아슬한 위기를 몇 번이나 넘기다가 그녀는 마침내 결코 웃어넘길 수 없는 대형 사고를 경험하게 되었다. 살아난 것이 기적이었다(죽음의 문턱까지 갔었다). 그 숨 막힐 듯한 아름다움을 지킬 수 있었던 것은 더욱더 놀라운 일이었다.

"이 흉터는 없어지지 않을 거예요. 운이 좋아서 이 정도로 끝난 거죠. 잊지 말아야 할 것을 상기시켜주기도 하구요."

다행히 뉴욕에서는 그녀가 직접 운전할 필요가 없었다. 그녀의 위풍당당한 태도가 말해주듯이—'우리 엄마는 언제나 제가 여왕이라고 하셨고 저도 그 말을 믿었어요'—그녀는 어차피 남이 운전하는 차를 타고 다니는 것을 더 좋아했다. 그러나 그녀는 뒷좌석에 앉아서도 걸핏하면 비명을 지르거나 깜짝깜짝 놀라며

---

* 옛 인도의 여왕 또는 왕비.

운전에 대해 일일이 간섭하는 버릇이 있었다. 게다가 방향 감각도 없었고, 그래서—뉴욕 시민 중에서는 보기 드문 경우인데—무엇이 어디쯤에 있는지 전혀 몰랐다. 자기가 좋아하는 상점, 즐겨 찾는 음식점이나 나이트클럽, 심지어는 정기적으로 이용하는 녹화 스튜디오와 편집실의 위치조차 전혀 감을 잡지 못했다. 그녀는 네번째 칵테일을 앞에 두고 한없이 천진난만한 표정으로 솔랑카를 바라보며 말했다.

"차가 멈춰서는 곳이 거기예요. 정말 놀라운 일이죠. 모든 게 언제나 그곳에 있거든요. 차문 바로 앞에."

즐거움은 가장 달콤한 마약이다. 닐라 마헨드라는 검은 가죽으로 된 부스에서 그에게 몸을 기대며 이렇게 말했다.

"전 지금 너무너무 즐거워요. 교수님과 함께 있는 시간이 이렇게 편할 줄은 몰랐어요. 잭의 집에서 그 시시한 시합을 보던 날은 좀 거만한 분인 줄 알았거든요."

그녀의 머리가 그의 어깨 쪽으로 기울어졌다. 지금은 머리를 풀어내린 상태였는데, 솔랑카가 앉아 있는 위치에서는 그 머리에 가려져 그녀의 얼굴이 조금밖에 보이지 않았다. 그녀는 오른쪽 손등으로 그의 왼쪽 손등을 천천히 쓰다듬었다.

"가끔은요, 술을 너무 많이 마시면요, 그 여자가, 저 말고 딴 여자가 놀러 나오거든요. 그때는 제가 할 수 있는 일이 아무것도 없어요. 그 여자가 주도권을 잡으면 그걸로 끝이죠."

솔랑카는 어찌할 바를 몰랐다. 그녀가 그의 손을 잡더니 무언의 약속에 도장을 찍듯이 손가락 끝에 입맞춤을 했다.

"교수님에게도 상처가 있는데 그것들에 대해서는 아무 얘기도 안 하시는군요. 저는 모든 비밀을 말씀드렸는데 교수님은 한마디도 안 하시네요. 저는 이런 생각을 하죠. 어째서 이 사람은 자기 아들에 대해서 아무 말도 안 할까? 네, 물론 잭한테서 들었어요. 제가 안 물어봤을 거 같아요? 아스만, 엘리너, 그 정도는 알아요. 만약 저에게도 어린 아들이 있었다면 하루 종일 아이 얘기만 했을 거예요. 그런데 교수님은 아들의 사진도 안 가지고 다니시는 모양이네요. 또 이런 생각도 해요. 이 사람은 오랫동안 함께 살던 아내를, 자기 아들의 어머니를 버렸는데 친구조차도 그 이유를 모르고 있다. 좋은 사람인 것 같은데, 무뢰한이 아니라 착한 사람인 것 같은데, 그렇다면 틀림없이 그럴 만한 이유가 있었을 텐데, 혹시 내가 마음을 열면 이 사람도 말해주지 않을까, 그랬는데 바바*는 계속 묵묵부답이군요. 그리고 이런 생각도 했죠. 이 사람은 인도인인데, 인도에서 온 인도인인데, 나 같은 인도계 릴리인이 아니라 모국의 아들인데, 그 얘기도 금지된

---

* 윗사람을 부르는 힌디어 경칭.

주제인 것 같다. 봄베이에서 태어났지만 출생지에 대해서도 침묵할 뿐이다. 가족 상황은 어떨까? 형제나 자매는? 부모님은 살아 계실까, 돌아가셨을까? 아무도 모른다. 가끔 고향에 돌아가기는 하는 걸까? 아닌 것 같다. 관심도 없는 듯하다. 왜지? 대답은 확실하다. 역시 상처 때문이다. 말릭, 저는 당신이 나보다 더 많은 사고를 겪었고 언젠가 나보다 더 심하게 다친 적도 있었을 거라고 생각해요. 그렇지만 당신이 말하지 않겠다면 내가 어쩌겠어요? 나도 해줄 말이 아무것도 없는 거죠. 내가 할 수 있는 말은 이것뿐이에요. 나 여기 있어요, 그리고 인간들이 당신을 구해주지 못한다면 그 무엇도 당신을 구해줄 수 없어요. 내가 할 말은 그게 다예요. 말을 하든지 말든지 그건 당신이 선택할 문제니까. 난 지금 아주 즐겁고, 어차피 이젠 그 다른 여자가 나와버렸어요. 그러니까 그냥 입 다물고 있어요. 분명히 말이 필요 없는 순간인데도 남자들은 왜 그렇게 끊임없이 지껄이는지 모르겠어요. 지금 말 따위는 조금도 필요 없는데.”

12

적자생존:

퍼핏 킹들의 등장

위대한 아카스 크로노스, 레이크의 냉소적인 인공두뇌학자였던 그는 레이크 문명이 직면한 멸망의 위기에 대처할 목적으로 퍼핏 킹들을 창조했다. 그러나 성격상의 결함 때문에 모든 백성의 안녕까지는 생각하지 못했고, 그 인형들을 이용하여 자신의 생존과 번영을 도모하는 데 급급할 뿐이었다. 당시 레이크가 있는 행성 갈릴레오 1호는 극지방의 만년빙이 거의 다 녹아버린 상태였고(북극에서도 끝없이 펼쳐진 망망대해를 볼 수 있었다) 제아무리 높은 제방을 쌓는다 하더라도 레이크의 영화가 물속으로 사라져버리는 것은 시간문제에 지나지 않았다. 레이크는 이 행성의 가장 낮은 땅에서 꽃을 피운 가장 발달된 문명 국가였고 당시에도 역사상 가장 길고 풍요로운 황금시대를 노래하고 있었지만 이같은 상황에서는 속수무책이었다.

레이크는 몰락의 길로 접어들었다. **화가들은** 영원히 붓을 던져버렸다. 좋은 포도주가 그렇듯 예술도 후손들의 평가를 기대하기 마련인데, 그 후손들이 없어지게 된 이 마당에 무슨 예술을 창조할 수 있겠는가? 과학조차도 이 난국을 해결하지 못했다. 갈릴레오 태양계는 우리가 사는 이 은하계의 가장자리 부근에 있는 **'암흑 지대'**에 포함되어 있는데, 신비에 싸인 그곳에는 태양도 몇 개밖에 없었고, 고도로 발달된 과학기술을 가진 레이크인들도 고향별을 대신할 만한 행성을 찾아내지 못한 터였다. 그리하여 레이크 사회의 각계각층에서 선발된 사람들이 극저온 상태로 냉동된 채 컴퓨터가 조종하는 우주선 '맥스 H호'에 실려 우주로 급파되었다. 이 컴퓨터는 감지 장치의 범위 내에 적당한 행성이 나타나면 곧 우주선의 귀중한 화물들을 깨우도록 프로그래밍되어 있었다. 그런데 이 우주선이 고장을 일으켜 몇천 마일 떨어진 우주 공간에서 폭발해버리자 사람들은 완전히 낙담하고 말았다. 레이크는 원래 매우 개방적이고 편견이 없고 분별 있는 사람들로 이루어진 사회였지만 지금은 하늘의 형벌을 운운하는 **설교자들이** 곳곳에 나타나고 있었다. 그들은 레이크 사회가 신을 공경하지 않았기 때문에 이런 재앙이 닥쳐온 것이라고 주장했다. 그렇게 새로 등장한 편협한 자들의 말에 멋모르고 빠져드는 국민도 부지기수였다. 해수면은 점점 더 높아지고 있었다. 제방 하나가 새기 시작하면 바닷물이 엄청난 기세로 쏟아져 들어왔고, 때로는 미처 수리할 겨를도 없이 순식간에 몇 개의 주(州)가 통째로 침수되기도 했다. 경제는 완전히 무너졌고 무법행위는 급증했다. 사람들은 집 안에 틀어박혀 종말의 순간을 기다렸다.

유일하게 남아 있는 아카스 크로노스의 **초상화**는 풍성한 은발을 길게 늘어뜨린 한 남자의 모습을 보여준다. 얼굴이 포동포동하고 동글동글하며 놀라울 정도로 동안인데, 큐피드의 활처럼 둥글게 휘어진 짙은 포도줏빛 입술이 유난히 돋보인다. 그는 소맷부리와 목선을 금실로 수놓았고 바닥에 닿을 만큼 긴 잿빛 튜닉을 걸쳤고, 그 속에는 목이 길고 주름 장식이 달린 흰색 셔츠를 받쳐 입었다. 그야말로 한 천재의 위엄을 유감없이 보여주는 그림이다. 그러나 그의 눈에는 광기가 서려 있다. 그를 둘러싼 어둠 속을 들여다보면 그의 손끝에서 시작되는 희고 가느다란 실선들이 눈에 띈다. 그리고 더욱더 자세히 살펴보면 그림의 왼쪽 하단에 조그맣게 그려진 청동색 남자 꼭두각시의 모습을 발견하게 되는데, 그런 다음에도 그 꼭두각시가 이미 조종자의 통제를 벗어났다는 사실을 깨닫기까지는 좀더 시간이 걸린다. 이 인조인간은 제작자를 등지고 자신의 운명을 개척하기 위해 막 떠나려는 참이고, 그렇게 버림받은 창조자 크로노스는 자신의 작품뿐만 아니라 분별력과도 작별을 고하고 있는 것이다.

크로노스 교수는 위대한 과학자인 동시에 마키아벨리 같은 대담성과 노련미를 겸비한 사업가였다. 레이크의 영토가 물에 잠기기 시작하자 그는 갈렐레이 행성에서 레이크의 반대쪽에 있는 **바부리아**로 조용히 활동의 중심을 옮겼다. 두 개의 작은 산악형 섬으로 이루어진 이 나라는 비록 원시적이기는 했지만 어엿한 독립 국가였다. 그는 그곳의 지배자 **모골**과 협상을 벌여 유리한 협약을 체결했다. 바부리아인들은 영토에 대한 소유권을 그대로 유지하면서 크로노스에게 산꼭대기의 목초지를 장기간 빌려주기로 했고, 크로노스는 모골이 대단히 비싼 임대료라고 생각할 만한 대가를 치르기로 했다. 즉 해마다 바부리아의 남녀노소 모두에게 나막신 한 켤레씩을 지급하겠다는 것이었다. 그리고 파도가 점점 높아져 레이크의 영토가 물에 잠기면 그들이 틀림없이 바부리아로 쳐들어올 텐데, 그때는 크로노스가 막아주기로 했다. 바로 이 약속 때문에 그는 **나라의 구원자**라는 칭호를 얻었고, 또한 이 섬나라의 모든 새 신부를 대상으로 하는 **초야권**을 보장받았다. 이렇게 협상을 매듭지은 후 크로노스는 결국 자신을 파멸로 몰아갈 걸작품을 창조하는 일을 계속했다. 이른바 **꼭두각시 황제들의 기괴한 왕국**, 다른 명칭은 **크로노스 교수의 끈 없는 퍼핏 킹**들이었다.

그의 연인 **자민**은 레이크의 전설적인 미녀였고 또한 크로노스가 자신과 대등하다고 인정하는 유일한 과학자였는데, 그녀는 그를 따라 레이크의 대척점(對蹠點)에 있는 이 새로운 세계로 떠나기를 거부했다. 자신이 있어야 할 곳은 동포들이 사는 조국 땅이며, 만약 그것이 운명이라면 동포들과 함께 죽겠다는 것이었다. 아카스 크로노스는 일말의 망설임도 없이 그녀를 포기했다. 어쩌면 행성의 반대쪽에서 기다리고 있는 수많은 섹스 상대가 더 마음에 들었는지도 모를 일이다.

크로노스의 초상화에 그려져 있는 그 끊어진 끈들은 순전히 상징적인 것이다. 교수가 만들어낸 인공 생명체들은 처음부터 끈이 달려 있지 않았다. 그들은 걸어다니기도 했고 말도 할 수 있었다. '**위장**'도 있었는데, 이 정교한 연료 공급 장치는 일반적인 음식들을 처리할 수 있었으며 태양 전지를 이용한 **예비 시스템**까지 갖추고 있었으므로 그들은 피와 살로 이루어진 어떤 인간보다도 오랫동안 활동할 수 있었다. 그들은 대척지의 인간들보다 더 빠르고 더 강하고 더 똑똑했다(크로노스는 '더 우수하다'고 그들에게 말해주었다). 그는 자신의 피조물들에게 이렇게 가르쳤다.

"너희는 왕과 여왕들이다. 당당하게 행동해라. 이제는 너희들이 상전이니까."

그는 그들에게 생식기능까지 부여했다. 이 사이보그들은 남자든 여자든 각자 자신의 설계도를 지니고 있었고, 따라서 이론상으로는 자신의 형상대로 무한한 수의 자신을 재창조하는 것도 가능했다. 그러나 크로노스는 마스터 프로그램 속에 **최우선 명령** 하나를 넣어두었다. 모든 사이보그와 그 복제품들은 그가 어떤 명령을 내리든지 무조건 복종해야 한다는 것이었다. 그가 필요하다고 판단하는 경우에는 그들 자신이 파괴되더라도 묵묵히 받아들여야 했다. 크로노스는 그들에게 화려한 옷을 입히고 자유라는 착각을 심어주었지만 사실 그들은 그의 노예에 불과했다. 그는 그들에게 이름조차 지어주지 않았다. 그들의 손목에는 **일곱 자리 숫자**로 된

낙인이 찍혀 있었고, 그 숫자가 이름을 대신했다.

크로노스의 피조물 중에서 똑같은 것은 하나도 없었다. 저마다 뚜렷이 구별되는 독특한 성격을 지니고 있었다. **귀족 철학자, 음란한 소녀 여인, 돈 많은 첫째 마누라**(나쁜 년), **늙어가는 그루피, 교황의 운전사, 해저 배관공, 상처받은 쿼터백, 거절당한 골퍼, 사교계의 세 아가씨, 플레이보이들, 사랑스러운 아이와 이상적인 엄마, 거짓말쟁이 출판업자, 성난 교수, 승리의 여신**(크로노스에게 버림받은 연인, 즉 레이크의 자민을 모델로 만들어진 굉장히 아름다운 사이보그였다), **달리는 사람들, 휴대폰 여자, 휴대폰 남자, 인간 거미들, 환상을 본 여자, 우주 광고인,** 심지어는 **인형 제작자**까지 있었다. 그리고 그들에게 장점, 단점, 습관, 추억, 알레르기, 욕망 등의 특징뿐만 아니라 살아가는 데 필요한 **가치 체계**까지 심어주었다. 아카스 크로노스의 위대함은 다음과 같은 사실에서도 엿볼 수 있는데, 그것은 곧 그가 몰락하게 된 원인이기도 했다. 그가 피조물들에게 주입시킨 미덕이나 악덕 중에는 크로노스 자신에게 있는 것도 있었고 없는 것도 있었다. 그 자신은 이기적이고 기회주의적이고 파렴치했지만 인공두뇌학으로 창조한 생명체들에게는 얼마간의 윤리적 자주성을 허락했던 것이다. 그리고 이상주의의 가능성도 열어놓았다.

가벼움, 빠름, 엄밀함, 투명성, 다양성, 일관성. 이 여섯 가지는 크로노스가 주요 가치 기준으로 설정한 것들이었다. 그러나 사이보그들의 디폴트 프로그램에서 그는 각각의 원칙에 대한 정의를 하나만 지정해두지 않고 몇 가지 정의를 제시하여 피조물들이 스스로 선택할 수 있도록 했다. 그래서 **'가벼움'**의 경우, '실제로는 어려운 일을 가볍게 해결한다', 즉 유능하다는 뜻이 될 수도 있지만, '심각한 일을 경솔하게 처리한다', 심지어는 '중요한 일을 소홀히 한다'는 의미에서 부도덕하다는 뜻이 될 수도 있었다. 그리고 **'빠름'**은 '해야 할 일이 무엇이든 신속하게 처리한다', 즉 능률적이라는 뜻일 수도 있지만, '무엇이든'이라는 말을 강조하는 경우에는 물불을 안 가리고 무자비하게 행동한다는 뜻일 수도 있었다. **'엄밀함'**은 '꼼꼼하다'는 뜻이거나 '포악하다'는 뜻이었고, **'투명성'**은 '태도가 분명하다' 또는 '남의 시선을 끌고 싶어한다'는 뜻이었고, **'다양성'**도 '편견이 없고 너그럽다'와 '표리부동하다'라는 두 가지 의미가 모두 가능했다. 여섯 가지 중에서 가장 중요한 **'일관성'**의 경우, '신뢰할 만하다'는 뜻일 수도 있지만 '한 가지 일에 지나치게 집착한다'는 뜻일 수도 있었다. 이 부분을 이해하기 쉽도록 우리가 사는 이 세계에서 그 예를 찾는다면, 그런 일은 하고 싶지 않다고 말하는 서기 바틀비[*]의 일관성과 정의 실현을 핑계로 온갖 만행을 일삼아 세상을 떠들썩하게 만들었던 미하엘 콜하스[**]의 일관성을 비교해보면 되겠다. 산초 판사는 '믿음직스럽다'는 의미에서 일관성이 있지만, 괴팍하고 고집스럽고 기사도에 미쳐버린 돈키

---

[*] 허먼 멜빌의 동명 단편소설의 주인공. 소설의 화자인 변호사가 일을 맡길 때마다 바틀비는 "그런 일은 하고 싶지 않다"는 말만 되풀이한다.
[**] 독일 극작가 하인리히 폰 클라이스트의 동명 단편소설과 그 주인공.

호테도 반대의 의미에서 일관성이 있다고 할 수 있다. 그리고 영영 얻을 수 없는 것을 끊임없이 갈구하는 '토지 측량사'와 고래를 찾아 헤매는 에이해브의 비극적 일관성도 눈여겨보라. 세상의 에이해브들은 비명횡사하기 십상이지만 이슈메일처럼 일관성이 없는 자들은 살아남는다. 크로노스는 기계로 만들어진 소설 작품들에게 이렇게 말했다.

"생명이 있는 존재의 잠재력은 말로 표현할 수 없고 모호한 것이다. 그 신비 속에 자유가 있고, 나는 너희에게 바로 그 자유를 주었던 것이다. 그 모호함 속에 빛이 있다."

그는 왜 퍼핏 킹들에게 그런 심리적, 윤리적 선택권을 부여했을까? 어쩌면 과학자이며 학자로서의 본성 때문에 그는 지각이 있는 모든 존재의 내면에서 벌어지는 싸움, 즉 빛과 어둠, 이성과 감성, 정신과 육체의 싸움을 이 새로운 생명체들이 어떻게 해결하는지 궁금했던 것인지도 모른다.

퍼핏 킹들은 처음에는 크로노스를 잘 섬겼다. 그들은 토지 임대료로 지불하기 위한 신발들을 만들고 가축들을 보살피고 밭을 갈았다. 크로노스는 그들에게 왕궁의 화려한 옷들을 입혀놓았지만 그 길고 아름다운 비단 옷들은 금방 찢어지고 더러워졌고, 그들은 좀더 일하기 좋은 옷들을 스스로 지어 입었다. 그러는 동안에도 만년빙은 계속 녹아내려 해수면이 점점 높아졌고, 그들은 점점 좁아지는 제2의 고향을 지켜내기 위해서 이미 예고된 **레이크의 공격**에 대비했다. 이 무렵에는 크로노스의 도움을 받지 않고 스스로 자기들의 시스템을 변경하는 방법을 알게 되어 날마다 새로운 기술과 능력을 추가했다. 그렇게 새로 도입된 것 중의 하나가 바로 그 나라의 화주(火酒)를 **비행 연료**로 사용하는 기술이었다. 그들의 사이보그 공군은 연료 보충용 술병을 갖고 다니다가 아무 때나 비행기도 없이 이륙했고, 접근해오는 레이크 선박을 **스파이더넷**에 가둬 파괴해버렸다. 스파이더넷이란 그들이 폭탄을 장착하여 하늘에 펼쳐놓은 거대한 금속 그물이었다. 그들은 **바닷속**에도 그것과 비슷한 거미줄 형태의 함정들을 설치했다(그들은 수중에서도 숨을 쉴 수 있도록 자기들의 '허파'를 개조했으므로 물속에서 레이크의 배들을 파손시켜 함대 전체를 침몰시킬 수도 있었다). 그리하여 그들은 이른바 **대척지 전쟁**에서 승리를 거두었고 하늘과 바다는 고요를 되찾았다. 한편 갈릴레오 1호의 반대쪽 표면에서는 레이크가 홍수에 휩쓸려 사라지고 말았다. 동포들의 죽음에 대하여 아카스 크로노스가 연민을 느꼈는지는 그가 기록을 남기지 않아서 알 길이 없다.

그런데 승전 이후에 여러 가지 변화가 일어났다. 퍼핏 킹들은 전쟁터에서 돌아올 때 이미 개인의 가치, 더 나아가 '권리'에 대한 새로운 의식을 갖고 있었다. 그런 그들을 다스리기 위해 크로노스는 긴급 정비 및 수리를 위한 일정을 발표했다. 그러나 지정된 시간에 그의 작업장에 나타나지 않은 사이보그들도 많았다. 전투중에 손상을 입은 사이보그들조차 차라리 불구인 채로 살아가는 쪽을 택했다. 예를 들면 서보기구의 기능 불량이나 부분적으로 끊어져버린 회로 따위의 장애였다. 퍼핏 킹들 중에서 은밀히 행동하며 음모를 꾸미는 험악한 무리들도 생겨났다. 크로노스는 그들이 몰래 모여 반란을 계획하는 것 같다고 의심했고, 그런 모임에서 그들이 서로를 부를 때 번호가 아니라 자기들이 스스로 지은 새 이름을 사용한다는 소문을 듣기도 했다. 그는 포악해졌고, '사교계의 세 아가씨' 중의 하나가 그에게 노골적으로 무례한 태도를 보였을 때 그녀를 본보기로 삼기 위해 그들이 몹시 두려워하는 '마스터 블라스터'를 발사했다. 그것은 두 번 다시 복원할 수 없도록 모든 프로그램을 즉시 삭제해버리는 장치였다. 바꿔 말하자면 인공두뇌학적 죽음이었던 것이다.

그러나 이 처형은 오히려 역효과를 가져왔다. 불평분자들이 전보다 더 빠르게 늘어났다. 수많은 사이보그들이 지하로 숨어들었는데, 은신처 주위에는 감시를 차단하는 정교한 전자 보호막을 설치하여 크로노스 교수조차도 쉽사리 침투할 수 없도록 해놓았다. 게다가 은신처를 자주 옮겼으므로 크로노스가 그중 한 곳의 방어막을 뚫었을 때 반란군은 이미 다른 방어막 안으로 사라진 뒤였다. 우리는 아카스 크로노스가 자신의 형상대로 창조했고 자신의 성격 중 많은 부분을 심어주었던 '인형 제작자'가 '최우선 명령'에 대항하는 방법을 알아낸 것이 정확히 언제였는지 알지 못한다. 그러나 그 획기적인 발견이 이루어진 직후, 이번에는 아카스 크로노스 교수가 사라져버렸다. 그는 더이상 자신의 피조물들로부터 안전을 지킬 수 없어 지하로 숨어들었고, **피케이**[*] **혁명군**은 바부리아에 있는 모든 사이보그들의 환호를 받으며 의기양양하게 지

---

[*] PK. 퍼핏 킹(Puppet King)의 약자.

상으로 올라왔다.

오늘날 이른바 크로노스의 **마지막 말**이라는 것은 그의 지위를 찬탈한 사이보그 '인형 제작자'에게 전해진 전자 메시지의 형태로만 남아 있다. 이 지리멸렬하고 갈팡질팡하는 글 속에는 자신에 대한 변명과 사이보그들의 배은망덕에 대한 규탄, 그리고 온갖 협박과 악담이 가득하다. 그러나 이 문서가 위작이라고 판단할 만한 근거도 충분하다. 어쩌면 이것은 '인형 제작자' 본인의 작품인지도 모른다. 크로노스를 미치광이로 매도하고 자신은 그의 복제품이지만 제정신이라고 주장하는 것이 그 사이보그의 목적에 완벽하게 부합했기 때문이다. 역사는 섬뜩한 이야기를 좋아하기 마련이어서 그의 그런 주장은 널리 받아들여졌다. (앞에서도 언급했듯이 유일하게 현존하는 크로노스의 초상화에서도 그 과학자의 광기어린 눈이 두드러진다.) 최근에 크로노스 교수가 쓴 일기장의 일부가 발견되면서 그의 정신 상태를 이해하는 데 도움을 주고 있다. 그 일기장의 내용을 통하여 크로노스의 전혀 다른 모습이 알려지게 되었다. 일기장이 진품이라는 것은 논란의 여지가 없다. 크로노스 교수의 필적이 틀림없기 때문이다. 그는 이렇게 썼다. "여기서 인공 생명체들은 진짜를 모방하고 있을 뿐이다. 인간은 속박 속에서 태어나지만 언제나 자유를 갈구하는 존재이기 때문이다. 나도 한때는 끈에 묶여 있었다. 나는 내 꼭두각시들을 사랑했고, 언젠가 그들이 아이들처럼 내 곁을 떠나리라는 것도 잘 알고 있었다. 그러나 그들은 영원히 나를 떼어낼 수 없다. 나는 사랑하는 마음으로 그들을 만들었고, 그들 하나하나의 몸속에는 나의 사랑이 깃들어 있기 때문이다. 그들의 회로 속에, 플라스틱 속에, 그리고 그들의 나무 속에도.” 그러나 이렇게 빈정대지도 않고 선량하기만 한 크로노스의 모습은 도저히 믿기 어렵다. 이것은 위선의 대가였던 크로노스 교수가 체념을 가장하여 앙갚음을 하려는 수작인지도 모른다.

크로노스가 실종된 후 인형 제작자와 그의 연인 승리의 여신이 이끄는 PK 대표단은 사라진 과학자를 대신하여 다음번 연례 **신발의 날** 행사에 참석했다. 그 자리에서 그들은 모골에게 크로노스와의 협약은 무효로 간주한다고 선언했다. 그리고 이제부터 ‘피케이 족’과 바부리아인들은 이 쌍둥이 섬에서 서로 대등한 존재로 살아가야 한다고 했다. 모골의 어전을 떠나기 전에 (궁중규범에 의하면 발을 끌면서 뒷걸음질로 물러나야 하건만, 크로노스조차 감히 거역하지 못했던 이 관례마저 싹 무시하면서) 승리의 여신이 던진 도전의 말은 아직도 두 집단 사이에서 메아리치고 있다. ‘**적자생존.**’

며칠 후 바부리아의 북쪽 섬, 숲이 우거지고 인적이 드문 곳에 작고 낡아빠진 수륙양용차 한 대가 상륙했다. 레이크의 자민이 자국 문명의 파멸 현장을 탈출하여 천신만고 끝에, 언젠가 자신을 죽음의 자리에 내버려두고 떠나버린 남자가 피난처로 삼았던 이 섬에 간신히 도착한 것이었다. 그녀가 이곳을 찾은 것은 두 사람의 사랑을 되살리기 위해서였을까, 아니면 버림받았던 일을 복수하기 위해서였을까? 지금의 그녀는 연인일까, 암살자일까? 그녀는 으스스할 정도로 사이보그 인형 제작자의 연인과 꼭 닮은 모습이었다. 퍼핏 킹들은 그런 그녀를 자기들의 새 여왕이라고 믿고 아무런 의심 없이 경의를 표했을 것이다. 만약 두 여자가 만난다면 어떤 일이 벌어질까? 자기가 사랑하는 여자의 '원본'을 발견했을 때 인형 제작 자는 어떤 반응을 보일까? 그리고 진짜 여자는 옛 연인의 분신인 이 기계 에게 어떤 반응을 보이게 될까? 퍼핏 킹들의 새로운 적들, 즉 퍼핏 킹들 의 터무니없는 요구로 영토를 빼앗길 위기에 처한 이곳 대척지의 토박이 들은 과연 그녀를 어떻게 생각할까? 그녀는 그들을 어떻게 대할까? 도대 체 크로노스 교수는 어떻게 된 것일까? 만약 죽었다면 어떻게 죽었을까? 만약 살아 있다면 그에게는 어느 정도의 능력이 남아 있을까? 그는 정말 패배한 것일까, 아니면 그의 실종은 일종의 절묘한 계략이었던 것일까? 의문점들이 너무 많다! 그리고 그 뒤에는 가장 중요한 수수께끼 하나가 도사리고 있다. 크로노스는 퍼핏 킹들에게 원래의 기계적 자아와 인간 본 연의 모호성 중에서 선택할 수 있는 자유를 부여했다. 그들은 어느 쪽을 선택할까? 지혜, 아니면 분노? 평화, 아니면 분노? 사랑, 아니면 분노? 천재의 분노, 피조물의 분노, 살인자의 분노, 또는 폭군의 분노, 절대로 이 름을 말해서는 안 되는, 사납게 울부짖는 분노?

쌍둥이 여신들과 판박이 교수들, 사라진 아카스 크로노스를 찾아 나선 자민, 그리고 바부리아의 두 집단이 벌이는 세력 다툼에 대한 뒷이야기는 본 사이트의 공지 게시판을 통하여 정기적으로 업데이트할 예정입니다.

PK에 대한 정보를 더 깊이 알고 싶으시면 각각의 링크를 클릭하십시오. 자주 묻는 질문 101가지의 답변이 궁금하거나 쌍방향 대화에 참여하기를 원하거나 **주문 즉시 발송**이 가능한 각종 **PK 관련 상품**을 둘러보고 싶으신 분은 아래 아이콘들을 클릭하십시오. 주요 신용카드는 모두 사용할 수 있습니다.

13

앞날이 창창한 젊은이였던 1960년대 초, 말릭 솔랑카는 장차 과학소설의 황금시대로 불리게 될 시기의 작품들을 숨 가쁘게 읽어나갔다. 자신의 삶이 지닌 추악한 현실로부터 도피하고 싶었던 그는 이 환상적인 작품들 속에서—비유와 우화뿐만 아니라 하늘 높은 줄 모르는 완전한 허구와 땅 넓은 줄 모르는 허무맹랑한 공상 속에서도—끊임없이 변화하는 다른 세계를 발견하고 본능적으로 편안함을 느꼈던 것이다. 그는 『어메이징 스토리』*나 『F&SF』**와 같은 전설적인 잡지들을 구독했고, 돈만 생기면 노란색 표지로 된 빅터 골란츠***의 SF 시리즈를 닥치는 대

---

* 1926년 창간된 최초의 SF 전문 잡지.
** 1949년 미국에서 창간된 문예지 『환상소설과 과학소설』.

로 사들였고, 레이 브래드버리, 제나 헨더슨, A. E. 반 보그트, 클리퍼드 D. 사이맥, 아이작 아시모프, 프레더릭 폴과 C. M. 콘블러스, 스타니스와프 렘, 제임스 블리시, 필립 K. 딕, L. 스프레이그 드 캠프 등의 책을 거의 외우다시피 했다. 솔랑카는 이 황금시대의 과학소설과 과학 판타지야말로 사상과 형이상학이 담긴 문학을 위해 창조된 최고의 대중적 소설 형식이라고 생각했다. 스무 살 무렵에 그가 가장 좋아했던 작품은 「신의 이름 90억 개」****라는 단편이었는데, 그것은 어느 티베트 사원의 승려들이 전능한 신의 수많은 이름을 헤아리는 작업을 하다가―그들은 우주가 존재하는 유일한 이유가 그것이라고 믿었다―그 일에 박차를 가하기 위해 최첨단 컴퓨터를 구입한다는 내용이었다. 결국 그 분야의 뛰어난 전문가들이 사원으로 불려가서 승려들이 이 굉장한 기계를 잘 가동할 수 있도록 도와주게 되었다. 전문가들은 그렇게 신의 이름 목록을 작성하는 일 자체를 우스꽝스럽게 생각했고, 만약 그 일이 다 끝난 뒤에도 우주가 계속 존재한다면 승려들이 어떤 반응을 보일까 싶어 걱정스러웠다.

*** 영국의 유대계 출판인. 1927년 빅터 골란츠 출판사를 설립하고 순수문학과 함께 과학소설을 비롯한 대중소설도 많이 출간했다.
**** 『2001년 스페이스 오디세이』로 유명한 영국 SF 소설가 아서 C. 클라크의 단편소설.

그래서 자기들이 할 일을 끝내자마자 조용히 그곳을 빠져나왔다. 나중에 집으로 돌아가는 비행기 안에서 그들은 지금쯤 컴퓨터가 작업을 끝마쳤을 거라고 판단했다. 그들은 창밖의 밤하늘을 내다보았는데, 그곳에서는—솔랑카는 이 마지막 문장을 영영 잊을 수 없었다—"별들이 하나둘씩 조용히 꺼져가고 있었다."

그런 독자에게—그리고 영화 쪽에서는 트뤼포의 〈화씨 451도〉나 타르코프스키의 〈솔라리스〉처럼 수준 높은 SF물을 찬미하는 그에게—조지 루카스는 일종의 적그리스도였고 〈미지와의 조우〉를 만든 스필버그는 어른들의 세계에서 놀고 있는 어린애였다. 〈터미네이터〉 연작이나 특히 저 위대한 〈블레이드 러너〉같은 영화야말로 성화(聖火)의 계승자였다. 그리고 이제 그의 차례였다. 그 변덕스러운 여름철, 말릭 솔랑카 교수는 미친 사람처럼 퍼핏 킹들의 세계를—인형뿐만 아니라 그들의 이야기까지—창조하는 일에 몰두했다. 미치광이 과학자 아카스 크로노스와 그의 아름다운 연인 자민에 대한 이야기가 솔랑카의 마음을 사로잡고 있었다. 뉴욕은 원경으로 물러나 흐릿해졌다. 아니, 정확히 말하면 이 도시에서 그에게 일어나는 모든 일들이—임의적인 만남들, 그가 펼쳐보는 신문들, 그가 하는 생각, 감정, 꿈, 그 모든 것이—그의 상상력에 불을 붙였고, 마치 조립식 부품들처럼 그가 이미 만들어놓은 틀 속에 척척 들어맞는 것이었다. 현실 생활이 허구의 지시에 따르기 시작한 듯이 그에게 꼭 필요한 재료들을 어김없이 제공해주었고, 그는 부활한 예술의 연금술을 이용하여 그것들을 변형시켰다.

아카스라는 이름은 '하늘'을 뜻하는 힌디어 '아카슈'에서 가져왔다. 아스만(우르두어)의 그 하늘, 가엾은 스카이 스카일러의 그 하늘, 그리고 위대한 하늘신들의 그 하늘이었다. 우라노스 바루나*, 브라마, 야훼, 마니투**. 그리고 크로노스는 그리스의 신, 바로 자식을 잡아먹는 시간이었다. 자민은 하늘의 짝, 즉 지평선에서 하늘과 만나는 땅을 의미했다. 아카스의 경우에는 솔랑카가 자신의 인생 역정을 떠올리면서 처음부터 그런 인물로 설정했다. 그러나 자민은 그를 놀라게 했다. 물속으로 사라져가는 세계를 그린 이 이야기에서 설마 땅의 여신이—물론 닐라 마헨드라가 모델이기는 했지만—중심적인 역할을 하게 될 줄은 미처 몰랐기 때문이다. 어쨌든 그녀는 분명히 그런 존재였고, 그녀가 나타남으로써 줄거리가 훨씬 더 풍요로워지게 되었다. 그녀의 등장은 전혀 계획하지 않은 일이었는데도 마치 처음부터

---

* '우라노스'는 그리스 신화의 하늘신. '바루나'는 고대 인도의 베다 신화에 나오는 하늘신으로, 인류와 우주의 질서를 관장하는 신.
** 북미 인디언의 신. 영(靈) 또는 초자연력을 의미한다. 마니토라고도 한다.

예정되어 있던 일처럼 느껴질 정도였다. 닐라/레이크의 자민/승리의 여신. 한 여자의 이 세 가지 모습이 뇌리를 떠나지 않았고, 그는 드디어 젊은 시절의 그 유명한 창조물을 대신할 계승자를 발견했다는 사실을 깨달았다. 그리고 이렇게 중얼거렸다.

"어서 와, 닐라. 그리고, 마침내 때가 왔구나, 잘 가라, 리틀 브레인."

그 말은 또한 이런 뜻이기도 했다. 잘 가거라, 밀라 마일로와 함께했던 시간들이여. 밀라는 그의 내면에 일어난 변화를 즉각 알아차렸다. 메트로폴리탄 박물관 계단에서 닐라를 만나려고 집을 나서는 그를 보는 순간 그녀는 이미 직감했던 것이다. 솔랑카도 그 사실을 알고 있었다. 그애는 내가 나 자신에게조차 감히 인정하지 못하고 있을 때 벌써 내가 원하는 게 뭔지 알았던 거야. 설령 기적이 일어나지 않았더라도, 설령 닐라가 그처럼 뜻밖에 나를 선택하지 않았더라도, 밀라는 그때 벌써 알 만큼 알았던 거야. 그녀에게도 진정한 아름다움이 있고, 자존심이 있어. 그래서 그 누구 때문이라고 해도 이등으로 밀려나는 것은 절대로 용납할 수 없겠지. 그는 닐라와 함께 공원 건너편 호텔방에서 끝없는 놀라움의 연속이었던 하룻밤을 보내고—그중에서도 가장 놀라운 것은 그것이 꿈이 아니라 현실이라는 점이었다—웨스트 70번가로 돌아갔다. 이웃집 현관 계단에 밀라가 있었고, 그녀는 여봐란듯이 그 아름답고 멍청한 에디 포드를 온몸으로 휘감고 있었다. 보디가드(bodyguard) 기질을 타고난 에디는 자기가 좋아하는 유일한 육체(body)의 보호자 역할을 되찾은 기쁨으로 환히 빛나고 있었다. 에디가 밀라의 어깨 너머로 솔랑카에게 던진 시선은 감탄할 만큼 풍부한 의미를 담고 있었다. 이보쇼, 댁은 더이상 이 건물에 접근할 자격이 없수다. 댁과 이 여자 사이에는 이제 빨간 벨벳 로프가 가로놓였고 댁의 특권은 완전히 박탈됐으니까 앞으로 이쪽엔 얼씬거릴 생각도 하지 마쇼. 내가 칫솔 대신 댁의 등뼈를 확 뽑아서 댁의 이빨을 뽀독뽀독 닦아주길 바란다면 또 모르지만.

그러나 이튿날 오후, 그녀가 솔랑카의 문 앞에 나타났다.

"어디든 아주 멋지고 값비싼 곳에 데려가주세요. 예쁘게 차려입고 한바탕 배터지게 먹어야겠어요."

밀라가 고통에 대처하는 일반적인 방법은 음식을 먹는 것이었고, 분노에 대한 반응은 술을 마시는 것이었다. 솔랑카는 옹졸한 생각을 했다. 광기보다는 차라리 슬픔이 나을 텐데. 어쨌든 그에게는 슬픔을 견디는 것이 더 쉬운 편이었다. 그는 이렇게 이기적인 생각을 한 것을 보상하기 위해서 요즘 화제가 되고 있는 어느 신생 음식점에 전화를 걸었다. 첼시에 있는 쿠바 분위기의 술집 겸 레스토랑이었는데, 도냐 지오콘다를 기리는 의미에서

'지오'라고 명명된 곳이었다. 그녀는 부에나비스타의 여름을 화려하게 수놓았던 늙은 디바였는데, 피어오르는 연기처럼 나른한 그녀의 목소리에서 구 아바나의 모든 것이 고스란히 되살아나 뽐내고 흔들거리고 유혹하고 입맞춤을 했다. 솔랑카는 테이블을 아주 쉽게 구할 수 있었다. 그래서 예약 담당자에게 그 점에 대해 언급했다. 그러자 그 여자는 냉랭한 어조로 동감을 표했다.

"지금 여긴 유령 도시가 돼버렸어요. 무슨 두메산골 같죠. 그럼 밤 아홉시에 뵙겠습니다."

솔랑카와 밀라가 레스토랑에 들어서자 사운드 시스템에서 지오콘다의 노래가 흘러나오고 있었다.

"그대가 떠난 후 나는 죽어가지만, 사흘만 지나면 되살아나리라. 내 장례식엔 가지 마렴, 나쁜 인간아, 나는 더 좋은 사내와 춤추고 있으리니. 부활의 시간, 부활의 시간, 때가 되면 그대에게 알려주리라."

밀라가 솔랑카를 위해 가사를 번역해주었다. 그리고 이렇게 덧붙였다.

"이거 완벽하네요. 듣고 계세요, 말릭? 내가 신청곡을 고를 수 있었다면 바로 이 곡을 선택했을 거예요. 라디오에서 말하듯이 메시지는 노랫말에 담겨 있죠. '아, 그대는 나를 무너뜨릴 수 있다고 믿지만, 나 지금 비탄에 빠진 것도 사실이지만, 사흘만 지

나면 사람들이 나를 깨우리니, 그대는 멀리서 보게 되리라, 내가
환호에 답례하는 것을. 부활의 시간, 부활의 시간, 머지않아 새
생명을 얻게 되리라.'"

그녀는 바에 앉자마자 모히토* 한 잔을 금세 비워버리고 한
잔 더 주문했다. 솔랑카는 예상했던 것보다 더 힘든 시간이 되리
라는 것을 짐작할 수 있었다. 두번째 잔이 바닥을 보이자 그녀는
테이블로 옮겨 앉았고, 메뉴판에서 양념이 제일 강한 요리들을
모조리 주문하고 그에게도 그것들을 먹으라고 했다. 그리고 무
료로 제공된 과카몰레**를 퍼먹으며 이렇게 말했다.

"교수님은 행운아예요. 아무래도 낙천주의자가 분명하니까
요. 뭐든지 쉽게 버리는 걸 보면 틀림없어요. 자식도, 아내도, 그
리고 저까지 다 버렸잖아요. 정신 나간 낙천주의자가 아니고서
야, 뇌사 상태에 가까울 만큼 멍청한 폴리아나***나 팡글로스가
아니고서야 그렇게 소중한 것들을 아무렇게나 내던질 리가 없
죠. 좀처럼 만나기 어려운 것인데도, 자신의 가장 은밀한 욕망을
충족시켜주는 것인데도 말예요. 이건 교수님도 알고 저도 아는

---

* 민트, 럼, 설탕, 라임 주스, 클럽 소다 등으로 만드는 쿠바 식 칵테일.
** 으깬 아보카도에 토마토, 양파, 양념 등을 더한 소스, 또는 아보카도를 넣은
샐러드.
*** 엘리너 포터의 동명 아동소설에 등장하는 주인공. 그녀의 이름은 '극단적인
낙천주의자'의 대명사가 되어 영어 사전에도 수록되었다.

사실이지만, 교수님은 그 욕망을 입 밖에 내지도 못하고, 덧문을 닫아걸고 불을 끄기 전에는 감히 똑바로 쳐다보지도 못하고, 그걸 감추려고 무릎에 쿠션을 올려놔야 안심할 수 있죠. 그래서 그걸 해결해줄 수 있는 똑똑한 여자가 필요한 거예요. 역시 입 밖에 낼 수 없는 욕망을 가진 여자, 교수님의 욕망과 딱 맞아떨어지는 욕망을 가진 여자 말예요. 그런데, 겨우겨우 여기까지 왔는데, 이제야 벽을 허물고 가면을 벗었는데, 그래서 우리가 둘 다 감히 꿈꾸지도 못했던 그 방, 우리가 가장 두려워하던 그 보이지 않는 방에 드디어 들어왔는데, 그리고 그 방에서는 아무것도 두려워할 필요가 없고 우리가 원하는 것은 뭐든지 가질 수 있다는 걸 알게 됐는데, 그리고 그걸 마음껏 가진 뒤에는 잠에서 깨어날지도 모르는데, 그래서 우리가 살아 있는 진짜 인간이라는 사실을, 한낱 욕망의 꼭두각시가 아니라 어엿한 남자와 여자라는 사실을 깨닫게 될지도 모르는데, 그때는 이런 장난을 그만두고 덧문을 열어젖히고 불도 꺼버리고 손에 손 잡고 저 도시의 거리로 걸어나갈 수도 있었을 텐데…… 젠장, 하필이면 바로 그 순간에 교수님은 공원에서 어느 창녀를 데리고 호텔방으로 직행해버린 거예요. 낙천주의자는 길모퉁이만 돌면 또다시 기회가 올 거라고 믿으면서 지금 손에 쥐고 있는 놀라운 즐거움을 포기해버리는 사람이죠. 낙천주의자는 자기 물건이 더 똑똑하다고, 아, 그만두죠. 제가 하려던 말은 여자보다, 그러니까 나보다 더 똑똑하다고 생각한다는 거였지만 그건 웃기는 소리니까요. 어쨌든 저는 비관주의자예요. 벼락이 한 자리에 두 번 떨어지는 일도 없지만 한 번 떨어지는 일도 좀처럼 없다고 생각하죠. 그러니까 저에겐 그게 마지막이었어요. 우리 사이에 있었던 일, 그게 정말 마지막이었다구요. 그런데 교수님은, 교수님은 그걸, 젠장, 젠장. 저는 계속 교수님과 함께 있으려고 했어요. 그런 생각은 못 해보셨죠? 아, 뭐 별로 오랫동안은 아니겠지만, 그냥 한 삼사십 년 정도가 고작이겠지만, 그래도 아마 교수님의 남은 인생보다는 길었을 거예요. 그런데 이젠 에디와 결혼해야겠죠. 흔히들 하는 말 있잖아요. 자선사업은 가까운 곳에서 시작하라."

그녀는 말을 멈추고 숨을 몰아쉬더니 잔칫상처럼 차려진 산더미 같은 음식들을 먹어치우기 시작했다. 솔랑카는 기다렸다. 조만간 그녀의 말이 계속될 것이었다. 그는 이런 생각을 하고 있었다. 너는 그 녀석과 결혼하면 안 돼, 하지 마. 그러나 이제 그런 충고는 그의 몫이 아니었다. 이윽고 밀라가 말했다.

"교수님은 우리가 한 일이 잘못이라고 생각하시죠. 저는 교수님을 잘 알아요. 교수님은 죄책감을 이용해서 도망치려는 거예요. 지금 나를 버리고 떠나면서 그게 양심적인 행동이라고 생각하는 거죠. 그렇지만 우리가 한 일은 잘못이 아니었어요."

그녀의 눈이 촉촉이 젖어들었다.

"절대로 잘못이 아니었다구요. 우린 그저 우리가 가진 끔찍한 상실감을 서로 달래줬을 뿐이에요. 그 인형은 그러기 위한 수단에 불과했구요. 아니, 제가 정말 아빠와 동침했다고 생각하세요? 제가 아빠 무릎에 올라앉아 엉덩이를 비벼대고 젖꼭지를 손톱으로 찌르고 목을 핥아줬을 거라고 생각하세요? 교수님은 그걸 핑계로 헤어지려는 거잖아요. 그런데 그건 우리 만남의 동기이기도 했던 거 아닌가요? 우리 아빠의 유령 노릇을 하면서 흥분하셨던 거 아니에요? 교수님이야말로 정신병자예요. 다시 말씀드리죠. 우리가 한 일은 잘못이 아니었어요. 그건 놀이였어요. 진지한 놀이였지만, 위험한 놀이였지만, 그래도 놀이였다구요. 그 정도는 알고 계실 줄 알았어요. 저는 교수님을 보면서 이 세상에서 두 번 다시 만날 수 없는 분이라고 생각했어요. 섹스에 대한 지혜를 가진 남자, 그래서 저에게 안식을 줄 수 있는 남자 말예요. 그 안식처에서는 저도 자유로워지고 교수님도 자유롭게 해드릴 수 있을 거라고 믿었어요. 우리가 지금까지 쌓아두고만 있었던 모든 독기와 분노와 고통을 깨끗이 풀어버리고, 그냥 다 훌훌 털어버리고 홀가분해질 수 있을 거라고 믿었어요. 그런데 알고 보니 교수님도 바보였던 거예요. 그건 그렇고, 오늘 하워드 스턴 쇼에 교수님 얘기가 나오던데요."

예기치 못한 좌회전이랄까, 밀려드는 감정의 흐름을 단숨에 끊어버리는 갑작스러운 방향 전환이었다. 솔랑카는 페리 핑커스를 떠올리고 별안간 마음이 무거워지는 것을 느꼈다.

"그 여자가 나온 모양이군. 뭐라고 했는데?"

밀라는 살사베르데*를 듬뿍 뿌린 양고기를 우물거리며 이렇게 대답했다.

"아, 말이 꽤 많던데요."

밀라는 기억력이 대단해서 예전에도 종종 대화 내용을 거의 그대로 재현해서 들려주곤 했다. 지금 페리 핑커스를 흉내 내는 그녀의 목소리는 젊은 시절의 베르나르** 못지않게—좀더 가까이서 찾는다면 스토커드 채닝 못지않게—힘차고 독살스러웠다. 말의 내용도 나무랄 데 없이 정확할 것 같아서 솔랑카는 가슴이 철렁 내려앉았다. 페리는 하워드와 엄청난 수의 청취자들에게 이렇게 말했다.

"위대한 지성인이라는 남자들 중에도 가끔 한심스러운 미숙아들이 있어요. 예를 들어 말릭 솔랑카라는 사람이 그랬죠. 뭐 대단한 지성인은 아니구요, 철학을 포기한 후 텔레비전 쪽으로

---

* 토마토, 고추, 마늘 등으로 만든 멕시코 소스.
** 프랑스 연극배우, 영화배우. 19세기 후반을 장식한 대표적 여배우로 유럽 전역과 미국에서 활동하며 '황금의 목소리'로 불렸다.

넘어간 사람인데, 미리 말씀드리지만 저도 아직 그 사람하고는 한 번도, 아시죠? 제 이력서에는 안 들어가는 사람이죠. 그렇다면 뭐가 문제였느냐구요? **말씀드리죠.** 솔랑카의 방에 들어가봤더니 말이죠, 영국 케임브리지 대학의 킹스칼리지를 나왔다는 사람이 글쎄 인형을 잔뜩 모아놓고 있더라구요. 정말 인형이었다니까요. 그걸 보자마자 부리나케 빠져나오고 싶었어요. 저를 인형으로 착각하고 배를 쿡쿡 찌르면 어떡해요? 엄마 엄마 하고 말해줘야 하나요? 그때 이런 생각을 했어요. 난 어렸을 때도 인형 따위는 좋아하지 않았는데, 더군다나 난 여자인데, 하구요. 네? 아뇨, 아뇨. 게이들과는 잘 지내는 편이에요. 정말이에요, 하워드. 난 캘리포니아 출신이거든요. 물론이죠. 그 사람은 게이가 아니었어요. 그 사람은…… 어린애였어요. 뭐랄까, 좀 **닭살**이더라구요. 장난 삼아 요즘도 크리스마스가 되면 그 사람한테 말랑말랑한 장난감을 보내주고 있어요. 코카콜라 북극곰 같은 거 말예요. 그래요. 그 사람이 잘 받았다고 연락한 일은 한 번도 없었지만, 이거 아세요? 도로 돌려보낸 적도 없었어요. 그렇게 남자들의 비밀을 알게 되면 도저히 웃지 않을 수가 없죠."

밀라는 이렇게 털어놓았다.

"말씀드릴까 말까 망설였어요. 그러다가 생각했죠. 젠장, 이 마당에 내가 신경 쓸 게 뭐야."

아직도 도냐 지오의 노래가 계속되고 있었지만 분노의 여신들이 울부짖는 소리에 묻혀 일시적으로 노랫소리가 들리지 않았다. 굶주린 여신들은 두 사람의 머리 위에서 퍼덕거리며 그들의 분노를 빨아먹고 있었다. 핑커스의 인터뷰 내용이 그의 머릿속에서 메아리쳤다. 그러자 밀라의 표정이 확 달라졌다.

"쉬이. 알았어요, 죄송해요. 그러니까 제발 그 소리 좀 그만 낼 수 없어요? 그러다가 여기서 쫓겨나겠어요. 아직 디저트도 못 먹었는데."

그 메아리가 바깥으로 터져나온 것이 분명했다. 사람들이 쳐다보고 있었다. 저쪽에서 라울 줄리아를 닮은 식당 주인 겸 지배인이 다가왔다. 말릭 솔랑카가 손에 쥐고 있던 유리잔이 픽 깨져버렸다. 포도주와 피가 튀는 난장판이 벌어졌다. 이젠 이곳을 나갈 수밖에 없다. 사람들이 붕대를 가져왔고, 의사의 도움은 거절했고, 황급히 계산서가 나왔고, 셈을 치렀다. 바깥에는 비가 내리고 있었다. 솔랑카의 분노에 눌려 밀라의 분노가 좀 누그러졌다. 이윽고 집으로 돌아가는 택시 안에서 그녀가 말했다.

"하워드 쇼에 나왔던 그 여자 말인데요, 늙은 색녀가 옛날에 잘 놀았던 얘기를 하면서 아쉬움을 달래고 있는 거예요. 교수님은 연세도 지긋하시니까 인생이라는 게 어떤 건지 아시잖아요. 이것저것 해결되지 않은 일들이 남아 있다가 이따금 불쑥 나타나서 따귀를 때리기도 하는 거죠. 그 여자는 잊어버리세요. 교수님에겐 아무 의미도 없는 여자니까, 예나 지금이나 아무것도 아니니까요. 그리고 그렇게 악업을 쌓고 있는 걸 보면 앞날이 뻔하다구요. 제발 소리 좀 지르지 마세요! 맙소사. 가끔 교수님이 무서워질 때가 있어요. 평소엔 파리 한 마리 못 죽일 것 같다가도 갑자기 고질라 같은 괴물로 변해버리는데, 그럴 땐 티라노사우루스의 모가지라도 단숨에 찢어버릴 것처럼 보인다구요. 그거 좀 자제하셔야 해요, 말릭. 그게 어디서 나오는 건지는 모르겠지만 멀리 보내버려야 한다구요."

그때 택시 운전사가 말참견을 했다.

"이슬람교라면 손님의 영혼에서 부정(不淨)한 분노를 씻어내고 산을 움직일 수 있는 신성한 분노를 가르쳐줄 수 있을 겁니다."

그러다가 다른 차가 너무 바싹 다가오자 다른 언어로 이렇게 소리쳤다.

"야! 거기 미국놈! 할머니가 키우는 염소까지 강간하는 이 무신론자 호모 새끼야!"

솔랑카는 웃음을 터뜨렸다. 즐거움이라고는 찾아볼 수 없는 무시무시한 폭발 같은 웃음, 거칠고 고통스러운 흐느낌 같은 웃음이었다. 그는 캑캑거리며 간신히 말했다.

"잘 있었나, '연인' 알리. 여전히 원기 왕성한 걸 보니 반갑군
그래."

* * *

일주일 후 다소 뜻밖의 일이 벌어졌다. 밀라가 전화를 걸어
'다른 일에 대해 얘기해보자'고 하면서 그를 집으로 초대한 것
이다. 우호적이면서도 사무적인 태도였고 좀 흥분한 것 같았다.
솔랑카는 그녀가 그렇게 금방 활기를 되찾은 것을 보고 감탄하
면서 초대를 받아들였다. 그가 엘리베이터도 없는 아파트 건물
사층에 있는 밀라의 작은 집을 찾아간 것은 이번이 처음이었다.
솔랑카는 그녀가 이 집을 전형적인 미국식 아파트처럼 꾸미려고
열심히 노력했지만 결국 비참한 실패로 끝난 것 같다고 생각했
다. 천장까지 닿는 책장이 몇 개 있었고, 그 옆면에는 어울리지
도 않게 라트렐 스프리웰*과 세레나 윌리엄스**의 포스터가 붙
어 있었다. 책장에는 세르비아와 동유럽의 문학책들이 가득 꽂
혀 위태로워 보일 정도였는데, 그중에는 원본도 있었고 프랑스
어와 영어로 된 번역본도 있었다. 다닐로 키시, 이보 안드리치,

---

* 미국 흑인 농구선수.
** 미국 흑인 테니스 선수.

밀로라드 파비치, 인습을 타파하는 몇몇 계몽주의자들, 고전주의 시대의 오브라도비치와 부크 스테파노비치 카라지치, 그리고 이반 클리마, 이스마일 카다레, 페테르 나더시, 죄르지 콘라드, 즈비그니에프 헤르베르트 등등. 밀라의 아버지 사진은 보이지 않았다. 솔랑카는 이 의미심장한 공백을 눈여겨보았다. 허리띠가 달린 꽃무늬 원피스를 입은 젊은 여자의 흑백사진이 액자 속에서 솔랑카를 바라보며 환하게 웃고 있었다. 밀라의 동생처럼 보였지만 어머니였다.

"얼마나 행복한 표정인지 보세요. 병에 걸렸다는 사실을 알게 되기 직전 여름에 찍은 거예요. 저도 이제 엄마가 돌아가신 바로 그 나이가 됐으니까 걱정거리 하나는 사라진 거죠. 그 고비는 넘겼으니까요. 벌써 오래전부터 가망 없을 거라고 생각했거든요."

밀라는 이 도시에, 이 시대의 이 나라에 녹아들고 싶어했지만 옛 유럽의 마귀들이 그녀의 귓가에서 울부짖고 있었다. 그러나 한 가지 측면에서는 자기 세대의 미국 젊은이들과 다를 바 없었다. 컴퓨터 워크스테이션이 그 방에서 핵심적인 위치를 차지하고 있었던 것이다. 맥 파워북, 작업 공간 뒤쪽에 밀어놓은 좀 오래된 데스크 탑 매킨토시 컴퓨터, 스캐너, CD 버너, 플러그인 오디오 시스템, 뮤직 시퀀서, 백업용 집드라이브, 사용 설명서들, CD롬과 DVD를 꽂아놓은 선반들, 그밖에도 솔랑카가 정체를 파악하기 어려운 물건들이 수두룩했다. 침대조차도 마지못해 들여놓은 것처럼 느껴질 정도였다. 어쨌든 솔랑카 자신이 그 침대에서 쾌락을 누릴 가능성은 전혀 없는 것이 확실했다. 그는 밀라가 그 모든 일을 과거로 돌리기 위해 그를 불렀다는 사실을 깨달았다. 그것은 그녀의 행동과 그 의미가 겉보기와는 정반대라는 것을 보여주는 또하나의 사례였다. 죽은 아버지는 그녀의 인생에서 제일 중요한 사람이다. 그러므로 아빠의 사진은 눈에 띄는 곳에 놓아두지 않는다. 그녀에게 솔랑카는 이제 평범한 이웃집 교수에 지나지 않는다. 그러므로 침실로 불러들여 커피 한잔 대접해도 된다.

그녀는 할 말을 미리 준비해둔 것이 분명했고, 그 말을 빨리 뱉어버리고 싶어 안달이 난 것 같았다. 그녀는 그에게 커피 한잔을 건네기가 무섭게 계획대로 화해의 올리브 가지를 내밀었다. 밀라는 예전과 다름없이 익살스러운 말투로 이렇게 말했다.

"저는 남들보다 우수한 인간이고, 워낙 수준이 높아서 개인적인 비극이나 현실쯤은 얼마든지 극복할 수 있고, 아울러 진심으로 교수님이 탁월한 재능을 가졌다고 생각해요. 그래서 교수님의 새 프로젝트에 대해 애들한테 얘기했어요. 교수님이 만들고 있는 그 멋진 SF 인형들에 대해서 말예요. 미치광이 인공두뇌학자, 물에 잠긴 행성에 대한 아이디어, 사이보그들과 행성 반대쪽에 사는 안일한 인간들, 진짜와 가짜의 목숨을 건 대결 등등. 우린 그 내용으로 웹사이트를 만드는 문제에 대해 교수님과 의논해보고 싶어요. 우리가 정식 프레젠테이션을 준비해뒀으니까 그걸 보시면 어떤 일들이 가능한지 대충 감을 잡을 수 있을 거예요. 한 가지만 말씀드리자면, 그애들은 영상물을 압축하는 방법을 개발해서 온라인 상태에서도 DVD 화질에 가까운 동영상을 감상할 수 있게 했는데, 한 단계만 더 발전시키면 적어도 비슷한 수준은 될 거예요. 다른 데서는 찾아볼 수 없는 탁월한 기술이죠. 요즘 모든 것이 얼마나 빨리 변하는지 교수님은 모르실 거예요. 일 년만 지나면 올해는 석기시대가 돼버리죠. 남는 건 창의적 잠재력뿐이에요. 지금 가진 아이디어로 무엇을 할 수 있느냐 이거죠. 최상급 웹사이트들은 망하는 일이 없어요. 사람들이 끊임없이 다시 찾아오거든요. 그 사람들에게 소속감을 느낄 수 있는 하나의 세계를 제공하니까요. 물론 물건을 편리하게 구입할 수 있도록 판매와 배송 체계를 제대로 갖춰야겠죠. 우린 그 방면에도 탁월해요. 그렇지만 제일 중요한 건 바로 교수님에게 편리해야 한다는 거예요. 교수님은 벌써 배경 스토리와 캐릭터들을 준비해두셨죠. 우리도 그것들이 마음에 쏙 들었구요. 그 다음엔 구상을 잘 관리해야 되니까 핵심 요약집을 만들어두시는 게 좋을 거예요. 캐릭터의 특징, 줄거리에 넣어야 할 것과 넣지 말아

380

야 할 것, 교수님이 상상하신 그 우주의 규칙 등등. 그렇게 뼈대만 만들어주면 그걸 가지고 온갖 것들을 만들어내기 좋아하는 똑똑한 애들이 얼마든지 있다구요. 굳이 뭘 만들라고 시킬 필요도 없어요. 그애들은 날마다 새로운 매체를 만들어내거든요. 물론 이게 성공하기만 한다면 기존의 매체들도 앞 다퉈 덤벼들 거예요. 책, 음반, 텔레비전, 영화, 뮤지컬, 뭐든지요. 저는 그애들을 사랑해요. 다들 굶주린 애들 같아서 아이디어 하나만 있으면 그걸 가지고 오차원 세계로 날아가죠. 그러니까 그냥 그애들한테 맡겨두시면 되는데, 교수님은 절대군주와 마찬가지니까 교수님이 원하지 않는 일은 아무것도 일어나지 않을 거예요. 교수님은 그저 편안하게 앉아서 이렇게만 하시면 돼요. 그래, 아냐, 그래, 그래, 아냐…… 아, 아."

그녀는 진정하라는 듯이 두 손으로 내리누르는 시늉을 했다.

"끝까지 들어보세요. 제발 제 얘기 좀 끝까지 들어보시란 말이에요. 저한테 그 정도는 해주셔야죠. 교수님이 리틀 브레인 때문에 얼마나 괴로워했는지, 지금도 얼마나 괴로워하고 있는지 저도 알고 있어요. 제가 누구예요? 말릭, 저는 다 안다구요. 지금 얘기하려는 것도 바로 그거예요. 이번엔 주도권을 빼앗길 염려가 없다는 거죠. 이번에는 교수님이 리틀 브레인을 만들던 시절엔 아예 존재하지도 않았던 더 우수한 매체를 이용할 수 있고, 그걸 관리하는 일도 전적으로 교수님의 몫이죠. 이건 지난번에 잘 못됐던 일을 제대로 해볼 수 있는 기회라구요. 그리고 괜히 겸손한 척할 필요는 없으니까 말인데요, 이게 잘 풀리기만 한다면 경제적 가치도 아주아주 엄청날 거라구요. 이걸 제대로 다루기만 한다면 정말 굉장한 물건이 될 거라는 게 우리 생각이에요. 그건 그렇고, 리틀 브레인에 대해서는 저도 교수님 의견에 백 퍼센트 찬성하는 건 아니에요. 아시다시피 저는 지금의 리틀 브레인도 훌륭하다고 생각하고, 더구나 상황도 많이 바뀌었기 때문에 지금은 아이디어에 대한 소유권 개념 자체가 전혀 달라요. 협동 작업의 측면이 전보다 훨씬 더 중요해진 거죠. 그러니까 교수님도 좀더 융통성을 가질 필요가 있어요. 전보다 조금만 더, 아시겠죠? 교수님이 만들어놓은 마법의 원 속에 이따금 남들도 들어올 수 있게 해주세요. 그래도 마법사는 교수님 자신이지만 가끔은 다른 사람들도 마술봉을 좀 갖고 놀게 하라는 거예요. 리틀 브레인? 그냥 날려보내세요, 말릭. 지금처럼 그렇게 살아가도록 놔두세요. 이젠 리틀 브레인도 어른이잖아요. 그냥 보내주세요. 그래도 여전히 교수님의 딸이니까요."

밀라는 선 채로 랩탑 컴퓨터의 자판을 두드렸다. 손가락들이 컴퓨터에게 도움을 청하듯이 이리저리 눈부시게 날아다녔다. 그녀의 입술에 땀방울이 맺혔다. 솔랑카는 일곱번째 베일이 떨어

저나갔다고 생각했다. 비록 낮 동안에 즐겨 입는 운동복으로 몸을 다 가린 상태였지만 그녀는 드디어 그의 눈앞에 알몸을 드러낸 것이었다. **푸리아**. 지금 이 모습이야말로 그녀가 지금까지 한 번도 보여준 적이 없는 또하나의 자아였다. 세계를 삼켜버리는 분노의 여신 밀라, 그것은 순수한 변화의 에너지로 이루어진 자아였다. 그녀의 그 모습은 무시무시하면서도 매력적이었다. 솔랑카는 이렇게 도도한 강물처럼 흘러가며 그를 압도해버리는 여자에게 사족을 못 쓰는 체질이었다. 그가 여자들에게서 찾으려는 것이 바로 그것이었다. 그는 자신을 이겨내고 제압할 수 있을 만큼 강한 여자를 원했다. 그러나 아쉽게도 갠지스 강 같은, 혹은 미시시피 강 같은 이 강인함도 차츰 약해지기 마련이다. 그의 결혼생활이 파경에 이른 것도 그 때문이었다. 여자들의 압도적인 우세가 영원히 지속되지 못하는 것이 문제였다. 연인과의 첫 만남이 제아무리 놀라운 것이었다 하더라도 시간이 갈수록 처음과 같은 놀라움을 느낄 수 없게 되는 것이다. 그래서 그녀는 곧 맞수가 되었다가 나중에는 결국 열세로 돌아서고 만다. 그러나 우월성에 대한 욕구를 포기해야 한다! 마치 눈밭에서 파도타기를 하는 듯한 기분, 마치 눈사태의 선두에서 불쑥 솟구친 꼭대기에 올라타고 쏜살같이 휩쓸려 내려가는 듯한 기분을 맛보게 해주는 그 거대함에 대한 욕구를 단념해야 한다. 그에게 그것은 욕망에 관한 한 죽음을 인정하는 것과 다름없었다. 그리고 살아 있는 자가 스스로 죽음을 인정하는 순간부터 암흑의 분노가 시작된다. 그것은 때가 되기도 전에 찾아온 죽음을 거부하는 생명의 검은 분노인 것이다.

그는 밀라를 향해 손을 내밀었다. 그녀가 그의 팔을 탁 쳐냈다. 그녀의 눈동자가 빛을 발했다. 그녀는 이미 그를 잃은 슬픔을 극복하고 여왕으로 부활했다.

"우린 이제 이런 사이가 된 거예요, 말릭. 받아들이든지 말든지 마음대로 하세요. 만약 싫다고 한다면 다시는 상대하지도 않겠어요. 만약 좋다고 한다면 우린 말릭을 위해 죽어라 열심히 일할 거고, 저도 나쁜 감정은 깨끗이 잊어버릴 거예요. 이 새로운 세계는 저의 생명과도 같아요, 말릭. 이건 우리 시대의 산물이고, 저와 함께 성장했고, 저와 함께 학습했고, 저와 함께 여기까지 온 거예요. 저는 이 세계 속에 있을 때 비로소 내가 살아 있다는 걸 가장 잘 실감할 수 있어요. 여기, 이 가상의 세계 속에서 말예요. 전에도 말씀드렸지만 놀이 방법을 알아야 해요. 진지한 놀이, 그게 제가 하는 일이죠. 지금 하고 있는 일도 본질은 바로 그거예요. 저는 이 놀이를 하는 방법을 잘 알아요. 제가 일하는 데 필요한 재료만 던져주신다면, 글쎄요, 저는 교수님이 무릎에 올려놓은 그 쿠션 밑에 숨어 있던 그것보다 이게 더 좋아요. 물론

384

그것도 좋았으니까 오해하지 마세요. 그것도 분명히 좋았거든
요. 자, 끝났어요. 아직 대답하지 마세요. 일단 집으로 돌아가서
잘 생각해보세요. 그리고 정식으로 프레젠테이션을 하게 해주세
요. 이건 중대한 결정이에요. 천천히 하세요. 마음의 준비가 됐
을 때 결정하시면 돼요. 너무 오래 걸리진 않았으면 좋겠지만.”

　컴퓨터 화면이 살아 움직이기 시작했다. 이미지들이 시장 상
인들처럼 그를 향해 달려나왔다. 솔랑카는 생각했다. 이것은 몸
을 파는 매춘부 같은 기술이구나. 혹은 어두운 나이트클럽에서
몸을 비비 꼬는 댄서 같구나. 랩 댄서가 된 랩탑 컴퓨터. 사운드
시스템의 맑디맑은 소리가 황금 소낙비처럼 쏟아져내렸다. 그는
그녀에게 말했다.

　“생각해볼 필요도 없겠어. 하자구. 저질러보는 거야.”

14

엘리너가 전화했다. 솔랑카의 심리적 방어막이 한 단계 올라갔다. 그의 아내가 말했다.

"당신은 사랑을 불러일으키는 방법을 아는 사람이에요, 말릭. 그런데 막상 사랑을 얻은 뒤에는 어찌할 바를 모르는 거죠."

그 감미로운 목소리에는 아직 분노가 담겨 있지 않았다.

"난 당신에게 사랑받는 것이 정말 행복했다는 생각을 했어요. 아마 당신이 그리웠나봐요. 마침 집에 있어서 다행이네요. 내가 가는 곳마다 우리 모습이 자꾸 보여요. 바보 같죠? 함께 즐거운 시간을 보냈던 우리 모습이 눈에 선한 거예요. 당신 아들은 정말 특별해요. 보는 사람마다 그렇게 생각하죠. 모건도 아스만이 제일 귀엽다고 해요. 모건이 아이들을 어떻게 생각하는지는 당신도 잘 알잖아요. 그런데도 아스만은 끔찍이 귀여워하죠. 다들 그래요. 그런데 그애는 자꾸 이렇게 묻는 거예요. '아빠가 뭐라고 할까? 아빠가 어떻게 생각할까?' 당신을 한시도 잊지 못한다구요. 나도 마찬가지예요. 그러니까 내가 하고 싶은 말은 이거예요. 우리 둘 다 당신에게 깊은 사랑을 보내고 있다는 거죠."

아스만이 수화기를 넘겨받았다.

"나도 아빠랑 얘기할래. 안녕, 아빠. 나 지금 코가 칵 막혔어. 그니까 울었거든. 그니까 올리브가 여기 없거든."

그니까는 왜냐하면이었다. 왜냐하면 올리브가 여기 없거든. 올리브는 애 엄마가 고용한 가정부였고 아스만은 그녀를 아주 좋아했다.

"아빠 줄려고 그림 그렸어. 엄마랑 아빠한테 주는 거야. 나중에 보여줄게. 빨강이랑 노랑이랑 하양으로 그렸어. 외할아버지한테 줄 그림도 그려놨어. 외할아버지는 돌아가셨어. 그니까 오랫동안 아팠거든. 외할머닌 아직 안 돌아가셨어. 외할머닌 괜찮아. 어쩌면 내일 돌아가실지도 몰라. 나 인제 학생 될 거야, 아빠. 그니까 나 금방 좋은 학교 드가거든. 넬 가는 건 아니야! 그래. 며칠 더 있어야 대. 어짜피 유치원인걸 모. 큰 학교 아니야. 그니까 큰 학교 드갈라면 내가 좀더 커야 되거든. 오늘 당장 드갈 순 없다구! 흠. 나 솜물 갖다줄 거야, 아빠? 어쩌면 그 속에 커다란 코끼리 들었을지도 모르겠네. 그럴 거야! 아마 커다란 코끼리 들었을 거야. 그럼 안녕!"

그는 새벽녘에 침대 위에서 혼자 눈을 떴다. 위층 마룻장이 고통스러운 듯 삐걱거리는 소리 때문에 잠이 깬 것이다. 위층에 새벽잠 없는 사람이 사는 모양이었다. 솔랑카의 모든 감각이 비상 경계 태세에 돌입한 것 같았다. 청각이 극도로 예민해져 위층에서 자동응답기가 삑삑거리는 소리, 그리고 옆집 여자가 물뿌리개로 뿌리는 물이 실내에서 키우는 화분이나 창밖의 사각형 화분에 떨어지는 소리까지 다 들을 수 있었다. 그때 이불 밖으로 드러난 발에 파리 한 마리가 내려앉았고, 그는 유령이 만지기라도 한 듯 침대 위에서 펄쩍 뛰어내렸다. 그리고 방 한복판에 바보처럼 우두커니 서서 벌거벗은 채 공포에 떨었다. 다시 잠들기는 틀렸다. 길거리가 벌써 소란스러웠다. 그는 뜨거운 물로 오랫동안 샤워를 하면서 자신을 꾸짖었다. 밀라의 말이 옳았다. 어떻게든 이런 현상을 자제해야 했다. 의사, 그렇다, 의사라도 찾아가서 제대로 된 치료제를 구해야 했다. 라인하트가 뭐라고 놀렸더라? 심장발작이라도 일으킬까봐 걱정된다고 했지. 글쎄, 거기서 심장은 빼는 편이 낫겠다. 그는 언제 발작을 일으킬지 모르는 상태였다. 예전에는 그 성마른 기질이 좀 우스꽝스러웠는지도 모르지만 지금은 절대로 웃을 일이 아니었다. 아직은 아무 일도 저지르지 않았지만 언제 무슨 일을 저지를지 알 수 없었다. 아직은 그 분노가 그를 돌이킬 수 없는 나라로 데려가지 않았지만, 그는 언젠가 그런 날이 틀림없이 오리라는 것을 알고 있었다. 그는 이미 자신을 두려워했다. 머지않아 남들도 모두 그를 무서워하게 될 것이 분명했다. 그때는 굳이 그가 세상을 피해 도망칠 필요도 없을 것이다. 세상이 그를 피해 도망치게 될 테니까. 그는 남들이 길을 건너면서까지 멀리 피하고 싶어하는 사람이 될 테니까. 만약 닐라가 그를 화나게 한다면? 만약 열정의 순간에 그녀가 그의 정수리를 만지기라도 한다면?

바야흐로 제3밀레니엄에 접어든 지금, 성인의 자아 속에 난폭하고 미성숙한 요소들이 난입하는 문제쯤은 약으로 얼마든지 치료할 수 있다. 만약 옛날에 그렇게 공공장소에서 고함을 질러댔다면 당장 악마로 몰려 화형을 당하거나 마녀처럼 돌을 매달고 이스트 강에 던져넣어 떠오르는지 가라앉는지 시험당하는 신세가 되었을 것이다. 옛날이었다면 형틀에 묶인 채 썩은 과일 세례를 받는 정도는 피할 수 없었을 것이다. 그러나 지금은 재빨리 계산을 치르고 그곳을 떠나버리면 그뿐이다. 그리고 웬만한 미국인이라면 기분을 조절해주는 의약품의 이름을 대여섯 가지 정도는 알고 있기 마련이다. 이 나라에서는 날마다 약 이름을—프로작, 할시온, 세로퀼, 넘스컬*, 로보토민**—달달 외운다. 마치 선불교에서 화두를 암송하듯이, 혹은 괴상망측한 일종의 애국심을 표출하듯이. 나는 미국의 의약품 앞에 충성을 맹세합니다. 따라서 솔랑카에게 일어나고 있는 이 현상도 얼마든지 예방할 수 있을 것이다. 그러므로 대부분의 사람들은 그것을 예방하는 것이 그의 의무라고 말할 것이다. 그래야만 더이상 자신을 두려워하지 않게 되고, 남들에게 위험하지 않은 존재가 되고, 그래서 다시 자신의 삶으로 돌아갈 수 있게 된다고 말이다. 금지옥엽 아스만에게로, 아빠의 보호와 사랑이 필요한 하늘, 아스만에게로.

그렇다. 그러나 약물은 안개다. 그것을 삼킨 사람의 마음속에서 이리저리 흘러다니는 연기와 같은 것이다. 약물은 창고와 같은 것이고, 사람이 그 창고에 들어앉으면 세상이 어떻게 돌아가는지 모르고 멍하니 세월만 보내게 된다. 그것은 히치콕의 영화 〈사이코〉에 나왔던 그 반투명한 샤워커튼과 같은 것이다. 사물이 뿌옇게 변해버린다. 아니, 아니, 그 말은 정확하지 않다. 뿌옇게 변해버리는 것은 사람이다. 의사들의 시대를 경멸하는 솔랑

---

* Numscul. 'numskull(멍텅구리)'의 철자를 바꾼 말장난.
** Lobotomine. 뇌엽절리술(腦葉切離術)이라는 뜻의 'lobotomy'의 철자를 바꾼 말장난.

카의 버릇이 다시 고개를 들고 있었다. 키가 더 컸으면 좋겠다고? 그럼 키를 크게 해주는 의사한테 가서 몸속의 긴 뼈에 쇠붙이를 박아서 더 길게 늘여달라고 하면 된다. 살을 빼고 싶어하는 이들에게는 살을 빼주는 의사가 있고, 예뻐지고 싶어하는 이들에게는 예뻐지게 해주는 의사가 있다. 그런데 이게 전부인가? 겨우 이것뿐인가? 이제 우리는 한낱 자동차로 전락해버린 것인가? 스스로 수리공을 찾아가서 자기가 원하는 대로 뜯어고칠 수 있는 자동차들인가? 주문 생산된 자동차, 표범 무늬 카시트와 서라운드 시스템을 장착한 자동차? 그는 인간을 기계화하는 이런 짓에 진심으로 반대했다. 그가 상상의 세계를 창조한 것도 바로 이런 세태에 맞서기 위한 것이 아니었던가? 정신과 의사 따위가 그에 대하여 그 자신도 아직 모르고 있는 사실을 말해줄 수 있을까? 의사들은 아무것도 모른다. 그들이 원하는 것은 우리를 개처럼 길들이거나 매처럼 두건을 씌우고 마음대로 조종하는 것이다. 의사들은 우리를 꿇어앉히고 굴복시키려 한다. 그들이 건네주는 화학적 목다리를 짚고 다니기 시작하면 두 번 다시 자기 다리로 걸을 수 없게 된다.

　미국의 자아는 여기저기서 기계학의 용어를 빌려 자신을 새로 이해하고 있지만 곳곳에서 자제력을 잃고 길길이 날뛴다. 이 자아는 끊임없이 자신에 대한 이야기를 하는 데 급급하여 다른 문제에 대해서는 거의 입도 벙긋하지 않는다. 치료 과정에서 생긴 문제점들을 바로잡기 위해 조종자들의 산업, 즉 이미 주술사에 가까운 의사들이 해놓은 일들을 보강하고 '땜질' 하는 역할을 맡은 진짜 주술사들의 산업까지 등장했다. 이 산업의 기본적인 운영 방식은 모든 것을 새로 정의하는 것이다. 불행은 신체적 불균형으로, 절망은 척추가 똑바르지 않아서 생긴 문제로 재정의한다. 행복은 이기심이다. 방향타를 잃어버린 자아에게는 스스로 운전 장치가 되라고 말해주고, 뿌리를 잃어버린 자아에게는 자신 속에 뿌리를 내리라고 가르친다. 그러는 동안에도 새로운 길잡이들에게, 즉 변화된 미국 땅의 지도 제작자들에게 그들의 노고에 대한 대가를 계속 지불하라고 요구한다. 물론 예전의 조종 산업도 여전히 건재를 과시하면서 좀더 낯익은 주장들을 내세우고 있다. 민주당의 부통령 후보는 국가적 불안의 원인으로 영화를 비난하면서 신을 찬양했다. 그는 미국의 심장부에 신을 더 가까이 모셔야 한다고 말했다(더 가까이? 솔랑카는 이런 생각을 했다. 만약 전능한 신이 지금보다 대통령과 더 가까워진다면 차라리 펜실베이니아 애비뉴의 마지막 집에 들어앉아 그 한심한 직무를 스스로 처리할 것이라고). 조지 워싱턴의 시체가 발굴되어 예수를 따르는 투사 노릇을 했다. 조지는 창백하고 촌스러운 모습으로 작은 도끼를 들고 무덤 속에 우뚝 서서 신앙심이 없으면 윤리도 없다고 호통을 쳤다. 그런데 이 워싱턴의 나라에서 신앙심이 부족하다는 그 국민들에게 물어보니, 대통령 선거에서 유대인이나 동성애자에게도 기꺼이 투표할 수 있다고 대답한 사람은 90퍼센트가 넘었지만 무신론자에게 투표하겠다고 대답한 사람은 49퍼센트에 불과했다. 주님을 찬양하라!

이같은 온갖 말말말과 진단과 새로운 의식(意識)들에도 불구하고 이 새로운 자아, 이 말 많은 국가적 자아의 가장 강력한 대화 방법은 언어가 아니었다. 진짜 문제는 기계의 손상이 아니라 열망하는 마음의 손상이었다. 그런데도 마음의 말에 귀를 기울이는 사람은 아무도 없었다. 중요한 것은 몸매도 아니고, 음식도 아니고, 풍수도 업보도 아니고, 무신론도 유신론도 아니고, 다만 마음의 손상이 너무 극심하다는 사실이었다. 그것은 사람들을 미치게 만드는 광란의 춤이었고, 원인은 물자가 너무 많아서가 아니라 꺾이고 부러져버린 희망들이 너무 많아서였다. 이곳 붐 아메리카에서, 일찍이 키츠가 말했던 환상적인 황금의 나라들[*]이 실제로 이루어진 이곳에서, 무지개의 끝에 있다는 금화 항아리 같은 이곳에서, 인간의 기대 수준은 인간사를 통틀어 가장 높았고 따라서 인간의 실망 수준도 가장 높았다. 방화범들이 서부

를 불태워버렸을 때, 한 남자가 총을 들고 알지도 못하는 사람들을 사살하기 시작했을 때, 한 아이가 총을 들고 친구들을 사살하기 시작했을 때, 콘크리트 덩어리가 부잣집 아가씨들의 머리를 때려부쉈을 때, '실망'이라는 말로는 너무도 부족한 이 실망이야말로 그 말없는 살인자들에게 풍부한 표현력을 부여한 동력원이었다. 그들의 발표 주제는 오직 이것뿐이었다. 꿈을 꿀 권리를 국가 이데올로기의 토대로 삼고 있는 이 나라에서 꿈을 뭉개버리는 것, 예전에는 어떤 남자도 혹은 여자도 일찍이 꿈꿔보지 못했을 만큼 휘황찬란한 미래가 펼쳐지려는 바로 그 순간에 한 개인의 가능성을 산산이 깨뜨리고 짓밟아버리는 것. 그 고통의 불길과 번뇌의 총성 속에서 말릭 솔랑카는 결정적인, 그러나 늘 묵살당하기만 했던, 일찍이 대답을 들어본 적도 없고 어쩌면 대답할 수도 없는 질문 하나를 들을 수 있었다. 뭉크의 〈절규〉처럼 엄청난 소리로 인생을 파괴해버리는 그 질문은 바로 그가 방금 자신에게 던진 것과 똑같은 질문이었다. 이게 전부야? 아니, 겨우 이거야? 겨우 이거라고? 사람들은 크리스토프 워터퍼드 바이다가 그랬듯이 저마다 눈을 뜨고 비로소 자신의 삶이 결코 자신의 것이 아니라는 사실을 깨닫고 있었다. 그들의 **몸조차도** 그들의 것이 아니었다. 다른 사람들도 모두 마찬가지였다. 그래서 그들은 더이상 총질을 참을 이유를 찾지 못했다.

신들이 인간들을 파멸시키려 할 때, 우선 그들을 미쳐버리게 만든다. 말릭 솔랑카의 머리 위에서, 그리고 뉴욕과 미국의 상공에서 분노의 여신들이 이리저리 날아다니며 울부짖고 있었다. 그리고 저 아래 길거리에서는 인간과 비인간이 한곳에 뒤엉켜 분노의 괴성을 지르며 찬성을 표하고 있었다.

샤워를 하고 마음이 좀 진정된 후 솔랑카는 아직 잭에게 연락해보지 않았다는 사실을 깨달았다. 어쩐지 연락하기가 꺼림칙했다. 닐라가 털어놓은 잭의 행동은 몹시 실망스럽고 경악스러운 것이었지만 솔랑카는 그것을 문제 삼을 입장이 아니었다. 따지고 보면 잭도 솔랑카 때문에 수없이 실망을 맛보았을 테고, 그 유명한 '솔랑카 현상' 때문에 진절머리가 난 것도 한두 번이 아니었을 것이다. 친구라면 이런 장애물쯤은 거뜬히 뛰어넘어야 한다. 그러나 솔랑카는 수화기를 집어들지 않았다. 그래, 내가 좋은 친구도 못 된다는 뜻이겠지. 어차피 죄목이 점점 늘어나고 있는데 하나쯤 더 보탠다고 대수냐. 지금 두 사람 사이에는 닐라가 끼어 있었다. 바로 그것이 문제였다. 그녀와 솔랑카의 관계가 시작되기 전에 그녀는 이미 잭과 헤어진 상태였지만 그것은 아무 상관도 없었다. 중요한 것은 잭이 그 일을 어떻게 생각하느냐였다. 그는 아마도 배신행위로 생각할 것이다. 그리고 솔랑카는 마음속으로 인정할 수밖에 없었다. 자신에게 좀더 솔직해진다면 그 역시 그것을 배신행위로 생각하고 있다는 것을.

더 나아가서 닐라는 이제 솔랑카와 엘리너 사이의 장애물이기도 했다. 그는 표면적 이유 하나와 내면적 이유 하나 때문에 집을 나왔다. 전자는 어둠 속의 칼이라는 소름끼치는 사실이었고, 후자는 결혼생활의 저변에서 한때는 압도적이었던 것이 차츰 무너져내렸다는 사실이었다. 새로 불붙은 이 맹렬한 욕망을 포기하고 그 온화하고 잔잔한 옛 불꽃을 선택한다는 것은 쉬운 일이 아니었다. 엘리너는 그에게 딴 여자가 생긴 것이 틀림없다고 했다. 그런데 이제 정말 그렇게 되고 말았다. 닐라 마헨드라는 그의 일생에서 마지막으로 시도해보는 크나큰 감정적 도박이었다. 아마도 십중팔구 그렇게 되겠지만 결국 닐라를 잃어버리고 만다면? 그는 그녀의 어깨 너머에 펼쳐진 사막을, 그리고 모래 무덤을 향해 미끄러져 내려가는 희고 밋밋한 모래 언덕들을 볼 수 있었다. 이 모험에는 적잖은 위험이 내포되어 있었고, 그것은 나이와 배경의 차이, 그리고 그의 상처와 그녀의 특별함 때문에 더욱더 두드러질 수밖에 없었다. 모든 남자들이 갈망하는 여자가 어떻게 한 남자로 만족할 수 있으랴? 두 사람의 첫날밤이 끝나갈 무렵에 그녀는 이렇게 말했다.

"이건 나도 예상하지 못한 일이에요. 내가 마음의 준비가 된 건지 잘 모르겠어요."

그 말은 감정이 너무 빨리 깊어지는 것이 두렵다는 뜻이었다.

"위험 부담이 너무 클지도 몰라요."

그때 그는 좀 지나치다 싶을 정도로 시무룩한 표정을 하고 입술을 일그러뜨렸다.

"우리 둘 중에서 누가 감정적으로 더 큰 위험을 무릅쓰고 있는 건지 모르겠군."

그러나 그녀는 그 문제를 조금도 어렵게 생각하지 않았다.

"아, 그야 당신이죠."

비스와바가 다시 일을 시작했다. 사이먼 제이가 농장에서 솔랑카에게 전화를 걸어 조곤조곤 설명하기를, 자신과 아내가 성난 가정부를 달래놓기는 했지만 솔랑카도 전화로 회개의 뜻을 밝히는 것이 좋겠다는 것이었다. 제이 씨는 상냥한 태도였지만 임대계약에 따라 아파트를 잘 관리해야 한다는 점을 잊지 않고 강조했다. 솔랑카는 이를 악물고 전화를 걸었고, 비스와바도 승낙했다.

"좋아요, 까짓거 가드리지요. 내가 맘씨 하나는 넉넉헌 게 다행인 줄 알라구요."

　그녀가 하는 일은 전보다 더 불만스러웠지만 솔랑카는 아무 말도 하지 않았다. 이 집에는 세력 불균형이 존재하고 있었다. 비스와바는 여왕처럼, 혹은 속박에서 벗어난 승리의 여신처럼 기세등등하게 들어와서 몇 시간 동안 마치 행차에 나선 군주처럼 솔랑카의 복층 아파트 안을 이리저리 배회하며 손수건을 흔들듯이 총채를 살랑살랑 흔들다가 그 깡마른 얼굴에 경멸하는 표정을 지으며 나가버렸다. 솔랑카는 이런 생각을 했다. 어제의 아랫것들이 오늘은 주인이로구나. 갈릴레오 1호에서도 그렇고, 뉴욕에서도 그렇고.

　그가 창조한 상상의 세계는 점점 더 그의 마음을 사로잡았다. 그는 미친 듯이 그림을 그렸고, 점토 모형을 만들었고, 연한 나무에 조각을 새겼다. 그리고 무엇보다 미친 듯이 글을 썼다. 밀라 마일로 일당은 솔랑카를 대할 때마다 놀라움과 존경심을 드러냈다. 그들의 태도는 이렇게 말하는 듯했다. 저 멍청한 늙은이가 이렇게 참신한 걸 만들어낼 줄이야! 심지어는 아둔한데다 앙심까지 품고 있는 에디조차도 이 새로운 분위기에 동참하고 있었다. 자신의 가정부에게까지 멸시당하고 있던 솔랑카는 젊은이들이 보여주는 존경심에 마음이 꽤 흡족했고, 그럴수록 부끄럽지 않은 작품을 내놓아야겠다고 다짐했다. 밤에는 닐라에게 시간을 빼앗겼지만 낮에는 오랫동안 일에 매달렸다. 잠은 서너 시간만으로도 충분했다. 혈액순환이 더 빨라진 것 같았다. 그는 이거야말로 회춘이라고 생각하면서 분에 넘치는 행운에 감사했다. 인생이 모처럼 뜻밖의 좋은 패를 건넸으니 이 기회를 최대한 활용해야 했다. 지금은 밀라가 진지한 놀이라고 불렀던 일에 전념해야 할 때였다. 짧은 시간에 끝낼 수야 없겠지만 그 일 자체가 치유력까지 갖고 있는 듯했다.

갈릴레오 1호에서 일어나는 사건들을 다룬 배경 스토리는 마치 스스로 번식하는 능력을 가진 것 같았다. 솔랑카가 줄거리를 이토록 세부화시킨 적은 한 번도 없었다. 그럴 필요도 없었고, 그러고 싶지도 않았기 때문이다. 그러나 지금은 허구의 세계가 그를 사로잡고 있었다. 인형들마저 부차적인 문제로 여겨지기 시작했다. 그들은 목적이 아니라 수단에 불과한 것 같았다. 다가오는 멋진 전자 신세계를 탐탁지 않게 생각하던 그가 지금은 새로운 기술이 제시하는 여러 가지 가능성에 마음을 빼앗겨버린 것이었다. 이 기술은 공식적으로 측면적 발전을 선호했고, 단선적 진보에 대해서는 비교적 무관심했다. 이같은 편향성 때문에 사용자들은 이미 연대기적 순서보다 변화 그 자체에 더 큰 관심을 갖고 있었다. 시계로부터의 자유, '그 다음엔 어떻게 되었느냐'는 그 독재로부터의 자유는 참으로 상쾌한 것이었고, 그것 덕분에 그는 사건의 순서나 단계적 인과관계를 염려하지 않고 마음껏 아이디어를 발전시켜 병렬시킬 수 있었다. 솔랑카는 이것이야말로 시간에 대한 신의 체험을 그대로 보여주고 있다는 것을 깨달았다. 하이퍼링크가 등장하기 전에는 오직 신만이 그렇게 과거와 현재와 미래를 동시에 볼 수 있었고, 인간들은 자기들 시대의 달력에 갇혀 있었다. 그러나 지금은 마우스를 클릭하는 것만으로도 누구나 그런 전지(全知)의 능력을 경험할 수 있다.

웹사이트가 완성되면 방문자들은 이 프로젝트의 서로 다른 줄거리와 주제들 사이를 마음대로 돌아다닐 수 있을 것이었다. 아카스 크로노스를 찾아나선 레이크의 자민, 자민과 '승리의 여신', 두 명의 '인형 제작자' 이야기, 바부리아인 모골, 살아 있는 인형들의 반란 1편(크로노스의 몰락), 살아 있는 인형들의 반란 2편(이번엔 전쟁이다), 기계들의 인간화와 인간들의 기계화, 닮은꼴들의 싸움, 모골에게 사로잡힌 크로노스(또는 인형 제작자?), 참회하는 인형 제작자(또는 크로노스?), 그리고 마지막으로 대단원, 살아 있는 인형들의 반란 3편(모골 제국의 멸망). 각각의 내용은 다시 다른 웹페이지로 연결되어 다차원적으로 만들어진 퍼핏 킹들의 세계에 더 깊이 들어갈 수 있었다. 그밖에도 게임을 즐기거나 짤막한 동영상을 보거나 채팅실에 들어갈 수도 있었고, 물론 상품도 구입할 수 있었다.

솔랑카 교수는 퍼핏 킹들의 여섯 가지 윤리적 딜레마에 몇 시간씩 몰입하곤 했다. 그리고 점점 구체화되어가는 바부리아인 모골의 성격에 매혹과 혐오감을 동시에 느꼈다. 알고 보니 그는 제법 훌륭한 시인이며 탁월한 천문학자이며 열정적인 정원사였을 뿐만 아니라 코리올라누스처럼 피에 굶주린 용사였고 잔인무도한 지배자였다. 솔랑카는 둘씩 짝을 이룬 닮은꼴들을 가지고 시도할 수 있는 그림자놀이의 무한한 가능성을(지능의 차이, 상징성, 대결 구도, 속임수, 심지어는 성적인 가능성까지) 알아차리고 미칠 듯이 기뻐했다. '진짜'와 '진짜'의 만남, '진짜'와 '닮은꼴'의 만남, 그리고 '닮은꼴'과 '닮은꼴'의 만남을 통하여 두 부류 사이에 존재했던 경계선이 와해되었음을 멋지게 보여줄 수 있었다. 그는 자신이 창밖에 존재하는 세계보다 훨씬 더 마음에 드는 세계로 빠져들었다는 것을 깨달았고, 그곳에 있을 때 비로소 살아 있음을 실감한다고 했던 밀라 마일로의 말을 이해할 수 있었다. 여기 이 가상의 세계 속에서 말릭 솔랑카는 날마다 유배지 맨해튼의 반쪽짜리 삶을 벗어나 갈릴레오 1호로 여행을 떠났고, 그리하여 비로소 다시 삶을 살아가기 시작했다.

리틀 브레인이 갈릴레오 갈릴레이에게 그 검열당한 말들을 내뱉은 후, 지식과 권력의 문제, 굴복과 저항의 문제, 그리고 목적과 수단의 문제가 솔랑카의 뇌리에서 한시도 떠나지 않았다.

'갈릴레이의 순간', 즉 삶이 살아 있는 자에게 질문을 던지는 극적인 상황이야말로 인간다움의 핵심에 가까운 것 같다는 생각이 점점 더 강해졌다. 위험을 무릅쓰고 진실을 고수할 것이냐, 아니면 약삭빠르게 그것을 철회할 것이냐? 염병할, 나 같으면 절대로 참지 않았을 거예요. 쓰펄, 당장 혁명이라도 일으켰을 거라구요. 진실을 알고 있는 자는 약하고 거짓을 옹호하는 자는 강할 때, 더 큰 힘 앞에서 굴복하는 편이 나을까? 아니면 그 힘에 꿋꿋이 맞섬으로써 깊숙이 숨어 있던 자신의 힘을 발견하고 폭군을 쓰러뜨릴 수 있을까? 진실의 투사들이 천 척의 배를 띄우고 까마득히 높은 거짓의 탑들을 불태웠을 때 과연 그들을 해방군으로 보아야 할까, 아니면 적의 무기를 적에게 사용함으로써 그들도 자기들이 불태운 집에 살고 있던 그 경멸해 마지않는 야만인들(barbarians) — 혹은 바부리아인들(Baburians) — 과 똑같아진 것일까? 허용되는 한계는 어디까지일까? 우리가 정의를 추구하는 과정에서 우리 자신의 대척점에 도달하는 순간, 즉 어떤 선을 넘어 불의가 되어버리는 순간은 언제쯤일까?

갈릴레오 1호의 배경 스토리가 클라이맥스에 가까워졌을 때 솔랑카는 그렇게 결정적인 순간 하나를 끼워넣었다. 자신의 창조물들을 피해 달아났던 도망자 아카스 크로노스가 고령이 되었을 때 모골의 병사들에게 붙잡힌 것이다. 그는 사슬에 묶여 바부리아 법정으로 끌려나왔다. 당시 퍼핏 킹들과 바부리아인들은 기나긴 전쟁 끝에 트로이 전쟁만큼이나 소모적인 교착 상태에 빠져 있었는데, 그 사이보그들을 만들었다는 이유로 늙은 크로노스가 그들의 죄를 뒤집어쓰게 되었다. 그는 자신의 창조물들이 자율성을 가졌다고 해명했지만 모골은 믿을 수 없다는 듯 코웃음을 치며 무시해버렸다. 솔랑카는 그때부터 두 사람이 생명의—생물학적 행위로 태어난 생명의, 그리고 살아 있는 자의 상상력과 기술로 만들어진 생명의—본질에 대하여 논쟁한 내용을 길게 적어놓았다. 생명은 '자연스러운' 것이어야 하는가, 아니면 '부자연스러운' 것도 살아 있다고 말할 수 있는가? 상상의 세계는 반드시 유기적인 세계보다 열등한 것인가? 비록 몰락하여 오랫동안 궁핍한 도피 생활을 했지만 크로노스는 여전히 창조의 천재였고, 그는 자랑스럽게 자신의 사이보그들을 옹호했다. 지각력을 가진 존재를 어떻게 정의하더라도 그들은 이미 어엿한 생명체가 되었다는 것이었다. **호모 파베르**가 그렇듯이 그들도 도구를 사용한다. **호모 사피엔스**가 그렇듯이 그들도 논리적인 생각을 하고 윤리적인 고민을 한다. 그들도 병자들을 돌보며 번식도 하고 있다. 그리고 자기들을 창조한 자와 결별함으로써 자유를 얻었다. 그러나 모골은 일고의 여지도 없다는 듯 크로노스의 주장을 일축해버렸다. 고장난 식기세척기는 접시 닦는 아이와 다르다. 마찬가지로 탈출한 꼭두각시도 인형에 불과하며, 반란을 일으킨 로봇도 여전히 로봇에 불과하다. 이런 식의 토론은 아무짝에도 쓸모가 없다. 그러므로 크로노스는 마땅히 자신의 의견을 철회하고 피케이 기계들을 통제하는 데 필요한 기술 정보를 바부리아 당국에 제공해야 한다. 만약 거절한다면, 모골은 말투를 확 바꿔 이렇게 덧붙였다. 당연히 모진 고문을 가할 것이며 필요하다면 사지를 찢어버리는 형벌에 처할 것이다.

'크로노스의 참회', 즉 기계에는 영혼이 없으며 인간이야말로 불멸의 존재라는 그의 진술은 신앙심 깊은 바부리아인들에게 크나큰 승리감을 안겨주었다. 그리고 대척지 군대는 굴복한 과학자가 제공한 정보에 힘입어 사이보그들의 신경 체계를 마비시켜 움직일 수 없게 만드는 신무기를 만들어냈다. (그들을 '죽인다'는 표현은 금지되어 있었다. 살아 있지도 않은 것을 죽일 수는 없기 때문이다.) 피케이군은 뿔뿔이 흩어졌고 바부리아의 승리가 눈앞에 다가온 듯했다. 이때 쓰러진 사이보그들 중에는 인형 제작자도 끼어 있었다. 그는 지나친 자부심 때문에—혹은 지나친 '일관성' 때문에—자신의 복제품을 만들어두지 않았으므로 여전히 하나밖에 없는 존재였다. 따라서 그가 폐기되는 동시에 그의 캐릭터도 영영 사라지고 말았다. 인형 제작자를 다시 창조할 수 있는 유일한 사람, 즉 아카스 크로노스가 어떤 최후를 맞이했는지는 분명하지 않다. 어쩌면 비굴하게 항복하고도 결국 모골의 손에 죽임을 당했는지 모른다. 어쩌면 그에게 더 큰 굴욕을 주려는 모골의 뜻에 따라 테이레시아스*처럼 눈을 빼앗긴 채 바리때 하나 들고 '아무도 믿어주지 않는 진실을 말하며'** 세상을 떠돌게 되었는지도 모른다. 그리하여 어디로 가더라도 자신의 위대한 업적이 무너져가는 이야기, 즉 위대한 크로노스의 퍼핏 킹들이, 지각력을 가진 레이크의 사이보그들이, 기계적 존재와 생명체 사이의 경계선을 뛰어넘은 최초의 기계들이 쓸모없는 쓰레기 더미로 전락해가는 이야기를 듣게 되었는지도 모른다. 그리고 크로노스 자신이 부정해버린 진실을 믿어주는 사람은 이제 아무도 없었지만 그 역시 자신의 비겁한 행동과 정신력 부족으로 초래된 이 파국을 현실로 인정하는 수밖에 없었는지도 모른다.

그런데 마지막 순간에 형세가 뒤집혔다. 두 명의 지도자가 퍼핏 킹들을 다시 결속시켰기 때문이다. 마치 제국주의자들의 압제에 대항하여 봉기했던 잔시의 라니***가 쌍둥이로 부활한 듯,

---

* 그리스 신화에 등장하는 테바이의 눈먼 예언자.
** 그리스 신화의 여자 예언자 카산드라에 대한 언급. 트로이의 공주였던 그녀는 아폴론 신에게 몸을 허락하기로 하고 예언의 힘을 얻었으나 약속을 지키지 않았고, 결국 아폴론의 저주를 받아 아무도 그녀의 예언을 믿지 않게 되었다고 한다.

혹은 말썽꾸러기 리틀 브레인이 약속대로 혁명을 일으키려고 두 개의 육신을 빌려 새로 태어난 듯, 레이크의 자민과 그녀의 닮은 꼴 사이보그 '승리의 여신'이 힘을 합친 것이었다. 그들은 자기들의 과학적 재능을 하나로 모아 바부리아인들의 신무기를 막아낼 수 있는 전자 방어막을 만들었다. 그러고 나서 피케이군은 자민과 여신의 지휘 아래 대대적인 공세를 펼쳐 모골의 성채를 공격했다. 그리하여 바부리아 포위전이 시작되었고, 이 싸움은 한 세대가 지나도록 끝날 줄을 모르는데……

이같은 상상력의 세계에서는, 처음에는 간단한 인형 만들기로 시작되었으나 자꾸 증식을 거듭하여 결국 이렇게 수많은 팔을 가진 멀티미디어 괴물로 변해버린 이 창의성의 우주에서는 굳이 여러 질문에 일일이 대답할 필요가 없었다. 그보다는 질문의 내용을 좀더 흥미진진하게 수정하는 것이 상책이었다. 그리고 이야기를 끝맺을 필요도 없었다. 사실 이 프로젝트의 장기적인 전망을 생각한다면 오히려 줄거리를 거의 무한대로 연장시킬 수 있도록 하는 것이 중요했다. 정기적으로 새로운 모험이나 주제를 덧붙이고 새로운 캐릭터를 등장시켜 인형이나 장난감이나

*** '라니'는 인도의 왕비를 뜻하는 말로, 당시 제후국이었던 잔시의 왕비 락슈미바이를 가리킨다. 그녀는 영국의 식민 통치에 반발하여 일어난 '인도 반란'의 선봉에서 용맹히 싸우다가 전사하여 인도 민족주의의 상징적 인물이 되었다.

로봇의 형태로 판매해야 했다. 배경 스토리는 정기적으로 새로운 뼈가 자라나는 뼈대였고, 끊임없이 변신하는 능력을 가진 허구의 괴물을 형성하고 있는 틀이었다. 이 괴물은 온갖 찌꺼기들을 먹어치웠다. 이를테면 창조자의 개인사, 하찮은 뒷소문, 깊은 학식, 시사 문제, 고급문화와 저급문화 따위였다. 그러나 그중에서도 가장 영양가 높은 먹이는 바로 과거였다. 전 세계에 존재하는 옛날이야기와 고대 역사의 보고를 약탈하는 일도 망설일 필요가 없었다. 어차피 인터넷 사용자들 중에서 과거의 그런 전설들을—사실이었더라도 마찬가지였다—알고 있는 사람은 별로 없었다. 그저 오래된 자료를 현대에 맞도록 살짝 비틀어 신선한 느낌을 주면 그만이었다. 결국 변형이 중요했다. 퍼핏 킹 웹사이트는 인터넷에 올라가자마자 엄청난 '조회수'를 기록하고 그 수준을 유지했다. 수많은 논평이 줄을 이었고, 그 수천 개의 시냇물이 다시 솔랑카가 가진 상상력의 강으로 흘러들었다. 그리하여 그 강은 점점 더 넓어지고 길어졌다.

그것은 끝없는 일이었고, 언제나 변함없이 진행중이었지만 또한 끊임없이 변화하고 있었다. 따라서 어느 정도 산만해지는 것은 불가피했다. 솔랑카가 상상하는 가공의 우주가 점점 더 명료해지고 뚜렷해짐에 따라 때로는 일부 캐릭터나 장소의 내력, 심지어는 그 이름까지 바뀌는 일도 없지 않았다. 줄거리의 어떤 요소들은 그가 처음에 생각했던 것보다 훨씬 더 많은 가능성을 갖고 있어 대폭 확대시키기도 했다. 그중에서도 가장 중요한 것이 자민/승리의 여신에 대한 부분이었다. 처음 구상할 때 자민은 그저 한 명의 미녀였을 뿐, 과학자도 아니었다. 그러나 나중에 솔랑카는 이 이야기의 클라이맥스 단계에서 자민이 얼마나 중요한 존재가 될 것인지를 깨닫고—그는 그것이 밀라 마일로 덕분이었다는 것을 인정하지 않을 수 없었다—그녀의 과거로 되돌아가서 많은 내용을 추가했고, 성적인 면과 윤리적인 면에서 크로노스보다 우월할 뿐만 아니라 과학자로서도 대등한 능력을 가진 여자로 탈바꿈시켰다. 그리고 어떤 요소들은 막다른 골목이라는 사실이 드러나서 폐기해버리기도 했다. 예를 들면 배경 스토리의 초기 원고에서 솔랑카는 모골에게 사로잡힌 '갈릴레이 형' 인물이 일전에 사라졌던 아카스 크로노스가 아니라 사이보그 인형 제작자라고 상상했었다. 이 버전에서 인형 제작자는 '생명체'로 일컬어질 권리를 부정하고 자기가 인간보다 열등하다는 것을 인정했는데, 그것은 자신과 동족에 대한 범죄행위였다. 그러나 그후 그는 바부리아의 감옥을 탈출했고, 모골의 선전 기관이 그의 지도력을 약화시키기 위해 그가 '참회' 했다는 소식을 퍼뜨리자 이 사이보그는 몹시 화를 내면서 그 사실을 극구 부인했다. 문제의 그 포로는 자기가 아니었고, 자신의 인간

분신인 크로노스야말로 진실을 저버린 진짜 배신자라는 주장이었다. 솔랑카는 이 버전을 포기한 뒤에도 미련을 다 버리지 못하고, 종종 그것이 실수가 아니었을까 생각했다. 그러다가 결국 다양성을 좋아하는 인터넷의 생리에 힘입어 이미 지워버렸던 이야기를 웹사이트에 추가함으로써 사실일지도 모르는 또하나의 버전으로 제시할 수 있었다.

바부리아와 모골이라는 이름도 뒤늦게 붙인 것이었다. 모골은 물론 '무굴 제국'에서 따온 것이었고, 바부르는 무굴 제국의 첫 황제였다. 그러나 말릭 솔랑카가 생각했던 바부르는 과거의 죽은 왕이 아니었다. 그는 실패하고 만 '인도계 릴리인'들의 뉴욕 시위행진에서 지휘자로 지명된 인물이었는데, 솔랑카가 보기에는 닐라 마헨드라가 그자에게 너무 큰 관심을 갖는 듯했다. 행진은 처음부터 한심스러웠고 결국 싸움으로 끝을 맺고 말았다. 워싱턴 광장의 북서쪽 모퉁이에서 각양각색의 음료수 장사꾼들과 마술사들과 외발자전거 곡예사들과 소매치기들이 시큰둥하게 지켜보는 가운데 인도계 릴리푸트인 혈통의 백 명 남짓한 남자들과 소수의 여자들이 모여 있었고, 그밖에 그들의 미국인 친구들, 애인들, 배우자들, 이런 자리에서 흔히 볼 수 있는 좌익 성향의 소집단 멤버들, 브루클린과 퀸스 일대의 다른 인도계 이민 단체들이 성의 표시로 보내온 '연대 간부들', 그리고 이런 자리에 빠질 리 없는 시위 구경꾼들이 합세한 상태였다. 시위 주동자들은 전체 인원이 천 명 이상이었다고 주장했지만 경찰은 기껏해야 이백오십 명 정도였다고 발표했다. '토박이' 엘비 족들의 대응 시위는 참석자수가 더 적어서 저마다 쑥스러워하며 행진도 하지 않고 해산해버렸다. 그러나 불만을 품은 엘비 족 남자들이 술을 잔뜩 퍼마시고 워싱턴 광장에 나타나 인도계 릴리인 남자들을 조롱했고 여자들에게는 성적인 모욕을 주기 시작했다. 곧이어 드잡이질이 시작되었다. 뉴욕 시경은 이런 소규모 집회가 그렇게 격렬해지는 것을 보고 조금 놀랐는지 몇 박자 늦게 개입했다. 경찰이 달려오자 군중들은 뿔뿔이 흩어졌고, 이때를 틈타 재빨리 몇 번의 칼질이 오고 갔지만 치명적인 상처를 입은 사람은 한 명도 없었다. 시위자들은 순식간에 광장을 벗어났고, 남은 사람이라고는 닐라 마헨드라와 말릭 솔랑카 그리고 털 없는 거인 한 명이 전부였다. 그는 웃통을 벗고 한 손에는 확성기를, 다른 손에는 샛노란색과 녹색으로 된 깃발, 즉 그들이 주장하는 '필비스탄(Filbistan) 공화국'—여기서 FILB는 '자유 인도계 릴리푸트블레푸스쿠(Free Indian Lilliput-Blefuscu)'의 약자였고, 나머지는 '모국'에서 사용하는 낱말처럼 들린다는 이유로 덧붙인 것이었다—의 새 국기가 달린 나무 깃대를 들고 있었다. 바로 그 남자가 바부르였다. 그는 이번 '대회'에 참석하여 연설을 하기 위해 그 머나먼 섬나라에서 이곳까지 찾아온 젊은 정치 지도자였는데, 지금은 어찌나 쓸쓸해 보이는지, 털뿐만 아니라 의지마저 깨끗이 깎여버린 듯했고, 어찌나 허무해 보이는지 닐라마헨드라는 솔랑카를 혼자 내버려두고 서둘러 그쪽으로 다가갔다. 젊은 거인은 다가오는 닐라를 보자마자 깃대를 놓쳐버렸고, 그것이 쓰러지면서 그의 머리를 호되게 후려갈겼다. 그는 좀 비틀거렸지만 아주 쓰러지지 않은 것만 해도 대단한 일이었다.

닐라는 몹시 안쓰러워했다. 그녀는 바부르에게 자신의 아름다움을 마음껏 보여줌으로써 이미 헛일이 되어버린 그의 기나긴 여행을 보상해줄 수 있다고 믿는 모양이었다. 아닌 게 아니라 바부르의 표정은 곧 밝아졌고, 잠시 후 그는 마치 그녀와의 이 만남이야말로 자기가 기대했던 그 거창하고 정치적으로도 매우 중요한 공식 행사라는 듯이 그녀에게 일장 연설을 늘어놓기 시작했다. 그는 이제 주사위는 던져졌다, 따라서 **타협도 없고 항복도 없다**고 말했다. 어렵게 쟁취한 헌법이 폐지되고 인도계 릴리인들이 릴리푸트블레푸스쿠 정부에 참여할 수 있는 자격을 치욕스럽게 빼앗겨버린 지금, 결국 극단적인 방법을 쓸 수밖에 없다는 것이었다. 그는 이렇게 역설했다.

"권리를 가진 자들이 그것을 스스로 남에게 나누어주는 일은 절대로 없습니다. 원하는 자들이 빼앗아야 하는 것입니다."

닐라의 눈이 반짝 빛났다. 그녀는 자신의 텔레비전 프로젝트에 대해 설명했고, 바부르는 오늘의 폐허 속에서도 뭔가 건질 것이 있음을 깨달았는지 엄숙하게 고개를 끄덕였다. 그가 닐라의 팔을 잡으면서 말했다.

"갑시다."

(솔랑카는 닐라가 전혀 스스럼없이 동포와 팔짱을 끼는 것을 눈여겨보았다.)

"갑시다. 이런 문제를 의논하려면 여러 시간이 걸릴 테니까요. 시급히 해결해야 할 일이 많습니다."

닐라는 뒤도 돌아보지 않고 바부르와 함께 가버렸다.

그날 밤 솔랑카는 문이 닫히는 시간까지 워싱턴 광장의 벤치에 앉아 비참한 기분으로 기다리고 있었다. 순찰차 한 대가 그에게 나가달라고 명령하는 순간 휴대전화가 울렸다. 닐라였다.

"정말 미안해요, 자기. 그 사람이 너무 비참해하는데다 내 쪽 일 문제도 있고 해서 얘기가 길어졌어요. 어차피 내가 설명할 필요도 없겠죠. 당신은 머리가 좋아서 벌써 짐작하고 있었을 테니까. 당신도 바부르를 꼭 만나보세요. 무서울 정도로 정열이 넘치는 사람이에요. 혁명이 끝나면 대통령이 될지도 몰라요. 아, 잠깐 기다릴래요? 다른 전화가 왔어요."

그녀는 혁명이 필연적이라는 듯이 말하고 있었다. 솔랑카는 휴대전화를 든 채로 머릿속에서 나지막이 울리는 경종 소리를 들으며 그녀의 선전포고를 떠올렸다. 동포들과 어깨를 나란히 하고 함께 싸울 거예요. 농담이 아니고 정말 그럴 거라구요. 그는 어두워진 광장에 말라붙은 핏자국을 바라보았다. 지구 반대쪽에서 분노의 힘이 점점 강해지고 있다는 증거를 이곳 뉴욕 시에서도 볼 수 있었다. 그것은 오랜 불평등에서 비롯된 집단적 분노였고, 그것에 비하면 솔랑카 자신의 예측할 수 없는 분노는 우스꽝스러울 정도로 하찮은 것이었다. 어쩌면 지나치게 자기 중심적인 특권계급의 방종에 불과한 것인지도 모른다. 남아도는 시간이 너무 많은 것도 문제였다. 그러나 대척지의 분노가 한 차원 높다는 이유로 닐라를 포기할 수는 없었다. 어서 돌아와. 그렇게 말하고 싶었다. 내게로 돌아와, 내 사랑, 제발 가지 마. 그러나 그때 그녀가 다시 전화를 연결하고 완전히 달라진 목소리로 말했다.

"잭에 대한 전화였어요. 그 사람이 죽었어요. 총에 맞아 머리가 날아갔고, 손에는 자백서를 쥐고 있었대요."

솔랑카는 멍하니 이런 생각을 했다. 당신도 머리 없는 승리의 여신을 본 적이 있을 거야. 당신도 머리 없는 기사에 대한 애기를 들어봤을 거야. 그러니까 머리 없는 내 친구 잭 라인하트를 위해서라도, 날개도 없고 말(馬)도 없는 패배자 잭을 위해서라도 그 일은 포기해줘.

제 3 부

아무것도 예측할 수 없는 분노는 모든 것을 예측할 수 있는 이 기적 같은 새로운 사랑 앞에서 맥없이 밀려나고 있었다…

어서 짐들 싸거라, 분노의 여신들이여. 이제 이 몸속엔 너희가 머물 곳이 없으니.

15

도무지 이해할 수 없는 일이었다. 잭의 시신이 발견된 곳은 트라이베카의 그리니치 가와 노스무어 가가 만나는 모퉁이에 있는 스파스키 그레인 빌딩이었다. 이 건물은 아직 공사중이었는데, 최근 시공회사가 비조합원을 고용했다는 이유로 노조 측의 십자 포화를 맞고 있었다. 그곳은 잭의 허드슨 스트리트 아파트에서 도보로 십오 분 거리였다. 그는 장전된 엽총을 손에 들고 여기까지 걸어온 것 같았는데, 도중에—늦은 시간이었으나 여전히 사람들로 북적거리는—커널 스트리트를 건넜겠지만 그를 눈여겨본 사람은 아무도 없었다. 그는 목적지에 침입하여 엘리베이터를 타고 사층으로 올라갔고, 달빛에 물든 강이 훤히 내려다보이는 서쪽 유리창 앞에 자리 잡은 후 총구를 입에 물고 방아쇠를 당겼고, 완성되지 않은 울퉁불퉁한 바닥에 푹 쓰러졌다. 그 와중에 총을 떨어뜨렸지만 웬일인지 유서는 그대로 움켜쥐고 있었다. 그는 만취한 상태였다. 잭 다니엘과 코카콜라를 섞어 마셨는데, 라인하트 같은 포도주 애호가에게는 어처구니없는 조합이 아닐 수 없었다. 발견 당시 그의 옷과 셔츠는 가지런히 개켜져 바닥에 놓여 있었고, 그는 양말과 속옷만 걸치고 있었다. 그런데 우연한 실수였는지 혹은 무슨 이유가 있었는지 몰라도 그 속옷은 앞뒤가 바뀐 상태였다. 그리고 죽기 직전에 양치질을 한 흔적이 있었다.

닐라는 솔직하게 털어놓기로 마음먹고 형사들에게 자기가 알고 있는 내용을 모두 말해주었다. 잭의 벽장에서 발견한 특수의상들, 그녀가 품었던 의문들, 그밖에 모든 것을 다 이야기했다. 범죄와 관련된 정보를 진작에 알리지 않은 것은 심각한 위법행위이므로 그녀까지 곤경에 빠질 수도 있는 상황이었지만 경찰에게는 더 중요한 일이 따로 있었고, 게다가 그녀와 말릭 솔랑카를 면담하기 위해 베드퍼드 스트리트에 있는 그녀의 아파트로 찾아온 두 명의 형사는 그녀 때문에 적잖은 곤경에 빠져 쩔쩔매고 있었다. 그들은 자꾸 연필을 부러뜨렸고, 서로 발을 밟았고, 장식품을 떨어뜨렸고, 동시에 말문을 열었다가 얼굴을 붉히며 입을 다물었다. 그러나 닐라는 그 모든 일에 조금도 신경 쓰지 않았다.

"중요한 건 말이죠, 자살 사건이라고 보기에는 구린 구석이 너무 많다는 거예요."

두 형사는 그녀가 그렇게 결론을 내리자마자 앞 다퉈 동의를 표시하려다가 서로 머리를 부딪치고 말았다.

실제로 본 적은 없었지만 말릭과 닐라는 잭이 총을 갖고 있다는 사실을 알고 있었다. 그것은 잭이 '타이거 우즈 시대' 이전에 거쳤던 흑인 헤밍웨이 식 '사냥과 낚시 시대'에 사용했던 물건이었다. 미국의 위대한 남성 작가들 중에서 가장 여성적이었으나 가짜 마초맨 파파*가 되려다가 실패하고 파멸해버린 가없은 어니스트처럼 이제 잭도 가장 큰 사냥감인 자기 자신을 사냥해버린 것이었다. 어쨌든 지금의 정황을 보아서는 그렇게 믿을 수밖에 없었다. 그러나 사건을 더 자세히 조사하면 할수록 그런 판단은 점점 더 설득력을 잃어갔다. 잭이 살던 건물의 관리인이 오후 일곱시경에 혼자서 밖으로 나가는 잭을 보았는데, 그는 가방을 들고 있지 않았고 시내에서 밤을 보낼 차림새였다. 두번째 증인은 그날 인도 위에서 베레모를 쓰고 택시를 기다리던 포동포동한 젊은 여자였는데, 경찰의 호소를 듣고 나타난 그녀는 잭과

---

* 어니스트 헤밍웨이의 애칭. 그 역시 엽총으로 머리를 쏘아 자살했다.

인상착의가 비슷한 남자가 창문까지 까맣게 가린 커다란 검정색 SUV에 올라타는 것을 보았다고 증언했다. 그때 열린 문틈으로 적어도 두 명 이상의 남자가 타고 있는 것을 얼핏 보았는데, 그들은—이 부분에 대해서 증인은 매우 자신 있게 단언했다—큼직한 시가를 물고 있었다고 한다. 그리고 확인된 사망 시각으로부터 얼마 지나지 않았을 때 그 차와 똑같은 모습의 SUV 한 대가 그리니치 스트리트를 타고 멀어져가는 것이 목격되기도 했다. 그로부터 이틀 후, 벌써부터 잠정적으로 '범죄 현장'이라고 불리던 곳에서 발견된 증거물을 과학적으로 분석한 결과가 나왔고, 스파스키 그레인 빌딩의 임시 출입문을 손상시킨 것은 라인하트의 엽총이 아니라는 결론이 내려졌다. 그러나 시신 주변에서 그 엽총 이외에 그렇게 단단한—나무판에 금속 틀을 씌워 보강한—문짝을 때려부술 만한 도구는 아무것도 발견되지 않았다. 그리고 그 문짝을 망가뜨린 목적이 과연 건물에 침입하기 위해서였는지도 몹시 의심스러웠다. 누군가 열쇠를 갖고 있었던 것이다.

그 유서 자체가 오히려 잭의 결백을 입증하는 증거가 되었다. 라인하트는 정확하고 세련된 문장으로 유명한 사람이었다. 문법을 틀리는 일도 거의 없었고, 철자를 잘못 적는 일은 절대로, 정말 절대로 없었다. 그런데 죽기 직전에 써놓은 마지막 글에서는 최악의 실수들이 줄을 이었다. 유서의 내용은 이러했다.

"종군기자 시절 이후 나는 폭력적인 성향을 갖게 돼었음니다. 때로는 오밤중에 전화기를 뿌서버림니다. '종마'와 '몽둥이'와 '대물'은 죄가 없음니다. 그 여자들은 내가 죽였음니다. 아마 내가 흑인이라선지 그것들이 나랑 안 잘려고 했기 때문임니다."

그리고 마지막으로 가슴 아픈 말이 적혀 있었다.

"닐라에게 사랑한다고 전해주십쇼. 내가 바보짓을 했다는 건 알지만 진심으로 사랑함니다."

경찰과 면담할 차례가 되었을 때 말릭 솔랑카는 그 유서의 글씨가 잭의 힘찬 필체인 것은 한눈에 알아볼 수 있지만 그가 자유의지를 가지고 그 글을 썼을 리가 없다고 단언했다.

"잭보다 문장력이 훨씬 떨어지는 사람이 쓰라는 대로 베껴 썼거나 아니면 일부러 실력을 낮춰 우리한테 메시지를 남기려고 했을 거요. 그래도 모르겠소? 이렇게 자기를 죽인 살인자들의 이름까지 적어놨잖소."

죽은 로렌 클라인의 마지막 애인이었던 '몽둥이' 키스 메드퍼드가 부유한 건설업자이며 노조원들의 철천지원수인 마이클 메드퍼드의 아들이라는 사실, 그 아버지가 소유한 회사 중의 하나가 바로 스파스키 그레인 빌딩을 최고급 아파트와 연립주택을 합친 형태로 개조하는 일을 맡고 있다는 사실, 그리고 이 프로젝트의 준공식 파티를 계획해달라는 요청을 받은 키스가 열쇠를 갖고 있다는 사실이 밝혀지면서 살인자들이 돌이킬 수 없는 실수를 저질렀음이 분명해졌다. 대부분의 살인범은 멍청하기 마련이다. 특권층으로 살았다고 해서 반드시 어리석음을 피할 수 있는 것도 아니다. 가장 값비싼 학교를 나왔으면서도 제대로 교육을 받지 못한 얼간이들이 얼마든지 있을 수 있었다. 마살리스와 앤드리슨과 메드퍼드도 그렇게 반문맹인 주제에 거들먹거리는 젊은 백치들이었다. 그리고 살인자들이기도 했다. 여러 가지 증거들이 쌓여가자 '몽둥이'가 제일 먼저 자백했다. 그리고 몇 시간 뒤에는 그 친구들도 항복하고 말았다.

잭 라인하트는 퀸스 한복판에 묻혔다. 그가 어머니와 아직 미혼인 누이에게 사준 더글러스턴의 단층집에서 차로 삼십오 분 걸리는 곳이었다. 그때 잭은 이런 농담을 했었다.

"전망 좋은 집이지. 마당 끝으로 가서 왼쪽으로 최대한 몸을 굽히면 간신히 소리가 들리는데, 뭐랄까, 바다의 **속삭임**이라고나 할까."

이제 그가 볼 수 있는 전망은 영원히 도시의 삭막한 풍경뿐일 것이었다. 닐라와 솔랑카는 그곳으로 가기 위해 차를 빌렸다. 공동묘지는 비좁았고 나무도 없었고 삭막하고 축축했다. 마치 시커먼 연못 가장자리에 떠다니는 오염물처럼 사진가들이 얼마 안

422

되는 조객들을 둘러싸고 이리저리 돌아다니고 있었다. 솔랑카는 잭의 장례식에 언론들이 흥미를 보일 거라는 생각을 미처 하지 못했다. 범인들이 자백을 하고 S&M 클럽에 대한 이야기가 올여름 최대의 사교계 스캔들이 되어버린 순간부터 솔랑카 교수는 이 사건의 사회적 측면에 대한 관심을 잃어버렸던 것이다. 그는 친구 잭 라인하트의 죽음을 애도하고 있었다. 잭은 위대하고 용감한 기자였지만 결국 부와 권력의 늪에 빠져 목숨을 잃었다. 자기가 혐오하던 것들에게 유혹당하다니 가혹한 운명이 아닐 수 없었다. 그러나 사랑하는 여자를 절친한 친구에게 빼앗긴 것은 더 가혹한 일이었을 것이다. 솔랑카는 잭에게 좋은 친구가 되어주지 못했다. 하지만 따지고 보면 어차피 배신당하는 것이 잭의 숙명이었다. 잭은 남들이 모르는 성적 취향을 갖고 있었다. 닐라 마헨드라에게 피해를 준 적은 한 번도 없었지만 그 취향 때문에 그는 닐라에게서조차 완전한 만족을 얻을 수 없었을 테고, 결국 좋지 않은 무리들과 어울리게 되었을 것이다. 그는 그의 충정을 받을 자격도 없는 자들에게 충정을 바쳤고, 그래서 그들이 결백하다고 억지로 믿어버렸고—타고난 비밀 탐색자이며 추문 폭로자였던 그에게 그것은 얼마나 힘겨운 일이었을까, 그 믿음을 갖기 위해서 자신에게 얼마나 탁월한 기만술을 사용해야 했을까!—따라서 그들을 법의 심판으로부터 보호해주었고, 그 대가로 그를 희생양으로 삼으려 했던 그들의 서투른 시도에 걸려들어 죽임을 당했다. 그들의 무지막지한 자기 중심적 교만의 제단에서 제물이 되고 만 것이다.

고용된 가스펠 가수가 와서 몇 곡의 성가와 좀더 현대적인 노래들을 모아 작별의 메들리를 불러주었다. 〈주여, 저를 고치소서〉 다음은 퍼프 대디가 노토리어스 비아이지*에게 바치는 추모곡 〈그대가 숨 쉴 때마다 (그대를 그리워하리)〉**였고, 그 다음은 〈제 영혼 달래주소서 (아브라함의 품속에서)〉였다. 금방이라도 비가 쏟아질 듯했지만 아직 때가 아닌 모양이었다. 대기가 눈물을 머금은 듯 눅눅했다. 잭의 어머니와 누이가 와 있었다. 잭의 전처 브로니스와바 라인하트는 짧은 검정색 드레스에 최고급 베일을 쓰고 있었는데, 망연자실한 표정이었지만 아주 섹시해 보였다. 솔랑카는 예나 지금이나 그녀에게는 별로 할 말이 없어서 간단히 목례만 하고 유족들에게 몇 마디 공허한 말들을 중얼거렸다. 라인하트 가의 여자들은 슬픈 표정이 아니라 성난 표정을 하고 있었다. 잭의 어머니가 무뚝뚝하게 말했다.

"내가 아는 잭은 구 초 이내에 그 백인 녀석들의 속셈을 꿰뚫

---

* 괴한의 총에 숨진 미국 랩 가수.
** 이 제목의 전반부는 스팅의 원곡, 후반부는 그것을 샘플링한 퍼프 대디의 노래 제목이다.

어볼 수 있는 녀석이었다우."

그러자 잭의 누이도 거들었다.

"제가 아는 잭은 채찍이나 쇠사슬 같은 게 없어도 얼마든지 재미있게 놀았다구요."

그들은 자기들이 사랑했던 남자에게 화를 내고 있었다. 그것은 물론 스캔들 때문이기도 했지만 무엇보다 그렇게 위험한 일에 말려들었다는 사실 때문이었다. 마치 그가 자기들을 괴롭히려고, 앞으로 평생 동안 상실의 고통을 느끼게 하려고 일부러 죽임을 당했다는 듯이. 솔랑카는 이렇게 대답했다.

"제가 아는 잭은 꽤 괜찮은 친구였습니다. 지금 이 순간 어딘가에 가 있다면 자신의 실수로부터 벗어났다고 기뻐하고 있을 겁니다."

물론 잭은 다른 어디가 아니라 바로 그 자리에 그들과 함께 있었다. 상자 속의 잭*은 이제 두 번 다시 튀어나오지 못할 것이었다. 솔랑카는 가슴이 미어지는 듯했다.

지금 온 세상이 잭의 시체에 대해 쑥덕거렸고 사진사들은 게거품을 물고 뛰어다녔지만 슬픔에 잠긴 솔랑카의 눈앞에는 공사 중인 고급 아파트에 쓰러져 있는 잭의 모습이 떠올랐다. 그의 곁

---

* Jack in the box. 이 말은 이중적 의미로 사용되었다. '관 속의 잭' 또는 뚜껑을 열면 인형이 튀어나오는 장난감 '도깨비 상자(jack-in-the-box)'.

에는 죽은 세 여자도 나란히 누워 있었다. 자기가 그들의 죽음에 관련되었는지도 모른다는 근심에서 해방된 솔랑카는 그 여자들의 죽음도 함께 애도했다. 여기 로렌이 누워 있다. 그녀는 자기가 남들에게 어떤 짓을 할 수 있는지, 그리고 자신도 남들에게 어떤 짓을 허용할 수 있는지를 깨닫고 두려움을 느꼈다. 빈디와 스카이는 쾌락과 고통이라는 마법의 원 속에 로렌을 가둬놓으려고 했지만 실패했고, 그녀는 모든 비밀을 폭로하여 공개적으로 망신을 주겠다고 클럽 멤버들에게 으름장을 놓다가 결국 자신의 운명을 결정짓고 말았다. 여기 빈디가 누워 있다. 그녀는 친구의 죽음이 우발적인 살인이 아니라 냉혹한 사형 집행이었음을 제일 먼저 알아차렸고, 그 깨달음은 그녀에게도 파멸을 가져왔다. 그리고 여기 업타운 걸 스카이가 누워 있다. 섹스에 대해서라면 아무것도 가리지 않는 색녀 스카이, 비운의 삼총사 중에서 가장 말괄량이였으며 성적인 면에서도 가장 거리낌이 없었던 그녀의 지나친 마조히즘 성향은—요즘 언론들이 기뻐 날뛰며 앞을 다퉈 상세히 보도하고 있듯이—사디스트이며 '종마'라는 별명을 가진 애인 브래드마저 종종 놀라게 만들 정도였다. 자기가 불사신이라고 믿었던 스카이는 설마 그들이 자기까지 해칠 거라고는 생각하지 못했다. 그들의 세계에서 그녀는 여왕이었고, 모두 그녀가 이끄는 대로 잘 따라주었고, 그녀의 허용 한계, 즉 그녀가

426

기꺼이 받아들이는 행위의 강도는 일찍이 그 누구도 경험한 적이 없을 만큼 최고였기 때문이다. 그녀는 두 차례의 살인에 대해 알고 있었지만 정신병자처럼 오히려 더 흥분하여 마살리스의 귀에 대고 이렇게 대단한 남자를 밀고할 생각은 전혀 없다고 속삭였으며, '대물'과 '몽둥이'에게도 자신의 죽은 친구들을 대신하여 어떤 식으로든 기꺼이 상대해주겠다고 속닥거렸다. 뭐든지 말만 하면 다 들어줄게. 그리고 세 남자를 따로따로 만나서―이 섬뜩한 만남에 대해서도 몇 번이나 보도된 바 있다―이렇게 설명했다. 그 두 번의 살인으로 이제 모두 한평생 한배를 타게 되었다고, 친구들의 생혈(生血)로 사랑의 계약서에 서명한 셈이라고. 흡혈귀 여왕 스카이. 그녀가 죽임을 당한 이유는 살인자들이 그녀의 엄청난 성욕을 두려워하여 도저히 살려둘 수 없었기 때문이었다.

머릿가죽이 벗겨진 세 여자. 사람들은 주로 부두교와 변태 성욕에 대해, 그리고 무엇보다 이 범죄의 무자비함과 냉혹함에 대해 이야기했지만, 솔랑카는 이 사건이 감정의 죽음 때문에 일어난 일이라고 생각했다. 그 세 명의 아가씨는 필사적으로 욕망에 집착한 나머지 인간적인 성행위의 범주를 넘어선 극단적인 방법으로만 쾌락을 느낄 수 있었다. 그리고 그 세 명의 남자는 사랑조차도 폭력과 소유의 문제, 즉 서로 괴롭히거나 괴롭힘을 당하는 관계로만 생각했고, 그래서 사랑과 죽음 사이의 경계선으로 치달았고, 그들의 분노는 결국 그것마저 뚫어버렸던 것이다. 그들 자신도 설명할 수 없는 이 분노는 그들이 너무 많은 것을 가졌기에 도저히 가질 수 없었던 한 가지에서 비롯되었다. 그것은 바로 부족함이었고 평범함이었다. 즉 진정한 삶이었다.

마치 악취를 찾아다니는 파리 떼처럼 수천, 수만, 수십만 명의 경악한 목소리가 죽은 자들의 시체 위에서 붕붕거렸다. 이 도시는 이번 살인 사건의 자질구레한 부분까지 시시콜콜 따져가며 토론에 여념이 없었다. **그놈들은 서로 애인을 바꿔 죽였대!** 메드퍼드는 로렌 클라인을 데리고 시내로 나가서 마지막 밤을 근사하게 보냈다. 그러나 그의 계획대로 그녀는 그를 집으로 쫓아보냈다. 데이트가 끝날 무렵에 그가 일부러 싸움을 걸었기 때문이다. 메드퍼드는 몇 분 후 그녀에게 전화를 걸었고, 길모퉁이를 돌자마자 자동차 사고를 당했다고 거짓말을 했다. 그녀가 그를 도와주려고 부리나케 달려갔지만 그의 빈티지 벤틀리*는 흠집 하나 없이 말짱했고 문이 열려 있었다. 가엾은 것. 그애는 애인이 사과하려는 줄로만 알았다잖아. 그녀는 속았음을 깨닫고 불쾌감을 느꼈지만 별다른 의심 없이 차에 올라탔고, 그 순간 앤드리슨과 마

---

* 빈티지는 오래된 고급 자동차, 특히 영국에서는 1917~30년에 제조된 우수한 자동차를 가리키며, 벤틀리는 이 시대를 대표하는 영국 자동차이다.

살리스가 그녀의 머리를 몇 번이나 연거푸 내리쳤다. 이때 메드퍼드는 근처 술집에 들어가 마르가리타를 마시고 있었다. 그는 애인이 동침해주지 않아서 술로 아쉬움을 달래는 중이라고 큰 소리로 떠들었고, 결국 바텐더는 그에게 제발 조용히 하거나 나가달라고 요구할 수밖에 없었다. 메드퍼드는 자기가 그곳에 있었다는 사실을 기억하게 하려고 일부러 그런 짓을 했던 것이다. 그 다음엔 머릿가죽을 벗겼지. 놈들은 차 안에 피가 묻지 않도록 비닐을 깔았을 거야. 그리고 시체는 쓰레기처럼 길거리에 내팽개쳤지. 이 방법은 벨린다 컨델에게도 통했다.

그러나 스카이는 달랐다. 그날도 그녀는 평소처럼 스스로 주도권을 잡았고, 브래들리 마살리스와 마지막 저녁식사를 하면서 그날 밤의 계획에 대해 속삭였다. 그러나 그가 오늘밤은 안 된다고 대답하자 그녀는 상관없다는 듯이 어깨를 으쓱했다.

"알았어. 그럼 대물이나 몽둥이한테 재미 좀 보겠냐고 물어보지 뭐."

브래드는 모욕감에 화가 치밀었지만 계획대로 진행할 수밖에 없었다. 그는 그녀의 아파트 로비 문 앞에서 작별 인사를 했고, 몇 분 후 그녀에게 전화를 걸어 이렇게 말했다.

"그래, 내가 졌다. 그렇지만 여긴 싫어. 그러니까 그 방에서 만나."

그 방이란 S&M 클럽이 좀 시끄러운 멤버들을 위해서 어느 초특급 호텔에 일 년 내내 잡아놓은 방으로 방음 시설이 잘 되어 있었다. 그리고 브래들리 마살리스가 며칠 전에 미리 예약을 했다는 사실이 밝혀지면서 사전에 계획된 범행이었음이 입증되었다. 그러나 스카이는 그 방까지 가지도 못했다. 커다란 검정색 SUV 한 대가 그녀 곁으로 다가왔고 그녀가 잘 아는 목소리가 들려왔다.

"안녕, 공주님. 어서 타. 종마가 너 좀 데려다달라고 하더라."

솔랑카는 숫자를 헤아려보았다. 스물, 열아홉, 열아홉. 그들의 나이를 다 합쳐도 그의 나이보다 겨우 세 살이 많을 뿐이었다.

그런데 잭 라인하트는 대체 어떻게 된 것일까? 열 몇 번의 전쟁에서도 살아남았지만 결국 트라이베카에서 비참한 죽임을 당했던, 중요한 여러 문제에 대하여 탁월한 기사를 썼고 별로 중요하지 않은 여러 문제에 대하여 재기발랄한 기사를 썼던, 그리고 고의적이었는지 불가피했는지는 모르겠지만 그토록 애절하면서도 무식하기 짝이 없는 마지막 말을 남겼던 잭 라인하트는 과연 어떻게 죽었을까? 잭에 대한 이야기도 모두 공개된 상태였다. 종마 마살리스가 엽총을 훔쳐낸 일. 잭이 S&M 클럽의 입문식에 초대된 일. 드디어 해낸 거예요. 잭도 우리 멤버가 된 거라구요. 그들이 스파스키 그레인 빌딩에 도착했을 때까지도 라인하

트는 자기가 죽음의 문턱에 이르렀다는 사실을 까맣게 모르고
있었다. 그는 아마도 영화 〈아이즈 와이드 셧〉의 난교 장면을 떠
올리면서, 벌거벗은 여자들이 가면을 쓰고 연단 위에 서서 자신
의 멋진 채찍이 가져다줄 따끔한 고통을 기다리고 있을 거라고
상상했을 것이다. 솔랑카는 지금 울고 있었다. 그는 살인자들이
맥주 조끼에 잭 다니엘과 코카콜라를 가득 부어놓고, 이 불량 청
소년들의 폭탄주도 의식의 일부라면서 라인하트에게 급히 들이
켜라고 강요했다는 말을 들었다. 솔랑카는 그들이 클럽의 전통
을 운운하면서 잭에게 옷을 벗고 속옷을 돌려 입으라고 명령했
다는 말도 들었다. 그는 마치 자신의 눈이 가려진 듯이 당시 그
들이 잭에게 사용했던 (그리고 나중에 벗겨냈던) 눈가리개의 감
촉을 생생히 느낄 수 있었다. 그의 눈물이 상상의 비단천을 축축
하게 적셨다. 좋아요, 잭, 준비됐죠, 머리가 날아가는 기분일 거예
요.—이게 뭐야, 얘들아, 무슨 짓을 하려구?—그냥 입만 벌리면 돼
요, 잭. 우리가 시킨 대로 양치질도 했죠? 잘했어요. 입 벌리고 아,
해봐요, 잭. 이거 아주 죽여줄 테니까. 이 착하고 의지박약한 사내
를 죽음으로 유인하는 것은 우스꽝스러울 정도로 간단한 일이었
다. 그는 기꺼이—그들과 위로 한 번 아래로 한 번 손뼉을 마주
치면서—제 발로 관에 올라 최후의 짧은 여행을 떠났던 것이다.
주여, 제 영혼 달래주소서. 가수가 절규하고 있었다. 솔랑카는 친

구에게 소리 없이 말했다. 잘 가게, 잭. 집으로 가 있어. 나중에 연락할게.

닐라는 말릭을 데리고 베드퍼드 스트리트로 돌아와서 적포도 주 한 병을 땄고, 커튼을 쳤고, 향긋한 양초를 여러 개 켜놓았고, 무례하게도 50년대와 60년대 초의 발리우드* 가요 클래식 CD 를 선택했다. 바로 그의 금지된 과거 속의 음악이었다. 이 선택 은 감정에 대한 그녀의 깊은 지혜를 보여주고 있었다. 닐라 마헨 드라는 인간의 희로애락을 움직이는 것이 무엇인지를 잘 알았 다. 〈카비 메리 갈리 아야 카로〉. 낯간지러울 만큼 낭만적인 노 래가 어두운 방안에 경쾌하게 울려퍼졌다. 언젠가 나를 보러 오세 요. 두 사람은 장지를 떠나온 후 지금까지 한마디도 안 하고 있 었다. 그녀가 쿠션이 흩어져 있는 양탄자 위에 그를 끌어 앉히고 그의 머리를 젖가슴 사이에 얹어놓았다. 이렇게 슬픔에 빠져 있 는 순간에도 행복은 계속된다는 것을 말없이 상기시켜주고 있는 것이었다.

그녀는 자신의 아름다움에 대해 자신과는 별개의 일처럼 이

---

* 인도 영화의 중심지인 봄베이(지금의 뭄바이)를 미국의 할리우드에 빗대어 일 컫는 말.

야기하곤 했다. 그 아름다움은 '저절로 생겼을 뿐', 자기가 한 일은 아무것도 없다는 것이었다. 그녀는 그 아름다움을 자랑스러워하지 않았다. 주어진 선물에 감사하며 정성껏 관리할 따름이었지만 대체로 자신을 육체가 없는 존재처럼 생각하고 있었다. 그런 존재가 어쩌다가 신기한 외계인, 즉 자신의 육체 속에 깃들어 살게 되었는데, 그 커다란 눈을 통해 바깥세상을 내다보고 그 늘씬한 팔다리를 마음대로 조종하면서도 자신의 행운을 믿지 못하는 것이었다. 자기가 주위에 미치는 영향력과 그 결과에 대해서는—그녀가 지나갈 때마다 인도 위에 떨어져 양동이를 머리에 뒤집어쓰고 주저앉아 있는 유리창 청소부들, 급정거를 하며 미끄러지는 자동차들, 그녀가 육류를 사려고 들를 때마다 고기칼을 휘둘러야 하는 정육점 주인들이 맞닥뜨리게 되는 위험 등등—겉으로는 무관심한 척했지만 사실은 매우 예민하고 정확하게 의식하고 있었다. 그리고 어느 정도는 그 '효과'를 조절할 수도 있었다. 잭은 '본인도 마음대로 껐다 켰다 할 수 있는 게 아니다'라고 했는데, 그 말도 사실이었지만 헐렁한 (그녀가 대단히 싫어하는) 옷과 챙 넓은 (햇볕을 혐오하는 그녀가 대단히 좋아하는) 모자를 이용하여 효력을 조금 약화시키는 것은 가능했다. 그러나 더 인상적인 것은 보폭이나 턱을 내미는 각도, 입 모양, 목소리 등을 섬세하게 조절함으로써 그녀에 대한 세상의 반응을 증폭시킬 수도 있다는 점이었다. '닐라 효과'의 강도를 최대로 높여놓으면 그 일대 전체가 재해지구처럼 쑥밭이 되어버릴 지경이었고, 그때마다 솔랑카는 제발 그만 하라고 부탁해야 했다. 남들보다 우선 자기 자신의 정신과 육체가 그녀 때문에 겪게 되는 변화 때문이었다. 그녀는 찬사를 좋아했고, 자신을 가리켜 '유지비가 많이 드는 여자'라고 표현했고, 때로는 자신을 '형식'과 '내용'으로 구별하는 것이 편리할 때가 많다는 것을 인정하기도 했다. 자신의 성적인 일면, 주기적으로 나타나 남자 사냥을 하는 그 못 말리는 일면을 '다른 여자'라고 부르는 것도 그녀의 영리한 책략이었다. 수줍음이 많은 여자가 외향적인 행동을 하려면 자신을 속여야 하기 때문이다. 어렸을 때 말더듬이였던 그녀는 사교성이 부족해 남들 앞에서는 몸이 마비되기 일쑤였다. 지금도 그 어려움을 극복하고 자신의 비범한 성적 매력에 대한 보상을 얻어내려면 그런 방법이 필요했다. 옳고 그름에 대한 확고한 관념이 그녀의 모든 행동을 일일이 지시하고 있었지만, 총명한 그녀는 그 사실을 단도직입적으로 털어놓기보다 만화에 등장하는 섹시한 여자 제시카 래빗의 말을 인용하는 쪽을 택했다. 짐짓 새침한 얼굴로 이렇게 종알거리는 것이었다.

"난 못된 여자가 아니에요. 그렇게 그려졌을 뿐이라구요."

그녀가 솔랑카를 꼭 안아주었다. 밀라와의 관계와는 달라도 너무 달랐다. 밀라와 함께 있을 때 그는 차마 입 밖에 낼 수도 없고 용납될 수도 없는 역겨운 유혹에 빠져들었지만 닐라가 그의 몸을 휘감고 있는 지금은 그때와 정반대였다. 모든 것이 말할 수 있는 일이었으므로 얼마든지 말할 수 있었고, 모든 것이 용납되는 일이었으므로 모든 것이 용납되었다. 닐라는 '소녀 여인'이 아니었고, 솔랑카가 그녀에게서 발견한 것은 금지되지 않은 사랑의 성숙한 기쁨이었다. 밀라에게 중독되었을 때 그는 그 사실을 부끄러워했지만 지금의 이 새로운 인연은 오히려 자랑스러울 뿐이었다. 밀라는 그의 낙천주의를 비난했고 그녀의 말은 사실이었다. 그러나 닐라를 만남으로써 그의 낙천주의는 정당화되었다. 그는 자신의 상상력을 여는 열쇠를 찾아준 밀라에게 고마워하고 있었다. 그러나 밀라 마일로가 수문(水門)을 열어주었다고 한다면 닐라 마헨드라는 폭포수처럼 쏟아지는 물줄기 그 자체였다.

닐라의 품속에서 솔랑카는 자신이 차츰 달라져가는 것을 느꼈다. 그가 그토록 두려워했던 마음속의 마귀들은 날이 갈수록 힘을 잃었고, 아무것도 예측할 수 없는 분노는 모든 것을 예측할 수 있는 이 기적 같은 새로운 사랑 앞에서 맥없이 밀려나고 있었다. 그는 생각했다. 어서 짐들 싸거라, 분노의 여신들이여, 이제 이 몸속엔 너희가 머물 곳이 없으니까. 그의 생각이 옳다면, 정말 분노라는 것이 인생에서 점점 쌓여가는 실망으로부터 비롯된 것이라면, 그렇다면 그는 이제 그 독약을 정반대의 것으로 변화시키는 해독제를 찾아낸 것이 분명했다. 왜냐하면 **푸리아**[*]는 희열로 바뀔 수도 있는데, 닐라의 사랑이야말로 그런 변화의 연금술을 가능하게 해주는 현자(賢者)의 돌[**]이기 때문이다. 분노는 절망 속에서 자란다. 그러나 닐라는 이미 실현된 희망이었다.

그의 과거로 통하는 문은 여전히 닫혀 있었다. 그러나 세심한 마음씨를 가진 닐라는 아직 그 문을 억지로 열려고 하지 않았다. 그녀 자신도 개인적, 심리적 프라이버시를 매우 중요시했다. 호텔방에서 보낸 그 첫날 밤 이후 닐라는 솔랑카를 만날 때마다 자기 침대를 쓰자고 했다. 그러나 그가 그 침대에서 밤을 보내는 것은 원하지 않는다는 것을 처음부터 분명히 밝혔다. 닐라는 자주 악몽에 시달렸지만 솔랑카에게서 위안을 얻고 싶어하지는 않았다. 그녀는 혼자서 꿈의 세계와 싸우기를 원했고, 밤 동안의 전쟁이 끝나갈 무렵에는 서서히 깨어나게 되기를, 그리고 그때 반드시 혼자 있게 되기를 원했던 것이다. 선택의 여지가 없는 솔

---

[*] 이 말은 주로 분노와 광기를 뜻하지만 반드시 부정적인 감정만 내포하는 것은 아니다. 여기서는 열광, 격정 등의 의미로 사용되었다.
[**] 중세 연금술에서, 납 등의 값싼 금속을 금으로 변화시키고 모든 질병과 상처를 치유하는 힘을 가졌다는 전설의 물질.

랑카는 그녀의 조건을 받아들일 수밖에 없었다. 정사가 끝날 때마다 습관적으로 몰려오는 잠의 파도를 물리치는 일에도 차츰 익숙해졌다. 그는 어차피 자신에게도 그런 방식이 더 낫다고 생각했다. 요즘 들어 갑자기 몹시 바빠졌기 때문이다.

그는 마치 새로운 도시를 찾은 사람처럼 날마다 닐라를 탐사하며 배우고 익혔다. 지금은 그 도시에 셋방 하나를 얻었을 뿐이지만 언젠가는 그 방을 아주 사버리게 되기를 기대하고 있었다. 그러나 닐라는 그의 이런 생각을 마음 편히 받아들이지 못했다. 그녀도 솔랑카처럼 기분이 쉽게 변하는 성격이었다. 솔랑카는 기상학자가 되어 그녀의 날씨를 예측하고 그녀의 내면에서 발생하는 태풍과 그 영향의 지속 시간을 연구했다. 황금빛 해변 같은 그들의 사랑에 때때로 사나운 폭풍우가 몰아치기도 했기 때문이다. 때로는 닐라도 솔랑카가 그렇게 현미경을 들여다보듯 자신을 자세히 살펴보는 것을 좋아했다. 굳이 말하지 않아도 알아차릴 때마다, 일일이 표현하지 않아도 자기가 원하는 대로 해줄 때마다 그녀도 기뻐했다. 그러나 때로는 귀찮아하기도 했다. 그는 그녀의 미간에 먹구름이 낀 것을 보고 이렇게 물어본다.

"무슨 일 있어?"

그러면 그녀는 성난 표정으로 이렇게 대꾸한다.

"아무것도 아니에요. 나 원 참! 당신은 내 속을 훤히 꿰뚫어본다고 생각하는 모양인데, 헛짚을 때가 너무 많다구요. 할 말이 있으면 내가 말할 테니까 제발 넘겨짚지 말란 말이에요."

그녀는 강인한 여자라는 이미지를 구축하기 위해 크나큰 노력을 기울였다. 특히 사랑하는 남자에게 자신의 약한 면을 보이는 것을 딱 질색했다.

그는 오래지 않아 닐라에게도 약물 문제가 매우 중요하다는 사실을 알게 되었는데, 여기서 두 사람이 가진 또하나의 공통점이 드러났다. 그들은 둘 다 인형의 계곡*에 발을 들여놓지 않고 자기 힘으로 마귀들을 물리쳐야 한다고 굳게 마음먹고 있었다. 그래서 기분이 좋지 않을 때마다, 자기 자신과 싸워야 할 때마다 그녀는 솔랑카를 멀리했고, 그를 만나기는커녕 이유조차 설명하지 않았다. 그때마다 그녀는 솔랑카가 이해해주기를, 그녀 자신도 어쩔 수 없는 이런 부분을 그가 어른답게 너그러이 받아주기를 기대했다. 간단히 말하자면 그가—어쩌면 난생처음으로—자신의 나이에 걸맞게 행동해야 하는 상황이었다. 그녀는 매우 신경질적인 여자였다. 때로는 그녀 자신도 자기가 상대하기 힘든 여자라는 사실을 인정했는데, 그때 그는 이렇게 대답했다.

"맞아. 하지만 보상이 있으니까."

---

* 재클린 수잔의 베스트셀러 『인형의 계곡』에서 '인형(doll)'은 수면제, 진정제, 체중감량제 등의 약품을 가리키기도 한다.

그러자 그녀는 정말 걱정스러운 표정으로 이렇게 말했다.

"그 보상이 아주 컸으면 좋겠네요."

그는 빙그레 웃었다.

"그렇지 않다면 내가 멍청한 놈이겠지, 안 그래?"

닐라는 그제야 비로소 안심한 듯 그에게 몸을 기대며 자신을 위로했다.

"네, 그래요. 당신은 멍청한 사람이 아니죠."

그녀는 자신의 육체에 대해 지극히 만족스러워했고, 실제로 옷을 입고 있는 것보다 알몸으로 있는 것을 더 좋아했다. 누가 문을 두드릴 때마다 그녀에게 우선 옷부터 입으라고 일깨워줘야 했던 일도 한두 번이 아니었다. 그러나 이런 그녀에게도 감추고 싶은 비밀이 있었고 지키고 싶은 신비가 있었다. 툭하면 자신의 내면으로 침잠하는 버릇, 너무 자세히 관찰당하면 움츠러드는 버릇, 그것은 미국인들과는 전혀 다르게—오히려 영국인들에 가깝게—절제의 가치를 잘 알기 때문이었다. 그녀는 자기가 그를 사랑하느냐 사랑하지 않느냐 하는 문제와는 아무 상관도 없다고 주장했다. 그리고 그를 깊이, 정말 당혹스러울 정도로 사랑한다고 덧붙였다. 그가 이유를 묻자 그녀는 대답했다.

"그거야 뻔하잖아요. 당신은 인형이니 웹사이트니 하면서 아주 창의적인 일들을 하고 있지만 내 쪽에서 보면 당신의 역할은 내가 부를 때마다 침대로 들어와서 내 온갖 요구를 다 들어주는 게 전부라구요."

평생 섹스의 주체보다 객체가 되고 싶어했던 말릭 솔랑카 교수는 그녀의 이 오만한 선언을 듣고 우스꽝스러울 정도로 즐거워했다.

정사가 끝난 후 그녀는 솔랑카가 담배 연기를 싫어한다는 사실에도 아랑곳하지 않고 알몸으로 창가에 앉아 담배를 피웠다. 그는 이웃 사람들이 복도 참 많다고 생각했지만 그녀는 그런 일까지 일일이 신경 쓰는 것은 너무 부르주아적이라면서 일고의 가치도 없다는 듯 일축해버렸다. 그러더니 곧 정색을 하고 그의 질문으로 되돌아갔다.

"당신은 말이죠, 감정을 가졌다는 게 남다른 점이에요. 그건 요즘 남자들한테서 좀처럼 찾아보기 어려운 요소라구요. 바부르 같은 사람을 보세요. 아주 대단한 사람이지만, 정말 똑똑한 사람이지만 그저 혁명에만 푹 빠져 정신을 못 차리죠. 살아 있는 인간들도 그 사람에겐 자기가 하는 경기의 점수에 지나지 않아요. 다른 남자들의 경우에도 관심사는 오로지 자신의 지위나 돈, 권력, 골프, 아니면 자기 자신뿐이죠. 예를 들면 잭도 그랬어요."

솔랑카는 반질반질한 몸을 가졌던 워싱턴 광장의 그 기수(旗手)를 칭찬하는 말도 듣기 싫었거니와, 죽은 친구와 비교하면서 자신을 더 높이 평가하는 말에 대해서는 쓰라린 죄책감을 느꼈다. 그래서 닐라에게도 그렇게 말했다. 그러자 그녀는 더욱더 감탄했다.

"그것 봐요. 당신은 그런 감정을 느낄 뿐만 아니라 그걸 입 밖에 내기까지 하잖아요. 와아. 드디어 붙어 있을 만한 남자를 만났어요."

솔랑카는 어쩐지 놀림을 당하는 것 같다고 느꼈지만 정확히 어떤 부분이 농담인지는 파악할 수 없었다. 바보가 된 기분이 들긴 했지만 그녀의 목소리에 애정이 깃들어 있다는 데 만족하기로 했다. '사랑의 묘약 9번'*. 그야말로 만병통치약이었다.

닐라의 베드퍼드 스트리트 아파트는 모든 게 인도 일색이었다. 이주민 특유의 지나친 집착이 아닐 수 없었다. 필미** 음악, 양초와 향, 크리슈나와 목부(牧婦)들이 그려진 달력, 바닥에 깔린 두리***, 컴퍼니 파(派)****의 그림, 마치 박제된 녹색 뱀처럼

---

* 1960년대에 히트했던 노래의 제목.
** 인도의 영화 음악으로 인도의 대중음악 산업을 지배하고 있다. 반주에는 인도 악기 시타르와 타블라를 주로 사용한다.
*** 인도의 면직 양탄자.
**** 인도의 세밀화 양식. 파트나 회화라고도 한다.

책장 위에서 똬리를 틀고 있는 후카* 등등. 솔랑카는 옷을 주워 입으면서 이런 생각을 했다. 만약 닐라가 봄베이에서 태어났다 면 지금쯤 몹시 서구적인 취향을 갖게 되었을 텐데. 예를 들면 캘리포니아 식 미니멀리즘의 단순미 같은 거…… 아니, 봄베이 는 잊어버리자. 닐라도 옷을 입는 중이었다. 우주 시대의 이름 모를 옷감으로 만들어진 옷, 그야말로 '공기역학적'이라고 해야 할 정도로 몸에 착 달라붙는 검정색 옷이었다. 이미 늦은 시간이 었지만 그녀는 회사에 출근해야 했다. 릴리푸트 다큐멘터리 준 비 단계가 거의 다 끝났으므로 곧 대척지로 떠날 예정이었다. 그 러나 아직 처리할 일이 많았다. 솔랑카는 이런 상황에 빨리 익숙 해져야 한다고 생각했다. 그녀가 그의 곁을 떠나는 것은 일 때문 이기도 했지만 개인적인 이유도 없지 않았다. 이 여자와 함께 살 아가기 위해서는 그녀가 없을 때 혼자 살아가는 법도 배워야 했 다. 그녀는 흰색 스트리트 플라이어—뒤축에서 바퀴가 튀어나 오게 되어 있는 운동화였다—의 끈을 묶은 후 부리나케 출발했 다. 쏜살같이 멀어져가는 그녀의 등 뒤에서 길고 새까만 꽁지머 리가 마구 흩날리고 있었다. 솔랑카는 인도에 서서 그녀의 뒷모 습을 지켜보았다. 그리고 평소처럼 소동이 벌어지기 시작하는

* 수연통(水煙筒). 담배 연기가 물을 거쳐 나오도록 되어 있다.

것을 보며 '닐라 효과'는 어둠 속에서도 변함없는 효력을 발휘
한다는 사실을 확인했다.

그는 FAO 슈워츠*로 가서 아스만에게 코끼리 한 마리를 보
내주었다. 새로 찾은 행복은 머지않아 예전의 분노가 남겨놓은
마지막 흔적마저 말끔히 씻어버릴 테고, 그때쯤엔 아들의 삶 속
으로 돌아갈 수 있는 자신감도 되찾게 될 것이다. 그러나 그러
기 위해서는 우선 엘리너를 만나서 그녀가 아직도 거부하고 있
는 사실을 그녀에게 들이대는 수밖에 없었다. 그녀의 착하고 다
정한 가슴을 칼로 찌르듯이 최후의 결론을 내리꽂아야 하는 것
이다.

그는 아스만에게 전화를 걸어 뜻밖의 선물을 기대하라고 말
해주었다. 엄청난 흥분이 뒤따랐다.

"그 속에 뭐가 들었는데? 말도 할 줄 아는 거야? 모건 아저씨
가 뭐라고 할까?"

엘리너와 아스만은 프랜즈 부부와 함께 피렌체로 휴가를 다
녀왔다.

---

* 미국의 완구 백화점 체인.

"여긴 바닷가도 없어. 그래. 강은 있지만 거기서 수영하면 안 된대. 이담에 더 크믄 다시 와서 수영하까바. 나 하나도 안 무떠웠어, 아빠. 그니까 모건 아저씨랑 린 아줌마가 소리를 질렀거든."

무서웠어.

"엄마는 안 그랬어. 엄마는 소리 질르지 않았어. 엄마가 모건 아저씨한테 그렇게 무떱게 굴지 말랬어. 린 아줌마는 참 착해. 엄마두 참 착해. 어쨌든 내 생각엔 그래. 근데 아저씨는 좀 무떠웠어. 모건 아저씨 말이야. 아주아주 조금. 아저씨가 날 웃기려구 그랬으까? 아마 그럴 거야. 아빠두 알어? 아저씨가 뭐라고 했는지? 우린 조각상들을 구경하러 나갔는데 린 아줌마는 같이 못 갔어. 그니까 아줌마는 울고 있었거든. 그래서 그냥 집에 있었어. 우리 집은 아니었지만. 생간나."

솔랑카는 잠시 생각해본 뒤에야 비로소 그 말이 생각 안 나를 잘못 발음한 것임을 깨달았다.

"우린 그 집에서 잤어. 그래. 아주 좋은 집이었어. 내 방두 따로 있었구. 맘에 들었어. 나 활하구 화살두 받았어. 난 아빠 좋아하는데 아빠 오늘 집에 와? 토요일 화요일? 빨리 와. 안녕."

엘리너가 수화기를 넘겨받았다.

"네, 좀 힘들었어요. 그래도 피렌체는 정말 아름다웠죠. 당신은 어때요?"

그는 잠시 생각해보았다.

"괜찮아. 난 괜찮아."

엘리너는 잠시 생각에 잠기더니 이윽고 그의 마음을 떠보려
했다.

"정말 돌아올 게 아니라면 애한테 돌아오겠다고 약속하지 말
아요."

그는 얼른 화제를 돌렸다.

"무슨 일 있어?"

그러자 그녀가 대꾸했다.

"당신은 무슨 일 있어요?"

그것으로 충분했다. 그는 처음에 그녀의 목소리를 듣자마자
뭔가 잘못되었음을 진작 알아차렸고 그녀도 마찬가지였다. 그리
고 그는 방금 깨달은 사실 때문에 당황한 나머지 닐라의 말을 그
대로 되풀이하는 실수를 저지르고 말았다.

"아, 나 원 참! 당신은 내 속을 훤히 꿰뚫어본다고 생각하는
모양인데, 헛짚을 때가 너무 많다구. 할 말이 있으면 내가 말할
테니까 제발 넘겨짚지 말란 말이야."

닐라가 그 말을 했을 때는 아주 실감나게 들렸지만 막상 자신
의 입에서 나온 말은 어쩐지 허세 섞인 호통으로 느껴졌다. 엘리

너가 재미있다는 듯 빈정거리며 따져 물었다.

"나 원 참? '아이구나 맙소사' '저런 몹쓸 인사를 보았나' '세상에 이런 일이', 뭐 그런 식인가요? 당신 언제부터 로널드 레이건의 대사를 흉내 내기 시작한 거죠?"

그녀의 말투는 예전에 비해 좀더 날카로웠고 좀더 짜증스러웠다. 살살 달래는 듯하던 기색도 온데간데없었다. 솔랑카는 이런 생각을 했다. 모건과 린이라…… 번거로움을 무릅쓰고 굳이 이곳까지 전화를 걸어 아내를 왜 버렸느냐고 꾸짖던 모건, 그리고 내가 그런 짓을 저지른 덕분에 남편과 더 가까워졌다고 자랑하던 모건의 아내. 으흠. 모건과 엘리너와 린이 피렌체에 갔단 말이지. 그니까 아줌마는 울고 있었거든. 아스만의 그 증언은 의문의 여지마저 없애버렸다. 왜냐하면 아줌마는 울고 있었거든. 그런데 그녀가 왜 울었지, 모건? 엘리너? 웬만하면 내게도 좀 가르쳐줄래? 당신이 좀 설명해볼래, 엘리너. 당신의 새 애인과 그 아내가 내 아들 앞에서 싸운 이유를?

솔랑카의 분노는 점점 사라져가는 중이었지만 다른 사람들은 모두 대단히 저기압인 것 같았다. 밀라가 이사하는 날이었다. 에디는 밴고라는 회사에서 화물차 한 대를 불러놓고 불평 한마디

446

없이 밀라의 이삿짐을 사층에서 아래로 옮겼다. 그러나 정작 밀라 자신은 길거리에서 담배를 피우고 아일랜드 위스키로 병나발을 불면서 툴툴거리고 있었다. 지금 그녀의 머리카락은 빨간색이었고 그 어느 때보다도 삐죽삐죽했다.

"지금 뭘 보는 거예요?"

이층 작업실 창가에서 그녀를 내려다보는 솔랑카를 발견하고 밀라가 소리쳤다.

"나한테 원하는 게 뭔지 모르겠지만요, 교수님, 꿈도 꾸지 마세요. 아시겠어요? 난 이제 약혼한 몸이란 말예요. 내 약혼자를 화나게 하면 정말 재미없을 줄 아시라구요."

솔랑카는 어리석은 짓이라는 것을 알면서도—왜냐하면 밀라는 벌써 750밀리리터짜리 제임슨 한 병을 거의 다 마셨으니까—그녀와 이야기를 나누기 위해 길거리로 내려갔다. 밀라가 이사할 곳은 브루클린의 파크 슬로프였다. 그곳에 있는 작은 집에서 에디와 동거하려는 것이었다. 웹스파이더들은 벌써 그곳에 사무실 하나를 마련해놓은 뒤였다. 퍼핏 킹 웹사이트의 출범일이 며칠 안 남았지만 모든 것이 순조로웠다. 밀라가 혀 꼬부라진 소리로 말했다.

"걱정 마세요, 교수님. 일은 아주 잘 돼가요. 그저 교수님이 꼴도 보기 싫을 뿐이죠."

그때 에디 포드가 컴퓨터 모니터를 들고 앞 계단을 내려오다가 솔랑카를 보더니 연극이라도 하는 것처럼 오만상을 찡그렸다. 지금 이 장면은 그가 오래전부터 꼭 연기해보고 싶어하던 것이었다. 그는 모니터를 내려놓으며 이렇게 말했다.

"밀라는 댁하고 얘기하기 싫어한다구. 내 말 알아들으셔? 밀라 양은, 씨발, 댁하고, 씨발, 얘기하기 싫어한다 이거야. 알아들어? 밀라를 만나고 싶으면, 씨발, 사무실로 연락해서 약속을 잡으라구. 이메일을 보내든지. 씨발, 앞으로 밀라가 사는 집에 얼씬거리기만 하면 내가 아주 본때를 보여줄 테니까. 댁하고 이 여자 사이엔 이제 사적인 관계는 전혀 없단 말이야. 댁은 찬밥 신세라구. 밀라가 천사 같으니까, 씨발, 댁 같은 인간하고 사업이라도 같이 해준다는 걸 아셔야지. 그런데 난 천사하고는 거리가 먼 놈이거든. 나야 뭐 딱 오 분만 있으면 충분하지. 댁하고 삼백 초만 같이 있으면, 씨발, 내 볼일은 다 끝난다 이 말씀이야. 그렇구말구. 내 말 알아들으셨나, 교수님? 귓구멍 안 막히셨어? 이해가 잘 되셔?"

솔랑카는 조용히 고개를 숙여 보이며 돌아섰다. 등 뒤에서 에디가 소리쳤다.

"댁이 무슨 짓을 하려고 했는지 밀라가 다 얘기했어. 씨발, 더럽고 메스꺼운 늙은이."

448

그럼 밀라가 나한테는 무슨 짓을 했다고 얘기하더냐, 에디?
에이, 그만두자.

"아, 교수 양반."

솔랑카는 자기 집 앞의 복도에서 배관공 슐링크와 마주쳤다.
아니, 슐링크가 그를 기다리고 있다가 서류 한 통을 흔들어 보이
며 지금까지 참았던 말들을 쏟아놓기 시작했다.

"아파트는 별일 없소? 화장실두 문제 없구? 그래야지, 그래야
지. 슐링크가 말짱허게 고쳐놨으믄 내리 말짱해야지."

그는 연신 고개를 주억거리며 벙글벙글 웃었다. 그리고 다시
말을 이었다.

"선생이 기억하실라나 몰르갔구만. 내가 선생한테 솔직히 털
어놓지 않았소, 응? 내 인생 얘기를 공짜루 전부 다 말해줘버렸
지. 선생은 그 애길 듣구서 잔인한 농지거리를 내깔겼구 말이오.
내 비참한 사연을 가지구서 영화나 만들지 그러냐구 그랬지. 물
론 진담은 아니었겠지. 분명히 놀려먹자구 끄집어낸 소리겠지.
혼자 잘난 체하는, 교수 양반, 그러믄서 괜히 겸손한 체하는, 이
빌어묵을 노무 새끼."

솔랑카는 화들짝 놀랐다. 슐링크가 힘주어 말했다.

"그래, 뱉어버리니깐 가슴팍이 다 후련허다, 야. 내가 네늠헌
테 말해줄려구 일부러 여기까지 왔다. 들어봐라, 교수늠아. 내가

네늠 충고대루, 네늠이 장난질허느라구 내깔긴 시시껄렁한 충고대루 한번 해봤는데, 아이구, 이게 웬일이냐, 내가 노다지를 잡지 않았나? 영화 계약! 네늠 눈깔루 똑똑히 봐라, 여기 이 허옇구 꺼먼 거. 여기 이게 스튜디오 이름이구, 여기 이건 돈 얘기구. 그래, 코미디 영화. 이거야말루 기막힌 일 아니냐? 한평생 우스갯소리라구는 모르구 살던 난데, 내 얘기가 사람들 웃기는 영화로 만들어진다니. 주연은 빌리 크리스탈로 벌써부터 정해졌는데, 그 친구 아주 환장을 하더구만. 이거 확실한 히트작 아니냐, 응? 이제 금방 촬영 들어가지. 내년 봄에 개봉이니깐. 정신없이 바삐 돌아가더만. 빨리빨리 히트를 쳐야지. 기대하시라, 개봉박두. 두고 보라지. 그럼 잘 있어라, 머저리 교수, 그리구 제목까지 정해줘서 참 고맙구만. 〈쥬보트〉. 하, 하, 하, 하."

16

여름 같지 않았던 여름이 브로드웨이의 실패작처럼 하룻밤 사이에 막을 내렸다. 기온이 단두대의 칼날처럼 뚝 떨어졌다. 그러나 달러화의 가치는 치솟았다. 사방 어디를 둘러보아도, 체육관에서도, 클럽에서도, 경매장에서도, 사무실에서도, 길거리에서도, NYSE*의 입회장에서도, 그리고 이 도시의 거대한 운동장이나 엔터테인먼트 센터에서도 사람들은 저마다 새로운 계절을 준비하고 있었다. 본격적인 활동에 앞서 근육을 유연하게 풀어주고 자신의 몸과 마음과 옷장을 이리저리 살펴보면서 제각기 출발점에 자리를 잡았다. 올림포스의 쇼 타임! 이 도시는 달리

---

* 뉴욕증권거래소(New York Stock Exchange). 미국 최대, 세계 최대의 증권거래시장이다.

기 경주였다. 피라미들은 이 치열한 시합에 출전해봤자 헛일이었다. 이 경주야말로 메인이벤트였고 결승전이었고 월드시리즈였다. 승리자는 신과 같은 존재로 올라설 수 있는 지상 최고의 경주였다. 이등이 갈 곳은 하나뿐이었다. '촌구석'. 은메달이나 동메달은 아예 만들지도 않았고, 유일한 규칙은 승리하느냐 패배하느냐, 그것뿐이었다.

올림픽이 열리던 그해 가을, 방송 전파는 운동선수들이 독차지하고 있었다. 자라피를 마시고 나왔으나 불명예를 안게 된 중국 선수들, 마이크에 대고 입방정을 떤 매리언 존스[*], 난드롤론 양성 판정을 받은 매리언 존스의 남편, 전화기와 함께 달리며 기록을 깨뜨린 마이클 존슨[**]. 잭 라인하트가 말했던 이른바 '이혼 올림픽'도 뜨겁게 달아올랐다. 솔랑카의 전처 사라 리어 스코필드의 늙어빠진 두번째 남편 레스터는 마지막으로 법정에 서기 바로 전날 밤 자다가 숨을 거두었다. 그러나 그때는 이미 그녀를 유언장에서 빼버린 뒤였다. 사라와 브라질 슈퍼모델 운디네 마르크스, 그리고 사라 이전의 전처들이 낳은 장성한 자녀들 사이

---

[*] 2000년 시드니 올림픽 당시 미국 육상선수 매리언 존스는 금메달 다섯 개를 따겠다고 공언했으나 금메달 세 개와 동메달 두 개에 그쳤다.
[**] 미국 육상선수. 시드니 올림픽을 앞둔 전화 인터뷰에서 존슨은 자신의 기록 경신을 위해 노력할 뿐, 경쟁 선수들은 안중에도 없다는 취지의 발언을 했다.

에서 벌어진 격렬한 말싸움이 드디어 콘크리트 살인마 사건을 신문 일면에서 밀어냈다. 말로 맞붙은 이 예선전에서는 사라가 확실한 승자로 떠올랐다. 그녀는 레스터 스코필드가 자식들을 모두 지독하게 싫어하여 그들에게 트라이버로 다리*를 건너갈 통행료조차 남겨주지 않겠다고 다짐했다는 것을 증명하기 위해 고인의 사적인 일기장을 발췌 복사하여 공개했다. 그리고 화끈한 논쟁의 불씨가 된 스코필드의 마지막 유언장에서 유일한 상속인으로 지정된 운디네의 비밀을 캐내기 위해 사립탐정들을 고용했다. 그리하여 이 모델의 난잡한 양성애 행각과 성형수술 중독증에 대한 구체적인 내막이 언론을 도배하다시피 했다. 사라는 심술궂은 논평을 덧붙였다.

"내 취향은 아니지만 남들이 그러는데 침대 위에선 끝내주는 여자래요."

운디네가 마약을 사용했던 경력이나 싸구려 포르노 영화를 찍은 과거까지도 백일하에 드러났다. 그러나 가장 충격적이었던 것은 핑커튼 사**가 밝혀낸 사실이었다. 운디네는 나치 전범의 후손인 어느 잘생긴 파라과이인과 은밀한 관계를 갖고 있었던

---

* 이스트 강의 작은 섬을 중심으로 뉴욕 시의 세 개 구(맨해튼, 퀸스, 브롱크스)를 잇는 세 개의 다리. 통행료는 오 달러 정도이다.
** 미국 명탐정 앨런 핑커튼이 1850년 설립한 사설경비 및 탐정회사.

것이다. 그 일이 폭로됨에 따라 이민국 직원들이 그녀에 대해 조사하기 시작했고, 그녀의 영주권이 곧 취소될 거라는 소문이 나돌았다. 말릭 솔랑카는 감탄을 금할 수 없었다. 나는 아직도 졸병에 불과한데 '영국 요부' 사라는 벌써 대대 병력을 통솔하는구나. 나는 그저 이름 없는 대중일 뿐인데 그 여자는 어느새 사람 잡는 여왕이 되었구나.

대박을 노리는 솔랑카의 마지막 시도인 PlanetGalileo.com, 즉 퍼핏 킹 프로젝트는 이미 막강한 동맹 세력을 얻고 있었다. 웹스파이더들이 거미줄을 잘 쳐놓은 덕분이었다. 전설적인 리틀 브레인의 창조자가 새로 내놓은 이 중요한 사업에서 조금이라도 유리한 자리를 차지하기 위해 투자자들과 광고주들이 앞 다투어 몰려들었다. 그러나 생산, 판매, 마케팅 분야의 핵심적인 계약은 마텔, 아마존, 소니, 컬럼비아, 바나나 리퍼블릭 등 굵직한 회사들과 이미 다 체결해놓은 상태였다. 폭신폭신한 봉제 인형에서부터 불빛을 번쩍거리며 말도 할 수 있는 사람 크기의 로봇에 이르기까지 온갖 종류의 장난감들이 대량으로 운반되고 있었다. 핼러윈 특판용 특수의상들은 두말할 나위도 없었다. 상자에 담긴 게임이나 조각그림 맞추기, 아홉 가지 우주선, 사이보그 진압총, 갈릴레오 1호 행성의 축소 모형, 그리고 진짜 열성팬들을 위해 그곳 태양계 전체의 모형까지 준비되어 있었다. 배경 스토리

를 설명한 책 『살아 있는 인형들의 반란』의 아마존 예약판매량
은 리틀 브레인 현상이 당시의 모든 기록을 깨뜨리며 절정에 달
했을 때 같은 열광적인 수준에 육박했다. 플레이스테이션용 게
임은 출하를 목전에 두고 벌써부터 광고에 열을 올렸다. 여섯번
째 패션 위크*의 일곱번째 날에는 갈릴레오라는 이름을 가진 신
생 의류 브랜드의 패션쇼가 개최될 예정이었다. 그리고 내년 봄
에는 영화배우들과 극작가들이 대규모 파업을 일으킬 것이라는
우려 때문에 퍼핏 킹을 소재로 한 고예산 영화가 제작 단계에 돌
입하기 직전이었다. 은행들이 돈을 빌려주겠다고 서로 치열한
경쟁을 벌이는 바람에 그 막대한 융자금의 이자율이 하루가 다
르게 추락하고 있었다. 중국 본토에서 제일 큰 ISP** 업체가 상
담을 위해 사람을 보내겠다고 했다. 웹스파이더들의 얼굴마담
밀라는 밤낮을 가리지 않고 일하면서 놀라운 성과를 거두고 있
었다. 그러나 그녀와 솔랑카의 관계는 여전히 얼음장처럼 차가
웠다. 그녀는 그에게 버림받은 일에 대하여 처음에 내색했던 것
보다 훨씬 더 화가 나 있는 것이 분명했다. 솔랑카는 그녀로부터
모든 경과에 대한 정보를 자세히 들을 수 있었고 언론의 대대적

---

* 패션업계의 각종 행사가 열리는 기간으로, 보통 1~3월과 9~11월에 집중된
다. 런던, 파리, 밀라노, 뉴욕 등의 패션 위크가 특히 유명하다.
** 인터넷 서비스 제공자(Internet Service Provider).

인 취재 경쟁에 대비하라는 조언도 들었지만, 인간적 접촉이라는 측면에서는 마치 맨해튼과 브루클린 사이의 다리마다 철조망이 가로놓여 있는 듯했고 머리가 세 개 달린 에디 포드가 복제되어 두 사람을 철저히 감시하고 있는 듯했다. 인터넷 세계에서 솔랑카와 웹스파이더들은 하루에도 몇 시간씩 함께 일하며 긴밀히 협력하는 사이였다. 그러나 현실 세계에서는 서로 전혀 모르는 남남이었다. 앞으로도 그런 관계를 넘어서기는 어려울 듯싶었다.

다행히 닐라는 아직 이 도시를 떠나지 않았다. 그러나 그녀가 남아 있는 이유는 걱정스러운 것이었고, 그녀는 그 일 때문에 몹시 괴로워하고 있었다. 릴리푸트블레푸스쿠에서 쿠데타가 일어났던 것이다. 주동자는 스키레시 볼골람이라는 토박이 엘비 족 상인이었다. 그는 선단을 운영하다가 완전히 망해버렸고, 그래서 변함없이 번창해가는 인도계 릴리인 상인들을 몹시 미워했다. 직업상의 시기심과 개인적 앙심 때문이라는 것이 명백했으니 망정이지, 그렇지 않았다면 인종차별주의자라는 비난을 들어도 할 말이 없을 정도였다. 어쨌든 이 쿠데타는 누가 보더라도 어처구니가 없을 만큼 불필요한 행동이었다. 그 나라의 대통령 골바스토 구에는 인도계 릴리푸트인들에게도 동등한 선거권과 재산권을 주기 위해 헌법 개정을 추진했던 개방적인 인물인데, 그런 그도 볼골람 지지자들의 압력에 못 이겨 이미 노선을 바꾼 뒤였고 새 헌법도 발효된 지 겨우 몇 주 만에 폐지되었기 때문이다. 그런데도 뭔가 계략이 있을 거라고 의심한 볼골람은 구월 초에 이백여 명의 무장 괴한들을 이끌고 밀덴도 시내 중심지의 릴리푸트 국회의사당에 진입했다. 그들은 구에 대통령뿐만 아니라 인도계 릴리인 국회의원과 정당 간부 등 오십 명가량을 볼모로 붙잡았다. 그리고 볼골람 지지파의 폭력배들이 쿠데타와 동시에 인도계 릴리인 정치 지도자들을 기습하여 감금하기도 했다. 그 나라의 라디오 및 텔레비전 방송국과 중앙 전화 교환대도 그들이 장악했다. 블레푸스쿠 국제비행장의 활주로도 봉쇄되었고, 밀덴도 항구로 들어가는 항로들도 마찬가지로 차단되었다. 볼골람 일당은 이 섬나라의 주요 인터넷 서버인 릴리콘까지 폐쇄해버렸다. 그러나 제한적으로나마 약간의 인터넷 활동은 계속되고 있었다.

뉴욕 시위 당시 닐라가 만났던 친구의 행방은 알려지지 않았다. 그러나 볼골람의 언론 탄압에도 불구하고 조금씩 흘러나오는 릴리푸트 소식에 의하면 바부르가 국회의사당이나 감옥에 갇혀 있는 것 같지는 않았다. 이미 살해된 것이 아니라면 지하로 잠적한 것이 분명했다. 닐라는 아마 후자일 거라고 판단했다.

"그 사람이 정말 죽었다면 그 악당 볼골람이 틀림없이 그 소식을 발표했을 거라구요. 반대 세력의 사기를 더욱더 짓밟기 위해서라도 말예요."

솔랑카는 쿠데타가 일어난 뒤부터 닐라를 거의 볼 수 없었다. 그녀는 월드 와이드 웹과 위성전화를 이용하여 요즘 필비스탄 저항운동(Filbistani Resistance Movement)—약칭 FRM 또는 '프레멘(Fremen)'*—으로 알려져 있는 단체와 접촉을 시도하느라 여념이 없었고, 열세 시간의 시차 때문에 심야 시간을 이용할 때가 많았기 때문이다. 닐라는 최소한의 촬영팀을 이끌고 오스트레일리아나 보르네오를 거쳐 릴리푸트블레푸스쿠에 불법 입국하는 방법도 부지런히 찾고 있었다. 솔랑카는 그녀의 안전에 대해 몹시 걱정하기 시작했다. 그리고 지금 그녀의 마음을 빼앗고 있는 것은 더 큰 문제, 즉 역사적 중요성을 띤 문제였지만, 이제야 겨우 발견한 솔랑카 자신의 행복도 걱정스러웠다. 그는 갑자기 그녀가 하는 일에 대해 질투심을 느꼈고, 엉뚱한 상상을 하며 불만을 품었고, 그녀가 자기를 냉대하고 무시하는 것이라고 생각했다. 그가 지어낸 이야기에 등장하는 레이크의 자민이 바부리아 땅에 남몰래 잠입한 이유도(물론 그녀의 의도가 불분명하다는 점은 그 역시 인정하고 있었지만) 연인을 찾기 위해서

---

* SF 소설가 프랭크 허버트의 대표작 '듄' 시리즈에 등장하는 용맹한 민족의 이름이기도 하다. 사막행성 아라키스에 사는 그들은 스스로를 '자유인(Free Men)'이라고 불렀고, 그 말이 줄어 '프레멘'이 되었다고 한다.

였다. 그리고 더욱더 불쾌한 생각이 고개를 들었다. 어쩌면 닐라는 릴리푸트에 가서 남자뿐만 아니라 기삿거리까지 찾으려는 것인지도 모른다. 그녀가 감탄해 마지않던 그 털 없는 기수, 가슴팍이 맨질맨질한 그 기수가 분에 넘치는 역사의 수레바퀴를 짊어지게 된 지금, 닐라는 혹시 동화와 장난감이나 팔아먹는 중년의 책상물림보다 그 울퉁불퉁한 근육을 자랑하는 바부르가 훨씬 더 매력적인 상대라고 생각하는 것이 아닐까? 그렇지 않다면 굳이 목숨을 걸면서까지 릴리푸트블레푸스쿠에 잠입하여 그를 찾으려 할까? 고작 다큐멘터리 필름 하나를 위해서? 하! 말도 안 된다. 그건 핑계에 지나지 않는다. 바부르야말로, 바부르를 향한 그녀의 욕망이야말로 진짜 이유일 것이다.

어느 늦은 밤, 그나마도 솔랑카가 한바탕 불평을 늘어놓은 뒤에야 비로소 닐라가 웨스트 70번가로 그를 찾아왔다. 그녀는 도착하자마자 웃음부터 머금었다. 무거운 분위기를 바꿔보려고 짐짓 명랑한 체하는 것이었다.

"나를 이 집으로 부르는 일은 영원히 없을 줄 알았어요."

그는 그녀에게 진실을 털어놓지 못했다. 얼마 전까지만 해도 옆집에 밀라가 살고 있어 어쩔 수 없었다는 것을. 솔랑카와 닐라는 둘 다 너무 긴장하고 지친 상태라서 도저히 정사를 나눌 기분이 아니었다. 닐라는 단서를 쫓느라 바빴고, 솔랑카는 기자들에게 갈릴레오 1호의 생활상에 대해 얘기하면서 하루를 보냈던 것이다. 인터뷰는 피곤하면서도 공허한 일이었다. 자신의 말이 자꾸 거짓말처럼 느껴졌고, 그 말을 들은 기자들은 기자들대로 다시 거짓말을 한 겹 더 보탤 것이 뻔했다. 솔랑카와 닐라는 아무 말 없이 레터맨*을 보았다. 두 사람의 관계는 한 번도 어려움을 겪은 적이 없었고, 따라서 이런 불화에 대처하는 대화 방법을 마련해두지 못했기 때문이다. 둘 사이의 침묵이 길어질수록 상황은 점점 더 악화되고 있었다. 그때였다. 마치 그들의 불쾌감이 머릿속에서 터져나와 현실 세계에 뛰어든 듯 날카로운 비명 소리가 들려왔다. 그리고 뭔가 떨어져 박살나는 소리가 났다. 그리고 더욱 시끄러운 두번째 비명 소리. 그리고 오랫동안 아무 소리도 없었다.

그들은 무슨 일인지 알아보기 위해 길거리로 나가보았다. 솔랑카가 사는 건물의 현관 안쪽에 있는 문은 평상시 열쇠가 있어야만 열 수 있었는데, 지금은 쇠붙이로 된 문틀이 찌그러져 걸쇠가 걸리지 않게 되어 있었다. 거리로 나가는 바깥문은 언제나 열려 있었다. 예전에 비하면 요즘의 맨해튼은 많이 안전해진 편이라지만 그래도 이건 분명히 우려할 만한 상황이었다. 저 바깥에

---

* 미국 코미디언이자 토크쇼 진행자.

위험이 존재하는 것이 사실이라면 그것이 안으로 들어올 수도 있다고 보는 것이 이치에 맞기 때문이다. 그러나 거리에는 아무도 없었고 사방은 조용하기만 했다. 마치 두 사람 말고는 아무도 그 비명 소리를 듣지 못한 것 같았다. 어쨌든 무슨 일인지 확인하려고 나와보는 사람은 아무도 없었다. 그토록 요란한 소리가 났는데도 길바닥에는 아무것도 없었다. 깨진 화분이나 꽃병도 없었다. 닐라와 솔랑카는 어리둥절한 표정으로 주위를 둘러보았다. 남들의 삶이 그들의 삶을 건드리고 사라져버렸다. 마치 유령들이 싸우는 소리를 들은 것 같은 기분이었다. 그런데 밀라가 살던 아파트의 새시 창이 활짝 열려 있었고, 그들이 쳐다보자 한 남자의 그림자가 나타나 창문을 닫아버렸다. 그리고 곧 불이 꺼졌다. 닐라가 말했다.

"틀림없이 그놈일 거예요. 처음엔 여자를 놓쳤다가 두번째에 성공한 거라구요."

그럼 그 깨지는 소리는? 솔랑카가 물었지만 닐라는 절레절레 고개를 흔들며 집으로 들어가더니 경찰에 연락해야 한다고 주장했다.

"내가 살해당했는데 이웃이라는 사람들이 아무것도 안 한다면 몹시 실망스러운 일이잖아요?"

한 시간이 지나기 전에 두 명의 경찰관이 찾아왔다. 그들은 진술을 받아 적고 바깥을 살펴보러 나가더니 다시 돌아오지 않았다. 닐라는 그것이 불만스러워 툴툴거렸다.

"돌아와서 무슨 일인지 말해주는 게 당연하잖아요. 우리가 한밤중에 이렇게 걱정하고 있다는 걸 뻔히 알 텐데 말예요."

솔랑카는 노기를 드러내며 이렇게 쏘아붙였다.

"당신한테 일일이 보고할 의무가 있다는 걸 모르는 모양이지."

그는 가시 돋친 목소리를 굳이 감추려고 하지 않았다. 그러자 닐라도 똑같이 공격적인 태도로 대들었다.

"도대체 왜 이러는 거예요? 걸핏하면 화만 내니까 이젠 나도 질렸다구요."

그리하여 서로 비난을 퍼붓고 공격과 반격을 주고받으며 점점 내리막길로 치닫는 무시무시한 말싸움이 시작되었다. 당신이 그랬잖아 아니 당신이 그랬죠, 당신이야 아니 당신이에요, 분명히 말해두겠는데 난 그냥 질린 정도가 아니라 아주 지긋지긋해 당신은 이것저것 바라기만 하고 도무지 베풀 줄을 모르잖아, 오호 그러세요 그럼 나도 분명히 말해두겠는데 당신은 내가 포트녹스*의 황금을 모조리 갖다줘도 만족하지 못할 사람이에요, 그건 또 무슨 뜻인지 물어봐도 될까, 무슨 뜻인지는 당신이 더 잘

---

* 미국 연방정부의 금괴 보관소가 있는 요새.

알잖아요. 아, 그래. 아, 좋아요, 그럼 여기가 끝이겠네요. 좋아, 당신이 원하는 게 그거라면. 내가 원하는 거라구요? 내 입에서 그런 말이 나오게 한 사람이 누군데 그래요? 아니, 그 말은 당신이 전부터 하고 싶어서 안달하던 거잖아. 젠장, 닥치는 대로 아무 말이나 지어내지 말라구요. 내가 진작에 알아봤어야 하는 건데. 아니, 내가 진작에 알아봤어야죠. 그래, 이젠 둘 다 알았으니 잘됐네. 좋아요, 그럼. 그래, 나도 좋아.

바로 그때, 두 사람이 피투성이 검투사들처럼 맞붙어 서로 상처를 주거니 받거니 하며 싸우고 있을 때, 그리하여 오래지 않아 두 사람의 사랑이 감정의 콜로세움에 쓰러져 숨을 거둘 수밖에 없는 상황이었던 바로 그 순간, 말릭 솔랑카 교수는 한창 신랄하게 내두르던 혀를 단번에 멈추게 만드는 환상을 보게 되었다. 이 건물의 지붕 위에 커다란 검은 새가 앉아 있었고, 그 새의 날개가 거리에 짙은 그림자를 던지고 있었다. 그는 이런 생각을 했다. 분노의 여신이 찾아왔구나. 드디어 세 자매 중의 하나가 나를 잡으러 온 거야. 우리가 들은 그 소리는 공포의 비명 소리가 아니라 분노의 여신이 울부짖는 소리였어. 그리고 길바닥에서 뭔가 박살나는 듯하던 그 소리, 아주 높은 곳에서 어마어마한 힘으로 내던져진 콘크리트 덩어리가 산산이 부서지는 듯하던 그 파열음도 꽃병 따위가 깨지는 소리가 아니었어. 그건 한 인생이 박살나는 소리였던 거야.

만약 그때 닐라가 없었다면 과연 어떤 일이 벌어졌을까? 다시 돌아온 분노에 사로잡힌 솔랑카가 도대체 무슨 짓을 저지르게 되었을까? 만약 그때 닐라가 없었다면, 하이힐을 신고 있어 솔랑카보다 머리 하나만큼 더 컸던 그녀가 마치 여왕처럼, 마치 여신처럼, 은발이 길게 자라 텁수룩한 그의 머리를 내려다보고 있지 않았다면, 그리고 그때 그녀가 그의 포동포동하고 둥글둥글한 소년 같은 얼굴을 뒤덮고 있는 두려움을 미처 알아차리지 못했다면, 큐피드의 활처럼 둥글게 휘어진 그의 입술이 공포에 질려 바르르 떨고 있는 것을 발견하지 못했다면, 그리고 최후의 순간에 그녀가 어떤 영감을 받은 듯 대담무쌍하게 사뭇 지혜롭고 감동적인 행동을 하지 않았다면, 그리하여 둘 사이에 아직도 남아 있던 마지막 금기마저 깨뜨리지 않았다면, 다시 말하건대 사랑에서 우러난 용기를 앞세워 감히 미지의 땅으로 들어서지 않았다면, 즉 흉터가 있는 긴 팔을 뻗어 그녀로서는 난생처음으로 금단의 머리카락을, 즉 그의 정수리에 자라난 긴 은발을 여봐란 듯이 마구 헝클어뜨리기 시작하지 않았다면, 그럼으로써 두 사람의 사랑은 분노보다 강하다는 것을 의문의 여지도 없이 단숨에 증명하지 않았다면 과연 어떻게 되었을까?

마법이 풀렸다. 그는 폭소를 터뜨렸다. 크고 새까만 까마귀 한 마리가 날개를 펼치고 도시를 가로질러 날아가다가 몇 분 후 그러머시 파크의 부스* 동상 근처에 떨어져 숨을 거두었다. 솔랑카는 드디어 자신의 치유 과정이 다 끝났음을 깨달았다. 그 희귀한 질병이 말끔히 나은 것이다. 분노의 여신들은 떠나갔고, 그를 지배하고 있던 그들의 힘도 마침내 사라졌다. 그의 혈관 속에서 막대한 양의 독소가 흘러나갔고, 그와 함께 너무 오랫동안 갇혀 있던 것들이 풀려나고 있었다. 솔랑카는 말했다.

"당신한테 해주고 싶은 얘기가 있어."

그러자 닐라는 그의 손을 잡고 그를 소파로 데려갔다.

"얼마든지 말해보세요. 그렇지만 내가 벌써 아는 얘기일 것 같네요."

*　*　*

SF 영화 〈솔라리스〉는 바다로 뒤덮인 행성 하나가 마치 거대한 두뇌와 같은 기능을 갖고 있으며 그것이 인간들의 마음을 읽고 그들의 꿈을 실현시켜준다는 내용이다. 영화의 결말 부분에서 우주 비행사인 주인공은 마침내 고향으로 돌아와 오래전에

---

* 미국 연극배우 에드윈 부스. 특히 햄릿 역으로 유명하다. 그러머시 파크의 동상도 햄릿 복장을 하고 있다.

없어졌던 러시아 식 다차*의 현관에 앉아 있다. 그의 아이들은 즐거워하며 이리저리 뛰어다니고 이미 세상을 떠난 아름다운 아내도 되살아나 그의 곁에 있다. 그러나 곧 카메라가 뒤로 물러나면서, 불가능할 정도로 끝없이 물러나면서, 우리는 그 다차가 있는 곳이 솔라리스의 광활한 바다에 떠 있는 작은 섬이라는 사실을 확인하게 된다. 그것은 하나의 망상, 혹은 진실보다 심오한 또하나의 진실이다. 다차는 점점 작아져 점이 되었다가 아주 사라져버리고, 우리에게 남는 것은 추억과 상상과 꿈으로 이루어진 넓고 매혹적인 바다의 잔상뿐이다. 그곳은 아무것도 죽지 않는 곳, 우리가 원하는 모든 것이 언제나 변함없이 현관에서 우리를 기다리고 있거나 행복에 겨워 아이들처럼 소리 지르며 두 팔을 활짝 벌리고 싱싱한 잔디밭을 가로질러 달려오는 곳이다.

말해보세요. 아는 얘기일 것 같네요. 닐라는 가슴으로 터득한 지혜로 솔랑카 교수에게 과거가 기쁨을 주지 못하는 이유를 짐작했던 것이다. 〈솔라리스〉를 보면서 그는 그 마지막 장면이 너무 끔찍하다고 느꼈다. 그리고 이런 생각을 했다. 저런 사람, 저렇게 자기가 아버지라고 착각하며 살던 사람, 부성애의 본질에 대해 터무니없는 오해를 하며 살던 사람을 나도 본 적이 있다. 그

---

* 러시아의 시골 별장.

리고 저런 아이, 저렇게 아버지의 자리에 서 있는 그 남자를 향해 달려가던 아이도 본 적이 있다. 그러나 그 자리는 가짜, 가짜였다. 아버지는 없었다. 그것은 행복한 가정이 아니었다. 아이도 아이가 아니었다. 모든 것이 겉보기와는 전혀 달랐다.

그렇다, 봄베이가 밀물처럼 밀려오고 있었다. 솔랑카는 그 도시에서의 삶을 다시 경험했다. 더 정확히 말하자면 그 도시 안에서도 실제로 그를 사로잡고 있는 유일한 부분을, 다시 말하자면 그의 과거 중에서도 지옥을 통째로 불러낼 수 있는 작은 일부분을, 그의 저주받은 요크너퍼토퍼*를, 그의 지긋지긋한 말구디**를, 지금까지 반평생이 넘도록 기억조차 억누르며 지냈던 그곳에서의 삶을 다시 경험하고 있는 것이었다. 메스월드 단지. 지금의 그에게는 그것으로 충분했다. 그중에서도 특히 누어 빌이라는 이름이 붙은 아파트 건물의 어느 집, 그곳에서 그는 오랫동안 여자 아이로 길러졌다.

처음에는 자신의 이야기를 차마 똑바로 바라볼 수 없어 이리저리 변죽만 울렸다. 우선 아르침볼도***의 도둑처럼, 혹은 한밤

---

* 소설가 윌리엄 포크너의 여러 작품에 등장하는 가공의 지명.
** 인도 소설가 나라얀이 쓴 대부분의 작품에 등장하는 가공의 지명.
*** 이탈리아 풍자화가. 사람의 이목구비를 과일, 채소, 꽃 등으로 표현한 기괴한 초상화로 유명하다.

중에 아이의 침대를 찾은 의붓아버지처럼 베란다로 기어오르던 부겐빌레아 덩굴에 대해 이야기했다. 그리고 그의 방 창턱에 내려앉아 불길하게 깍깍거리던 까마귀들에 대해, 그리고 자기가 그토록 우둔하지만 않았다면, 혹은 조금만 더 집중해서 들었다면 그들이 전하는 경고의 말을 이해했을 테고, 무슨 일이 생기기 전에 집에서 도망쳐나올 수 있었을 거라고, 그러니까 모든 것이 자기 탓이라고, 새의 말을 알아듣는 것처럼 간단한 일조차 제대로 해내지 못할 만큼 멍청했던 자신의 잘못이라고 굳게 믿었던 일에 대해서도 설명했다. 그리고 그의 단짝 친구, 열 살 때 아버지가 집을 나가버린 찬드라 벵카타라가반에 대해서도 이야기했다. 그때 말릭은 찬드라의 방에 앉아서 슬퍼하는 친구에게 애원하며 캐물었다. 지금 얼마나 괴로운지 말해줘. 난 그걸 꼭 알아야겠어. 나도 그렇게 괴로워해야 할 테니까. 왜냐하면 말릭의 친아버지는 말릭이 한 살도 되기 전에 사라졌기 때문이다. 젊고 예뻤던 엄마 말리카는 일 년도 채 기다리지 못하고 사진들을 모조리 불태운 후 재혼해버렸고, 기꺼이 두번째 남편의 성을 따랐고 말릭의 성까지 그것으로 바꿔버렸다. 그는 자신의 감정뿐만 아니라 역사까지 빼앗긴 것이다. 아버지가 사라졌는데도 그는—자신의 것이기도 한—아버지의 성조차 알지 못했다. 어머니가 마음대로 할 수만 있었다면 말릭은 친아버지가 따로 있다는 사

실조차도 아예 모르고 살았을 것이다. 그러나 의붓아버지는 말
릭이 말귀를 알아들을 만큼 자라자마자 그 사실을 말해주었다.
근친상간을 저질렀다는 양심의 가책을 피할 구실이 필요했기 때
문이다. 다른 것은 몰라도 그것만은 피하고 싶었을 것이다.

친아버지의 직업은 무엇이었을까? 말릭은 끝까지 그것을 알
아낼 수 없었다. 뚱뚱했을까 말랐을까, 키는 컸을까 작았을까?
곱슬머리였을까 직모였을까? 그가 할 수 있는 일은 그저 거울을
들여다보는 것뿐이었다. 그가 성장함에 따라 아버지의 모습에
대한 수수께끼도 자연히 풀릴 테니까, 거울 속의 얼굴이 그의 질
문에 대답해줄 테니까. 그러나 어머니는 그런 그를 꾸짖었다.

"우린 이제 솔랑카 가족이야. 처음부터 아예 존재하지도 않았
고 지금도 분명히 존재하지 않는 그 사람이 누구였는지는 전혀
중요하지 않아. 지금의 아빠가 진짜 네 아빠라구. 네 입에 음식
을 넣어주고 네 몸에 옷을 입혀주는 사람이니까. 그러니 아빠 발
에 입을 맞추고 아빠가 시키는 대로 잘 따라야지."

솔랑카 박사는 두번째 남편이었고, 브리치캔디 종합병원의
자문의사였고, 여가 시간에는 유능한 작곡가였고, 누가 뭐래도
가족에게 풍족한 생활을 보장하는 가장이었다. 그러나 말릭은
의붓아버지의 발에 입을 맞추는 정도로는 그를 만족시킬 수 없
다는 것을 알게 되었다. 말릭이 여섯 살이었을 때 말리카 솔랑카

부인은—마치 달아난 첫 남편이 출산의 비법을 가져가기라도 한 듯 그녀는 두 번 다시 임신을 하지 못했다—더이상 아이를 낳을 수 없다는 진단을 받았고, 그때부터 소년의 고난이 시작되었다. 옷도 좀 사다놓고 머리도 길게 기르게 해. 이제부터 말릭은 우리 아들인 동시에 딸도 되는 거야. 하지만 여보, 어떻게 그럴 수가, 아니, 그래도 괜찮을까요? 물론이지! 안 될 이유가 뭐 있어? 가장은 자기 집에서 뭐든지 마음대로 할 수 있다고 신께서 허락하셨는데. 아, 나약한 어머니, 당신은 나에게 리본과 드레스를 사다주셨지요. 그리고 그 악당이 걸핏하면 숨이 차고 감기에 시달리는 당신의 허약 체질을 개선하기 위해서는 날마다 운동을 해야 한다고 했을 때, 그러면서 공중정원*이나 마하락슈미 경마장에서 오랫동안 산책을 하라고 내보냈을 때, 어째서 당신은 그에게 왜 함께 산책하러 나가지 않느냐고, 왜 유모마저 내보내고 어린 '딸'을 혼자 돌보겠다고 하느냐고 묻지 않으셨나요? 아, 하나뿐인 자식을 저버린 가엾은 어머니, 지금은 이 세상에 없는 어머니. 꼬박 일 년 동안 그런 일을 겪은 후 말릭은 간신히 용기를 내어 결코 해서는 안 될 질문을 던졌다. 엄마, 의사 선생님이 왜 자꾸 나를 눌러 앉혀? 눌러 앉히다니, 어떻게 눌러 앉힌다는 거니, 도대체 그게

---

* 봄베이 말라바르 언덕의 계단형 정원.

무슨 소리야? 엄마, 선생님이 내 앞에 서서 내 머리에 손을 얹고 꾹 눌러 무릎을 꿇게 하는 거 말이야. 그리고 엄마, 선생님이 자기 파자마 끈을 푸는 거, 엄마, 그리고 아래로 내리는 거. 그러자 그녀가 말릭을 때렸다. 있는 힘껏, 몇 번이나. 그런 못된 거짓말을 또 했다가는 두들겨 패서 아주 귀머거리에 벙어리를 만들어버릴 테다. 왠지 모르겠지만 너는 하나밖에 없는 아빠인 그 사람을 미워하고 있는 거야. 왠지 모르겠지만 너는 네 엄마가 행복하게 사는 걸 싫어하고, 그래서 그런 거짓말을 하는 거라고. 내가 너를, 네 못된 속셈을 모를 줄 아니? 다른 엄마들이 하는 말을 들을 때마다 내 기분이 어떨 것 같아? 아줌마네 말릭 말인데요, 상상력이 얼마나 뛰어난지, 뭐든지 물어보면 어떤 대답이 튀어나올지 모른다니까요. 아, 그 말이 무슨 뜻인지 나도 다 알아. 네가 동네방네 다니면서 터무니없는 거짓말을 늘어놓는다는 뜻, 그러니까 내 새끼가 못된 거짓말쟁이라는 뜻이지.

그때부터 그는 귀머거리에 벙어리가 되었다. 그때부터 그는 리본이 달린 정수리에 와닿는 손길을 느낄 때마다 얌전히 무릎을 꿇고 눈을 감고 입을 벌렸다. 그런데 한없이 길었던 몇 달이 지나간 후 상황이 달라졌다. 어느 날 찬드라의 아버지, 거물급 은행가 발라수브라마냠 벵카타라가반 씨가 솔랑카 박사를 찾아왔고, 두 사람은 한 시간이 넘도록 밀담을 나누었다. 이따금 언성이 높아졌다가 금방 잦아들기도 했다. 말리카가 불려들어갔다가 금방 쫓겨나기도 했다. 말릭은 눈이 휘둥그레진 채 인형을 부둥켜안고 복도 끝에서 말없이 서성거렸다. 이윽고 벵카트 씨가 천둥처럼 기세등등하게 나오더니 말릭을 안아올려 포옹해주면서 새빨갛게 상기된 얼굴로 중얼거렸다.

"걱정 마라, 꼬마야. 갈가마귀가 말했네, 다시는 없으리라*."

그날 오후, 모든 드레스와 리본이 한꺼번에 불태워졌다. 그러나 말릭은 인형만은 남겨달라고 애원했다. 솔랑카 박사는 두 번 다시 그에게 손끝 하나 대지 않았다. 벵카트 씨가 뭐라고 위협했는지 몰라도 즉효를 거둔 것이었다. (발라수브라마남 벵카타라가반 씨가 사냐시가 되기 위해 집을 떠났을 때, 당시 열 살이었던 말릭 솔랑카는 의붓아버지가 다시 예전과 같은 짓을 할까봐 몹시 걱정했지만 솔랑카 박사는 따끔한 교훈을 얻은 모양이었다. 그러나 말릭 솔랑카는 끝끝내 의붓아버지에게 말 한마디도 하지 않았다.)

그날부터 말릭의 어머니도 달라졌다. 그녀는 어린 아들에게 끊임없이 사과하면서 흐르는 눈물을 가누지 못했다. 말릭이 입만 열었다 하면 그녀는 죄책감과 슬픔에 겨워 길게 울부짖기 일쑤였다. 그래서 말릭은 어머니와도 멀어지게 되었다. 그에게 필

---

* 에드거 앨런 포의 시 「갈가마귀」의 한 구절.

요한 것은 모노폴리* 놀이판의 급수 시설이 아니라 어머니였다. 그녀는 걸핏하면 아들을 부둥켜안고 한바탕 흐느끼곤 했는데, 한번은 그가 이렇게 나무란 적이 있었다.

"제발, 엄마. 내가 이렇게 참을 수 있다면 엄마도 참을 수 있잖아."

그녀는 가슴이 뜨끔해서 그를 놓아주었고, 그때부터는 베개에 얼굴을 묻고 혼자서 몰래 울었다. 그리하여 그들은 표면적으로나마 정상적인 삶을 되찾게 되었다. 솔랑카 박사는 자기 일을 계속했고, 말리카는 집안 살림을 꾸려갔고, 말릭은 이런저런 생각들을 마음속에 감춰두고 있다가 이따금 인형들에게만, 그것도 반드시 속삭이면서, 반드시 어둠 속에서 털어놓았다. 침대 위에 즐비한 인형들은 그의 수호천사들이었고 피를 나눈 형제자매였다. 그가 믿을 수 있는 가족은 그들뿐이었다.

솔랑카는 고백을 끝마치며 말했다.

"나머지는 별로 중요하지 않아. 나머지는 평범한 얘기니까. 계속 살아가고, 나이를 먹고, 그 집을 떠나고, 내 인생을 찾고."

무거운 짐 하나를 내려놓은 기분이었다.

"이젠 그 짐을 짊어지고 다니지 않아도 되겠지."

---

* 말판놀이의 일종. 주사위를 던져 놀이판의 가장자리에 그려진 사십 개의 네모 칸을 따라 말을 움직이는 방식인데, 그 네모칸 중의 하나가 '급수 시설'이다.

솔랑카는 그렇게 덧붙이며 스스로 놀라워했다. 닐라가 두 팔로 그를 끌어안으며 더 바싹 달라붙었다.

"그런데 이젠 내가 당신을 감옥에 가뒀군요. 지금은 내가 당신한테 이래라저래라 하니까요. 그렇지만 이번엔 우리가 둘 다 원하는 일이라는 게 다른 점이죠. 이 감옥에서 당신은 드디어 자유의 몸이 된 거예요."

솔랑카는 긴장을 풀고 그녀에게 몸을 맡겼다. 그러나 그는 아직도 열리지 않은 마지막 문 하나가 남아 있다는 사실을 알고 있었다. 그것이야말로 완전한 고백의 문, 냉혹하고 절대적인 진실의 문이었고, 그 너머에 있는 것은 밀라 마일로와 솔랑카 자신의 사이에서 일어났던 그 이상야릇한 일이었다. 그 일에 대해서는 나중에 얘기해도 된다고 생각했다. 하지만 그것이 파국의 씨앗이었다.

지구상의 모든 나라에서—영국에서도, 인도에서도, 머나먼 릴리푸트에서도—사람들은 한결같이 미국에서 성공하는 것에 대한 강박관념을 가지고 있다. 닐라는 미국 언론계에서 좋은 일자리를 얻었다는 이유만으로—'크게 출세했다더라'—조국에서는 이미 유명인사였다. 인도인들도 미국의 음악계나 출판계(비록 작가는 아니더라도), 혹은 실리콘밸리나 할리우드 등에서 인도인들이 이룩한 업적에 대해 대단한 자부심을 느낀다. 영국인들은 히스테리에 가까울 만큼 열광하기 일쑤다. 영국인 기자가 미국 신문사에 취직하다니! 놀라워라! 영국인 영화배우가 미국 영화에서 조연을 맡다니! 우와, 굉장한 스타야! 여자 옷을 입고 나오는 영국 코미디언이 에미상을 두 개나 받았대! 역시 훌륭해! 영국식 의상도착증이 최고라는 건 진작부터 알고 있었다니까! 미국에서의 성공 여부는 한 인간의 가치를 확실히 입증하는 유일무이한 척도가 되었다. 말릭 솔랑카는 이런 생각을 했다. 아, 비굴하도다. 요즘은 아무도 돈 앞에서 감히 왈가왈부하지 못하는구나. 그리고 돈이란 돈은 모조리 이 약속의 땅에 모여 있다.

그런 생각이 실감나게 된 까닭은 솔랑카 자신이 오십 대 중반의 나이에 이르러 진정한 미국 히트작의 막강한 힘을 몸소 체험하고 있기 때문이었다. 그 힘을 가진 그에게 이 도시는 모든 문을 활짝 열어젖혔고, 모든 비밀을 보여주었고, 모든 파티에 초대하여 배가 터지도록 먹여주었다. 갈릴레오 프로젝트는 전례 없이 다양한 분야에 걸쳐 동시에 진행된 사업 기획이었고 첫날부터 은하계 너머로 날아올랐다. 알고 보니 그것은 우연의 일치가 빚어낸 행운이었다. 이를테면 준비된 신화였다고나 할까. 이 도시에서 제일 멋진 가슴을 가진 사람들이 **적자생존** 티셔츠를 입고 다니기 시작하면서 그 말은 헬스클럽 세대가 외치는 승리의 표어가 되어 하루아침에 일반 대중의 유행어로 자리 잡았다. 심지어 뱃살이 출렁거리는 사람들까지 그 티셔츠를 자랑스럽게 입고 다녔다. 입은 사람의 역설적 표현력과 유머 감각을 말해주는 옷이었기 때문이다. 플레이스테이션 비디오 게임도 모든 예상을 뒤엎을 만큼 수요가 급증하는 바람에 라라 크로프트조차 그 여파로 허우적거릴 정도였다. 〈스타워즈〉 현상이 절정에 달했을 때는 관련 상품의 판매량이 전 세계 장난감 매출액의 사분의 일을 차지했었다. 그때 이후로 이 기록에 근접한 것은 리틀 브레인뿐이었다. 그런데 이제 갈릴레오 1호 이야기가 신기록을 수립하고 있었다. 게다가 이번에 전 세계를 열광의 도가니로 몰아넣고 있는 것은 영화나 텔레비전이 아니라 웹사이트였다. 마침내 새로운 통신 매체가 성과를 거두기 시작한 것이다. 여름 동안 수많은 인터넷 회사가 이익은커녕 막대한 손해만 본 탓에 인터넷의 잠재력에 대한 회의론이 지배적이었는데 드디어 예언대로 멋진 신세계가 나타났다. 솔랑카 교수가 창조한 기막히게 매력적인 짐승이, 마침내 때가 되어, 곧 태어나려고 베들레헴 쪽으로 구부정하게 걸어가고 있었다[*]. (그러나 아직 엉성한 부분도 없지 않았다. 처음 며칠 동안은 엄청난 조회수 때문에 웹사이트가 자주

다운되었다. 웹스파이더들이 리플리케이션과 미러링 등의 방법으로 마치 거미가 새 실을 뽑아내어 빛나는 거미줄을 넓혀가듯 서버 용량을 확대하고 있었지만 그 속도보다 조회수의 증가 속도가 더 빠른 모양이었다.)

솔랑카가 만들어낸 허구의 캐릭터들은 이번에도 우리를 탈출하여 길거리를 휘젓고 다니기 시작했다. 그들이 몇 층 또는 몇십 층 높이의 거대한 크기로 자라나서 도시의 벽을 장식하고 있다는 소식이 세계 각지에서 속속 도착하고 있었다. 그들은 유명인사의 자격으로 공개 행사에도 참석했다. 구기 종목 경기장에서 애국가를 부르기도 했고, 요리책을 출간하기도 했고, 레터맨 쇼의 객원 진행자로 초빙되기도 했다. 누구나 선망하는 주연인 레이크의 자민이나 그녀의 닮은꼴 사이보그 승리의 여신의 배역을 따내기 위해 요즘 잘나가는 젊은 여배우들이 공공연히 경쟁을 벌이고 있었다. 리틀 브레인 때와 달리 이번에는 솔랑카가 좌절감을 느낄 일도 없었다. 밀라 마일로가 약속한 대로 이 프로젝트는 정말 솔랑카 자신이 주도권을 쥐고 있었기 때문이다. 그는 스스로도 놀랄 정도로 흥분에 휩싸였다. 날마다 각종 창작 회의와

---

* 이 문장은 암울한 미래를 노래한 예이츠의 시 「재림」의 마지막 두 줄에 약간의 변화를 준 것이다. 원문은 다음과 같다. "그런데 어떤 사나운 짐승이, 마침내 때가 되어, / 곧 태어나려고 베들레헴 쪽으로 구부정하게 걸어가고 있는 것일까?"

기업 회의에 참석하면서 하루를 보냈다. 웹스파이더들과 이메일이나 주고받으며 소원한 관계를 유지하던 시기는 지나갔다. 지금은 정기적인 '면회시간'이 필수적이었다. 아버지에게 집착하는 밀라가 성적인 부분에서 퇴짜맞은 일에 대해 마음속에 품고 있는 분노는 여전했고 어쩌면 점점 더 심해지는 듯싶기도 했는데, 크로이소스*가 부럽지 않을 만큼 돈을 긁어모으고 있는 이즈음 유일한 골칫거리가 바로 그것이었다. 중요한 회의가 있을 때마다 밀라와 에디는 돌처럼 굳은 얼굴로 나타났고, 회의실에서 나갈 때까지 솔랑카에게 우호적인 말은 한마디도 건네지 않았다. 그러나 그녀의 머리카락과 눈동자가 많은 것을 말해주고 있었다. 걸핏하면 색깔이 바뀌었던 것인데, 어떤 날은 불꽃처럼 활활 타오르다가 다음날은 검고 우중충해지는 식이었다. 콘택트렌즈와 머리카락의 색이 극심한 부조화를 이루는 경우도 있었는데, 그런 날은 밀라의 기분이 유별나게 언짢은 상태라는 뜻이었다.

그러나 솔랑카는 밀라 문제로 고민할 겨를이 없었다. 갈릴레오 프로젝트에 대해 최우선권을 가진 협력사들이 사업 다각화를 위한 아이디어들을 숨 가쁘게 내놓고 있었다. 식당 체인점! 테

---

* 소아시아에서 번창했다가 페르시아에 정복당한 고대왕국 리디아의 마지막 왕. 엄청난 부자였던 것으로 유명하다.

마파크! 라스베이거스의 사막 한복판에 인공 '바다'를 만들어놓고 바부리아의 두 섬을 본뜬 모양으로 짓게 될 초대형 호텔, 오락실, 카지노! 제발 우리도 좀 끼워달라고 애원하며 문을 두드리는 기업들의 수를 일일이 헤아린다는 것은 원주율의 값을 끝까지 계산하는 일에 버금갈 만큼 어려운 일이었다. 웹스파이더들은 거의 날마다 이 프로젝트의 미래를 위한 새로운 기획안을 만들어내거나 외부에서 수용했고, 말릭 솔랑카는 일의 푸리아, 즉 희열에 휩싸여 여념이 없었다.

그러나 상상의 행성 갈릴레오 1호에서 건너온 살아 있는 인형들이 실제로 존재하는 행성 지구의 정치 문제에까지 끼어들게 된 것은 아무도 예상하지 못한 일이었다. 솔랑카에게 그 소식을 전해준 사람은 닐라였다. 그녀는 잔뜩 흥분한 채 웨스트 70번가로 단숨에 달려왔다. 이야기를 하는 동안에도 그녀의 눈은 초롱초롱 빛나고 있었다. 릴리푸트에서 역쿠데타가 일어난 것이었다. 그것은 먼저 강도짓으로 시작되었다. 복면을 쓴 괴한들이 밀덴도 최대의 장난감 가게를 습격하여 당시 막 수입되어 들어와 있던 크로노스 사이보그들의 가면과 특수의상들을 모조리 털어갔던 것이다. 흥미로운 것은 그들이—닐라의 친구, 즉 가슴팍이 맨질맨질한 그 기수의 이름을 따서 명명된—바부리아인들의 가면과 의상은 하나도 가져가지 않았다는 점이었다. 나중에 알려진 일이지만 FRM의 과격파, 다시 말해 이번 약탈 행위를 계획한 인도계 릴리인들의 혁명군 '프레멘'은 퍼핏 킹들에 대하여 강한 동질감을 느끼고 있었다. 퍼핏 킹들은 인간과 다를 바 없는 윤리적 판단력과 지각을 가진 존재로서 평등한 대우를 받아야 마땅하건만 바부리아인 모골은 그 절대적 권리를 부정했기 때문이다. 프레멘은 스키레시 볼골람이야말로 퍼핏 킹들의 철천지원수인 모골의 화신이라면서 비난하고 있었다.

이때까지만 하더라도 그 소식은 아주 머나먼, 그러므로 쉽게 잊어버릴 수 있는 남태평양에서 일어난 괴상하고 색다른, 그러나 별로 중요하지 않은 이례적 사건에 불과했다. 그러나 다음 소식은 그렇게 간단히 웃어넘길 수 없는 문제였다. 잘 훈련된 수천 명의 '필비스탄' 혁명군이 릴리푸트블레푸스쿠의 주요 시설들을 대상으로 조직적인 무장공격을 감행한 것이었다. 그들은 거의 유명무실한 상태였던 엘비 족 군대를 기습했고, 국회의사당, 라디오 및 텔레비전 방송국, 전화회사, 릴리콘 인터넷 서비스 회사, 비행장과 항구 등을 점거하고 있던 볼골람 파와 교전을 벌여 오랫동안 맹렬히 싸웠다. 졸병들은 평범한 모자와 선글라스와 손수건 등으로 얼굴을 가리고 있었지만 일부 장교들의 차림새는 사뭇 이채로웠다. 그들은 바로 아카스 크로노스의 사이보그들이었던 것이다. 말릭 솔랑카는 그들이 이끄는 이 쿠데타야말로 세번째 '살아 있는 인형들의 반란'이라고 해도 과언이 아님을 깨달았다. 자신만만하게 작전을 지휘하는 여러 명의 '인형 제작자'들과 '자민'들이 목격되었다. "적자생존!" 프레멘들은 그렇게 함성을 지르며 볼골람 파의 진지를 향해 돌격하곤 했다. 유혈이 낭자했던 그날 하루가 끝나갈 무렵, FRM은 승리를 거두었지만 그 대가는 참혹했다. 수백 명이 목숨을 잃었고 수백 명이 중경상을 입었다. 릴리푸트블레푸스쿠의 의료시설들은 치료가 시급한 환자들을 제때 돌보지 못하고 쩔쩔맸다. 부상자들의 일부는 치료 순서를 기다리다가 숨을 거두고 말았다. 이 작은 나라의 병원 복도마다 고통과 두려움에 시달리는 신음 소리가 밤새도록 끊이지 않았다.

이윽고 릴리푸트블레푸스쿠가 외부 세계와의 접촉을 재개함에 따라 골바스토 구에 대통령과 지금은 실패로 끝나버린 첫번째 쿠데타의 주동자 스키레시 볼골람 둘 다 생포되었다는 사실이 밝혀졌다. FRM 봉기의 주동자가―그는 머리끝부터 발끝까지 크로노스/인형 제작자의 모습이었고 자신의 신원에 대해서는 아카스 사령관이라는 칭호로 일관했다―LBTV에 잠시 출연했다. 그는 자신의 작전이 성공했음을 선언하고 희생자들을 찬양하더니 주먹을 불끈 쥐고 이렇게 외쳤다.

"적자생존이 이루어졌습니다!"

그리고 자신의 요구사항을 제시하기 시작했다. 우선 폐지되었던 골바스토 헌법을 복원시킬 것, 그리고 볼골람의 무리들을 대역죄로 다스릴 것. 엘비 족의 법률에 의하면 대역죄는 사형에 해당하는 중죄였다. 그러나 지금 살아 있는 노인들 중에도 처형을 목격한 사람은 아무도 없었으니 이번 사건도 예외가 아닐 터였다. 그는 또한 릴리푸트블레푸스쿠의 차기 정부에 대해서는 '프레멘의 아카스 사령관', 즉 자신과 협의할 것을 요구하면서 자기가 그 정부에 포함시키고자 하는 후보자 명단까지 내놓았다. 그러면서도 자기 자신의 직책은 명시하지 않았지만 그렇게 겸손한 체하는 태도에 속아넘어갈 사람은 아무도 없었다. 봄베이의 발 타커레이*와 오스트리아의 외르크 하이더**만 보아도 알 수 있듯 꼭 공직에 앉아 있어야만 전권을 휘두를 수 있는 것은 아니기 때문이다. 바야흐로 진정한 독재자가 등장한 것이다. '아카스 사령관'은 자신의 요구사항이 관철될 때까지 '존경하는 대통령님과 반역자 볼골람을 저의 사적인 손님 자격으로 국회의사당 건물에 남아 있도록 할 것'이라는 말을 마지막으로 발표를 끝냈다.

---

* 인도 정치가이자 힌두교 근본주의자. 강경파 힌두 민족당 시브세나의 실질적 지도자.
** 오스트리아 정치가, 전 극우 자유당 당수.

솔랑카는 고민에 빠졌다. 목적과 수단이라는 케케묵은 문제가 다시 대두된 것이다. 아무리 봐도 '아카스 사령관'은 정의로운 대의를 위해 일하는 사람이 아닌 것 같았다. 물론 혁명가들이 반드시 만델라나 간디 같은 인물을 본보기로 삼는 건 아니라는 것쯤은 솔랑카도 알고 있었다. 하지만 그렇게 정치 깡패 같은 방식은 언제 어떤 경우라도 비난받아 마땅했다. 그러나 닐라는 좋아서 어쩔 줄 몰랐다.

"인도계 릴리인들이 이런 일을 벌이다니 도저히 믿어지질 않아요. 주저앉아 징징거리는 대신에 지킬 것을 지키겠다고 이렇게 군대를 조직하고 일사불란하게 움직이다니 말예요. 그 사람이 굉장한 기적을 일으켰어요. 안 그래요?"

그녀는 이튿날 아침에 밀덴도로 떠난다고 말했다.

"기뻐해줘요. 이번 쿠데타 덕분에 내 필름도 아주 매력적인 작품이 됐어요. 하루 종일 전화통에 불이 날 지경이라구요."

지금 인생의 한 정점을 경험하고 있는 말릭 솔랑카는 마치 난쟁이들 사이에 서 있는 걸리버나 앨리스처럼 천하무적의 불사신이 된 기분이었는데, 갑자기 눈에 보이지도 않을 만큼 작은 손가락들이 옷자락을 잡아당기는 듯했다. 마치 꼬마 도깨비들이 새까맣게 몰려들어 그를 지옥으로 끌어내리려고 하는 것 같았다. 닐라가 다시 말했다.

"그 사람이 해낸 거예요. 아카스 사령관 말예요. 녹화 테이프를 봤는데 틀림없어요. 그 체격, 언제 봐도 한눈에 알아볼 수 있다구요. 정말 대단한 사람이에요."

말릭 솔랑카는 이런 생각을 했다. 역시 현대인의 삶의 속도는 마음의 반응 속도를 앞지르는구나. 잭의 죽음, 닐라의 사랑, 분노의 극복, 아스만의 코끼리, 엘리너의 슬픔, 밀라의 상심, 배관공 슐링크의 경멸어린 승리감, 여름의 끝, 릴리푸트블레푸스쿠의 볼골람 쿠데타, FRM 과격파 바부르를 향한 솔랑카 자신의 질투심, 닐라와의 말다툼, 심야의 괴성, 자신의 '배경 스토리'를 털어놓은 일, 초고속으로 진행된 갈릴레오 퍼핏 킹 프로젝트와 그것으로 일궈낸 어마어마한 성과, '아카스 사령관'의 역쿠데타, 닐라의 임박한 출발…… 시간의 흐름이 너무 빨라서 당황하다 못해 어처구니가 없을 지경이었다. 그런데도 닐라는 전혀 의식하지 못했다. 속도와 변화의 소산이며 이 정신없는 시대의 산물인 그녀는 지금의 변화 속도를 정상으로 인식하고 있었다. 그녀는 오히려 솔랑카를 꾸짖었다.

"그런 식으로 얘기하면 꼭 노인네 같잖아요. 그런 건 집어치우고 당장 이리 와요."

작별의 정사는 정신이 혼미해질 만큼 오랫동안 느리게 진행되었다. 적어도 이 부분에서만큼은 포스트모던 시대의 무시무시한 속도를 걱정할 필요가 없었다. 젊은이들이 느림을 높이 평가하는 분야도 아직 더러는 남아 있는 모양이었다.

그는 꿈도 없는 잠 속으로 빠져들었다. 하지만 두 시간 후 깨어나보니 악몽 속이었다. 닐라는 아직 있었지만—그녀는 자기 침대에서 그와 함께 깨어나는 것은 여전히 싫어하면서도 솔랑카의 집에서 함께 자는 것은 좋아했다. 그녀는 자주 그렇게 했고 그 역시 이런 이중적인 잣대를 이의 없이 받아들였다—지금 방 안에는 외부인이 들어와 있었다. 몸집이 큰, 아니, 대단히 큰 남자 하나가 솔랑카가 누워 있는 쪽의 침대 옆에 서 있다가 자못 위험해 보이는—아, 그것은 솔랑카 자신이 저지른 잘못을 다시 보여주는 끔찍한 거울과도 같았다—칼을 치켜드는 것이었다. 당장에 잠이 확 달아났고, 솔랑카는 침대 위에서 벌떡 일어나 앉았다. 침입자는 그를 향해 어렴풋이 칼날을 흔들어대며 인사를 했다.

"교수님."

에디 포드는 그리 무례하지 않은 어조로 말했다.

"오늘밤 이렇게 만나 뵙게 돼서 반갑습니다."

몇 년 전 런던에서 어느 거들먹거리는 흑인 청년 하나가 솔랑카에게 칼을 들이댄 적이 있었다. 컨버터블 승용차에서 뛰어내린 그 청년은 솔랑카가 막 들어가 있던 전화 부스를 자기가 먼저 써야겠다고 억지를 부리면서 이같은 이유를 내세웠다.

"여자 문제라구요. 좀 급하다 이겁니다."

솔랑카가 자기 용건도 중요하다고 대꾸하자 청년은 갑자기 흥분했다.

"확 그어버린다, 이 새끼, 내가 못 할 줄 알아? 그 정도는 아무것도 아니야."

그때 솔랑카는 자신의 신체 언어에 신경을 곤두세웠다. 너무 겁먹은 것처럼 보이거나 너무 자신만만해 보이지 않도록 행동하는 것이 관건이었다. 아슬아슬한 줄타기가 필요한 상황이었다. 그는 또한 침착한 목소리를 유지하려고 안간힘을 썼다.

"그건 나에게도 불행한 일이지만 자네에게도 불행한 일이야."

그때부터 눈싸움이 시작되었고, 솔랑카는 그 싸움에서 굳이 승리를 거머쥘 만큼 어리석지 않았다.

"좋아, 빨리 꺼져버려, 병신 새꺄, 알았어?"

칼잡이는 그렇게 말하고 안으로 들어가 전화를 걸었다.

"어이, 자기야, 그놈은 잊어버리고, 자기야, 그 얼간이는 절대로 못하는 걸 내가 보여줄게."

그는 수화기에 대고 노래를 흥얼거리기 시작했다. 솔랑카도 알고 있는 브루스 스프링스틴의 노래였다.

"말해줘요, 내 사랑, 당신의 아버지가 집에 있는지, 당신만 남겨두고 나갔는지, 아하, 나 지금 못된 욕망을 느끼는데, 오, 오, 오, 나 지금 활활 타고 있는데."

솔랑카는 부리나케 그곳을 떠났다. 그리고 모퉁이를 돌자마자 벽에 털썩 기대 부들부들 떨었다.

그런데 그런 일이 다시 벌어진 것이다. 더구나 이번에는 개인적인 원한 때문에 일어난 일이니 신체 언어나 목소리 따위의 잔재주는 통하지 않을 터였다. 게다가 그의 곁에는 한 여자가 자고 있었다. 에디 포드는 침대 발치에서 천천히 왔다갔다하고 있었다.

"무슨 생각을 하시는지 다 압니다. 씨발, 굉장한 영화광이시니까. 링컨 플라자, 기타 등등, 그렇죠, 네. 〈어둠 속의 칼〉, 금방 그 영화가 생각났겠죠, 핑크 팬더 2탄, 주연은 매력적인 엘크 소머* 맞죠?"

그 영화의 제목은 〈어둠 속의 총성〉이었지만, 솔랑카는 지금 에디에게 그 사실을 지적할 계제가 아니라고 판단했다. 에디는 생각에 잠긴 얼굴로 말을 이었다.

---

* 독일 태생의 미국 영화배우.

"씨발, 칼질하는 영화라…… 밀라는 〈머릿속의 칼〉*에 나오는 브루노 간츠**를 좋아했지만 나는 오래된 고전영화가 더 마음에 들어요. 로만 폴란스키가 처음 만든 장편영화 〈물속의 칼〉 같은 거요. 어떤 남자가 마누라한테 자랑하려고 칼로 장난을 치죠. 그 여자는 금발의 히치하이커를 은근히 좋아하구요. 그거 아주 큰 실수를 하는 건데, 아주 심각한 일인데 말이죠."

닐라가 뒤척거렸다. 평소에도 자주 그러듯이 자면서 울고 있는 것이었다. 솔랑카는 그녀의 등을 어루만졌다.

"쉬이. 괜찮아. 쉬이."

에디가 점잖게 고개를 끄덕였다.

"아무래도 곧 깨어나겠군요. 씨발, 그 순간이 엄청 기대되는데요."

그러더니 다시 명상하듯 말을 이었다.

"우린 영화마다 등급을 매기면서 볼 때가 많아요. 밀라와 나 말이에요. 무섭다, 더 무섭다, 제일 무섭다, 그런 식이죠. 밀라는 〈엑소시스트〉가 제일 무섭대요. 삭제됐던 장면들을 도로 넣어서 곧 재개봉한다던데 난 그 영화는 별로라고 했어요. 고전영화 시대로 한참 거슬러 올라가서 우리 폴란스키 감독 정도는 돼야 명

---

* 독일 라인하르트 하우프 감독의 영화.
** 스위스 영화배우. 〈영원과 하루〉 〈베를린 천사의 시〉 등에 출연했다.

함을 내밀죠. 〈로즈마리의 아기〉* 말예요. 씨발, 내 생각엔 그 영화가 최고라구요. 그런데 애들에 대해서라면 교수님도 좀 아시죠, 네? 이를테면 씨발, 날이면 날마다 씨발, 교수님 무릎에 앉아서 노는 애들 말이에요. 대답을 안 하시는군요, 교수님. 제가 다른 표현으로 바꿔드릴까요? 요컨대 교수님은 건드리지 말아야 할 걸 건드렸다 이건데요, 씨발, 잘못을 했으면 벌을 받는 게 당연하잖아요. 주께서 말씀하시길, 복수는 나의 것이로다**. 복수는 에디의 것이죠. 안 그렇습니까, 교수님? 우리가 이렇게 마주 보고 있는 이 순간을 간단히 요약하자면 바로 그거 아닙니까? 우리가 이렇게 마주 보고 있는 이 순간, 교수님은 그 여자분하고 그렇게 무방비 상태인 반면에 저는 곧 교수님의 불알을 까버리겠다고 이렇게 크고 무시무시한 칼을 움켜쥐고 있는 이 순간, 씨발, 이만하면 심판의 날이 왔다는 걸 인정할 만하지 않습니까?"

솔랑카는 이런 생각을 했다. 영화 때문에 관객들이 유치해지는 것일까, 아니면 남달리 유치해지기 쉬운 관객들이 단순무식

한 영화에 몰리는 것일까? 어쩌면 현대인들은 일상생활 때문에, 날마다 과로에 시달리며 쫓기듯 살아가는 인생 때문에 마비되어 무감각해졌고, 그래서 감정이라는 것이 어떤 것인지를 기억해내기 위해서 영화 속의 단순한 세계에 몰입하는 것인지도 모른다. 그리고 그 결과로 지금은 수많은 성인 남녀가 바깥세상에서 얻을 수 있는 경험보다 영화관에서 얻는 경험이 더 진짜 같다고 느끼게 되었는지 모른다. 에디의 경우를 보더라도 간단한 공갈협박조차 스스로 생각할 수 있는 좀더 '자연스러운' 표현 방식보다는 영화에서 보았던 폭력배들의 상투적인 말들이 더 실감난다고 믿고 있다. 지금 에디는 자신이 이제 막 어느 풋내기를 해치우려 하는 새뮤얼 L. 잭슨이라고 착각하고 있는 것이다. 그는 검정 양복을 입은 사나이, 색깔과 같은 이름을 가진 사나이, 〈너 때문에 진퇴양난에 빠졌어〉*의 선율에 맞춰 꽁꽁 묶인 피해자를 난도질하는 사나이였다. 그렇다고 칼은 칼이라는 사실마저 부인할 수는 없었다. 어쨌든 고통은 고통이고, 어쨌든 마지막에는 죽음이 찾아올 테고, 지금 어둠 속에서 미친 젊은이 하나가 두 사람을 향해 칼을 휘두르고 있다는 것도 틀림없는 사실이었다. 그때 닐라가 깨어나더니 솔랑카의 곁에서 일어나 앉으며 영화에서

---

* 영국 록그룹 스틸러스 휠의 히트곡. 이 노래가 삽입된 영화는 쿠엔틴 타란티노 감독의 데뷔작 〈저수지의 개들〉이다.

여배우들이 하는 그대로 시트를 잡아당겨 알몸을 가렸다. 그녀
가 속삭였다.

"아는 사람이에요?"

그러자 에디가 웃음을 터뜨렸다.

"아, 그래요, 예쁜 아가씨. 잠시 문답을 나눌 시간은 있죠. 교
수님과 저요, 우린 **동서지간입니다.**"

"에디."

밀라였다. 눈동자는 새빨갛고 머리카락은 새파래서 섬뜩한
모습이었다.

"내 열쇠를 훔쳤구나."

그녀는 열려 있는 문간에 서서 에디를 꾸짖고 침대 위의 솔랑
카를 돌아보았다.

"내 열쇠를 훔친 거예요. 죄송해요. 에디는 뭐랄까, 감정 표현
이 좀 과격해요. 저는 그런 남자를 좋아하죠. 에디는 특히 교수
님에 대해서 감정이 많아요. 충분히 이해할 수 있는 일이죠. 그
렇다고 칼까지? 이건 잘못한 거야, 에디."

그녀는 다시 약혼자를 돌아보았다.

"잘, 못, 한, 거, 라, 구. 네가 감방에 들어가면 우리가 어떻게
결혼할 수 있겠니?"

에디는 잔뜩 풀이 죽어 마치 야단맞은 초등학생처럼 두 발을

번갈아 디디며 주춤거렸다. 미친개 같은 킬러였던 그가 순식간에 끙끙거리는 애완견으로 돌변한 것이었다.

"밖에서 기다려."

그녀가 명령하자 그는 얼간이처럼 비실거리며 나갔다. 밀라가 솔랑카에게 말했다.

"밖에서 기다릴 거예요. 우린 얘기 좀 해야겠어요."

그녀는 방 안에 있는 다른 여자를 완전히 무시하고 있었지만, 그 여자는 언제 어디서든지 그 자리에 없는 사람처럼 취급당해본 경험이 별로 없는 여자였다. 닐라는 이렇게 따져물었다.

"그 남자가 자기 열쇠를 훔쳤다니 그게 무슨 소리예요? 저 여자가 왜 당신 열쇠를 갖고 있어요? 두 남자가 동서지간이라는 건 또 무슨 뜻이에요? '충분히 이해할 수 있는 일'이라는 건 뭐예요? 그리고 얘기 좀 해야겠다는 건 무엇 때문이죠?"

솔랑카 교수는 마음속으로 이렇게 대답했다. 밀라가 얘기 좀 해야겠다고 하는 이유는 내가 자기와 아버지가 동침했다고 생각한다고 생각하기 때문이야. 그런데 사실 나는 밀라와 아버지가 동침했다고 생각하는 정도가 아니라 그게 틀림없는 사실이라는 걸 확실히 알고 있어. 왜냐하면 이 분야에 대해서는 나도 경험이 좀 있는 편이거든. 밀라의 아버지는 날이면 날마다 물개처럼—남자처럼—밀라를 따먹다가 갑자기 떠나버렸어. 그런데 밀라는 아버지를 깊이 혐오하는 동시에 깊이 사랑했고, 그래서 그때부터 대용품을, 실제 인생의 모조품을 찾기 시작한 거지. 밀라는 자기 시대의 생활 방식에 대해서는 전문가 수준이야. 가짜와 사이비가 판치는 시대, 남자와 여자에게 알려진 모든 쾌락을 인공적으로 만들어내는 시대, 그래서 질병도 죄의식도 걱정할 필요 없는 이 시대 말이야. 칼로리도 낮고 진실성도 낮은 세상, 끔찍하고 불편한 현실 세계를 매력적으로 복제해놓은 위작들의 세상이지. 비록 날조된 경험이지만 기분은 좋으니까 현실보다 더 좋아하게 되는 거라구. 그게 바로 나였어. 밀라의 위조품.

새벽 세시 십칠분이었다. 밀라는 트렌치코트와 부츠 차림으로 침대 모서리에 걸터앉았다. 말릭 솔랑카는 끄응 하고 신음 소리를 냈다. 재앙은 언제나 우리가 가장 방심하고 있을 때 찾아온다. 사랑처럼 전혀 예기치 못한 순간에 엄습해오는 것이다.

"저 여자한테 말해주세요."

밀라가 드디어 닐라의 존재 사실을 인정해주고 있었다.

"교수님이 이 작은 왕국의 열쇠를 나한테 준 이유를 설명해줘요. 무릎에 올려놨던 쿠션들에 대해서도요."

밀라는 이 순간을 위해 치밀하게 준비한 것이 분명했다. 그녀는 허리띠를 풀고 트렌치코트를 벗어버렸고, 그러자 하고많은 옷들 중에서 하필이면 짤막한 베이비돌 잠옷이 나타났다. 그것은 옷이 치명적인 무기로 사용될 수도 있다는 명백한 증거였다. 상처받은 밀라는 살의를 품고 옷을 벗은 것이었다. 그녀가 다그쳤다.

"어서요, 아빠. 저 여자한테 우리에 대해 말해주세요. 오후에 만났던 밀라에 대해 말해주세요."

"그래요, 말해봐요."

솔랑카의 전처 엘리너 매스터스가 들어오자마자 불을 켜면서 냉랭한 목소리로 말했다. 몸집이 크고 머리는 반백인 남자가 뒤따라 들어왔다. 안경을 쓰고 올빼미처럼 눈을 껌벅거리는 불교도, 바로 솔랑카의 전 친구 모건 프랜즈였다.

"다들 듣고 싶어하는 것 같은데요."

솔랑카는 생각했다. 아, 그래, 좋아. 오늘밤은 이 집이 아예 장바닥이 돼버렸군. 자, 어서들 들어와. 내 걱정은 하지 말고 마음 편하게 있으라구. 엘리너의 치렁치렁한 밤색 머리카락이 전에 없이 길었다. 그녀는 높은 목깃이 달린 긴 검정색 캐시미어 외투를 입고 있었다. 그녀의 눈동자가 이글이글 타올랐다. 솔랑카는 새벽 세시가 넘었는데도 그녀의 모습은 기막히게 아름답다고 생각했다. 그리고 모건 프랜즈가 그녀의 손을 잡고 있는 것도 눈여겨보았다. 그리고 닐라가 침대에서 내려가 침착하게 옷을 입는 것도 지켜보았다. 그녀의 눈동자도 불타고 있었다. 물론 밀라의 눈동자는 처음부터 빨간색이었다. 솔랑카는 눈을 감고 벌렁 드러누웠다. 방 안이 갑자기 눈부시게 밝아졌기 때문에 베개로 얼굴을 가렸다.

엘리너와 모건은 아스만을 외할머니에게 맡겨놓고 그날 오후 JFK 공항에 도착했다. 그들은 미드타운 맨해튼의 어느 호텔에 투숙했다가 이튿날 아침에 솔랑카에게 연락해 모두의 상황이 좀 달라졌다는 사실을 알릴 생각이었다(적어도 이 부분은 솔랑카가 이미 직감하고 있던 일이었다. 아니, 더 정확히 말하면 아스만이 가르쳐주었다고 할 수 있다). 엘리너가 베개를 향해 말했다.

"어쨌든 잠이 안 오더라구요. 그래서 생각했죠. 에라 모르겠다, 그냥 쳐들어가서 깨워야지. 그런데 막상 와서 보니 벌써 다른 손님들이 와 계시네요. 덕분에 내가 할 말을 하기가 한결 편해졌어요."

그녀의 음성은 더이상 온화하지 않았다. 그녀는 관절이 하얗게 질릴 정도로 두 주먹을 불끈 쥐고 있었다. 그리고 목소리가 흔들리지 않게 하려고 안간힘을 쓰는 중이었다. 당장이라도 그녀가 다시 입을 열기만 하면 말 대신에 고막이 찢어질 듯한 울부짖음, 세계를 파멸시키는 분노의 여신의 울부짖음이 터져나올 것만 같았다.

솔랑카는 베개를 얼굴에 더 힘껏 눌러붙이며 이런 생각을 했다. 내가 진작에 알았어야 하는 건데. 한낱 인간의 몸으로 신들의 교활한 악의를 어찌 막을 수 있으랴? 드디어 그들이 찾아왔다. 분노의 여신 삼총사가, 그 '마음씨 좋은 자들'이, 그의 인생에서 가장 깊은 인연을 맺은 세 여자의 육신을 빌려 이렇게 나타나고야 만 것이다. 그들의 겉모습은 더할 나위 없이 낯익었지만 지금 괴물로 탈바꿈해버린 그들의 눈에서 쏟아져나오는 불길은 그들이 지금까지 그가 알던 여자들이 아니라 어퍼 웨스트 사이드에 강림한 심술궂은 여신들의 화신이라는 것을 말해주고 있었다…… 그때 닐라 마헨드라가 톡 쏘아붙였다.

"아, 그만 좀 하고 당장 일어나요. 당신이 빨리 일어나야 우리가 때려눕힐 수 있잖아요."

말릭 솔랑카 교수는 자기가 사랑했던 여자들의 불타는 시선 앞에서 벌거벗은 몸을 일으켜세웠다. 한때는 그의 것이었던 분노가 지금은 그들의 것이었다. 그리고 자신의 행실도 그리 자랑스러울 것이 없는 모건 프랜즈, 사랑의 노예가 된다는 것이 어떤 것인지를 이제야 깨닫게 된 모건이 그 분노의 자기장에 휩쓸리고 말았다. 엘리너가 상처 입은 자신을 선물한 모건, 그녀가 아들의 보호자로 선정한 모건, 그 모건이 분노의 여신들로부터 쏟아져 들어오는 에너지를 감당하지 못하고 마치 벼락맞은 꼭두각시처럼 알몸의 사내에게 덤벼들면서 지금껏 폭력이라고는 몰랐던 주먹을 다짜고짜 휘두른 것이었다. 솔랑카는 마치 눈물방울처럼 방바닥에 똑 떨어졌다.

17

그로부터 석 주가 지난 후 솔랑카는 장거리 비행을 마치고 블레푸스쿠 국제비행장에 착륙한 제트 여객기에서 내리고 있었다. 뜨겁지만 상쾌한 바람이 부는 남반구의 봄날이었다. 복잡하게 뒤엉킨 각양각색의 냄새들이 그의 후각을 자극했다. 히비스커스, 서양협죽도, 자카란다, 땀 냄새, 대소변 냄새, 엔진오일 냄새. 지금 몹시 어리석은 짓을 하고 있다는 깨달음이 이제야 그의 뒤통수를 후려쳤다. 그 충격은 전처의 평화주의자 애인이 휘두른 일격, 그 핵주먹, 단숨에 그를 기절시켜 자신의 침실 바닥에 널브러지게 만들었던 그 평화주먹*보다 훨씬 더 강력했다. 도대

---

* pacifisticuff. 작가의 신조어. '평화주의자의 주먹'이라는 의미.

체 어쩌자고 이런 짓을 한 거냐? 쉰다섯 살이나 먹은 점잖은 체면에 이젠 엄청난 부자가 된 내가 헌신짝처럼 나를 버리고 떠난 여자를 찾겠다고 지구를 반 바퀴나 돌아 여기까지 오다니. 더욱 한심한 것은, 이곳의 혁명군이, 필비스탄인들이, FRM이, 프레멘이—도대체 이 인간들은 어째서 자기들의 명칭 하나도 똑 부러지게 결정하지 못하는 걸까?—직업상의 위험을 예방하기 위해 보호복을 착용하는 소방관이나 원자력 발전소 직원들처럼 내가 쓴 이야기에 나오는 등장인물들의 신분을 도용하든 말든 내가 왜 이렇게 안절부절못하는 것일까? 퍼핏 킹 특수의상들이 지금 이 나라에서 벌어지고 있는 일에 관련된 것은 분명한 사실이다. 그러나 그건 내 책임이 아니다. 솔랑카 교수는 벌써 수없이 되풀이했던 말로 다시 자신을 꾸짖었다. '너는 이 사건들과 무관하단 말이야.' 그러자 자신이 이렇게 대꾸했다. '오호, 그래? 그렇다면 어째서 그 털 없는 기수 바부르가 내 얼굴과 똑같이 생긴 라텍스 가면을 쓰고 내 여자와 어울려 다니는 거지?'

'레이크의 자민'의 가면은 닐라 마헨드라를 모델로 만든 것이었다. 그러나 '아카스 크로노스'의 경우는 오히려 그 반대인 듯했다. 시간이 흐를수록 오히려 솔랑카가 자신의 창조물을 점점 더 닮아가는 것이었다. 긴 은발, 상실감에 겨워 광기가 깃든 눈동자. (입 모양은 옛날부터 그대로였다.) 지금 이 외딴 섬나라를 무대로 이상야릇한 가면극이 공연되고 있었다. 말릭 솔랑카 교수는 이같은 움직임이 자신과 밀접한 관련이 있다는 생각을 떨쳐버릴 수 없었다. 어쩌면 자신의 뜻 깊은, 아니, 아마도 다소 한심스럽다고 말할 수밖에 없는 인생에서―그래도 내 인생이야!―매우 중대한, 아니, 어쩌면 사소한 일 하나를 이곳 남태평양에서 매듭짓게 될지도 모른다는 예감이었다. 물론 현실적인 생각은 아니었다. 그러나 그 '분노의 여신들의 밤'에 일어났던 일, 조금은 비극적이지만 대체로 우스꽝스러웠던 그 일을 겪은 후 그는 줄곧 이렇게 비현실적인 생각에 사로잡혀 있었다. 의식을 되찾았을 때는 어금니가 부러져 몹시 아팠고, 찢어진 마음과 상처받은 인생은 욱신거리는 어금니보다 더 고통스러웠다. 치과 의자에 앉아 있을 때는 테이프에서 흘러나오는 레넌과 매카트니의 초창기 노래들을, 그리고 채석공(quarryman)처럼 그의 턱뼈를 깊이 파헤치며 주절거리는 뉴질랜드인 치과의사의 유쾌한 수다를 차단하려고 노력했다. 뜬금없이 비틀스의 전신이 쿼리멘(Quarrymen)이었다는 사실이 생각났다. 그는 닐라에게 정신을 집중했다. 그녀는 무슨 생각을 하고 있을까, 어떻게 하면 그녀를 되찾을 수 있을까. 감정 문제에서는 닐라도 솔랑카 자신과 매우 비슷했다. 옛날부터 여자들이 솔랑카를 비난하면서 지적했던 문제점을 닐라도 갖고 있었다. 그녀도 전부가 아니면 전무였다. 사랑할 때는 아무런 제약 없이 무조건 백 퍼센트 사랑했지만, 솔랑카처럼 도끼 살인마 같은 일면이 있어서 언젠가 사랑을 거부하게 되면 단숨에 그 목을 잘라버리는 것이다. 그의 과거와 마주치는 순간—그 과거와 그녀를 향한 지금의 사랑은 아무 관계도 없다는 것이 솔랑카의 생각이었지만—그녀는 참을성의 한계에 도달했고, 그래서 옷을 입고 문을 나선 후 지체 없이 비행기를 타버렸다. 지구를 반 바퀴 돌아 꼬박 스물네 시간이 걸리는 여행길에 오르면서도 다정한 작별 인사는커녕 턱은 괜찮냐고 걱정해주는 전화 한 통도 없었고, 하다못해 역사 문제가 일단락되어 시간적인 여유가 생기면 이번 일에 대해 천천히 생각해보겠다는 조심스러운 약속조차 없었다. 그녀는 또한 남자들이 졸졸 따라다니는 데 익숙해진 여자이기도 했다. 어쩌면 그런 일에 조금은 중독된 상태인지도 몰랐다. 아무튼—뉴질랜드인 치과의사의 드릴이 착암기처럼 턱뼈 속으로 파고들 때 솔랑카는 이런 결론을 내렸다—모처럼 그렇게 특별한 여자를 발견했으니 속절없이 잃어버리지 않도록 일단 최선을 다하는 것이 자기 자신에 대한 의무였다.

동쪽으로 비행하는 것은 미래를 향해 돌진하는 일이었지만—제트기의 추진력 때문에 시간이 너무 빠르게 흘러 순식간에 이튿날이 되었다—과거로 돌아가는 것 같은 기분이 들기도 했다. 그는 미지의 땅을 향해, 닐라를 향해 날아가고 있었다. 그러나 이 여행의 전반부 동안은 과거가 그의 마음을 잡아당겼다. 발아래 펼쳐진 봄베이를 보게 되었을 때 그는 수면용 마스크를 쓰고 눈을 감아버렸다. 비행기는 꼬박 한 시간 동안 그의 출생지에 머물렀지만 그는 재탑승 카드를 사양하고 그냥 기내에 남아 있었다. 그러나 좌석에 앉아 있어도 감정의 기복은 어쩔 수 없었다. 수면용 마스크도 무용지물이었다. 청소부들이 재잘거리고 덜거덕거리며 기내로 들어왔다. 자주색과 분홍색의 허름한 옷을 입은 여자들이었는데, 그들과 함께 인도가 질병처럼 엄습해왔다. 여자들의 꼿꼿한 자세, 시끄럽고 비음이 강한 말소리, 그들이 사용하는 먼지떨이, 막일꾼들의 눈, 반쯤 잊고 있었는데 다시 생각나버린 냄새, 즉 그들의 피부에 묻어 있는 각종 약초와 향신료의 냄새—코코넛 기름, 호로파, 칼론지…… 갑자기 멀미가 난 듯 머리가 어지럽고 숨이 막혔다. 지금까지 비행기에서 멀미를 한 적은 한 번도 없었는데, 더군다나 이 비행기는 지금 지상에 내려앉아 엔진을 모두 꺼놓고 주유중인데. 이윽고 비행기가 이륙하여 데칸 고원을 가로질러 동쪽으로 날아가기 시작하자 그는 비로소 다시 숨을 쉴 수 있었다. 그리고 발아래 다시 바다가 보이기 시작하자 조금이나마 긴장이 풀렸다. 닐라는 솔랑카와 함께 인도에 가보고 싶어했다. 자신이 선택한 남자와 함께 선조들의 나라를 찾아간다…… 생각만 해도 마음이 들뜨는 모양이었다. 그는 그녀가 선택한 남자였다. 지금 그가 믿을 것이라고는 그것밖에 없었다. 언젠가 그녀가 대단히 진지한 표정으로 이런 말을 했다.

"내가 동침하는 마지막 남자가 당신이었으면 좋겠어요."

이같은 다짐은 막강한 힘을 가지고 있었다. 그녀의 이런 약속에 기대어 그 역시 같은 꿈을 꿀 수 있었고, 언젠가는 과거가 힘을 잃고—아니, 어쩌면 벌써 힘을 잃었고—미래에는 원하는 일들이 모두 이루어질 것이라고 믿었다. 그러나 이제 닐라는 마술사의 조수처럼 사라져버렸고 그의 용기도 그녀와 함께 사라지고 말았다. 그녀가 없다면 두 번 다시 인도의 길거리를 거닐지 못할 것 같았다.

고리타분한 명칭에서 짐작할 수 있듯이 그 '비행장'은 재앙에 직면한 여행자가 자신을 위로하기 위해 '고풍스럽다' 또는 '색다르다' 따위로 표현할 만한 곳이었다. 단도직입적으로 말하자면 돼지우리였다. 낡았고, 악취가 진동했고, 벽마다 물기가 맺혀 흘렀고, 2인치 크기의 바퀴벌레들이 발에 밟혀 땅콩 껍질처럼 으스러졌다. 벌써 오래전에 헐어버렸어야 할 건물이었다. 아닌 게 아니라 이미 철거 계획이 잡혀 있었지만—애당초 이 섬에 비행장을 지은 것부터가 잘못이었고, 수도 밀덴도로 건너가는 헬리콥터들도 걱정스러울 정도로 허술해 보였다—새로 건설된

GGI(골바스토 구에 국제공항)에 선수를 빼앗기고 말았다. 지은 지 한 달밖에 안 된 건물이 폭삭 무너져버렸던 것이다. 인도계 릴리인들의 건설회사가 콘크리트를 혼합할 때 과도한 상상력을 발휘하여 물과 시멘트의 정확한 비율을 무시하고 경제적 이익만 추구한 탓이었다.

알고 보니 릴리푸트블레푸스쿠에서는 그렇게 독창적인 상상력이 일상적인 삶의 일부인 듯했다. 솔랑카 교수가 블레푸스쿠 비행장의 세관 검사장에 들어서자마자 사람들이 쳐다보기 시작했다. 오랜 비행으로 지친데다 두통에 시달려 머리가 멍한 상태였지만 이미 그럴 거라고 짐작한 일이었고 따라서 즉각 알아차릴 수 있었다. 눈부시게 새하얀 옷을 입은 인도계 릴리인 세관원이 눈을 부릅뜨고 다가왔다.

"이럴 수가. 이럴 수가. 아무 연락도 못 받았는데. 누구십니까? 성함을 말씀해주시겠습니까?"

그는 미심쩍은 표정으로 손을 내밀어 솔랑카의 여권을 요구했다. 이윽고 그가 말했다.

"제가 생각한 대로군요. 역시 아니네요."

아무리 좋게 생각해도 선문답 같은 소리였지만 솔랑카는 말없이 고개를 숙여 막연한 동의를 표했다. 세관원은 다시 알쏭달쏭한 말을 덧붙였다.

"그렇게 이 나라 국민들을 현혹시키려 하다니 꼴사나운 짓입니다. 당신은 손님일 뿐인데, 너그럽고 친절하기로 소문난 우리 나라에서 신세를 져야 할 몸인데 말입니다."

그는 엄격한 태도로 솔랑카에게 손짓을 했고, 솔랑카는 지체 없이 가방들을 열어 보였다. 세관원은 앙심을 품은 사람처럼 가방 속의 물건을 샅샅이 살폈다. 가지런히 정리된 양말 열네 켤레, 속옷 열네 벌, 손수건 열네 장, 신발 세 켤레, 바지 일곱 벌, 셔츠 일곱 벌, 부시셔츠 일곱 벌, 폴로셔츠 일곱 벌, 넥타이 석 장, 잘 접어 종이로 싸놓은 리넨 양복 세 벌, 그리고 만약을 위해 준비한 비옷 한 벌. 세관원은 적당히 시간을 끌다가 환한 미소를 지었고, 솔랑카는 그의 완벽한 치아를 보면서 몹시 부러워했다. 세관원이 웃으며 말했다.

"고율의 관세를 내셔야겠습니다. 과세 품목이 너무 많군요."

솔랑카는 눈살을 찌푸렸다.

"이건 전부 내 옷이오. 설마 알몸을 가리는 데 필요한 옷을 가져온 사람들한테 일일이 세금을 물리진 않을 텐데."

그러자 세관원은 미소를 싹 지우고 솔랑카보다 훨씬 더 험악하게 눈살을 찌푸렸다.

"음탕한 말씀은 삼가주시죠, 사기꾼 선생. 이 속엔 옷 말고도 많은 것들이 있습니다. 비디오카메라도 있고, 손목시계 몇 개,

카메라 몇 개, 장신구도 있군요. 고율의 관세가 부과됩니다. 물론 이의를 제기하시겠다면 그거야 민주국가에서 당연한 권리죠. 여긴 자유 인도계 릴리푸트블레푸스쿠니까, 필비스탄이니까! 이의 신청을 하시려면 접견실에서 기다리다가 우리 소장님과 모든 문제를 의논하시면 됩니다. 소장님께서 금방 만나주실 테니까요. 아마 스물네 시간이나 서른여섯 시간이면 충분하겠죠.”

솔랑카는 곧 말귀를 알아들었다.

“그래서 얼마요?”

그는 그렇게 묻고 세금을 지불했다. 현지 화폐로는 거액인 것 같았지만 미화로 환산하면 십팔 달러 오십 센트에 불과했다. 세관원은 여봐란듯이 거창하게 팔을 휘두르며 솔랑카의 가방마다 분필로 큼직한 X자를 써넣었다. 그리고 엄숙하게 말했다.

“지금 위대한 역사적 순간에 입국하신 겁니다. 릴리푸트블레푸스쿠의 인도계 국민들이 드디어 권리를 찾기 위해 일제히 궐기했거든요. 적자생존의 시대라 이겁니다. 쓸모없는 엘비 족 식인종들은 지난 백 년 동안 술만 마시면서, 카바, 글리미그림, 플루넥,* 잭 다니엘과 코카콜라 등등 온갖 부정한 술들을 마구 퍼

---

* 글리미그림과 플루넥은 조너선 스위프트의 『걸리버 여행기』에 나오는 소인국 릴리푸트와 블레푸스쿠에서 마시는 술 이름. 전자는 릴리푸트, 후자는 블레푸스쿠의 것이다.

506

마시면서 우리를 마음대로 부려먹었죠. 이번엔 우리가 그놈들을 부려먹을 차례가 된 겁니다. 자, 그럼 즐겁게 지내세요.”

릴리푸트 섬의 밀덴도로 가는 헬리콥터 안에서도 다른 승객들이 그 세관원처럼 도저히 믿어지지 않는다는 표정으로 솔랑카 교수를 뚫어져라 쳐다보았다. 그는 그들의 행동을 무시하기로 마음먹고 저 아래 펼쳐진 풍경 쪽으로 시선을 돌렸다. 블레푸스쿠의 사탕수수 농장을 지나갈 때 밭마다 한복판에 높이 쌓여 있는 검은 화성암 돌무더기들이 눈에 띄었다. 먼 옛날, 노역 계약서에 서명한 인도계 노동자들이 한낱 숫자로 취급당하고 오스트레일리아 쿨럼버들의 냉혹한 감시를 받아가며 뼛골 빠지게 일하여 이 땅을 개간했는데, 그때 나온 돌멩이들을 그렇게 쌓아올리면서 가슴속에는 말살당한 이름과 빼앗긴 피땀에서 비롯된 깊은 원한을 차곡차곡 쟁여놓았던 것이다. 그 돌무더기들은 그렇게 옛날부터 축적된 활화산 같은 분노의 상징이었고, 또한 언젠가는 인도계 릴리인들의 분노가 한꺼번에 터져버릴 거라고 했던 오래된 예언의 상징이었다. 이제 그 폭발의 결과를 사방에서 목격할 수 있었다. 이윽고 ‘LB 항공’의 낡아빠진 헬리콥터가 골바스토 구에 국제공항의 광장에 무사히 착륙하자—공항 건물은 무너졌지만 광장은 아직 멀쩡했다—솔랑카는 크나큰 안도감을 느꼈다. 제일 먼저 눈에 띈 것은 판지로 만든 거대한 ‘아카스 사령관', 즉 아카스 크로노스의 가면을 쓰고 망토를 두른 FRM 지도자 바부르의 모습이었다. 그것을 보는 순간 심장이 마구 두근거리기 시작했다. 지구를 반 바퀴나 돌아서 여기까지 찾아온 것은 사랑에 눈멀고 정치에 귀먹은 얼간이 같은 짓이었는지도 모른다는 생각이 들었다. 릴리푸트블레푸스쿠는 현재 내전을 목전에 두고 있는 나라였고—다른 사람도 아닌 대통령이 인질로 잡혀 있는데다 아직도 포위 공격이 계속되는 초긴장 상태라서 당장이라도 무슨 일이 벌어질지 알 수 없었다—진작부터 예상했듯이 지금 이 나라에서 가장 흔하게 볼 수 있는 이미지는 바로 솔랑카 자신의 모습이었기 때문이다. 윤곽선을 따라 잘라낸 15미터 높이의 전신상 위에서 솔랑카를 내려다보고 있는 그 얼굴은—긴 은발, 광기어린 눈, 그리고 큐피드의 활처럼 휘어진 검붉은 입술까지—솔랑카의 얼굴과 똑같았다.

사람들이 기다리고 있었다. 사령관과 똑같이 생긴 자가 나타났다는 소식이 헬리콥터보다 먼저 도착했던 것이다. 이 가면극장 같은 나라에서는 가면을 쓰지 않은 원본이 오히려 가면의 모조품으로 인식되었다. 피조물은 진짜, 창조자는 가짜! 마치 신의 죽음을 목격하는 듯했다. 죽어버린 그 신은 바로 솔랑카 자신이었다. 가면을 쓰고 자동 화기로 무장한 남녀들이 헬리콥터 문 앞에 서 있었다. 솔랑카는 항의하지 않고 순순히 그들을 따라 갔다.

그가 끌려간 곳은 의자도 없는 '대기실' 이었다. 유일한 가구 는 낡아빠진 나무 탁자였다. 사방에서 도마뱀들이 겁도 없이 빤 히 쳐다보았고, 목마른 파리들이 그의 눈가에 배어 있는 물기를 빨아먹으려고 윙윙거리며 덤벼들었다. 한 여자가 그의 여권과 시계와 비행기표를 가져갔는데, 그녀가 쓰고 있는 가면은 바로 그가 사랑하는 여자의 얼굴이었다. 솔랑카는 원시적인 사운드 시스템으로 공항 전체에 끊임없이 울려퍼지는 시끄러운 군악(軍 樂) 소리 때문에 귀가 멍멍했지만 경비병들의 젊은 목소리에서 흥분과 두려움을 감지할 수 있었고—중무장을 한 게릴라들이 사방에 즐비했기 때문이다—또한 가면을 쓰지 않고 터미널 건 물을 드나드는 민간인들의 두리번거리는 시선과 가면을 쓴 전 투원들의 신경질적인 몸짓을 통해 지금의 상황이 극도로 불안정 하다는 것을 확인할 수 있었다. 이곳에서 그는 아무런 의미도 없는 존재였다. 과거와 미래가 있는, 그리고 그의 운명에 대해 염려해주는 사람들이 있는 한 인간으로서의 '말릭 솔랑카 교수' 는 이곳에 존재하지도 않았다. 여기서 그는 모든 사람이 다 아는 얼굴을 가진 귀찮은 무명인일 뿐이었고, 그 놀라운 얼굴을 한시라도 빨리 이점으로 바꿔놓지 못한다면 그의 상황은 점점 더 악화될 것이 분명했다. 그렇게 될 경우, 이 나라에서 추방당하는 정도로 끝난다면 오히려 다행이라고 해야 할 터였다. 최악의 경우는 생각하기도 싫었다. 닐라의 곁에 가보지도 못하고 쫓겨나는 장면을 상상하는 것만으로도 충분히 불쾌했기 때문이다. 솔랑카는 이런 생각을 했다. 나는 또 알몸이구나. 알몸에다 얼간이로구나. 날아드는 강력한 주먹을 향해 스스로 고개를 들이민 꼴이라니.

한 시간 남짓 지났을 때, 그가 억류되어 있는 창고 앞에 오스트레일리아 산 홀든 스테이션왜건 한 대가 도착했고 솔랑카에게 그 뒷좌석에 타라는 지시가 떨어졌다. 그다지 상냥하지도 않았지만 불필요하게 거칠지도 않은 대우였다. 전투복 차림의 게릴라들이 솔랑카의 양옆에 비집고 앉았고, 짐칸에 올라탄 두 명은 뒤로 돌아앉아 열어놓은 해치문 너머로 총을 내밀었다. 밀덴도 시내를 지나가는 동안 말릭 솔랑카는 강렬한 기시감을 경험했는데, 그것이 조국 인도가 생각났기 때문이라는 사실을 깨닫기까지는 조금 시간이 걸렸다. 좀더 구체적으로 말하자면 올드델리의 병든 심장 찬드니초크*가 떠오른 것이었다. 지금 이곳처럼

---

* 델리의 구 시가지 올드델리에 있는 유명한 시장.

상인들이 한곳에 몰려 정신없이 혼란스러운 그곳, 지금 이곳처럼 가게마다 바깥쪽은 화려한 빛깔들이 난무하고 안쪽은 조명 상태가 엉망인 그곳, 도로는 가게보다 더 혼잡해서 보행인이나 자전거를 탄 사람들이 밀고 밀리며 고함을 질러대는 그곳, 인간들과 짐승들이 저마다 공간을 확보하기 위해 싸워야 하는 그곳, 날이면 날마다 자동차들의 경적 소리가 변함없는 거리의 교향곡을 연주하는 그곳…… 여기서 그렇게 많은 사람들을 보게 될 줄은 솔랑카도 미처 예상하지 못했다. 두 집단 사이의 불신을 예측하기는 쉬웠지만 막상 그것을 뚜렷이 목격하게 되니 당혹스럽기는 마찬가지였다. 엘비 족과 인도계 릴리인들은 자기들끼리 몰려다니며 불쾌한 표정으로 서로를 노려보았다. 마치 성냥 통 속에 살면서 불씨가 떨어지기만 기다리는 듯한 분위기였다. 이렇게 공동생활을 하는 두 집단 사이에 말썽이 생기는 경우, 저주처럼 터무니없는 일들이 잇따르기 마련이다. 나를 죽이러 오는 자들이 바로 나의 친구나 이웃들이기 때문이다. 며칠 전 내 모터스쿠터가 털털거리며 시동이 안 걸릴 때 나를 도와주었던 사람, 내 딸이 어느 점잖고 교육 수준도 높은 남자와 약혼했을 때 내가 돌린 과자를 받아먹었던 사람, 벌써 십 년이 넘도록 내 담뱃가게 옆에서 신발가게를 하고 있는 사람…… 일이 터지면 바로 그런 사람들이 제일 먼저 앞장서서 횃불을 든 사내들을 내 가게로 데

려와 '버지니아'의 달착지근한 연기가 사방으로 퍼져나가게 만
드는 것이다.

관광객은 보이지 않았다. 솔랑카가 블레푸스쿠까지 타고 온
비행기도 삼분의 이 이상이 공석이었다. 길거리에는 여자나 아
이들이 별로 없었고, 다만 FRM의 여성 요원들이 놀랍도록 많이
발견될 뿐이었다. 수많은 상점이 문을 닫고 바리케이드를 친 상
태였지만 조심스럽게 영업중인 상점도 더러 있었고, 아직도 사
람들이—주로 남자들이—일상적인 볼일을 보며 돌아다니고 있
었다. 그러나 가는 곳마다 총이 없는 곳이 없었고 이따금 멀리서
총소리가 들리기도 했다. 경찰 병력이 FRM 간부들에게 협조하
면서 그나마 어느 정도의 치안을 유지하고 있었다. 군대 같지도
않은 정부군은 막사 안에 처박혀 있었고, 수뇌부는 날마다 막후
에서 장시간에 걸쳐 까다로운 협상을 진행하느라 여념이 없었
다. FRM의 협상 대표들은 엘비 족의 족장들뿐만 아니라 종교
및 경제 분야의 지도자들도 두루 만나고 다녔다. '아카스 사령
관'은 적어도 이번 사태의 평화적 해결을 원하는 사람이라는 인
상을 주려고 노력했다. 그러나 이미 내전을 피할 수 없는 일촉즉
발의 상황이었다. 스키레시 볼골람은 패하여 사로잡혔지만 실패
한 볼골람 파 쿠데타를 지지했던 절대다수의 엘비 족 젊은이들
은 지금쯤 아픔을 딛고 일어나 차후의 행동을 모의하고 있을 것

이 분명했다. 국제사회도 빠른 움직임을 보이고 있었다. 릴리푸트블레푸스쿠를 세계 최소의 불량 국가로 규정하여 무역 거래를 정지시키고 원조 계획을 차단하려는 것이었다. 솔랑카는 이 같은 움직임이 자신에게는 오히려 좋은 기회가 될 수 있다고 생각했다.

모터사이클 경비대가 스테이션왜건을 호위하여 국회의사당까지 안내했다. 담장을 따라 삼엄한 경계망이 펼쳐져 있었다. 정문이 열리자 자동차는 안으로 들어가 본관 뒷문 쪽으로 나아갔다. 솔랑카는 혼자 쓴웃음을 지었다. 그래, 부엌문이야말로 진정한 힘을 가진 문이지. 이렇게 막강한 권력을 휘두르는 건물에 출입하는 사람들은 공무원이든 민원인이든 주로 앞문을 이용한다. 그러나 흰 모자를 쓴 주방장이나 부주방장의 시선을 받으며 이렇게 업무용 엘리베이터를 타는 것, 그리고 가면을 쓴 말없는 남녀들에게 둘러싸인 채 아무런 장식도 없는 상자에 실려 천천히 위층으로 올라가는 것, 정말 중요한 것은 바로 이런 것이다. 이윽고 문이 열리면 아주 평범하고 관료적인 복도가 나타나고, 갈수록 소박해지는 몇 개의 방을 통과하는 것, 이것이야말로 진짜 심장부로 들어가는 길이다. 솔랑카는 이런 생각을 했다. 한낱 인형 제작자치고는 제법이야. 드디어 들어온 거야. 그럼 이제 원하는 것을 얻어 무사히 빠져나갈 수 있을지 어디 두고 보자구. 아

니, 원하는 것은 고사하고 이곳을 벗어나기라도 할 수 있을지 두
고 봐야 알 일이지.

서로 연결되어 있는 휑뎅그렁한 방들을 차례로 통과하여 이
윽고 문이 하나뿐인 방에 도착했다. 지금까지 보았듯이 이 방도
검소하다 못해 삭막할 정도였다. 책상 한 개, 캔버스 의자 두 개,
천장의 전등 한 개, 서류 캐비닛 한 개, 그리고 전화기 한 대. 그
는 곧 혼자 남겨졌다. 수화기를 집어들자 신호음이 들렸는데, 전
화기에 붙어 있는 작은 딱지에는 외부 전화를 사용하려면 9번을
누르라고 적혀 있었다. 그는 만일의 경우에 대비해 몇 개의 전화
번호를 찾아 암기해두었다. 현지 신문사, 미국, 영국 및 인도 대
사관, 법률회사 등이었다. 그는 그 번호들을 눌러보았다. 그러나
그때마다 영어와 힌디어와 릴리푸트어로 녹음된 여자 목소리가
흘러나왔다.

"방금 거신 번호는 이 전화기로 연결할 수 없습니다."

응급 서비스 번호를 눌러보았으나 마찬가지였다.

"연결할 수 없습니다."

솔랑카는 생각했다. 이건 전화기가 아니라 전화기의 껍데기
나 가면이로구나. 지금 이 방이 겉모습은 사무실처럼 생겼지만
사실은 감방에 지나지 않는 것처럼. 문 안쪽에는 손잡이가 아예
없었고, 하나밖에 없는 조그마한 창에도 쇠창살이 박혀 있었다.

그는 서류 캐비닛 쪽으로 가서 서랍 하나를 열어보았다. 아무것도 없었다. 그래, 역시 이건 무대 장치였고 난 지금 연극에 캐스팅된 거야. 그런데 아무도 나에게 대본을 주지 않는군.

네 시간쯤 지났을 때 '아카스 사령관'이 기세등등하게 들이닥쳤다. 지위가 너무 낮아 특수의상을 입지 못한 젊은 프레멘 두 명이 '아카스'를 수행했고, 곧이어 스테디캠을 소지한 촬영기사와 붐 마이크를 들고 있는 녹음기사, 그리고—솔랑카의 심장이 흥분을 가누지 못하고 펄쩍 뛰었다—위장복 차림에 '레이크의 자민' 가면을 쓴 여자가 뒤따라 들어왔다. 자기 얼굴의 모조품으로 진짜 얼굴을 가리고 있는 것이었다.

솔랑카는 짐짓 명랑한 체하려고 애쓰면서 그녀에게 인사를 건넸다.

"그 몸매는 언제 어디서든 한눈에 알아볼 수 있지."

그러나 그의 농담은 효과가 별로였다.

"여긴 뭐 하러 왔어요?"

닐라는 그렇게 발끈하다가 이내 화를 억눌렀다.

"죄송합니다, 사령관님. 실례했습니다."

'아카스 크로노스' 차림의 바부르는 이미 솔랑카가 워싱턴 광장에서 보았던 그 바부르가 아니었다. 그때는 잔뜩 풀이 죽고 겸연쩍어 어쩔 줄 모르던 젊은이가 지금은 감히 자신의 말에 반대할 사람은 아무도 없다는 듯 사뭇 호령조였다. 솔랑카는 가면이 연기를 하는 것이라는 말을 떠올렸다. 위대한 인간산맥[*] '아카스 사령관'은 이 작디작은 연못에서 엄청난 거물이 되었고, 그래서 그 배역에 어울리는 연기를 하고 있는 것이었다. 그러나 솔랑카는 그 역시 '닐라 효과'에 면역성을 가질 만큼 대단한 거물은 아니라는 사실을 확인할 수 있었다. 바부르는 크고 위풍당당한 걸음걸이로 성큼성큼 돌아다녔지만 여남은 걸음마다 한 번씩 그 치렁치렁한 망토의 끝자락을 밟는 바람에 꼴사납게 목이 뒤로 홱 젖혀지곤 했다. 그리고 솔랑카의 감방에 들어온 지 일 분도 안 되는 사이에 벌써 책상과 두 의자에 한 번씩 부딪혔다. 닐라의 얼굴이 가면에 가려졌는데도 저런 꼴이라니! 역시 그녀는 언제나 솔랑카의 예상을 뛰어넘는 여자였다. 그러나 그는 그런 그녀를 실망시키고 말았다. 이번에는 과연 그가 그녀를 놀라게 할 수 있을지 확인해볼 차례였다.

바부르는 벌써 본관(本官)이라는 말을 쓰고 있었다. 그는 거두절미하고 다짜고짜 이렇게 말했다.

"당연한 일이겠지만 본관은 선생을 잘 알고 있소. 요즘 퍼핏 킹을 창조한 분을 모르는 자가 어디 있겠소? 물론 선생이 이렇

---

[*] 『걸리버 여행기』에서 릴리푸트인들이 걸리버를 가리키는 말.

게 찾아오신 데는 그럴 만한 이유가 있었겠지."

그러면서 닐라 마헨드라 쪽으로 반쯤 몸을 돌렸다. 아주 바보는 아니었군, 하고 솔랑카는 생각했다. 이미 알고 있는 사실을 부인하는 것은 부질없는 짓이다.

"본관의 골칫거리는 이거요. 선생을 어떻게 하면 좋을까? 자민 자매? 무슨 할 말이 있소?"

닐라는 어깨를 으쓱했다.

"그냥 집으로 돌려보내세요."

그녀의 무덤덤하고 무관심한 말투는 솔랑카에게 큰 충격을 주었다.

"저한테는 쓸모없는 사람이에요."

그러자 바부르가 껄껄 웃었다.

"자민 자매는 선생이 쓸모없는 사람이라는군. 정말 그렇소? 그거 잘됐군! 그럼 쓰레기통에 던져버릴까?"

솔랑카는 미리 준비해둔 일장 연설을 시작했다.

"제가 이 먼 곳까지 찾아온 것은 한 가지 제안을 하기 위해서였습니다. 저를 사령관님의 중개자로 써주십시오. 사령관님이 제 프로젝트와 관련이 있다는 건 굳이 제 입으로 말씀드릴 필요도 없겠지요. 저희가 전 세계로 연결되는 통로를 마련해드릴 수 있습니다. 사령관님의 입장을 널리 알려 사람들의 공감을 얻는 거죠. 이건 아주 시급한 문제입니다. 이 나라의 관광산업은 이곳 전설에 등장하는 허고새*처럼 이미 전멸해버렸습니다. 앞으로 수출 시장도 잃게 되고 이웃 강대국들의 지원마저 끊어진다면 이 나라는 몇 주 안에, 적어도 몇 달 안에 틀림없이 파산하고 말 겁니다. 그러니까 사령관님의 대의명분이 정당하다는 것을, 사 령관님은 민주주의 원칙을 거스르려는 게 아니라 그것을 확립하 기 위해 투쟁하고 있다는 것을 사람들에게 납득시켜야 합니다. 다시 말해서 폐지된 골바스토 헌법을 되찾기 위한 투쟁이라는 거죠. 사령관님의 그 가면에서 인간미가 느껴지게 해야 합니다. 이건 닐라와 제가 뉴욕 사람들과 의논해서 추진해보겠습니다. 무슨 대가를 바라는 건 아닙니다. 독립운동을 위한 무료 봉사라 고 생각하시면 됩니다."

내가 이런 일까지 하겠다는 건 모두 사랑을 위해서야. 입 밖에 내지는 않았지만 솔랑카는 닐라에게 그렇게 호소하고 있었다. 그녀의 목적이 곧 그의 목적이었다. 그녀가 용서해주기만 한다 면 그녀의 모든 바람을 이루어주기 위해 어떤 노력도 마다하지 않겠다는 결심이었다.

그러나 '아카스 사령관'은 그의 제안을 일언지하에 거절했다.

---

* Hurgo bird. 허고는 『걸리버 여행기』에 등장하는 릴리푸트 고관의 칭호.

"이젠 상황이 달라졌소. 상대편이—그 못된 놈들이!—계속 비타협적으로 나왔기 때문이오. 결국 본관도 좀더 단호한 태도를 취할 수밖에 없었소."

솔랑카는 그 말이 무슨 뜻인지 알아들을 수 없었다.

"본관은 총체적인 통치권을 요구했소. 더이상 옥신각신하지 않겠다는 거요. 지금 필비스탄에 필요한 것은 진짜 사나이가 나타나 주도권을 잡는 일이니까. 그렇지 않소, 자매?"

닐라는 입을 열지 않았다. 바부르가 그녀를 돌아보며 언성을 높였다.

"자매?"

그러자 그녀는 고개를 푹 숙인 채 거의 들리지 않는 목소리로 대답했다.

"그렇습니다."

바부르는 고개를 끄덕였다.

"규율이 필요한 시대요. 본관이 달은 치즈로 만들어진 거라고 말한다면 자매는 달이 뭘로 만들어졌다고 하겠소?"

닐라가 여전히 들릴락 말락 한 목소리로 대답했다.

"치즈입니다."

"그럼 본관이 지구는 평평하다고 한다면? 지구는 어떻게 생겼지?"

"평평합니다, 사령관님."

"그럼 본관이 내일쯤 태양이 지구 주위를 돈다고 말한다면?"

"그럼 태양이 지구 주위를 돌게 될 겁니다."

바부르는 퍽 흡족한 듯 고개를 주억거렸다.

"아주 잘했소! 우리가 전 세계에 알려야 할 메시지가 바로 그 것이오. 필비스탄에 새로운 지도자가 등장했다는 것, 모든 사람 이 그 명령에 따라야 한다는 것, 그렇지 않으면 불가피한 결과가 따른다는 것 말이오. 아, 그건 그렇고, 선생은 영국 케임브리지 대학에서 사상사를 연구하지 않았소? 본관이 고민하고 있는 난 제가 하나 있는데 선생이 좀 속 시원히 해결해주시오. 사랑의 대 상이 되는 게 낫소, 아니면 공포의 대상이 되는 게 낫소?"

솔랑카는 대답하지 않았다.

"자, 자, 선생. 잘 좀 생각해보시오! 그 정도는 할 수 있잖소."

'아카스 사령관'을 수행하는 FRM 요원들이 의미심장하게 우 지 기관총을 만지작거리기 시작했다. 솔랑카는 감정을 배제한 목소리로 마키아벨리의 말을 인용했다.

"'인간은 사랑하는 사람보다 두려워하는 사람을 해치려 할 때 더 많이 망설인다.'"

그리고 좀더 힘주어 말을 이으면서 닐라 마헨드라를 똑바로 쳐다보았다.

"'왜냐하면 인간은 한심한 존재인바, 사랑을 유지하는 의무감의 사슬은 자신의 이익이 위협받을 때마다 끊어지기 십상이지만 두려움을 유지하는 것은 처벌에 대한 공포이므로 그 어떤 경우에도 사라지지 않기 때문이다.'"

그러자 바부르가 반색을 했다.

"아주 잘했소!"

그는 그렇게 외치며 솔랑카의 등을 툭툭 쳤다.

"이제 보니 선생도 쓸모없는 사람은 아니었군! 좋아, 좋아. 선생의 제안에 대해서는 한번 생각해보겠소. 그래, 잘됐어! 당분간 여기 머물도록 하시오. 본관의 손님으로서 말이오. 대통령과 볼골람 씨도 이 건물에 머물고 있소. 이제 선생도 본관이 사랑하는 필비스탄이, 영원히 해가 지지 않는 나라 필비스탄이 찬란하게 빛나는 최초의 순간을 직접 목격하게 될 거요. 자매, 어디 말해보시오. 해가 얼마 만에 한 번씩 진다구?"

그러자 언제나 여왕처럼 당당했던 닐라 마헨드라가 노예처럼 머리를 조아리며 대답했다.

"사령관님, 해는 영원히 지지 않습니다."

감방 안에는—이제 그곳을 평범한 방이라고 생각하기는 불가능했다—침대도 없었고, 가장 기본적인 화장실 설비조차 되어 있지 않았다. 굴욕감을 주는 것이 '아카스 사령관'의 상투적 수법이었고, 그것은 그가 닐라를 대하는 방식에서도 충분히 확인할 수 있었다. 솔랑카는 이제 자신도 굴욕감을 느낄 수밖에 없는 처지가 되었음을 알아차렸다. 시간이 흘러갔다. 시계가 없어 정확히 얼마가 지났는지는 알 길이 없었다. 바람이 잦아들다가 완전히 잠잠해졌다. 이윽고 아카스 사령관의 이데올로기에 위배되는 밤, 아예 존재할 수도 없는 밤이 찾아왔다. 공기가 눅눅하고 답답해지면서 어둠이 짙게 깔렸다. 정체를 알 수 없는 꿀꿀이죽한 사발과 수상쩍은 물 한 주전자가 들어왔다. 그는 둘 다 거부하려고 노력했지만 굶주림과 목마름은 폭군과 같은 것이어서 결국 먹고 마실 수밖에 없었다. 그 다음에는 불가피한 패배의 순간이 올 때까지 필사적으로 생리 현상과 싸웠다. 그리고 더이상 버틸 수 없게 되자 비참한 기분으로 한구석에 가서 오줌을 누고 똥을 눈 후 셔츠를 벗어 대충 뒤를 닦았다. 이런 상황에서는 자기중심적인 생각에 빠져들 수밖에 없었다. 문득 지금의 이 굴욕은 남들에게 상처만 주면서 살아온 꼴사나운 인생에 대한 형벌이라는 생각이 들었다. 릴리푸트블레푸스쿠도 전혀 다른 의미로 다가왔다. 이 나라의 길거리가 솔랑카 자신의 개인사처럼 느껴졌다. 그가 창조한 상상의 산물들이, 그리고 그가 아는 사람들을 살짝 변형시킨 인물들이 순찰을 돌고 있었다. 그중에는 SF 영화의 등장인물 같은 모습을 한 더브더브와 페리 핑커스도 있었고, 가면과 의상을 갖춰 입은 사라 리어와 엘리너 매스터스, 잭 라인하트와 스카이 스카일러, 그리고 모건 프랜즈도 있었다. 심지어는 우주 시대의 비스와바와 슐링크, 그리고 밀라와 닐라와 솔랑카 자신도 이곳 밀덴도 거리를 활보하는 중이었다. 솔랑카의 인생에서 튀어나온 가면들이 그를 둘러싸고 준엄하게 심판하고 있는 것이다. 눈을 감았지만 가면들은 여전히 사라지지 않고 소용돌이쳤다. 솔랑카는 그들의 판결 앞에 고개를 숙였다. 그는 좋은 사람이 되고 싶었고 좋은 사람으로 살고 싶었지만 결국 그러지 못했다. 엘리너의 말대로 솔랑카는 자기를 사랑한 죄밖에 없는 사람들을 배신하고 말았다. 그리고 자신의 어두운 자아, 위험한 분노를 품은 자아로부터 도망치려 했을 때, 다시 말해 기권 행위를 통하여, 즉 **포기함**으로써 자신의 결함을 극복하려고 했을 때 그는 오히려 더욱 중대한 잘못을 저질렀던 것이다. 그는 창조 활동을 통하여 구원을 얻으려고 상상의 세계를 만들어냈지만 결국 그 세계에 속한 인물들이 이 세계로 옮겨와서 괴물로 변하게 만들었다. 그리고 그중에서도 제일 무서운 괴물이 그의 죄 많은 얼굴을 하고 있었다. 그렇다, 정신병자 바부르는 솔랑카 자신을 비추는 거울이었다. '아카스 사령관'도 크나큰 불의를 바로잡고 선을 위해 봉사하려다가 자칫 빗나가는 바람에 흉악한 독재자가 되고 말았다.

 말릭 솔랑카는 자기가 이런 일을 당해도 싸다고 생각했다. 최악의 운명을 맞이한다 해도 상관없다. 이 비운의 섬나라에 팽배한 집단적 분노, 나의 보잘것없는 분노보다 훨씬 더 깊고 거대한 이 분노의 한복판에서 나는 나만의 지옥을 발견한 것이다. 그래, 좋다. 물론 닐라는 두 번 다시 내게로 돌아오지 않을 것이다. 나는 그런 행복을 얻을 자격이 없다. 그녀는 나를 만나러 오면서도 그 사랑스러운 얼굴을 감추고 있었다.

 아직 채 어둠이 걷히지 않았을 때 도움의 손길이 찾아왔다. 감방 문이 열리더니 젊은 인도계 릴리인 남자가 들어섰다. 그는 맨얼굴이었고, 고무장갑을 끼고 비닐 쓰레기봉지 한 롤과 양동이, 쓰레받기, 대걸레 따위를 들고 있었다. 젊은이는 싫은 내색도 없이 매우 꼼꼼하게 솔랑카의 대소변을 치웠다. 그러면서도 한 번도 범인의 눈을 쳐다보지 않았다. 이윽고 그 일을 끝마친 그는 깨끗한 옷과—연녹색 쿠르타*와 흰색 판탈롱 파자마였다—깨

---

* 소매가 길고 느슨하며 목깃이 없는 인도 셔츠.

끗한 수건, 물이 담긴 새 양동이 하나와 빈 양동이 하나, 그리고
비누 한 개를 가지고 다시 나타났다.

"자, 여기 있습니다. 죄송합니다."

젊은이는 그렇게 말하고 밖으로 나갔다. 솔랑카는 몸을 씻고
옷을 갈아입었다. 이제야 조금이나마 자기 자신으로 돌아온 듯
한 기분이었다. 그때 닐라가 들어왔다. 혼자였고, 가면을 쓰지
않았고, 겨자색 드레스 차림이었고, 머리에는 푸른 붓꽃 한 송이
가 꽂혀 있었다.

그녀는 솔랑카가 보는 앞에서 바부르에게 겁먹은 반응을 보
였던 것이 못내 마음에 걸린 모양이었다.

"아까 내가 한 행동, 지금 내가 하고 있는 행동은 전부 내 필
름을 위해서예요. 가면을 쓴 것도 결속을 표시하는 제스처일 뿐
이죠. 군인들의 신뢰를 얻으려는 수단이라구요. 그리고 당신도
알다시피 난 지금 그 사람들한테 나를 보이려고 온 게 아니라 그
사람들이 하고 있는 일을 보려고 온 거잖아요. 당신은 내가 당신
을 피하려고 가면 뒤에 숨었다고 생각하는 모양이지만 사실은
그렇지 않아요. 바부르에게 보인 태도도 마찬가지예요. 난 지금
논쟁을 하려는 게 아니라 다큐멘터리를 찍으려는 거니까요."

변명 일변도의 완강한 어조였다. 그러다가 불쑥 이런 말을 꺼
냈다.

"말릭, 지금은 우리 얘기를 하고 싶지 않아요. 괜찮죠? 난 지금 아주 큰일에 묶여 있어요. 당장은 그 일에 집중해야 한다구요."

솔랑카는 드디어 주사위를 던졌다. 전심전력으로 최선을 다했다. 전부냐 전무냐, 할리우드로 가느냐 쫄딱 망하느냐. 지금 같은 기회는 두 번 다시 오지 않을 것이다. 일이 잘 풀릴 가능성은 별로 없지만 적어도 그녀가 그를 만나러 와주었고 그러기 위해서 꽃단장까지 했다는 것은 분명히 좋은 징조였다.

"당신한테 이번 일은 단순한 다큐멘터리 프로젝트가 아니야. 정말 마음이 움직인 거지. 당신에겐 아주 중요한 문제니까, 뿌리째 뽑혔던 그 뿌리가 당신을 강하게 잡아당기고 있으니까. 자기가 버리고 떠났던 것의 일부가 되고 싶어하는 모순적 욕구랄까. 그리고 나는 정말로 당신이 나에게 얼굴을 보이기 싫어서 그 가면을 썼다고 생각하진 않았어. 아니, 적어도 그런 생각만 한 건 아니라는 거야. 당신이 자기 자신으로부터 도망치고 싶어한다는 생각도 했지. 당신은 어느 시점에선가 경계선을 넘어 이번 일에 동참하기로 마음먹었는데, 바로 그 결정으로부터 도망치고 싶어한다는 거야. 내가 보기에 당신은 이미 관찰자가 아니야. 너무 깊이 들어와버렸으니까. 물론 처음엔 바부르에 대한 개인적 감정 때문이었는지도 모르지만—걱정하지 마, 이건 질투심 때문에 하는 말이 아니니까, 적어도 그런 마음을 배제하려고 노력중이니까—내 짐작엔 그때 당신이 '아카스 사령관'에 대해 느꼈던 감정이 어떤 것이었든 간에 지금은 훨씬 더 모호한 감정으로 변했을 거야. 당신은 이상주의자인데 극단주의자가 되려고 했으니 문제가 생길 수밖에 없지. 당신은, 이건 너무 고리타분한 용어지만, '동포들'이 역사적으로 차별대우를 받았으니까 바부르가 쟁취하려는 것들이야말로 동포들의 당연한 권리라고 믿고 있어. 투표권이나 부동산 소유권 같은 법률적 권리 말이야. 당신은 이게 인간으로서의 존엄성을 되찾기 위한 투쟁이라고 생각했고, 그러니까 정당한 대의명분이 있다고 생각했고, 그래서 그 소극적인 백성들에게 스스로 나아가 싸우는 방법을 가르쳐준 바부르가 정말 자랑스러웠던 거야. 그랬기 때문에 어느 정도의, 뭐랄까, 반자유주의적 성향은 기꺼이 눈감아줄 수도 있었겠지. 전쟁은 원래 참혹한 거니까, 사소한 절차 따위는 무시되기도 하는 거니까. 그런데 당신이 이런 생각을 하는 동안에도 마음 한구석에서는 또다른 목소리가 들려오고 있었지. 당신이 별로 듣고 싶지 않은 그 목소리는 지금 당신이 역사의 창녀가 되어간다고 속삭이는 거야. 그게 어떤 상황인지는 당신도 잘 알 거야. 일단 자신을 팔아넘기면 그때부터 할 수 있는 일은 가격을 흥정하는 정도가 고작이지. 어디까지 참아줘야 할 것인가? 정의라는 이름으로 자행되는 권위주의적인 수작들을 어느 선까지 묵인해야 하는 걸까? 여우를 피하려다 호랑이굴로 들어가는 건 아닐까? 그러니까 당신 말대로 지금 당신은 아주 큰일에 뛰어든 거야. 그리고 이건 분명히 관심을 기울일 만한 일이기도 해. 그렇지만 이 문제도 생각해볼 필요가 있어. 당신이 이런 상황까지 오게 된 직접적인 원인은 이 우주의 또다른 차원, 또다른 도시에 있는 내 방에서 갑자기 엄청난 분노에 사로잡혔기 때문이라는 거지. 그날 밤에 정확히 무슨 일이 벌어졌는지는 나도 설명할 수 없지만, 적어도 그때 당신과 밀라와 엘리너 사이에 일종의 심리적 증폭 회로가 만들어졌다는 것만은 분명히 알고 있어. 세 사람의 분노가 돌고 돌면서 두 배로, 네 배로, 계속 확대된 거야. 바로 그 분노 때문에 모건이 나를 때려눕혔고, 바로 그 분노 때문에 당신이 지구를 반 바퀴나 돌아서 그 축소판 나폴레옹의 품속으로 뛰어들게 된 거지. 이번 일이 끝났을 때 그자가 일인자의 자리를 차지한다면 지금 당신이 악당들이라고 생각하는 엘비 족보다 오히려 더 포악하게 당신의 '동포들'을 억압할 것이 뻔한데도 말이야. 어쩌면 억압의 정도는 똑같고 방법만 달라질 수도 있겠지. 제발 오해하지 마. 사람들이 헤어질 때는 흔히 오해를 무기로 이용하지. 자기가 아니라 상대방이 배신했다는 걸 증명하려고 일부러 꼬챙이를 거꾸로 잡고 제 몸을 스스로 찌르는 거야. 내 말은 당신이 나 때문에 이곳으로 왔다는 뜻이 아니야. 당신은 어차피 오려고 했던 거잖아? 그날 밤은 우리가 작별 인사를 나누는 중요한 밤이었고, 내 기억이 옳다면 내 방이 그랜드 센트럴 역처럼 붐비기 전까지만 하더라도 제법 괜찮은 편이었어. 그러니까 당신은 어차피 이곳에 왔을 테고, 여기서 엎치락뒤치락하는 일들이 당신에게 미치는 영향도 내가 있든 없든 간에 마찬가지였을 거야. 다만 당신이 선을 넘어버린 이유는 사랑에 실망했기 때문이라는 거지. 당신은 나에게 실망했고 나 때문에 실망했어. 다시 말해서 사랑 때문에, 당신이 나에 대해 막 느끼기 시작했던 그 무조건적인 사랑 때문에 실망한 거라구. 당신은 그때 겨우 나를 믿고 당신 자신을 믿게 되면서 마음 놓고 사랑하기 시작한 건데, 그때 갑자기 왕자님이 늙고 살찐 두꺼비로 변해버렸으니까. 그래서 결국 당신이 쏟아부었던 사랑은 썩어 문드러졌고, 그 쓰디쓴 실망으로 생긴 환멸과 냉소가 당신을 바부르의 막다른 골목으로 몰아넣고 있는 거야. 그까짓 거, 못할 게 뭐냐 이거지. 선(善)도 환상이고 사랑도 잡지에서나 볼 수 있는 꿈에 불과하다면 내가 그러지 못할 게 뭐냐? 착한 사람은 늘 이등이고, 전리품은 승자의 몫이고, 뭐 그런 거지. 그래서 당신의 마음속에서 싸움이 벌어진 거야. 상처받은 사랑이 이상주의를 공격해서 굴복시키려고 마구 두들겨대는 중이라구. 그런데 이게 웬일이지? 당신은 이런 상황을 도저히 견딜 수가 없는 거야. 목숨만 위태로워진 게 아니라 명예와 자존심까지 위태로워지고 말았으니까. 자, 그러니까 닐라, 당신에겐 바로 지금이 '갈릴레이의 순간'인 거야. 과연 지구가 움직이고 있는가? 나한테 대답할 필요는 없어. 난 벌써 답을 알고 있으니까. 어쨌든 그거야말로 당신에게 던져진 가장 중요한 질문이지만 내가 지금 하려는 질문은 그것보다 더 중요한 거야. 닐라, 아직도 나를 사랑해? 만일 사랑하지 않는다면 어서 가서 당신의 운명을 만나라, 나는 여기서 내 운명을 기다리겠다, 그렇게 말하겠지만 당신은 아마 그럴 수 없을 거야. 왜냐하면 나는 당신이 사랑받고 싶어하는 만큼 당신을 사랑하니까. 선택은 당신이 해. 바람직한 쪽에는 당신의 그 잘생긴 왕자님이 있는데, 이게 무슨 운명의 장난인지 그 왕자님은 과대망상에 사로잡힌 정신병자이기도 하지. 그리고 바람직하지 않은 쪽에는 이 늙고 살찐 두꺼비가 있는데, 그 두꺼비는 당신이 원하는 것을 당신에게 줄 수 있고 또한 당신이 줄 수 있는 것을 정말 간절히 원하고 있지. 바람직한 것이 바람직하지 않을 수도 있을까? 바람직하지 않은 것이 당신에겐 더 바람직한 것일까? 당신이 오늘밤 이리로 온 것은 아마 그 해답을 찾기 위해서였을 거야. 내가 분노를 이겨낼 수 있도록 도와줬듯이 당신 자신의 분노도 이겨낼 수 있을지 확인하기 위해서, 넘어갔던 선을 다시 넘어올 수 있을지 알아보기 위해서 말이야. 바부르와 함께 있으면 당신은 증오심만 갖게 될 거야. 그렇지만 당신과 나라면, 우리 둘이라면 혹시 가능성이 있을지도 몰라. 겨우 한 시간 전까지만 해도 똥 냄새를 풀풀 풍기던 주제에, 그리고 아직도 안쪽엔 문손잡이조차 없는 방에 갇혀 있는 주제에 이런 고백을 하는 게 좀 우스꽝스럽다는 건 나도 알지만, 어쨌든 내가 지구를 반 바퀴나 돌아서 여기까지 온 것은 바로 그 말을 하기 위해서였어."

닐라는 경의를 표하듯 잠시 사이를 두었다가 이렇게 말했다.

"우와! 이런 줄도 모르고 나만 수다쟁이인 줄 알았네요."

그녀는 핸드백 속에서 더위 때문에 말랑말랑해진 토블레론 초코바를 끄집어냈고 솔랑카는 그것을 허겁지겁 먹어치웠다. 닐라가 솔랑카에게 말했다.

"그 사람은 부하들의 신임을 잃고 있어요. 오늘밤에 당신을 도와준 그 남자애 봤죠? 그런 아이들이 꽤 많아요. 아마 전체의 절반쯤 될지도 몰라요. 그런데 왠지 그 아이들이 자꾸 나한테 와서 소곤거려요. **숙덕숙덕, 숙덕숙덕.** 정말 서글픈 일이죠. '사모님, 우린 점잖은 사람들인데요.' **숙덕숙덕.** '사모님, 사령관님의 행동이 좀 이상하지 않습니까?' **숙덕숙덕.** '부탁입니다, 사모님, 딴 사람들한테는 제 생각을 말하지 말아주세요.' 여기서 이상주의자는 나 혼자가 아니에요. 그 아이들이 싸움터에 나선 이유는 지구를 평평하게 만들거나 밤을 없애버리기 위해서가 아니었어요. 오로지 가족들을 위해서 싸우고 있는 건데 그렇게 터무니없는 일들이 벌어지고 있으니 기운이 빠질 수밖에 없죠. 그래서 나한테 와서 하소연하는 거지만 그것 때문에 내 입장이 아주 위험해졌어요. 내가 그 아이들한테 어떤 조언을 해주는지는 별로 중요하지 않아요. 내가 제2의 초점이라는 것, 경쟁자가 될 수도 있다는 것, 그것만으로도 벌써 충분히 위험한 상태니까요. 그중에 첩자나 배신자가 한 명이라도 있다면 끝장이라구요. 그리고 두꺼비 얘기 말인데요, 그래요, 당신을 사랑해요, 아주 많이. 그건 그렇고, 촬영팀을 데리고 이곳으로 들어오기 직전에 내가 바깥에서 본 정부군은 날마다 웃음거리가 되는 게 지겨워서 부글부글 끓고 있더군요. 내가 아는 정보에 의하면 그 사람들은 지금 미국인이나 영국인들과 접촉하고 있어요. 벌써 해병대와 공군특수부대가 밀덴도 시내에 잠입했다는 소문도 있구요, 사실 난 그렇게 당신을 버리고 떠나온 것이 바보 같은 짓이었다고 벌써 몇 주 전부터 후회하고 있었어요. 우리 영해 바로 너머에 영국 항공모함 한 척이 떠 있는데 바부르는 블레푸스쿠에 있는 군용 비행장조차 장악하지 못했어요. 난 사실 꽤 오래전부터 이곳을 떠날 때가 됐다고 생각했지만 바부르가 어떻게 나올지 모르겠어요.

그 사람 마음은 반반이에요. 국영 텔레비전에 출연해서 나를 겁탈하고 싶기도 하고, 그런 충동을 불러일으키는 나를 마구 두들겨 패고 싶기도 한 거죠. 내가 그 가면을 쓰고 있었던 것도 바로 그것 때문이었어요. 물론 종이 봉지를 뒤집어쓴다면 더 좋겠지만. 그런 상황인데 당신은 나를 찾겠다고 여기까지 와버렸으니, 이건 사자 소굴에 제 발로 들어온 꼴이라구요. 당신도 나를 정말 사랑하긴 사랑하는 모양이죠. 난 지금 탈출 방법을 찾는 중이에요. 프레멘 중에서 적절한 사람들을 적절한 위치에 심어둘 수만 있다면 가능할 듯싶기도 한데, 군대 쪽에도 연줄이 좀 있으니까 적어도 우리를 영국 군함이나 군용기에 태워주는 정도는 해줄 거예요. 그때까지는 사람들을 보내서 당신을 돌봐주라고 할게요. 바부르에 대해서는 아직도 잘 모르겠어요. 증세가 얼마나 악화된 건지. 어쩌면 그 사람은 당신이 아주 중요한 인질이라고 생각하는지도 몰라요. 그렇게 신경 쓸 만한 사람이 아니라고, 그저 멋모르고 엉뚱한 일에 뛰어든 평범한 사람이니까, 별 볼일 없는 잔챙이니까 다시 바다로 던져버리라고 내가 몇 번이나 말했는데도 말예요. 그런데 당신, 지금 당장 키스해주지 않으면 내가 맨손으로 죽여버릴지도 몰라요. 네, 좋아요, 됐어요. 이제 기다려요. 다시 올게요.”

아테네 사람들은 분노의 여신들이 아프로디테의 자매라고 생각했다. 일찍이 호메로스가 간파했듯이 아름다움과 복수심에 불타는 분노는 동일한 근원에서 생겨났다는 것이다. 그것이 한 가지 설명이었다. 그러나 헤시오도스는 분노의 여신들이 하늘과 땅 사이에서 태어났으며 그들의 형제자매는 공포, 다툼, 거짓말, 앙갚음, 방종, 언쟁, 두려움, 전쟁 등이라고 했다. 그 시절에 이 여신들은 유혈 범죄에 대한 복수를 맡고 있었는데, (특히) 자기 어머니를 해친 자들을 주로 추격했다. 손에 피를 묻힌 클리타임네스트라*를 죽인 후 오랫동안 그들에게 쫓겨다닌 오레스테스도 그 사실을 잘 알고 있었다. 레이리온, 즉 푸른 붓꽃을 가지고 분노의 여신들을 진정시키는 방법이 간혹 통할 때도 있었지만 오레스테스는 머리에 꽃을 꽂고 다니는 사내가 아니었다. 델포이의 여사제 피토네스가 그들의 공격을 물리치라고 건네준 각궁(角弓)조차 별로 쓸모가 없었다. '머리카락은 뱀, 머리는 개, 날개는 박쥐처럼 생긴' 에리니에스는 그의 생애가 끝날 때까지 그를 쫓아다니며 한시도 쉬지 못하게 했다.

그런데 요즘은 그 여신들이 옛날 같은 대접을 받지 못했고, 그

---

* 트로이 전쟁 당시 그리스군의 총사령관이었던 아가멤논의 아내. 정부(情夫)와 공모하여 남편을 살해한 후 아들 오레스테스의 손에 죽임을 당했다.

래서인지 굶주림도 더 심해졌고, 사나움도 더 심해졌고, 그물도
더 멀리 던지고 있다. 가족의 유대가 점점 약해지면서 분노의 여
신들이 인생의 모든 측면을 간섭하기 시작한 것이다. 뉴욕에서
부터 릴리푸트블레푸스쿠에 이르기까지, 그들의 날갯짓을 벗어
날 수 있는 곳은 어디에도 없다.

　닐라는 다시 오지 않았다. 젊은 남자나 여자들이 솔랑카에게
필요한 것들을 갖다주었다. 그들도 이곳에서 갇혀 지내는 생활
에 지칠 대로 지친 젊은이들이었고 자기들의 지도자 바부르를
국회의사당 담장 밖에 있는 적들만큼이나 두려워하여 가무잡잡
한 아프로디테에게 조언을 구하려 했던 전투원들이었다. 그러나
솔랑카가 닐라에 대해 물어볼 때마다 그들은 벙어리처럼 몸짓만
으로 모른다는 시늉을 하면서 나가버렸다. '아카스 사령관'도
다시 나타나지 않았다. 솔랑카 교수는 관심 밖으로 밀려나 완전
히 잊혀진 것 같았다. 그는 꾸벅꾸벅 졸기도 했고, 소리 내어 혼
잣말을 하기도 했고, 허구의 세계로 빠져들기도 했고, 백일몽과
느닷없는 공포 사이에서 갈팡질팡하기도 했다. 쇠창살이 박힌
작은 창을 통해 전투를 벌이는 소리가 들려오곤 했다. 그 소리는
점점 더 빈번해졌고 점점 더 가까워졌다. 여기저기서 검은 연기

가 하늘 높이 솟아올랐다. 솔랑카는 리틀 브레인을 떠올렸다. 나 같으면 그 인간이 사는 집에 불을 질렀을 거예요. 아니, 아예 그 인간이 사는 도시 전체를 태워버렸겠죠.

폭력적인 사건이 진행되고 있을 때 정작 그 한복판에 있는 사람들은 상황을 제대로 파악하지 못하기 십상이다. 경험 자체가 조각조각 끊어져 원인과 결과, 이유와 경유가 제각기 따로 놀기 때문이다. 남아 있는 것은 순서뿐이다. 이 일이 먼저였고 저 일은 나중이었다. 그리고 사건이 지나간 후 살아남은 사람들은 그것을 이해하려고 노력하면서 평생을 보내게 된다. 공격이 시작된 것은 솔랑카가 밀텐도에 온 지 나흘째 되는 날이었다. 새벽녘에 감방 문이 열렸다. 며칠 전에 한마디 불평도 없이 솔랑카의 배설물을 치워주었던 그 과묵한 젊은이가 서 있었다. 지금은 자동 화기를 들고 있었으며 허리띠에는 단검 두 자루가 꽂혀 있었다.

"자, 빨리 나오세요."

솔랑카는 젊은이를 따라나섰고, 곧바로 그 미로 속으로 다시 뛰어들었다. 서로 연결된 휑뎅그렁한 방마다 가면을 쓴 전투원들이 길목을 지키고 있었다. 두 사람은 새로운 문에 접근할 때마다 마치 부비트랩이 설치된 것처럼 조심스럽게 움직였고, 새로운 모퉁이를 돌 때마다 그 너머에 복병이 숨어 있는 것처럼 신중

하게 행동했다. 저 멀리서 무슨 말인지 알아들을 수 없는 전투의 대화 소리가 들려왔다. 자동 소총들이 재잘거리는 소리, 중화기들이 툴툴거리는 소리…… 그러나 가장 시끄러운 소리는 개의 머리를 가진 세 여신이 울부짖는 소리와 그들의 박쥐 날개가 퍼덕거리는 소리였다. 마침내 그는 업무용 엘리베이터를 타게 되었고, 질질 끌려가다시피 하면서 폐허가 된 주방을 통과했고, 누군가의 손에 떠밀려 창문도 없고 아무런 표시도 없는 승합차에 올라탔다. 그때부터 한참 동안은 아무것도 볼 수 없었다. 그저 쏜살같은 속력, 무시무시한 급정거, 고함 소리, 다시 움직임, 그뿐이었다. 소음. 저 비명 소리는 어디서 들려오는 것일까? 누가 죽어가는 것일까, 누가 죽이는 것일까? 도대체 무슨 일이 벌어지고 있는 거야? 이렇게 아는 것이 거의 없는 상태에서는 자신이 하찮은 존재라는 느낌이 들고, 심지어는 가벼운 광기마저 느껴진다. 맹렬히 돌진하며 홱홱 방향을 바꾸는 승합차 안에서 이리저리 나뒹굴면서 말릭 솔랑카는 큰 소리로 외마디 비명을 내질렀다. 어쨌든 지금 이 상황은 구출 작전이 분명했다. 누군가는 —닐라?—솔랑카를 살려낼 만한 사람으로 생각하는 것이다. 전쟁은 개개인을 말살해버리기 마련이지만 그는 이 전쟁으로부터 구조되고 있었다.

문이 열렸다. 눈부신 햇빛이 쏟아져 들어와서 그는 눈을 가늘게 떴다. 장교 한 명이 경례를 붙였다. 장식 끈이 주렁주렁 달린 우스꽝스러운 릴리푸트 군복을 입고 이국적인 콧수염을 기른 엘 비 족이었다.

"교수님. 무사하셔서서 정말 다행입니다."

이 장교는 솔랑카에게 조지 버나드 쇼의 〈전쟁과 영웅〉에 등 장하는 뻣뻣한 장교 세르기우스를 연상시켰다. 절대로 사과하지 않는 세르기우스. 이 장교는 솔랑카를 보호하라는 지시를 받은 것이 분명했는데, 태엽을 너무 많이 감은 장난감처럼 빠른 걸음 으로 앞장서서 신속하게 그 임무를 수행했다. 그는 국제적십자 사의 표시가 있는 건물로 솔랑카를 안내했다. 얼마 후 음식이 제 공되었다. 솔랑카와 외국 여권을 가진 여러 사람을 런던으로 데 려다주기 위해 영국 군용기 한 대가 기다리고 있었다. 솔랑카는 세르기우스에게 말했다.

"내 여권은 압수당했소."

그러자 장교가 대답했다.

"지금은 그런 게 문제가 아닙니다."

솔랑카는 덧붙였다.

"닐라를 두고 나 혼자 떠날 수는 없소."

세르기우스가 대답했다.

"그건 제가 모르는 일입니다. 제가 받은 명령은 교수님을 신

538

속하게 저 비행기에 태워드리는 것뿐입니다."

그 영국 비행기의 좌석은 모두 꼬리 쪽을 향하고 있었다. 배정된 좌석에 앉은 솔랑카는 통로 건너편에 있는 남자들을 한눈에 알아보았다. 닐라의 촬영기사와 녹음기사였다. 그들이 자리에서 일어나 솔랑카를 포옹했을 때 그는 나쁜 소식이 있다는 것을 알아차렸다. 녹음기사가 말했다.

"정말 놀랍습니다. 교수님까지 구해냈군요. 정말 놀라운 여자예요."

그녀는 어디 있소? 다 필요 없어, 당신들의 목숨도, 내 목숨도, 하고 솔랑카는 생각했다. 닐라도 곧 도착하는 거요? 촬영기사가 대답했다.

"모두 닐라가 해낸 겁니다. 바부르에게 신물이 난 프레멘들을 조직화한 것도, 단파 무전기로 군대에 연락한 것도, 안전 통행을 보장받은 것도, 전부 다 말입니다. 대통령도 탈출했어요. 볼골람도 마찬가지구요. 그 망할 자식은 닐라한테 고맙다면서 국민적 영웅이라고 치켜세우더군요. 닐라는 냉정하게 그 말을 끊어버렸죠. 닐라는 자기가 배신자라고 생각했어요. 한평생 처음으로 믿고 따랐던 대의명분을 스스로 저버렸다는 거죠. 나쁜 놈들이 이길 수 있도록 자기가 도와주고 있다는 것, 그걸 견딜 수 없었던 거예요. 그렇지만 닐라도 바부르가 변해버린 모습을 봤거든요."

말릭 솔랑카는 꼼짝도 하지 않고 침묵을 지켰다. 이번에는 녹음기사가 말했다.

"정부군은 날마다 들려오는 우스갯소리에 넌더리가 난 겁니다. 그래서 예비군을 모조리 소집했고, 좀 낡긴 했지만 아직 쓸 만한 중화기들을 잔뜩 끄집어냈어요. 오래전에 미국에서 중고로 사들였던 월남전 시대의 무장 헬리콥터, 지상 박격포, 그리고 소형 탱크 몇 대까지 말입니다. 간밤엔 정부군이 주변 지역을 탈환했어요. 그런데도 바부르는 걱정하지 않았죠."

그때 촬영기사가 은색 상자를 가리켰다.

"전부 다 찍었어요. 닐라 덕분에 어디든지 들어갈 수 있었죠. 정말 굉장했어요. 바부르는 상대편이 설마 국회의사당 건물에 중화기를 사용할 줄은 몰랐고, 더구나 인질들이 있으니까 안심해도 된다고 생각했어요. 건물에 대한 생각은 착각이었죠. 상대편의 결단력을 과소평가했던 거예요. 다만 인질들이 문제였는데 닐라가 그걸 해결해준 겁니다. 우리 네 명은 함께 빠져나왔어요. 그리고 제2의 탈출 경로는 닐라가 오로지 교수님 한 분을 위해서 따로 마련한 거죠."

그 말을 끝으로 긴 침묵이 흘렀다. 그들 사이에는 아직 말하지 않은 끔찍한 진실이 강렬한 빛처럼 떠 있었지만 그 빛은 너무 밝아서 감히 쳐다볼 수 없었다. 녹음기사가 울기 시작했다. 솔랑카는 마침내 물어볼 수밖에 없었다. 도대체 어떻게 된 거요? 어떻게 닐라만 남겨놓고 빠져나올 수가 있소? 닐라는 왜 당신들과 함께 안전한 곳으로, 내가 있는 곳으로 탈출하지 않은 거요? 그러자 촬영기사가 고개를 가로저었다.

"닐라는 자기가 한 일 때문에 견딜 수가 없었던 겁니다. 바부르를 배신하긴 했지만 도망칠 수는 없었던 거죠. 닐라에게 그건 전투중에 달아나는 것과 똑같은 짓이니까요."

하지만 닐라는 군인이 아니잖소! 오 맙소사. 맙소사. 닐라는 언론인이오. 설마 본인이 그것도 몰랐단 말이오? 도대체 왜 그 선을 넘어버린 거요? 녹음기사가 솔랑카의 어깨를 감싸 안았다.

"닐라는 해야 할 일이 있었던 겁니다. 이 계획이 성공하려면 닐라가 남아 있는 수밖에 없었어요."

촬영기사가 멍하니 덧붙였다.

"바부르의 정신을 딴 데로 돌리기 위해서였죠."

드디어 최악의 사실이 드러났다. 바부르의 정신을 딴 데로 돌리기 위해서. 어떤 방법으로? 그게 무슨 뜻인가? 왜 하필 닐라가 그 일을 해야 했단 말인가? 녹음기사가 대답했다.

"어떤 방법인지는 교수님도 아시잖습니까. 그게 무슨 뜻인지도 아시구요. 그리고 닐라가 그 일을 해야 했던 이유도."

솔랑카는 눈을 감아버렸다. 촬영기사가 말했다.

"교수님께 이걸 드리라고 하더군요."

탈출한 골바스토 구에 대통령의 명령으로 무장 헬리콥터와 박격포들이 릴리푸트 국회의사당을 공격하고 있었다. 폭격기 한 대가 폭탄을 퍼부었다. 건물이 폭파되어 무너져내리면서 불길에 휩싸였다. 우중충한 연기와 건축 자재가 부서져 생긴 먼지 구름이 하늘 높이 솟구쳤다. 삼천 명에 달하는 예비군과 최전선 방어 부대가 국회의사당 구내로 돌진했고 포로는 한 명도 남겨두지 않았다. 내일은 전 세계가 들고일어나서 이 무자비한 작전을 규탄하겠지만 오늘은 해야 할 일을 하는 것이 급선무였다. 그 폐허 어딘가에는 솔랑카의 얼굴을 가진 한 남자가 누워 있었고 또한 자기 자신의 얼굴을 가진 한 여자가 누워 있었다. 닐라 마헨드라의 아름다움조차도 박격포의 탄도를 바꿔놓지는 못했고, 무시무시한 물고기 같은 폭탄들이 헤엄치듯 허공을 가로지르며 내리꽂혔다. 그녀는 바부르에게 중얼거렸다. 내게로 와요, 나는 당신의 암살자, 나 자신의 희망을 살해하는 여자예요. 이리 와서 당신이 죽어가는 모습을 나에게 보여줘요.

말릭 솔랑카는 눈을 뜨고 쪽지에 적힌 글을 읽었다. 닐라가 남긴 마지막 말이었다. '교수님, 당신 질문의 답은 나도 알아요. 지구가 움직이는 거죠. 지구가 태양의 주위를 돌고 있는 거예요.'

18

멀리서 보면 아이의 머리는 여전히 금빛이었지만 그 속에서
새로 자라는 머리카락은 좀더 어두운 빛깔이었다. 다가오는 네
번째 생일쯤엔 금발이 거의 다 사라질 듯했다. 꽃피는 봄을 맞은
히스에 태양이 빛날 때 아스만은 세발자전거를 타고 비탈길을
힘차게 내려갔다.

"나 좀 봐!"

아스만이 고함을 질렀다.

"나 정말 빠르다!"

이젠 제법 자라서 발음도 훨씬 분명해졌지만 그는 여전히 어
린 시절의 환한 빛을, 그 눈부신 망토를 몸에 두르고 있었다. 그
의 엄마도 아들을 따라 달렸다. 커다란 밀짚모자를 쓴 그녀의 긴

머리가 이리저리 흩날렸다. 구제역이 한창 유행하던 사월의 어느 완벽한 날이었다. 정부는 여론조사에서 앞서가면서도 별로 인기가 없었다. 토니 오지만디아스* 총리는 이 모순적인 현상에 타격을 받은 듯했다. 아니, 우리가 싫다는 겁니까? 여러분, 우리라구요, 우리, 좋은 사람들이라구요! 여러분, 국민 여러분, 저라니까요! 유서 깊은 땅에서 온 나그네 말릭 솔랑카는 참나무 숲에 숨어 자기 아들을 지켜보고 있었다. 검정색 래브라도 한 마리가 다가와 냄새를 맡았지만 그는 꾹 참고 그냥 내버려두었다. 개는 솔랑카가 자신에게 전혀 쓸모가 없다는 결론을 내리고 다른 곳으로 가버렸다. 옳은 판단이었다. 솔랑카 자신이 느끼기에도 지금의 그는 별로 쓸모가 없는 사람이었다. **남은 것은 그것뿐.**

모건 프랜즈는 뛰지 않았다. '뜀박질은 질색'이었기 때문이다. 이 출판업자는 근시안을 가늘게 뜨고 환하게 웃으면서, 기다리고 있는 여자와 아이를 향해 쿵쿵거리며 비탈길을 내려갔다.

"방금 그거 봤어, 모건 아저씨? 나 아주 잘 탔지, 그치? 아빠가 보면 뭐라고 할까?"

아스만은 언제나 목청껏 소리쳐 말하는 버릇이 있어 솔랑카가 숨은 곳에서도 다 알아들을 수 있었다. 프랜즈의 대답은 들리

---

* 토니 블레어 영국 총리. '오지만디아스'는 셸리의 동명 소네트에도 등장하는 이름으로, 고대 이집트의 람세스 2세를 가리킨다고 한다.

지 않았지만 말릭은 그의 대사를 쉽게 짐작할 수 있었다.

"끝내준다, 아스만. 짜샤, 정말 대단하더라."

케케묵은 히피 식 말투. 아이가 얼굴을 찡그렸다. 두고두고 칭찬할 만하다.

"아빠가 보면 뭐라고 하겠냐니까?"

솔랑카는 아버지로서 뿌듯한 자부심을 느꼈다. 그래, 잘한다, 아들아. 저 위선적인 불교도에게 누가 누군지 확실히 말해줘라.

아스만의 히스에는—적어도 켄우드* 일대에는—군데군데 마법의 나무가 있었다. 구불구불한 뿌리를 하늘로 뻗은 채 쓰러져 있는 거대한 참나무 한 그루도 그렇게 마법에 걸린 나무였다. 또 한 그루는 줄기 아래쪽에 구멍이 뚫려 동화 속의 생물들이 살고 있었는데, 아스만은 이쪽으로 지나갈 때마다 그들을 만나 의식을 치르듯이 대화를 주고받았다. 세번째 나무는 곰돌이 푸우의 집이었다. 거기서 켄우드 하우스 쪽으로 더 가까이 가면 넓게 퍼진 철쭉 덤불이 있었는데, 그 속에는 마녀들이 살았고 땅에 떨어진 가지들은 마술봉이 되었다. 바버라 헵워스의 조각품도 신성한 장소였는데, '헵워스'라는 이름은 거의 처음부터 아스만의 어휘 목록에 포함되어 있었다. 솔랑카는 엘리너가 어느 길로 지

____

* 햄스테드 히스의 한 지역.

나갈 것인지를 알고 있었고, 그들에게 들키지 않고 뒤따라가는 요령도 알고 있었다. 그들의 눈에 띄었을 때 감당할 자신도 없었 거니와 자기 삶을 다시 시작할 준비가 되었는지도 확실치 않았 다. 이제 앞길은 오르막이었는데, 아스만은 세발자전거를 타고 올라가기 싫어서 업어달라고 졸랐다. 오래전부터 습관처럼 굳어 진 게으름이었다. 엘리너는 허리가 약했으므로 모건이 아이를 들어올려 어깨 위에 앉혔다. 그것은 솔랑카와 아스만이 오래전 부터 즐겼던 특별한 놀이 중의 하나였다.

"나 목말 태워줄까, 아빠?"

"태워줄래?라고 해야지, 아스만. 따라해봐. 목말 태워줄래."

"목말 태워줄까."

솔랑카는 이런 생각을 했다. 내가 지상에서 사랑하는 전부가 저기 지나간다. 난 잠시 아스만을 보기만 하는 거야. 여기 숨어 서 몰래 지켜주기만 하는 거야.

그는 또다시 세상을 버리고 은거중이었다. 자동응답기를 확 인하는 일조차도 괴로웠다. 밀라는 결혼했고, 엘리너는 변호사 들에 관한 딱딱하고 비참한 메시지만 남겨놓았다. 두 사람은 이 미 이혼한 사이나 다름없었다. 솔랑카의 하루하루는 그저 시작 되고 진행되고 끝날 뿐이었다. 그는 뉴욕의 셋집을 정리하고 클 라리지*에 거처를 정했다. 대개 청소부들이 들어올 때 말고는 종일토록 방에서 떠나지 않았다. 친구들과도 일절 접촉을 끊었고, 사업상의 연락도 하지 않았고, 신문도 사지 않았다. 일찌감치 잠자리에 들어 눈을 멀뚱멀뚱 뜨고 편안한 침대 위에 뻣뻣하게 누운 채 아득한 분노의 소리에 귀를 기울이거나 더이상 들을 수 없는 닐라의 음성을 들어보려고 노력했다. 크리스마스와 새해 전날에는 룸서비스를 시켜놓고 아무 생각도 할 필요가 없는 텔레비전을 보았다. 진짜 나들이라고 할 만한 것은 오늘 이렇게 택시를 타고 북부 런던까지 원정을 나선 것이 몇 달 만에 처음이었다. 아이를 볼 수 있을 거라고는 별로 기대하지 않았지만 아스만과 엘리너는 습관에 따라 행동하는 성격이었으므로 움직임을 예상하기가 쉬운 편이었다.

때마침 공휴일이 낀 주말이라 히스는 유원지 같은 분위기였다. 윌로 로드에 있는 집—이제 곧 팔려고 내놓겠지만—으로 돌아가는 길에 아스만과 엘리너와 모건은 유원지에서 흔히 볼 수 있는 놀이기구와 노점들 사이를 이리저리 배회했다. 솔랑카는 아스만이 프랜즈에게 차츰 마음을 열어가는 것을 볼 수 있었다. 그와 함께 웃었고, 질문을 하기도 했고, '모그 아저씨'의 털북숭이 주먹에 손을 맡기기도 했다. 그들은 범퍼카 한 대에 함께

---

* 런던의 최고급 호텔.

ŕ진을 찍어주었다. 그러다 아스만이 모건의

ㅓ리를 기대는 순간 말릭 솔랑카의 심장 속에서

ㅎ어졌다.

릴리너가 그를 발견했다. 그는 야자수 옆에서 수줍은 듯이 서성거렸고, 그녀는 그를 똑바로 바라보면서 그대로 굳어버렸다. 그러나 곧 머리를 세차게 흔들었고, 소리 없이 그러나 매우 단호하게 입술을 움직여 '안, 돼, 요'라고 말했다. 안 돼요, 지금은 적당한 때가 아니야. 그토록 오래 떨어져 있었는데 이렇게 갑자기 만난다면 아이에게 충격이 너무 클 테니까. 그녀는 다시 입술만 움직여 이렇게 말했다. 전, 화, 해, 요. 솔랑카가 아스만을 만나기 전에 우선 의논부터 해야 한다. 언제, 어디서, 어떻게 만날 것인지, 아스만에게는 뭐라고 말해줘야 하는지. 어린아이니까 마음의 준비가 필요하다. 그녀의 이같은 반응도 솔랑카가 예상했던 그대로였다. 그는 그녀에게서 고개를 돌리다가 통통 놀이방을 보게 되었다. 선명한 파란색, 붓꽃 같은 파란색이었고, 한쪽에는 통통 튀는 계단이 있었다. 그 계단을 올라가면 통통 튀는 발판이 있고, 거기서 데굴데굴 구르거나 미끄러져 통통 튀는 넓은 경사면을 내려가면 그때부터는 마음껏 통통 튀고 또 뛸 수 있었다. 말릭 솔랑카는 요금을 내고 신발을 벗었다. 그때 몸집이 거대한 여자 안내원이 소리쳤다.

"잠깐만요! 어린이 전용입니다, 손님. 어른들은 안 돼요."

그는 그녀가 붙잡기에는 너무 빨랐다. 긴 가죽 외투를 산들바람에 휘날리며 달려간 그는 깜짝 놀라 허둥대는 아이들을 뒤로하고 휘청거리는 계단을 단숨에 뛰어올랐다. 계단 꼭대기에 이르자 땅바닥보다 훨씬 높은 위치에 있는 휘청거리는 발판 위에 올라서서 있는 힘껏 뛰어오르며 고함을 지르기 시작했다. 그에게서 터져나오는 소리는 엄청나게 시끄럽고 무시무시했다. 지옥에서 들려오는 아우성, 그곳에 떨어져 고통받는 영혼들의 비명 소리. 그러나 그의 도약은 대단히 높고 멋진 것이었다. 그는 그 어린 소년이 돌아볼 때까지 절대로 도약을 중단하지 않고 고함 소리도 멈추지 않을 작정이었다. 거대한 여자도, 웅성거리며 모여드는 사람들도, 입만 벙긋거리는 엄마도, 소년의 손을 잡은 남자에도 아랑곳없이, 그리고 무엇보다 황금 모자가 없어도 아랑곳하지 않고, 다만 아스만 솔랑카가 그의 목소리를 들을 때까지, 그리고 아스만이 고개를 돌려 아빠를 발견할 때까지, 이 세상에 하나뿐인 진짜 아빠가 하늘로, 아스만으로, 저 하늘로 높이높이 날아오르는 모습을 볼 때까지, 아빠가 마치 옷소매 속에서 하얀 새를 끄집어내듯 잃어버렸던 사랑을 모조리 끌어 모아 하늘 높이 던져올리는 장면을 보게 될 때까지. 이 세상에 하나뿐인 진짜 아빠는 그렇게 새처럼 날아올라 바야흐로 저 푸르고 거대한 둥근 천장 같은 하늘, 한평생 그가 유일하게 믿을 수 있었던 그 하늘에서 살아가려고 하는 것이었다.

"나 좀 봐라!"

말릭 솔랑카 교수는 목청껏 외쳤다. 가죽 외투의 뒷자락이 날개처럼 펄럭거렸다.

"나 좀 봐라, 아스만! 나 아주 잘 띈다아! 점점 더 높이 띈다아!"

옮긴이의 말

　지금까지 만나본 작품들 중에서 번역하기가 가장 까다로웠던 문장은 단연 살만 루슈디의 그것이었다. 무수한 상징과 비유, 인류 문화 전반에 대한 해박한 지식, 우리말로 옮겨놓으면 왠지 전후 관계가 뒤엉켜버리는 구문 구조, 그리고 아름다울수록 '말맛'을 살리기 힘든 시적 표현 등이 문제였다.

　이 책 『분노』의 경우, 옮긴이의 번역 경험을 통틀어 '최악의 난이도'로 손꼽았던 『악마의 시』에 비해 문장은 그리 난해하지 않은 편이었으나 작품 분량을 기준으로 몇 배나 많은 역주가 필요했고, 번역을 끝마친 지금은 오히려 이번 작업이 훨씬 더 어려웠다는 느낌이 든다.

이 소설은 서기 2000년의 뉴욕을 무대로 주인공 말릭 솔랑카의 삶을 깊숙이 들여다보고 있다. 그는 원래 런던에 살고 있었지만 어느 날 밤 끔찍한 경험을 하고, 가족을 버리고 혼자 도망치듯 뉴욕으로 날아왔다. 불시에 끓어오르는 분노 때문에 사랑하는 사람들을 해치게 될까봐 두려웠기 때문이다. 어쩌면 그 원인 모를 분노야말로 이 책의 진짜 주인공인지도 모른다.

분노는 현대인의 삶에서 매우 중요한 의미를 갖는다. 일찍이 국내외 여러 작가들이 다루었던 권태가 20세기의 특징이었다면, 21세기의 첫해를 배경으로 한 이번 작품을 통하여 루슈디는 분노의 시대를 예언한 것이 아닐까. 2001년 9월 11일부터 지금까지 일어난 세계적 사건들을 되짚어보면 우선 분노라는 말을 떠올리지 않을 수 없다.

2000년 1월 살만 루슈디는 영국에서 미국 뉴욕으로 삶의 터전을 옮겼다. 이 소설에는 그해 미국에서 일어났던 크고 작은 사건들이 자주 언급되고 있는데, 이는 작가 자신의 개인적 필요에 따라 하루빨리 미국이라는 국가 자체를 이해하려는 노력의 일환으로 보이기도 한다. 그리고 그것은 인생의 크나큰 전환점에서조차 창작을 위한 취재를 게을리 하지 않았다는 뜻이기도 하다.

미국의 정치, 경제, 문화, 역사, 국민성 등을 다각도로 분석한 수많은 대목에서 우리는 새로운 고향을 바라보는 작가의 애증어린 시선을 뚜렷하게 느낄 수 있다. 결코 하루아침에 얻을 수 없는 통찰력이 곳곳에서 빛나는 것으로 미루어 그는 이미 새로운 문학세계로 도약하기 위한 교두보를 튼튼히 확보한 듯하다.

그러나 이 책의 내용은 상대적으로 좁은 미국이라는 한 국가, 그리고 그 속의 작은 섬 맨해튼에만 국한되지 않는다. 물론 가장 빈번하게 언급되는 것은 미국, 그리고 작가의 다른 두 고향 인도와 영국이지만, 사실상 동서고금을 아우르는 인류 문화 전체가 그 속에 녹아 있다.

소설 속의 소설, 흔히 '액자소설'이라고 부르는 장치가 흥미롭다. 말릭 솔랑카가 쓴 인조인간들의 이야기가 그것인데, 이 SF 소설은 곧 현실 세계로 튀어나와 줄거리 속으로 스며들게 된다. 현실과 허구의 이같은 뒤섞임은 마술적 리얼리즘의 대표적 특징이지만 여기서는 환상적 요소를 가미한다기보다 현실의 참담함을 더욱 강조하는 역할을 하고 있다.

그 허구가 현실화된 곳이 두 개의 작은 섬으로 이루어진 남태평양의 섬나라이며 그 이름이 『걸리버 여행기』에 나오는 두 소인국의 이름을 합친 릴리푸트블레푸스쿠라는 점도 의미심장하다. 하나이면서 둘인 나라, 자유와 평등이 무시되는 나라, 어쩌면 그 자체가 액자소설처럼 느껴지기도 하지만 또한 이 작품 전체의 클라이맥스이기도 한 이 섬나라 이야기는 바로 인류 사회 전체의 모습을 풍자하고 있기 때문이다.

모든 책은 일종의 자서전이다. 특히 이 책은 더 그러한데, 주인공 말릭 솔랑카의 이력에서부터 그의 연인 닐라의 흉터처럼 사소한 디테일에 이르기까지—작가의 아름다운 아내 파드마 락슈미(모델 겸 영화배우, 1971~)에게도 그런 흉터가 있다—작가 자신이나 주변 인물들과 겹치는 부분이 너무 많아 일일이 지적하지 않기로 했다.

인터넷이 없었다면 이 책의 번역은 거의 불가능했을 것이다. 옮긴이 자신도 이해할 수 없는 문장들을 독자들 앞에 내놓을 수는 없기 때문이다. 전 세계의 문학, 신화, 예술에 대해 툭툭 던지듯 내놓는 수많은 (종종 암시에 가까운) 언급들, 특히 미국의 대중문화를 속속들이 알아야만 진의를 파악할 수 있는 표현들……
독자들이 이 책을 손에 쥐었을 때 제일 먼저 발견하는 특징은 역주가 유난히 많고 게다가 길기까지(!) 하다는 점일 것이다. 역주를 이런 식으로 작성하기는 이번이 처음이다. 무슨 논문이나

해설서 같아서 좀 부담스러울 수도 있겠지만 작품 내용을 제대
로 이해하기 위해서는 어쩔 수 없는 일이라고 판단했다. 물론 각
주로 처리하여 본문과 분리시켰으니 성가시다면 건너뛰어도 무
방하다. 다만 자세한 역주를 원하는 독자도 있을 터, 아마도 여
러분은 이 책의 무대인 미국, 특히 뉴욕에 거주하는 독자들보다
도 이 작품을 더 깊이 이해할 수 있을 것이다.

　힘들었다.
　함께 힘들어하며 함께 고생해주신 문학동네 여러분께 깊은
감사의 마음을 전한다.

2007년 1월

김진준

옮긴이 **김진준**

1964년 출생. 연세대 사회학과 및 영문학과를 거쳐 미국 마이애미 대학에서 영문학을 전공했다. 현재 전문 번역가로 일하고 있으며, 옮긴 책으로는 『한밤의 아이들』 『악마의 시』 『유혹하는 글쓰기』 『페넬로피아드』 『해상시계』 등이 있다. 『분노』로 제2회 유영번역상을 수상했다.

문학동네 세계문학

분노

1판 1쇄 2007년 2월 1일 | 1판 2쇄 2012년 3월 9일

지은이 살만 루슈디 | 옮긴이 김진준 | 펴낸이 강병선
책임편집 이현자 | 디자인 윤종윤 이원경 | 저작권 김미정 한문숙 박혜연
마케팅 정민호 김도윤 박보람 | 온라인 마케팅 이상혁 장선아
제작 안정숙 서동관 김애진 | 제작처 영신사(인쇄) 경일제책사(제본)

펴낸곳 (주)문학동네
출판등록 1993년 10월 22일 제406-2003-000045호
주소 413-756 경기도 파주시 문발동 파주출판도시 513-8
전자우편 editor@munhak.com | 대표전화 031) 955-8888 | 팩스 031) 955-8855
문의전화 031) 955-3576(마케팅) 031) 955-8859(편집)
문학동네카페 http://cafe.naver.com/mhdn

ISBN 978-89-546-0281-5 03840

www.munhak.com